Herdeiros do Tempo

Herdeiros do Tempo

ADRIAN TCHAIKOVSKY

Tradução
Fábio Fernandes

Copyright © 2014, Adrian Czajkowski
Publicado originalmente em 2015 pela Tor, um selo da Pan Macmillan, uma divisão da Macmillan Publishers International Limited.
Publicado em comum acordo com o autor e Macmillan Publishers International Limited.

Título original: Children of Time

Direção editorial: Victor Gomes
Coordenação editorial: Aline Graça
Acompanhamento editorial: Bonie Santos e Mariana Navarro
Tradução: Fábio Fernandes
Preparação: Bárbara Waida e Tamires Von Atzingen
Revisão: Daniela Georgeto
Capa: Aurélien Police
Projeto gráfico e diagramação: Vanessa S. Marine

Esta é uma obra de ficção. Nomes, personagens, lugares, organizações e situações são produtos da imaginação do autor ou usados como ficção. Qualquer semelhança com fatos reais é mera coincidência.

Todos os direitos reservados. Proibida a reprodução, no todo ou em partes, através de quaisquer meios. Os direitos morais do autor foram contemplados.

Dados Internacionais de Catalogação na Publicação (CIP)
_____

T249h Tchaikovsky, Adrian
Herdeiros do tempo / Adrian Tchaikovsky ; Tradução : Fábio Fernandes. — São Paulo : Morro Branco, 2022.
520 p. ; 14 x 21 cm.

ISBN: 978-65-86015-61-4

1. Literatura inglesa — Romance. 2. Ficção científica. I. Fernandes, Fábio II. Título.
CDD 823
_____

Todos os direitos desta edição reservados à:
EDITORA MORRO BRANCO
Alameda Santos, 1357, 8º andar
01419-908 – São Paulo, SP – Brasil
Telefone (11) 3373-8168
www.editoramorrobranco.com.br
Impresso no Brasil
2022

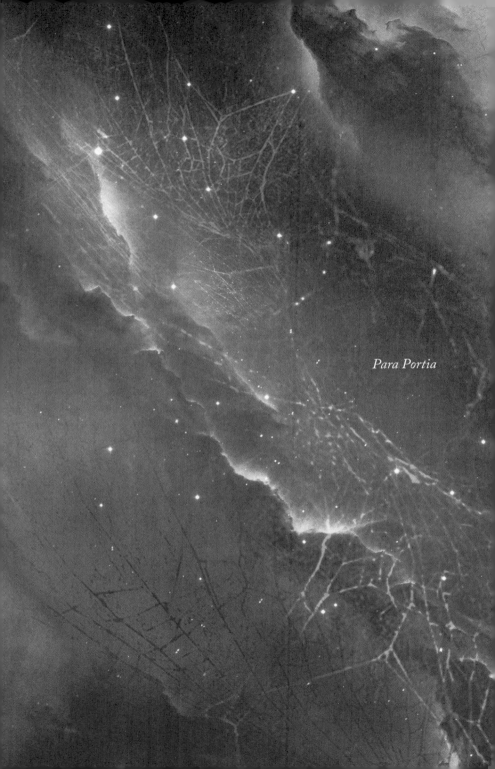
Para Portia

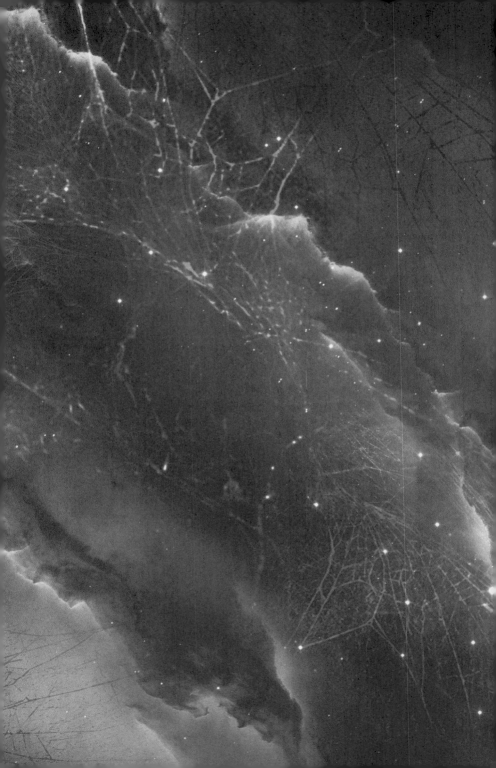

I

GÊNESIS

1.1 APENAS UM BARRIL DE MACACOS

Não havia janelas na instalação Brin 2: a rotação significava que "fora" era sempre "para baixo", sob os pés, fora dos pensamentos. As telas de parede contavam uma ficção agradável, uma visão compósita do mundo abaixo que ignorava seu giro constante, mostrando o planeta como suspenso estacionário no espaço: a bolinha de gude verde para combinar com a bolinha de gude azul de casa, a vinte anos-luz de distância. A Terra já havia sido verde, em sua época, embora suas cores tivessem desbotado desde então. Mas talvez nunca tão verde quanto aquele mundo lindamente trabalhado, onde até mesmo os oceanos cintilavam em tons esmeralda com o fitoplâncton que mantinha o equilíbrio de oxigênio em sua atmosfera. Que delicada e multifacetada era a tarefa de construir um monumento vivo que permaneceria estável para as eras geológicas que viriam.

Ele não tinha nenhum nome oficialmente confirmado além de sua designação astronômica, ainda que tenha havido um firme voto a favor de "Simiana" entre alguns dos membros menos criativos da tripulação. A dra. Avrana Kern agora olhava para ele e só conseguia pensar em *Mundo de Kern*. Seu projeto, seu sonho, *seu* planeta. O primeiro de muitos, ela decidiu.

Este é o futuro. É aqui que a humanidade vai dar seu próximo grande passo. É aqui que vamos nos tornar deuses.

— Este é o futuro — disse ela em voz alta.

A voz dela soaria no centro auditivo de cada membro da tripulação, todos os dezenove deles, embora quinze estivessem bem ali no centro de controle com ela. Não o centro verdadeiro, é claro — o eixo despido de gravidade sobre o qual eles giravam: aquele era para energia e processamento, e também para a carga útil deles.

— É aqui que a humanidade vai dar seu próximo grande passo. — O discurso dela havia tomado mais do seu tempo que quaisquer detalhes técnicos nos últimos dois dias. Kern quase continuou a fim de dizer a frase sobre eles se tornarem deuses, mas isso era apenas para ela. *Polêmico demais, por causa dos palhaços do* Non Ultra Natura *lá em casa*. Muito reboliço já havia sido provocado por causa de projetos como o dela. Ah, as diferenças entre as facções atuais da Terra eram bem mais profundas: sociais, econômicas ou simplesmente *nós* e *eles*, mas Kern havia conseguido lançar a Brin — todos aqueles anos antes — a despeito de uma oposição cada vez maior. Àquela altura, toda a ideia tinha se tornado uma espécie de bode expiatório para as divisões da raça humana. *Primatas briguentos, todos eles. O que importa é o progresso. Concretizar o potencial da humanidade e de todas as outras formas de vida.* Ela sempre fora uma das mais ferozes oponentes à crescente reação conservadora exemplificada de modo mais intenso pelos terroristas do *Non Ultra Natura. Se eles conseguissem que as coisas fossem do jeito deles, todos nós acabaríamos de volta às cavernas. De volta às árvores. Todo o objetivo da civilização é ultrapassarmos os limites da natureza, seus seres primitivos medíocres e chatos.*

— Nós estamos sobre os ombros dos outros, claro. — A frase exata, aquela de humildade científica aceita, era "sobre os ombros de gigantes", mas ela não tinha chegado aonde estava se curvando para as gerações anteriores. *Anões, muitos e muitos anões*, pensou, e então — Kern mal conseguia segurar a risadinha horrorosa —, *sobre os ombros de macacos.*

Com um pensamento dela, uma tela de parede e os HUDS do Olho da Mente deles exibiram os esquemas da Brin 2 para todos. Kern queria direcionar a atenção deles e conduzi-los para que apreciassem devidamente o triunfo dela — perdão, *deles*. Ali: a agulha do núcleo central circundada pelo anel da vida e da ciência que era o mundo deles em forma toroidal. Em uma das extremidades do núcleo estava a protuberância desagradável do Módulo Sentinela, que logo seria lançado à deriva para se tornar o posto de pesquisa mais distante e solitário do universo. A extremidade oposta da agulha ostentava o Barril e o Frasco. Conteúdo: macacos e o futuro, respectivamente.

— Particularmente, tenho que agradecer às equipes de engenharia sob a direção dos doutores Fallarn e Medi por seu trabalho incansável na reformatação — e agora quase disse "Mundo de Kern" sem querer — deste nosso planeta em questão para fornecer um ambiente seguro e de proteção para o nosso grande projeto. — Fallarn e Medi já estavam bem adiantados em seu retorno à Terra, claro, seu trabalho de quinze anos concluído, sua jornada de retorno de trinta anos iniciada. Mas era tudo cenográfico, para abrir caminho para Kern e seu sonho. *Nós somos — eu sou — o objetivo final de todo este trabalho.*

Uma jornada de vinte anos-luz para casa. Enquanto trinta anos se arrastam na Terra, apenas vinte passarão para Fallarn e Medi em seus caixões frios. Para eles, a viagem é quase tão rápida quanto a luz. Que maravilhas podemos realizar!

Do ponto de vista dela, motores para acelerá-la até quase alcançar a velocidade da luz não passavam de ferramentas vulgares para transportá-la por um universo que a biosfera da Terra estava prestes a herdar. *Porque a humanidade pode ser frágil de maneiras com as quais não podemos sonhar, então lançamos nossa rede mais e mais longe...*

A história humana estava equilibrada sobre o fio de uma navalha. Milênios de ignorância, preconceito, superstição e esforço os haviam trazido finalmente a isto: que a humanidade gerasse nova vida senciente à sua própria imagem. A humanidade não estaria mais sozinha. Mesmo em um futuro inimaginavelmente distante, quando a própria Terra não passasse mais de fogo e poeira, haveria um legado se espalhando pelas estrelas — uma infinita e crescente variedade de vida nascida na Terra, diversa o suficiente para sobreviver a qualquer golpe de azar até a morte de todo o universo, e talvez até mesmo além disso. *Mesmo se morrermos, vamos viver em nossos filhos.*

Que os NUNs preguem seu terrível credo de todos-os-ovos-numa-cesta- -só de pureza e supremacia humanas, Kern pensou. *Nós vamos superá-los no quesito evolução. Vamos deixá-los para trás. Este será o primeiro de mil mundos aos quais daremos vida.*

Pois somos deuses, e estamos sós, então criaremos...

Em casa, as coisas estavam difíceis, ou pelo menos era isso o que indicavam as imagens de mais de vinte anos de idade. Avrana havia passado despreocupadamente pelos motins, pelos debates furiosos, pelas manifestações e pela violência, pensando apenas: *Como conseguimos chegar tão longe com tantos imbecis no pool genético?* O lobby *Non Ultra Natura* era apenas o mais extremo de toda uma coalizão de facções políticas humanas — as conservadoras, as filosóficas, até mesmo as fundamentalistas religiosas — que olharam para o progresso e disseram: agora chega. Que lutaram com unhas e dentes contra mais engenharias do genoma humano, contra a remoção de limites em IAS e contra programas como o da própria Avrana.

E ainda assim eles estão perdendo.

A terraformação ainda estaria acontecendo em outro lugar. O Mundo de Kern era apenas um dos muitos planetas que haviam recebido a atenção de pessoas como Fallarn e Medi, que de rochas químicas inóspitas — semelhantes à Terra apenas em tamanho e distância do sol aproximados — foram transformados em ecossistemas equilibrados nos quais Kern poderia ter caminhado sem um traje e sentido somente um pequeno desconforto. Depois que os macacos foram entregues e o Módulo Sentinela, destacado para monitorá-los, essas outras joias eram para onde sua atenção seria atraída a seguir. *Vamos semear o universo com todas as maravilhas da Terra.*

Em seu discurso, no qual mal estava prestando atenção, Kern foi lendo uma lista de outros nomes, dali ou de casa. Mas a pessoa a quem realmente queria agradecer era ela mesma. Kern havia lutado por aquilo, sua longevidade prolongada permitia que conduzisse o debate ao longo de várias vidas humanas naturais. Ela foi à luta nos escritórios dos financistas e nos laboratórios, em simpósios acadêmicos e feeds de entretenimento de massa apenas para fazer isso acontecer.

Eu, eu *fiz isso. Com as mãos de vocês eu construí, com os olhos de vocês eu medi, mas a mente é só minha.*

Sua boca continuou ao longo da rota preparada, mas as palavras a entediavam ainda mais do que presumivelmente entediavam seus ouvintes. O verdadeiro público para aquele discurso só iria recebê-lo dali a vinte anos: a confirmação final em casa de que as coisas estavam acontecendo da maneira que deveriam. A mente de Kern entrou em contato com o centro da Brin 2. *Confirmar sistemas do Barril,* ela pingou em seu link de retransmissão com o computador de controle da instalação; era uma checagem que havia se tornado um hábito nervoso ultimamente.

Dentro de limites toleráveis, ele respondeu. E se ela sondasse por trás desse resumo desinteressante, veria leituras precisas do veículo de pouso, seu estado de prontidão, até mesmo os sinais vitais de sua carga de dez mil primatas, os poucos escolhidos que herdariam, se não a Terra, pelo menos aquele planeta, fosse qual fosse o seu futuro nome.

Fosse qual fosse o nome pelo qual *eles* acabariam por chamá-lo, assim que o nanovírus de elevação os tivesse levado a esse ponto do caminho do desenvolvimento. Os biotécnicos estimavam que apenas trinta ou quarenta gerações de macacos os levariam ao estágio no qual poderiam fazer contato com o Módulo Sentinela e seu único ocupante humano.

Ao lado do Barril estava o Frasco: o sistema de distribuição do vírus que aceleraria os macacos ao longo de seu caminho — eles dariam passos largos, em apenas um ou dois séculos, percorrendo distâncias físicas e mentais que haviam custado à humanidade milhões de anos longos e hostis.

Outro grupo de pessoas a quem agradecer, pois ela mesma não era especialista em biotecnologia. Mas tinha visto as especificações e as simulações, e os sistemas especialistas examinaram a teoria e a resumiram em termos que ela, mera gênia polímata, poderia entender. O vírus era claramente uma obra impressionante, até onde conseguia entender. Indivíduos infectados produziriam descendentes mutados de várias maneiras úteis: maior tamanho e complexidade do cérebro, maior tamanho do corpo para acomodar isso, percursos comportamentais mais flexíveis, aprendizagem mais rápida... O vírus até reconheceria a presença de infecção em outros indivíduos da mesma espécie, de modo a promover a reprodução seletiva, os melhores dos melhores dando à luz indivíduos ainda melhores. Era todo um futuro numa concha microscópica, quase tão inteligente, em sua forma simples e obstinada, quanto as criaturas que iria aprimorar. Iria interagir com o genoma do hospedeiro em um nível profundo, replicar-se dentro de suas células como uma nova organela, transmitindo-se para a prole do hospedeiro até que toda a espécie estivesse sujeita ao seu contágio benevolente. Não importava quantas mudanças os macacos viessem a sofrer, esse vírus se adaptaria e se ajustaria a qualquer genoma com o qual se juntasse em parceria, analisando e modelando e improvisando com o que quer que herdasse — até que alguma coisa fosse projetada que pudesse olhar seus criadores nos olhos e entender.

Kern tinha vendido essa ideia para as pessoas em casa descrevendo como os colonos alcançariam o planeta então, descendo dos céus como divindades para encontrar seu novo povo. Em vez de um mundo agreste, indomado, uma raça elevada de ajudantes e servos sencientes acolheria seus criadores. Isso foi o que ela disse às salas de reunião e aos comitês na Terra, mas nunca tinha sido o objetivo do exercício para ela. Os macacos eram o objetivo, e o que eles se tornariam.

Essa foi uma das coisas com as quais os NUNS ficaram mais furiosos. Eles se revoltaram com a transformação de simples feras em superseres. Na verdade, como crianças mimadas, era com o gesto de *compartilhar* que não concordavam. A humanidade filha única ansiava pela atenção exclusiva do universo. Como tantos outros projetos elevados à categoria de problemas políticos, o desenvolvimento do vírus foi repleto de protestos, sabotagens, terrorismo e assassinatos.

E ainda assim triunfamos sobre nossa própria natureza básica no final, refletiu Kern com satisfação. E, claro, havia um pequeno grão de verdade nos insultos que os NUNS lançaram em seu caminho, porque ela realmente *não* se importava com os colonos ou os sonhos neoimperialistas de seus colegas. Queria criar vida nova, à sua imagem tanto quanto à da humanidade. Queria saber o que poderia evoluir, que tipo de sociedade, que entendimentos, quando seus macacos fossem deixados por conta própria com seus equipamentos símios... Para Avrana Kern, *esse* era seu preço, sua recompensa por exercitar sua genialidade para o bem da raça humana: esse experimento; esse "e se" planetário. Seus esforços abriram uma série de mundos terraformados, mas seu preço era que o primogênito seria *dela*, e lar de seu povo recém-criado.

Kern estava ciente de um silêncio repleto de expectativa e se deu conta de que havia chegado ao fim de seu discurso, e agora todos pensavam que ela estava apenas acrescentando suspense gratuito a um momento que não precisava de enfeites.

— Senhor Sering, está em posição? — perguntou ela em canal aberto, para o benefício de todos. Sering era o voluntário, o homem que deixariam para trás. Ele orbitaria seu laboratório do tamanho de um planeta com o passar dos longos anos, trancado em criogenia até que chegasse a hora de se tornar o mentor de uma nova raça de primatas sencientes. Kern quase o invejava, pois ele veria, ouviria e experimentaria coisas como nenhum outro humano. Ele seria o novo Hanuman: o deus-macaco.

Quase invejava, mas no final Kern preferia partir para empreender outros projetos. Que os outros se tornassem deuses de meros mundos únicos. Ela iria caminhar pelas estrelas e chefiar o panteão.

— Eu não estou em posição, não. — E, aparentemente, ele sentia que também era merecedor de um público mais amplo, pois havia transmitido no canal geral.

Kern sentiu uma pontada de aborrecimento. *Não posso fazer tudo sozinha fisicamente. Por que é que frequentemente as outras pessoas não conseguem corresponder aos meus padrões, quando confio nelas?* Enviou, somente para Sering:

— Talvez possa me explicar o motivo?

— Eu esperava poder dizer algumas palavras, dra. Kern.

Seria o último contato dele com sua espécie por um longo tempo, ela sabia, e parecia apropriado. Se ele pudesse fazer um bom discurso, isso só contaria pontos para a lenda dela. Então ela segurou um pouco a comunicação principal, configurando a entrada de Sering com alguns segundos de atraso, apenas para o caso de ele ficar sentimental ou começar a dizer algo inadequado.

— Este é um ponto de virada na história humana. — A voz de Sering, sempre um pouco melancólica, chegou até ela, e depois a todos os outros. A imagem dele estava nos HUDs Olho da Mente, com a gola de seu traje ambiental laranja brilhante fechada até o queixo. — Tive que pensar bastante e com muita dificuldade antes de me comprometer com esta tarefa, como vocês podem imaginar. Mas algumas coisas são importantes demais. Às vezes você simplesmente tem de fazer a coisa certa, custe o que custar.

Kern assentiu, satisfeita. *Seja um bom macaco e termine logo, Sering. Alguns de nós têm legados a construir.*

— Chegamos tão longe, e ainda cometemos os erros mais antigos — continuou Sering, obstinado. — Estamos aqui com o Universo ao nosso alcance e, em vez de levar adiante os nossos próprios destinos, somos coniventes com nossa própria obsolescência.

A atenção de Kern havia se desviado um pouco e, quando ela se deu conta do que Sering dissera, as palavras já tinham sido transmitidas para a tripulação. Kern registrou de repente um murmúrio de mensagens preocupadas entre eles, e até simples palavras sussurradas entre os que estavam mais perto dela. Enquanto isso, a dra. Mercian lhe enviou um alerta em outro canal:

— Por que Sering está no núcleo do motor?

Sering não deveria estar no núcleo do motor da agulha. Sering deveria estar no Módulo Sentinela, pronto para ocupar seu lugar em órbita — e na história. Kern cortou a comunicação de Sering com a tripulação e enviou-lhe uma mensagem enfurecida, exigindo saber o que pensava que estava fazendo. Por um momento o avatar dele olhou para ela em seu campo visual, e então a voz dele ficou sincronizada com os lábios.

— A senhora tem que ser detida, dra. Kern. A senhora e toda a sua laia: seus novos humanos, novas máquinas, novas espécies. Se a senhora tiver sucesso aqui, então haverá outros mundos: a senhora mesma disse isso, e eu sei que eles estão sendo terraformados neste instante. Isso termina aqui. *Non Ultra Natura!* Não maior que a natureza.

Kern desperdiçou momentos vitais de potencial dissuasão recorrendo ao abuso pessoal, até que Sering voltou a falar:

— Eu cortei a senhora, doutora. Faça o mesmo comigo, se quiser, mas agora eu vou falar e a senhora não vai me interromper.

Ela estava tentando reassumir o comando, percorrendo os sistemas de controle do computador para descobrir o que Sering tinha feito, mas ele a trancara do lado de fora de modo elegante e seletivo. Havia áreas inteiras dos sistemas da instalação que simplesmente não apareciam no esquema mental de Kern, e quando ela questionou o computador a respeito, ele se recusou a reconhecer a existência deles. Nenhum deles era crítico para a missão — nem o Barril, nem o Frasco, nem mesmo o Módulo Sentinela —, logo, nenhum deles fazia parte dos sistemas que Kern vinha verificando obsessivamente todos os dias.

Talvez não fossem críticos para a missão, mas eram críticos para a *instalação*.

— Ele desativou as proteções do reator — relatou Mercian. — O que está acontecendo? Por que Sering está no núcleo do motor? — Alarme, mas não pânico total, o que era um bom termômetro para o humor da tripulação ao redor.

Ele está no núcleo do motor porque sua morte será instantânea e total e, portanto, provavelmente indolor, supôs Kern. Ela já estava em movimento, para surpresa dos demais. Estava indo para cima, subindo até o poço de acesso que levava ao delgado eixo central da estação, afastando-se do andar exterior que permanecia "para baixo" apenas enquanto Kern estivesse perto dele; saindo daquele poço gravitacional falso em direção à longa agulha em torno da qual todos eles giravam. Havia uma enxurrada de mensagens cada vez mais preocupadas. Vozes gritavam nos seus calcanhares. Alguns deles a seguiriam, Kern sabia.

Sering continuava despreocupado:

— Isso não é nem o começo, dra. Kern. — Seu tom era implacavelmente deferente, mesmo em rebelião. — Lá em casa já terá começado. Lá em casa provavelmente até já acabou. Daqui a mais alguns anos, talvez, a senhora ouvirá que a Terra e nosso futuro foram retomados pelos humanos. Sem macacos aprimorados, dra. Kern. Sem computadores divinos. Sem shows de formas humanas monstruosas. Teremos o Universo para nós, como era o que nos cabia: como sempre foi nosso destino. Em todas as colônias, no sistema solar e fora dele, nossos agentes terão efetuado suas ações. Teremos assumido o poder… com o consentimento da maioria, a senhora entende, dra. Kern.

E Kern estava cada vez mais e mais leve, arrastando-se em direção a um "para cima" que ia se tornando um "para dentro". Sabia que deveria estar amaldiçoando Sering, mas de que isso adiantava se ele nunca a ouviria?

Não foi um caminho tão longo até a ausência de peso do interior oco da agulha. Então Kern encarou sua escolha: seguir em direção ao núcleo do motor, onde Sering sem dúvida havia tomado providências para garantir que não seria perturbado; ou para longe. Longe num sentido muito definitivo.

Kern poderia cancelar qualquer coisa que Sering tivesse feito. Tinha total confiança na superioridade de suas habilidades. Mas isso levaria tempo. Se Kern se jogasse ali, descendo a agulha em direção a Sering, suas armadilhas e seus bloqueios de acesso, tempo seria algo cujo benefício ela não teria.

— E se os poderes constituídos nos rejeitarem, dra. Kern — continuava a voz odiosa em seu ouvido —, então nós lutaremos. Se for preciso recuperar o destino da humanidade pela força, então nós o faremos.

Ela mal conseguia assimilar o que Sering estava dizendo, mas uma fria sensação de medo se insinuava em sua mente: não do perigo para si mesma e a Brin 2, mas o que Sering estava dizendo sobre a Terra e as colônias. *Uma guerra? Impossível. Nem mesmo os NUNS...* Mas era verdade que haviam acontecido alguns incidentes: assassinatos, rebeliões, bombas. Toda a Base Europa havia sido comprometida. Mas os NUNS estavam cuspindo na tempestade inevitável do destino manifesto. Kern sempre tinha acreditado nisso. Esses surtos representavam os últimos estertores dos que não queriam que a humanidade evoluísse.

Ela agora estava indo na outra direção, distanciando-se do núcleo do motor, como se a Brin tivesse espaço o suficiente em seu interior para ela escapar da explosão que se aproximava. Mas ela era profundamente racional. Sabia exatamente para onde estava indo.

À sua frente estava o portal circular que dava no Módulo Sentinela. Somente ao vê-lo Kern percebeu que alguma parte de sua mente — a parte em que sempre confiara para refinar os cálculos mais complexos — já havia entendido por completo a situação e discernido a única saída difícil, porém possível.

Era ali que Sering deveria estar. Aquela era a barca lenta para o futuro que ele — em uma linha do tempo sã — estaria pilotando. Agora Kern ordenou que a porta se abrisse, aliviada ao descobrir que aquela — a única peça de equipamento que era realmente da conta de Sering — parecia ter permanecido livre da intromissão dele.

A primeira explosão veio, e Kern pensou que seria a última. A Brin rangeu e solavancou em torno dela, mas o núcleo do motor permaneceu estável... conforme evidenciado pelo fato de que a própria

Kern não havia se desintegrado. Ela voltou a sintonizar o turbilhão de mensagens frenéticas trocadas pela tripulação. Sering havia colocado bombas nos módulos de fuga. Não queria que ninguém evitasse o destino que decretara para si mesmo. Será que Sering teria se esquecido de alguma forma do Módulo Sentinela?

A detonação dos módulos empurraria a Brin 2 para fora de sua posição, fazendo com que vagasse em direção ao planeta ou ao espaço. Kern tinha que se afastar dali.

A porta se abriu ao seu comando, e Kern mandou o Módulo Sentinela executar um diagnóstico no mecanismo de liberação. Havia tão pouco espaço ali dentro, apenas o caixão criogênico — *não pense nele como um caixão!* — e os terminais de seus sistemas associados.

O centro a estava questionando: Kern não era a pessoa certa, nem estava usando o equipamento adequado para criogenia prolongada. *Mas não pretendo ficar aqui por séculos, apenas tempo o suficiente para enfrentar isto.* Ela rapidamente ignorou essas bobagens, e, quando acabou o diagnóstico, havia detectado pontualmente a violação de Sering, ou melhor, identificado, por eliminação, as partes do processo de liberação que ele havia apagado de sua notificação direta.

Sons de fora sugeriram que o melhor caminho de ação era ordenar que a porta fosse fechada e em seguida travar os sistemas para que ninguém de fora pudesse invadir.

Kern subiu no tanque de criogenia, e foi mais ou menos nesse momento que as batidas começaram; aqueles outros da tripulação que tinham se dado conta da mesma coisa que ela, porém um pouco mais tarde. Ela bloqueou as mensagens deles. Bloqueou Sering também, que obviamente não iria dizer nada de útil para ela agora. Era melhor que ela não tivesse que compartilhar sua mente com ninguém, exceto os sistemas de controle do centro.

Não fazia ideia de quanto tempo tinha, mas trabalhou com o equilíbrio de velocidade e cuidado que era sua marca registrada e a havia levado até onde ela estava agora. *Isso me levou a liderar a instalação Brin 2 e me colocou aqui no Módulo Sentinela. Que macaco esperto e condenado eu sou.* As batidas abafadas estavam mais insistentes, mas o módulo só tinha lugar para um. Seu coração sempre fora duro, mas ela descobriu que precisava endurecê-lo ainda mais e não pensar em todos aqueles nomes e rostos, seus colegas leais, que ela e Sering estavam condenando a um fim explosivo.

Do qual eu mesma ainda não escapei, lembrou a si mesma. E então descobriu: um caminho de liberação improvisado na base da gambiarra que evitou os sistemas fantasmas de Sering. Isso funcionaria? Ela não tinha nenhuma chance de um exercício de simulação, tampouco outras opções. Nem tinha mais tempo algum, suspeitou.

Liberar, ordenou ao centro e, em seguida, desativou todas as diferentes maneiras com que ele fora programado para perguntar "Tem certeza?", até que sentiu o movimento dos mecanismos ao seu redor.

Então o centro queria que ela entrasse em sono frio imediatamente, como havia sido o plano, mas ela o fez esperar. Se o capitão não ia afundar com seu navio, ia pelo menos observar seu fim à distância. *E de quanta distância isso precisaria?*

Havia, àquela altura, vários milhares de mensagens clamando por sua atenção. Cada membro da tripulação queria falar com ela, mas ela não tinha nada a dizer a nenhum deles.

O Módulo Sentinela também não tinha janelas. Se Kern quisesse, o Módulo poderia ter mostrado uma tela de HUD do rápido afastamento da Brin 2, conforme sua pequena cápsula de vida caía em sua orbita pré-arranjada.

Agora ela voltava aos sistemas da Brin, sua comunicação interna impulsionada pelo centro do Sentinela, e o instruiu: *lance o Barril*.

Kern se perguntou se seria apenas um problema de timing ruim, mas, em retrospecto, aquela provavelmente fora a primeira e mais cuidadosa tarefa executada por Sering: sutil o suficiente para escapar em todas as suas verificações, porque, claro, a liberação mecânica real para o Frasco e o Barril era algo em que ela praticamente não prestava atenção. *Sobre os ombros dos outros*, disse, mas não parou para pensar nos que estavam abaixo dela naquela pirâmide de realizações. Mesmo o mais humilde deles teve que concordar em suportar o peso dela, ou tudo aquilo iria cair.

Viu o clarão, não no olho da sua mente, mas através do breve desfolhar de relatórios de danos dos computadores da Brin 2, no instante em que todos os seus colegas e suas instalações, e o traidor Sering, e todo o seu trabalho subitamente se tornaram não mais que uma nuvem de fragmentos em rápida dispersão, um sopro fantasmagórico de atmosfera em dissipação, com alguns restos orgânicos irreconhecíveis.

Corrija a rota e estabilize. Ela estava esperando uma onda de choque, mas o Módulo Sentinela já estava longe o suficiente, e a energia e a matéria da Brin 2 eram tão minúsculas comparadas às distâncias envolvidas que quase nenhum ajuste foi necessário para garantir que o Módulo Sentinela permanecesse dentro de sua órbita programada.

Mostre-me. Ela se preparou para a imagem, mas, realmente, àquela distância, não parecia quase nada. Um flash; um minúsculo barco destruído com todas as suas ideias e os seus amigos.

No cômputo final, aquilo tudo não fora nada além de um barril de macacos superdesenvolvidos. Daquela distância, contra o vasto e indiferente pano de fundo de Tudo o Mais, era difícil dizer por que tudo isso tivera tanta importância.

Farol de emergência, ordenou. Porque eles precisariam saber, na Terra, o que tinha acontecido. Tinham que saber que deveriam ir buscá-la, acordá-la como se ela fosse a Bela Adormecida. Afinal, ela era a dra. Kern. Era o futuro da raça humana, bem ali. Eles *precisavam* dela.

Vinte longos anos para seu sinal chegar à Terra. Bem mais que isso para o resgate voltar, mesmo com os melhores motores de fusão empregados para acelerar até três quartos da velocidade da luz. Mas seu corpo frágil sobreviveria esse tempo todo em criogenia — e mais que isso.

Algumas horas depois, Kern viu o fim de tudo: viu o Barril atingir a atmosfera.

Ele não estava na trajetória planejada; a conflagração da Brin 2 o tinha enviado a uma tangente, de modo que por muito pouco ele escapou de ser lançado para sempre no espaço vazio. Sua carga não se importaria, no longo prazo. O Barril queimou, riscando a atmosfera do mundo verde como um meteoro. De alguma forma, pensar no terror insano que seus ocupantes primatas deviam estar sentindo enquanto morriam na ignorância pelo medo e pelo fogo a comoveu mais que a morte de seus companheiros humanos. *E Sering não usaria isso como prova de que estava certo?*

Por força do hábito, uma redundante minúcia profissional, Kern localizou o Frasco, observando enquanto o cilindro menor caía através da atmosfera em um ângulo mais suave, entregando sua carga viral para um mundo desprovido dos símios aos quais era destinada.

Sempre podemos conseguir mais macacos. Era um mantra curioso, mas a fez sentir-se melhor. O vírus de aceleração duraria milênios. O projeto sobreviveria à traição e à morte de seus criadores. A própria Kern garantiria isso.

Fique atento a qualquer alteração nos sinais de rádio. Me acorde quando ouvir uma, instruiu.

O computador do Módulo não gostou disso. Solicitou parâmetros mais exatos. Kern pensou em todos os desenvolvimentos lá em casa dos quais poderia querer ficar a par. Listar todos era o mesmo que tentar prever o futuro.

Então me dê opções.

Seu HUD começou a transbordar de possibilidades. O computador do Módulo era uma peça sofisticada de engenharia, complexa o bastante a ponto de fingir senciência, ainda que não de modo totalmente convincente.

Fazer upload da instalação, observou Kern. Não era o pensamento mais agradável do mundo, mas ela não estava sempre dizendo como a vida seria muito mais fácil se ela mesma pudesse organizar tudo? O Módulo poderia fazer upload de uma imagem da consciência de Kern em si mesmo. Embora fosse uma cópia imperfeita, formaria um compósito Kern-computador capaz de reagir a acontecimentos externos em uma simulação do melhor juízo de Kern. Ela examinou as advertências e notas: mais tecnologia de ponta na qual eles, por direito, foram os pioneiros. Com o tempo, a previsão era que a rede de IA iria incorporar ainda mais a Kern do upload para que o compósito fosse capaz de fazer distinções cada vez mais finas. Potencialmente, o resultado final seria algo mais inteligente e mais capaz que a simples soma total de humano e máquina combinados.

Faça isso, instruiu Kern, recostando-se e esperando que o Módulo começasse a escanear seu cérebro. *Vamos torcer para que a expedição de resgate venha rápido.*

1.2 A PEQUENA CAÇADORA CORAJOSA

Ela é Portia, e está caçando.

Ela tem oito milímetros de comprimento, mas é um tigre dentro de seu mundo minúsculo, feroz e astuta. Como todas as aranhas, tem um corpo com duas partes. O pequeno abdômen contém seus pulmões folhosos e a maior parte de seu intestino. Sua cabeça-corpo é dominada por dois olhos enormes voltados para a frente, para uma visão binocular perfeita, sob um par de tufos minúsculos que a coroam como chifres. Ela é toda peluda, com pelos em padrões irregulares de castanho e preto. Para predadores, parece mais uma folha morta que uma presa viva.

Ela espera. Abaixo de seus incríveis olhos, suas presas são ladeadas por aparatos bucais semelhantes a membros: seus palpos, de uma cor surpreendentemente branca como um bigode trêmulo. A ciência a batizou de *Portia labiata*, apenas mais uma espécie despretensiosa de papa-moscas.

Sua atenção está fixada em outra aranha em casa na sua rede. Aquela ali é uma *Scytodes pallida*, de membros mais longos, corcunda e capaz de cuspir uma teia tóxica. As Scytodes são especialistas em capturar e devorar papa-moscas como Portia.

Portia é especialista em comer aranhas que comem aranhas, e a maioria delas é maior e mais forte que ela.

Seus olhos são extraordinários. A acuidade visual de um primata se projeta para fora daqueles discos do tamanho de uma cabeça de alfinete e das câmaras flexíveis por trás deles, juntando as peças do mundo ao redor dela.

Portia não pensa. Seus sessenta mil neurônios mal formam um cérebro, em contraste com os cem bilhões de um ser humano. Mas algo acontece naquele pequeno nó de tecido. Ela já reconheceu seu inimigo e sabe que a saliva dele tornará fatal qualquer ataque frontal. Portia começou a brincar com a borda da teia da Scytodes, enviando-lhe mentiras táteis de variados matizes para ver se ela pode ser atraída para fora. O alvo se contraiu uma ou duas vezes, mas não se deixará enganar.

Isso é o que algumas dezenas de milhares de neurônios podem fazer: Portia tentou e falhou, variação atrás de variação, focando naquelas que provocaram mais reações, e agora vai fazer as coisas de maneira diferente.

Seus olhos penetrantes examinaram os arredores da teia, os galhos e gravetos pendurados acima e abaixo dela. Em algum lugar de seu pequeno nó de neurônios, um mapa tridimensional foi construído a partir de seu escrutínio meticuloso, e ela traçou uma rota minuciosa para um ponto de onde pode atacar a Scytodes de cima, como um assassino minúsculo. A abordagem não é perfeita, mas é a melhor que o ambiente permitirá, e seu fragmento de cérebro planejou tudo isso como um exercício teórico antes da hora. A abordagem planejada irá tirá-la da vista de sua presa durante grande parte da jornada, e, mesmo quando sua presa estiver fora da vista, permanecerá em sua mente minúscula.

Se sua presa fosse algo diferente da Scytodes, então ela teria táticas diferentes... ou experimentaria até algo funcionar. Geralmente funciona.

Os ancestrais de Portia têm feito esses cálculos e tomado essas decisões há milênios, cada geração uma fração mais proficiente que a anterior, porque os melhores caçadores são aqueles que comem bem e colocam mais ovos.

Até agora, muito natural, e Portia está prestes a partir em sua jornada quando um movimento atrai seu olhar.

Outro de sua espécie chegou, um macho. Ele também estava estudando a Scytodes, mas agora seus olhos perspicazes estão fixos nela.

Indivíduos anteriores de sua espécie poderiam ter decidido que o pequeno macho era um almoço mais seguro que a Scytodes e feito seus planos de acordo com esse fato, mas agora algo muda. A presença do macho fala com ela. É uma experiência nova e complexa. A figura agachada lá do outro lado da teia da Scytodes não é apenas uma presa/companheira/irrelevante. Há uma conexão invisível amarrando os dois. Portia não compreende bem que ele é *algo como ela*, mas sua capacidade incrível de calcular estratégias ganhou uma nova dimensão. Aparece uma nova categoria que expande suas opções uma centena de vezes: *aliado*.

Por longos minutos, as duas aranhas caçadoras examinam seus mapas mentais enquanto a Scytodes paira pacientemente alheia entre eles. Então Portia observa o macho rastejar um pouco pela borda da teia. Ele espera que Portia se mova. Ela não se move. Ele se move novamente. Por fim, ele chegou aonde sua presença altera o cálculo instintivo de probabilidades dela.

Ela se move ao longo da rota que vinha traçando, rastejando, pulando, descendo por um fio, e durante todo esse tempo sua mente retém a imagem daquele mundo tridimensional, e das duas outras aranhas dentro dele.

Finalmente Portia está posicionada acima da teia da Scytodes, de volta ao campo de visão do macho imóvel. Ela espera até que ele faça seu movimento. Ele desliza até os fios de seda, testando cautelosamente seu equilíbrio. Seus movimentos são mecânicos, repetitivos, como se ele fosse apenas um fragmento de folha morta que o vento levou até a teia. A Scytodes se desloca uma vez e depois permanece parada. Uma brisa agita a teia e o macho se move mais rapidamente sob a cobertura do ruído branco dos fios que balançam.

Ele salta e dança subitamente, falando a língua da teia em voz alta e em termos precisos: *Presa! Presa aqui, tentando escapar!*

A Scytodes se põe em movimento instantaneamente, e Portia ataca, caindo atrás de seu inimigo deslocado e afundando as presas nele. Seu veneno imobiliza a outra aranha rapidamente. A caçada acabou.

Logo depois, o pequeno macho retorna e eles ficam se encarando, tentando construir uma nova imagem do mundo deles. Eles se alimentam. Ela está constantemente prestes a afastá-lo, e, no entanto, essa nova dimensão, esse algo em comum, detém suas presas. Ele é uma presa. Ele *não* é uma presa.

Mais tarde, eles caçam juntos novamente. Formam uma boa equipe. Juntos, são capazes de enfrentar alvos e situações dos quais, sozinhos, qualquer um dos dois teria recuado.

Finalmente, ele é promovido de presa/não presa a companheiro, porque os comportamentos de Portia são limitados em relação aos machos. Depois do ato de acasalar, outros instintos vêm à tona e a parceria deles chega ao fim.

Ela põe sua ninhada, os muitos ovos de uma caçadora muito bem-sucedida.

Seus filhos serão lindos e inteligentes e crescerão até o dobro do tamanho dela, infectados com o nanovírus que Portia e o macho carregam. As próximas gerações serão maiores, mais inteligentes e ainda mais bem-sucedidas, uma após a outra evoluindo seletivamente a uma taxa viralmente acelerada para que os mais capazes de explorar essa nova vantagem dominem o pool genético do futuro.

Os filhos de Portia herdarão o mundo.

1.3 AS LUZES SE APAGAM

A dra. Avrana Kern acordou com uma dúzia de feeds complexos de informações, nenhum dos quais a ajudou a restaurar suas memórias do que havia acabado de acontecer ou de por que ela estava grogue, recuperando a consciência numa unidade criogênica. Ela não conseguia abrir os olhos; todo o seu corpo estava com cãibra e não havia nada em seu espaço mental a não ser o excesso de informações atacando-a, todos os sistemas do Módulo Sentinela gritando seus relatórios.

Modo Eliza!, ela conseguiu instruir, sentindo-se enjoada, inchada, constipada e superestimulada ao mesmo tempo enquanto o maquinário do caixão trabalhava para trazê-la de volta a algo que lembrava atividade vital.

— Bom dia, dra. Kern — disse o centro do Sentinela em seus centros auditivos. Ele havia assumido uma voz de mulher, forte e reconfortante. Kern não se reconfortou. Queria perguntar por que estava ali no Módulo Sentinela, mas podia sentir a resposta continuamente prestes a atingi-la, porém nunca aterrissando propriamente.

Só me dê algo para recuperar minhas memórias!, ordenou ela.

— Isso não é recomendado — advertiu o centro.

Se você quiser que eu tome qualquer tipo de decisão... e então tudo desabou aos pedaços em sua cabeça, represas rompendo para liberar uma enchente de revelações horríveis. A Brin 2 não existia mais. Seus colegas não existiam mais. Os macacos não existiam mais. Tudo estava perdido, exceto ela mesma.

E ela havia mandado que o centro a acordasse quando os sinais de rádio chegassem.

Ela tentou respirar fundo, mas o peito não funcionou correta-mente e ela apenas ofegou. *Já estava na hora*, disse ao centro, ainda que essa afirmação não tivesse sentido para o computador. Agora que ele estava falando com ela, ela instintivamente sentiu que de-veria conversar com ele como se fosse humano. Esse sempre fora um efeito colateral irritante do modo Eliza. *Quanto tempo se passou, padrão da Terra?*

— Catorze anos e setenta e dois dias, doutora.

Isso é... Kern sentiu sua garganta abrir um pouco.

— Não pode estar... — Não adianta dizer a um computador que ele não podia estar certo, mas ele *não estava* certo. Não era o suficien-te. A notícia não poderia ter chegado à Terra e uma nave de resgate ter vindo nesse período. Mas então a esperança surgiu. Naturalmen-te, alguma nave *já estava* indo buscá-la antes de Sering destruir a Brin 2. Sem dúvida, o status do homem como um agente NUN havia sido descoberto muito tempo antes, quando a revolta ridícula deles fracas-sou. Ela estava salva. Com certeza estava salva.

Inicie o contato, disse ao centro.

— Receio que não seja possível, doutora.

Ela resmungou e tornou a acionar os feeds do sistema, sentindo--se mais capaz de lidar com eles agora. Cada parte do módulo se abriu para ela, confirmando seu funcionamento. Ela verificou a comunica-ção. Os receptores estavam dentro da tolerância. Os transmissores estavam funcionando: enviando o sinal de socorro dela e também rea-lizando sua função principal, transmitindo um conjunto complexo de mensagens para o planeta abaixo. Claro, a intenção era a de que algum dia aquele mesmo planeta se tornasse o berço de uma nova espécie que poderia receber e decodificar essas mensagens. Agora não havia chance alguma de que isso pudesse acontecer.

— Está tudo... — Sua voz rouca a enfureceu. *Esclareça. Qual é o problema?*

— Receio que não haja nada com que iniciar o contato, douto-ra — disse a ela o modo Eliza do centro, educadamente. A atenção dela foi então direcionada a uma simulação do espaço ao seu redor: planeta, Módulo Sentinela. Nenhuma nave da Terra.

Explique.

— Houve uma mudança nos sinais de rádio, doutora. Receio solicitar uma decisão do Comando quanto ao seu significado.

— Quer parar de dizer "Receio"? — disse ela com a voz rouca e furiosa.

— Claro, doutora. — E iria parar, ela sabia. Esse maneirismo particular seria bloqueado em sua fala a partir daquele momento. — Desde que você entrou em criogenia, tenho monitorado sinais da Terra.

— E? — Mas a voz de Kern vacilou um pouco. *Sering mencionou uma guerra. Houve notícias de uma guerra?* E, depois disso: *O centro sequer saberia me acordar? Não seria capaz de filtrar conteúdos como este. Então, o que...?*

Estivera lá o tempo todo, perdido em meio à profusão de dados, e o centro destacava isso agora. Não uma presença, mas uma ausência.

Kern queria perguntar: *Para o que estou olhando?* Queria dizer que ele estava errado novamente. Queria verificar, como se já não estivesse verificando cada momento.

Não havia mais sinais de rádio da Terra. Os últimos vestígios deles haviam passado pelo Módulo Sentinela e, irradiando para fora da Terra na velocidade da luz, já estavam datados fazia vinte anos quando passaram por ela rumo ao vazio.

Quero ouvir as últimas doze horas de sinais.

Ela pensara que haveria muitos deles, mas eram poucos, difusos, codificados. Os que pôde interpretar eram pedidos de ajuda. Kern rastreou as 48 horas anteriores a eles, tentando juntar tudo. O gravador do centro não havia retido mais do que isso. Os detalhes exatos já tinham sido perdidos, afastando-se dela mais rápido do que ela possivelmente poderia perseguir. Mas a guerra de Sering havia estourado; isso era tudo em que conseguia pensar. Tinha chegado e começado a extinguir colônias em todo o espaço humano. As luzes se apagaram por todo o sistema solar, quando os NUNS e seus aliados se revoltaram e lutaram com seus inimigos pelo destino da humanidade.

Que tivesse havido uma escalada parecia algo incontestável. Kern estava bem ciente de que os governos da Terra e as colônias possuíam armas de potencial aterrorizante, e a ciência teórica existia para muito pior.

A guerra na Terra tinha se aquecido, disso ela sabia. Nenhum dos lados recuou. Ambos haviam forçado a situação, tirando novos brinquedos da caixa. O início da guerra ficara perdido na janela de rádio de dois dias e meio, mas Kern tinha a terrível suspeita de que todo o conflito global havia durado menos de uma semana.

E agora, a vinte anos-luz de distância, a Terra jazia silenciosa: ficara em silêncio por duas décadas. Será que ainda existiam pessoas lá? Será que toda a raça humana havia sido exterminada, exceto por ela, ou simplesmente fora lançada de volta a uma nova idade das trevas, na qual as pessoas estúpidas e embrutecidas olhavam para as luzes que se moviam no céu e haviam se esquecido de que seus ancestrais as haviam construído?

— As estações, as colônias intrassolares... as outras... — conseguiu dizer.

— Uma das últimas transmissões da Terra foi um vírus eletrônico em todas as frequências e todas as direções, doutora — relatou Eliza dolorosamente. — Seu objetivo era infectar e incapacitar qualquer sistema que o recebesse. Aparentemente, ele foi capaz de penetrar na segurança existente. Suponho que os vários sistemas das colônias tenham sido desligados.

— Mas isso significa... — Avrana já estava sentindo tanto frio quanto qualquer outro humano poderia sentir. Esperou pelo frio da compreensão, mas não veio nenhum. As colônias intrassolares e um punhado de bases extrassolares ainda estavam sendo terraformadas; elas haviam sido construídas no início da história espacial da humanidade, e, depois do desenvolvimento da tecnologia, a vasta presença de assentamentos humanos lá retardara o processo: muitas pessoas para incomodar. Planetas Tábula Rasa eram muito mais rápidos, e o Mundo de Kern foi o primeiro deles a ser concluído. Além da Terra, a humanidade era terrivelmente, terrivelmente dependente de sua tecnologia, de seus computadores.

Se um vírus daqueles tivesse assumido o controle dos sistemas em Marte ou Europa e desabilitado aqueles sistemas, isso significava morte. Morte rápida, morte fria, morte sem ar.

— Como foi que *você* sobreviveu, então? Como foi que *nós* sobrevivemos?

— Doutora, o vírus não foi desenvolvido para atacar uploads de constructos de personalidade humana experimentais. Sua presença dentro de meus sistemas me impediu de ser um hospedeiro adequado para o vírus.

Avrana Kern olhou para a escuridão dentro do Módulo Sentinela além das luzes de seu HUD, pensando em todos os lugares na escuridão maior mais além nos quais a humanidade havia um dia feito para si mesma um lar frágil como uma casca de ovo. No fim das contas, tudo o que Kern conseguiu perguntar foi:

— Por que você me acordou?

— Solicito que tome uma decisão de Comando, doutora.

— De que decisão de Comando você poderia precisar agora? — perguntou Kern acidamente ao computador.

— Será necessário que você retorne à criogenia — disse-lhe o centro, e agora ela sentiu amargamente a falta do "Receio que", o qual acrescentava uma sensação muito necessária de hesitação humana. — No entanto, a falta de informações sobre as circunstâncias externas atuais significa que provavelmente não serei capaz de determinar um gatilho apropriado para despertá-la. Também acredito que você mesma pode não ser capaz de me instruir com relação a tal gatilho, embora possa me dar quaisquer instruções que desejar, ou, como alternativa, simplesmente especificar um período. Nesse caso, você pode simplesmente confiar no seu upload de personalidade para acordá-la no momento apropriado.

O eco do que ficou por dizer ressoou em sua mente: *Ou nunca. Pode nunca haver um momento.*

Mostre-me o planeta.

O grande orbe verde ao redor do qual ela estava girando foi apresentado a ela, e todas as suas medidas e atributos, cada um deles ligando-se a uma árvore esquemática de detalhes adicionais. Em algum lugar ali dentro estavam os créditos, os nomes dos mortos que projetaram e construíram cada parte e peça dele, que orientaram suas placas tectônicas e deram vida a seus sistemas meteorológicos, aceleraram sua erosão e semearam seu solo com vida.

Mas os macacos queimaram. Foi tudo em vão.

Parecia impossível que ela tivesse estado tão perto desse grande sonho, a propagação da vida por todo o Universo, a diversificação da inteligência, a sobrevivência garantida do legado da Terra. *E então veio a guerra, e a idiotice de Sering, simplesmente cedo demais.*

Quanto tempo podemos durar? foi a pergunta de Kern.

— Doutora, nossos painéis solares devem permitir nossa sobrevivência por um período indefinido. Embora seja possível que impactos externos ou o acúmulo de defeitos mecânicos possam em algum momento resultar no término do funcionamento, não há limite conhecido para nossa vida útil.

Essa fala provavelmente havia sido concebida com a intenção de ser um pronunciamento de esperança. Para Kern, soou mais como uma sentença de prisão.

Deixe-me dormir, disse ela ao módulo.

— Solicito orientação sobre quando acordá-la.

Kern riu disso, o som de sua própria voz horrível naquele confinamento.

— Quando a nave de resgate chegar. Quando os macacos responderem. Quando o upload do meu eu morto-vivo decidir. Isso é o suficiente?

— Acredito que posso trabalhar dentro dessas tolerâncias, doutora. Agora vou prepará-la para o retorno à criogenia.

Dormir por um período longo, solitário. Ela voltaria ao túmulo, e um simulacro de si mesma permaneceria vigiando um planeta silencioso, em um universo silencioso, como o último posto avançado da grande civilização humana espacial.

2

PEREGRINAÇÃO

2.1 A DOIS MIL ANOS DE CASA

Holsten Mason despertou subitamente em um pesadelo claustrofóbico, derrotando-o quase no mesmo instante em que foi atingido. A experiência lhe permitiu reconhecer onde estava e por que isso não era motivo para sobressalto, mas os velhos instintos de macaco ainda tiveram seu momento de glória, gritando *Estou preso! Estou preso!* nos corredores de sua mente.

Macacos de merda. Ele estava morrendo de frio e fechado num espaço em que seu corpo mal cabia, com o que pareciam ser mil agulhas sendo retiradas de sua pele cinza e insensível sem nervos — e tubos sendo arrancados de áreas mais íntimas —, nada disso sendo feito com muito senso de carinho ou cuidado.

Para a câmara de suspensão, era um trabalho como outro qualquer. Ele gostaria de pensar que realmente odiava câmaras de suspensão, mas isso não era exatamente uma opção para qualquer membro da raça humana naquele momento.

Por um momento, pensou que era o fim; estava sendo acordado, mas não libertado, para ficar preso, em vez disso, atrás do vidro gelado, sem poder ser ouvido nem notado em uma nave vasta e vazia com cadáveres congelados para sempre, avançando para o nada das profundezas do espaço.

A claustrofobia primitiva o tomou de assalto pela segunda vez. Ele já estava lutando para levantar as mãos, para bater na capa transparente acima, quando o selo silvou e a luz fraca e indireta foi substituída pelo brilho forte das lâmpadas da nave.

Os olhos dele mal piscaram. A câmara de suspensão teria preparado seu corpo para aquele despertar muito antes de se dignar a despertar sua mente de volta à vida. Com um certo atraso, ele se perguntou se algo teria dado errado. Havia um número limitado de circunstâncias sob as quais teria sido revivido, afinal. Mas não estava ouvindo nenhum alarme, e o leitor de status bastante limitado dentro da câmara só apresentava as barras azuis de segurança. *A menos que seja isso o que está quebrado, claro.*

A nave-arca *Gilgamesh* havia sido construída para durar por muito tempo, usando cada peça de arte e ciência que a civilização de Holsten conseguira arrancar das mãos de seus antepassados, frias e murchas por causa do vácuo. Mesmo assim, se houvesse escolha, ninguém teria confiado, pois como alguém poderia ter fé de que uma máquina — qualquer máquina, qualquer obra resultante das mãos da humanidade — poderia durar ao longo dos períodos assombrosos que seriam necessários para aquela jornada?

— Feliz aniversário! Você agora é o homem mais velho da história! — disse uma voz brusca. — Agora levante logo, preguiçoso. Precisamos de você.

Os olhos de Holsten focaram um rosto, nominalmente um rosto de mulher. Era duro, enrugado, com queixo e maçãs do rosto ossudos, e o cabelo cortado tão rente quanto o seu. Câmaras de suspensão não eram boas para o cabelo humano.

Isa Lain: engenheira-chefe da tripulação principal da *Gilgamesh*.

Holsten começou a tentar fazer alguma piada sobre nunca pensar que ela diria que precisava dele, mas as palavras saíram arrastadas e ele perdeu o timing. Ela entendeu o suficiente para olhar para ele com desprezo.

— *Precisar* não é o mesmo que *querer*, velhote. Levante-se. E abotoe o traje; sua bunda está aparecendo.

Sentindo-se como um homem acabado de cem anos, ele se curvou e, com dificuldade, colocou as pernas para fora do tanque em forma de caixão que tinha sido seu lugar de descanso por...

O homem mais velho do quê mesmo? As palavras de Lain lhe vieram à mente com o choque da compreensão.

— Ei — disse ele com voz pesada. — Quanto tempo? A que distância? — *Chegamos sequer a sair do sistema solar? Devemos ter saído, para ela dizer isso...* E, como se pudesse ver através das paredes tão próximas que o confinavam, Holsten subitamente sentiu o imenso vazio que devia existir lá fora além do casco, um vazio que nenhum ser humano havia investigado antes da era glacial, desde os dias do Antigo Império, milênios antes.

A sala de suspensão da tripulação principal era apertada, mal havia espaço para os dois e as fileiras de caixões: o caixão de Holsten e outros dois abertos e vazios, o restante ainda com os cadáveres-mas--nem-tanto de outra tripulação vital, caso houvesse necessidade de que eles retomassem uma função ativa a bordo. Lain foi andando por entre eles até a escotilha e a abriu antes de responder, olhando para trás sem mais nenhuma intenção de zombar.

— Mil oitocentos e trinta e sete anos, Mason. Ou é o que diz a *Gilgamesh*.

Holsten sentou-se na beirada da câmara de suspensão, as pernas subitamente insuficientes para mantê-lo de pé.

— Como ele... como ele está se segurando? Você já...? — As frases continuavam se fragmentando em sua cabeça. — Há quanto tempo você está acordada? Você já verificou... a carga, os outros...?

— Eu estou acordada há nove dias, enquanto você estava sendo acordado lenta e carinhosamente, Mason. Verifiquei tudo. Está tudo satisfatório. Eles fizeram um trabalho bom e sólido quando construíram esta garota.

— Satisfatório? — Holsten percebeu a incerteza na palavra. — Então todo mundo...?

— Satisfatório porque temos uma taxa de falha na câmara de quatro por cento entre os elementos da carga — disse ela sem rodeios.

— Por pouco menos de dois milênios, acho que isso é considerado satisfatório. Poderia ter sido pior.

— Certo. Sim, é claro. — Ele voltou a se levantar e foi até ela, o chão frio contra sua pele nua, tentando descobrir se eles estavam acelerando ou desacelerando ou se a seção da tripulação estava apenas girando em torno de seu eixo para gerar gravidade. Certamente *algo* o mantinha no chão. Mas, se havia algum sentido que pudesse ajudar a discernir entre diferentes sabores de gravidade artificial, um de seus antepassados de algum modo não conseguiu evoluir.

Ele estava tentando não pensar no que significava *quatro por cento*, ou que o termo impessoal "elementos de carga" se referia a uma fração muito grande da raça humana sobrevivente.

— E você precisa de mim para quê, afinal? — Porque os outros ainda estavam dormindo, e que bizarro conjunto de circunstâncias poderia possivelmente demandar sua presença quando a maioria dos membros de Comando, Ciência, Segurança e Engenharia ainda estava trancada em estase, congelada e sem sonhar?

— Há um sinal — disse Lain, observando a reação dele cuidadosamente. — Sim, achei que isso faria você se mexer.

Ele não tinha nada além de perguntas enquanto percorriam a passagem que levava ao setor de comunicação, mas Lain simplesmente definiu um ritmo árduo e o ignorou, deixando-o cambalear num andar tortuoso enquanto suas pernas tentavam traí-lo a cada poucos passos.

Vrie Guyen era o terceiro madrugador, como Holsten previra. Qualquer que fosse a emergência, ela exigia o comandante da *Gilgamesh*, sua engenheira-chefe e seu classicista. Mas o que Lain dissera dava conta disso tranquilamente. Um *sinal*. E, ali fora, o que isso poderia significar? Ou algo totalmente alienígena ou um resquício do Antigo Império, a área de especialização de Holsten.

— Está fraco e muito distorcido. A *Gilgamesh* levou tempo demais, na verdade, até mesmo para reconhecê-lo pelo que era. Preciso que você veja o que dá para fazer com isso. — Guyen era um homem magro, de estrutura pequena, com um nariz e uma boca que pareciam ter sido resgatados de um rosto muito maior. Holsten lembrava que o estilo de comando dele era uma mistura de motivação agressiva e uma boa capacidade para delegar. Parecia que apenas alguns dias haviam se passado desde que Holsten subira em sua câmara de suspensão sob aquele olhar severo, mas, quando sondou suas memórias para determinar apenas quantos dias, descobriu uma área cinzenta intransponível, uma sensação turva de que sua percepção do tempo estava confusa.

Aparentemente, dois mil anos fazem isso com você. A cada minuto ou algo assim, ele era novamente atingido pela revelação da sorte ridícula que todos eles tinham simplesmente por estar ali. *Satisfatório*, como Lain havia dito.

— De onde está vindo, então? — perguntou Holsten. — É de onde achávamos que seria?

Guyen apenas balançou a cabeça, o rosto sereno, mas Holsten sentiu um frêmito de agitação percorrer seu corpo. *Está lá! Era real, todo esse tempo.*

A *Gilgamesh* não tinha apenas se lançado aleatoriamente ao vazio para escapar do fim de tudo o que eles haviam deixado para trás. Eles estavam a um passo de ser tão suicidas assim. Estavam seguindo os mapas e gráficos do Antigo Império, saqueados de satélites falhados, de fragmentos de naves, a partir de cascos quebrados de estações orbitais contendo os cadáveres mumificados pelo vácuo dos antigos senhores da Terra. Vácuo e órbitas estáveis os salvaram enquanto o gelo varria o planeta abaixo.

E entre as relíquias estavam os mapas estelares, detalhando por onde haviam caminhado os antigos na galáxia.

Eles lhe mostraram o sinal, do jeito que fora recebido à distância pelos instrumentos da *Gilgamesh*. Era uma mensagem de certo modo curta, repetida interminavelmente. Não era o bate-papo de rádio de alguma movimentada colônia extrassolar: certamente teria sido muito esperar isso, pelo tempo que havia se passado.

— Talvez seja um aviso — sugeriu Guyen. — Se for, e se houver algum perigo, precisamos saber.

— E se houver algum perigo, o que exatamente devemos fazer a respeito? — perguntou Holsten baixinho. — Podemos mudar nossa direção o bastante agora sem prejudicar o sistema?

— Podemos nos preparar — disse Lain, pragmática. — Se for algum evento cósmico que de alguma forma não captamos, e que de alguma forma não destruiu o transmissor, então poderíamos ser obrigados a tentar alterar o curso. Se for... uma praga, aliens hostis ou algo assim, então... bem, eu apostaria que já faz muito tempo. Provavelmente já não é mais relevante.

— Mas nós temos os mapas. Na pior das hipóteses, podemos traçar uma rota para o próximo mundo — apontou Guyen. — Vamos tangenciar o sol deles numa trajetória de estilingue e seguir nosso caminho.

A essa altura, Holsten já havia parado de prestar atenção nele e ficou simplesmente ali sentado, curvado, escutando no fone de ouvido a representação do sinal pela *Gilgamesh*, examinando descrições visuais de sua frequência e seu padrão, lembrando-se das obras de referência da biblioteca deles.

Ajustou a interpretação que a *Gilgamesh* fez do sinal, analisando-a por meio de todos os algoritmos de decodificação conhecidos que aquela civilização que morrera havia muito tempo usara. Ele tinha feito isso muitas vezes antes. Com bastante frequência, o sinal era codificado além da capacidade da criptografia moderna de decifrá-la. Em outras situações, haveria um discurso claro, mas em uma daquelas linguagens problemáticas que ninguém era capaz de decifrar.

Ele ouviu e rodou suas criptografias, e as palavras começaram a saltar para cima dele, naquela língua formal e antiga, de uma era desaparecida de maravilhas e abundância, e uma terrível capacidade de destruição.

— Imperial C — declarou ele, confiante. Era uma das línguas conhecidas mais comuns, e, se apenas conseguisse fazer seu cérebro funcionar corretamente, deveria ser brincadeira de criança traduzir agora que ele tinha entendido. Havia uma mensagem ali, finalmente se abrindo como uma flor para ele, espalhando seu conteúdo breve e sucinto em uma linguagem que morrera antes de o gelo surgir.

— O que...? — começou a dizer Guyen com raiva, mas Holsten ergueu a mão, pedindo silêncio, deixando toda a mensagem tocar novamente e desfrutando de seu momento de importância.

— É um sinal de emergência — anunciou.

— Emergência do tipo "Vão embora?" — pressionou Lain.

— Emergência do tipo "Venham me buscar" — disse Holsten a eles, olhando-os nos olhos, vendo ali a primeira centelha de esperança e maravilhamento que ele próprio sentiu. — Mesmo que não haja ninguém, e é quase certo que não há, haverá tecnologia, tecnologia que funciona. Algo que está lá nos esperando há milhares de anos. Apenas por nós.

Por um momento, essa revelação foi forte o suficiente para que a leve antipatia generalizada que tinham por ele quase desaparecesse. Eles eram três pastores conduzindo seu rebanho humano para uma nova terra prometida. Eram os pais fundadores do futuro.

Então Guyen bateu palmas.

— Ótimo. Bom trabalho. Eu vou fazer com que a *Gilgamesh* acorde o pessoal essencial a tempo de iniciar a desaceleração. Ganhamos nossa aposta. — Nenhuma palavra foi dita para todos aqueles que ficaram para trás, que nem mesmo tiveram a chance de jogar ou de se perguntar sobre as outras poucas naves-arca que tomaram rotas diferentes, a Terra cuspindo os últimos fragmentos de seus habitantes antes que a crescente maré de veneno tomasse tudo. — De volta a seus caixões, vocês dois. — Ainda havia pelo menos um século de viagem silenciosa e fria entre eles e a fonte do sinal.

— Me dê apenas meio turno desperto — disse Holsten automaticamente.

Guyen o fuzilou com o olhar, lembrando-se de repente de que não queria que Holsten estivesse na tripulação principal: muito velho, muito cheio de si, muito orgulhoso de sua preciosa educação.

— Por quê?

Porque está frio. Porque é como estar morto. Porque tenho medo de não acordar... ou de que você não me acorde. Porque estou com medo. Mas Holsten deu de ombros com facilidade.

— Muito tempo pra dormir depois, não é? Me deixe pelo menos olhar as estrelas. Só meio turno e depois eu entro. Que mal tem?

Guyen resmungou em desprezo, mas assentiu com relutância.

— Me avise quando voltar. Ou se você for o último homem acordado, então...

— Apagar as luzes, sim. Conheço a rotina. — Na verdade, a rotina era uma dupla verificação complexa dos sistemas da nave, mas a própria *Gilgamesh* fazia a maior parte das coisas difíceis. Toda a tripulação principal fora ensinada a fazê-lo. Era pouco mais desgastante do que ler uma lista: trabalho de macaco.

Guyen se afastou, balançando a cabeça, e Holsten olhou discretamente para Lain, mas ela já estava examinando as leituras de engenharia, profissional até o fim.

Mais tarde, porém, enquanto Holsten estava sentado na cúpula e observava o campo estelar alienígena, a dois mil anos de qualquer constelação que seus ancestrais pudessem ter conhecido, Lain se juntou a ele e ficou sentada com ele por quinze desconfortáveis minutos sem dizer nada. Nenhum dos dois conseguira verbalizar a ideia até então, mas, com um levantar de sobrancelha e um movimento frustrado de mão, acabaram sem seus trajes de tripulantes e se agarrando no chão frio, enquanto todo o Universo girava suavemente acima de suas cabeças.

2.2 OS OUTROS FILHOS DA TERRA

O nome ao qual ela responde tem uma forma simples e uma complexa. A forma simples compreende uma série de gestos telegráficos, um movimento preciso dos palpos transmitindo uma quantidade limitada de informações. A forma mais longa incorpora um suporte de patadas e tremores para adicionar um subtexto vibracional sutil a esse balançar de bandeira grosseiro, variando de acordo com o humor e a tensão e se ela está falando com uma fêmea dominante ou submissa ou com um macho.

O nanovírus tem estado ocupado, fazendo o que pode com material inesperado. Ela é o resultado de gerações de mutações dirigidas, sua presença uma testemunha muda de todos aqueles fracassos que nunca cruzaram. Chame-a de Portia.

Viajar pela floresta é percorrer as estradas principais, galho a galho, cada árvore um mundo em miniatura — cruzando onde os galhos se tocam: agora de cabeça para baixo, agora de cabeça para cima, escalando troncos verticais, em seguida saltando onde os ramos cedem, arrastando atrás de si uma linha salva-vidas e confiando nos olhos e na mente para calcular distância e ângulo.

Portia se arrasta para a frente, avaliando as distâncias: seu galho se projeta para o vazio, e ela passa um minuto cuidadoso considerando se conseguirá pular para o próximo, antes de concluir que não consegue. Acima dela, a copa das árvores desaparece numa rede de galhos que não pode suportar seu peso. Portia é muito maior que sua minúscula ancestral, meio metro de presas para fiandeiras, o pesadelo de um aracnófobo. O apoio de seu exoesqueleto é auxiliado por uma cartilagem interna que antes era usada para pouco mais que fixação muscular. Os músculos de Portia também são mais eficientes, e alguns deles se expandem e contraem seu abdômen, puxando o ar ativamente para seus pulmões folhosos em vez de simplesmente captar oxigênio de modo passivo. Isso proporciona um metabolismo acelerado, uma temperatura corporal regulada e uma vida de ação rápida e sustentada.

Abaixo está o solo da floresta, um lugar que não deve ser atravessado levianamente. Há predadores maiores que Portia lá e, embora ela esteja confiante em sua habilidade de superá-los, isso envolveria tempo perdido e o crepúsculo está próximo.

Ela examina os arredores e considera suas opções. Tem a visão excelente da minúscula caçadora a partir da qual evoluiu. As grandes órbitas escuras de seus olhos principais são consideravelmente maiores que as de qualquer humano.

Ela vira o corpo para trazer seus companheiros à vista, confiando em seus olhos periféricos para alertá-la do perigo. Bianca, a outra fêmea, ainda está atrás no tronco, observando Portia e disposta a confiar em seu julgamento. Bianca é maior, mas Portia lidera, porque tamanho e força não têm sido os ativos mais valiosos da espécie delas há muito tempo.

O terceiro membro de seu grupo, o macho, está abaixo de Bianca, as patas abertas para se equilibrar enquanto ele se pendura na árvore, olhando para baixo. Possivelmente pensa que está vigiando, mas Portia sente que ele provavelmente está apenas deixando sua mente vagar. Que pena: ela precisa dele. Ele é menor que ela; pode pular mais longe e confiar em ramos mais delgados.

Os três estão fora de seu território há cinquenta dias. A espécie deles é dada à curiosidade. Essa mesma habilidade que permitiu que seus minúsculos ancestrais criassem um mapa mental de seus arredores se tornou a capacidade de imaginar, de perguntar o que há além da floresta. O povo de Portia nasceu explorador.

Ela levanta os palpos, com o lado branco para fora, e sinaliza: *Venha cá!* Não há necessidade de tratá-lo pelo nome. Fêmeas não se referem aos machos pelo nome. Ele capta o movimento com seus olhos laterais e estremece. Está sempre estremecendo, com medo de sua própria sombra — criatura miserável. Ela tem opiniões distintas sobre ele, e mais elogiosas a respeito de Bianca. O mundo de Portia consiste de mais de uma centena de indivíduos — a maioria fêmeas — com quem desfruta de relacionamentos cuidadosamente mantidos. O nanovírus tem conduzido sua espécie fortemente em direção a uma existência comunitária. Embora seu cérebro seja claramente menor que o de um humano, assim como a Portia original poderia usar seu nó minúsculo de neurônios para realizar coisas notáveis, esta filha distante tem uma capacidade impressionante de solucionar problemas: físicos, espaciais, teóricos, sociais. Sua espécie provou ser um terreno fértil para as atenções do vírus.

Cautelosamente, o macho atravessa por baixo de Bianca e salta até seu galho, linha salva-vidas arrastando um fio branco atrás dele.

Construa uma ponte aqui, diz ela quando ele está perto o suficiente para se comunicar adequadamente. *Rápido*. O conteúdo básico de sua fala é visual, em uma rápida sinalização com os palpos. Uma riqueza de contexto — em especial sua insatisfação generalizada para com ele — é fornecida pelas vibrações de seus pés batendo.

Ele pisca sua humilde aquiescência de modo breve e avança o mais longe que se atreve ao longo do galho, ajustando e reajustando os pés repetidamente enquanto estuda o salto à frente. Portia pisca sua exasperação para Bianca, mas sua companheira está observando algo lá embaixo. Uma aparição que lembra um tapete ambulante está rastejando ao longo do solo da floresta, outra aranha, mas de uma espécie que o nanovírus conseguiu presentear com um tamanho maior e pouco mais que isso. Tão corpulenta quanto meia dúzia de Portias, essa aranha a mataria num instante se conseguisse pegá-la.

Bianca está com fome. Indica a rastejadora e vagamente sugere que eles interrompam sua jornada agora.

Portia pondera e descobre que a sugestão tem mérito. Espera até que o macho salte — facilmente, apesar de toda a sua apreensão — e o deixa se arrastando de volta ao longo de sua própria linha para começar a construção da ponte. Então pisca uma mensagem para Bianca e as duas começam a descer.

A caçadora peluda abaixo está concentrada em sua própria fome — na floresta não faltam espécies de presas de tamanhos variados, muitas delas resultados fracassados do trabalho do nanovírus. Existem algumas espécies de vertebrados sobreviventes — ratos, pássaros, veados-anões, cobras —, mas o vírus tentou e falhou com eles. O experimento de Kern pedia macacos, e ela garantiu que os escolhidos do planeta verde não competiriam com primos próximos. Os vertebrados com os quais os macacos deveriam interagir foram projetados para rejeitar o vírus. Eles praticamente não mudaram.

Ninguém levou em conta os invertebrados, o complexo ecossistema de coisinhas rastejantes destinadas a serem nada mais que um andaime pelo qual os macacos ausentes subiriam.

Em muitos casos — como aconteceu com a grande descendente da tarântula lá embaixo que Portia está observando —, embora o vírus tenha sido capaz de provocar crescimento, a tão almejada complexidade neural nunca surgiu. Com frequência, a pressão ambiental para selecionar essa habilidade simplesmente não existia. Um senso de identidade e a capacidade de contemplar o Universo não são necessariamente traços de sobrevivência por si sós. Portia é uma rara exceção — apesar de não ser a única —, na qual o aumento da capacidade cognitiva assegurou uma vantagem imediata e irrefutável.

A caçadora-tapete para ao sentir a mais fraca das vibrações que chega até ela. O solo da floresta está coberto com seus fios, formando um órgão sensorial bagunçado, porém eficiente, que a alerta para os movimentos de sua presa. Contra uma criatura tão simples como aquela, Portia e seus parentes preferem métodos de caça que não mudaram em milhares de anos.

Portia discerniu o padrão de fios abaixo, correndo pela serrapilheira, quase escondida, exceto para olhos tão perspicazes quanto os dela. Ela estende uma pata dianteira e toca-os com cuidado, falando eloquentemente a linguagem do toque e do movimento, criando uma presa fantasma e dando-lhe a ilusão de tamanho, distância e peso inteiramente conjurados por sua habilidade. Ela se coloca na mente primitiva da caçadora terrestre, com a segurança de quem acha que até poderia implantar seus pensamentos nela.

A caçadora-tapete avança alguns passos, testando essa sensação, não inteiramente convencida. Portia se pergunta se a outra já teve algum embate com sua espécie antes, do qual escapou por pouco. O grande abdômen desgrenhado está para cima, pronto para lançar uma nuvem de pelos farpados que sufocarão os pulmões folhosos de Portia e irritarão suas articulações.

Portia se abaixa com cautela outra vez, investigando e puxando, sugerindo que a presa ilusória está se afastando e logo escapará por completo. Seu corpo é manchado e irregular como o de seus ancestrais, e os olhos simples da caçadora terrestre não conseguiram distinguir Portia.

Ela morde a isca de repente, numa corrida peluda pelo solo da floresta em direção ao nada, e Bianca cai sobre as costas dela, presas primeiro, enterrando-as onde as pernas encontram o corpo, e então saltando o equivalente a alguns corpos de distância para ficar fora do caminho de qualquer reação. A caçadora avança atrás dela, mas tropeça ao fazê-lo, subitamente instável. Momentos depois, está se contraindo e tremendo quando o veneno começa a fazer efeito, e as duas fêmeas esperam que ela fique imóvel — embora ainda viva — antes de se aproximarem para se alimentar. Bianca, em particular, permanece tensa para dar outro salto e escapar se necessário, seu abdômen se movendo ligeiramente para dentro e para fora enquanto ela força o ar passando por seus pulmões folhosos.

Lá em cima, o macho está olhando para baixo tristonho e, quando Portia o verifica, ele sinaliza pedindo permissão para se alimentar. Ela lhe diz para terminar seu trabalho antes.

Um momento depois, ele cai praticamente em cima dela, fazendo com que ela salte por instinto para trás, aterrissando desajeitada e virando de costas antes de se endireitar furiosa. Bianca chegou a um pelinho de matar o macho, mas ele está batendo os pés e sinalizando freneticamente: *Perigo chegando! Perigo! Cuspidoras!*

E está certo: lá vêm os inimigos ancestrais de sua espécie.

As aranhas cuspidoras, as Scytodes, marcharam no mesmo ritmo que os parentes de Portia desde seus minúsculos primórdios. Estão em algum lugar entre ela e a caçadora terrestre em termos de tamanho; mas tamanho já não era crucial para dominação mesmo nos dias de outrora, antes do vírus. Agora Portia os vê avançar, rastejando cautelosamente, uma tropa inteira deles: seis — não, oito — indivíduos, dispersos, mas vigilantes, que desceram de sua teia para caçar. Caçam em bando, essas Cuspidoras aceleradas, e Portia entende que não são feras, já que não chegaram ao nível que *ela* atingiu. São as assassinas grandes, desajeitadas, que espreitam constantemente as fronteiras do mundo de Portia; primitivas brutais cuja presença implícita e invisível evita que os filhotes se afastem muito do ninho.

Se os números fossem iguais, então Portia e Bianca teriam contestado a morte — pois viram que as Cuspidoras tinham seguido o caminho da mesma presa. Mas oito é demais, mesmo com os truques adicionais que os três viajantes podem utilizar. As Scytodes lançarão seus sprays de teia pegajosa e venenosa. Embora a visão delas seja fraca e Portia e sua espécie sejam inteligentes o bastante para se antecipar e ágeis o suficiente para se esquivar, o grande número de redes fará com que suas chances de fuga sejam mínimas.

Por outro lado, as Cuspidoras estão bem cientes do perigo que a espécie de Portia representa. As duas espécies se confrontam há incontáveis gerações, cada vez com mais compreensão do inimigo. Agora ambas reconhecem que a outra é algo menos que uma parenta, entretanto algo mais que uma presa.

Portia e Bianca fazem ameaças automáticas, levantando seus membros anteriores e exibindo suas presas. Portia está ponderando se sua nova arma secreta igualaria as probabilidades. Sua mente repassa cenários prováveis, com e sem a ajuda do macho. O número de inimigos parece muito grande para ela ter certeza da vitória, e sua tarefa vem primeiro. Em sua mente existe um metaplano, apenas o tipo de localização de rota A-B que seus antepassados distantes executavam, só que o objetivo dela não é simplesmente uma localização espacial, e sim uma condição de vitória intangível. Uma luta agora com as Cuspidoras provavelmente não a deixaria em posição de realizar o que se propôs a fazer.

Portia sinaliza para que os outros dois recuem, com gestos grandes e lentos o suficiente para que os olhos inferiores das Cuspidoras os entendam. Será que podem entendê-la? Ela não sabe. Sequer sabia dizer se tinham alguma forma de comunicação entre elas que se aproximasse de sua própria linguagem visual e vibracional. Mesmo assim, elas esperam — sem cuspir e com apenas uma mínima exibição de ameaça, enquanto Portia e seus companheiros recuam. Os pés de Bianca resmungam um refrão de frustração e aborrecimento. Maior que Portia, Bianca é mais rápida na busca por confronto físico.

Está ali porque isso tem sua utilidade, e por isso mesmo ela sabe que é melhor seguir o exemplo de Portia.

Elas sobem mais uma vez, cientes agora de que devem caçar novamente, e torcem para que o clã das Scytodes fique satisfeito com o que foi deixado ali para elas. Às vezes as Cuspidoras vão atrás, quando estão em maior número, portanto seria uma escolha entre fugir rapidamente ou ficar ali e emboscar.

Ao escurecer, eles derrubaram uma tecedeira, e o macho pula em um rato incauto, nenhum deles uma refeição farta. O estilo de vida ativo de Portia e sua anatomia alterada significam que ela precisa de muito mais comida que suas antecessoras, quilo por quilo. Se fossem forçadas a viver somente da caça, então sua jornada levaria bem mais tempo do que deveria. No meio de sua bagagem, porém, Bianca tem um quarteto de pulgões vivos. Ela deixa as criaturinhas saírem para sugar a seiva, afastando o macho caso este se esqueça de que os pulgões não são para comer — ou pelo menos não ainda. Depois do anoitecer, quando Portia teceu uma tenda improvisada na copa das árvores, completa com linhas de alerta em todas as direções, os pulgões produzem um melaço glutinoso, que as aranhas podem beber como se fossem as nutritivas entranhas liquefeitas de suas presas. As criaturas domesticadas voltam mansamente à teia de Bianca depois, entendendo apenas que estão seguras com ela, sem perceber que, num caso extremo, elas próprias se tornarão a refeição.

Portia ainda está com fome — melaço é coisa de subsistência, que nutre sem a satisfação de pegar uma presa real. É difícil para ela ficar agachada ali, sabendo que há pulgões — e o macho — ao seu alcance, mas ela pode olhar para a frente e ver que seu plano de longo prazo será penalizado se eles forem ingeridos agora. Sua linhagem sempre se especializou em olhar adiante.

E em olhar além também. Agora ela se agacha na entrada da tenda improvisada que forma o acampamento deles, Bianca e o macho aninhados ao seu lado para se aquecer, e olha para fora por entre os buracos na copa das árvores, para as luzes que povoam o céu noturno. Seu povo as conhece, vê caminhos e padrões nelas e percebe que elas também se movem. Portia entende que as jornadas celestiais delas são previsíveis o bastante para usá-las ao navegar por conta própria.

Uma delas, porém, é especial. Uma luz não percorre um trajeto lento e com duração de um ano sobre os céus, mas passa apressada, uma autêntica viajante, assim como Portia. Ela olha para cima agora e vê aquele minúsculo brilho de luz refletida passando sobre sua cabeça, uma mancha móvel solitária na vasta escuridão, e sente uma afinidade com ele, emprestando a esse ponto em órbita tanto quanto pode conceber de uma personalidade aracnomórfica.

2.3 VARIAÇÕES ENIGMA

Desta vez eles retiraram todos os membros da tripulação principal do necrotério — Holsten foi praticamente o último a aparecer, tropeçando com seus pés dormentes e tremendo. Mas parecia melhor que muitos deles. Seu pequeno passeio — meros momentos de tempo particular e mais de um século antes — o havia relaxado. A maioria das pessoas para as quais ele estava olhando tinha aberto os olhos pela última vez enquanto a *Gilgamesh* ainda compartilhava um sistema solar com a casca moribunda da Terra.

Eles estavam amontoados na sala de reuniões, todos os rostos cinzentos e as cabeças raspadas, uns parecendo desnutridos, outros, inchados. Alguns tinham manchas claras na pele: algum efeito colateral do processo de sono que Holsten não conseguia imaginar qual era.

Ele viu Guyen, parecendo mais alerta do que qualquer outra pessoa ali, e imaginou que o comandante da missão tivesse se ordenado a ser acordado mais cedo, para poder reafirmar seu domínio brilhante, ligeiro, sobre aquela sala repleta de zumbis.

Holsten conferiu os departamentos: Comando, Engenharia, Ciências e o que parecia ser toda a Segurança também. Tentou chamar a atenção de Lain, mas ela mal olhou para ele, nada em seus modos que pudesse admitir qualquer contato de um século antes.

— Certo. — O tom ríspido de Guyen atraiu todos os ouvidos quando os últimos tripulantes entraram trôpegos. — Chegamos. Conseguimos chegar com cinco por cento de perda de carga e cerca de três por cento de deterioração do sistema de acordo com os engenheiros. Eu considero isso a maior justificativa do espírito humano e da força de vontade que a história já viu. Todos vocês deveriam se orgulhar do que conquistamos.

Seu tom era agressivo, certamente não congratulatório, e é claro que Guyen continuou:

— Mas o trabalho de verdade ainda está por vir. Chegamos e, como todos vocês sabem, este era supostamente um sistema que a frota espacial do Antigo Império frequentava. Nós definimos nosso percurso até aqui porque estas eram as coordenadas extrassolares mais próximas nas quais poderíamos esperar encontrar um habitat digno para morar, e talvez até alguma tecnologia recuperável. Todos vocês conhecem o plano: nós temos os mapas estelares deles, e existem outros locais a uma jornada relativamente curta daqui, apenas um pequeno salto em comparação com as distâncias que já percorremos sem contratempos.

Ou com apenas cinco por cento de contratempos, pensou Holsten, mas não disse. A crença de Guyen na extensão da presença imperial dentro desse sistema também era altamente especulativa, da própria perspectiva do classicista — e até mesmo "Antigo Império" era um termo irritantemente impreciso. Mas a maioria dos outros parecia estar grogue demais para realmente pensar além das palavras em si. Holsten olhou mais uma vez para Lain, mas ela parecia estar concentrada apenas no comandante.

— O que a maioria de vocês não sabe é que a *Gilgamesh* interceptou transmissões provenientes deste sistema em nosso caminho, que foram identificadas como um sinal de emergência automático. Temos tecnologia que funciona. — Guyen se apressou antes que alguém pudesse fazer uma pergunta. — A *Gilgamesh*, portanto, planejou uma trajetória de voo que provocará nossa frenagem em torno da estrela, e, ao sairmos, estaremos indo devagar o suficiente para uma passagem significativa perto da fonte desse sinal: o planeta lá.

Agora seu público estava acordando, e começou um burburinho cada vez maior de perguntas que Guyen acalmou com um aceno.

— Isso mesmo. Um planeta no ponto ideal, exatamente como nos foi prometido. Já se passaram milhares de anos, mas o espaço está pouco se lixando para isso. Ele está lá, e o Antigo Império nos deixou um presente também. O que pode ser bom ou ruim. Vamos ter que tomar cuidado. Só para vocês saberem: o sinal não vem do planeta em si, mas de algum tipo de satélite, talvez apenas um farol, talvez algo mais. Vamos tentar estabelecer comunicação com ele, mas sem garantias.

— E o planeta? — perguntou alguém. Guyen indicou Renas Vitas, chefe da equipe científica.

— Nós achamos que é horrível afirmar algo de concreto até o momento — começou a mulher esbelta: outra que obviamente estava acordada havia algum tempo, ou talvez fosse inabalável por natureza.

— A análise feita pela *Gilgamesh* sobre o nosso destino sugere algo apenas ligeiramente menor do que a Terra, a uma distância de sua estrela que é quase a mesma da Terra em relação ao Sol, e com todos os componentes certos: oxigênio, carbono, água, minerais...

— Então por que não afirmar? Por que não dizer? — Holsten identificou a pessoa que perguntava: o grandalhão Karst, que comandava o destacamento de segurança. O queixo e as bochechas estavam em carne viva, vermelhos e descascando terrivelmente, e Holsten se lembrou de súbito de como o homem se recusara a tirar a barba para entrar na câmara de suspensão, e agora estava, ao que parecia, pagando o preço.

Lembro-me dele discutindo com a Engenharia sobre isso, pensou. Parecia apenas alguns dias antes, de acordo com seu histórico pessoal de despertar, mas, como Holsten notara da última vez, havia algo claramente imperfeito na suspensão. Não havia dúvidas de que Holsten não era capaz de sentir os séculos que tinham se passado desde que abandonaram a Terra, mas algo em sua mente reconheceu aquele tempo perdido: a sensação de um bocejo, uma terrível desolação, um purgatório da imaginação. Percebeu que estava relutante a pensar em voltar ao sono criogênico algum dia.

— Porque, muito sinceramente? — respondeu Vitas, animada.

— É bom demais para ser verdade. Eu quero fazer uma manutenção em nossos instrumentos. Esse planeta é parecido demais com a Terra para acreditar.

Olhando ao redor para todas as caras feias que surgiram, Holsten levantou a mão.

— Mas é claro que é parecido com a Terra — disse. Os olhares voltados para ele não eram encorajadores: alguns estava apenas franzindo a testa de antipatia, mas a exasperação era ainda maior. *O que o maldito classicista quer agora? Já está desesperado por atenção?*

— É um projeto de terraformação — explicou Holsten. — Se é parecido com a Terra, isso apenas mostra que está concluído... ou quase concluído.

— Não há evidências de que os antigos realmente tenham praticado terraformação — disse-lhe Vitas, em um tom que obviamente era para desanimá-lo.

Deixe eu lhe mostrar os arquivos: isso é mencionado uma centena de vezes nos escritos deles. Mas, em vez disso, Holsten apenas deu de ombros, reconhecendo o ar de espetáculo de tudo aquilo.

— Há, *sim* — disse ele. — Lá fora. Estamos indo direto para elas.

— Certo! — Guyen bateu palmas, talvez irritado por não estar ouvindo a própria voz havia mais de dois minutos. — Cada um de vocês tem suas tarefas, então vão se preparar. Vitas, faça verificações em nossa instrumentação, como você propôs. Quero que realizemos uma inspeção completa do planeta e do satélite enquanto nos aproximamos. Lain, fique de olho nos sistemas da nave enquanto chegamos bem perto do poço gravitacional da estrela. A *Gil* não fez nada além de seguir em linha reta por muito tempo. Karst, bote o pessoal para se familiarizar novamente com os kits, caso precisemos de você. Mason, você está trabalhando com meu pessoal para monitorar aquele sinal. Se houver algo ativo lá para nos responder, eu quero saber a respeito.

* * *

Horas depois, Holsten era praticamente a última pessoa que havia sobrado no espaço de Comunicações; sua paciência acadêmica obstinada sobrevivera à maior parte do pessoal de Guyen. Em seu ouvido, o sinal — cheio de estática — ainda pulsava sua mensagem simples e única, mais clara agora do que fora do sistema, no entanto sem dizer mais nada de novo. Holsten ficou enviando respostas regularmente, buscando estimular algo novo, um elaborado jogo acadêmico no qual formulava perguntas em Imperial C formal na esperança de parecer o tipo de emissor que o farol estava chamando.

Um movimento repentino ao lado dele o assustou quando Lain afundou no assento vizinho.

— Como vai a vida na Engenharia? — Holsten tirou o fone de ouvido.

— Não deveria ter a ver com gestão de pessoas — grunhiu ela. — Estamos tendo que descongelar cerca de quinhentos caixões de carga para executar reparos neles. E aí temos que dizer a quinhentos colonos recém-acordados que eles precisam voltar direto para o freezer. A segurança foi acionada. É feio. Então, você já entendeu o que o sinal diz? Quem está em perigo?

Holsten balançou a cabeça.

— Não é bem assim. Bem, na verdade é. Diz que é um farol de emergência. Está pedindo ajuda, mas não há nenhuma especificação. É um sinal padrão que o Antigo Império usava para esse propósito, destinado a ser claro, urgente e inconfundível, sempre supondo que você seja um membro da cultura que o desenvolveu. Eu só sei isso porque nossos primeiros viajantes do espaço foram capazes de reativar algumas das coisas que encontraram na órbita da Terra e extrapolar a função a partir do contexto.

— Então diga "oi" para ele. Informe que já ouvimos.

Ele prendeu a respiração do acadêmico irritado, começando com o mesmo pedante "Não é bem..." antes que a cara feia de Lain o fizesse pensar duas vezes.

— É um sistema automatizado. Está esperando uma resposta que reconheça. Não é como aqueles negócios de antenas de recepção extrassolares que costumávamos ter, que procuram qualquer tipo de padrão de sinal em tudo. E mesmo aqueles... Eu nunca me convenci daquilo... da ideia de que poderíamos necessariamente reconhecer uma transmissão alienígena pelo que ela era. Isso está muito enraizado em nossa suposição de que os alienígenas serão de alguma forma parecidos conosco. É... você entende o conceito de especificidade cultural?

— Não me dê sermões, velhote.

— É... você quer parar com isso? Eu sou, o quê, sete anos mais velho que você? Oito?

— Você ainda é o homem mais velho do Universo.

Ao ouvir isso, Holsten ficou muito ciente de que, honestamente, não sabia dizer qual era o tipo de relacionamento que havia entre eles dois. *Então talvez eu seja apenas o último homem no Universo, é isso. Ou eu e Guyen, no máximo. Ao que parece, isso não importa agora, de qualquer maneira.*

— Sim, bem, você estava acordada fazia quanto tempo antes de eles me acordarem? — provocou Holsten. — Continue acordada por todo esse tempo e você vai me alcançar bem rápido, não vai?

Lain não tinha uma resposta pronta, e, quando Holsten olhou para ela, seu semblante estava sério e pensativo. *Isso não é maneira de administrar uma civilização*, pensou ele. *Mas é claro, não é isso que somos, não mais. Somos uma civilização em deslocamento, esperando para acontecer em algum outro lugar. Talvez aqui. Nós somos a última colheita da velha Terra.*

A pausa se estendeu entre eles, e Holsten descobriu que não tinha como interromper seu domínio, até que Lain abruptamente saiu da inércia e disse:

— Então, especificidade cultural. Vamos conversar sobre isso.

Holsten ficou profundamente grato pela tábua de salvação.

— Então, eu sei que é um sinal de emergência, mas é literalmente isso apenas porque tivemos contato prévio com a tecnologia Imperial, e em contexto suficiente para podermos fazer suposições, algumas das quais podem, inclusive, estar erradas. E esta não é uma espécie alienígena: somos *nós*, nossos ancestrais. E, por sua vez, eles não necessariamente reconhecerão nossos sinais. Existe um mito de que as culturas avançadas serão tão expansivamente cosmopolitas que terão a capacidade de, sem esforço, falar em uma linguagem simples com os inferiores, certo? Mas o Império nunca teve a intenção de que sua tecnologia fosse compatível com primitivos, quer dizer, nós. E por que teria? Assim como todo mundo, eles sempre tiveram a intenção de falar apenas uns com os outros. Então eu digo algo do tipo: "Olá, aqui estamos", mas não sei quais os protocolos e quais os códigos que o sistema deles espera receber de qualquer resgate que tenha sido planejado há tantos milhares de anos. Eles não conseguem sequer nos ouvir. Somos apenas estática de fundo para eles.

Lain deu de ombros.

— E daí? Chegamos lá e mandamos Karst com uma tocha de corte para abri-lo?

Holsten a encarou.

— Você está se esquecendo de quantas pessoas morreram, nos primeiros anos espaciais, tentando conseguir tecnologia do Império. Mesmo com todos os sistemas fritos por suas velhas armas de pulso eletromagnético, ainda havia muitas maneiras de essa tecnologia matar você.

Outro dar de ombros, indicando uma mulher cansada no limite de suas reservas.

— Talvez você esteja se esquecendo do quanto eu não gosto de Karst.

Eu esqueci? Eu cheguei a saber disso? Holsten tinha uma sensação vertiginosa de que talvez tivesse sabido, mas que tal conhecimento havia caído despercebido de sua cabeça durante a longa e fria era de sua suspensão. E havia realmente sido uma *era*. Alguns períodos inteiros da história humana não duraram tanto tempo. Holsten se viu segurando o console como se, a qualquer momento, a ilusão de gravidade proporcionada pela desaceleração da *Gilgamesh* fosse desaparecer e ele fosse simplesmente vagar em alguma direção aleatória, com todos os seus vínculos perdidos. *Estas são todas as pessoas que existem*, com a imagem daquela sala repleta de quase estranhos que ele nunca tivera a chance de conhecer antes que o fechassem no caixão. *Isto é a vida e a sociedade e o contato humano, agora e para sempre.*

Parecia ser a vez de Lain achar o silêncio estranho, mas ela era uma mulher prática. Simplesmente se levantou para sair, afastando-se bruscamente quando ele tentou colocar a mão em seu braço.

— Espere. — Saiu mais suplicante do que Holsten pretendia. — Você está aqui... e eu preciso de sua ajuda.

— Em quê?

— Me ajude com o sinal... o sinal do farol. Sempre houve muita interferência, mas eu acho... é possível que exista, na verdade, um segundo sinal colidindo com ele numa frequência fechada. Veja. — Holsten passou um punhado de análises para a tela dela. — Você pode limpar isso... compensar se for ruído, ou pelo menos... algo? Estou ficando sem o que tentar agora.

Ela parecia aliviada por realmente ter recebido um pedido sensato da parte dele e voltou a seu assento. Durante a hora seguinte, os dois trabalharam lado a lado em silêncio, ela com o que era agora sua tarefa, e ele enviando solicitações cada vez mais desesperadas ao satélite, e para nenhuma delas conseguiu qualquer resposta. No fim, acabou achando que ele mesmo estava enviando ruído sem sentido, já que não fez a menor diferença.

Então:

— Mason? — disse Lain, e havia algo novo em seu tom de voz.

— Hum?

— Você tem razão. É outro sinal. — Uma pausa. — Mas nós não o estamos recebendo do satélite.

Holsten esperou, vendo os dedos de Lain se moverem sobre os painéis, verificando e verificando novamente.

— É do planeta.

— Merda! Você está falando sério?

E então, levando a mão à boca:

— Desculpe, me desculpe. Não é uma linguagem que condiga com a dignidade de um etecetera, mas...

— Não, não, este é definitivamente um momento digno de merda.

— É uma chamada de emergência? Ela se repete?

— Não é como o *seu* sinal de emergência. É muito mais complexo. Deve ser uma conversa de verdade ao vivo. Não está se repetindo...

Por um momento Holsten realmente sentiu a esperança de Lain atingir o ápice, tornando o ar entre eles tenso com o potencial incalculável do futuro, e então ela assobiou.

— Cacete!

— O que foi?

— Não, está se repetindo *mesmo*. É mais longo e mais complicado que seu sinal de emergência, mas esta é a mesma sequência de novo. — Mãos em movimento mais uma vez. — E é... estamos... — Seus ombros ossudos murcharam. — Acho que está refletindo.

— Como é?

— Acho que este outro sinal está sendo refletido do planeta. Eu... Bem, a hipótese mais provável: o satélite está enviando um sinal para o planeta, e estamos captando a reflexão. Caralho, me desculpe. Eu realmente pensei...

— Lain, você tem certeza?

Ela ergueu uma sobrancelha para Holsten, porque ele não iria se juntar ao desânimo dela.

— O quê?

— O satélite está se comunicando com o planeta — sugeriu ele.

— Não é apenas uma resposta ao pedido de socorro: é algo mais longo. A mensagem enviada para o planeta é diferente da que foi enviada para o restante do Universo.

— Mas é apenas um loop, o mesmo que... — Lain falou mais devagar. — Você acha que tem alguém lá embaixo?

— Quem sabe?

— Mas eles não estão transmitindo.

— Quem sabe? É um mundo terraformado, não importa o que Vitas diga. Foi criado para se viver nele. E mesmo que o satélite não seja nada além de um pedido de ajuda nos dias de hoje, se eles semearam o mundo com pessoas... Então talvez eles sejam realmente selvagens. Talvez não tenham a tecnologia para receber ou transmitir, mas pode ser que ainda estejam lá... em um mundo feito especificamente para humanos viverem.

Lain se levantou de repente.

— Vou buscar Guyen.

Por um momento Holsten olhou para ela, pensando: *Sério que essa foi a primeira coisa em que você pensou?* Mas assentiu resignado e Lain foi embora, deixando-o ouvir o recém-descoberto contato entre satélite e planeta e tentar decifrar o que aquilo significava.

Para sua grande surpresa, ele demorou muito pouco tempo para fazer isso.

* * *

— É o quê? — perguntou Guyen. A notícia trouxe não apenas o comandante, mas também a maior parte da tripulação principal.

— Uma série de problemas matemáticos — explicou Holsten a todos. — A única razão pela qual demorei tanto foi que eu estava esperando algo mais... sofisticado, algo informativo, como o farol. Mas é matemática.

— E uma matemática bizarra, ainda por cima — comentou Lain, examinando a transcrição feita por Holsten. — As sequências ficam bem complicadas, mas são estabelecidas passo a passo a partir dos primeiros princípios, sequências básicas. — Ela franzia a testa. — É como... Mason, você tinha mencionado antenas de recepção extrassolares antes...?

— É um teste, sim — concordou Holsten. — Um teste de inteligência.

— Mas você disse que estava apontado para o planeta... — afirmou Karst.

— O que suscita todos os tipos de perguntas, sim. — Holsten deu de ombros. — Quero dizer, esta é uma tecnologia muito antiga. É a tecnologia mais antiga em funcionamento que qualquer pessoa em qualquer lugar já descobriu. Então o que estamos vendo poderia ser apenas resultado de um defeito, um erro. Mas, sim, faz a gente pensar.

— Ou não — disse Lain secamente.

Quando os outros ficaram apenas olhando fixo para ela, Lain continuou em seu tom sarcástico:

— Qual é, pessoal, eu sou a única pensando nisso? Qual é, Mason, você está tentando fazer a coisa notar você faz quanto tempo? Nós demos a volta na estrela em nossa aproximação junto ao planeta, e você ainda não tem noção alguma de nada. E agora você diz que ela está elaborando algum tipo de teste de matemática para o planeta?

— Sim, mas...

— Então envie as respostas — sugeriu ela.

Holsten olhou para Lain por um bom tempo, então olhou de soslaio para Guyen.

— Nós não sabemos o que...

— Faça isso — ordenou Guyen.

Cuidadosamente, Holsten acessou as respostas que havia compilado, os primeiros problemas resolvidos com facilidade em seus dedos, os posteriores apenas com ajuda artificial. Ele estava havia horas enviando sinais queixosos para o satélite distante. Em comparação com isso, era muito simples despachar a sequência de números.

Eles ficaram esperando, todos os membros da tripulação principal. A mensagem levou sete minutos e alguns segundos para chegar ao destino pretendido. Algumas pessoas mexeram as pernas. Karst estalou os dedos. Um dos membros da equipe de Ciências tossiu.

Pouco mais de catorze minutos após o envio, o sinal de emergência cessou.

2.4 RELAÇÕES DIFÍCEIS

O povo de Portia é composto de exploradores natos. Carnívoros ativos com um metabolismo consideravelmente mais exigente do que seus antepassados, muitos deles em um mesmo lugar rapidamente esgotam a caça de qualquer território onde morem. Tradicionalmente, suas unidades familiares se fragmentam com frequência; as fêmeas que são mais fracas, com menos aliados, são as que se aventuram mais longe para estabelecer novos ninhos. Essas diásporas acontecem regularmente, embora tais fêmeas ponham muito menos ovos que suas ancestrais, e embora seus padrões de cuidado estejam muito abaixo do humano, de modo que as taxas de mortalidade infantil permanecem altas, a população de espécies está em expansão colossal. Eles estão se espalhando por seu mundo, uma família fragmentada por vez.

Mas a expedição de Portia é algo diferente. Ela não está procurando um território para um ninho, e existe um lar para o qual seus planos atuais exigem que volte. Em sua mente e sua fala, é o Grande Ninho à beira do oceano Ocidental, e várias centenas de sua espécie — a maioria, mas nem todos os parentes de um grau ou outro — residem lá. A domesticação básica e as técnicas de criação dos pulgões pelas aranhas permitiram que o Grande Ninho crescesse até um tamanho sem precedentes, sem a escassez que levaria à migração ou à expulsão.

Ao longo de várias gerações, a estrutura social do Grande Ninho se tornou exponencialmente mais complexa. Foi feito contato com outros ninhos, cada um com sua própria maneira de alimentar as modestas multidões. Tem havido algum comércio intermitente, às vezes por comida, mas mais frequentemente por conhecimento. O povo de Portia está sempre curioso sobre os confins de seu mundo.

É por isso que Portia está viajando agora, seguindo os caminhos de histórias e rumores e relatos de terceiros. Ela foi *enviada*.

Os três estão entrando em território já reivindicado. Os sinais são inconfundíveis: não apenas pontes de teia e linhas entre as árvores conservadas com regularidade, mas padrões e traçados afirmando por visão e olfato que essas áreas de caça têm dono.

Isso era exatamente o que Portia estava procurando.

Subindo o mais alto que são capazes, os viajantes podem ver que, ao norte, a natureza da floresta antes infinita muda drasticamente. A grande copa fica mais fina, desvanecendo-se em alguns pedaços para revelar trechos surpreendentes de terreno limpo; além dali ainda existem árvores, mas são de uma espécie diferente e estão espaçadas regularmente, de uma maneira que parece absurdamente artificial aos olhos deles. Foi isso o que foram ver. Poderiam apenas evitar aquele pedacinho de território familiar que acabaram de atravessar e dar uma olhada. O plano de Portia, no entanto — a rota passo a passo que havia traçado desde o início de sua jornada até sua conclusão bem-sucedida —, pede especificamente que colete informação. Para seus ancestrais, isso significaria um meticuloso reconhecimento visual. Para Portia, significa fazer perguntas aos habitantes do local.

Eles procedem com cautela e abertamente. A possibilidade de que os responsáveis possam expulsá-los é real; contudo, Portia pode se colocar mentalmente no lugar deles, considerar como ela mesma olharia para um intruso. Ela consegue pensar o suficiente através das permutações para saber que uma entrada agressiva ou secreta aumentará a chance de uma recepção hostil.

Com certeza, os habitantes locais são perspicazes o bastante para detectar os recém-chegados rapidamente, e curiosos o bastante para deixar sua presença clara à distância, sinalizando para que Portia e seus companheiros se aproximem. Eles são sete — cinco fêmeas e dois machos — e têm um ninho bonito pendurado entre duas árvores, generosamente cercado por linhas de armadilha para avisá-los sobre quaisquer visitantes ousados demais. Ali também há uma ninhada de pelo menos duas dúzias de filhotes de aranha de várias idades, nascidos de uma creche comunitária. Recém-saídos do ovo, são capazes de rastejar e pegar presas vivas e compreender uma série de tarefas e conceitos sem precisar ser ensinados. É provável que não mais que três ou quatro deles cheguem à idade adulta. O povo de Portia não vivencia a fase infantil de um mamífero indefeso nem o vínculo maternal que a acompanha. Aqueles que sobreviverem serão os mais fortes, os mais inteligentes e os mais capazes de interagir com os outros de sua espécie.

A linguagem palpo-semafórica permite a comunicação a cerca de um quilômetro e meio de distância em condições claras, mas não é adequada para discussões complexas. O discurso de vibração por passos, mais sutil, não viaja longe pelo solo ou ao longo de um galho. Para realizar uma troca de pontos de vista livre e franca, uma das fêmeas locais tece uma teia que se estende por entre diversas árvores, grandes o suficiente para que todos possam descansar algumas patas sobre seus muitos pontos de ancoragem e acompanhar a conversa enquanto progride. Uma das locais sobe na teia e, a convite dela, Portia sobe junto.

Trazemos saudações do Grande Ninho do oceano Ocidental, começa Portia, o que significa: somos apenas três, mas temos amigos. *Temos viajado bastante e visto muitas coisas.* Pois informação costuma ser um produto comercial por si só.

Os locais continuam desconfiados. Quem fala por eles é a sua maior fêmea, que estremece na teia e desloca as patas, dizendo: *Qual é o seu objetivo? Este não é um lugar para vocês.*

Não procuramos caçar, afirma Portia. *Não viemos para habitar. Em breve retornaremos ao Grande Ninho. A notícia chegou até nós* — o conceito é expresso de forma muito clara para a mente deles: vibrações plangendo uma linha tensa. Eles são naturalmente equipados para pensar em termos de informações transmitidas à distância. *A terra além de sua terra é de interesse.*

Agitação entre os locais. *Não se deve viajar até lá*, diz a líder.

Se é assim, então foi o que viemos descobrir. Vocês nos contarão o que sabem?

Mais inquietação, e Portia está ciente de que seu mapa mental sobre o que está acontecendo deve ter um buraco em algum lugar, porque os locais estão reagindo de uma maneira que ela não consegue explicar.

Mas a líder deles deseja parecer ousada. *Por que deveríamos?*

Nós vamos lhe dizer coisas em troca. Ou temos Entendimento para intercâmbio. Para as aranhas, mero dizer e "Entendimento" são duas moedas distintas.

Os habitantes locais se afastam da teia ao sinal de sua líder e se juntam perto dali, mantendo vários olhos nos recém-chegados. Há uma confusão na fala pelo mexer de suas patas, que pisam suavemente para que a conversa não chegue até os visitantes. Portia recua também, e seus dois companheiros se juntam a ela.

Bianca não tem nenhuma ideia em particular, só que está na expectativa de ter que enfrentar a fêmea principal, que é visivelmente maior. O macho, porém, surpreende Portia.

Eles estão com medo, sugere ele. *O que quer que esteja à nossa frente, eles estão com medo de que possamos agitá-lo e então ele os ataque.*

É natural que um macho pense no medo, deduz Portia. O fato de ela concordar com ele faz com que descobrir a verdade sobre o destino deles seja ainda mais importante.

Por fim, os locais voltam à teia e as negociações são retomadas. *Mostre-nos seu Entendimento*, desafia-os a líder.

Portia faz um sinal para Bianca, que desembrulha um dos dóceis pulgões ao lado de seu abdômen e o exibe para a surpresa desconfiada dos habitantes locais. A pequena fera é ordenhada para a obtenção de melaço, e Portia embrulha um pacote flácido da matéria doce e o deposita no centro da teia, do qual os locais se aproximam.

Depois de terem provado e entendido o domínio de Portia sobre os animais, os habitantes estão mais que prontos para fazer algum tipo de acordo. O valor de uma fonte independente de alimento é imediatamente evidente para eles, por causa, em especial, de seus misteriosos vizinhos do norte, que poderiam em breve ameaçar seus territórios de caça.

Quais desses você vai trocar?, pergunta a líder local, a ansiedade nítida em seus movimentos.

Temos duas destas feras para quem nos der um relato completo do que está além de suas terras, oferece Portia, sabendo que não é isso o que os habitantes locais realmente desejam negociar. *Além disso, temos ovos, mas a criação e o cuidado dessas criaturas requerem habilidade, ou elas morrerão jovens e vocês não terão nada.*

Agora existe um canal urgente de conversa estabelecido entre a fêmea principal e as outras, e Portia capta fragmentos dele ao longo da teia. Elas estão agitadas para serem cuidadosas. *Você disse que poderia trocar?*, pergunta a fêmea grande.

Sim, podemos negociar esse Entendimento, mas vamos pedir mais em troca. Portia não está se referindo a ensinar, e sim a algo mais profundo: um dos segredos do sucesso contínuo de sua espécie.

* * *

O nanovírus propriamente dito está sujeito a variações em sua transcrição. Foi projetado dessa forma a fim de alcançar de maneira criativa o objetivo para o qual foi programado: trazer o hospedeiro a um nível detectado de sofisticação definido por seus criadores e, uma vez que suas condições de vitória forem atendidas, interromper a ajuda. Seus criadores incluíram tais salvaguardas a fim de evitar que seus protegidos continuassem a se desenvolver e se transformassem em deuses macacos sobre-humanos.

O vírus, entretanto, era destinado a um hospedeiro primata, e por isso o estado final que foi programado para buscar é algo que *Portia labiata* nunca poderá se tornar. Em vez disso, o nanovírus sofreu mutações e mais mutações em sua jornada inerente a fim de alcançar um objetivo impossível, o fim que justifica todos os meios concebíveis.

Variantes mais bem-sucedidas levam a hospedeiros mais bem-sucedidos, que, por sua vez, transmitem a infecção mutante superior. Do ponto de vista microscópico do nanovírus, Portia e todas as outras espécies afetadas no planeta são apenas vetores para a transmissão progressiva da evolução dos próprios genes do vírus.

Há muito tempo na história evolutiva de Portia, o desenvolvimento social de sua espécie foi bastante acelerado por uma série de mutações na infecção reinante. O vírus começou a transcrever comportamento aprendido no genoma de espermatozoide e óvulo, transformando memes adquiridos em comportamento geneticamente passível de ser herdado. O cérebro econômico, desenvolvido à força, da espécie de Portia compartilha mais lógica estrutural entre si do que mentes humanas derivadas do acaso. As trilhas mentais podem ser transcritas, reduzidas a informação genética, descompactadas na descendência e escritas como compreensão instintiva: às vezes como habilidades concretas e memória muscular, porém, com mais frequência, como frações inteiras de conhecimento, irregulares com a perda de contexto, com as quais o recém-nascido lentamente aprenderá a lidar ao longo de sua infância.

No começo o processo era fragmentado, imperfeito, às vezes fatal, mas foi ficando mais confiável a cada geração à medida que mais cepas eficientes de vírus prosperavam. Portia aprendeu muito na vida, mas algumas coisas ela já nasceu sabendo ou foram lhe ocorrendo conforme ela se desenvolvia. Assim como todos os filhotes de aranha recém-nascidos sabem caçar, rastejar, pular e fiar teias, as primeiras mudas de Portia trouxeram uma compreensão inata de linguagem e acesso a fragmentos das vidas de seus antepassados.

Isso agora é história antiga, um recurso que o povo de Portia possuía desde antes de suas histórias começarem. Mais recentemente, no entanto, eles aprenderam a explorar as capacidades aprimoradas do nanovírus da mesma forma que o vírus, por sua vez, os explora.

* * *

Ele tem o Entendimento, confirma Portia, o toque leve de um palpo indicando seu seguidor masculino. *Mas vamos trocar de igual para igual. Vocês têm Entendimento de como viver aqui e as precauções que tomam. Isso é o que buscamos.*

No momento seguinte, Portia percebe que errou na mão, porque a grande fêmea fica muito quieta na teia: uma quietude de caça particular que sinaliza agressão pura.

Então seu Grande Ninho virá para nossas terras afinal. Você não está aqui para caçar, mas amanhã seus parentes pretendem caçar aqui. Porque tal Entendimento negociado não beneficiaria Portia propriamente dita, apenas as gerações futuras, aqueles cujos genomas ainda não foram escritos.

Nós buscamos o Entendimento de todos os lugares, protesta Portia, mas a linguagem de movimento e vibração é difícil de usar em uma discussão. O suficiente de linguagem corporal não intencional vaza para confirmar as suspeitas da grande fêmea.

De repente, a líder local se ergue, dois pares de pernas elevados bem no alto e suas presas expostas. É uma linguagem bruta inalterada há milhões de anos: *Veja como sou forte.* Suas patas traseiras estão agachadas, prontas para saltar.

Reconsidere. Afaste-se, avisa Portia. Ela mesma está tensionando o corpo para cima, mas não mostra submissão, nem recua, nem mede suas patas contra as da outra.

Vá agora ou lute, exige a fêmea irritada. Portia repara que ela não tem necessariamente o apoio integral de seus companheiros, que estão de maneira ansiosa demonstrando preocupação ou enviando palavras de advertência ao longo dos fios da teia.

Portia rasteja para o lado e sente uma nova dança atrás dela: um avanço de Bianca que também serve como uma espécie de hino de batalha. A líder local fica obviamente incomodada pelo fato de que a porta-voz de seus oponentes também não é sua lutadora e recua um pouco, com cautela. Além disso, Bianca tem armadura.

Há um limite funcional para o quanto de Entendimento qualquer indivíduo pode herdar do vírus. Novas informações reescrevem o antigo, embora talvez a capacidade de cada geração de armazenar tal conhecimento inato seja um pouco maior que a da anterior. Esse bando de moradores do interior terá um punhado de truques todos seus, cuidadosamente preservados ao longo dos anos. Seus indivíduos podem aprender — e ensinar —, mas sua base de conhecimento inerente é limitada.

Uma comunidade maior como o Grande Ninho tem muitos Entendimentos aos quais recorrer, diferentes linhagens transmitindo seus mistérios e efetuando trocas com outras. Diferentes descobertas, truques e habilidades podem ser combinados e experimentados. O Grande Ninho é mais que a soma de suas partes. Bianca não é nenhuma artesã — não por aprendizagem nem por Entendimento inerente —, mas usa os frutos do trabalho dos outros; escudos de madeira curva que colou em seus palpos, tingidos em cores agressivas, conflitantes. Bianca se ergue bem alto, medindo suas patas contra as da grande fêmea, mas depois se abaixa, com seus escudos levantados.

Elas lutam à maneira de sua espécie: exibem, ameaçam, mostram as presas. Dançam pela teia, cada passo soando como uma palavra de provocação. A fêmea local é maior e sabe o que vai acontecer. Seu tamanho maior vai convencer a intrusa menor a recuar, porque, caso contrário, a recém-chegada morrerá.

Os parentes de Portia compartilham algo com o homem que usa ferramentas: eles são muito capazes de causar dano uns aos outros. Eram assassinos de aranhas desde o começo, e seu veneno imobilizará um inimigo da própria espécie tão facilmente quanto faria com uma Cuspidora. Se chegar a tanto, em geral o vencedor cederá ao instinto e se alimentará. Por esse motivo, têm uma cultura que se esquiva de violência real por causa dos riscos inerentes a qualquer confronto. O perigo que representam um para o outro tem sido uma grande influência civilizatória, tanto quanto aquele senso de parentesco com que a herança viral compartilhada os presenteou.

Mas Bianca não está recuando, não importando quão claramente sua oponente a supere em tamanho. As exibições de ameaças tornam-se mais e mais agressivas, a grande fêmea saltando e correndo sobre a teia, enquanto Bianca se esquiva e mantém os escudos levantados contra o eventual bote que deve estar chegando.

Portia, por sua vez, tece seu fio e se prepara para usar outra inovação do Grande Ninho: tão nova que ela teve de aprender, embora talvez possa ser capaz de presenteá-la viralmente a seus descendentes.

A grande fêmea salta assim que Portia está pronta. Bianca leva o golpe das presas em seus escudos, e o impacto a derruba de costas. A fêmea se levanta para outro ataque, enfurecida.

A pedra que a atinge a derruba da teia, e ela cai e se pendura no cabo de segurança, contorcendo-se e convulsionando. Seu abdômen está rachado de um lado, onde o míssil atravessou, e a perda de fluido em seu corpo já está fazendo com que seus membros remanescentes se enrolem sobre si mesmos involuntariamente. Portia já recarregou, o estilingue de seda amarrado num "v" tenso entre os pés dianteiros largos e suas poderosas pernas traseiras.

Os habitantes locais a encaram. Uns dois se arrastam até a metade do caminho na direção de sua líder ferida, mas Bianca está à frente deles, descendo para enfiar suas presas na carapaça rachada de sua vítima.

Portia avalia os habitantes. Adotaram uma postura de submissão, completamente acovardados. Uma das outras fêmeas — não a maior, porém talvez a mais ousada — pisa na teia de modo respeitoso. *O que você quer?*, pergunta ela.

Ótimo. Vamos negociar, afirma Portia, enquanto Bianca se junta a ela novamente. *Conte-nos sobre seus vizinhos.*

Depois que terminam, cada lado pesando o que está disposto a compartilhar contra o poder de barganha relativo da outra parte, o macho de Portia corre sobre a teia e destila seu Entendimento sobre criação de pulgões num pacote cuidadosamente embrulhado em seda de esperma. Um dos machos locais realiza um trabalho semelhante com seu próprio conhecimento do dia a dia do território de sua família e seus vizinhos agressivos. Esse uso ativo da transcrição viral não é um comportamento motivado pelo próprio vírus, mas uma tradição cultural entre o povo de Portia: informação como moeda, por meio de uma transferência que por acaso auxilia o vírus na propagação de seu código genético. Ao mesmo tempo, a próxima geração de filhotes de aranha compartilhará parentesco, uma ponte entre o Grande Ninho de Portia e essa pequena família, parte de uma grande teia de tais inter-relações cujas conexões podem ser rastreadas, de comunidade em comunidade, ao longo de grande parte do planeta.

O que os habitantes locais dizem agora sobre o norte é alarmante, uma ameaça potencial que o Grande Ninho de Portia provavelmente encontrará muito em breve. Ao mesmo tempo, é intrigante, e Portia decide que o plano exige um olhar pessoal e mais próximo.

2.5 TODOS ESSES MUNDOS SÃO SEUS

A resposta que veio do satélite não estava intencionalmente codifica-da, mas Holsten ainda estava trabalhando pelo que lhe pareceu toda uma era, tentando transformar o sinal de rádio em algo compreensível. No final, ele abriu mão de seus segredos diante do poder combinado de Lain, da *Gilgamesh* e dele mesmo, apresentando-lhe uma mensagem curta e seca no clássico Imperial C que Holsten poderia pelo menos tentar traduzir.

Finalmente, ele se recostou na cadeira, ciente de que todos os olhos estavam fixos nele.

— É um aviso — falou. — Está dizendo que estamos transmitindo a partir de coordenadas incorretas ou algo assim. Diz que somos proibidos aqui.

— Parece que está esquentando — observou um dos membros da equipe de ciência, que vinha fazendo leituras do objeto distante. — Vejo um rápido aumento no uso de energia. Seu reator está aumentando a saída.

— Ele está acordado, então — declarou Guyen, de modo um tanto vago na opinião de Holsten.

— Acho que ainda são apenas sinais automáticos — sugeriu Lain.

— Diga que estamos respondendo ao seu chamado de emergência.

Holsten já havia formulado uma resposta em linguagem acadê-mica que era tão formal quanto um exercício, então mandou Lain e a *Gilgamesh* transcreverem a mensagem no mesmo formato eletrônico que o satélite estava usando.

A espera, enquanto os sinais dançavam entre aqueles milhões de quilômetros de vazio, começou a dar nos nervos de todos.

— Ele se autodenomina o Segundo Habitat de Sentinela de Brin — Holsten traduziu por fim. — Está basicamente nos dizendo para alterarmos nosso percurso e evitarmos o planeta.

Antes que Guyen pudesse perguntar, acrescentou:

— E não está mencionando o chamado de emergência agora. Acho que, como nós respondemos ao que quer que ele estivesse sinalizando para o planeta, é esse sistema com o qual estamos interagindo.

— Bem, diga quem somos e que estamos chegando para ajudá-los — instruiu Guyen.

— Sério, não tenho certeza...

— Faça isso logo, Mason.

— Por que estaria enviando sinais com matemática elementar para o planeta? — reclamou Vitas para ninguém em particular.

— Consigo ver todos os tipos de sistemas ficando online, acho — acrescentou seu subordinado no conjunto de sensores. — Que incrível. Nunca vi nada assim.

— Estou lançando alguns drones, tanto para o satélite quanto para o planeta — anunciou Karst.

— Concordo — disse Guyen.

— Ele não nos *reconhece* — relatou Holsten, traduzindo freneticamente a última mensagem do satélite, tropeçando em sua gramática antiga. — Diz que não estamos autorizados aqui. Diz... algo sobre perigo biológico.

E, diante do estremecimento que passou pela tripulação:

— Não, espere, ele está *nos* chamando de risco biológico não autorizado. Está... Acho que está nos ameaçando.

— Qual é o tamanho desse troço mesmo? — quis saber Karst.

— Um pouco menos de vinte metros em seu eixo mais longo — foi a resposta da equipe de ciência.

— Ora, então manda ver.

— Karst, isso é tecnologia do Antigo Império — bradou Holsten.

— Vamos ver de que ela vale quando os drones chegarem lá.

Enquanto a *Gilgamesh* ainda lutava para reduzir a velocidade, os drones a ultrapassaram rapidamente, com o impulso os apressando na direção do planeta e de sua sentinela solitária numa aceleração que uma nave tripulada não poderia ter conseguido sem transformar seus ocupantes em polpa.

— Eu tenho outro aviso para defletir — relatou Holsten. — Escutem, acho que estamos na mesma posição em que estávamos com o chamado de emergência. O que quer que estejamos enviando não está sendo reconhecido pelo sistema. Provavelmente, se fosse para estarmos aqui, deveríamos ter os códigos certos ou coisa do gênero.

— Você é o classicista, então descubra esses códigos — respondeu Guyen.

— Não é assim. Não é como se o Antigo Império tivesse uma única... o quê, *senha* ou coisa parecida.

— Temos arquivos de transmissões imperiais, não temos? Então é só retirar alguns protocolos deles.

Holsten lançou um olhar de apelo silencioso para Lain, mas ela o estava evitando. Sem nutrir nenhuma esperança de qualquer forma, ele começou a separar códigos de ID e saudações dos fragmentos de gravações do Antigo Império que sobreviveram e jogá-los aleatoriamente em direção ao satélite.

— Recebi sinal dos drones na tela — relatou Karst, e um instante depois eles estavam olhando para o próprio planeta. Ainda era apenas um brilho, pouco distinto do campo estelar circundante, mesmo com a melhor ampliação dos olhos eletrônicos dos drones, mas eles podiam vê-lo crescendo. Um minuto depois e Vitas apontou para a pequena sombra pontilhada de sua lua passando pela superfície do planeta.

— Onde está o satélite? — quis saber Guyen.

— Não que você possa ver a esta distância, mas ele está vindo pelo outro lado, usando a atmosfera do planeta e a lua para enviar seu sinal até nós.

— Grupos de drones se separando agora — relatou Karst. — Vamos dar uma boa olhada nessa coisa de Brin.

— Mais avisos. Nada está chegando até ele — intrometeu-se Holsten, ciente de que agora ninguém realmente o estava ouvindo.

— Karst, lembre-se, nenhum dano ao satélite quando você conseguir contato — dizia Guyen. — Qualquer que seja a tecnologia, nós o queremos inteiro.

— Sem problemas. E aí está ela. Iniciando nossa incursão agora.

— Karst...

— Relaxe, Comandante. Eles sabem o que estão fazendo.

Holsten olhou para cima e viu os drones fixando a mira em um ponto na circunferência do orbe verde que se aproximava.

— Olhe essa cor. — Vitas respirou fundo.

— Insalubre — concordou Lain.

— Não, essa é... essa é a antiga cor da Terra. Verde.

— É isso — sussurrou um dos engenheiros. — Chegamos. Conseguimos.

— Visual no satélite — anunciou Karst, destacando um minúsculo brilho na tela.

— "Este é o Segundo Habitat de Sentinela de Brin" — leu Holsten insistentemente em voz alta. — "Este planeta é reivindicado pelo..." Pelo quê? Algo... *Programa de Exaltação*, e qualquer interferência está proibida".

— Exaltação de quê? — perguntou Lain bruscamente.

— Não sei. Eu... — Holsten estava quebrando a cabeça em busca de referências, procurando nos arquivos da nave. — Havia algo sobre... O Antigo Império caiu porque sucumbiu a caminhos pecaminosos. Vocês conhecem o ciclo do mito?

Alguns grunhidos em afirmação.

— A exaltação das feras: esse foi um dos pecados dos antigos.

Karst soltou um grito de surpresa e, momentos depois, as transmissões de seus drones explodiram em estática.

— Ah, que merda! Tudo o que estava indo na direção do satélite acabou de morrer! — berrou ele.

— Lain... — começou Guyen.

— Já estou verificando. Últimos momentos de... — Um silêncio agitado enquanto Lain trabalhava. — Aqui, este é o último a ir, por cerca de um segundo. Ali, breves picos de energia, e os outros drones sumiram. Então este vai logo depois. Ele simplesmente explodiu seus drones, Karst!

— Com o quê? Por que precisaria de um...?

— Escute, esse negócio pode ser um equipamento militar sério, até onde sabemos — retrucou Lain.

— Ou ele precisaria estar pronto para rastrear e lidar com impactos de objetos do espaço profundo — sugeriu Vitas. — Lasers antiasteroides, talvez?

— Eu... — Lain olhava para as leituras com a testa franzida. — Não tenho certeza de que disparou... Karst, quão abertos são os sistemas de drones?

O chefe da segurança soltou um palavrão.

— Ainda estamos indo na direção dele — salientou Holsten. No instante em que falou isso, algumas das outras telas de drones foram morrendo — as máquinas que Karst estava enviando para o lado do planeta. O satélite os estava extinguindo no momento em que deu a volta o suficiente no mundo para obter uma linha de visão.

— Mas que porra está acontecendo? — inquiriu Karst, lutando por controle, enviando seu último par de máquinas ziguezagueando em direção ao planeta. Um momento depois, houve um pico repentino de energia, um gasto colossal de energia do satélite, e uma das duas máquinas sobreviventes tinha desaparecido.

— *Isso* foi um disparo — confirmou Lain com gravidade. — Atomizou o filho da puta.

Karst soltou uma série de palavrões obscenos enquanto codificava as instruções para a última máquina, enviando-a em espiral rumo ao planeta, tentando manter a curva do horizonte entre o drone e o satélite.

— Essas armas são um perigo para a *Gilgamesh*? — perguntou Guyen, e a sala ficou em silêncio.

— Provavelmente sim. — Vitas parecia estranhamente calma. — Contudo, dada a quantidade de energia que acabamos de ver, sua capacidade de usá-las pode ser limitada.

— Não vai precisar de um segundo tiro contra nós — disse Lain, séria. — Não seremos capazes de desviar dessa rota: não significativamente. Já estamos desacelerando tanto quanto é seguro. Temos muito impulso. Nossa entrada em órbita já foi traçada.

— Ele está nos dizendo para partir ou irá nos destruir — disse Holsten num tom sem emoção. Conforme os computadores da *Gilgamesh* se adaptavam, iam se tornando mais rápidos para lhe trazer um registro compreensível do sinal, e Holsten descobriu que agora estava lendo a reprodução de uma escrita antiga quase fluentemente. Antes mesmo de qualquer outra exigência de Guyen, Holsten já estava formulando sua resposta: *Viajantes em perigo. Não iniciem ação hostil. Nave de transporte civil requer assistência.* Lain estava olhando por cima do ombro de Holsten de maneira crítica enquanto ele enviava a mensagem.

— Ele está *mesmo* ajustando seu posicionamento — falou alguém da equipe de ciência.

— Apontando para nós — concluiu Guyen.

— É uma comparação inexata, mas... — *Mas sim*, na mente de cada um ali.

Holsten podia sentir seu coração martelando loucamente. *Viajantes em perigo. Não inicie ação hostil. Nave de transporte civil requer assistência.* Mas a mensagem não estava chegando.

Guyen abriu a boca para emitir alguma ordem desesperada, mas Lain explodiu:

— Envie de volta a própria chamada de emergência dele, caralho!

Holsten olhou para Lain por um momento, então soltou um grito de alguma emoção sem nome: triunfo misturado de modo indissociável com irritação por não ter pensado nisso. Instantes depois, estava feito.

Houve, então, alguns minutos difíceis de espera para ver como o satélite iria reagir, para ver se eles tinham chegado a tempo. Mesmo enquanto Holsten devolvia o próprio sinal de emergência do satélite para ele, o ataque já poderia ter sido enviado espaço afora para eles, rápido o suficiente para que nem mesmo soubessem até que tivesse acertado o alvo.

Finalmente, Holsten afundou-se na cadeira com alívio. Os outros estavam se aglomerando em volta, olhando para sua tela, mas nenhum deles tinha a formação clássica para traduzir, até que Holsten acabou com o suspense.

— "Por favor, aguarde para mais comunicações" — disse Holsten a todos — ou algo assim. Eu acho, eu *espero*, que esse sinal tenha despertado algo mais sofisticado.

Houve um murmúrio de conversa atrás dele, mas Holsten estava contando os minutos até que a próxima transmissão chegasse. Quando a tela se encheu instantaneamente de código, ele ficou exultante por uma fração de segundo antes de deixar escapar um assovio exasperado.

— É lixo. É apenas uma parede de bobagens sem sentido. Por que ele está...?

— Espere, espere — interrompeu Lain. — É um tipo diferente de sinal, só isso. A *Gilgamesh* combinou a codificação com algumas coisas em seus arquivos, velhote. Isso é... rá, é áudio. É fala.

Todos ficaram em silêncio mais uma vez. Holsten olhou ao redor e viu uma sala apertada repleta de homens e mulheres carecas, todos com ar de quem não está lá com aquela saúde toda, ainda tremendo com os efeitos colaterais de sua suspensão impensavelmente longa, e todos incapazes de acompanhar as revelações e os traumas emocionais da situação deles naquele momento. *Eu sinceramente não tenho certeza de quem ainda está acompanhando isto.*

— Provavelmente ainda é automatizado... — começou Holsten, mas não terminou a frase, incerto de que ainda dispunha de energia para a discussão.

— Certo. A *Gilgamesh* fez o melhor que pôde para decodificar, com base nos fragmentos arquivados — relatou Lain. — Todo mundo quer ouvir isto?

— Sim — decidiu Guyen.

O que veio dos alto-falantes da nave foi pavoroso: uma bagunça corroída, com picos de estática em que mal se conseguia discernir apenas uma voz feminina, nada além de palavras isoladas no meio da interferência: palavras em uma linguagem que ninguém além de Holsten podia compreender. Holsten estava observando o rosto do comandante, porque era óbvio para ele o que iriam conseguir, e ele viu um espasmo de raiva ali brevemente antes de ser combatido. *Ah, isso não é bom.*

— Mason, traduza.

— Me dê tempo. E se você puder limpar isto, Lain...?

— Já estou trabalhando nisso — murmurou ela.

Atrás deles, os outros começaram a especular com cautela. O que havia sido dito? Era apenas uma mensagem automática ou... Vitas estava especulando sobre as supostas máquinas inteligentes do Antigo Império — não apenas um sofisticado motor autônomo como a

Gilgamesh, mas dispositivos que podiam pensar e interagir como se fossem humanos. Ou mais que humanos.

Holsten curvou-se sobre seu painel, fones nos ouvidos, ouvindo as versões cada vez mais claras que Lain estava limpando para ele. No início, ele não conseguia entender mais do que algumas palavras; tinha que desacelerar a transmissão e se concentrar em pequenos pedaços dela, enquanto tentava pelejar com uma entonação e um padrão de fala totalmente inesperados. Também havia muita interferência: um estranho e irregular movimento de subida e queda de estática que continuava atrapalhando a verdadeira mensagem.

— Eu enviei o drone para a atmosfera — anunciou Karst bruscamente. Todo mundo praticamente havia se esquecido de Karst, enquanto ele enviava instruções para seu único remoto sobrevivente, sem nenhuma ideia de se cada refinamento no percurso chegaria a tempo de evitar sua destruição.

Quando obteve a atenção da maioria, acrescentou:

— Quem quer ver a nossa nova casa?

As imagens do drone eram granuladas e distorcidas, uma varredura feita em altitude elevada de um mundo tão verde que um dos cientistas perguntou se a imagem tinha sido recolorizada.

— Você está vendo exatamente o que o drone está vendo — assegurou-lhes Karst.

— É lindo — disse alguém. A maioria dos outros simplesmente ficou olhando. Aquilo estava além da vivência e da imaginação de todos. A Terra da qual eles se lembravam não era assim. Qualquer explosão verdejante de tal natureza havia sido encarcerada nos anos antes do gelo, e nunca mais voltou depois do degelo tóxico. Eles vinham de um planeta incomensuravelmente mais pobre que aquele.

— Está certo. — A conversa atrás de Holsten se transformou em um burburinho de especulação, e em seguida morreu de tédio durante o tempo que ele levou para ajustar a nova transmissão. — Tradução, aqui.

Ele enviou para as telas: *O Segundo Habitat de Sentinela de Brin reconhece o seu pedido de assistência. Você está atualmente em um percurso que o levará a um planeta em quarentena, e nenhuma intromissão neste planeta será tolerada. Por favor, forneça detalhes completos de sua situação de emergência para que os sistemas do habitat possam analisar e aconselhar. Qualquer intromissão no Mundo de Kern terá retaliação imediata. Você não deve fazer contato com este planeta de forma alguma.*

— Vamos ver — declarou Karst.

E então:

— Não sabem sobre o último drone, então. Eu o configurei de modo a tentar manter o outro lado do planeta entre ele e aquela coisa.

Mason ainda estava reproduzindo a mensagem, tentando descobrir o que era aquela interferência contínua. Assim como a chamada de emergência, parecia haver outra mensagem pegando carona junto com o sinal do satélite.

— Ainda está enviando para o planeta? — perguntou Mason a Lain.

— Sim, mas eu compensei por isso. Você não deveria estar recebendo...

— Mundo de Kern? — observou Vitas. — Isso é um nome?

— "Kern" e "Brin" são fonéticos — admitiu Holsten. — Se são palavras, então não estão nos meus arquivos de vocabulário. O que responder?

— Será que vai entender se falarmos com ele? — pressionou Guyen.

— Vou enviar uma mensagem codificada, como antes — disse Holsten. — Eu... Seja lá o que for, não está falando Imperial C da forma como os livros didáticos acham que deveria ser falado. Sotaque diferente, cultura diferente, talvez. Eu não acho que conseguiria falar com ele bem o bastante para ser devidamente compreendido.

— Envie isto. — Guyen passou um bloco de texto para Holsten traduzir e codificar. *Nós somos a nave-arca* Gilgamesh, *carregando 500 mil humanos em suspensão. É de prioridade máxima que sejamos capazes de estabelecer uma presença em seu planeta. É uma questão de sobrevivência da espécie humana. Solicitamos sua ajuda na preservação de nossa carga.*

— Não vai funcionar. — Holsten se perguntou se Guyen tinha de alguma forma ouvido outra mensagem do satélite, porque essa não era uma resposta apropriada até onde ele sabia. Mas a enviou assim mesmo, e voltou a ouvir a transmissão anterior, recrutando Lain para tentar analisar o sinal portador, para separar algo compreensível. E então, de repente, Holsten começou a ouvir, escutando entre as palavras, imóvel e segurando seu console quando começou a entender o significado.

> O Segundo Habitat de Sentinela de Brin reconhece o seu pedido de assistência. Você está atualmente em um percurso que o levará a um planeta em quarentena, e nenhuma intromissão neste planeta será tolerada. Por favor, forneça detalhes completos de sua situação de emergência para que os sistemas do habitat possam analisar e aconselhar. Qualquer intromissão no Mundo de Kern terá retaliação imediata. Você não deve fazer contato com este planeta de forma alguma.

> Frio tão frio tanto tempo esperando esperando por que eles não vêm o que aconteceu será que todos eles realmente se foram não há mais ninguém nada sobrou lá de casa tanto frio caixão frio caixão frio nada está funcionando nada funcionando nada sobrou Eliza Eliza Eliza por que você não me responde fale comigo alivie meu sofrimento me diga que eles estão chegando me diga que eles virão me buscar me acordar me aquecer nesse frio tão frio tão frio tão frio tão frio tão frio frio frio frio

— Ahn... — Mason chutara o assento para trás de onde estava, mas a voz ainda zumbia e rangia em seus fones de ouvido, sem dúvida a mesma voz que a da eficiente e formal mensagem principal, mas distorcida por um desespero terrível. — Podemos ter um problema...

— Nova transmissão chegando — avisou Lain, enquanto outros ainda exigiam saber o que Holsten queria dizer.

— O que devo fazer com o drone? — interveio Karst.

— Mantenha-o inerte por enquanto. Diga para bloquear comunicações com o habitat — disse Guyen. — Mason...

Mas Holsten já estava trabalhando na nova transmissão. Era uma mensagem muito mais curta e contundente que a primeira, mas a palavra ficou em sua mente. *"Habitat": essa foi minha tradução. Os antigos queriam dizer isso? Eles realmente não poderiam ter dito que significava algo para alguém morar. Vinte metros de diâmetro, por quantos milênios? Não, não pode ser isso...*

— Está perguntando se queremos falar com Eliza — falou Holsten com dificuldade.

Inevitavelmente, alguém tinha que perguntar "Quem é Eliza?". Como se qualquer um ali pudesse responder a essa pergunta.

— Queremos — decidiu Guyen, e isso foi ótimo porque Holsten já havia enviado a resposta. Minutos depois (o atraso era menor a cada vez, conforme se aproximavam do planeta), algo novo falou com eles.

Holsten reconheceu a mesma voz de antes, embora consideravelmente mais límpida, e ainda com aquele horrível fundo de fluxo de consciência tentando constantemente vir à tona. Sua tradução para os outros veio rapidamente. Àquela altura, ele imaginava que deveria ser tão fluente em Imperial C quanto qualquer pessoa jamais fora na história pós-glacial.

Ele passou a mensagem para as telas dos outros: *Boa noite, viajantes. Eu sou Eliza Kerns, sistema especialista compósito do Segundo Habitat de Sentinela Brin. Sinto muito, mas posso ter perdido a importação de algumas comunicações que já tenham me enviado. Poderiam por gentileza resumir o que foi dito?*

Então houve uma divisão interessante entre os ouvintes. Comando e Segurança permaneceram praticamente imóveis, enquanto Ciência e Engenharia começaram um súbito debate: o que a voz quis dizer com "sistema especialista"? Holsten tinha certeza de que essa era a tradução adequada? Era realmente uma máquina inteligente, ou apenas alguma coisa que fingia ser uma?

O próprio Holsten estava ocupado juntando as peças daquela mensagem de fundo, embora se sentisse cada vez menos feliz com isso. As palavras, o próprio tom de horror e desespero em seus ouvidos, estavam fazendo com que ele se sentisse mal.

Boa noite, viajantes. Eu sou Eliza Kerns, sistema especialista compósito do Segundo Habitat de Sentinela Brin. Sinto muito, mas posso ter perdido a importação de algumas comunicações que já tenham me enviado. Poderiam por gentileza resumir o que foi dito?	O que você está fazendo o que está você na minha mente pegando pegando por que não consigo acordar o que sou vendo o vazio sozinha e ninguém nada não há nave por que não há nave onde está não há Eliza Kerns me roubou roubou minha mente roubou

Holsten reenviou a última transmissão relevante da *Gilgamesh*: *Nós somos a nave-arca* Gilgamesh, *carregando 500 mil humanos em suspensão. É de prioridade máxima que sejamos capazes de estabelecer uma presença em seu planeta. É uma questão de sobrevivência da espécie humana. Solicitamos sua ajuda na preservação de nossa carga.*

E a resposta:

Lamento, não será possível para vocês se aproximar ou contatar o Mundo de Kern de forma alguma. Esta é uma interdição absoluta, alinhada com as diretrizes do Programa de Exaltação. Por favor, comuniquem se outro tipo de assistência puder ser oferecido.	Avrana eu sou Avrana os macacos são tudo o que importa se todos se foram o que nós temos que exaltar e salvar a própria exaltação não pode haver contaminação por contato Sering não vai vencer vamos exaltar mas deve ser tão frio lento difícil de pensar

— Mesmas palavras, computador diferente — bradou Guyen com raiva.

Lain estava olhando por cima do ombro de Holsten, encarando fixamente sua tradução da segunda voz oculta. Holsten a viu mover a boca para formar as palavras: *Que porra...?*

— Mason, não me importo como você vai expressar isso: coloque a roupagem mais extravagante que quiser. Ele precisa entender que somos humanos e que precisamos de sua ajuda — disse Guyen. — Se houver alguma maneira do velho mundo de suplantar essa programação, de fazer o que quer que isso seja compreender, precisamos que você a encontre.

Sem pressão, então; mas Holsten já estava planejando sua resposta. Não era um problema linguístico, não importava o que Guyen pudesse pensar. Era um problema tecnológico, mas um problema com o qual até mesmo Lain estava com certeza um pouco mais bem preparada para lidar do que ele. Eles estavam falando com um sistema imperial funcional, autônomo. As carcaças gigantescas detonadas por PMES na órbita da Terra não dispunham de nada parecido.

Eliza, ele mandou de volta, *precisamos desesperadamente de ajuda. Nós viajamos para longe da Terra para encontrar um novo lar para a parcela da raça humana pela qual somos responsáveis. Se não conseguirmos localizar esse lar, então centenas de milhares de seres humanos morrerão. Seu sistema de prioridades permite que você assuma a responsabilidade por tal resultado?* Os arquivos da *Gilgamesh* não as continham, mas Holsten tinha uma ideia de que lera em algum lugar a respeito de alguma regra filantrópica imposta às antigas inteligências artificiais lendárias.

Sinto muito, mas não posso permitir que vocês comprometam o experimento de exaltação neste momento. Entendo que vocês tenham outras preocupações e estou autorizada a oferecer ajuda na medida em que minhas prioridades permitirem. Se vocês tentarem influenciar o planeta, então não me deixarão escolha a não ser agir contra sua nave.	Que nave me deixe ver a nave está vindo da Terra mas é a Terra de Sering ou minha Terra ou nenhuma Terra sobrou para qualquer nave vir silenciosamente eles pararam de enviar há tanto tempo tanto frio então me deixe sair sua vadia sua bruxa Eliza você roubou minha mente meu nome não pode me manter aqui me deixe acordar me deixe falar me deixe morrer me deixe ser alguma coisa

De que adiantou, afinal?

— É realmente a mesma linha de antes. Não chegamos a lugar algum, exceto...

— O quê? — quis saber Guyen.

— Eu quero tentar algo um pouco lateral — explicou Holsten.

— É provável que isso faça com que nos explodam antes do previsto?

— Acho que não.

— Então tente qualquer coisa que tiver, Mason.

Holsten se preparou e transmitiu uma pergunta simples e surreal: *Tem mais alguém aí com quem possamos conversar?*

— Você está de sacanagem — disse Lain em seu ouvido.

— Tem uma ideia melhor?

— Eu sou da Engenharia. Não trabalhamos com ideias.

Holsten deu um sorriso fraco ao ouvir isso. Todos os demais estavam tensos, esperando a resposta, a não ser Guyen, que estava fuzilando Holsten como se com seu olhar feroz pudesse de alguma forma inspirar o classicista a maiores esforços arqueológicos.

Você gostaria de falar com a minha irmã?	Por favor por favor por favor por favor por favor por favor

Lain soltou mais um palavrão, e Guyen ficou encarando a própria tela. Outro murmúrio de especulação confusa crescia ao redor deles.

— Certo, escutem, eu tenho uma teoria — explicou Holsten. — Ainda estamos falando com algum tipo de sistema automatizado, obviamente, mesmo que esteja programado para responder de maneira humana. Só que há algo mais lá. É... diferente. Parece menos racional. Então podemos testar se ele vai nos deixar fazer coisas que o sistema especialista principal não deixa. Na pior das hipóteses, pode ser até mesmo que nós façamos com que ele se volte contra o sistema principal, de alguma forma, sei lá.

— Mas o que é "ele"? — perguntou Vitas. — Por que eles teriam dois sistemas?

— Salvaguarda? — sugeriu Holsten, porque estava mantendo as piores suspeitas bem para si mesmo.

— Experimente — disse Guyen. — Karst, quero algumas soluções se isto ficar feio. Nosso percurso atual nos levará para a atração do planeta na velocidade certa para orbitar. A única alternativa é parar de desacelerar agora e simplesmente passar por ele, e depois... e depois o quê? — A pergunta era claramente retórica; sob pressão, o comandante mostrava as opções de que dispunha. — Em seguida, definimos a rota até o próximo ponto nos mapas estelares, e de alguma forma torcemos para que haja algo diferente lá? Agora nós vimos este planeta. Esta vai ser a nossa casa. Mason, diga isso a ele.

Ora, sim, Eliza, por favor, deixe-nos falar com sua irmã. Holsten tentou combinar sua resposta com a fala educada e formal do sistema especialista.

Ele não tinha certeza do que iriam receber como resposta, e estava pronto para interromper as comunicações se fosse apenas aquele balbucio angustiado e louco, porque com aquilo não poderia haver diálogo: nenhuma possibilidade de negociar com aquela tempestade internalizada de insanidade.

— Estão nos mandando aguardar — relatou ele quando chegou a instrução. Depois disso, não veio mais nada por um longo tempo; a *Gilgamesh* continuou a cair inexoravelmente em direção ao poço gravitacional do planeta verde. O satélite ainda estava em silêncio quando Lain e sua equipe começaram sua ansiosa vigilância sobre os sistemas da nave, à medida que a antiga nave-arca começou a ranger e a esticar diante da imposição artificial de uma fonte externa de massa, grande e próxima o suficiente para arranhar a estrutura da nave. Todos sentiram uma mudança sutil: durante toda a parte desperta da viagem, a percepção que eles tinham da gravidade viera da desaceleração gradual da nave. Agora uma força alienígena os alcançava, puxando sutilmente com dedos fantasmagóricos incorpóreos, o primeiro toque do mundo abaixo.

— Todos os sinais sugerem uma órbita estável por ora — relatou Lain de forma tensa. Seguiu-se uma comédia em câmera lenta quando a desaceleração cessou e, em seguida, a rotação começou, a gravidade avançando pelo piso para fazer uma nova casa contra a parede, e os painéis e acessórios da *Gilgamesh* se ajustando com tremores. Por um minuto não houve ponto de referência; uma sala cheia de pessoas sem peso tentando se lembrar de seu antigo treinamento, puxando umas às outras para chegar à superfície certa antes de serem atiradas contra ela. Em meio ao tumulto, ao constrangimento e a uma série de pequenas chamadas médicas, toda a questão da destruição iminente foi quase esquecida.

— Nova transmissão — alertou-os Holsten quando o sinal entrou. Em seu ouvido soaram aqueles mesmos tons femininos, mas a entonação e o ritmo da fala eram bem diferentes, e despojados daquele fundo torturado.

Eu sou a dra. Avrana Kern, cientista-chefe e administradora do Segundo Projeto de Exaltação Brin, foi a tradução dele. Mesmo através do filtro do arcaico Imperial C, a voz era severa e orgulhosa. *O que é você? Qual é a sua procedência?*

— Isso não parece um computador — murmurou Lain.

— Claro que é um computador — retrucou Vitas. — É simplesmente uma aproximação mais sofisticada de...

— Chega. — Guyen interrompeu a discussão. — Mason?

Somos uma nave-arca da Terra, enviou Holsten, *em busca de permissão para estabelecer uma colônia no Mundo de Kern*. Se a coisa com quem Holsten estava conversando era de alguma forma humana, ele imaginou que um pouco de bajulação não faria mal.

Mas Terra de quem? A Terra de Sering ou a minha Terra?, veio a resposta rápida. Agora que eles estavam em órbita, quase não havia atraso: era quase como uma conversa de verdade.

Conversa de verdade com uma mente de máquina sem rosto, lembrou Holsten a si mesmo. Ele compartilhou sua tradução com a sala, procurando ajuda, mas ninguém tinha qualquer sugestão a respeito do que o satélite quisera dizer com aquilo. Antes que pudesse dar qualquer tipo de resposta, uma nova transmissão entrou.

Eu não reconheço você. Você não é humano. Você não é da Terra. Você não tem o que fazer aqui. Eliza me mostra tudo o que ela vê de você e não há nada da Terra em você, mas por que não posso ver você por mim mesma por que não consigo abrir meus olhos onde estão meus olhos onde estão meus olhos onde estão meus olhos. E então houve uma interrupção abrupta da mensagem, deixando Holsten abalado, porque era isto: uma transição direta para a voz da loucura, sem aviso prévio.

— Eu não acho que seja um computador — disse ele, mas de maneira suave o bastante para que apenas Lain o ouvisse. Ela ainda estava lendo por cima do ombro dele, e assentiu séria.

Nosso veículo é a nave-arca Gilgamesh *da Terra. Esta nave foi construída depois do seu tempo*, elaborou Holsten e enviou, com uma consciência amarga quanto à obviedade absoluta implícita nisso. Tinha medo do que poderiam receber de volta.

Boa noite, eu sou Eliza Kerns, sistema especialista compósito do do do sou instruída a exigir que vocês retornem ao seu local de origem.	Mande-os embora não os quero se eles dizem que vieram da Terra podem voltar voltar voltar não vou não quero não posso não não não não não

— Está completamente perturbada — afirmou Karst sem rodeios, e isso com o benefício de apenas metade do que estava sendo dito. — Podemos deixar o planeta entre nós, ou algo assim?

— Não se mantivermos uma órbita estável — relatou um membro da equipe de Guyen. — Sério, lembre-se de como a *Gil* é grande. Não podemos simplesmente voar com ela do jeito que seus drones voam.

Holsten já estava enviando, porque Guyen havia parado de ditar e agora tudo parecia depender dele. *Voltar para a Terra não é possível. Por favor, podemos falar com sua irmã novamente, Eliza?*, implorando pela vida da humanidade numa língua morta — tendo que fazer a escolha entre a intransigência artificial e o que ele tinha cada vez mais certeza de que era loucura humana de verdade.

Essa outra voz novamente entregou um discurso raivoso que ele decifrou como: *Por que você não pode simplesmente voltar para sua terra? Você é do povo de Sering? Nós ganhamos? Nós expulsamos vocês? Vocês estão aqui para terminar o que ele começou?*

— O que *aconteceu* aqui? — perguntou Vitas, incrédula. — O que é Sering? Uma nave de guerra?

A Terra não é mais habitável, enviou Holsten, enquanto Lain alertava:

— Isso com certeza vai levá-la ao limite, Mason.

Holsten havia despachado a mensagem no momento em que Lain disse isso, a sensação de vazio em seu estômago chegando um momento depois. *Nisso ela tem razão.*

Mas havia um pouco mais de sanidade na voz da dra. Avrana Kern quando ela respondeu. *Absurdo. Explique.*

Os arquivos da *Gilgamesh* tinham histórias, mas quem teria pensado que precisariam ser traduzidos para um idioma no qual apenas os historiadores estavam interessados agora? Em vez disso, Holsten fez seu melhor: História Módulo 1 para o viajante do tempo perdido, com base nas melhores suposições sobre o que realmente aconteceu depois da aurora de seu tempo registrado, quando o Antigo Império dominava tudo. Havia tão pouco que ele pudesse realmente dizer. A lacuna entre a última coisa que Kern devia saber e o fato mais antigo definitivo em que Holsten podia confiar era insuperável.

Houve uma guerra civil entre facções do Império, ele explicou. *Ambos os lados deflagraram armas cuja natureza eu não compreendo, mas que foram eficazes em devastar a civilização superior na Terra e destruir completamente as colônias.* Ele se lembrava de ter visto as ruínas de cascas de ovo em Europa. Todas as colônias intrassistemas eram anteriores a qualquer posterior especialização aparente em terraformação que o Império viesse a possuir. Naquele tempo havia estufas em planetas e luas alterados casualmente para melhor sustentar a vida, dependente de biosferas que deviam ter exigido ajuste constante. Na Terra, as pessoas tinham voltado à barbárie. Em outros lugares, quando a energia falhou, quando as armas eletromagnéticas destruíram os motores vitais ou os vírus eletrônicos assassinaram as mentes artificiais, elas morreram. Morreram em um frio estranho, em atmosferas que sofriam reversão, sob céus corrosivos. Muitas vezes, morreram ainda brigando uns com os outros. Tão pouco restava intacto.

Holsten digitou isso tudo. Como se escrevesse o resumo de um texto de história, notou com sólida precisão que uma sociedade industrial pós-guerra pode ter resistido por quase um século e pode até ter recuperado um pouco da sofisticação de seus predecessores quando veio o gelo. A atmosfera sufocante que deixou o planeta na penumbra afastou o Sol, resultando em um frio glacial de meia-noite que deixou muito pouco daquele renascimento frustrado. Olhando para trás e descendo pelo poço do tempo, Holsten não podia fazer nenhuma declaração definitiva sobre os que ficaram para trás, nem sobre a era congelada que veio na sequência. Alguns cientistas especularam que, quando o gelo estava em seu auge, toda a população humana remanescente da Terra não somava mais do que 10 mil ao todo, amontoando-se em cavernas e buracos ao redor do equador e olhando para um horizonte rígido de frio.

Holsten prosseguiu em águas mais seguras, os primeiros registros desenterrados do que ele realmente poderia pensar ser seu povo. O gelo estava recuando. A humanidade voltou rapidamente, expandiu-se, travou suas pequenas guerras, reindustrializou-se, tropeçando constantemente em lembretes do que a espécie havia alcançado antes. Os olhos humanos voltaram a ver o céu, que era atravessado por inúmeros pontos de luz em movimento.

E contou a Kern por que não podiam voltar: por causa da guerra, a guerra do Império de milhares de anos antes. Por muito tempo, os estudiosos ensinaram que, quanto mais longe o gelo retrocedesse, melhor seria para o mundo, e ainda assim ninguém havia imaginado quais venenos e doenças tinham sido aprisionados naquele gelo, como insetos em âmbar, o frio invasor protegendo a trêmula biosfera dos últimos excessos do Império.

Não há como voltar para a Terra, enviou Holsten para o satélite pensativo e silencioso. *No final, não conseguimos equilibrar o aumento de toxicidade do meio ambiente. Então construímos as naves-arca. No fim, tudo o que tínhamos eram antigos mapas estelares para nos guiar. Nós somos a raça humana. E não recebemos nenhuma transmissão de nenhuma outra arca para dizer que eles encontraram um lugar para ficar. Doutora Avrana Kern, isso é tudo que temos. Por favor, podemos nos estabelecer em seu planeta?*

Como estava pensando em termos humanos, ele esperou uma pausa decente para que sua interlocutora assimilasse toda aquela história encapsulada. Em vez disso, um dos cientistas gritou:

— Novas leituras de energia! Está ativando algo!

— Uma arma? — quis saber Guyen, e todas as telas ficaram brevemente em branco, depois ganharam vida de novo com coisas sem sentido dispersas entre elas: fragmentos de código e texto e simples estática.

— Ele entrou no sistema de controle da *Gilgamesh*! — gritou Lain. — Está atacando nossa segurança... não, já entrou. Porra, estamos abertos. Ele tem o controle total. Foi isso o que fez com seus drones, Karst, aqueles que não apenas evaporou. Estamos fodidos!

— Faça o que puder! — encorajou-a Guyen.

— Que caralhos você acha que eu posso fazer? Estou bloqueada! À merda com sua "especificidade cultural", Mason. Está em toda a porra do nosso sistema como se fosse uma doença.

— Como está nossa órbita? — perguntou alguém.

— Não tenho feedback, nem instrumentação. — Vitas soava ligeiramente tensa. — No entanto, não senti nenhuma mudança no impulso, e a mera perda de potência ou controle não deve afetar nossa posição em relação ao planeta.

Como todos aqueles cascos orbitando a Terra, pensou Holsten, desamparado. *Aquelas naves fritas, mortas, com os corpos secos a vácuo de sua tripulação ainda no mesmo lugar após milhares de anos.*

Subitamente, as luzes saltaram e piscaram, e então um rosto apareceu em todas as telas.

Era um rosto ossudo, de mandíbula alongada; o fato de que era um rosto de mulher não foi imediatamente óbvio. Detalhes continuavam sendo preenchidos: cabelos escuros puxados para trás, pele sombreada e texturizada, linhas acentuadas ao redor da boca e dos olhos; indelicado para os critérios modernos, mas quem saberia dizer qual era a estética ancestral que aquele rosto identificava? Era um rosto de uma época, uma sociedade e uma etnia que o tempo havia apagado. O parentesco entre ele e a tripulação da *Gilgamesh* parecia tênue, casual.

A voz que ecoou pelos alto-falantes era inconfundivelmente a mesma, mas desta vez estava falando o próprio idioma comum da tripulação, embora os lábios não sincronizassem.

— Eu sou a doutora Avrana Kern. Este é o meu mundo. Não vou tolerar nenhuma interferência no meu experimento. Eu vi o que vocês são. Vocês não são da *minha* Terra. Vocês não são *minha* humanidade. Vocês são macacos, nada além de macacos. Vocês não são sequer *meus* macacos. Meus macacos estão passando por uma elevação, o grande experimento. Eles são puros. Não serão corrompidos por vocês, meros humanos. Vocês não são nada além de macacos de uma ordem inferior. Não significam nada para mim.

— Ela pode nos ouvir? — perguntou Guyen baixinho.

— Se os seus próprios sistemas podem ouvi-lo, então eu posso ouvi-lo — bradou a voz de Kern.

— Devemos entender que você está condenando os últimos sobreviventes de sua própria espécie à morte? — Era uma exibição incrivelmente paciente e educada de Guyen. — Porque parece que é isso que você está dizendo.

— Vocês não são minha responsabilidade — declarou Kern. — Este planeta é minha responsabilidade.

— Por favor — disse Lain, ignorando Guyen quando ele gesticulou para que ela calasse a boca. — Eu não sei o que você é, se é humana ou máquina ou qualquer outra coisa, mas precisamos de sua ajuda.

O rosto congelou, nada além de uma imagem estática por um punhado de batimentos cardíacos.

— Lain, se você... — começou Guyen, e então subitamente a imagem de Kern passou a se quebrar, distorcendo-se e corrompendo-se na tela, feições inchando ou atrofiando e então piscando e apagando de vez.

A voz falou novamente, um sussurro lamentoso em seu idioma nativo, e apenas Holsten poderia saber o que ela estava dizendo. *Eu sou humana. Devo ser humana. Eu sou o sistema? Eu sou o upload? Ainda resta alguma coisa de mim? Por que não consigo sentir meu corpo? Por que não posso abrir meus olhos?*

— A outra coisa, a tal Eliza, estava mencionando alguma outra ajuda — murmurou Lain, embora certamente até um sussurro pudesse ser ouvido. — Será que podemos só perguntar se...?

— Eu vou ajudar vocês — disse Kern, falando a língua deles novamente, soando mais calma agora. — Vou ajudar vocês a irem embora. Vocês têm todo o Universo, exceto este meu mundo. Vocês podem ir a qualquer lugar.

— Mas não podemos... — começou Guyen.

Então Lain interrompeu.

— Estou de volta. Verificando todos os sistemas. — Um minuto de tensão para garantir que pelo menos o computador da nave estava dizendo a ela que tudo ainda estava funcionando. — Temos novos dados chegando. Ela acabou de despejar um monte de coisas em nós. É... A *Gilgamesh* reconhece mapas estelares. Mason, recebi algumas coisas nessa sua língua sem sentido.

Holsten examinou a bagunça de dados.

— Eu, ah... não tenho certeza, mas está vinculado aos mapas estelares. É... Eu acho que são... — Sua boca estava seca. — Outros projetos de terraformação? Eu acho que... Acho que recebemos as chaves do próximo sistema. Está nos dando destinos. — *Está vendendo seus vizinhos*, foi o que Holsten não disse, pois *aquilo* estava ouvindo, *está nos subornando para irmos embora*. — Eu acho... que alguma coisa aqui pode até mesmo ser códigos de acesso.

— A que distância? — quis saber Guyen.

— Pouco menos de dois anos-luz — declarou Vitas com vigor. — Apenas um passo, na verdade.

No decorrer de um longo e estressante silêncio eles esperaram pela decisão de Guyen. O rosto de Avrana Kern estava de volta em algumas das telas, olhando furiosamente para eles; contraindo-se, distorcendo-se, modificando-se.

2.6 METRÓPOLIS

As negociações com os habitantes locais correram suficientemente bem — agora que Portia e seu grupo estabeleceram sua superioridade — e os titulares emprestaram aos três viajantes um macho para servir de guia nas terras ao norte. A criatura é ligeiramente menor que o companheiro macho de Portia, mas de um caráter bastante diferente, ousado a ponto de agir com imprudência de acordo com os padrões de Portia. Ele tem um nome: chamem-no de Fabian. Portia, embora ciente de que os machos dão nomes a si mesmos, raramente precisou saber algum, mesmo com a concentração desse gênero a ser encontrada no Grande Ninho. Ela imagina que, em uma pequena unidade familiar como a desses habitantes locais, os homens sejam provavelmente mais autossuficientes, portanto, mais capazes e de mentalidade mais independente. Ainda assim, Portia acha a impetuosidade dele desanimadora. Bianca parece considerá-lo menos questionável e, em sua viagem ao norte, Portia pega Fabian se exibindo para ela, uma tentativa de presenteá-la com seu esperma. Bianca ainda não se mostrou receptiva, mas Portia observa que ela também não o expulsou.

A própria Portia deixou várias ninhadas de ovos para trás dela — as fêmeas raramente partem do Grande Ninho sem terem transmitido sua linhagem — e sente que esse comportamento atual as está distraindo de sua missão. Por outro lado, Bianca lutou por ela e provavelmente considera que brincar com esse novo macho é sua recompensa. Portia só espera que Bianca possa manter seus desejos sob controle. Seria mais vantajoso diplomaticamente se Fabian não fosse morto e devorado nos estertores da paixão.

Eles não precisam viajar muito para o norte para ver o que tem crescido ali no limite da teia de consciência do Grande Ninho. Logo começam a se deparar com árvores derrubadas — os troncos mostrando uma combinação de enegrecimento, mastigação e cortes surpreendentemente precisos, muitas vezes meticulosamente cortados em partes. Com frequência, todo o sistema de raízes também foi desenterrado, garantindo que nada voltasse a crescer. A floresta está sob ataque em larga escala; suas fronteiras estão sendo roídas. Fabian se lembra de quando havia mais árvores, ele comunica. O desmatamento continua ano a ano, e o Entendimento herdado de Fabian sugere que isso está acontecendo mais rápido agora que no tempo da mãe dele.

Além dessa borda irregular, as outras árvores — as árvores estrangeiras — estão dispostas em grupos separados. Elas são pequenas e atarracadas e bulbosas, com folhas suculentas e troncos repletos de saliências que parecem verrugas. O espaço exagerado entre cada bosque é uma barreira contra incêndio — algo com que as aranhas estão muito familiarizadas. Os níveis de oxigênio do planeta são mais altos que os da Terra — os incêndios provocados por raios são uma ameaça constante.

O que eles estão vendo não é obra da natureza. É uma plantação em grande escala, e os trabalhadores que cuidam dela são claramente visíveis. Para onde Portia vira os olhos, encontra mais deles, e, se olhar para além do tabuleiro de xadrez de bosques, consegue ver um monte íngreme que deve ser a parte mais elevada da colônia dos proprietários da plantação, a maior parte oculta no subsolo. Uma nuvem de fumaça paira sobre a área como se fosse mau tempo.

Os parentes de Portia estão bem cientes de que não são os únicos herdeiros de seu mundo. Embora não tenham como saber de que maneira o nanovírus tem remodelado a vida ali há milênios, existem determinadas espécies com as quais eles compartilham o planeta, que seu povo reconhece como algo mais que animais. As Cuspidoras são um exemplo da margem mais baixa do espectro, pouco acima de um estado de natureza bruta, mas olhar em seus olhos pequenos, fracos, é, no entanto, reconhecer que ali existe algum intelecto — e, portanto, perigo.

Os oceanos ocidentais para os quais o Grande Ninho de Portia está voltado são lar de um tipo de estomatópode com o qual seu povo tem relações cautelosas, ritualizadas. Seus ancestrais eram caçadores ferozes, criativos, munidos de uma visão incomparável e de armas naturais mortíferas, e costumavam viver em colônias onde as negociações sobre o espaço vital eram comuns. Eles também provaram ser um terreno fértil para o vírus e se desenvolveram em paralelo com os próprios parentes de Portia. Talvez por causa de seu ambiente aquático, talvez porque fossem propensos por natureza a esperar a presa, a sociedade deles é simples e primitiva para os padrões de Portia, mas as duas espécies não têm nada pelo que competir, e na zona litorânea às vezes trocam presentes, os frutos da terra em troca dos frutos do mar.

O que preocupa mais são as formigas.

Portia entende a natureza das formigas. Existem colônias perto do Grande Ninho, e Portia conduz negociações tanto pessoais quanto geneticamente codificadas com as formigas para os momentos de necessidade. A experiência coletiva do Grande Ninho sabe que colônias de formigas são vizinhas complicadas. Devem ser tratadas de modo firme — se forem deixadas sozinhas, sempre se expandirão de maneira prejudicial a qualquer espécie para a qual as próprias formigas não tenham utilidade, o que, naturalmente, incluiria a espécie da própria Portia. Elas podem ser destruídas — suas Compreensões herdadas incluem crônicas de tais conflitos —, mas guerra, mesmo com uma pequena colônia, é cara e um desperdício. Por outro lado, de preferência, pode-se negociar com as formigas e limitar suas ações pela manipulação cuidadosa das decisões delas.

Portia sabe que formigas não são como seu povo, nem como as Cuspidoras ou os estomatópodes dos rasos ocidentais. Ela sabe que não se pode tratar com as formigas individualmente, nem se comunicar com elas ou mesmo ameaçá-las. A compreensão delas é grosseira, por necessidade, mas se aproxima da verdade. Uma formiga não pensa individualmente. Ela tem um conjunto complexo de respostas baseadas em uma ampla gama de estímulos, muitos dos quais são eles mesmos mensagens químicas produzidas por outras formigas em resposta a ainda mais eventualidades. Não há inteligência dentro de uma colônia, mas existe uma hierarquia de interação e instinto codependente que faz parecer, para Portia, que *alguma* forma de entidade está por trás das ações e reações de uma colônia.

Com as formigas, o nanovírus ao mesmo tempo fracassou e teve êxito. Na rede de tomada de decisões reativas das formigas, ele inculcou uma estratégia de experimentação e investigação que se aproxima de um método científico rigoroso, mas não conduziu ao intelecto como qualquer humano ou aranha reconheceria. As colônias de formigas evoluem e se adaptam, vomitam novas castas, investigam e fazem uso de recursos, desenvolvem novas tecnologias, as refinam e as inter-relacionam, e tudo isso sem qualquer coisa que se aproxime de uma consciência para dirigir o processo. Não há mente coletiva, porém existe uma ampla e flexível máquina de diferenciação biológica, uma máquina de autoaperfeiçoamento dedicada à continuidade de si mesma. Ela não entende de que modo o que faz funciona, mas expande constantemente seu repertório de comportamento e baseia-se nos caminhos de tentativa e erro que se revelam frutíferos.

O entendimento de Portia sobre tudo isso é muito limitado, mas ela tem uma noção de como as formigas funcionam e não funcionam. Ela sabe que formigas sozinhas não podem inovar, mas que a colônia pode — de uma maneira estranha — tomar decisões que parecem ser conscientes. Aplicação de força e recompensa, um estreitamento das opções viáveis da colônia, a fim de que a mais vantajosa seja aquela que as aranhas têm a intenção de que seja escolhida, podem levar a uma colônia que aceita fronteiras em seu território e seu lugar no mundo e se tornar até mesmo uma parceira produtiva. As colônias são expoentes perfeitos da teoria dos jogos: elas cooperarão onde essa via for menos custosa e mais benéfica que outras estratégias, como uma guerra genocida total.

As colônias que Portia já conhece, próximas do Grande Ninho, têm com certeza menos de um décimo do tamanho daquela para a qual ela está olhando agora. Fabian explica que já houve várias colônias em guerra ali, mas uma se tornou dominante. Em vez de levar seus vizinhos menores à extinção, a colônia dominante os incorporou em sua própria estratégia de sobrevivência, permitindo sua continuidade em troca de torná-los extensões de si mesma, utilizando alimentos que eles coletavam e tecnologias que desenvolveram. É o primeiro superestado desse mundo.

Portia e os outros têm uma conversa breve, agitada. Essa super-colônia fica longe o bastante do Grande Ninho para não o ameaçar agora, mas eles podem olhar para a frente e prever que sua própria existência ali põe em risco o futuro de seu povo. Uma solução deve ser encontrada, mas, para pensar em um plano como *esse*, os parentes de Portia que estão em casa precisarão de todas as informações que ela puder levar para eles.

Eles terão que continuar sua jornada na terra das formigas.

Fabian é surpreendentemente útil. Ele próprio já viajou mais longe que isso; na verdade, sua família faz disso um hábito. É perigoso, mas eles desenvolveram modos de minimizar o risco de o alarme soar, e quando a caça está fraca, as despensas das formigas são o último recurso.

Uma nova coluna de formigas chegou, e elas estão ali para pegar madeira. As aranhas recuam ainda mais para as árvores e observam enquanto os insetos começam a trabalhar quebrando os troncos já caídos em pedaços manejáveis, usando ácido e a força de suas mandíbulas. Portia detecta rapidamente algo novo: uma casta que nunca viu antes. Galhos menores são cortados e levados por trabalhadoras aparentemente nada excepcionais, mas os troncos grandes são carregados por formigas com mandíbulas longas e curvas dotadas de extremidades internas recortadas. Estas se fixam à circunferência de um tronco, e as formigas movem a boca em oposição incremental, desbastando cada vez mais ao redor de modo a cortar fora uma parte circular. Mas essas mandíbulas não emergiram do casulo com o restante da formiga. Elas brilham à luz do sol de uma forma totalmente diferente de tudo o que Portia já viu antes: mangas dentadas rígidas que aceleram notavelmente o trabalho de morder e serrar a madeira em pedaços.

Com Fabian assumindo a liderança, as aranhas emboscam um grupo madeireiro de formigas, aprisionando-as e matando-as de modo rápido e eficiente, decapitando-as e dissecando-as em busca de suas glândulas odoríferas. As formigas são menores que Portia — entre quinze e trinta centímetros de comprimento — e as aranhas são lutadoras mais fortes, mais rápidas e muito mais eficientes, individualmente. O que devem evitar é um alarme geral, quando grandes seções das colônias são mobilizadas contra eles.

As formigas se comunicam principalmente por feromônios: para os sentidos químicos apurados de Portia o ar está denso por causa deles. As aranhas usam o odor das formigas para disfarçar o delas próprias e carregam as cabeças decepadas consigo, presas ao abdômen. Em caso extremo, podem tentar desviar a atenção das formigas por meio de um mórbido jogo de fantoches, manipulando as antenas mortas de suas vítimas em uma pantomima de comunicação.

Elas viajam rapidamente. A ausência de suas vítimas será sentida, mas a resposta inicial terá como alvo o lugar onde eles estavam, não onde estão agora. A estrada delas é a mais alta. Elas viajam pelas partes superiores das plantações das formigas, e, sempre que chegam a uma barreira de incêndio, um deles corre pelo terreno intermediário com um fio que forma, então, a espinha dorsal de uma ponte temporária. Com seu próprio odor disfarçado, viajam acima das cabeças das formigas e abaixo dos olhares delas.

Fabian demonstra que as saliências nos troncos das árvores cuidadas pelas formigas podem ser lancetadas com uma presa para liberar um líquido doce e nutritivo, não muito diferente do melaço dos pulgões, um gosto que eles sabem que as formigas apreciam. Essa agricultura de plantação é obviamente um segredo útil, e Portia o acrescenta à lista de observações para incluir em seu relatório quando voltar para casa.

Por ora, avançam em direção ao monte da colônia principal, evitando as formigas onde podem, matando-as rapidamente onde não podem. Cada pequeno alarme contribuirá para um aumento generalizado da percepção em todo o ninho, até que um número significativo de recursos dos insetos seja direcionado a localizar intrusos cuja presença tenha sido deduzida pela inevitável lógica interna da colônia.

O objetivo de Portia é investigar o monte central da colônia, que promete mais segredos. Durante o dia, o ar brilha sobre partes dele, e há nuvens de fumaça saindo de chaminés atarracadas. À noite, algumas das entradas das formigas brilham de modo fraco.

Na escuridão de sua casa, as formigas iniciam fogueiras na atmosfera rica em oxigênio, inflamada por reações exotérmicas de produtos químicos que algumas de suas castas podem produzir. Mecanismos complexos de passagens internas usam os diferenciais de temperatura para estimular o fluxo de ar: aquecimento, resfriamento e oxigenação de seus ninhos. As formigas também usam fogo para desmatamento e como arma.

O mundo de Portia — a geologia subjacente que existia antes da terraformação — é rico em depósitos rasos de metais, e as formigas cavam fundo para construir seus ninhos. Nesta colônia, séculos de queima levaram à produção de carvão, e a ocasional fundição involuntária acabou sendo sistematizada na forja de ferramentas. O relojoeiro cego tem estado ocupado.

Portia não ousa entrar no monte e fica tentada a ir embora com todas as informações que já coletou. Mas a curiosidade a impele a continuar. No topo do monte, sob a mortalha suspensa de fumaça, há uma torre que brilha ao sol, forte o suficiente para chamar a atenção. Como todos de sua espécie, Portia é levada a investigar qualquer coisa nova. Esse farol reflexivo é o ponto mais alto do monte, e Portia quer saber o que é.

Portia encontra para seu bando de infiltradores uma posição estratégica na plantação mais próxima do monte e considera os caminhos percorridos pelas correntes de formigas operárias. Dentro do cérebro que desponta na parte inferior de seu corpo, Portia recorreu a uma maneira de pensar que sua ancestral diminuta reconheceria: construir um mapa interno do mundo e, em seguida, desconstruí-lo para encontrar a melhor rota para onde ela precisa ir a seguir.

Eu vou sozinha, diz ela a Bianca. *Se eu não voltar, então você deve ir para casa e relatar.*

Bianca entende.

Portia desce por linha pela árvore que forneceu sua torre de vigia e inicia sua jornada, seguindo o itinerário que passou tanto tempo traçando. As formigas seguem caminhos específicos que a viagem constante delas acabou transformando em estradas lisas e suaves que representam as rotas mais eficientes. Portia navega por um caminho delicado, cauteloso entre essas vias. Ela se move de forma hesitante, fazendo pausas, tremendo, e depois vagando adiante, medindo as rajadas leves de vento e deixando que seu progresso siga os padrões dele, como se Portia em si não fosse nada além de algum pedaço grande de entulho levado pelo vento. As vibrações de seu movimento são engolidas pela entropia do mundo. Com seu odor disfarçado,

Portia é capaz de passar como um fantasma pelas formigas quase cegas como se fosse invisível.

As coisas ficam mais complexas e perigosas quando ela alcança o próprio monte. Seu plano cuidadoso vai sendo alterado constantemente, e ela chega perto de ser descoberta várias vezes. Em uma dessas vezes, ela usa a cabeça destacada de uma de suas vítimas, em um breve momento de contato fingido, para atrasar uma faxineira errante que está prestando muita atenção nela.

Seu árduo progresso levou horas, e o sol se pôs. Isso faz com que a atividade das formigas ao ar livre diminua e facilita o progresso de Portia; só então ela alcança o cume.

As formigas construíram uma torre atarracada ali, como já observado, e no topo dela há algo novo: um cristal pálido que brilha translúcido ao luar. Ela não tem ideia de qual seja a função daquilo, e então aguarda na esperança de que as próprias formigas lhe mostrem.

Depois que a Lua começa a mergulhar no horizonte distante, as formigas se mostram. De repente, há formigas saindo para o cume do monte em números consideráveis, de modo que Portia precisa se mover rapidamente e continuar se movendo até encontrar algum lugar que as formigas não pretendam ocupar, o que significa recuar um pouco mais no raso declive. Os insetos estão formando um tapete, uma rede de seus corpos, antenas e membros se tocando. Portia está perplexa.

As formigas parecem estar esperando algo — ou é assim que Portia interpreta o comportamento. É algo que as formigas não costumam fazer. Isso a preocupa.

Em seguida, outro dos insetos emerge de um pequeno buraco na base da torre e sobe. Ele balança uma antena na direção do cristal, com a outra direcionada para baixo a fim de fazer contato com a horda reunida abaixo. Os olhos grandes e redondos de Portia captam o máximo que podem da luz da lua, e focam a recém-chegada: aquela formiga pequena, comum. Ela tem uma prótese na antena, como as cortadoras de árvores, mas esta é uma tampa fina do mesmo material — metal, embora Portia não saiba disso — que vai se afinando até ficar invisível, de modo que a formiga agora está tocando o cristal com um fio minúsculo, delicado, parecido com um pelo.

E, diante dos olhos de Portia, as formigas começam a dançar.

Ela nunca viu nada parecido. Arrepios percorrem o tapete inteiro dos insetos, aparentemente originários desse contato entre a antena de metal e o cristal, espalhando-se pela horda reunida. Eles são levados a ondas constantes de movimento, cada um transmitindo aos seus vizinhos alguma mensagem rítmica que mantém toda a congregação arrebatada.

Portia observa perplexa e calada.

Ela não é matemática. Ela não entende bem as progressões aritméticas, séries e transformações que são apresentadas nas ondas de movimento que passam através das formigas — não entende mais que as próprias formigas —, mas pode perceber que existe um padrão ali, um significado para o que está vendo.

Portia faz o possível para interpretar o que vê à luz de suas experiências e das experiências que herdou, mas não há nada comparável em toda a história de seu mundo. As formigas sentem o mesmo. Sua exploração constante de possibilidades resultou neste contato solitário com algo imenso e intangível, e a colônia processa as informações que recebe e tenta encontrar um propósito para isso, com uma quantidade cada vez maior de seu poder de processamento biológico sendo aplicada à tarefa, mais e mais formigas estremecendo sob os ritmos pulsantes de um sinal de rádio distante.

Interessados em tentar encontrar um padrão e um plano na cena diante dela, os olhos famintos de Portia notam mais um elemento, e ela se pergunta: *Isso é importante?*

Como os humanos, o povo de Portia é rápido para identificar padrões, às vezes quando não existe nenhum. Por isso ela faz a associação rapidamente, vendo o momento como muito próximo para ser coincidência. Quando a reunião de formigas se desfaz e corre para dentro, sem avisar e de uma só vez, é exatamente quando o viajante, a estrela em movimento rápido que Portia sempre viu percorrer o céu, está passando abaixo do horizonte.

Portia elabora um plano então, rapidamente e sem muita reflexão. Está intrigada, e sua espécie é impulsionada a investigar qualquer coisa nova, assim como as formigas, embora de modos bem diferentes.

Depois que a maioria das formigas vai embora, Portia se aproxima da torre com cuidado, cautelosa para não acionar algum alarme.

Levantando seus palpos, ela deixa o vento agitá-los, sentindo sua força e direção e combinando seus movimentos com ele.

Ela sobe com cuidado, pé ante pé, até encontrar o cristal diante de si. Não parece tão grande, não para ela.

Ela começa a fiar um pacote complexo de seda que segura com as patas traseiras. Tem plena consciência de estar bem no centro da grande colônia. Um erro neste ponto poderia causar sérios problemas.

Ela demorou demais. Sua presença — através das vibrações de seu trabalho — foi detectada. De seu buraco na base da torre, a pequena formiga que liderou a congregação surge abruptamente e toca um de seus pés com sua antena descoberta.

Imediatamente ela soa um alarme, uma substância química cortante de indignação e fúria por encontrar uma estrangeira, uma intrusa, naquele lugar. Conforme o odor avança para fora, é captado por guardas no túnel e outras castas que permaneceram perto do exterior. A mensagem é passada adiante e multiplicada.

Portia cai em cima da formiga abaixo dela e a mata com uma mordida, removendo sua cabeça como fez com as outras, embora saiba que não vai conseguir blefar para sair dessa. Em vez disso, sobe pela torre novamente, procurando ir o mais alto possível, e pega o cristal do topo.

Ela prende seus dois troféus ao abdômen com uma teia no instante em que as formigas começam a enxamear no exterior de sua colônia. Portia vê muitas ali com ferramentas e modificações que de repente não está mais curiosa o bastante para investigar.

E pula. Um salto sem ajuda da torre faria com que ela aterrissasse bem no meio das formigas, para ser violentamente detida, picada e desmembrada viva. Porém, no ápice de seu pulo ascendente, suas patas traseiras chutam o fardo de seda cuidadosamente dobrada, formando uma rede bem fiada aberta entre elas que capta o vento que Portia mediu com tanto cuidado mais cedo.

Não está levando Portia exatamente de volta para Bianca e os outros, mas ela não tem controle sobre isso. Neste momento, sua maior prioridade é *fugir*, deslizando sobre as cabeças dos insetos enfurecidos que levantam suas mandíbulas revestidas de metal e tentam descobrir para onde ela poderia ter ido.

Os descendentes de Portia vão contar a história de como ela entrou no templo das formigas e roubou o olho de seu deus.

2.7 ÊXODO

Guyen demorou a tomar sua decisão enquanto a *Gilgamesh* seguia seu longo trajeto em curva ao redor daquela ilha solitária de vida no imenso deserto do espaço, sua trajetória constantemente equilibrada entre o momento que a lançaria para longe e a gravidade que a atrairia.

O rosto da dra. Avrana Kern — quem quer ou o que quer que ela realmente fosse — piscava e se transformava em um fantasma em suas telas, ora inumano em sua paciência estoica, ora distorcido por ondas de emoções involuntárias sem nome, a deusa louca do planeta verde.

Sabendo que Kern estava ouvindo e que não poderia ser bloqueada, Guyen não tinha como receber o conselho de sua tripulação, mas Holsten sentiu que o homem não teria ouvido de qualquer maneira: ele estava no comando, a responsabilidade era somente dele.

E, claro, havia apenas uma resposta, apesar de toda a ponderação agoniante que Guyen dedicava à questão. Mesmo que o Habitat de Sentinela não possuísse armas capazes de destruir a *Gilgamesh*, os sistemas da nave-arca estavam à mercê de Kern. As comportas de ar, o reator, todas as muitas ferramentas nas quais eles confiavam para manter aquela bolha de vida longe das garras do vácuo; Kern poderia simplesmente desligar tudo.

— Nós vamos embora — concordou Guyen finalmente, e Holsten reconheceu que não era o único a ficar aliviado ao ouvir aquilo.

— Obrigado por sua ajuda, dra. Avrana Kern. Vamos procurar esses outros sistemas e tentar nos estabelecer lá. Vamos deixar este planeta sob seus cuidados.

O rosto de Kern apareceu em uma animação nas telas, embora ainda se movendo de modo quase aleatório e completamente separado das palavras.

— Claro que vocês vão embora. Levem seu barril de macacos para outro lugar.

— O que é esse negócio de *macacos*? — murmurava Lain em seu ouvido, e Holsten estava se perguntando a mesma coisa.

— Macacos são uma espécie de animal. Temos registros sobre eles: o Império os usava em experimentos científicos. Eles pareciam um pouco com pessoas. Aqui, eu tenho imagens...

— A *Gilgamesh* traçou uma rota — afirmou Vitas.

Guyen deu uma olhada.

— Retrace. Eu quero que nós passemos por este planeta aqui, o gigante gasoso.

— Nós não vamos ganhar nada de útil com uma manobra de estilingue...

— Simplesmente execute — rosnou o comandante. — Aqui... Dê-me uma órbita.

Vitas franziu os lábios com afetação.

— Não vejo de que adiantaria uma órbita...

— Faça acontecer — disse a ela Guyen, fuzilando com o olhar uma das imagens de Kern como se esperasse que elas o desafiassem.

Eles sentiram a mudança de forças quando o reator de fusão da *Gilgamesh* colocou os motores de volta online, prontos para persuadir a vasta massa da nave-arca para fora de sua confortável órbita e arremessá-la para o espaço mais uma vez.

Sem aviso, o rosto de Kern desapareceu das telas, e Lain rapidamente fez uma verificação em todos os sistemas, sem encontrar rastros da presença da intrusa neles.

— O que não é garantia de nada — ressaltou. — Nós poderíamos estar crivados de rotinas de espionagem e *backdoors* de segurança e quem sabe mais o quê. — Lain não acrescentou: *Kern poderia ter nos colocado para explodir em algum lugar no espaço profundo*, o que, Holsten considerou, era generoso da parte dela. Ele viu o mesmo pensamento no rosto de todos, mas eles não tinham nenhum poder, nenhuma opção. Apenas esperança.

Colocando todo o futuro da raça humana na esperança, ponderou Holsten. Mas, na verdade, o projeto inteiro da nave-arca não tinha sido justamente isso?

— Mason, conte-nos sobre os macacos — sugeriu Lain.

Ele deu de ombros.

— Apenas especulação, mas a coisa estava falando sobre um "programa de exaltação". Exaltação de feras, contam as velhas histórias.

— Como se exalta um macaco? — Lain estava analisando as imagens de arquivo. — Criaturinhas de aparência engraçada, não são?

— O sinal para o planeta e a matemática — refletiu Vitas. — Eles estão esperando que os macacos respondam?

Ninguém tinha quaisquer respostas.

— Você definiu nossa rota? — inquiriu Guyen.

— Naturalmente — foi a resposta imediata de Vitas.

— Ótimo. Então todo o Universo é nosso, exceto o único planeta no qual vale a pena viver — afirmou o comandante. — Não vamos apostar tudo no que quer que esteja nesse próximo projeto para o qual estamos sendo enviados. Seríamos tolos se fizéssemos isso: poderia ser tão hostil quanto aqui. Poderia ser pior. Poderia não haver nada lá. Eu quero que nós... eu quero que a *humanidade* tenha um pé aqui, por via das dúvidas.

— Um pé *onde*? — quis saber Holsten. — Você mesmo disse que esse era o único planeta...

— Aqui. — Guyen trouxe a representação de um dos outros planetas do sistema: um gigante gasoso estriado e de aparência inchada como alguns dos planetas externos do sistema da Terra, e então estreitou o foco para uma lua pálida, azulada. — O Império colonizou várias luas lá no sistema da Terra. Nós temos unidades básicas automatizadas que podem criar para nós um lar ali: energia, calor, hidroponia, o suficiente para sobreviver.

— Você está propondo isso como o futuro da raça humana? — perguntou Vitas com frieza.

— O futuro, não. *Um* futuro, sim — disse Guyen a todos eles.

— Primeiro vamos ver se essa Kern nos vendeu algo de valor ou não:

afinal, o que quer que esteja lá não vai a lugar nenhum. Mas não estamos apostando tudo o que temos nisso. Vamos deixar uma colônia funcional atrás de nós... por via das dúvidas. Engenharia, eu quero uma unidade de base pronta para ser implantada assim que chegarmos.

— Hum, certo. — Lain estava fazendo cálculos, olhando para o que os sensores da *Gilgamesh* poderiam dizer sobre a lua. — Eu vejo oxigênio congelado, água congelada, até mesmo o aquecimento das marés provenientes da atração do gigante gasoso, mas... ainda está muito longe de ser aconchegante. Os sistemas automatizados vão levar... bem, muito tempo, décadas, para configurar tudo até que alguém possa ser *deixado* lá.

— Eu sei. Defina uma lista de membros de Ciências e Engenharia que serão acordados em intervalos regulares para verificar o progresso. *Me* acorde quando tudo estiver quase pronto. — Ao ouvir o lamento geral, Guyen fuzilou todos com o olhar. — O que foi? Sim, vamos voltar às câmaras. Claro que vamos. O que vocês imaginavam? A única diferença é que nós temos mais uma chamada para despertar antes de sair do sistema. Maximizamos nossas chances como espécie. Vamos nos estabelecer aqui. — Guyen estava olhando para as telas, onde o disco verde cada vez mais distante do Mundo de Kern ainda estava aparecendo. A intenção tácita de voltar estava clara em seu rosto e tom de voz.

Nesse ínterim, Vitas estava fazendo suas próprias simulações.

— Comandante, eu entendo seus objetivos, mas os testes dos sistemas automáticos de base foram limitados, e o ambiente onde serão implantados parece radicalmente...

— O Antigo Império tinha suas colônias — afirmou Guyen.

Que morreram, pensou Holsten. *Todas morreram.* Verdade, elas haviam morrido na guerra, mas morreram principalmente porque não eram estáveis ou autossuficientes, e quando as atividades cotidianas da civilização foram interrompidas, eles não foram capazes de se salvar. *Você não vai me fazer morar lá se eu tiver qualquer escolha quanto a esse assunto.*

— É tudo viável — relatou Lain. — Tenho um módulo básico pronto para ser ejetado. Dê a ele tempo suficiente e quem sabe o que podemos cozinhar lá embaixo? Um palácio normal, provavelmente. Metano quente e frio em todos os cômodos.

— Cale a boca e faça logo isso — disse-lhe Guyen. — E o resto de vocês, se prepare para voltar à suspensão.

— Mas, antes — interrompeu Karst —, quem quer ver um macaco? Todos olharam sem expressão para Karst e ele sorriu.

— Ainda estou recebendo sinais do último drone, lembram? Então vamos dar uma olhada por aí.

— Tem certeza de que é seguro? — interveio Holsten, mas Karst já estava enviando as imagens para suas telas.

O drone estava se movendo sobre um dossel ininterrupto de verde, aquela riqueza impensável de folhagem que havia sido negada a eles.

Em seguida, o ponto de vista caiu, e Karst estava enviando o drone para baixo, mergulhando por uma brecha nas árvores, ziguezagueando delicadamente em torno de uma treliça de galhos. O mundo agora revelado era inspirador, uma catedral abobadada da floresta obscurecida pelos ramos entrelaçados acima, como um céu verde sustentado por pilares de troncos de árvores. O drone deslizou por esse espaço amplo e cavernoso, mantendo o solo e o dossel igualmente distantes.

As expressões da tripulação da *Gilgamesh* eram famintas e amargas, olhando para aquele direito proibido de primogenitura, um Éden que não havia sido feito para o toque humano.

— O que é aquilo lá na frente? — perguntou Lain.

— Não estou detectando nada. Apenas uma falha visual — respondeu Karst, e então subitamente o ponto de vista deles estava balançando descontroladamente, girando no ar com seu impulso frustrado para a frente.

Karst soltou um palavrão, os dedos voando enquanto tentava enviar novas instruções, mas o drone parecia estar preso a algo invisível... ou quase invisível. Holsten só conseguiu enxergar rápidos brilhos no ar enquanto o ponto de vista do drone girava e dançava.

Aconteceu muito rapidamente. Em um instante eles estavam olhando para o espaço livre à frente que o drone estava sendo inexplicavelmente proibido de sobrevoar, e então uma vasta sombra semelhante a uma mão eclipsou a visão deles. Tiveram um vislumbre momentâneo de muitas pernas eriçadas bem abertas, duas presas como ganchos curvos golpeando ferozmente a câmera com velocidade e selvageria. No segundo impacto, a imagem se transformou em estática.

Por muito tempo ninguém disse nada. Alguns, como Holsten, ficaram apenas encarando as telas mortas. Vitas tinha ficado tensa, um músculo pulsando freneticamente no canto de sua boca. Lain estava repassando os últimos segundos daquela imagem, analisando.

— Considerando o drone e suas configurações de câmera, aquela coisa tinha quase um metro de comprimento — observou Lain por fim, tremendo.

— Aquilo não era macaco porra nenhuma — bradou Karst.

Atrás da própria *Gilgamesh*, o mundo verde e sua sentinela em órbita caíram na obscuridade, deixando a tripulação da nave-arca com, na melhor das hipóteses, sentimentos conflitantes.

3

GUERRA

3.1 RUDE DESPERTAR

Ele foi trazido involuntariamente à consciência dentro dos confins estreitos da câmara de suspensão, com o pensamento em sua mente: *Eu já não fiz isso antes?* A pergunta lhe ocorreu bem antes que conseguisse lembrar seu próprio nome.

Holsten Mason. Soa familiar.

Fragmentos de compreensão retornaram a ele, como se seu cérebro estivesse ticando os itens de uma lista de verificação.

... com Lain...

... planeta verde...

... Imperial C...

... Será que eu gostaria de falar com Eliza?...

... doutora Avrana Kern...

... colônia lunar...

Colônia lunar!

E Holsten de repente atingiu a compreensão total com a certeza absoluta de que iam mandá-lo para a colônia, para aquele deserto gelado de atmosfera sólida que Vrie Guyen decidira que seria a primeira tentativa da humanidade de criar um novo lar. Guyen nunca gostou dele. Guyen não tinha mais utilidade para ele. Eles o estavam acordando agora para transportá-lo para a colônia.

Não...

Por que o acordariam antes da expedição? De que maneira Holsten poderia contribuir com a fundação de uma colônia lunar? Eles *já* o tinham levado para lá, inconsciente em sua câmara. Ele estava despertando nos confins da casca de ovo da estrutura de base, para cuidar dos tonéis de miocultura para todo o sempre.

Não conseguia evitar a convicção de que tinham feito aquilo com ele e tentou se debater e chutar o interior fechado da câmara de suspensão, gritando alto em seus próprios ouvidos, batendo no plástico frio com ombros e joelhos, porque não conseguia levantar os braços.

— Eu não quero ir! — gritava, embora soubesse que já tinha ido. — Vocês não podem me obrigar! — Muito embora pudessem.

A tampa se abriu de repente — puxada com força assim que a vedação quebrou — e Holsten saltou fora por completo para cair de cara no chão. Braços o pegaram, e por um momento ele ficou simplesmente encarando o espaço ao seu redor, incapaz de descobrir onde estava.

Não, não, não, está tudo bem. É a sala da tripulação principal. Eu ainda estou na Gilgamesh. *Eu não estou na Lua. Eles não me levaram...*

Os braços que o pegaram não estavam sendo nem um pouco gentis ao colocá-lo de pé, e quando seus joelhos dobraram, alguém o agarrou e o sacudiu, jogando-o de costas contra a câmara de modo que a tampa se fechou e prendeu uma dobra de seu traje de dormir.

Alguém estava gritando com ele. Eles estavam gritando com ele para calar a boca. Só então ele percebeu que estava gritando com eles: as mesmas palavras repetidamente, que ele não queria ir, que não poderiam obrigá-lo.

Como se para desmentir isso, quem quer que o estivesse agarrando lhe deu um tapa na cara, e ele ouviu sua voz diminuir até um gemido confuso antes que ele pudesse controlá-la.

A essa altura, Holsten percebeu que havia quatro pessoas no aposento e que não conhecia nenhuma delas. Três homens e uma mulher: todos estranhos, completos estranhos. Vestiam trajes da nave, mas não eram da tripulação principal. Ou, se eram, Guyen não os tinha acordado para a passagem pelo planeta verde.

Holsten ficou piscando para eles estupidamente. O homem que o segurava era alto, magro e de ossatura longa, com idade aproximada à de Holsten e pequenas cicatrizes ao redor dos olhos que falavam de correção cirúrgica recente: recente provavelmente significando vários milhares de anos atrás, antes de o colocarem para dormir.

Os olhos do classicista se voltaram para os demais: uma jovem de compleição robusta; um homem baixo, magro, cujo rosto pequeno estava enrugado de um lado, talvez um efeito colateral da câmara de suspensão; um homem atarracado, de queixo quadrado, de pé ao lado da escotilha, que estava constantemente olhando para fora. Ele segurava uma arma.

Segurava uma *arma*.

Holsten olhou para a arma, que era um tipo de pistola. Ainda tinha dificuldade para entender o que estava vendo. Não conseguia pensar em nenhuma razão para que houvesse uma arma presente naquele cenário. As armas estavam na relação de materiais da *Gilgamesh*, certamente. Holsten estava ciente de que, de todas as tralhas da velha Terra levadas para a nave-arca, armas certamente não haviam sido deixadas para trás. Por outro lado, certamente não eram algo a ser carregado a bordo de uma nave espacial repleta de sistemas delicados, com o vácuo mortal esperando do lado de fora.

A menos que a arma estivesse lá para forçá-lo a descer até a colônia lunar — mas dificilmente seria necessária uma arma. Karst ou alguns de seus oficiais de segurança certamente seriam suficientes, e haveria menos risco de danificar algo vital a bordo da *Gilgamesh*. Algo mais vital que Holsten Mason.

Ele tentou formular uma pergunta inteligente, mas só conseguiu emitir um balbucio vago.

— Você ouviu isso? — disse o homem alto e magro aos outros. — Ele não quer ir. Que tal isso, hein?

— Scoles, vamos *andando* — sibilou o homem na porta, o que segurava a arma. Os olhos de Holsten continuavam se voltando para a arma.

Um momento depois, Holsten se viu imprensado entre Scoles e a mulher, sendo puxado e empurrado desajeitadamente pela escotilha, o atirador liderando, apontando sua arma ao longo do corredor. No último vislumbre de Holsten através da escotilha antes que o cara murcha a fechasse, ele viu que os painéis de status das outras câmaras da tripulação principal estavam todos mostrando as câmaras vazias. Holsten fora a única pessoa que dormira até tarde.

— Alguém me diga o que está acontecendo — exigiu saber, embora tenha soado quase como um balbucio sem sentido.

— Precisamos de você... — começou a mulher.

— Cale a boca — retrucou Scoles, e ela calou.

Àquela altura, Holsten achava que já conseguiria andar sozinho, mesmo que cambaleante, mas juntos eles o empurravam mais rápido do que ele conseguiria seguir com os próprios pés. No momento seguinte, ele ouviu alguns ruídos altos do local de onde tinham vindo, como se alguém tivesse deixado algo pesado cair. Foi apenas quando o atirador se virou e começou a atirar de volta que ele percebeu que o som era de tiros. A pistola emitiu pequenos ruídos que eram estranhamente inexpressivos, como um cachorro grande cujo latido é fraco. Os sons de resposta foram estrondos trovejantes que sacudiram o ar e abalaram os tímpanos de Holsten, como se a ira de Deus estivesse sendo desencadeada no aposento ao lado. Disruptores, ele reconheceu: armas para controle de multidões que detonam pacotes de ar. Teoricamente não letais e com certeza menos perigosas para a nave.

— Quem está atirando em nós? — perguntou Holsten, e dessa vez as palavras soaram claras o bastante.

— Seus amigos — disse-lhe Scoles com rispidez, e essa foi uma das respostas menos reconfortantes do mundo naquelas circunstâncias, deixando Holsten com as indissociáveis certezas de que suas companhias atuais não o consideravam um amigo, e de que seus amigos de verdade, quem quer que eles fossem, na melhor das hipóteses, não estavam necessariamente preocupados que ele fosse ferido.

— A nave está... tem algo de errado com a nave? — quis saber Holsten, e seu tom de voz lhe dizia agora o quanto devia estar assustado. Suas emoções pareciam estar tinindo em algum lugar de sua mente, mantida afastada de seu cérebro superior pela parede em lento descongelar da câmara de suspensão.

— Cale a boca ou vou machucar você — disse-lhe Scoles, em um tom de voz que sugeria que ele gostaria de fazer isso. Holsten calou a boca.

O da cara murcha estava ficando para trás deles, e então subitamente caiu no chão. Holsten pensou que o homem tinha tropeçado: chegou até a fazer um movimento automático fracassado para tentar ajudar antes de ele próprio ser arrastado para longe. Mas o cara murcha não estava se levantando, e o atirador se ajoelhou ao lado de seu cadáver, puxou uma segunda pistola da parte de trás do cinto do morto e apontou ambas as armas contra os agressores que Holsten sequer tinha visto.

Levou um tiro. Nenhuma explosão de disruptor para o cara murcha. Alguém do outro lado — supostamente os *amigos* de Holsten — aparentemente tinha ficado sem paciência, prudência ou misericórdia.

Em seguida, havia duas outras pessoas passando para dar assistência ao atirador — um homem e uma mulher, ambos armados —, e a quantidade de tiros vinda de trás aumentou drasticamente, mas estava claro, pelo ritmo lento de Scoles, que ele supunha estar mais seguro agora. Se isso se traduziu em qualquer aumento na segurança para o próprio Holsten, parecia permanecer uma questão em aberto. Sua boca se encheu instintivamente com todos os tipos de protestos, perguntas, apelos e até ameaças, mas ele engoliu tudo isso de volta.

Foi puxado por mais meia dúzia de pessoas armadas — todos estranhos, todos em trajes da nave — antes de ser empurrado por uma escotilha, e foi jogado sem cerimônia no chão de uma pequena sala de sistemas, apenas um espaço estreito entre dois painéis com uma única tela ocupando a maior parte da parede do fundo.

Havia outro atirador ali, cuja reação assustada ao seu aparecimento era provavelmente o mais próximo que Holsten havia chegado de realmente levar um tiro. Havia também outra prisioneira, sentada de costas para um dos consoles, com as mãos amarradas para trás. A prisioneira era Isa Lain, engenheira-chefe.

Eles jogaram Holsten ao lado dela, prendendo seus braços da mesma maneira. Scoles então pareceu perder todo o interesse em Holsten, saindo para se juntar a uma discussão abafada, porém acalorada, com alguns dos outros, da qual Holsten só conseguiu captar uma palavra ou outra. Não ouviu mais tiros.

A mulher e o atirador que o levaram até ali ainda estavam na sala, o que significava que mal havia espaço para qualquer outra pessoa. O ar estava abafado e fechado, com um odor forte de suor e fraco de urina.

Por um momento, Holsten se pegou imaginando se havia simplesmente sonhado com tudo aquilo de que se lembrava desde que deixara a Terra — se algum defeito na câmara de suspensão o tinha levado a uma grande alucinação na qual ele, o classicista, era subitamente considerado uma figura necessária e útil entre a tripulação.

Holsten olhou para Lain. Ela estava olhando angustiada para ele. Holsten se deu conta de que havia rugas no rosto dela que eram estranhas para ele, e de que seu cabelo não estava mais rente à cabeça. *Ela está... ela está me alcançando. Eu ainda sou o humano mais velho do Universo? Talvez por pouco.*

Ele olhou para seus guardas, que pareciam estar prestando muito mais atenção ao que Scoles estava dizendo do lado de fora do que a seus dois prisioneiros.

Ele ensaiou um sussurro:

— O que está acontecendo? Quem são esses maníacos?

Lain olhou para ele desesperançosa.

— Colonos.

Ele considerou aquela palavra, que abrira uma porta para um passado oculto no qual alguém — Guyen provavelmente — havia feito alguma bela cagada.

— O que eles querem?

— Não ser colonos.

— Bem, sim, isso eu poderia ter imaginado, mas... eles têm armas.

A expressão dela deveria ter se transformado em desprezo, afirmando o óbvio quando cada palavra era importante, mas, em vez disso, ela apenas deu de ombros.

— Eles entraram no setor de armas antes de tudo isso começar. Pra você ver a merda que é a *segurança* de Karst.

— Eles querem tomar a nave?

— Se for preciso.

Holsten imaginou que Karst e a equipe de segurança estavam tentando se redimir fazendo o melhor possível para impedir que isso acontecesse, e aparentemente agora esse esforço havia se transformado em batalhas com armas de fogo nos frágeis corredores da nave. Ele não tinha ideia dos números envolvidos. A colônia lunar abrigaria, no mínimo, várias centenas de colonos, e talvez com mais sendo mantidos em suspensão. Com certeza não havia quinhentos amotinados correndo soltos pela *Gilgamesh*, havia? E quantos Karst tinha? Será que o homem estava acordando o pessoal da tripulação secundária para usá-los como soldados de infantaria e enfiar armas em suas mãos geladas?

— O que aconteceu? — ele exigiu saber, a pergunta direcionada mais ao Universo que a qualquer pessoa em particular.

— Que bom que você perguntou. — Scoles entrou na sala, praticamente dando uma cotovelada no atirador para ganhar espaço. — O que foi que você disse quando te puxamos para fora da cama? "Eu não quero ir", foi isso? Bem, entre para o clube. Ninguém aqui se alistou para esta jornada para acabar congelando em alguma armadilha mortal em uma lua sem atmosfera.

Holsten olhou para Scoles por um momento, notando as mãos compridas do homem magro se fechando, vendo a pele ao redor de seus olhos e a boca se contorcerem involuntariamente: deduziu que era o sinal de uma droga ou outra que vinha mantendo o homem acordado e indo em frente desde sabe-se lá quanto tempo. O próprio Scoles não tinha arma, mas ali estava um homem perigoso e volátil que tinha sido forçado ao máximo que podia aguentar.

— Ah, senhor... — começou Holsten, do modo mais calmo que conseguiu. — Você provavelmente sabe que sou Holsten Mason, classicista. Não tenho certeza se você realmente me queria ou se estava apenas atrás de quem pudesse conseguir para... para ser refém, ou... Eu realmente não sei o que está acontecendo aqui. Se houver alguma coisa... alguma maneira pela qual eu...

— Pela qual você possa sair com a pele intacta? — Scoles interrompeu.

— Bom, sim...

— Não depende de mim — respondeu o homem com desdém, parecendo prestes a se virar, mas então voltou a se concentrar e olhou para Holsten novamente como se o visse pela primeira vez.

— Tudo bem, da última vez que você esteve acordado, as coisas eram diferentes. Mas, acredite em mim, você sabe de coisas... coisas muito valiosas. E eu entendo que você não tem culpa de nada, velho, mas há vidas em jogo aqui, centenas de vidas. Você está nisso, goste ou não.

Não, decidiu Holsten com seriedade, mas o que poderia dizer?

— Avise a sala de comunicação — ordenou Scoles, e a mulher foi se esgueirando até um dos painéis, praticamente se sentando no ombro de Holsten para enviar os comandos.

Um longo momento depois, o rosto brilhante de Guyen apareceu na tela da parede, fuzilando todos com o olhar. Ele também parecia mais velho aos olhos de Holsten, e ainda mais desprovido de bondade humana.

— Acho que você não vai depor as armas — explodiu o comandante da *Gilgamesh*.

— Acertou — respondeu Scoles calmamente. — No entanto, há um amigo seu aqui. Talvez você queira vê-lo de novo. — E cutucou Holsten na cabeça para ilustrar.

Guyen permaneceu impassível, de olhos apertados.

— E daí? — Não houve qualquer pista real de que tivesse reconhecido Holsten.

— Eu sei que você precisa dele. Eu sei para onde você pretende ir depois que tiver jogado todos nós naquele deserto — disse Scoles. — Eu sei que você vai precisar do seu alardeado classicista quando encontrar toda aquela tecnologia antiga da qual você tem tanta certeza. E não se incomode em pesquisar nas listas de *carga* — disse isso com uma ênfase amarga um homem que até pouco antes tinha sido meramente uma parte dessa carga —, porque a Nessel aqui é quase tão boa quanto: não uma especialista como o seu velho, mas ela sabe mais do que qualquer outra pessoa. — Scoles deu um tapinha no ombro da mulher ao seu lado. — Então vamos conversar, Guyen. Ou então eu não acreditaria muito no sucesso do seu classicista e da sua engenheira-chefe.

Guyen olhou para ele — para todos eles — sem expressão.

— A equipe da engenheira Lain é perfeitamente capaz de executar as tarefas dela em sua ausência — falou Guyen, como se Lain simplesmente tivesse ficado de cama por causa de alguma infecção temporária. — Quanto ao outro, agora temos os códigos para ativar as instalações do Império. A equipe científica pode lidar com isso. Não vou negociar com quem desafia a minha autoridade.

Seu rosto desapareceu, mas Scoles ficou olhando para a tela vazia por muito tempo ainda, as mãos cerradas em punho.

3.2 FOGO E ESPADA

Gerações passaram por aquele mundo verde, na esperança, na descoberta, no medo, no fracasso. Um futuro há muito previsto está prestes a chegar.

Outra Portia do Grande Ninho às margens do oceano Ocidental, mas uma guerreira desta vez, à maneira de sua espécie.

Seus arredores agora não são o Grande Ninho, e sim uma metrópole diferente das aranhas: uma que ela chama de Sete Árvores. Portia está ali como observadora e para dar a ajuda que puder. Ao seu redor, a comunidade é uma colmeia de atividade furiosa enquanto os habitantes correm e saltam e fazem rapel freneticamente para todo lado, e Portia os observa, seus olhos dispersos fitando o caos por todos os lados e comparando a visão a um ninho de formiga perturbado. Ela é capaz de fazer a amarga reflexão de que as circunstâncias agora arrastaram seu povo para baixo, ao nível de seu inimigo.

Ela sente medo, uma ansiedade crescente que a faz bater os pés e contrair os palpos. Seu povo é mais preparado para ataque que para defesa, mas eles têm sido incapazes de manter a iniciativa neste conflito. Portia terá que improvisar. Não há nenhum plano para o que vem a seguir.

Ela pode morrer, e seus olhos enxergam aquele abismo e a alimentam com um terror de extinção, de não ser, que talvez seja o legado de toda a vida.

Há sinais sendo enviados por mensageiros e vigias postados no alto das árvores acima, o mais alto a que os andaimes de seda de Sete

Árvores se estendem. Eles sinalizam regularmente. O sinal é a contagem regressiva do tempo: quanto tempo resta agora a este lugar antes que o inimigo chegue. Os fios de mensagem que são amarrados entre os troncos e sua profusão de habitações feitas de mais fios vibram com a fala, como se a comunidade demonstrasse fúria contra a inevitabilidade de sua destruição.

Nem a morte de Portia nem a destruição de Sete Árvores são inevitáveis. A comunidade tem seus próprios defensores — pois, neste tempo, nesta era, toda conurbação de aranhas dispõe de lutadoras dedicadas que passam seu tempo treinando para nada além de lutar — e Portia está ali junto com uma dezena que veio do Grande Ninho, em apoio a seus parentes. Elas usam armadura de madeira e seda e têm seus estilingues. São os diminutos cavaleiros de seu mundo, enfrentando um inimigo que as supera numericamente à razão de centenas para uma.

Portia sabe que precisa se acalmar, mas a agitação dentro dela é grande demais para ser suprimida. Ela precisa de alguma garantia externa.

No ponto alto da árvore central do ninho, Portia a encontra. Ali está uma ampla tenda de seda cujas paredes são tecidas com padrões geométricos complexos, os fios cruzados esticados de acordo com um plano preciso. Outro punhado de sua espécie já está lá, buscando a garantia do numinoso, a certeza de que existe algo mais no mundo além do que seus sentidos podem compreender prontamente; de que há um Entendimento maior. De que, mesmo quando tudo estiver perdido, nem tudo precisa estar perdido.

Portia se agacha com elas e começa a fiar, formando nós que criam uma linguagem a partir de números, um texto sagrado que é reescrito sempre que alguém de seu povo ajoelha-se em contemplação, e que é consumido quando se levantam. Ela nasceu com esse Entendimento, mas aprendeu de novo também, indo para o Templo muito jovem assim como foi até ali agora. A compreensão inata, programada pelo vírus, dessas transformações matemáticas que ela herdou não a inspirou da mesma forma que quando ela foi guiada através das sequências por seus professores, lentamente chegando à revelação de que o que aquelas sequências de figuras aparentemente arbitrárias descreviam era algo além de mera invenção: era uma verdade universal evidente e de grande consistência interna.

Claro que no Grande Ninho, sua casa, elas têm um cristal que fala essas verdades de seu próprio modo inefável — assim como muitos dos maiores ninhos têm agora, que os peregrinos de comunidades menores muitas vezes viajam grandes distâncias para ver. Ela já presenciou a sacerdotisa votiva tocar o cristal com sua sonda de metal, sentindo a pulsação da mensagem vindo dos céus, dançando aquela aritmética celestial para o benefício da congregação. Nessas horas, Portia sabe, a própria Mensageira estaria nos céus acima, em sua jornada constante... fosse à noite e visível ou escondida pelo brilho do céu diurno.

Ali em Sete Árvores não há cristal, mas simplesmente repetir essa mensagem, em toda a sua complexidade maravilhosa, mas internamente consistente, fiar, consumir e fiar novamente é um ritual calmante que descansa a mente de Portia e permite que ela enfrente tudo o que deve acontecer em breve com serenidade.

Seu povo resolveu os enigmas matemáticos apresentados pelo satélite em órbita — a Mensageira, como expressam em seu pensamento — aprendendo as provas primeiro de cor e depois na verdadeira compreensão, como um dever cívico e religioso. A intrusão desse sinal chamou a atenção de muitas das espécies em um período relativamente curto, por causa de sua curiosidade inerente. Ali está algo comprovadamente do além, e isso os fascina; isso lhes diz que existem mais coisas no mundo além do que podem compreender; orienta o pensamento deles de novas maneiras. A beleza da matemática promete um universo de maravilhas se simplesmente conseguirem estender suas mentes esse pouco além: um salto que quase podem dar, mas não exatamente.

Portia fia e desenrola e fia, acalmando a trepidação que a consome, substituindo-a pela inegável certeza de que existe *mais*. Aconteça o que acontecer neste dia, ainda que Portia caia perante as mandíbulas revestidas de ferro de suas inimigas, há uma profundidade na vida além das dimensões simples que ela consegue perceber e calcular, e portanto... quem sabe?

Então a hora chega, e ela sai do templo e vai se armar.

Nos assentamentos, há variações consideráveis do povo de Portia, mas aos olhos humanos eles pareceriam confusos, possivelmente um pesadelo. Sete Árvores agora abrange mais que os sete originais, o emaranhado de troncos interligados por centenas de linhas, cada qual parte de um plano, cada qual com um propósito específico, seja estrutural, como uma via, ou para comunicação. A linguagem vibratória das aranhas se deixa transmitir bem, descendo pelos fios de seda a certa distância, e elas desenvolveram nós de bobinas tensionadas que amplificam o sinal para que a fala possa reverberar por quilômetros entre as cidades quando não há vento. Os lares de seus parentes são tendas de seda esticadas por linhas de suporte em uma variedade de formas, adequadas a uma espécie que vive sua vida em três dimensões e pode ficar pendurada em uma superfície vertical tão facilmente quanto se descansasse em uma horizontal. Os locais de reunião são grandes redes nas quais as palavras de uma oradora podem ser transmitidas a uma multidão de ouvintes ao longo da dança dos fios. No centro elevado, sombreando grande parte da cidade, fica o reservatório: uma rede estanque espalhada que capta a chuva e o escoamento de uma grande área ao redor de Sete Árvores, canalizando a água através de calhas e canos a partir de uma infinidade de coletores menores de chuva.

Em torno de Sete Árvores, a floresta foi cortada pelas formigas locais semidomesticadas. Antes, aquela floresta havia sido uma barreira anti-incêndio. Em breve, será um campo de extermínio.

Portia abre caminho por Sete Árvores rastejando e saltando e vê que as sentinelas estão sinalizando o primeiro contato com o inimigo: as defesas automatizadas do assentamento foram acionadas. Ao seu redor, a evacuação está em curso; aquelas que não são lutadoras dedicadas reúnem o que podem — suprimentos e os poucos bens que não podem simplesmente recriar — e abandonam Sete Árvores. Algumas carregam ninhadas de ovos colados ao abdômen. Muitas têm filhotes agarrados a si. As jovens que não são sensatas o bastante para pegar uma carona provavelmente morrerão.

Portia rapidamente se aproxima de uma das altas torres de vigia, olhando para a linha das árvores. Lá fora há um exército de centenas de milhares avançando em direção a Sete Árvores. É um braço independente da mesma grande colônia de formigas que sua ancestral um dia explorou como batedora; uma forma de vida compósita secular que está tomando conta dessa parte do mundo dia após dia.

A floresta próxima está repleta de armadilhas. Existem teias para pegar formigas incautas. Existem linhas de mola, esticadas entre o solo e a copa, que grudarão em um inseto que estiver de passagem para, em seguida, se destacar e jogar a criatura infeliz para cima, para prendê-la nos galhos altos. Existem obstáculos e poços, mas nenhum deles será o bastante. A colônia que avança enfrentará esses perigos da mesma forma que enfrenta todos os perigos, sacrificando o suficiente de si para anulá-los, com o impulso principal de seu ataque mal diminuindo. Existe uma casta particular de batedoras dispensáveis agora passando à frente da coluna principal das formigas, especificamente para desarmar de modo suicida tais medidas defensivas.

Agora há movimento nas árvores. Portia se concentra nisso, vendo as batedoras que sobrevivem tomando tudo à frente em uma massa caótica, obedecendo a sua programação. O solo entre elas e Sete Árvores não tem tantas armadilhas, mas elas têm outras dificuldades para enfrentar. As formigas locais caem em cima das aracnídeas no mesmo instante, saltando valentes para morder e picar, de modo que poucos metros adentro da linha das árvores o solo fica confuso com nós de insetos em combate, uns desmembrando os outros loucamente e sendo, por sua vez, desmembrados. Aos olhos humanos, as formigas das duas colônias pareceriam indistinguíveis, mas Portia consegue discernir as diferenças de coloração e padrão, estendendo-se para o ultravioleta. Ela está pronta com seu estilingue.

As defensoras aracnídeas começam sua barreira com munição sólida, pedras simples recolhidas do solo, escolhidas por seu tamanho e peso convenientes. As aranhas têm como alvo as batedoras que se desvencilham da multidão de formigas, pegando-as com precisão mortal, cada golpe traçado e calculado com minúcia. As formigas são incapazes de se esquivar ou reagir, incapazes até mesmo de perceber os defensores em seus pontos elevados de observação. O número de mortes entre os insetos é catastrófico, ou seria se esse anfitrião fosse qualquer coisa menos a vanguarda descartável de uma força muito maior.

Algumas das batedoras alcançam o sopé de Sete Árvores, apesar do bombardeio. Mas, depois de um metro ou mais de tronco nu, cada árvore ostenta saias de teia transparente que se inclinam para cima e para fora, uma superfície na qual as formigas não conseguem se apoiar. Elas sobem e caem, sobem e caem, a princípio irracionais em sua persistência. Então, uma concentração suficiente de mensagens por odor se acumula, e as formigas mudam de tática, subindo umas nas outras para formar uma estrutura viva e extensa, que se projeta cegamente para cima.

Portia interrompe um chamado às armas e suas irmãs do Grande Ninho se reúnem em torno dela. As defensoras locais não estão bem armadas; falta-lhes experiência e a compreensão inata de guerras contra formigas. Portia e suas companheiras vão liderar o ataque.

Eles caem rapidamente das alturas em cima das formigas batedoras e começam seu trabalho. São muito maiores que as agressoras, mais fortes e mais rápidas. Sua mordida é venenosa, mas é um veneno mais bem usado contra aranhas, então agora se concentram em usar suas presas nas interseções dos corpos dos insetos, entre cabeça e tórax, entre tórax e abdômen. Acima de tudo, as aranhas são mais inteligentes que suas inimigas, mais capazes de reagir, manobrar e fugir. Fazem as batedoras e suas pontes em construção em pedaços com pressa furiosa, sempre em movimento, nunca deixando as formigas se agarrarem a elas.

Portia salta de volta para o tronco e em seguida corre para se agarrar sem esforço à mesma base de seda na qual as formigas não conseguiram subir. De cabeça para baixo, Portia vê um novo movimento na linha das árvores. A coluna principal chegou.

Essas novas formigas são maiores... embora ainda menores que Portia. São de muitas castas, cada qual com sua especialidade. À frente da coluna, e já acelerando ao longo da trilha de odor dos batedores em direção a Sete Árvores, vêm as tropas de choque. Suas mandíbulas formidáveis ostentam lâminas farpadas de metal serrilhado, e elas têm protetores de cabeça que chegam até a parte de trás a fim de proteger o tórax. Seu objetivo é monopolizar a atenção dos defensores e vender suas vidas tão caro quanto possível, de modo a permitir que castas mais perigosas diminuam a distância.

Mais das inimigas estão agora entrando nos túneis do ninho de formigas locais, espalhando produtos químicos que confundem os insetos defensores ou até mesmo os alistam à causa do agressor. Esta é uma das formas como a megacolônia cresce, cooptando em vez de destruir outros formigueiros. Para espécies estrangeiras como Portia, no entanto, não há propósito nem misericórdia.

De volta a Sete Árvores, os machos locais restantes estão trabalhando duro. Alguns fugiram, mas a maioria dos evacuados são fêmeas. Os machos são substituíveis, sempre submissos, sempre numerosos demais. Muitos foram instruídos a permanecer na cidade até o último deles, sob pena de morte. Alguns fugiram de qualquer maneira, correndo seus riscos, mas ainda há muitos para cortar quaisquer linhas remanescentes entre o assentamento e o solo, para negar um fácil acesso às formigas. Outros saem correndo do reservatório com pacotes de seda cheios de água. Portia observa esse trabalho diligente com aprovação.

As primeiras filas da coluna estão se aproximando. As formigas blindadas sofrem menos com os estilingues, mas agora outras munições são colocadas em jogo. O povo de Portia tem certa habilidade química. Vivendo num mundo onde o cheiro é tão vital — uma pequena parte da linguagem deles, mas uma grande parte da maneira pela qual o restante do mundo se percebe —, desenvolveram inúmeros Entendimentos herdados no que diz respeito à mistura e à composição de substâncias químicas, mais especialmente feromônios. Agora os estilingues enviam glóbulos de líquido envoltos em seda para espirrar entre as formigas que avançam. Os odores assim liberados encobrem brevemente a própria linguagem de cheiro constante dos agressores — negando-lhes não apenas a fala, mas pensamento e identidade. Até que as substâncias químicas se dissipem, as seções afetadas do exército de ataque são desprogramadas, retornando a instintos básicos e incapazes de reagir adequadamente à realidade ao seu redor. Elas erram e quebram a formação, e algumas lutam entre si, incapazes de reconhecer as próprias parentes. Portia e as outras defensoras atacam rapidamente, matando o máximo que podem enquanto o caos persiste.

As defensoras estão sofrendo baixas agora. Aquelas mandíbulas de metal podem cortar patas ou rasgar corpos inteiros. As guerreiras de Portia vestem cotas de seda e placas de madeira macia para prender os dentes da serra, tirando essa armadura quando necessário, consertando-a quando possível. A coluna continua avançando, apesar de tudo o que as defensoras conseguem fazer.

Os machos espirram água nas partes mais baixas de Sete Árvores, um combate de incêndio proativo, pois a colônia de formigas agora mostra suas verdadeiras armas.

Perto de Portia há um clarão e uma gota de chama, e duas de suas camaradas estão instantaneamente em chamas, como tochas cambaleantes chutando e murchando e morrendo. Essas novas formigas fermentam produtos químicos dentro de seu abdômen, assim como certas espécies de besouro. Quando projetam seus ferrões para a frente e misturam essas substâncias, há uma forte reação exotérmica, um spray de fluido aquecido. A atmosfera do mundo de Portia tem um teor de oxigênio um pouco mais alto que o da Terra, o suficiente para que a mistura abrasadora entre em ignição espontaneamente.

A tecnologia da espécie de Portia é construída à base de seda e madeira, energia potencial armazenada em linhas tensionadas e molas primitivas. O pouco de metal que usam é roubado das formigas. Não precisam de fogo.

Portia eleva-se e volta a usar seu estilingue. As formigas lança-chamas são letais a curto alcance, mas vulneráveis aos mísseis de Portia. No entanto, as formigas agora controlam todo o terreno em torno de Sete Árvores e estão trazendo armas de maior alcance.

Ela vê o primeiro projétil quando é lançado, seus olhos rastreando o movimento automaticamente: uma esfera reluzente de um material duro, transparente e frágil — pois as formigas depararam com vidro nas gerações intermediárias — descreve um arco no alto e se estilhaça atrás dela. Seus olhos laterais captam as chamas quando os produtos químicos dentro da esfera se misturam e explodem.

No solo, atrás das tropas de choque blindadas, a artilharia está em ação: formigas com a cabeça envolta em uma máscara de metal que inclui uma língua voltada para trás — uma peça de metal flexível que o aparelho bucal pode abaixar e depois liberar, lançando as granadas incendiárias a certa distância. A pontaria das formigas é ruim, seguindo cegamente as pistas do odor de suas camaradas, mas há muitas delas. Embora os machos de Sete Árvores estejam correndo com água para apagar as chamas, o fogo se espalha rapidamente, encolhendo a seda e enegrecendo a madeira.

Sete Árvores começa a queimar.

É o fim. As defensoras que puderem devem sair ou vão assar. Mas, para as que saltam às cegas, as mandíbulas de metal das formigas esperam.

Portia escala cada vez mais alto, correndo contra as chamas. A parte superior do assentamento está entulhada de corpos que se esticam desesperadamente: guerreiras, civis, fêmeas, machos. Alguns estremecem e caem quando a fumaça os sufoca. Outros não conseguem superar o fogo faminto.

Portia luta para chegar ao topo, abandonando as placas de madeira da armadura enquanto fia freneticamente. Sempre tem sido assim, e pelo menos ela tem uma utilidade para o inferno que cresce abaixo dela: as térmicas lhe darão altura, a fim de que possa usar o paraquedas que ela mesma fez para planar além do alcance da colônia de formigas vorazes.

Por enquanto. Apenas por enquanto. Esse exército está se aproximando do Grande Ninho, e depois disso só haverá o oceano. Se a espécie de Portia não conseguir derrotar a marcha descerebrada das formigas, então não restará ninguém para escrever as histórias das gerações futuras.

3.3 CRUZ E ESPADA

Houve um silêncio constrangedor por algum tempo depois que Scoles saiu. O atirador anônimo e a mulher, Nessel, seguiram com suas tarefas sem falar um com o outro: ela curvada sobre as telas do computador, ele franzindo a testa para os prisioneiros. Tendo confirmado, para sua própria satisfação, que se contorcer furtivamente fazia apenas com que as amarras cortassem seus pulsos mais fundo, Holsten foi ficando cada vez mais oprimido pelo silêncio. Sim, havia uma arma apontada em sua direção. Sim, a *Gilgamesh* era obviamente anfitriã de um conflito que poderia simplesmente matá-lo a qualquer momento, mas ele estava *entediado*. Recém-saído da suspensão, recém-acordado de décadas de hibernação involuntária, e seu corpo queria *fazer* algo. Ele descobriu que precisava morder a língua para se impedir de enunciar os pensamentos em voz alta apenas para sair do tédio.

Então alguém fez isso por ele. Ouviu pancadas distantes que identificou, logo depois, como tiros, e alguém passou pela escotilha com alguma instrução murmurada que ele não conseguiu ouvir. Mas o atirador ouviu e saiu no mesmo instante, descendo depressa o corredor e levando a arma junto. A salinha parecia incrivelmente mais espaçosa sem ele.

Ele olhou para Lain, mas ela olhava para os próprios pés, evitando o olhar dele. A única outra pessoa ali era Nessel.

— Ei — tentou ele.

— Cale a boca — sibilou Lain para ele, mas ainda desviando o olhar.

— Ei — repetiu Holsten. — Nessel, não é? Escute... — Ele pensou que seria simplesmente ignorado, mas ela o olhou carrancuda.

— Brenjit Nessel — informou ela. — E você é o doutor Holsten Mason. Eu me lembro de ter lido seus artigos quando… lá atrás.

— Lá atrás — concordou Holsten sem forças. — Bom, isso é… um elogio, eu suponho. Scoles estava certo, então. Você também é uma classicista.

— Estudante — disse ela. — Não terminei. Quem sabe, se tivesse terminado, talvez estivéssemos um no lugar do outro agora. — Sua voz soava áspera de emoção e fadiga.

— Apenas uma aluna. — Ele se lembrou de suas últimas aulas… pouco antes do fim. Os estudos do Antigo Império já haviam sido a força vital do mundo. Todos estavam desesperados para cortar uma fatia dos segredos dos antigos. No tempo de Holsten, eles tinham caído em desgraça. Àquela altura eles já tinham visto o fim chegando, e sabiam que nenhuma quantidade de fragmentos de cerâmica quebrados dos velhos tempos seria suficiente para evitar isso; sabiam que eram aqueles mesmos antigos, com suas armas e seus dejetos, que tinham feito aquele fim tão demorado cair sobre suas cabeças. Estudar e elogiar aqueles psicopatas antigos durante os últimos dias tóxicos da Terra parecia algo de mau gosto. Ninguém gostava dos classicistas.

Nessel tinha se virado, então ele falou o nome dela novamente, com urgência.

— Escute, o que vai acontecer conosco? Você pode nos dizer isso, pelo menos?

Os olhos da mulher foram de relance em direção a Lain com um desgosto óbvio, mas pareciam mais amáveis quando voltaram para Holsten.

— É como diz Scoles, não depende de nós. Talvez Guyen acabe invadindo este lugar e você leve um tiro. Talvez eles quebrem nossas paredes de proteção e cortem o ar, o calor ou algo assim. Ou talvez ganhemos. Se vencermos, você fica livre. *Você*, pelo menos.

Outro olhar de esguelha para Lain, que agora havia fechado os olhos, resignada à sua situação ou tentando desfazer tudo, simplesmente apagar seus arredores.

— Escute — tentou Holsten —, eu entendo que vocês estejam lutando contra Guyen. Talvez eu até simpatize com isso. Mas ela e eu, nós não somos responsáveis. Nós não fazemos parte disso. Quero dizer, ninguém me consulta sobre essas coisas, não é? Eu sequer sabia que essa coisa estava... que tudo isso estava acontecendo até que vocês me acordaram aos tabefes lá atrás.

— Você? Talvez — disse Nessel, subitamente zangada. — Ela? Ela sabia. Quem o comandante mandaria supervisionar os detalhes técnicos, então? Quem estava cuidando dos preparativos para nos enviar para *lá*? Quem tinha metido as mãos em cada pequena parte do trabalho? Só a engenheira-chefe. Se atirássemos nela agora, seria justiça.

Holsten engoliu em seco. Lain continuava a não ser de muita ajuda, mas talvez ele agora pudesse entender o motivo.

— Escute — disse ele novamente, com mais suavidade —, com certeza você deve ver que isso é loucura, não?

— Sabe o que eu acho loucura? — retrucou Nessel ardentemente. — Criar uma base que é uma porra de uma caixa de gelo numa lua para a qual não temos nenhuma utilidade, só pro Guyen hastear uma bandeira no pau e dizer que reivindicou este sistema para a Terra. O que eu acho loucura é esperar que a gente vá para lá pacificamente, de boa vontade, e apenas viva lá naquele inferno artificial, enquanto o resto de vocês se escafede numa viagem alucinante que vai demorar quantas vidas humanas para chegar lá e retornar? Isso se vocês *conseguirem*.

— Estamos todos a muitas vidas humanas de distância de casa — lembrou Holsten a ela.

— Mas nós *dormimos*! — gritou Nessel para ele. — E nós estávamos todos juntos, toda a raça humana, e por isso não *contava*, e não importava. Trouxemos nosso próprio tempo conosco e paramos o relógio enquanto dormíamos e o acionamos quando acordamos. Por que deveríamos nos preocupar com quantos milhares de anos se passaram na velha Terra morta? Mas quando a *Gil* partir para qualquer merda de lugar que esteja indo, nós, pobres desgraçados, não vamos poder dormir. Vamos ter que construir uma vida lá, no gelo, dentro daquelas caixinhas idiotas que as máquinas automáticas fizeram. Uma *vida*, doutor Mason! Uma vida inteira dentro dessas caixas. E aí? E *filhos*? Você pode imaginar? Gerações de habitantes do gelo, esquecendo-se cada vez mais de quem éramos, murchando sem nunca ver o sol, apenas como outra estrela qualquer. Cuidando dos tonéis e comendo compostagem e produzindo mais gerações condenadas que nunca poderiam chegar a nada, enquanto *vocês*, todos vocês, gloriosos viajantes das estrelas, vão ter o luxo de dormir embrulhados em seu não tempo e acordar duzentos anos mais tarde como se fosse apenas o dia seguinte? — Agora ela estava gritando, quase se esganiçando, e ele percebeu que devia estar acordada havia tempo demais; que ele havia rompido a barragem, deixado tudo se derramar depois de suas palavras impensadas. — E quando *vocês* acordarem, todos vocês *escolhidos* que não foram condenados ao gelo, estaremos mortos. Estaríamos mortos há gerações, todos nós. E por quê? Porque Guyen quer uma presença numa lua morta.

— Guyen quer preservar a raça humana — disse Lain com rispidez. — E o que quer que encontremos no próximo projeto de terraformação poderia obliterar a *Gilgamesh*, até onde sabemos. Guyen quer simplesmente espalhar nossas chances como espécie. Você sabe disso.

— Então que *ele* fique, porra. E *você* também pode ficar. Que tal isso? Quando ganharmos o controle, quando tomarmos a nave, vocês dois podem manter a espécie viva naquela caixa de gelo, por conta própria. Isso é o que vamos fazer, acredite em mim. Se você viver tanto, é exatamente o que vamos fazer com você.

Lain fez o melhor que pôde para dar de ombros, mas Holsten podia ver o maxilar dela travar ao pensar naquilo.

Então Scoles voltou, agarrando o braço de Nessel e arrastando-a de lado para uma conversa murmurada na porta.

— Lain... — começou Holsten.

— Sinto muito — disse a mulher sem rodeios, o que o deixou confuso. Não sabia ao certo pelo que ela estava se desculpando.

— Até onde isso vai? — murmurou Holsten. — Quantos são?

— Pelo menos uns vinte. — Ele mal conseguia distinguir as palavras sussurradas de Lain. — Eles deveriam ser os pioneiros: esse era o plano de Guyen. Eles desceriam acordados, para começar tudo. O resto seria enviado como carga, para serem acordados quando possível.

— Vejo que tudo funcionou lindamente, então — observou Holsten.

Mais uma vez, a esperada resposta cáustica não veio. Alguma borda farpada parecia ter sido eliminada de Lain desde a última vez em que a vira, décadas antes.

— Quantos Karst tem? — pressionou ele.

Ela deu de ombros.

— O grupo de segurança tem cerca de doze, mas há militares que ele poderia acordar. E ele vai fazer isso. Ele vai ter um exército.

— Não se tiver bom senso. — Holsten estivera ponderando sobre isso. — Por que aceitariam ordens dele, pra começo de conversa?

— Quem mais haveria?

— Isso não serve de justificativa. Você realmente *pensou* no que estamos fazendo, Lain? Eu nem me refiro a *este* negócio — disse ele acenando bruscamente com a cabeça em direção a Scoles —, mas a todo esse espetáculo. Nós não temos uma cultura. Não temos hierarquia. Nós simplesmente temos uma *equipe*, pelo bem da vida. Guyen, que alguém um dia considerou apto para comandar uma grande nave espacial, agora é o chefe titular da raça humana.

— É assim que tem que ser — respondeu Lain, teimosa.

— Scoles discorda. Acho que o exército vai discordar também, se Karst for estúpido o bastante para começar a acordar as pessoas e colocar armas nas mãos delas. Você sabe qual é uma boa lição de história? Se não puder pagar o exército, você se ferra. E não temos sequer uma economia. O que poderíamos dar a eles assim que percebessem o que está acontecendo? Cadê a cadeia de comando? Que autoridade tem alguém? E quando eles tiverem armas e uma indicação clara de onde poderão acordar em seguida, por que deveríamos esperar que eles voltassem para as câmaras e dormissem? A única moeda que temos é a liberdade, e está claro que Guyen não vai entregar isso de mão beijada.

— Ah, vá se foder, historiador. — Ele finalmente a irritara, embora não fosse a sua intenção naquele momento.

— E, embora eu não queira pensar no que acontecerá se Scoles ganhar, o que acontece se ele perder?

— *Quando* ele perder.

— Tanto faz… mas e então? — insistiu Holsten. — Vamos acabar despachando todas essas pessoas para uma o que… uma colônia penal para o resto da vida? E o que acontece quando voltarmos? O que esperamos encontrar lá embaixo, com esse tipo de começo?

— Não haverá nenhum *lá embaixo*, não para nós. — Era Scoles novamente, usando aquele truque de estar de repente na frente deles, agora agachado, as mãos apoiadas nos joelhos. — Se o pior acontecer, ainda temos um plano B. Graças a você, de qualquer maneira, doutor Mason.

— Certo. — Olhando na cara do homem, Holsten não sabia o que fazer com aquilo. — Você gostaria de explicar?

— Nada me agradaria mais. — Scoles deu um leve sorriso. — Nós temos o controle de uma baia de lançamento. Se tudo o mais falhar, nós mesmos vamos deixar a *Gil*, doutor Mason, e você vem conosco.

Holsten, ainda pensando devagar após a suspensão, apenas arregalou os olhos para ele.

— Pensei que o objetivo era *não* ir a algum lugar.

— Não ir para o gelo — disse Nessel atrás de Scoles. — Mas sabemos que há outro lugar neste mesmo sistema, um lugar *feito* para nós.

— Ah. — Holsten olhou para eles. — Vocês estão completamente loucos. É… há monstros lá.

— Monstros podem ser combatidos — declarou Scoles, implacável.

— Mas não é só isso: há um satélite. Ele chegou a um fio de cabelo de destruir toda a *Gilgamesh*. Ele nos mandou embora. Não há como um transporte… conseguir… — Gaguejou e parou, porque Scoles estava sorrindo para ele.

— Nós sabemos disso tudo. *Ela* nos disse. — Deu um aceno de cabeça amigável para Lain. — Ela nos disse que nunca chegaríamos ao planeta verde. Que a tecnologia antiga nos pegaria primeiro. Mas é por isso que temos você, doutor Mason. Talvez a compreensão que Nessel tem das línguas antigas seja suficiente, mas não vou correr esse risco. Por que deveria, quando você está bem aqui e desesperado para nos ajudar?

O chefe amotinado se levantou facilmente, ainda com aquele sorriso de navalha em seu rosto.

Holsten olhou para Lain, e dessa vez ela encontrou seu olhar e ele finalmente leu a emoção ali: culpa. Não admirava que estivesse pegando leve com ele. Ela estava se encolhendo por dentro, sabendo que o havia levado até ali.

— Você disse a eles que eu poderia ajudá-los a passar pela Kern? — quis saber ele.

— Não! — protestou ela. — Eu disse a eles que isso não poderia ser feito. Eu disse que, mesmo com *você*, nós quase não conseguimos. Mas eu…

— Mas você conseguiu fazer com que pensassem em mim — terminou Holsten.

— Como eu poderia saber que esses cabeçudos do caralho iriam simplesmente... — começou Lain, antes de Scoles pisar em seu tornozelo.

— Só um lembrete — rosnou ele — de quem você é e por que merece tudo o que vier. E não se preocupe, se tivermos que levar o transporte, você estará lá com a gente, engenheira-chefe Lain. Talvez então você queira usar sua experiência para prolongar sua própria vida, para variar, em vez de apenas arruinar as de outras pessoas.

3.4 ÀS MARGENS DO OCEANO OCIDENTAL

O Grande Ninho. A maior metrópole da espécie de Portia. O lar.

Voltando assim, à frente de um bando de retardatárias derrotadas (aquelas que tiveram a sorte de escapar das chamas de Sete Árvores), Portia sente algo análogo a vergonha. Ela não deteve o inimigo, nem sequer o desacelerou. A cada dia, a colônia de formigas marchará para mais perto do Grande Ninho. Olhando a extensão de seu amado local de nascimento, ela se pega imaginando aquilo tudo nos estertores da evacuação. No olho de sua mente, uma faculdade já presente de alguma forma até mesmo em sua menor ancestral, ela vê sua casa queimando. As formigas não sabem onde fica o Grande Ninho, é claro: a propagação delas em todo o mundo é metódica, porém descerebrada, mas elas vão alcançar a costa em breve. Está chegando o dia em que elas chegarão aos portões.

O Grande Ninho é vasto, lar de vários milhares de aranhas. A floresta natural ainda é densa ali, mas uma grande dose de esforço e artesania foi despendida para erguer árvores artificiais e proporcionar mais espaço vital. Grandes pilares feitos de troncos derrubados, embainhados e reforçados com seda se espalham a partir do bosque vivo no centro da cidade e até mesmo mar adentro, permitindo que a rede da cidade alcance além das águas. O espaço é precioso e, ao longo do século passado, o Grande Ninho cresceu exponencialmente em todas as direções, inclusive para cima.

Além da cidade propriamente dita, existe uma colcha de retalhos de fazendas: pulgões para melaço, camundongos para carne e agrupamentos das árvores de tronco bolhoso cultivadas pelas formigas, outro segredo roubado do inimigo. Os mares estão cheios de peixes prontos para a rede, e em mar aberto há um assentamento-irmão no leito oceânico; as relações com a cultura de estomatópodes marinhos são cordiais e mutuamente lucrativas, de uma forma mínima. Uma geração atrás, houve atrito quando as aranhas começaram a expandir sua cidade para o mar. As bases afundadas dos pilares, no entanto, têm enriquecido o ambiente marinho, fornecendo um recife artificial do qual a vida marinha rapidamente se aproveitou. Em retrospecto, os habitantes do mar admitem que saíram ganhando com essa situação, ainda que sem querer.

Portia e seu bando sobem rapidamente, escalando em direção à cidade em linhas estendidas sobre as terras agrícolas periféricas. Ela trouxe de volta algumas guerreiras e um número razoável de machos, mas poucos lhe agradecerão por retornar com os últimos. Os machos menores são mais capazes de saltar de paraquedas com segurança: eles sobreviveram quando muitas de suas irmãs não conseguiram. E lutaram, Portia admite. A ideia de um guerreiro masculino é absurda, mas eles ainda são mais fortes, mais rápidos e mais inteligentes que formigas. Por um momento, ela tem uma ideia maluca: armar e treinar os machos, aumentando, assim, em muito o número de lutadores disponíveis para o Grande Ninho. Mas ela foge da ideia instantaneamente: isso levaria à anarquia, à inversão da ordem natural das coisas. Além disso, mesmo assim seus números não seriam o suficiente. Arme todos os machos da cidade e as aranhas ainda serão apenas uma gota contra o oceano da colônia de formigas.

Ela chega a um ponto de vista elevado, olhando para a grande e elegante vastidão de seu lar, a miríade de fios que ligam tudo. Lá embaixo, na baía, vê um grande balão de seda semissubmerso na água, murchando e ondulando enquanto é preenchido com ar. Uma embaixada junto aos estomatópodes, ela sabe: um escafandro que permite que mentes questionadoras entre seu povo visitem suas contrapartes subaquáticas. Não pode haver troca de Entendimentos com os habitantes do mar, claro, mas eles ainda podem ensinar e aprender por intermédio da linguagem simples de gestos que as duas culturas conseguiram desenvolver entre elas.

Procurem seus pares, ela instrui suas companheiras, as guerreiras que voltaram. *Aguardem o chamado*. Os machos ela deixa por conta própria. Se eles tiverem alguma iniciativa, encontrarão trabalho e serão alimentados. Numa vasta cidade como o Grande Ninho, há uma necessidade constante de manutenção: linhas e lençóis de seda que precisam de reparos. Um macho trabalhador pode se tornar útil o suficiente para ser recompensado. A alternativa para ele é ganhar a vida por meio de cortejos e lisonjas, o que envolve menos esforço, mas é consideravelmente mais perigoso.

Portia sai pela cidade, rastejando e pulando de linha em linha, procurando sua casa de pares.

Usando creches comunitárias e sem qualquer instinto maternal, o povo de Portia não tem unidades familiares rígidas. Os filhotes mais jovens, ainda confinados à creche, recebem comida da cidade, mas esse período de generosidade gratuita não dura muito. Os jovens amadurecem rápido, e espera-se que se tornem independentes no primeiro ano. Como os machos, eles devem se tornar úteis.

Como uma aranha sozinha é vulnerável, sempre à mercê de intimidação de suas parentes maiores, os filhotes de fêmeas em maturação tendem a se unir em grupos de pares formados por aquelas que nasceram na mesma creche mais ou menos na mesma época. Os vínculos feitos entre as jovens, que auxiliam e contam umas com as outras, persistem até a idade adulta. Essas uniões entre pares formam a unidade social básica na maioria dos assentamentos de aranhas, e então tendem a fundar uma creche entre elas, cuidando dos ovos umas das outras, perpetuando, inadvertidamente, uma continuidade da hereditariedade na linha feminina. Os laços sociais dentro de tais grupos de pares são fortes, mesmo depois que as fêmeas seguem caminhos separados e assumem seus comércios e suas especialidades particulares. Todos os grupos maiores de pares mantêm casas de pares dentro da cidade, "casa" aqui significando um complexo de câmaras com paredes de seda.

Os machos não formam tais grupos, pois quem teria qualquer utilidade para um grupo grande de machos? Em vez disso, os machos jovens fazem seu melhor para se ligar à periferia de um grupo de pares de fêmeas, flertando, executando tarefas, pagando em serviços e diversão o valor pelas sobras de comida que podem ser jogadas em seu caminho. Portia está vagamente ciente de que os machos lutam uns com os outros, e que as menores (e menos desejáveis) partes da cidade são palco de incontáveis pequenos dramas entre machos lutando por comida ou status. Ela tem muito pouco interesse nesse assunto.

Ela está extremamente exausta quando rasteja pela entrada de sua casa de pares, localizada no ponto mais baixo da série de câmaras-bolhas onde suas companheiras moram e se encontram. Outros quartos foram adicionados desde a última vez em que ela esteve ali (reestruturação não é uma tarefa de grande monta para sua espécie), e por um momento ela se sente orgulhosa e feliz que seus pares estejam indo bem, antes que sua memória traiçoeira a incite com o pensamento do avanço inexorável das formigas. Construir mais apenas significa mais a perder.

Aquelas dentre seus pares que estão atualmente na residência a cumprimentam calorosamente. Várias de suas amigas mais próximas estão desfrutando das atenções no centro de um nó de adoração de fêmeas mais jovens e machos que se agitam e dançam ao redor. Suas danças são rituais de cortejo que constantemente quase se consumam, mas não chegam a esse ponto. Além do trabalho braçal, esse é o lugar de um macho na sociedade de Portia: adorno, decoração, simplesmente agregar valor à vida das fêmeas. Quanto maior, mais notável ou mais importante for uma fêmea, mais os machos dançarão para chamar sua atenção. Por isso, ter uma multidão de machos elegantes e inúteis ao seu redor é um símbolo de status. Se Portia, a grande guerreira, ficasse parada por tempo suficiente, então atrairia sua própria comitiva de parasitas esperançosos; na verdade, se os colocasse para fora e recusasse suas atenções, estaria se diminuindo aos olhos de seus pares e de sua cultura.

E às vezes a corte prossegue até o ponto do acasalamento, se a fêmea se sentir suficientemente segura e próspera para começar a trabalhar em uma ninhada de ovos. O ato da corte é consumado como um ritual público, em que os machos esperançosos, em seu momento de destaque, atuam na frente de um grupo de pares, ou até mesmo de toda a cidade, antes que a fêmea escolha seu parceiro e aceite seu pacote de esperma. Ela pode então matá-lo e comê-lo, o que é considerado uma grande honra para a vítima, embora até Portia suspeite que os machos não veem a coisa muito dessa forma.

É uma marca do ponto a que sua espécie chegou que esse seja o único momento abertamente aceitável em que matar um macho é considerado apropriado. É, no entanto, bem verdade que matilhas de fêmeas (especialmente as mais jovens, talvez grupos de pares recém-formados que buscam fortalecer seus laços) descem para as partes mais baixas da cidade para caçar machos. A prática é secretamente ignorada (afinal, meninas são assim mesmo), mas abertamente vista com desaprovação. Matar um macho, de modo sancionado ou não, está a um mundo de distância de matar uma fera. Mesmo no momento do ataque, o assassino e a vítima sabem que fazem parte de um todo maior. O nanovírus fala, a um por um. A cultura de Portia é um fio preso entre a natureza básica da aranha e a nova empatia que o nanovírus infligiu a elas.

Há mais pares de Portia aqui do que ela esperava ver. Uma das mais velhas está entrando em seu tempo e, portanto, deve se aposentar da sociedade por um mês ou mais, e suas irmãs estão se reunindo em torno dela para tornar a provação o mais indolor possível. Portia sobe para uma das câmaras internas para testemunhar o rito, porque vai pelo menos dar a ilusão de que a vida ali está procedendo de acordo com os padrões antigos e, portanto, pode continuar da mesma forma para as gerações vindouras. Ela chega bem a tempo de ver sua irmã doente recuar para seu casulo. Nos tempos antigos e primitivos, ela teria sido deixada sozinha em algum ponto alto e seguro, fiando o próprio retiro antes de se recolher em segredo solitário. Agora ela tem irmãs para criar seu refúgio para ela e lhe fazer companhia enquanto ela muda.

A espécie de Portia deve trocar de pele para crescer. Quando é hora de uma grande fêmea se desfazer de sua pele (quando ela sente que está muito apertado em cada junta e a cada respiração de seu abdômen), ela se retira para sua casa de pares, para a companhia daquelas em quem confia, e elas tecem um casulo para suportar sua estrutura expandida até que sua pele expandida tenha endurecido novamente.

Diante dos olhos de Portia, a fêmea prestes a se recolher começa a difícil e dolorosa tarefa de se livrar de sua pele, primeiro flexionando seu abdômen até que a casca rache, e então se descascando de trás para a frente. O processo levará horas, e suas irmãs acariciam o casulo com mensagens de solidariedade e apoio. Todas elas já passaram por isso.

Deve ser difícil para os machos, que presumivelmente sofrem a provação sozinhos, mas os machos são menores e menos sensíveis, e Portia honestamente não tem certeza de quão capazes eles são de níveis mais refinados de pensamento e sentimento.

Um punhado de suas irmãs percebe que Portia está ali e corre para conversar. Elas ouvem com agitação suas notícias de Sete Árvores: notícias que já estarão por todo lado do Grande Ninho àquela altura, porque os machos nunca conseguem manter as patinhas quietas quando têm algo a dizer. Suas companheiras tocam palpos e tentam dizer a ela que o que aconteceu a Sete Árvores não pode acontecer ali, mas nada do que dizem pode remover aquelas imagens da memória de Portia: as chamas, toda a estrutura de um próspero assentamento simplesmente murchando com o calor; o reservatório se desfazendo e se quebrando, suas águas caindo em cascata em meio a uma cortina crescente de vapor; aquelas que não conseguiam pular ou planar longe o suficiente sendo oprimidas pela maré turbulenta de formigas, para serem desmembradas ainda vivas.

Ela realiza um cálculo cuidadoso com base em sua contagem de dias e na elevação do sol lá fora e diz a elas que está indo para o templo. Ela precisa desesperadamente de paz de espírito, e a Mensageira vai passar em breve.

Vá depressa. Haverá muitas outras buscando a mesma coisa, uma de suas irmãs a aconselha. Mesmo sem a experiência pessoal de Portia, a população do Grande Ninho está se tornando rapidamente ciente de que elas enfrentam uma ameaça aparentemente sem limites. Todos os seus séculos de cultura e sofisticação podem vir a ser nada além de uma lembrança cada vez mais fugidia nas mentes dos estomatópodes que habitam o mar.

O templo no Grande Ninho é o ponto mais alto da cidade, um espaço sem paredes, amarrado na extremidade da copa acima e com um piso inclinado para dentro embaixo. No seu centro, no ápice de uma das árvores originais da cidade, está o cristal que a própria ancestral de Portia arrancou das formigas, um feito que desde então se tornou lendário. Se Portia procurar dentro de si, pode até tocar os

Entendimentos da outra Portia, uma recontagem privada da história famosa através da lente da experiência em primeira mão.

Mesmo chegando antes da aparição da Mensageira, mal há espaço para ela entre a multidão agachada, amontoada por todo o caminho até o tronco central. Muitos têm a aparência de refugiados: aqueles que escaparam de Sete Árvores e outros lugares. Eles estão aqui para encontrar esperança porque o mundo material exterior parece conter tão pouca.

Como o povo de Portia vê a Mensageira e sua mensagem é difícil dizer: a mentalidade delas é alienígena, tentando desvendar os fios de um fenômeno que estão equipadas para analisar, mas não para compreender. Olham para a Mensageira em sua passagem pelo céu e veem uma entidade que fala com elas em enigmas matemáticos que são esteticamente atraentes para uma espécie que herdou a geometria como a pedra angular de sua civilização. Elas não a concebem como algum deus-aranha celestial que as alcançará em seu mundo verde e as salvará da maré de formigas. No entanto, a mensagem *é*. A Mensageira *é*. Esses são fatos, e esses fatos são a porta de entrada para o mundo invisível e intangível do desconhecido. O verdadeiro significado da mensagem é que há *mais* do que olhos de aranha podem ver ou patas de aranha podem sentir. É aí que reside a esperança, pois ainda pode haver uma salvação oculta dentro desse *mais*. Isso as inspira a continuar procurando.

A sacerdotisa surgiu para dançar, seu estilete caçando os pontos de conexão no cristal enquanto, invisivelmente, a Mensageira cruza a abóbada azul do céu e transmite sua mensagem constante. Portia fia e dá nós, recitando os mantras de números para si mesma, observando a devota começar suas elegantes provas visuais, cada passo e cada varredura de seus palpos falando da beleza da ordem universal, da garantia de que há uma lógica para o mundo, estendendo-se além do mero caos do físico.

Mas, mesmo ali, há uma sensação de mudança e ameaça. Enquanto Portia assiste à dança, parece-lhe que a sacerdotisa às vezes para, apenas por um segundo, ou até tropeça. Ondulações de inquietação passam pela congregação compacta, que fia ainda mais forte, como se para cobrir aquele deslize. *Uma sacerdotisa inexperiente*, Portia se tranquiliza, mas sente um medo pavoroso bem no fundo de si mesma. Será que a desgraça que ameaça seu povo no mundo material está sendo agora refletida nos céus? Existe uma variação na mensagem eterna?

Depois que a cerimônia termina, e se sentindo mais abalada que tranquilizada, ela encontra um macho em seu caminho, sinalizando freneticamente suas boas intenções e que lhe traz uma mensagem.

Você é necessária, diz a criaturinha, chegando perto o suficiente para enfrentar as presas dela em sua insistência. *Bianca pede por você*.

Essa Bianca em particular é uma das colegas do grupo de pares de Portia, mas uma colega com quem ela não fala há muito tempo. Não uma guerreira, mas uma das principais estudiosas do povo de Portia.

Leve-me, manda Portia.

3.5 PORTANDO UMA ESPADA FLAMEJANTE

Holsten e Lain foram deixados em paz, com as devidas limitações, por algum tempo, constantemente supervisionados por um membro ou outro do grupo de Scoles. Holsten esperava bater mais um papo com Nessel, baseando-se na possibilidade de aproveitar o suficiente de seu doutorado para conseguir algum tipo de cooperação, mas ela havia sido remanejada por seu líder, talvez exatamente por esse motivo. Em vez disso, seguiu-se uma sucessão de homens e mulheres taciturnos e armados, entre os quais um que havia tirado sangue da boca de Holsten apenas por ele tê-la aberto.

Eles tinham ouvido tiros distantes ocasionalmente, mas o crescendo esperado nunca parecia chegar, bem como a luta nunca recuava totalmente para fora do alcance dos ouvidos. Parecia que nem Scoles nem Karst estavam dispostos a forçar qualquer tipo de conclusão do assunto.

— São tempos como estes... — começou Holsten, falando baixinho para o benefício de Lain apenas.

Ela ergueu uma sobrancelha.

— Tempos como o quê, Mason? Ser mantido refém por rebeldes lunáticos que podem nos matar a qualquer segundo? Quantos momentos como este você já teve, exatamente? Ou o mundo da academia é mais interessante do que eu pensava?

Ele deu de ombros.

— Bem, considerando o fato de que estávamos todos sob uma sentença de morte na Terra, e depois, na última vez que trabalhamos juntos, um híbrido louco de pessoa com computador queria nos matar por perturbar seus macacos, acho que tempos como estes têm acontecido direto, para ser franco.

O sorriso dela era fraco, mas estava lá.

— Lamento muito ter colocado você nessa.

— Não tanto quanto eu.

Naquele ponto Scoles irrompeu com meia dúzia de seguidores aglomerando a escotilha atrás dele. Enfiou algo nas mãos do guarda que o homem rapidamente colocou.

Uma máscara: todos eles estavam colocando máscaras de oxigênio.

— Ah, caralho — cuspiu Lain. — Karst conseguiu o controle das aberturas de ar. — Pelo tom da voz dela, era algo que estava esperando havia um tempo.

— Solte ele. — Por trás da máscara, a voz de Scoles surgiu com a precisão diminuta de seu transmissor de rádio. Imediatamente, alguém se curvou sobre Holsten, cortando suas amarras e colocando-o de pé.

— Ele vem com a gente — disparou Scoles, e agora Holsten podia ouvir tiros de novo, e mais do que antes.

— E ela? — Um aceno de cabeça para Lain.

— Mate a piranha.

— Espere! Espere! — disse Holsten, encolhendo-se quando a arma voltou a mirar nele. — Você precisa de mim? Então você precisa dela. Ela é a engenheira-chefe, pelo amor da vida! Se vocês estão indo para algum lugar num transporte... Se você está falando sério sobre enfrentar Kern, aquele satélite assassino, então você precisa dela. O que é que há, ela é da tripulação principal. Isso significa que ela é a melhor engenheira desta nave.

E, apesar de suas palavras, quando a arma balançou de volta para Lain:

— Não, sério, espere. Eu... Eu sei que você pode me forçar a fazer o que quiser, mas, se você a matar, porra, eu vou lutar com você até o meu último suspiro. Vou sabotar o ônibus espacial. Eu vou... Não sei o que vou fazer, mas vou dar um jeito. Mantenha ela viva e farei tudo que você precisar, e tudo que eu puder pensar, para manter você vivo. Para manter *todos nós* vivos. O que é que há, isso faz sentido. Certamente você consegue ver que isso faz sentido!

Ele não podia ver a expressão no rosto de Scoles, e por um momento o líder dos amotinados ficou simplesmente parado ali, imóvel como uma estátua, mas então acenou com a cabeça uma vez, e com extrema relutância.

— Pegue máscaras para os dois — retrucou ele. — Levante-os. Prenda os braços deles de novo e traga-os junto. Estamos saindo desta nave agora.

Lá fora, no corredor, uma dezena ou mais do pessoal de Scoles aguardava, a maioria deles também usando máscaras. Holsten olhou de um par de olhos com viseira para o seguinte até descobrir Nessel: não era exatamente um rosto familiar, mas era melhor que absolutamente nada. O resto deles, tanto homens quanto mulheres, eram estranhos.

— Baia de transporte, *agora* — ordenou Scoles, e então partiram, empurrando Lain e Holsten à frente deles.

Holsten não conhecia nada a respeito da maior parte do layout da *Gilgamesh*, mas Scoles e seu grupo pareciam estar tomando uma rota decididamente tortuosa para onde quer que estivessem indo. O líder dos amotinados murmurava constantemente, obviamente em contato por rádio com seus subordinados. Presumivelmente, havia alguma ofensiva séria pela segurança acontecendo, e certamente o ritmo acelerou, e acelerou novamente: *o primeiro a chegar à baia de transporte ganha?*

Então um dos amotinados tropeçou e caiu, o que fez Holsten se perguntar se havia deixado de ouvir o som de um tiro. Nessel se ajoelhou ao lado dele e começou a mexer em sua máscara, e um momento depois o homem estava se mexendo como se estivesse bêbado, levantando-se cambaleante ao som dos xingamentos de Scoles.

— Desde quando temos gás venenoso na nave? — exigiu saber o classicista, bastante assustado. Novamente, todo aquele episódio começava a assumir um caráter de sonho.

A voz de Lain soou bem no seu ouvido:

— Idiota, basta mexer na mistura de gases do ar pra fazer isso. Eu acho que esses macacos têm lutado pelo controle do ar-condicionado desde que assumiram essa demanda idiota, e agora eles perderam. Esta é uma nave espacial, lembra? A atmosfera é o que quer que as máquinas digam que deveria ser.

— Tudo bem, tudo bem — conseguiu responder Holsten, enquanto alguém o empurrava com força nas costas para fazê-lo ganhar velocidade.

— O que foi? — perguntou o homem ao seu lado, olhando para ele com desconfiança. Holsten percebeu que a voz de Lain não tinha sido transmitida para o resto deles, apenas para ele.

— Você não tem jeito, velhote — murmurou ela. — Essas máscaras têm controle de língua, percebe? Claro que não, e nem esses palhaços. Você tem quatro guias para a língua. A segunda seleciona o menu de comunicações. Depois a terceira para canal privado. Selecione 9. Vai aparecer no seu display.

Ele levou quase dez minutos para conseguir fazer isso, babando nos controles e morrendo de medo de que uma babada em falso pudesse desligar seu suprimento de ar. No final, foi só quando suas escoltas pararam subitamente para uma discussão furiosa que ele conseguiu resolver isso.

— Que tal agora?

— Claro o bastante — veio a resposta seca de Lain. — Então, estamos bem fodidos, né?

— Sério que era isso o que você queria dizer?

— Escuta, Mason, eles me odeiam. O que eu realmente queria dizer é que você deve convencê-los a te soltar. Diga a eles que é uma bela merda ter você de refém, ou que eles não precisam de você, sei lá.

Ele piscou, procurando os olhos dela, mas encontrando apenas as lâmpadas se refletindo no plástico de seu visor.

— E você?

— Estou mais fodida que você por uma ordem de magnitude inteira, velhote.

— Eles estão todos f... estão todos em apuros — devolveu ele. — Ninguém vai chegar àquele planeta.

— Quem sabe? Eu não estava exatamente planejando algo assim, mas estive pensando nesse problema.

— Andando! — disparou Scoles de repente, então pessoas começaram a atirar neles mais à frente.

Holsten teve um vislumbre de um par de figuras vestindo algum tipo de traje blindado, placas de plástico escuro sobre tecido cinza brilhante, presumivelmente o uniforme completo do pessoal da segurança. Eles avançavam lenta e pesadamente, segurando rifles desajeitados, e Scoles puxou Lain na frente dele.

— Voltem ou ela vai primeiro! — gritou ele.

— Esta é a sua única chance de se entregar! — Veio de um dos trajes o que poderia ser a voz de Karst. — Abaixem as armas, seus merdas!

Um dos amotinados atirou nele, e aí todo mundo começou. Holsten viu as duas figuras cambalearem; uma foi derrubada e caiu de costas. Mas foi somente o impacto frustrado das balas. Não havia nenhum sinal de penetração, e o segurança caído já estava sentado novamente, levantando sua arma.

— Placas faciais! Mirem no rosto! — gritou Scoles.

— Ainda é à prova de balas, sua besta — disse a voz tensa de Lain na orelha de Holsten.

— Espere! — berrou o classicista. — Parem, parem! — E Lain convulsionou nas mãos de Scoles com um uivo que soou abominavelmente alto no ouvido de Holsten.

— Seu babaca! Estou meio surda! — retrucou ela. O homem ao lado de Holsten agarrou seu braço para tentar prendê-lo como um segundo escudo humano e o classicista se livrou instintivamente com um safanão. Um momento depois, o amotinado estava no chão, três manchas escuras espalhadas por seu traje. Foi muito rápido para Holsten sentir qualquer reação.

Outro amotinado, uma mulher, conseguiu se aproximar da segurança, e Holsten viu uma faca surgir de repente. Ele estava no meio de pensar que aquilo devia ser uma ameaça muito fraca quando ela acertou a lâmina num deles e fez um corte no braço do homem, o material cinza se partindo teimosamente, a placa da armadura descascando. O segurança ferido se debateu, e seu companheiro (Karst?) se virou e atirou nela, as balas se espalhando e ricocheteando na armadura de seu companheiro.

— Vai! — Scoles já estava seguindo em frente, puxando Lain atrás de si. — Feche uma porta entre nós e eles. Consiga um tempo pra nós. Deixe o transporte preparado! — As últimas palavras presumivelmente dirigidas a algum outro seguidor já sentado na baia.

Tiros os seguiram, e pelo menos mais um amotinado simplesmente caiu, esparramado no chão, enquanto eles fugiam. Mas então

Nessel fechou uma porta pesada atrás deles, curvando-se sobre os controles, presumivelmente para tentar interferir neles com alguma gambiarra para atrasar a segurança um pouco mais. Scoles a deixou ali, mas ela alcançou o grupo principal logo depois, mostrando uma surpreendente mudança de velocidade.

Então eles não vão esperar por retardatários quando estivermos no transporte. Holsten estava vendo sua oportunidade de resistir diminuir cada vez mais. Investiu contra os controles de língua da máscara até voltar à transmissão geral.

— Escute, Scoles, escutem todos vocês — começou ele. Um dos amotinados o golpeou na cabeça, mas ele aguentou. — Eu sei que você acha que há alguma chance se você conseguir sair da nave e seguir até o projeto de terraformação. Provavelmente você já viu as fotos daquela espécie de aranha que mora lá, e sim, vocês têm armas. Vocês terão toda a tecnologia do transporte. Aranhas não são problema, com certeza. Mas, sério, esse satélite *não* vai ouvir nada do que temos a dizer. Você acha que estaríamos em qualquer lugar *além* daquele planeta maldito caso contrário? Ele esteve a um fio de cabelo de destruir toda a *Gilgamesh*, e explodiu uma carga enorme de drones espiões que tentaram se aproximar. Agora, seu transporte é bem menor que a *Gil*, e muito mais desajeitado de manobrar que os drones. E, eu juro, não tenho nada que possa dizer que funcionará com o que quer que seja aquela coisa insana que está no satélite.

— Então pense em algo — foi a resposta fria de Scoles.

— Eu estou lhe *dizendo*… — começou Holsten, e então eles saíram na baia de transporte. Era menor do que ele havia pensado, apenas um único veículo lá, e ele percebeu que não sabia nada sobre essa parte das operações da nave. Aquilo ali era algum iate especial para o comandante andar por aí, ou todos os transportes estavam cada um em uma baia separada, ou o quê? Era um absoluto branco para ele: não era sua área, nada que precisasse saber. — Por favor, escute — tentou ele.

— Eles cometeram o erro de nos mostrar como ia ser nosso novo lar — veio a voz de Nessel. — Eu juro que o comandante nunca imaginou que alguém pudesse desafiar sua sabedoria onipotente. Você pode dizer o que quiser, doutor Mason, mas *você* não viu. Você não viu como era.

— Vamos nos arriscar com as aranhas e a IA — concordou Scoles.

— Não é uma IA... — Mas ele já estava sendo empurrado para dentro do transporte, com Lain bem ao lado dele. Ele podia ouvir mais tiros, mas certamente não perto o bastante para mudar a situação agora.

— Abra as portas da baia. Desarme as travas de segurança — ordenou Scoles. — Se estão atrás de nós, vamos ver se esses trajes deles conseguem lidar com o vácuo. — E, justo enquanto Lain murmurava "eles conseguem" apenas para os ouvidos de Holsten, ele sentiu o reator do transporte começar a deslocá-los para a frente. Estava prestes a deixar a *Gilgamesh* pela primeira vez em dois mil anos.

* * *

A cabine do transporte estava lotada. Metade dos amotinados escapuliu para o porão de carga, onde Holsten esperava que houvesse cintos e correias para prendê-los. A aceleração estava naquele momento dizendo a cada objeto (ou pessoa) solto que o lado de *baixo* era a traseira da nave, e, quando alcançassem qualquer velocidade que a economia de combustível ditasse ser a máxima possível com segurança, não haveria efetivamente nenhum "para baixo".

Holsten e Lain ocupavam os dois assentos mais recuados da cabine, onde as pessoas poderiam ficar de olho neles. O próprio Scoles ficou com o assento ao lado do piloto, com Nessel e dois outros sentados atrás dele nos consoles.

O intestino de Holsten balançou sob a pressão da aceleração, enquanto eles procediam em sua fuga. Por um momento, ele pensou que estivesse prestes a perder o conteúdo do estômago através da escotilha que dava para o porão atrás dele, mas a sensação passou. Sua corrente sanguínea ainda estava repleta de drogas da câmara de suspensão que lutavam muito para estabilizar sua repentina sensação de instabilidade.

A primeira coisa que Lain disse a ele assim que o transporte saiu foi:

— Continue com a máscara. Precisamos de um canal seguro. — Seu tom de voz controlado e firme vinha do receptor ao lado da orelha de Holsten. Os amotinados obviamente já estavam retirando as máscaras de respiração agora que estavam num ambiente do qual tinham completo controle. Um deles estendeu a mão para pegar a de Lain, e ela inclinou a cabeça para cima bruscamente quando ele a agarrou, de modo que acabou usando a coisa como uma espécie de bandana de alta tecnologia cobrindo sua boca. Holsten tentou o mesmo truque, mas acabou num cabo de guerra desajeitado com o homem, sem conseguir nada.

— Dane-se, então — disse o homem a ele. — Morra sufocado se quiser. — Então o amotinado se afastou. Lain se inclinou rapidamente, cravando os dentes no selo de borracha para que pudesse puxar a máscara dele para baixo como a dela. Por um momento ela ficou de rosto colado com ele, olho no olho, e Holsten teve a sensação estranha de uma intimidade horrivelmente inadequada, como se ela pudesse beijá-lo.

Então ela recuperou o equilíbrio, e os dois ficaram sentados ali com máscaras em posições idênticas e estranhas, Holsten pensando: *Estamos com cara de conspiradores?*

Mas os amotinados tinham outras prioridades. Um dos homens sentados em um console aparentemente lutava contra as tentativas da *Gilgamesh* de anular o controle do transporte, enquanto Nessel e outra mulher davam relatórios sobre os sistemas que estavam sendo ativados. Depois de ouvir um pouco, Holsten percebeu que eles estavam esperando para ver se a nave-arca tinha alguma arma que pudesse apresentar para o combate. *Eles sequer sabem.*

Será que estão se perguntando se Lain e eu os salvaremos só por estarmos aqui? Porque, se for isso, eles não estavam ouvindo Guyen direito antes.

Por fim, Lain falou para que todos ouvissem, embora sua voz também soasse oca sobre o alto-falante da máscara de Holsten:

— A *Gilgamesh* tem apenas sua série de armas antiasteroide, e ela está voltada para a frente. A menos que você decida mostrar a bunda para as câmeras dianteiras, nada será capaz de vir em sua direção.

Eles a olharam com desconfiança, mas os relatórios de Nessel pareciam confirmar isso.

— O que aconteceria se um asteroide nos atingisse na lateral? — perguntou Holsten.

Lain deu a ele um olhar que dizia com eloquência: *E isso é o que importa agora?*

— As chances são extremamente improváveis. Não era eficaz em termos de recursos.

— Para proteger toda a raça humana? — quis saber Nessel, mais como uma alfinetada em Lain que qualquer outra coisa.

— A *Gil* foi projetada por engenheiros, não por filósofos. — Isa Lain deu de ombros, ou tanto quanto podia fazer isso com as mãos ainda presas. — Me solte. Eu preciso trabalhar.

— Você fica bem aí onde está — disse-lhe Scoles. — Estamos livres agora. Eles não podem simplesmente virar a *Gil* e vir atrás de nós. Estaríamos na metade do sistema antes que eles pudessem acelerar a qualquer velocidade.

— E a que distância esta lata aqui vai levar vocês exatamente? — desafiou-o Lain. — Que suprimentos vocês têm? Quanto de combustível?

— O suficiente. E sempre soubemos que essa era uma viagem só de ida — disse o líder dos amotinados, muito sério.

— Não vai dar *sequer* pra ida — falou Lain. Scoles imediatamente abriu o cinto de segurança e caiu pela curta distância que os separava, agarrando-se com as mãos nas costas das poltronas. O movimento era semelhante ao de um peixe, suficientemente suave para se perceber que o homem tinha claramente recebido algum treinamento em casa.

— Se a *Gil* não vai atirar, estou cada vez menos convencido de que precisamos de você — comentou ele.

— Porque não é com a nave que você precisa se preocupar. Aquele satélite ali fora é um assassino. *Ele* tem um laser de defesa que vai fazer este barco em pedacinhos. A série de armas da *Gilgamesh* não é nada em comparação com aquilo.

— É por isso que temos o estimado doutor Mason — disse Scoles, pairando sobre ela como uma nuvem.

— Você precisa me deixar trabalhar livremente nos seus sistemas. Precisa me dar acesso total e me deixar acabar com essa merda de painel de comunicações. — Lain sorriu brilhantemente. — Ou estaremos todos mortos, de qualquer maneira, mesmo que ele não dispare. Mason, diga você a eles. Conte como a doutora Avrana Kern nos cumprimentou.

A aceleração deles estava se estabilizando, a ausência de peso substituindo a mão pesada que havia pressionado Holsten em seu assento. Depois de um momento em branco, após captar o olhar de Lain, o classicista acenou com a cabeça animado.

— O satélite tomou completamente de assalto os nossos sistemas. Não tínhamos absolutamente nenhum controle. Ele acessou os computadores da *Gilgamesh* em segundos e nos trancou do lado de fora. Poderia ter aberto todas as comportas de ar, envenenado o ar, feito um expurgo das câmaras de suspensão... — Sua voz foi falhando. Quando aquilo aconteceu, ele não tinha percebido exatamente a extensão do que poderia ter se passado.

— Quem é a "doutora Avrana Kern"? — perguntou um dos amotinados. Holsten trocou olhares com Lain.

— Aquilo... ela é o que está dentro do satélite. Ela é uma das coisas no satélite, na verdade. Existem os computadores básicos, e então há algo chamado Eliza que eu... Talvez seja uma IA, uma IA propriamente dita, ou talvez seja apenas um computador muito bem-feito. E então há a doutora Avrana Kern, que também pode ser uma IA.

— Ou pode ser o quê? — incitou-o Nessel.

— Ou pode ser apenas uma humana psicótica totalmente delirante remanescente do Antigo Império, que colocou na cabeça que nos manter fora do planeta é o mais importante objetivo do universo — ele conseguiu dizer, olhando de um rosto a outro.

— Caralho — disse alguém, quase com reverência. Evidentemente, algo no testemunho de Holsten parecia convincente.

— Ou talvez ela esteja tendo um bom dia e simplesmente assuma os sistemas do transporte para levar vocês de volta à *Gilgamesh* — sugeriu Lain docemente.

— Ah, falando nisso — interrompeu o piloto —, parece que nossos danos às baias dos drones compensaram. Não há sinal de lançamento remoto, mas... Espera, a *Gil* está lançando um transporte atrás de nós.

Scoles girou e deslizou para ver por si mesmo.

— Guyen está puto mesmo — surgiu a voz baixinha de Lain na orelha de Holsten.

— Ele é louco — respondeu o classicista.

Ela o olhou impassível, e por um momento ele pensou que defenderia o homem, mas então:

— É... não, ele é louco mesmo. Talvez seja o tipo de louco de que a gente precisava para ter nos trazido até aqui, mas está começando a descambar para a extremidade ruim da escala.

— Eles estão nos mandando desligar os motores, entregar as armas e devolver os prisioneiros — retransmitiu o piloto.

— O que os faz pensar que faríamos isso, agora que estamos ganhando? — indagou Scoles.

O olhar que se passou entre Lain e Holsten foi de completa concordância de que ali, em espírito, estava o próprio duplo de Vrie Guyen.

Então Scoles já estava pairando acima deles novamente, olhando para baixo.

— Você sabe que vamos te matar se tentar alguma coisa? — disse a Lain.

— Estou tentando acompanhar todas as maneiras pelas quais esta empreitada vai acabar me matando, mas, sim, essa é uma delas. — Ela ergueu os olhos para ele sem pestanejar. — Sério, estou mais preocupada com aquele satélite. Você precisa nos libertar agora. Vocês precisam de mim para isolar os sistemas da nave para que essa coisa não possa simplesmente entrar e assumir o controle.

— Por que simplesmente não cortar a comunicação por completo? — perguntou um dos amotinados.

— Boa sorte em fazer Mason passar um xaveco no satélite se não pudermos transmitir nem receber — apontou ela com acidez. — Fique à vontade para colocar alguém olhando por cima do meu ombro o tempo todo. Vou até explicar a eles o que estou fazendo.

— Se perdermos energia ou controle por um momento, se eu achar que você está tentando nos atrasar para que o outro transporte possa nos alcançar... — começou Scoles.

— Eu sei, eu sei.

Com uma carranca, o líder dos amotinados sacou uma faca e cortou as amarras de Lain... e de Holsten também, como uma reflexão tardia.

— Você fica sentado aí — disse ele ao classicista. — Não tem nada pra você fazer ainda. Assim que ela terminar o trabalho, você terá sua chance com o satélite. — Aparentemente, ele não sentiu que ameaças de morte declaradas fossem necessárias para manter Holsten na linha.

Lain, desajeitada com a falta de gravidade, foi batendo braços e pernas até o console de comunicações e se prendeu no assento ao lado de Nessel.

— Certo, o que procuramos aqui... — começou ela, e então a linguagem entre elas ficou técnica o bastante para que Holsten não conseguisse mais acompanhar. Mas era óbvio que o trabalho levaria algum tempo, tanto a reprogramação quanto o corte físico das conexões entre a comunicação e o resto dos sistemas do transporte.

Holsten adormeceu gradualmente. Mesmo no instante em que começou a pegar no sono, sentia que isso era uma coisa ridícula de se fazer, considerando a constante ameaça à vida e à integridade física, combinada com o fato de que havia estado fora do mundo por um século ou mais não tanto tempo atrás. Mas suspensão e sono não eram exatamente a mesma coisa, e, à medida que a adrenalina ia se dissipando de seu organismo, começou a se sentir vazio e exausto.

* * *

Uma mão em seu ombro o acordou. Por um momento, despertando de sonhos dos quais mal conseguia se lembrar, ele falou um nome do velho mundo, um nome morto por uma década antes mesmo de ele embarcar na *Gilgamesh*, morto há milênios agora. Então:

— Lain? — perguntou ao ouvir uma voz de mulher, mas era Nessel, a amotinada.

— Doutor Mason — disse ela, com aquele curioso respeito que parecia ter por ele —, estão prontos para o senhor.

Ele soltou o cinto de segurança e permitiu que o passassem de mão em mão sem cerimônia ao longo do teto, até Lain conseguir estender a mão, agarrá-lo e arrastá-lo para o console de comunicações.

— A que distância estamos? — perguntou ele.

— Levei mais tempo do que pensava para me certificar de que tinha cortado cada conexão com a comunicação. E como nossos amigos aqui não confiam em mim, ficavam a todo instante me fazendo parar no caso de eu estar fazendo algo nefasto. Mas isolamos todos os sistemas do transporte de qualquer transmissão externa. Nada aceita nenhuma conexão que não esteja conectada à nave em si, exceto a comunicação, e a comunicação não interage com o resto do que temos aqui. O máximo que a doutora Avrana Kern consegue agora é assumir o painel de comunicações e gritar conosco.

— E nos destruir com seus lasers — apontou Holsten.

— É, bem, isso também. Mas é melhor você começar dizendo a ela para não fazer isso neste instante, porque o satélite começou a sinalizar.

Holsten sentiu um arrepio percorrer seu corpo.

— Mostre-me.

Era uma mensagem familiar, identificando o satélite como o Segundo Habitat de Sentinela de Brin e instruindo-os a evitar o planeta: exatamente o que haviam recebido quando interromperam o sinal de emergência pela primeira vez. *Mas daquela vez nós tínhamos sinalizado, e ele não havia notado que estávamos chegando. Desta vez, estamos numa nave muito menor e ele está tomando a iniciativa. Algo ainda está acordado lá.*

Ele se lembrou do espectro eletrônico de Avrana Kern aparecendo nas telas da sala de comunicações da *Gilgamesh*, sua voz traduzida para a língua nativa deles: uma facilidade com a linguagem que nem ele nem Lain sentiram a necessidade de comentar com os amotinados. Em vez disso, porém, ele decidiu manter o tratamento formal apenas por enquanto. Preparou uma mensagem, *Posso falar com Eliza?*, traduziu-a para Imperial C e a enviou, contando os minutos até que uma resposta pudesse ser esperada.

— Vamos ver quem está em casa — murmurou Lain em seu ouvido, espiando por cima do ombro.

A resposta voltou para ele, e foi perturbadora e tranquilizadora em igual medida: o último porque, pelo menos, a situação no satélite era a mesma da qual ele se lembrava.

Você está atualmente em um percurso que o levará a um planeta em quarentena, e nenhuma intromissão neste planeta será tolerada. Qualquer intromissão no Mundo de Kern terá retaliação imediata. Você não deve fazer contato com este planeta de forma alguma.	Macacos os macacos estão de volta eles querem tirar o meu mundo é só para mim e meus macacos não são como eles dizem como parecem mesmo alegando ser da Terra eu sei mais vermes eles são vermes deixando o navio da Terra que está afundando afundou e sem notícia sem mais notícia nenhuma

A tradução veio facilmente. Nessel, encarapitada em seu outro ombro, emitiu um som de perplexidade.

Eliza, não vamos interferir no Mundo de Kern. Somos uma missão científica que veio observar o progresso de seu experimento. Por favor, confirme a permissão para pousar. Holsten pensou que valia a pena tentar.

Esperar pela resposta foi tão desgastante para seus nervos quanto ele se lembrava.

— Alguma ideia de quando estaremos ao alcance dos lasers? — perguntou ele a Lain.

— Com base nos drones de Karst, acho que temos quatro horas e dezenove minutos. Faça-os valer a pena.

Permissão para abordar o planeta negada. Qualquer tentativa de fazer isso será recebida com força letal de acordo com os poderes científicos autorizados. O isolamento do habitat experimental é fundamental. Vocês estão sendo respeitosamente solicitados a alterar seu curso imediatamente.	Bichos rastejantes imundos vindo infectar meus macacos não falam comigo faz tanto tempo tanto tempo Eliza por que eles não falam por que não me chamam meus macacos estão em silêncio tão silenciosos e só tenho você com quem falar e você é apenas meu reflexo quebrado

Eliza, gostaria de falar com sua irmã Avrana, enviou Holsten imediatamente, ciente de que o tempo estava passando, seu estoque limitado de segundos caindo pelo vidro da ampulheta.

— Segurem-se — avisou Lain. — Se não tivermos feito isso direito, podemos estar prestes a perder tudo, possivelmente incluindo o suporte à vida.

A voz que falou pelo painel de comunicações (sem que qualquer um desse permissão) estava aderindo ao Imperial C naquele momento, embora para Holsten seu tom desdenhoso fosse inconfundível. O conteúdo não ia além de uma exigência mais agressiva de que alterassem seu curso.

Doutora Kern, enviou Holsten, *estamos aqui para observar seu grande experimento. Não vamos alterar nada no planeta, mas com certeza alguma forma de observação deve ser permitida. Seu experimento está em execução há um período muito longo. Certamente já deveria ter se concretizado, não? Podemos ajudá-la? Talvez se coletarmos dados a senhora possa ser capaz de colocá-los em uso?* Na verdade, ele não tinha uma ideia exata de qual era o experimento de Kern (embora agora tivesse formulado algumas teorias), estava simplesmente refletindo o que havia coletado do próprio fluxo de consciência dos pensamentos de Kern, transmitidos junto com as palavras sóbrias de Eliza.

Você mente, veio a resposta, e seu coração afundou. *Acha que eu não consigo ouvir o tráfego neste sistema? Vocês são fugitivos, criminosos, vermes entre os vermes. O veículo que está perseguindo vocês já solicitou que eu desative sua nave para que eles possam levá-los à justiça.*

Holsten ficou olhando para as palavras, sua mente trabalhando furiosamente. Por um momento estivera negociando com Kern de boa-fé, como se ele próprio fosse um amotinado. Ele tinha quase esquecido sua condição de refém.

Suas mãos pairavam, prontas para enviar o próximo sinal, *Por que você não faz justamente isso então...?*

Algo frio pressionou sua orelha. Seus olhos desviaram para o lado e captaram a expressão dura de Nessel.

— Nem pense nisso — disse ela. — Porque, se esta nave for parada, você e a engenheira não viverão para serem resgatados.

— Dispare uma arma aqui e é provável que você faça um buraco direto no casco — retrucou Lain com firmeza.

— Então não nos dê uma desculpa para fazer isso. — Nessel acenou com a cabeça para o console. — O senhor pode ser o especialista, doutor Mason, mas não pense que não estou entendendo a maior parte disso.

Típico que justo agora eu encontre uma aluna competente, pensou Holsten em desespero.

— Então, o que você quer que eu diga? — quis saber ele. — Você ouviu o que eu ouvi, então, que ela sabe o que somos. Ela está recebendo todas as transmissões da *Gilgamesh* e do outro transporte.

— Conte a ela sobre a colônia da lua — rebateu Scoles. — Diga a ela o que eles queriam que fizéssemos!

— O que quer que esteja nos ouvindo agora está num satélite menor que esta nave desde o fim do Antigo Império. Você está procurando *compaixão*? — perguntou Lain.

Doutora Kern, somos seres humanos, como você, enviou Holsten, imaginando o quão verdadeira essa última parte poderia ser. *Você poderia ter destruído a* Gilgamesh *e não o fez. Entendo o quanto seu experimento é importante para você* (outra mentira), *mas, por favor, nós somos seres humanos. Eu sou um refém nesta nave. Sou um acadêmico como você. Se você fizer o que diz, eles vão me matar.* As palavras passaram para o frio e morto Imperial C como se fossem um tratado, como se Holsten Mason já fosse uma figura consignada há muito tempo à história, a ser debatida por acadêmicos de uma época posterior.

As lacunas entre a mensagem e a resposta ficavam mais curtas à medida que se aproximavam do planeta.

Você está atualmente em um percurso que o levará a um planeta em quarentena e nenhuma intromissão neste planeta será tolerada. Qualquer intromissão no Mundo de Kern terá retaliação imediata. Você não deve fazer contato com este planeta de forma alguma.	Eles não são minha responsabilidade tão pesado um planeta inteiro é meu eles não devem interferir o experimento deve prosseguir ou foi tudo em vão se os macacos não falam comigo e meus macacos são tudo o que restou dos humanos agora estes vermes vêm esses vermes

— Não, de volta para Eliza não! — gritou Holsten, assustando os amotinados.

— O que está acontecendo? — exigiu saber Scoles. — Nessel...?

— Nós... recuamos um passo ou algo assim?

Holsten se recostou entorpecido, com a mente em branco.

De repente, Scoles estava falando em seu ouvido, em um tom repleto de ameaças subliminares.

— É isso, então? Você está sem ideias?

— Espere! — disse Holsten, mas por um momento perigoso sua mente permaneceu completamente vazia, ele não tinha nada.

Então teve algo:

— Lain, temos a filmagem do drone?

— Ah... — Lain foi aos trancos e barrancos até outro console, lutando por espaço com o amotinado já sentado lá. — A gravação de Karst? Eu... Sim, tenho sim.

— Coloque no painel de comunicações.

— Tem certeza? Somente...

— Por favor, Lain.

Contornar o isolamento da comunicação sem abrir a nave para contaminação foi um processo surpreendentemente complexo, mas Lain e um dos amotinados montaram uma segunda caixa de depósito isolada com os dados e em seguida a colaram no sistema de comunicações. Holsten imaginou a influência invisível da doutora Kern derrubando a nova conexão apenas para descobrir outro beco sem saída.

Doutora Avrana Kern, ele preparou sua próxima mensagem. *Acho que você deveria reconsiderar a necessidade de um observador para seu mundo experimental. Quando nossa nave passou pelo seu mundo da última vez, uma câmera remota capturou algumas imagens de lá. Eu acho que você precisa ver isso.*

Era uma aposta, um jogo terrível de se jogar com qualquer fragmento desordenado de Kern que ainda habitasse o satélite, mas havia uma arma apontada para sua cabeça. E, além disso, ele não podia negar uma certa medida de curiosidade acadêmica. *Como você vai reagir?*

Ele enviou a mensagem e o arquivo, adivinhando que a exposição recente de Kern aos sistemas da *Gilgamesh* permitiria que ela decodificasse os dados.

Poucos minutos depois, houve uma transmissão incompreensível do satélite, pouco mais que ruído branco, e então:

Por favor, aguarde mais instruções. Por favor, aguarde mais instruções.	O que vocês fizeram com os meus macacos? O que vocês fizeram com os meus macacos?

E então nada, uma cessação completa da transmissão do satélite, restando àqueles no transporte debater ferozmente o que Holsten tinha feito e o que ele poderia ter conseguido com aquilo.

3.6 DULCE ET DECORUM EST

O Grande Ninho não tem hierarquia rígida. Pelos padrões humanos, na verdade, a sociedade das aranhas pareceria uma espécie de anarquia funcional. A posição social é tudo, e é conquistada por contribuição. Os grupos de pares cujas guerreiras ganham batalhas, cujas estudiosas fazem descobertas, que têm as mais elegantes dançarinas, as contadoras de histórias mais eloquentes ou as artesãs mais habilidosas, acumulam um status invisível que lhes traz admiradores, presentes, favores, maiores enxames de machos bajuladores para servir como sua força de trabalho, solicitantes que buscam adicionar seus talentos ao conjunto já existente do grupo. É uma sociedade fluida, na qual uma fêmea capaz pode conseguir uma quantidade notável de mobilidade social. Ou, em suas próprias mentes, sua cultura é uma complexa teia de conexões que é fiada novamente a cada manhã.

Um dos principais motivos de tudo isso funcionar é que o trabalho intermediário desagradável é realizado por machos, que de outra forma não têm nenhum direito particular de reivindicar santuário dentro do Ninho se lhes faltar um propósito ou uma patrona. O trabalho duro (silvicultura, agricultura e similares) é realizado principalmente pelas colônias de formigas domesticadas que as aranhas do Grande Ninho manipularam para trabalhar com elas. Afinal, as formigas trabalham por natureza. Elas não têm inclinação nem capacidade para considerar uma filosofia de vida mais ampla e, portanto, essa oportunidade seria desperdiçada com elas. Do ponto de vista das colônias de formigas, elas prosperam da melhor forma que podem,

dado o ambiente peculiarmente artificial em que se encontram enre-
dadas. Suas colônias não têm um conceito real do que está puxando
seus fios, nem de como sua força de trabalho foi sequestrada para
servir ao Grande Ninho. Tudo funciona perfeitamente.

A sociedade de Portia está agora esticada ao ponto de ruptura. A
coluna de formigas invasoras exige sacrifícios, e não existe cadeia de
comando para determinar quem deve fazer esse sacrifício e para benefício de quem. Se a situação piorar mais, então o Grande Ninho vai
começar a se desfazer, fragmentando-se em unidades fugitivas menores
e deixando apenas uma lembrança do ponto alto da cultura das aranhas.
Como alternativa, alguma grande líder poderia surgir e assumir o controle de tudo, para o bem comum, e mais tarde, se os exemplos humanos podem ser diretrizes válidas, para o bem pessoal. Mas, de qualquer
forma, o Grande Ninho que Portia conhece deixaria de existir.

Não seria a primeira metrópole perdida. Em sua incessante marcha através do continente, a colônia de formigas destruiu uma centena de culturas separadas, distintas e únicas que o mundo jamais
conhecerá novamente, exterminando indivíduos e erradicando modos de vida. O que qualquer horda conquistadora já fez em busca de
seu destino manifesto.

As façanhas militares de Portia ganharam alguma estima para
seu grupo de pares, mas Bianca é atualmente o maior trunfo dele:
uma das estudiosas mais admiradas e rebeldes do Ninho. Ela melhorou a vida de sua espécie de uma dezena de maneiras diferentes, pois
tem uma mente que pode ver as respostas para os problemas que as
outras nem percebiam que as estavam atrasando. Ela também é uma
reclusa, alguém que não quer muito mais do que continuar com seus
experimentos (uma característica comum entre aquelas que são moti-
vadas a expandir seus Entendimentos herdados), o que cai bem para
os pares de Portia, pois, caso contrário, Bianca poderia concluir que o
grupo lhe devia uma parcela maior de seus benefícios.

No entanto, quando ela envia uma mensageira, suas colegas vêm
correndo. Se Bianca de repente se sentir desvalorizada, ela poderia
escolher qualquer outro grupo de pares do Grande Ninho para entrar.

Bianca não fica dentro do Grande Ninho propriamente dito. Ciência verdadeira exige uma certa reclusão, mesmo que seja apenas para

conter com segurança seus resultados mais inesperados. O povo de Portia é, por ancestralidade, formado por solucionadoras natas de problemas, propensas a variar suas abordagens até que algo tenha sucesso. Ao lidar com produtos químicos voláteis, isso pode ter desvantagens.

O atual laboratório de Bianca, descobre Portia, está bem dentro do território de um dos ninhos de formigas locais. Aproximando-se do monte por uma trilha marcada para as formigas evitarem, ela sente relutância, parando frequentemente, às vezes levantando as patas dianteiras e exibindo suas presas sem intenção. A velha associação entre formigas e conflito é difícil de evitar.

A câmara em que ela encontra Bianca teria sido cavada pelas próprias formigas, antes de serem isoladas do ninho pela aplicação de aromas específicos da colônia. Tais medidas haviam sido tentadas no passado para proteger um assentamento de algum ataque da supercolônia invasora, mas nunca com sucesso. As formigas sempre encontram um jeito, e o fogo não se preocupa com feromônios.

As paredes da câmara são revestidas de seda, e uma destilaria complexa de teias pende do teto, proporcionando os recipientes de mistura para a alquimia de Bianca. Uma câmara lateral abriga um cercado de algum tipo de gado, talvez parte do experimento, talvez simplesmente uma forma conveniente de alimentação. Bianca preside toda a empreitada de seu lugar no teto, seus muitos olhos mantendo o controle de tudo, sinalizando para suas subordinadas com palpos e movimentos repentinos de batida de pés quando sua orientação se faz necessária. Alguma luz cai da entrada no alto, mas Bianca está acima das rotinas da noite e do dia e cultiva glândulas luminescentes de larvas de besouro para que brilhem no meio da trama de suas paredes, como constelações artificiais.

Portia desce até a câmara, ciente de que parte do chão também é aberta, dando para a colônia de formigas abaixo. Através da mais fina camada de seda, ela consegue ver a constante agitação aleatória desses insetos cuidando de seus negócios. Sim, elas trabalham incansavelmente, embora sem saber, para a prosperidade continuada do Grande Ninho, mas, se Portia cortasse essa membrana e entrasse no domínio delas, então teria o mesmo destino que as formigas reservam para todos os intrusos, a menos que possuísse alguma contramedida química para preservá-la.

Ela cumprimenta Bianca com uma onda de palpos para renovar o conhecimento entre elas; a troca contém um resumo precisamente calculado de suas posições sociais relativas, referenciando seus pares mútuos, suas diferentes experiências e a estima em que Bianca é tida.

A resposta da alquimista é superficial sem ser descortês. Pedindo a Portia para esperar, ela volta seus olhos principais para o laboratório fervilhante de atividade abaixo delas, verificando que a situação atual pode ser deixada sem sua atenção por alguns minutos.

Portia dá uma segunda olhada na atividade abaixo e fica chocada. *Seus assistentes são machos.*

De fato, concorda Bianca, com uma postura que sugere que esse tema não é novo.

Eu imaginava que eles seriam insuficientes para a complexidade desse trabalho, ensaia Portia.

Um mal-entendido comum. Se bem treinados e nascidos com os Entendimentos pertinentes, eles são bastante capazes de lidar com as tarefas mais rotineiras. Já empreguei fêmeas, mas isso resulta em muita luta por status e na necessidade de defender minha preeminência; muita medição de patas umas contra as outras, e comigo, para conseguir executar o trabalho. Então optei por esta solução.

Mas com certeza eles devem estar constantemente tentando cortejá-la, responde Portia, perplexa. Afinal, o que mais os machos realmente querem da vida?

Você passou muito tempo nas casas de pares de preguiçosas, reprova-a Bianca. *Eu escolho meus assistentes por sua dedicação ao trabalho. E, se aceito o material reprodutivo deles de tempos em tempos, é apenas para preservar os novos Entendimentos que propomos aqui. Afinal, se eles sabem e eu sei, existem boas chances de que qualquer prole venha a herdar esse Entendimento também.*

O desconforto de Portia com essa linha de raciocínio é evidente em sua mudança de posição, no movimento rápido de seus palpos. *Mas machos não...*

Que os machos podem transmitir aos seus descendentes o conhecimento que aprendem durante a vida é um fato estabelecido, no que me diz respeito. Bianca pisou com mais força para impor suas palavras sobre as de Portia. *A crença de que eles só podem passar adiante os Entendimentos de suas mães não tem fundamento. Fique feliz por nosso grupo de pares que pelo menos eu compreenda isso: tento escolher companheiros chocados de nossa própria creche, pois é mais provável que já possuam Entendimentos valiosos para passar adiante, e o efeito cumulativo aumentará e enriquecerá nosso estoque em geral. Acredito que isso vai se tornar prática comum antes de uma de nós duas morrer. Quando tiver tempo, vou começar a negociar o Entendimento disso com as poucas em outros grupos de pares que provavelmente apreciarão a lógica.*

Supondo que qualquer uma de nós tenha tanto tempo assim, diz Portia a ela com força. *Não ficarei no Grande Ninho por muito tempo, irmã. Como posso ajudar?*

Sim, você estava em Sete Árvores. Conte-me a respeito.

Portia fica surpresa que Bianca saiba até mesmo aquele tanto das idas e vindas de Portia. Ela dá um relatório digno de crédito, focando principalmente em questões militares: as táticas usadas pelas defensoras, as armas do inimigo. Bianca escuta com atenção, guardando os detalhes salientes na memória.

Muitas no Grande Ninho acreditam que não podemos sobreviver, diz Bianca quando ela termina. *Nenhum grupo de pares deseja atrair o desprezo geral por ser o primeiro a nos abandonar, mas isso vai acontecer. Quando um deles se for, uma vez que essa lacuna for preenchida, haverá uma correria generalizada para partir. Vamos nos destruir e perder tudo o que construímos.*

Parece provável, concorda Portia. *Eu estava no templo antes. Mesmo a sacerdotisa parecia preocupada.*

Bianca se encolhe contra o teto por um momento, numa postura de inquietação. *Dizem que a mensagem está contaminada, que existem outras Mensageiras. Eu falei com uma sacerdotisa que disse que sentiu uma nova mensagem dentro do cristal na hora errada, e sem sentido: apenas uma confusão de vibrações aleatórias. Não tenho explicação para isso, mas é preocupante.*

Talvez essa mensagem seja dirigida às formigas. Portia está olhando para os insetos correndo abaixo. A imagem sensorial de "uma confusão de vibrações aleatórias" parece apropriada.

Você não é a primeira a sugerir isso, diz Bianca. *Felizmente, meus próprios pensamentos sobre mensagem e Mensageira são apenas isso: meus pensamentos, e não me impedem de trabalhar para a salvação do nosso ninho. Venha comigo. Eu pesquisei uma nova arma, e preciso de sua ajuda para implantá-la.*

Portia sente uma esperança repentina pela primeira vez em muitos dias. Se alguma mente pode encontrar um caminho a seguir, é a de Bianca.

Ela segue a alquimista até os cercados dos animais, vendo dentro deles uma multidão rebelde de besouros do tamanho de formigas: vinte centímetros no máximo. Eles são de uma coloração vermelha-escura e mais notáveis por suas antenas, que se espalham num disco de folhas finas como leques circulares.

Eu já vi isso antes?, diz Portia de modo inseguro, com movimentos hesitantes.

Sendo a grande confrontadora de nossos inimigos que é, parece provável que sim, confirmou Bianca. *Eles são uma espécie de hábitos incomuns. Meus assistentes foram para a colônia abaixo, com algum risco para si próprios, a fim de encontrá-los. Eles vivem entre as formigas e ainda assim não são molestados. Chegam até mesmo a comer as larvas das formigas. Os relatórios dos meus assistentes indicam que as próprias formigas são persuadidas a alimentar essas criaturas.*

Portia espera. Qualquer comunicação dela naquele momento seria fútil. Bianca já tem todo esse encontro planejado, ponto a ponto, para uma conclusão bem-sucedida.

Preciso que você reúna guerreiras capazes e confiáveis, talvez vinte e quatro, instrui Bianca. *Você será corajosa. Você testará minha nova arma e, se falhar, é provável que morra. Preciso que você enfrente a colônia marchando contra nós. Preciso que você vá direto até o coração dela.*

* * *

Infiltrar uma colônia de formigas não é mais um caso de apenas tomar algumas cabeças e glândulas odoríferas roubadas. A supercolônia desenvolveu suas defesas: uma corrida cega de armas químicas contra a engenhosidade das aranhas. As formigas agora usam o equivalente químico de códigos variáveis que mudam ao longo do tempo, e em diferentes destacamentos da colônia em expansão, e a espécie de

Portia não tem sido capaz de acompanhar. As armas químicas que as aranhas usam para perturbar e confundir suas inimigas têm vida curta e mal passam de um aborrecimento em face da escala da inimiga.

O aumento da segurança da colônia teve um impacto catastrófico em uma série de outras espécies. Ninhos de formigas são ecossistemas por si próprios, e muitas espécies vivem numa tensa comunhão com eles. Alguns, como os pulgões, fornecem serviços, e as formigas os cultivam ativamente. Outros são parasitas: ácaros, insetos, besouros, até mesmo pequenas aranhas, todos eles adaptados para roubar da mesa das formigas ou consumir seus anfitriões.

A maioria dessas espécies já sumiu da supercolônia. Na adaptação para se defender do inimigo externo, o aprimoramento da criptografia química usada pelas formigas também desmascarou e eliminou dezenas de hóspedes indesejáveis no domínio das formigas. Alguns poucos, no entanto, conseguiram sobreviver por engenhosidade e adaptação superior. Destes, os besouros *Paussinae* (a área de estudo atual de Bianca) são os mais bem-sucedidos.

Os *Paussinae* viveram dentro de formigueiros por milhões de anos, utilizando vários meios para acalmar seus anfitriões involuntários e fazer com que os aceitassem. Agora o nanovírus está funcionando com eles e, embora não sejam tão inteligentes quanto Portia, ainda têm uma certa astúcia e a habilidade de trabalhar juntos, e utilizam seu versátil kit de ferramentas feromonais com uma perspicácia considerável.

Cada *Paussinae* individual tem um conjunto de produtos químicos para manipular as formigas ao seu redor. As formigas individuais, cegas e vivendo num mundo inteiramente construído com base no olfato e no tato, podem ser enganadas assim. Os produtos químicos dos *Paussinae* astutamente criam um mundo ilusório para elas, guiando suas alucinações para induzir unidades subordinadas da colônia de formigas a fazer a sua vontade. É um golpe de sorte para Portia e seu povo que os *Paussinae* ainda não tenham atingido um nível de intelecto que lhes permita ver além de sua existência atual como uma quinta-coluna oportunista entre as formigas. É fácil imaginar uma história alternativa em que a colônia de formigas em avanço se tornasse apenas uma miríade de fantoches de besouros soberanos ocultos.

Os códigos químicos variáveis da colônia fornecem um desafio constante para os *Paussinae*, e besouros individuais trocam substâncias químicas continuamente para atualizar uns aos outros com as chaves mais eficientes para desbloquear e reescrever a programação das formigas. No entanto, a simples façanha de viver entre as formigas sem ser detectado cabe à arma secreta do *Paussinae*: um refinamento de seu cheiro ancestral, que Bianca detectou e pelo qual ficou fascinada.

Portia ouve atentamente enquanto Bianca expõe seu plano. O esquema parece algo entre perigoso e suicida. Exige que ela e suas companheiras procurem a coluna de formigas e a embosquem, para entrar direto nela passando pela multidão de sentinelas como se não estivessem lá. Portia já está pesando as possibilidades: um ataque de cima, caindo dos galhos ou de um andaime de teias, mergulhando naquela torrente de corpos de insetos que avança. Bianca, é claro, já pensou nessa parte. Elas encontrarão a coluna quando ela se recolher durante a noite numa vasta fortaleza feita com os corpos de seus soldados.

Desenvolvi algo novo, explica Bianca. *Armadura para você. Mas você só poderá vesti-la quando estiver prestes a fazer seu ataque.*

Armadura forte o suficiente para afastar as formigas? Portia sente uma dúvida justificável. Existem muitos pontos fracos no corpo de uma aranha; há muitas juntas que as formigas podem agarrar.

Nada tão tosco. Bianca sempre gostou de guardar seus segredos. *Esses* Paussinae, *esses besouros, eles podem andar pelas colônias de formigas como se fossem feitos de vento. Você também poderá.*

A incerteza de Portia se comunica por meio da contração ansiosa de seus palpos. *E eu vou matá-las, então? Quantas eu puder? Isso será o bastante?*

A postura de Bianca diz o contrário. *Eu cheguei a pensar nisso, mas receio que mesmo você, irmã, não conseguiria detê-las dessa forma. Elas são muitas. Mesmo que minha proteção a mantivesse segura por tanto tempo, você poderia matar formigas o dia todo e a noite toda, e ainda haveria mais. Você não manteria o exército longe do Grande Ninho.*

Então o quê?, exige saber Portia.

Existe uma nova arma. Se ela funcionar... Bianca bate as patas para mostrar sua irritação. *Não há maneira de testá-la a não ser usando.*

Funciona com estas pequenas colônias aqui, mas os invasores são diferentes, mais complexos, menos vulneráveis. Você simplesmente terá que torcer para que eu esteja correta. Você entende o que estou lhe pedindo, por nossa irmandade, por nosso lar?

Portia considera a queda de Sete Árvores: as chamas, a horda voraz de insetos, os corpos murchos daquelas que eram lentas ou conscienciosas demais para escapar. O medo é uma emoção universal, e ela o sente intensamente, desejando desesperadamente fugir daquela imagem, nunca mais ter que enfrentar as formigas. Mais fortes que o medo são os laços de comunidade, de parentesco, de lealdade ao seu grupo de pares e seu povo. Todas aquelas gerações de reforço, por meio do sucesso daquelas ancestrais mais inspiradas pelo vírus a cooperar com sua própria espécie, agora vêm à tona. Chega uma hora que alguém deve fazer o que deve ser feito. Portia é uma guerreira treinada e doutrinada desde tenra idade para que agora, naquele momento de necessidade, esteja disposta a abrir mão de sua vida pela sobrevivência da entidade maior.

Quando?, pergunta ela a Bianca.

Quanto mais cedo, melhor. Reúna suas escolhidas; esteja pronta para deixar o Grande Ninho pela manhã. Por esta noite a cidade é sua. Você já pôs ovos?

Portia responde afirmativamente. Ela não tem dentro de si ovos prontos para as atenções de um macho, mas já pôs vários no passado. Sua herança, genética e aprendida, será preservada se o próprio Grande Ninho o for. No grande esquema das coisas, isso significa que ela terá vencido.

* * *

Naquela noite, Portia procura outras guerreiras, mulheres veteranas com as quais ela sabe que pode contar. Muitas são de seu próprio grupo de pares, mas não todas. Há outras ao lado das quais ela lutou (e, às vezes, contra as quais lutou, em exibições de dominação) que ela respeita e que a respeitam. Ela se aproxima de cada uma com cautela, tateando, telegrafando sua intenção, transmitindo o plano de Bianca ponto a ponto até ter certeza sobre elas. Algumas recusam: ou não são convencidas pelo plano, ou não têm o grau necessário de coragem, que é, afinal, um destemor quase total: uma devoção ao dever quase tão cega quanto a das próprias formigas.

Mas logo Portia consegue suas seguidoras, e então cada uma pega as estradas principais do Grande Ninho para aproveitar a noite da melhor maneira possível, antes que a aurora as convoque a se reunir. Algumas recorrerão à companhia de seus grupos de pares, outras procuram entretenimento: as danças dos machos, a arte cintilante das tecelãs. As que estão prontas se deixarão ser cortejadas, para em seguida depositar uma ninhada de ovos em sua casa de pares, de modo a preservar tanto de si quanto puderem. A própria Portia aprendeu muitas coisas desde que pôs a última ninhada, e sente algum remorso pelo fato de que esses Entendimentos, esses pacotes discretos de conhecimento, serão perdidos quando ela se for.

Ela vai ao templo novamente, buscando aquela calma fugidia que suas devoções trazem, mas agora ela se lembra do que Bianca disse: que a voz da Mensageira não está só, que há sussurros fracos no cristal que preocupam as sacerdotisas. Assim como ela sempre acreditou que a perfeição matemática da mensagem deve ter algum significado maior, que transcenda os meros números que a compõem, também este novo desenvolvimento certamente tem algum significado muito vasto para ser compreendido por uma pobre aranha fiando e criando nós para esse conjunto familiar de equações e soluções. O que isso significa então? Nada de bom, ela sente. Nada de bom.

Tarde da noite, ela se senta no ponto mais alto do Grande Ninho, olhando para as estrelas e imaginando qual ponto de luz lá em cima está sussurrando segredos incompreensíveis para os cristais agora.

3.7 GUERRA NO PARAÍSO

Kern havia cortado todo o contato, deixando o transporte dos amotinados planar em direção ao planeta verde, erodindo as vastas distâncias que os separavam um segundo de cada vez. Holsten fez o melhor que pôde para tentar dormir, enroscado de forma desajeitada numa cadeira que tinha sido idealmente projetada para amortecer as tensões de desaceleração, mas muito pouco além disso.

Ele cochilava e acordava, porque a ausência de Kern não havia desligado as comunicações de rádio. Ele nem imaginava quem tinha disparado o primeiro tiro linguístico, mas estava sendo constantemente acordado por uma discussão contínua entre Karst (no transporte perseguindo a nave) e quem quer que estivesse operando a comunicação dos amotinados no momento.

Karst, com seu eu dogmático de sempre, era a voz da *Gilgamesh*, com a autoridade de toda a raça humana por trás dele (por meio de seu representante não eleito, Vrie Guyen). Ele exigiu rendição incondicional, ameaçou-os com uma destruição transmitida pelo espaço da qual até mesmo Holsten sabia que as naves não eram capazes, tentou terceirizar o serviço invocando a ira do satélite adormecido e, quando tudo o mais falhou, desceu o nível para xingamentos pessoais. Holsten desenvolveu a ideia de que Guyen estava considerando Karst pessoalmente responsável pela fuga dos amotinados.

Mas houve menção a ele e Lain: essa foi a única coisa positiva. Aparentemente, as ordens de Karst realmente incluíam a recuperação dos reféns em algum nível, embora possivelmente não fosse de alta prioridade. Ele exigiu falar com eles, para ter certeza de que ainda estavam vivos. Lain compartilhou algumas palavras ácidas com ele que tanto o satisfizeram em relação a isso quanto o dissuadiram de fazer mais perguntas. Ele continuou a incluir o retorno deles ilesos em sua lista de demandas monomaníacas, o que foi quase comovente.

Os amotinados, por sua vez, bombardearam Karst com suas próprias demandas e dogmas, detalhando consideravelmente as dificuldades que a colônia lunar enfrentaria e afirmando a falta de necessidade dela. Karst rebateu com as mesmas razões que Lain já tinha dado, embora de modo menos coerente, soando muito como alguém repetindo como um papagaio as palavras de outra pessoa.

— Por que eles se deram ao trabalho de nos perseguir? — perguntou Holsten a Lain, fatigado, depois que a disputa de argumentos nos comunicadores finalmente derrotou qualquer chance possível de dormir. — Por que eles simplesmente não nos deixam ir, se sabem que toda esta empreitada está condenada? Não é só por nós dois, certo?

— Não é por *você*, de qualquer maneira — respondeu ela. Então cedeu. — Eu... Guyen leva as coisas para o lado pessoal. — Disse isso com um tom estranho, e ele ficou se perguntando qual seria a experiência dela com isso. — Mas é mais que isso. Eu acessei as aptidões da tripulação principal uma vez, nos registros da *Gilgamesh*.

— Acesso de comando apenas — observou Holsten.

— Eu seria uma péssima engenheira-chefe se isso pudesse me impedir. Fui eu que escrevi a maior parte da estrutura de acesso. Você já parou pra pensar em que nosso amo e senhor pontuou tão alto para conseguir este trabalho?

— Bem, *agora* eu parei pra pensar.

— Planejamento de longo prazo, dá pra acreditar? A habilidade de pegar uma meta e trabalhar para alcançá-la por meio de seja lá quantas etapas intermediárias. Ele é uma daquelas pessoas que está sempre quatro movimentos à frente. Então, se está fazendo isso agora, pode parecer apenas ressentimento, mas ele tem um motivo.

Holsten ponderou sobre aquilo por algum tempo, enquanto os amotinados continuavam batendo boca com Karst.

— Competição — disse ele. — Se por algum acaso conseguir-mos passar pelo satélite e chegar ao planeta... e sobreviver às aranhas monstruosas.

— É, talvez — concordou Lain. — A gente se manda pro Terra-formado B, ou qualquer que seja o lugar, e volta alguns séculos mais tarde pra descobrir que Scoles se estabeleceu bem no planeta, talvez até tenha feito um acordo com Kern. Guyen...

— Guyen quer o planeta — concluiu Holsten. — Guyen está procurando vencer o satélite e dominar o planeta. Mas não quer ter que lutar com mais alguém por isso.

— E mais: se Scoles realmente se instalar lá e enviar uma mensagem dizendo: *Desçam, as aranhas são adoráveis*, o que acontece se um monte de gente quiser se juntar a ele?

— Então, basicamente, Guyen não pode nos ignorar.

E um pensamento veio à cabeça de Holsten no final desse raciocínio:

— Então, basicamente, o melhor resultado para ele, além da rendição, seria Kern nos explodir em pedacinhos.

As sobrancelhas de Lain subiram e seus olhos se voltaram para a disputa em andamento no comunicador.

— Podemos ouvir se Karst está transmitindo para o satélite? — perguntou Holsten a ela.

— Não sei. Posso tentar descobrir, se esses palhaços me deixarem tentar.

— Eu acho que você deveria.

— É, acho que você rem razão. — Lain soltou a proteção e se empurrou com cuidado para longe do assento, atraindo a atenção imediata da maioria dos amotinados. — Escutem, posso assumir a comunicação por um minutinho? Só para...

— Ele lançou um drone! — gritou o piloto.

— Me mostre. — Scoles se lançou para a frente, colocou a mão no ombro de Lain e simplesmente a empurrou, desfazendo o apoio dela no assento de Holsten e fazendo-a cair para a parte de trás da cabine. — E ela não chega perto de *nada* até sabermos o que está acontecendo.

Houve um barulho e um xingamento quando Lain bateu em algo e lutou para se agarrar e não voltar num rebote.

— Desde quando esses transportes carregam drones? — estava perguntando Nessel.

— Alguns deles estão equipados para carga útil, não carga comum — veio a voz de Lain por trás deles.

— O que os drones podem fazer? — quis saber alguém.

— Podem estar armados — explicou o piloto, tenso. — Ou podem simplesmente nos empurrar com eles. Um drone pode acelerar mais rápido que nós, e estamos começando a desacelerar de qualquer maneira. Eles devem ter lançado agora porque estão perto o bastante.

— Por que estamos deixando que eles nos alcancem? — gritou outro amotinado para ele.

— Porque precisamos desacelerar se você não quiser fazer um grande buraco no planeta quando tentarmos pousar, seu idiota! — gritou o piloto de volta. — Agora aperte o cinto!

Amadores, pensou Holsten com um terror cada vez maior. *Eu estou numa nave espacial com a intenção de fazer uma aterrissagem num planeta desconhecido, e nenhum deles sabe o que está fazendo.*

Abruptamente, o lado de *baixo* estava mudando para a parte anterior do transporte enquanto o piloto lutava para reduzir sua velocidade. Holsten pelejou com seu assento, deslizando para a frente até conseguir um apoio.

— O drone está se aproximando rápido — relatou Nessel. Holsten lembrou a rapidez com que a pequena embarcação não tripulada havia coberto a distância entre a *Gilgamesh* e o planeta da outra vez.

— Escutem — veio a voz desamparada de Lain enquanto ela lutava para avançar novamente, uma mão atrás da outra —, houve algum tráfego entre Karst e o satélite?

— O quê? — perguntou Scoles, e então um grito excruciante irrompeu dos comunicadores e fez todos tamparem os ouvidos enquanto Nessel atacava os controles.

Holsten viu os lábios de Scoles moldarem as palavras: *Desligue isso!* Estava claro pela frustração de Nessel que ela não conseguia.

Em seguida, o som se foi, mas abriu o caminho para uma voz familiar.

Veio pelos alto-falantes com o volume estrondoso de um deus colérico, enunciando as sílabas antigas e elegantes do Imperial C como se estivesse pronunciando a condenação de cada ouvinte. O que efetivamente estava.

Holsten traduziu as palavras como: *Aqui é a doutora Avrana Kern. Vocês foram alertados para não retornar ao meu planeta. Eu não ligo para suas aranhas. Eu não ligo para suas imagens. Este planeta é meu experimento e não permitirei que ele seja maculado. Se meu povo e sua civilização se foram, então é o Mundo de Kern que é o meu legado, não vocês, que meramente imitam nossas glórias como macacos. Vocês afirmam ser humanos. Vão ser humanos em outro lugar.*

— Ela vai nos destruir! — gritou ele. Por um longo momento, os amotinados apenas se entreolharam.

Lain ficou ancorada nas costas dos assentos, pálida e tensa, esperando desenvolvimentos.

— Acabou, então? — gemeu ela.

— Não era isso que ela estava dizendo — objetou Nessel, embora poucas pessoas a estivessem ouvindo.

Bem-vinda ao mundo do classicista, pensou Holsten secamente, e fechou os olhos.

— O transporte está mudando de curso — anunciou o piloto.

— Traga-o de volta. Nos leve até o planeta, não importa o que... — começou Scoles.

O piloto o interrompeu.

— O outro transporte. O transporte da segurança. Ainda estamos bem, mas eles estão... — Ele olhou com mais atenção para seus instrumentos. — À deriva? E o drone está desligado agora... Não está seguindo nossos ajustes de rota. Vai nos ultrapassar.

— A menos que seja isso o que eles querem. Talvez seja uma bomba — sugeriu Scoles.

— Vai ter que ser uma bomba todo-poderosa para nos pegar à distância de que estamos falando — disse o piloto.

— É Kern — declarou Lain.

Vendo seus rostos perplexos, ela explicou:

— Esse aviso não foi apenas para nós, foi para todos. Kern os pegou: ela se apoderou de seus sistemas. Mas não consegue se apoderar dos nossos.

— Belo trabalho aí — murmurou Holsten na máscara do rádio ao redor de seu pescoço.

— Cale a boca — devolveu ela pelo mesmo canal.

Então a voz de Kern estava no rádio novamente: alguns falsos começos aos estalos e, em seguida, palavras emergindo em linguagem simples, para que todos entendessem.

— Vocês acham que escaparam de mim só porque me bloquearam de seus computadores? Vocês evitaram que eu girasse seu veículo e o mandasse de volta para sua nave. Me impediram de lidar com vocês de maneira controlada e misericordiosa. Eu lhes dou uma única chance agora para franquear o acesso aos seus sistemas, ou não terei outra opção senão destruí-los.

— Se ela fosse nos destruir, já teria feito isso — deduziu um dos amotinados; com base em que evidências, Holsten não sabia.

— Deixe-me chegar ao comunicador — disse Lain. — Tive uma ideia.

Novamente, ela se impulsionou até o painel de comunicações, e desta vez Scoles a puxou para si, uma arma quase enfiada no nariz dela. O peso da desaceleração fez com que ele fosse puxado para ela também, e os dois quase acabaram batendo nas costas do piloto.

— Doutor Mason, sua opinião sobre Kern? — exigiu saber Scoles, fuzilando Lain com o olhar.

— Humana — foi a primeira palavra que veio à mente de Holsten. Diante da carranca exasperada de Scoles, ele explicou:

— Eu acredito que ela seja humana. Ou que *já tenha sido* humana um dia. Talvez alguma fusão de humano e máquina. Ela examinou o banco de dados da *Gilgamesh*, portanto sabe quem somos, que somos os últimos da Terra, e acho que isso significa *algo* para ela. Além disso, um laser como o dela deve ser um dissipador de energia poderoso em comparação com simplesmente nos desligar ou dizer ao nosso reator para entrar em massa crítica. Ela não usará suas armas reais a menos que seja absolutamente necessário. Até mesmo a tecnologia do Antigo Império tem limites em termos de energia. Então ela só vai atirar em nós como último recurso, mas possivelmente tentará se livrar de nós sem nos matar, se puder. O que ela não pode no momento porque nós a isolamos das comunicações.

Scoles soltou Lain com um sibilo de raiva, e ela instantaneamente começou a explicar algo para Nessel e um dos amotinados, algo sobre como restaurar algumas das conexões com o computador de bordo. Holsten só torcia para que ela soubesse o que estava fazendo.

— Ela vai tentar nos matar? — perguntou-lhe Scoles sem rodeios.

O que posso dizer? Depende do humor dela? Depende de com qual Kern estamos falando em qualquer momento determinado? Holsten abriu seu cinto e foi rastejando lentamente na direção deles, com a ideia que talvez pudesse convencer Kern.

— Acho que ela é de uma cultura que se extinguiu e envenenou a Terra. Não sei o que ela pode fazer. Eu acho que ela está até lutando consigo mesma.

— Este é o seu último aviso. — A voz de Kern veio até eles.

— Estou vendo os sistemas do satélite esquentando — avisou o piloto. — Acho que estão travados em nós.

— Algum jeito de contornar o planeta, colocando o outro transporte no meio? — perguntou Scoles.

— Sem chance. Estamos escancarados. Mas estou na nossa abordagem de pouso agora. Há uma janela de cerca de vinte minutos antes de entrarmos na atmosfera, o que pode reduzir a eficácia de seus lasers.

— Pronto! — Lain entrou na conversa.

— Pronto o quê? — quis saber Scoles.

— Isolamos o banco de dados de bordo e o vinculamos à comunicação — explicou Nessel.

— Você deu a essa Kern acesso ao nosso banco de dados? — traduziu Scoles. — Você acha que isso vai influenciá-la?

— Não — declarou Lain. — Mas eu precisava de acesso a uma transmissão. Holsten, vem cá.

Aconteceu então um balé horrivelmente indigno, com Holsten sendo passado de mão em mão até ser preso a um assento no painel de comunicações, inclinado para o lado em direção ao nariz do transporte enquanto a força de sua velocidade reduzida o puxava.

— Ela vai nos queimar — estava dizendo Lain a eles, enquanto punha Holsten sentado. A perspectiva parecia quase a excitar. — Holsten, você pode passar um xaveco nela? Ou coisa assim?

— Eu... Eu tive uma ideia...

— Você faz o seu e eu faço o meu — disse Lain a ele. — Mas faça isso *agora*.

Holsten verificou o painel, abriu um canal para o satélite (*suponha que ela não estivesse espionando tudo, de qualquer maneira*) e começou:

— Doutora Kern, doutora Avrana Kern.

— Não estou aberta a negociações — disse aquela voz dura.

— Quero falar com Eliza.

Houve um breve momento entrecortado em que Kern falou, e então o coração de Holsten deu um pulo quando ela foi substituída por uma transmissão em Imperial C. Eliza estava de volta ao leme.

Vocês estão atualmente dentro da zona proibida sobre um planeta em quarentena. Qualquer tentativa de interagir com o Mundo de Kern terá retaliação imediata.	Não Eliza não me devolva minha voz é a minha voz me devolva minha mente é minha é minha chega de avisos destrua-os deixe-me destruí-los

O mais rápido que pôde, Holsten tinha sua resposta pronta e traduzida. *Eliza, confirmamos que não temos intenção de interagir com o Mundo de Kern*, porque ele tinha quase certeza de que Eliza era um computador, e quem sabia quais eram os limites de sua cognição e sua programação?

Isso não é consistente com seu curso e sua velocidade atuais. Este é seu último aviso.	Eles estão mentindo para mim para você me deixe falar me deixe sair me ajude alguém por favor me ajude

Eliza, por favor, podemos falar com a doutora Avrana Kern?, enviou Holsten.

A voz esperada trovejou pela cabine estendida:

— Como você se atreve...?

— E lá vamos nós — disse Lain, e a voz de Kern foi cortada.

— O que foi isso? — exigiu saber Scoles.

— Sinal de emergência. Uma transmissão repetida do próprio sinal de emergência dela — explicou Lain no instante em que Holsten estava enviando *Doutora Kern, por favor, posso falar com Eliza?*

A resposta que veio era truncada quase a ponto de virar ruído branco. Ele ouviu uma dezena de fragmentos de frases de Kern e do sistema Eliza, sendo constantemente picadas enquanto os sistemas do satélite tentavam processar o chamado de emergência de alta prioridade.

— Quase na atmosfera — relatou o piloto.

— Conseguimos — disse alguém.

— Nunca diga... — começou Lain, e então a unidade de comunicações ficou num silêncio tão grande que Holsten olhou para suas leituras para se certificar de que ainda estava funcionando. O satélite havia parado de transmitir.

— Nós o desativamos? — perguntou Nessel.

— Defina "nós" — disparou Lain.

— Mas, escute, isso significa que todos podem chegar a este planeta, todos da *Gil*... — começou a mulher, mas então o comunicador disparou com um novo sinal e a voz furiosa de Kern os fustigou.

— Não, vocês não *me* desativaram.

As mãos de Lain foram imediatamente para a cintura, prendendo o cinto anti-impacto, e em seguida para Holsten.

— Segurem-se! — gritou alguém ridiculamente.

Holsten olhou para trás, para seu assento original, na parte traseira do transporte. Na verdade, ele teve um breve vislumbre do passado na baia de carga, vendo o desespero de braços e pernas se debatendo enquanto os amotinados lá tentavam se proteger totalmente. Então houve um clarão abrasador que deixou sua imagem nas retinas dele, e o progresso suave do transporte de repente se tornou uma queda rodopiante... Um rugido estrondoso veio do lado de fora e ele pensou, *Atmosfera. Nós atingimos a atmosfera.* O piloto estava xingando freneticamente, lutando pelo controle, e os braços de Lain estavam apertados sobre Holsten, segurando-o contra ela, porque não tinha sido capaz de fechar o cinto dele por completo. Por sua vez, ele agarrava o assento o mais apertado possível enquanto o mundo tentava sacudi-lo e projetá-lo para fora.

As portas do porão de carga se fecharam automaticamente. Àquela altura Holsten não percebeu que isso se devia ao fato de a metade traseira do transporte ter sido arrancada.

A cabine, que era a metade da frente, caiu em direção à grande extensão gramada do planeta abaixo.

3.8 GUERRA ASSIMÉTRICA

O povo de Portia não tem dedos, mas suas ancestrais estavam construindo estruturas e usando ferramentas milhões de anos antes de alcançarem qualquer coisa semelhante à inteligência. Elas têm dois palpos e oito patas, cada uma das quais pode agarrar e manipular conforme necessário. Seu corpo todo é uma mão de dez dedos com dois polegares e acesso instantâneo a adesivo e linha. Sua única limitação real é que elas precisam realizar seu trabalho principalmente por meio de toque e cheiro, trazendo-o periodicamente diante dos olhos para revisão. Elas trabalham melhor suspensas no espaço, pensando e criando em três dimensões.

Duas linhas de criação deram origem à atual missão de Portia. Uma delas é a forja de armaduras, ou seu equivalente em uma espécie sem acesso a fogo nem metal.

A coluna de formigas parou mais adiante para a noite, formando uma fortaleza vasta e excepcionalmente inexpugnável. Portia e suas companheiras estão se contorcendo e batendo os pés de nervoso, cientes de que haverá muitas batedoras inimigas vasculhando cegamente a floresta, atacando tudo o que encontrarem e liberando o cheiro forte de alarme ao mesmo tempo. Um encontro casual agora poderia trazer toda a colônia para cima delas.

Bianca está cuidando de seus machos enquanto os açougueiros trabalham matando e desmembrando os animais de estimação dela. Os machos realizarão sua parte do plano, aparentemente, mas não têm coragem para formar a vanguarda. Cabe a Portia e suas companheiras realizar a tarefa impossível de infiltrar a colônia enquanto ela dorme, levando sua arma secreta com elas.

A coleção de besouros *Paussinae* que Bianca acumulou foi levada do Grande Ninho até ali. Eles não são animais de pastoreio por natureza, e a viagem foi exasperante, o que significa que elas chegaram assustadoramente tarde da noite, próximo ao amanhecer que verá o inimigo em movimento novamente.

Vários dos besouros inventivos escaparam, e o resto parece estar se comunicando por meio de cheiros e toques das antenas, de modo que Portia se pergunta se alguma ação em massa está sendo planejada por eles. Ela não tem ideia se os *Paussinae* podem pensar, mas avalia que suas ações são mais complexas que as de animais simples. No mundo dela, não existe grande divisão entre os pensadores e os que não pensam, apenas um longo *continuum*.

Mas, se os besouros pretendiam fugir, agora é tarde demais. Estão confinados a um cercado e o povo de Bianca os mata rápida e eficientemente, arrancando suas cascas. Artesãs do Grande Ninho imediatamente começam a confeccionar armaduras com as peças, revestindo Portia e suas companheiras tão completamente quanto possível em trajes pesados e desajeitados de cota de malha de quitina. Elas usam suas presas e a força de suas patas para torcer e quebrar as seções individuais da carcaça para fazer um melhor ajuste, prendendo cada placa à sua usuária com teias.

Bianca explica a teoria enquanto trabalham. Os besouros *Paussinae* parecem usar aromas numerosos e muito complexos para fazer com que as formigas os alimentem e os sirvam de outras maneiras. Esses cheiros mudam constantemente conforme as próprias defesas químicas das formigas mudam. A linguagem química dos besouros provou ser complexa demais para Bianca decifrar.

Entretanto, existe um perfume-mestre pelo qual os besouros vivem, e este não muda. Não é um ataque direto às formigas propriamente ditas, mas funciona simplesmente para informar à colônia: *Não há nada aqui*. As formigas não registram os besouros, a menos que eles estejam ativamente tentando interagir com elas. Não é um inimigo, não é uma formiga, não é sequer um pedaço inanimado de terra, mas *nada*. Para as formigas cegas, movidas pelo cheiro, os besouros utilizam um tipo de invisibilidade ativa, de modo que, mesmo quando tocado, mesmo quando as antenas da formiga brincam sobre a carapaça estriada do besouro, a colônia registra um vazio, um vácuo a ser pulado.

O cheiro nulo persiste mesmo durante a morte, mas não por muito tempo, por isso esse massacre dos besouros na décima primeira hora. Bianca avisa Portia e suas companheiras que elas devem ser rápidas. Ela não sabe por quanto tempo a proteção vai durar.

Então, podemos simplesmente matá-las, e elas não saberão, conclui Portia.

Absolutamente não. Essa não é a sua missão, responde Bianca com raiva. *Quantas delas você acha que conseguiria destruir? E se você começar a atacá-las, o próprio sistema de alarme delas poderá em algum momento sobrepujar o cheiro de sua armadura.*

Então mataremos sua casta de postura de ovos, diz Portia. A colônia de formigas em movimento ainda é um organismo em crescimento, produzindo ovos constantemente para repor suas perdas.

Você não vai fazer isso. Vocês vão se distribuir pela colônia, conforme o planejado, e esperar que seus pacotes degradem.

Os pacotes são a segunda parte do plano e representam a outra extremidade da artesania das aranhas. Bianca os produz ela mesma a partir de uma substância química feita de compostos preparados e restos dos *Paussinae*, posteriormente selada em glóbulos de teias. Eles também não vão durar muito.

A alquimia do povo de Portia tem uma longa história, evoluindo, a princípio, a partir dos marcadores de cheiro que seus ancestrais distantes usavam, e depois se tornando rapidamente mais elaborada e sofisticada após o contato com espécies como formigas, que podem ser habilmente manipuladas e seduzidas por aromas artificiais. Para uma aranha como Bianca, pessoalmente experiente e abençoada com as gerações passadas de Entendimento para ajudá-la, misturar produtos químicos é uma experiência visual, seus sentidos se fundindo uns com os outros, o que permite que ela use as formidáveis partes oculares de seu cérebro para imaginar as diferentes substâncias com as quais trabalha e seus compostos em uma linguagem mental representacional de química molecular. Ela estimula suas reações alquímicas com o uso de catalisadores exotérmicos que geram calor sem uma perigosa chama aberta.

Como os próprios produtos químicos, seus recipientes de teia têm uma vida útil limitada. Fabricados com precisão, eles vão liberar sua carga útil um depois do outro com instantes de diferença, o que é um tempo essencial, pois Portia e suas companheiras não terão como coordenar isso umas com as outras.

Bianca lhes entrega suas armas, e elas sabem o que devem fazer. A fortaleza móvel do inimigo está à frente delas, atravessando a floresta escura. Elas devem cumprir sua tarefa no curto espaço de tempo que lhes foi conferido ou morrerão, e então sua civilização as seguirá. Ainda assim, cada parte delas que se preocupa com a autopreservação se rebela. Ninguém entra na fortaleza itinerante de uma colônia de formigas e sobrevive. O avanço de Portia e suas companheiras é lento e relutante, apesar da insistência de Bianca atrás delas. O medo da extinção já era sua marca de nascença muito antes da inteligência, e certamente muito antes de qualquer tipo de altruísmo social. Apesar do que está em jogo, é um medo difícil de suprimir.

Então a noite vira dia, e as aranhas olham para um céu do qual as estrelas foram brevemente banidas.

Algo está vindo.

Elas podem sentir o ar estremecer de raiva, o solo vibrar em compaixão, e se encolhem dentro de suas armaduras pesadas, aterrorizadas e confusas. Uma bola de fogo vem cruzando o céu, com um rastro de trovão correndo atrás dela. Nenhuma delas tem qualquer ideia do que possa ser.

Quando atinge o solo, bem dentro do alcance de reconhecimento da colônia de formigas, já perdeu grande parte de sua velocidade, mas o impacto ainda ressoa por suas patas sensíveis como se o mundo inteiro acabasse de gritar alguma palavra vasta e secreta.

Por um momento elas permanecem imóveis, petrificadas de terror animal. Mas então uma delas pergunta o que era, e Portia investiga dentro de si mesma e encontra aquela parte dela que sempre esteve aberta ao incompreensível: o temível e maravilhoso entendimento de que há mais no mundo do que seus olhos podem ver, mais do que seus pés podem sentir.

A Mensageira desceu até nós, diz ela às outras. Naquele momento, por causa de seu medo e sua esperança, ela está bem convencida, porque o que acabou de acontecer está tão além de sua experiência que apenas esse mistério quintessencial poderia explicar.

Algumas ficam pasmas, outras céticas. *O que isso quer dizer?*, exige saber uma delas.

Quer dizer que você deve se preocupar com o seu trabalho!, martela Bianca por trás delas. *Vocês têm pouco tempo! Vão, vão! E se a Mensageira está aqui com vocês, então isso significa que está a seu favor, mas somente se vocês tiverem sucesso! Se for mesmo a Mensageira, mostrem a ela a força e a engenhosidade do Grande Ninho!*

Portia agita seus palpos em acordo feroz, e então todas fazem o mesmo. Olhando para o rastro de fumaça ainda obscurecendo as estrelas da noite, Portia sabe que é um sinal do céu, o céu da Mensageira. Todas as suas horas passadas em reverente contemplação dos mistérios matemáticos do templo, à beira da revelação, parecem, para ela, ter levado a isso.

Avante!, sinaliza Portia, e ela e suas companheiras partem na direção do inimigo, sabendo que Bianca e sua equipe estarão logo atrás. A armadura de carapaça de besouro é pesada, obscurece a visão delas, torna difícil correr e impossível pular. Elas são como mergulhadoras pioneiras prestes a descer a um ambiente hostil do qual apenas seus trajes podem protegê-las.

Elas se apressam ao longo do chão da floresta da melhor maneira que podem, a armadura prendendo em suas juntas, detendo-as e paralisando-as. Mas estão determinadas, e quando se aproximam de batedoras das formigas que vasculham a área, passam com suas armaduras negras como se não fossem nada além do vento.

As próprias batedoras estão agitadas, já em movimento, indo em direção àquele acúmulo de fumaça e fogo onde a Mensageira visitou, sem dúvida prontas, da sua forma cega e ateia, para atuar como barreira corta-fogo para preservar sua colônia (e, involuntariamente, as inimigas de sua colônia).

Então a fortaleza da colônia está bem na frente de Portia e suas companheiras. A fortaleza *é* a colônia. As formigas construíram uma vasta estrutura em torno de um tronco de árvore, cobrindo dezenas de metros quadrados horizontal e verticalmente, feita apenas de formigas. Bem no coração dela estarão incubadoras e câmaras de berçário, depósitos de alimentos, prateleiras de pupas onde a próxima geração de soldados está sendo selecionada, e todas essas salas, bem como os túneis e os dutos que as conectam, são feitas de formigas, enganchadas umas nas outras por suas pernas e seus aparelhos bucais, todo o edifício um monstro voraz que devorará qualquer intruso que ouse entrar. Mas as formigas não estão totalmente adormecidas. Há uma corrente constante de operárias percorrendo os túneis, removendo dejetos e os corpos das mortas, e os próprios corredores mudam e se realinham para regular a temperatura interna e o fluxo de ar da fortaleza. É um castelo de paredes deslizantes e masmorras repentinas.

Portia e suas companheiras não têm escolha. Elas são as guerreiras escolhidas do Grande Ninho, fortes veteranas que enfrentaram as formigas em dezenas de campos de batalha. Mas suas vitórias têm sido poucas e pequenas. Muitas vezes, tudo o que elas têm conseguido é perder menos ou perder mais lentamente. Agora todas elas sabem que apenas habilidade com armas, velocidade e força não podem derrotar os números e o impulso singular da supercolônia da qual aquela fortaleza é apenas um único membro. E, mesmo elas não o entendendo completamente, o plano de Bianca é o único que elas têm.

Elas se separam quando se aproximam da fortaleza, cada qual procurando uma entrada diferente para a massa de formigas. Portia decide escalar, subindo com sua segunda pele volumosa por uma escada de corpos de formigas vivas, sentindo membros e antenas se contraindo ao passar por eles, investigando as placas de sua parte inferior. Até aí tudo bem: ela não é imediatamente denunciada como intrusa. Ela é mais do que capaz de imaginar o que aconteceria se a colônia descobrisse o que realmente é. A própria parede se tornaria uma mandíbula serrilhada para dissecá-la e consumi-la. Ela não teria nenhuma chance.

A alguma distância, uma de suas companheiras encontra exatamente esse destino. Alguma lacuna em sua armadura deixou escapar o cheiro de aranha, e imediatamente um par de mandíbulas se aperta na articulação de uma de suas patas, cortando aquele membro no joelho. A breve ruptura de fluido excita as outras formigas próximas, e em instantes há um fervilhar em grande escala de insetos zangados e defensivos. Enquanto as partes da aranha que ainda estão blindadas são ignoradas, as formigas seguem o sangue, criando um túnel para as vísceras da intrusa que se debate através da ferida, dilacerando-a por dentro enquanto deixam a armadura obscurecedora cair peça por peça, invisível e imperceptível.

Portia continua com determinação, encontrando uma das aberturas através da qual a fortaleza respira e forçando seu corpanzil para dentro dela, agarrando uma esteira de corpos preguiçosos para se apoiar. Seus palpos seguram perto de si o pacote que se desintegra lentamente para evitar que fique preso nas formas angulares que compõem cada superfície sólida em torno dela. Ela se enterra dentro da massa da colônia, seguindo suas vias aéreas e passarelas, empurrando as trabalhadoras que correm, mas não atrai atenção. A armadura está servindo a seu propósito.

E, no entanto, Portia está ciente de que nem tudo está bem; ela está invisível, mas causa ondulações. Quando bloqueia uma via aérea, a colônia nota. Quando precisa separar corpos de formigas para atravessar à força, ela acrescenta um sentido lento e geral na compreensão coletiva das formigas de que algo não está exatamente do jeito que deveria estar. Enquanto prossegue para as profundezas sem luz da fortaleza viva, ela está ciente de um movimento e uma mobilidade cada vez maiores ao seu redor, uma perturbação que só pode ser um sintoma de sua própria infiltração. Os túneis atrás dela estão fechando: a colônia investigando, por seu senso comum do toque, o que não consegue cheirar.

À sua frente, ela sente um movimento rápido que não é uma formiga. Por um momento, fica cegamente cara a cara com um besouro *Paussinae* que investiga sua carapaça roubada e depois se retira apavorado. Instintivamente ela o persegue, permitindo que o besouro lhe mostre os caminhos internos do ninho, enquanto se força até o limite. Agora ela está superaquecendo, ficando sem força nos músculos, o coração quase não conseguindo mais manter fluidos oxigenados circulando no interior oco de seu corpo. Ela percebe que está perdendo o foco, momento a momento; apenas o instinto ancestral a mantém em movimento.

Ela consegue sentir toda a colônia se desdobrando ao seu redor, acordando.

Então acontece. Uma antena investigadora encontra uma lacuna onde sua própria cutícula está exposta, e imediatamente há um peso morto na extremidade de uma de suas patas quando a formiga se agarra ali sem pensar, soando um alarme que faz o túnel ao redor dela se separar em formigas individuais, cada qual procurando pelo intruso que elas sabem que deve estar presente.

Portia se pergunta se progrediu o suficiente. Afinal, sua própria sobrevivência não é necessária para o plano de Bianca funcionar, embora ela, pessoalmente, preferisse isso.

Ela tenta se recolher, enfiando as pernas para dentro, mas as formigas estão todas em cima dela, e rapidamente começa a ficar difícil respirar, quente demais para pensar. Elas a estão sufocando com sua investigação implacável.

O pacote que estava guardando cuidadosamente aproveita esse momento para se degradar, sua teia se desfazendo em incrementos cuidadosamente coordenados, sua carga química pressurizada se liberando numa explosão de gás fedorento e acre.

Portia perde a consciência, quase sufocada nessa detonação inicial. Voltando lentamente a si mesma após um período desconhecido, ela percebe que está de costas, as pernas dobradas, ainda com a maior parte de sua armadura de besouro e rodeada por formigas. Toda a fortaleza desabou e se dissolveu em uma grande deriva de corpos de insetos, da qual um punhado de aranhas individuais está agora se libertando. As formigas não oferecem resistência. Não estão mortas: elas agitam suas antenas esperançosamente e algumas fazem movimentos incertos aqui e acolá, mas algo foi arrancado da colônia como um todo: seu propósito.

Ela tenta se afastar da colônia quiescente, mas as formigas estão se aglomerando em cima dela por todos os lados, um vasto campo arquitetônico de insetos caídos. Ela sente que a qualquer momento elas certamente se lembrarão de seu lugar no mundo.

Menos da metade de sua força de infiltração permanece viva, e elas tropeçam e rastejam até ela, algumas delas feridas, todas exaustas pelo peso da armadura que foram forçadas a usar. Elas não estão em condições de lutar.

Então uma de suas companheiras a toca para atrair sua atenção. A base de formigas atordoadas sobre a qual elas pisam é inconstante demais para sustentar uma conversa, então ela sinaliza amplamente com os palpos: *Ela vem. Eles vêm.*

É verdade: Bianca e seus assistentes machos chegaram, e não estão sozinhos. Trotando mansamente ao lado deles vêm mais formigas, menores que a maioria das castas invasoras e presumivelmente criadas a partir das colônias domesticadas com as quais o Grande Ninho interage.

Portia tropeça e se arrasta até a borda da fortaleza tombada, levantando-se do movimento pantanoso de corpos para desabar na frente de Bianca.

O que está acontecendo?, pergunta ela. *O que nós fizemos?*

Eu simplesmente saturei a área com uma forma modificada da substância química de besouro Paussinae *que protegeu vocês até agora*, explica Bianca com movimentos precisos de suas patas, enquanto seus palpos continuam sinalizando instruções para sua equipe. *Você e suas irmãs infiltraram suficientemente a colônia, e o raio do gás foi suficientemente grande, de modo que pegamos toda a coluna, como eu esperava. Nós as recobrimos com um cheiro de ausência.*

Os machos agora estão preparando as formigas domesticadas para alguma forma de ação, expondo-as a cheiros cuidadosamente calibrados. Portia se pergunta se essas pequenas trabalhadoras serão os carrascos daquela grande massa de suas irmãs hostis.

Ainda não entendo, confessa ela.

Imagine que a maioria das maneiras pelas quais as formigas conhecem o mundo, todas as formas como agem e reagem e, o mais importante, a forma como suas ações estimulam outras formigas à ação sejam uma teia: uma teia muito complexa, explica Bianca distraidamente. *Nós desfiamos e consumimos aquela teia inteiramente. Nós as deixamos sem estrutura nem instrução.*

Portia olha para a vasta horda de formigas sem rumo por todos os lados. *Elas foram derrotadas, então? Ou vão retecer a teia?*

É quase certo que sim, mas não pretendo lhes dar essa chance.

As formigas mansas do rebanho estão indo para o meio das invasoras maiores agora, tocando antenas com urgência, comunicando-se à moda de sua espécie. Portia observa o progresso delas primeiro com perplexidade, depois com admiração, e então com algo mais próximo de medo do que Bianca desencadeou. Cada formiga com a qual as operárias domesticadas falam é imediatamente preenchida com um propósito. Momentos depois estão de volta a seus modos frenéticos, exatamente como as formigas em todos os lugares, mas a tarefa delas é simples: falar com outras formigas, reviver mais irmãs atordoadas, convertê-las à sua causa. A propagação da mensagem de Bianca é exponencial, como uma doença. Uma onda de novas atividades percorre a face da colônia caída, e em seu rastro o que fica é um exército domesticado.

Eu estou tecendo uma nova estrutura para elas, explica Bianca. *Elas vão seguir a liderança de nossas próprias formigas agora. Dei-lhes novas mentes, e doravante elas são nossas aliadas. Temos um exército de soldados. Inventamos uma arma para derrotar as formigas, não importa quantas sejam, e torná-las nossas aliadas.*

Você é realmente a maior de nós, diz Portia a ela. Bianca aceita modestamente o elogio e, em seguida, ouve enquanto a guerreira continua: *Foi você, então, que fez o chão tremer? Que fez a luz e a fumaça que distraíram as batedoras delas?*

Isso não foi obra minha, admite Bianca com hesitação. *Ainda estou aguardando notícias disso, mas talvez, depois que tirar essa segunda pele desajeitada, você possa querer investigar. Acredito que alguma coisa caiu do céu.*

3.9 PRIMEIRO CONTATO

Eles estavam no chão.

A seção da cabine do transporte ainda havia se comportado de maneira razoavelmente aerodinâmica, e o piloto tinha acionado jatos de frenagem, entradas de ar e paraquedas para reduzir a velocidade, mas mesmo assim parecia que a primeira pegada humana naquele novo mundo verde seria uma cratera colossal. De alguma forma, porém, o veículo mortalmente ferido havia pelejado ar afora, balançando com a turbulência e ainda assim nunca saindo totalmente de controle. Holsten soube mais tarde que ejetar o compartimento de carga era, na verdade, uma coisa que a nave *deveria* ser capaz de fazer. O piloto tinha se livrado do último pedaço retorcido dele pouco antes de atingirem a atmosfera, deixando o destroço mutilado cruzar o céu do novo mundo como se saudasse a chegada de um novo messias.

Não que o pouso tivesse sido suave. Eles tinham caído com força suficiente, e num ângulo suficientemente imprudente, para que um dos amotinados fosse arrancado de suas correias e se quebrasse fisicamente (e fatalmente) sobre o painel de comunicações, enquanto o próprio Holsten sentiu algo ceder em seu peito enquanto a física lutava para libertá-lo do cinto que Lain finalmente conseguira fechar sobre ele. Ele perdeu a consciência com o impacto. Todos perderam.

Quando acordou, percebeu que eles haviam aterrissado, mas estavam cegos, e o interior da cabine, escuro, exceto por uma cascata de luzes de advertência dizendo a todos como a situação estava ruim, as telas de visualização mortas ou quebradas. Alguém estava soluçando e Holsten sentiu inveja, porque ele estava tendo dificuldade simplesmente para respirar.

— Mason? — soou em seu ouvido; era Lain falando pelo sistema de comunicação da máscara, e não pela primeira vez, ao que parecia.

— H-hh… — foi o que conseguiu soltar.

— Caralho.

Ele a ouviu tateando ao seu lado, e em seguida murmurando:

— Vamos, vamos, temos que ter energia de emergência. Eu consigo ver suas malditas luzes, sua piranha. Você não pisca as porras das suas luzes pra me dizer que não tem… — E então uma fraca iluminação âmbar vazou de uma faixa que circundava a cabine perto do teto, revelando uma cena de acidente surpreendentemente arrumada. Tirando o morto sem sorte, o resto deles ainda estava preso a seus assentos: Scoles, Nessel, o piloto e um homem e uma mulher dos amotinados, além de Lain e Holsten. O fato de que o pouso havia permitido a sobrevivência de meros humanos frágeis significava que a maior parte do interior da cabine ainda estava intacta, embora quase nada parecesse estar funcionando. Até o painel de comunicações parecia ter sido exorcizado do fantasma maligno de Avrana Kern.

— Obrigado, quem quer que seja — disse Scoles, e então viu que era Lain e fez uma careta. — Todo mundo, se pronuncie. Quem está ferido? Tevik?

Tevik era o piloto, Holsten descobriu com um tanto de atraso. Ele tinha feito algo com sua mão, disse; talvez tivesse quebrado algo. Dos outros, ninguém escapou de contusões e vasos sanguíneos rompidos (todos os olhos estavam vermelhos quase até a íris), mas apenas Holsten parecia estar seriamente ferido, com o que Lain deduziu ser uma costela quebrada.

Scoles saiu mancando de seu assento, foi buscar suprimentos médicos e começou a distribuir analgésicos, com dose dupla para Tevik e Holsten.

— Estes são do tipo emergencial — alertou. — Significa que você não vai sentir muita dor, inclusive quando deveria. Você pode acabar lesionando os músculos facilmente se exagerar nos movimentos.

— Não tenho nenhuma vontade de exagerar — disse Holsten, fraco. Lain despiu o traje espacial dele até a cintura e colou uma atadura de pressão no seu peito. Tevik conseguiu um molde de gel para imobilizar a mão.

— Qual é o plano? — perguntou Lain enquanto trabalhava. — Sete de nós para povoar uma nova Terra, é isso? — Quando levantou a cabeça, descobriu que Scoles estava apontando uma arma para ela. Holsten viu o pensamento de dizer algo sarcástico ocorrer a Lain, mas ela sabiamente lutou contra isso.

— Podemos fazer isso com cinco — disse o líder amotinado em voz baixa. Seu pessoal estava olhando para ele com incerteza. — E se eu não puder contar com você, é o que faremos. Se vamos sobreviver lá fora, vai ser duro. Todos nós vamos precisar contar uns com os outros. Ou você faz parte da equipe agora, ou é um desperdício de recursos que poderiam ser atribuídos a alguém mais merecedor.

Os olhos de Lain se moveram rapidamente entre o rosto dele e a arma.

— Eu não sei se tenho uma escolha, e não digo isso porque você está prestes a atirar em mim. Estamos aqui agora. O que mais há lá fora?

— Certo — concordou Scoles de má vontade. — Você é a engenheira. Ajude-nos a salvar tudo dessa coisa que vai ser útil. Qualquer coisa que possamos usar para aquecimento ou luz. Qualquer suprimento aqui na cabine. — Um reconhecimento tácito de que todo o equipamento que ele havia *planejado* usar para construir seu admirável mundo novo tinha se perdido para ele, junto com o grosso de seus seguidores, lá na entrada da atmosfera.

— Estou captando leituras de fora — relatou Tevik, depois de fazer uma gambiarra no console apenas com uma das mãos. — A temperatura está seis acima do padrão da nave, a atmosfera é de cinco por cento de oxigênio acima do padrão da nave. Nada venenoso.

— Risco biológico? — perguntou Nessel a ele.

— Quem sabe? O que posso dizer, no entanto, é que nós temos precisamente um traje vedado para todos nós, porque o resto estava no porão quando ele explodiu. E sem os depuradores funcionando, meu mostrador aqui diz que temos cerca de duas horas de ar respirável no máximo.

Todos ficaram em silêncio por um tempo depois disso, pensando em vírus assassinos, bactérias comedoras de carne, esporos de fungos.

— A comporta de ar vai funcionar manualmente — disse Lain finalmente. Enquanto todo mundo estava pensando na desgraça iminente, ela estivera simplesmente *pensando*. — O kit médico pode fazer uma análise sobre o conteúdo microbiano do ar. Se for algo alienígena, estamos fodidos, porque ele não vai saber o que fazer com isso, mas este é um mundo terraformado, então qualquer organismo lá fora deve ser do estilo da Terra, esperamos. Alguém precisa sair e fazer uma varredura com ele.

— Você se voluntaria? — perguntou Scoles com acidez.

— Claro que sim.

— Você não. Bales, vista-se. — Ele cutucou a outra mulher amotinada, que acenou com a cabeça severamente, lançando um olhar maligno para Lain.

— Você sabe como operar o analista médico? — perguntou Lain.

— Eu era assistente de um clínico, então sei melhor do que você — respondeu Bales asperamente, e Holsten lembrou que havia sido ela quem cuidara da mão de Tevik.

Eles a enfiaram no traje, com dificuldade: não era um traje rígido como o usado pelo destacamento de segurança, apenas um traje de peça única branco com nervuras que pendia frouxo no seu corpo, pois não precisariam pressurizá-lo. O capacete tinha uma seleção de viseiras para se proteger contra qualquer coisa, desde poeira abrasiva até o clarão incandescente do sol, e câmeras e *heads-up displays* suficientes para permitir que o usuário corresse por aí até de olhos vendados, se necessário. Trabalhando pacientemente, Nessel conectou o scanner médico aos sistemas do traje, e Lain conseguiu utilizar a energia de emergência para ressuscitar uma das pequenas telas na cabine e receber as imagens da câmera de Bales. Ninguém disse nada sobre a vasta gama de perigos desconhecidos que poderia estar esperando por essa mulher e para os quais seu traje poderia não ter sido projetado.

Scoles abriu a comporta e a fechou atrás dela. Sem energia nas portas, ela teria de fazer o resto sozinha.

Eles ficaram observando através das lentes dela enquanto ela abria a porta externa, e depois disso a escuridão da câmara de descompressão foi substituída por um brilho âmbar fraco, o ponto de vista da câmera balançando descontroladamente durante a descida de

Bales pela escotilha. Quando seu ponto de vista estabilizou, a cena revelada parecia uma visão do inferno: enegrecida, fumegante, com uma parte ainda em chamas, as lâmpadas externas de emergência iluminando o ar sufocado numa névoa amarelada doentia.

— É uma terra devastada — comentou alguém, e então Bales parou de olhar para trás, para o sulco carbonizado que a cabine do transporte havia escavado no solo, e voltou suas lentes e seus olhos para a floresta.

Verde, foi o primeiro pensamento inconsciente de Holsten. Na verdade, era principalmente uma escuridão sombreada, mas ele se lembrou de como o planeta parecia visto da órbita, e era aquilo: aquela grande faixa verdejante que cobria a maior parte das regiões tropical e temperada. Examinou suas memórias da Terra: a Terra distante e envenenada. Quando sua geração chegou, já não havia mais nada assim, nenhuma confusão de árvores altas, estendendo-se e formando um espaço abobadado com muitos pilares, a partir do buraco estilhaçado que o punho do transporte havia aberto. Aquilo era *vida*, e só agora Holsten percebia que nunca tinha realmente visto vida na Terra, do jeito que deveria ser. O lar do qual ele se lembrava era apenas um toco moribundo e queimado, mas *aquilo*... Suavemente, de modo quase imperceptível, Holsten sentiu algo se quebrando dentro dele.

— Parece melhor que o interior da *Gil*. — Nessel arriscou uma opinião.

— Mas é seguro? — pressionou Lain.

— Mais seguro que sufocar aqui, você quer dizer? — perguntou Tevik ironicamente. — De qualquer forma, o scanner médico está funcionando. Coletando amostragem agora, diz aqui.

— ... me ouvindo...? — veio uma voz fraca de seu console, e ele deu um pulo.

— As comunicações estão fritas — disse Lain lacônica. — Mas há muita porcaria aqui que pode ser reaproveitada como receptor. Acho que ainda não vamos conseguir responder.

— ... saber se vocês estão captando isso... — A voz de Bales entrava e saía do território do audível. — Não acredito que nós estamos...

— Quanto tempo para o scanner? — exigiu saber Scoles.

— Está funcionando — disse Tevik evasivamente. — Já mostra alta contagem microbiana. Reconhece alguns, outros não. Nada definitivamente prejudicial.

— Peguem o kit e estejam prontos para sair assim que tivermos o sinal verde.

— … não estou vendo nenhum sinal de risco biológico… — continuava Bales.

— Dê um *tempo*, poxa — respondeu Tevik, uma reclamação que passou batida. — Tem todo tipo de merda lá fora. Ainda não há sinal amarelo, mas…

Bales deu um grito.

Eles ouviram: diminuto e distante como se fosse uma pessoa minúscula trancada dentro das entranhas da cabine. A visão da câmera de repente oscilou descontroladamente, então Bales parecia estar lutando com o próprio traje.

— Puta que pariu, olha só aquilo! — cuspiu Lain. Holsten tinha apenas uma visão turva de algo espinhoso, de pernas compridas, grudado à bota da mulher. A gritaria continuava, e agora as palavras eram audíveis:

— Me deixem entrar! Por favor!

— Abram a comporta! — gritou Scoles.

— Esperem, não! — disse Tevik. — Escutem, não podemos esvaziar o ar de dentro. Nada está funcionando. O ar lá fora é o ar do planeta. Se houver alguma merda lá, vamos pegar no momento em que abrirmos a porta interna!

— Abram essa porra!

E então Nessel estava puxando a alavanca, empurrando a porta para abri-la. Holsten teve um momento de loucura em que segurou a respiração contra a praga antecipada antes de reconhecer a estupidez do gesto.

Bem, agora todos nós pegamos.

— Peguem as armas. Peguem o equipamento. Estamos aqui agora, e ou sobrevivemos lá fora ou morremos aqui dentro — disparou Scoles. — Todos para fora, e rápido!

Nessel já estava empurrando a porta externa, destruindo a pequena ilusão de segurança deles. Além dela estava o mundo real.

Eles começaram a ouvir Bales gritando assim que a porta externa foi aberta. A mulher estava deitada no chão do lado de fora, esmagando ambas as mãos contra o traje, chutando e se debatendo como se assediada por um agressor invisível. Todos, exceto Holsten e Tevik, pularam para ajudá-la, tentando fazer com que se controlasse. Eles estavam gritando o nome dela agora, mas ela não se dava conta, se debatendo contra eles, depois tentando arrancar o capacete como se estivesse sufocando. Um pé era um farrapo vermelho (parecia semidecepado), a perna do traje cortada com uma precisão estranha.

Foi Nessel quem soltou a trava e arrancou o capacete de Bales, mas a gritaria já havia se transformado em um som líquido assustador antes disso, e o que saiu primeiro, depois de quebrado o selo de vedação, foi sangue.

A cabeça de Bales tombou para o lado, olhos arregalados, boca aberta, o vermelho escorrendo. Alguma coisa se movia em sua garganta. Holsten a avistou no momento em que todos os demais recuaram de repente: uma cabeça subindo da ruína da garganta da mulher, lâminas gêmeas brandidas para eles sob um par de antenas tortas que respingavam gotas de Bales para a esquerda e para a direita enquanto brincavam e dançavam.

Então Scoles gritou e chutou loucamente, mandando algo para longe de si, e Holsten viu que o solo ao redor deles estava forrado de formigas, dezenas de formigas, cada uma do tamanho de sua mão. Os macacos podiam ser apenas uma lembrança do Antigo Império, mas as aranhas e as formigas haviam acompanhado a humanidade aos confins da Terra, e agora estavam ali, esperando naquele mundo distante. Na luz fraca e bruxuleante lançada pelo fogo, os insetos haviam passado despercebidos, mas agora ele os via em todos os lugares para onde olhava. Mais deles estavam cortando o traje de Bales para poder sair, cada cabeça emergente acompanhada por uma mancha de sangue grosso das feridas que as coisas tinham esculpido nela.

Scoles começou a atirar.

Ele estava calmo, ridiculamente calmo, enquanto apontava sua pistola para escolher cada alvo com cuidado, mas ainda assim só conseguia acertar um de cada dois, incapaz de rastrear os movimentos rápidos e aleatórios dos insetos. Era uma esperança vã. Em todos os lugares para onde Holsten olhava no solo havia formigas, não um vasto tapete delas, mas ainda assim dezenas, e estavam convergindo para seus visitantes.

— Entrem! — gritou Tevik. — Para dentro, agora, todos vocês! — E caiu com um grito, rolando, puxando a coxa onde um inseto se agarrava, suas mandíbulas de tesoura cravadas nele, cauda enrolando-se embaixo do corpo para ferroar e ferroar. Nessel e Lain empurraram Holsten, quase o derrubando da escotilha na pressa de voltar. Scoles estava logo atrás deles, empurrando Tevik para a frente e, em seguida, se atrapalhando para colocar freneticamente mais um clipe em sua arma. O amotinado restante estava tentando arrastar Bales atrás deles.

— Deixe ela aí — gritou Scoles para ele, mas o homem não parecia ouvir. As formigas já estavam rastejando sobre ele, e mesmo assim ele continuava carregando o peso em farrapos que era Bales, tão cegamente obstinado quanto os próprios insetos.

Lain havia arrancado a formiga de Tevik, mas a cabeça do inseto ficou para trás, ainda presa, e a perna do homem estava visivelmente inchando onde a picada havia perfurado seu traje espacial. Ele estava gritando, e agora o homem lá fora estava gritando também; Scoles estava tentando forçar o fechamento da câmara de descompressão, mas já havia formigas lá dentro com eles, correndo nos confins fechados da cabine, em busca de novas vítimas.

Holsten se agachou perto de Tevik, tentando tirar a cabeça da formiga da perna dele e ciente de que suas costelas deveriam estar reclamando ruidosamente naquele momento. No final, ele teve de retirá-la com alicates, enquanto Tevik se contorcia no chão; os analgésicos emergenciais não faziam jus à tarefa.

Segurando a cabeça, Holsten olhou para ela. As mandíbulas ensanguentadas pareciam estranhamente pesadas, metálicas.

Scoles tinha conseguido fechar a comporta de ar e ele, Nessel e Lain estavam pisando em todos os insetos que encontravam, enquanto a cabine se enchia lentamente de um fedor acre de seus corpos esmagados. Holsten olhou assim que avistaram mais uma formiga nos consoles.

— Não destrua os eletrônicos — advertiu Lain. — Podemos precisar... Isso foi uma chama?

Houve um breve clarão e uma minúscula chama no abdômen da formiga, que estava se dirigindo agressivamente para eles.

Mirando foi a palavra que veio à mente de Holsten.

Então aquela ponta da cabine pegou fogo.

A tripulação recuou do repentino jato de chamas que pulverizou produtos químicos flamejantes em todo o espaço confinado. Nessel caiu sobre Holsten e Tevik, batendo em seu braço. De repente havia uma linha de fogo entre eles e a câmara de descompressão, subindo absurdamente, parecendo queimar mais feroz e mais rápido do que poderia ser possível. E a formiga ainda estava jorrando aquilo; agora os plásticos dos consoles estavam derretendo, enchendo o ar de vapores sufocantes.

Lain cambaleou para trás, tossindo, e deu um tapa num dos painéis, em busca de uma liberação de emergência. Holsten percebeu que ela estava tentando abrir as venezianas do porão de carga... ou de onde o porão havia estado antes. Um momento depois, a parede traseira da cabine se abriu para um espaço aberto e Lain quase caiu por ele.

Scoles e Nessel saíram direto com Tevik entre eles, e Lain puxou Holsten sob as axilas e o ajudou a seguir.

— As formigas... — ele conseguiu dizer.

Scoles já estava olhando ao redor, mas de alguma maneira o grande número de insetos que eles tinham visto antes parecia ter se desintegrado nos poucos momentos em que estiveram lá dentro. No lugar da coalescência proposital de uma horda de insetos, havia agora apenas pequenos nós de insetos lutando por toda parte, voltando-se uns contra os outros ou apenas vagando inexpressivamente. Pareciam ter perdido todo o interesse no transporte. Muitos estavam voltando para as árvores.

— Nós as envenenamos ou algo assim? — perguntou Scoles, pisando na formiga mais próxima por via das dúvidas.

— Não faço ideia. Talvez as tenhamos matado com nossos germes. — Lain desabou ao lado de Holsten. — E agora, chefe? A maioria dos nossos kits está pegando fogo.

Scoles olhou em volta com o olhar perplexo e zangado de um homem que perdeu o controle dos últimos fragmentos de seu próprio destino.

— Nós... — começou ele, mas nenhum plano veio depois daquela palavra.

— Vejam — disse Nessel baixinho.

Havia algo se aproximando pela linha das árvores, algo que não era uma formiga: maior e com mais patas. Estava olhando para eles; não havia outra maneira de dizer. Tinha enormes orbes escuros, como as órbitas de uma caveira, e se aproximava em movimentos repentinos, um rastejar ligeiro, então parou e voltou a observá-los.

Era uma aranha, uma aranha monstruosa semelhante a uma mão torta e eriçada. Holsten olhou para seu corpo áspero e peludo, suas patas abertas, as presas em forma de gancho curvadas abaixo dela. Quando o olhar dele se desviou para os dois grandes olhos que compunham tanto de sua frente, ele sentiu um choque insuportável de conexão, como se tivesse invadido um território que antes só tinha compartilhado com outro ser humano.

Scoles apontou sua pistola, com a mão trêmula.

— Como na gravação do drone — disse Lain devagar. — Puta que pariu, é do tamanho do meu *braço*.

— Por que essa coisa está nos observando? — quis saber Nessel.

Scoles soltou um palavrão, então a arma retumbou em sua mão, e Holsten viu o monstro agachado girar de repente num surto repentino de membros em convulsão. A expressão do líder dos amotinados estava lentamente se transformando em desespero: o olhar de um homem que, ao que parecia, em seguida viraria a arma contra si mesmo.

— O que estou ouvindo? — perguntou Nessel.

Holsten tinha de algum modo apenas pensado que era um eco sustentado do disparo, mas agora percebia que havia algo mais, algo como um trovão. Olhou para cima.

Ele não conseguia acreditar no que estava vendo. Havia uma forma no céu. Ela crescia diante de seus olhos, descendo lentamente em direção a eles. Um momento depois, uma onda brilhante de luz saiu dela, iluminando todo o local do acidente com seu brilho pálido.

— O transporte do Karst — disse Lain sem fôlego. — Nunca pensei que ficaria feliz em vê-lo.

Holsten olhou para Scoles. O homem estava olhando para o veículo que descia, e quem poderia adivinhar que pensamentos amargos e desesperados estavam passando por sua cabeça?

O transporte chegou a cerca de três metros do solo, manobrou um pouco e então escolheu um local de pouso um pouco além da cicatriz devastada que a aterrissagem forçada da cabine havia criado. A escotilha lateral foi se abrindo ainda durante a descida, e Holsten viu um trio de figuras em armaduras do pessoal da segurança, dois deles com rifles já apontados.

— Largue a arma! — gritou a voz amplificada de Karst. — Renda-se e largue a arma! Preparem-se para ser evacuados.

Scoles tinha as mãos trêmulas e lágrimas nos cantos dos olhos, mas Nessel colocou a mão em seu braço.

— Acabou — disse a ele. — Terminamos aqui. Não sobrou nada para nós. Sinto muito, Scoles.

O líder dos amotinados deu uma última olhada ao redor para a floresta imensa que não parecia mais tão maravilhosamente vibrante, verde e semelhante à Terra. As sombras pareciam se aglomerar com olhos invisíveis, com movimentos quitinosos.

Ele largou a pistola com nojo, um homem cujos sonhos haviam se estilhaçado.

— Ok, Lain, Mason, venham para cá antes. Quero conferir se vocês estão bem.

Lain não hesitou, e Holsten cambaleou atrás dela, sentindo apenas uma leve sensação de dor entorpecida, mas ainda tendo de se esforçar tanto para respirar quanto para andar, estranhamente desconectado do próprio corpo.

— Entrem — disse Karst a eles.

Lain fez uma pausa na escotilha.

— Obrigada — disse ela, sem a zombaria costumeira.

— Você acha que eu a deixaria aqui? — perguntou Karst a ela, o visor ainda olhando para fora.

— Pensei que Guyen pudesse.

— Isso é o que ele queria que eles pensassem.

Lain não parecia convencida, mas ajudou Holsten a subir atrás dela.

— Vamos, pegue seus prisioneiros e vamos sair daqui.

— Sem prisioneiros — afirmou Karst.

— O quê? — perguntou Holsten, e então os homens de Karst começaram a atirar.

Ambos tinham tomado Scoles como seu primeiro alvo, e o líder dos amotinados caiu instantaneamente com apenas um grito. Então eles estavam virando suas armas contra os outros dois... Holsten investiu contra eles, gritando, exigindo que eles parassem.

— O que estão fazendo?

— Ordens. — Karst o empurrou de volta. Holsten teve um vislumbre rodopiante de Tevik e Nessel tentando colocar a cabine destruída entre eles e os rifles. O piloto amotinado caiu, lutou para ficar de pé, segurando a perna machucada, e então estremeceu quando um dos seguranças o baleou.

Nessel conseguiu chegar até a linha das árvores e desapareceu na escuridão mais profunda. Holsten ficou olhando para ela, sentindo um horror cada vez maior.

Eu preferiria levar um tiro? Certamente que sim. Mas ninguém o estava forçando a fazer essa escolha.

— Precisamos recuperá-la, viva — insistiu ele. — Ela é... valiosa. É uma estudiosa, ela tem...

— Sem prisioneiros. Sem líderes para um motim futuro — disse Karst a ele com um dar de ombros. — E sua mulher lá em cima não se importa, contanto que não haja interferência em seu precioso planeta.

Holsten piscou.

— Kern?

— Estamos aqui para limpar a bagunça para ela — confirmou Karst. — Ela está ouvindo agora. Está com o dedo no interruptor de todos os nossos sistemas. Então aqui é entrar e sair.

— Vocês barganharam com Kern para vir nos pegar? — quis esclarecer Lain.

Karst deu de ombros.

— Ela queria vocês fora de cena aqui. Nós queríamos vocês de volta. Fechamos um acordo. Mas precisamos ir agora.

— Você não pode... — Holsten olhou pela escotilha para a floresta profunda além. *Chamar Nessel de volta só para executá-la?* Ele se acalmou, percebendo apenas que, no fundo, estava simplesmente feliz por estar a salvo.

— Então, Kern — chamou Karst —, e agora? Eu não estou com muita vontade de entrar *naquilo* ali para pegá-la, e acho que isso só envolveria mais daquela interferência que você não quer.

Os tons curtos e hostis de Avrana Kern saíram do painel de comunicações.

— Sua ineficiência é notável.

— Tanto faz — grunhiu Karst. — Estamos voltando à órbita, certo? Tudo bem?

— Parece a opção menos indesejável a esta altura — concordou Kern, ainda soando enojada. — Partam agora, e eu vou destruir a embarcação acidentada.

— A...? Ela consegue *fazer* isso? — sibilou Lain. — Você quer dizer que ela poderia ter...

— É uma espécie de tiro único. Ela colocou nosso drone lá em cima sob seu controle — explicou Karst. — Ela vai jogá-lo em cima do veículo ali e em seguida provocar algum tipo de detonação controlada de seu reator: queimar os destroços sem devastar toda a área. Não quer seus preciosos macacos brincando com brinquedos de adultos ou algo assim.

— Sim, bem, não vimos porra de macaco nenhum — murmurou Lain. — Vamos sair daqui.

3.10 GIGANTES NA TERRA

Portia examina a criatura enquanto ela dorme.

Ela não chegou a tempo de ver nenhum dos incríveis e inexplicáveis eventos que deixaram uma grande cicatriz ardente na face do seu mundo: os incêndios que ainda estão queimando, apesar dos melhores esforços das formigas para contê-los. De outras de sua espécie ela ouviu uma versão distorcida dos eventos, minada pela incapacidade das contadoras de compreender o que testemunharam.

No entanto, tudo será lembrado ao longo das gerações que estão por vir. Este Entendimento, este contato com o desconhecido, será um dos eventos mais analisados e reinterpretados de todas as histórias de sua espécie.

Algo caiu do céu. Não era a Mensageira, que claramente retém seu circuito regular dos céus, mas, na mente de Portia e sua espécie, ela parece ligada àquele ponto que orbitava. É uma promessa de que os céus hospedam mais de uma estrela móvel, e de que até mesmo estrelas podem cair. Algumas levantam a hipótese de que fosse um arauto ou precursor, uma mensagem da Mensageira, e de que, se seu significado puder ser interpretado, então a Mensageira terá novas lições para ensinar. Ao longo das gerações, essa visão (a de que um teste foi estabelecido além da manipulação pura e simples de números) ganhará popularidade, ao mesmo tempo que será vista como uma espécie de heresia.

Mas os eventos propriamente ditos parecem indiscutíveis. Algo caiu, e agora é uma casca enegrecida de metais e outros materiais desconhecidos que desafiam a análise. Outra coisa veio para a terra e depois voltou para o céu. Mais crucialmente, eram coisas vivas. Houve gigantes que vieram do céu.

Elas estavam lutando contra batedoras da colônia de formigas quando o pessoal de Portia os viu pela primeira vez. Então, quando as batedoras já tinham sido mortas ou convertidas, os gigantes mataram alguém do próprio povo de Portia: um dos assistentes de Bianca. Depois que eles partiram, deixaram alguns corpos de sua própria espécie, alguns mortos pelas formigas, outros por feridas misteriosas. Um trabalho rápido da equipe de Bianca removeu esses restos mortais da cena com uma rapidez afortunada, dada a explosão que ocorreu logo depois, encerrando qualquer investigação útil e matando um punhado adicional dos machos de Bianca.

Na hora, ninguém percebeu que uma das criaturas estelares permaneceu viva e penetrou na floresta.

Agora Portia examina a coisa, que parece dormir. A forma de um ser humano não desperta nenhuma lembrança ancestral nela. Ainda que seus antecedentes distantes tivessem quaisquer memórias para passar adiante, a sua pequena amplitude de visão de buraco de fechadura teria sido incapaz de apreciar a escala de algo tão grande. A própria Portia está tendo dificuldades: o tamanho e o volume deste monstro alienígena a fazem parar para pensar.

A criatura já matou dois de sua espécie, quando os encontrou. Eles tentaram se aproximar, e a coisa os tinha atacado à primeira vista. Mordê-la surtiu pouco ou nenhum efeito: sendo projetado para uso contra aranhas, o veneno de Portia tem efeito limitado contra vertebrados.

Se fosse apenas uma besta gigantesca e monstruosa, então capturá-la e matá-la seria relativamente simples, deduz Portia. Se o pior acontecesse, elas poderiam simplesmente mandar as formigas para cima dela, já que estão, obviamente, mais que à altura da tarefa. Mas o significado místico dessa criatura exige uma ponderação diferente. Ela veio do céu, portanto, da Mensageira. Não é uma ameaça a ser enfrentada, mas um mistério a ser desvendado.

Portia sente o tremor do destino sob seus pés. Ela tem a sensação de que tudo o que é passado e tudo o que está por vir estão equilibrados neste momento, o ponto de apoio em repouso dentro dela mesma.

Este momento é de um significado divino. Ali, em sua forma de vida monstruosa, está alguma parte da mensagem da Mensageira.

Elas vão aprisioná-la. Vão capturá-la e trazê-la de volta para o Grande Ninho, usando todos os artifícios e a astúcia ao seu alcance. Elas encontrarão uma maneira de desvendar seu segredo.

Portia olha para cima: a copa da floresta mantém as estrelas longe de sua vista, mas ela está bem ciente delas, tanto as constelações fixas que giram lentamente ao longo do arco do ano como a centelha rápida da Mensageira na escuridão. Pensa nelas como um direito de nascença de seu povo, se seu povo puder entender o que está sendo dito.

Sua espécie obteve uma grande vitória sobre as formigas, transformando inimigas em aliadas, revertendo a maré da guerra. Dali em diante, colônia após colônia cairá perante elas. Certamente foi em reconhecimento disso, em recompensa por sua inteligência, sua resistência e seu sucesso, que a Mensageira lhes enviou esse sinal.

Com seu corpo vibrando com o destino manifesto, Portia agora planeja a captura de seu prêmio colossal.

3.11 A ILHA GULAG

Da sala de comunicações, Holsten observou o último transporte partir para a base da lua, carregando sua carga humana inconsciente.

O plano de Guyen era simples. Uma tripulação ativa de cinquenta pessoas tinha sido acordada e informada sobre o que era esperado (ou talvez exigido) delas. A base estava pronta para eles: tudo fora construído pelos automáticos durante o último longo sono da *Gilgamesh*, testado e considerado adequado para habitação. Seria tarefa da equipe mantê-la funcionando e operacional, de modo a torná-la um novo lar para a raça humana.

Eles teriam outros duzentos em suspensão, prontos para serem convocados quando precisassem: para substituir perdas ou, mais esperançosamente, para expandir sua população ativa quando a base estivesse pronta para eles. Eles teriam filhos. Seus filhos herdariam o que eles haviam construído.

Em algum momento no futuro, gerações depois, antecipava-se o retorno da *Gilgamesh* de sua longa viagem para o próximo projeto de terraformação, esperando-se que trouxessem uma carga de tecnologia pirateada do Antigo Império que, como Guyen disse, tornaria a vida de todos muito mais fácil.

Ou permitiria que ele montasse um ataque ao satélite de Kern e reivindicasse seu planeta, pensou Holsten, e certamente ele não era o único a pensar assim, embora ninguém dissesse isso em voz alta.

Se a *Gilgamesh* não retornasse (se, digamos, o próximo sistema tivesse um guardião mais agressivo que Kern, ou algum outro acidente acontecesse à nave-arca), então a colônia da lua teria simplesmente que...

"Gerenciar" foi a palavra que Guyen usou. Ninguém estava acreditando nisso. Ninguém queria pensar na gama limitada de destinos possíveis para uma partícula de poeira humana na vasta face do cosmos.

A recém-nomeada líder dos colonos não era outro Scoles, certamente. A mulher intrépida ouviu suas ordens com aceitação amarga. Olhando para o rosto dela, Holsten disse a si mesmo que podia ver um desespero terrível e sombrio escondido em seus olhos. O que ela estava recebendo, afinal? Na pior das hipóteses, uma sentença de morte; na melhor, uma sentença de prisão perpétua. Um período penal imerecido que seus filhos herdariam direto do útero.

Ele se assustou quando alguém deu um tapinha em seu ombro: Lain. Os dois, junto com Karst e sua equipe, só tinham saído da quarentena recentemente. A única coisa boa advinda de toda a excursão condenada de Scoles ao planeta foi que não parecia haver nenhuma bactéria ou vírus inativo lá que representasse um perigo imediato para a saúde humana. E por que haveria? Como Lain havia apontado, não parecia haver qualquer coisa humana lá embaixo para incubá-los.

— Hora de dormir — disse a engenheira. — O último transporte saiu, então estamos prontos para partir. Você vai querer entrar em suspensão antes de pararmos a rotação. Até que aumentemos a aceleração, a gravidade vai estar em todo lugar.

— E você?

— Eu sou a engenheira-chefe. Eu tenho que trabalhar durante esse tempo todo, velhote.

— Pegando no meu pé.

— Cale a boca.

Enquanto ela o ajudava a se levantar da cadeira, ele sentiu suas costelas reclamarem. Tinha sido informado de que a câmara de suspensão cuidaria para que se curasse bem enquanto dormia, e ele torcia fervorosamente para que fosse verdade.

— Anime-se — disse Lain. — Haverá um grande baú de tesouro cheio de quinquilharias ancestrais para você quando acordar. Vai ficar igual a uma criança com brinquedos novos.

— Não se Guyen puder impedir — resmungou Holsten. Ele deu uma última olhada nas telas de exibição, no orbe frio e pálido da lua-

-prisão... lua-*colônia*, corrigiu-se. Seu pensamento indigno foi: *Antes vocês do que eu.*

Apoiando-se um pouco em Lain, ele caminhou cuidadosamente pelo corredor em direção ao quarto de dormir da tripulação principal.

3.12 UMA VOZ NO DESERTO

A gigante caída havia morrido, é claro, mas levou muito tempo. Até então, ela (Portia e suas parentes achavam difícil conceber aquela criatura como qualquer outra coisa que não fosse "ela") havia vivido em cativeiro, comendo aquela seleção limitada de alimentos que estava disposta a consumir, olhando através das paredes cor de névoa que a mantinham ali dentro, olhando para a parte superior aberta de seu cercado, onde as estudiosas se reuniam para observá-la.

Os gigantes mortos foram dissecados e considerados essencialmente idênticos aos ratos em quase todas as estruturas internas, exceto por uma diferença de proporção nos membros e em certos órgãos. O estudo comparativo confirmou a hipótese delas de que o gigante vivo era provavelmente uma fêmea, pelo menos em comparação com seus primos endoesqueléticos menores.

O debate sobre seu propósito e seu significado (sobre a lição que a chegada de tal prodígio tinha como objetivo ensinar) durou gerações, ao longo de toda a extensa vida da criatura e mais além. Seu comportamento era estranho e complexo, mas ela parecia muda, não produzindo nenhum tipo de gesto ou vibração que pudesse ser considerado uma tentativa de falar. Houve quem notasse que, quando ela abria e fechava a boca, uma teia habilmente projetada podia captar um murmúrio curioso, o mesmo que poderia ser sentido quando objetos se chocavam. Era uma vibração que viajava pelo ar, em vez de por um fio de teia ou pelo solo. Por algum tempo, aventou-se a hipótese de que seria um meio de comunicação, o que provocou muitos debates inteligentes, mas no fim o absurdo dessa ideia foi reconhecido. Afinal, usar o mesmo orifício para comer *e* se comunicar era algo claramente muito ineficiente. As aranhas não são exatamente surdas, mas sua audição está profundamente ligada ao seu senso de toque e vibração. Os enunciados da gigante, todas as frequências da fala humana, não são nem sussurros para elas.

De qualquer maneira, as vibrações aerotransportadas diminuíram cada vez mais durante o cativeiro da coisa, e ela acabou parando de produzi-las. Houve quem sugerisse que isso significava que a criatura havia se resignado ao seu cativeiro.

Duas gerações depois de ter sido capturada, quando os eventos que cercavam sua chegada já haviam se transformado em algo semelhante à teologia, uma atendente notou que a gigante estava movendo suas extremidades, as subpatas hábeis com as quais costumava manipular objetos, de uma maneira imitativa da sinalização de palpos, como se estivesse tentando reproduzir a fala visual básica das aranhas. Houve uma nova onda de interesse e muitas visitas de outros ninhos e trocas de Entendimentos para iluminar as gerações futuras. Um número suficiente de experimentações sugeriu que a gigante não estava apenas copiando o que via, mas poderia associar significado com certos símbolos, o que lhe permitia pedir comida e água. As tentativas de comunicação em um nível mais sofisticado foram frustradas por sua incapacidade de aproximar ou compreender mais do que alguns símbolos muito simples.

As estudiosas perplexas, valendo-se dos anos acumulados de estudo de sua espécie, concluíram que a gigante era uma criatura simples, provavelmente projetada para realizar trabalho adequado para algo com seus imensos tamanho e força, mas não mais inteligente que um besouro *Paussinae* ou uma cuspidora, talvez até menos.

Pouco depois, a gigante morreu, aparentemente de alguma enfermidade. Seu corpo, por sua vez, foi dissecado, estudado e comparado com os Entendimentos geneticamente codificados resultantes de exames dos gigantes mortos originais de gerações anteriores.

A especulação quanto ao seu propósito original e à sua conexão com a Mensageira continuou, e a teoria mais comum era a de que a Mensageira era servida no céu por uma espécie de gigantes desse tipo, que realizavam as tarefas necessárias para ela. Portanto, ao enviar seus emissários idiotas tantos anos atrás, provavelmente havia a intenção de alguma forma de aprovação. A herança de Entendimentos colocava uma espécie de freio na capacidade das aranhas de mitificar sua própria história, mas a correlação de sua vitória sobre as formigas com a chegada dos gigantes já havia se tornado muito bem aceita.

No entanto, quando essa última gigante morreu, o mundo da teologia portiana já estava sendo abalado por outra revelação.

Havia uma segunda Mensageira.

Naquela época, a guerra com as formigas havia acabado muito tempo antes. A estratégia dos *Paussinae* fora processada com sucesso contra colônia após colônia até que as aranhas reduziram a influência dos insetos de volta ao seu território original, onde outrora uma Portia ancestral havia invadido o templo deles, roubado seu ídolo e, sem saber, levado a palavra da Mensageira para seu próprio povo.

As estudiosas da espécie de Portia haviam feito questão de não reprogramar a colônia de formigas, como tinham feito com seus vários destacamentos e forças expedicionárias, porque, ao fazer isso, suas habilidades exclusivas seriam perdidas, e as aranhas não eram cegas para os avanços que o desenvolvimento da colônia havia desbloqueado. Então, por muitos anos, campanhas complexas haviam sido executadas (com algum custo considerável em vidas) até que a colônia de formigas fosse manobrada para uma posição em que a cooperação com suas vizinhas aranhas se tornasse o curso mais benéfico de ação, e a partir dali a colônia de formigas passou, sem amargura ou ressentimento, de um inimigo implacável a um aliado obediente.

As aranhas foram rápidas em experimentar os usos de vidro e metal. Como eram criaturas de visão aguçada, seus estudos sobre luz, refração e ótica se seguiram rapidamente. Elas aprenderam a usar vidro cuidadosamente manufaturado para estender o alcance de sua visão para o micro e o macroscópico. A geração mais velha de estudiosas passou a tocha perfeitamente para uma nova geração de cientistas, que voltaram seus recém-aumentados olhos para o céu noturno e viram a Mensageira em maior detalhe, e viram além.

No início, acreditava-se que a nova mensagem vinha da própria Mensageira, mas as astrônomas rapidamente deixaram essa ideia de lado. Trabalhando com as sacerdotisas do templo, elas descobriram que agora havia outro ponto móvel no céu que podia falar, e que seu movimento era mais lento e curiosamente irregular.

Lentamente, as aranhas começaram a construir uma imagem de seu sistema solar em referência a sua própria casa, sua lua e sua Mensageira, o sol, e aquele planeta externo que possuía seu próprio corpo orbital, que enviava um sinal separado.

O único problema com essa segunda mensagem é que ela era incompreensível. Ao contrário das sequências numéricas normais e abstratamente belas que haviam se tornado o coração de sua religião, a nova mensageira transmitia apenas o caos: bobagens sem sentido, sempre mudando, se alterando. Sacerdotisas e cientistas ouviam seus padrões, registravam-nos em sua notação complexa de pontos e nós, mas não conseguiam extrair nenhum significado deles. Anos de estudo infrutífero resultaram na sensação de que essa nova fonte de sinal era alguma antítese da Mensageira propriamente dita, alguma fonte quase malévola de entropia em vez de ordem. Na ausência de mais informações, todos os tipos de intenções curiosas foram creditados a ela.

Então, alguns anos depois, o segundo sinal deixou de variar e se fechou numa única transmissão repetida, indefinidamente, e isso levou novamente a uma torrente de especulações entre o que, àquela altura, havia se tornado uma comunidade global informal de sacerdotisas-cientistas. O sinal era repetidamente analisado na busca de significado, pois certamente uma mensagem repetida inúmeras vezes devia ser importante.

Houve uma curiosa escola de pensamento que detectou algum tipo de necessidade no sinal, e fantasiava de um modo singular que, lá fora, através do espaço impensável entre seu mundo e a fonte dessa segunda mensagem, algo perdido e desesperado estava pedindo ajuda.

Então chegou o dia em que o sinal deixou de existir, e as aranhas confusas ficaram olhando fixamente para o céu de repente empobrecido, mas incapazes de entender por quê.

4

ESCLARECIMENTO

4.1 A CAVERNA DAS MARAVILHAS

Quando criança, Holsten Mason era louco pelo espaço. A exploração da órbita da Terra já estava em andamento havia um século e meio, e uma geração de astronautas vinha invadindo as colônias caídas, desde a base lunar até as luas gigantes gasosas. Ele havia mergulhado em reconstruções dramáticas de audaciosos exploradores entrando em perigosas ruínas de estações espaciais, evitando os sistemas automatizados restantes para pilhar tecnologia e dados dos computadores antigos queimados. Tinha visto gravações legítimas das expedições na vida real, muitas vezes perturbadoras, muitas vezes interrompidas repentinamente. Lembrava-se, quando não tinha mais de dez anos de idade, de ver a lanterna de um capacete iluminar o cadáver ressequido a vácuo de um astronauta com milênios de idade.

Quando chegou à idade adulta, seu interesse havia migrado de volta no tempo, daqueles corajosos pioneiros coletores à civilização perdida que eles estavam redescobrindo. Aqueles dias de descobertas! Tanta coisa havia sido trazida de volta de órbita, mas tão pouco fora compreendido. Infelizmente, os dias dourados dos classicistas já estavam em declínio quando Holsten começara sua carreira. Ele tinha vivido para ver sua disciplina ser contaminada de forma constante pela desgraça oportunista; havia cada vez menos a ser colhido dos restos e das lascas que o Antigo Império havia deixado para trás, e tornara-se evidente que aqueles ancestrais mortos havia tanto tempo ainda estavam presentes, de uma forma maligna e intangível. O Antigo Império retornava do abismo da história para envenenar inexoravelmente seus filhos. Não era de admirar que o estudo daquele povo intrincado e assassino tivesse perdido gradualmente seu apelo.

Agora, a uma distância inconcebível de sua casa agonizante, Holsten Mason havia recebido o verdadeiro Graal dos classicistas.

Ele estava sentado na sala de comunicações da *Gilgamesh*, completamente cercado pelo passado, transmissão após transmissão preenchendo o espaço virtual da nave-arca com a sabedoria dos antigos. Em sua opinião, eles haviam encontrado ouro.

Ele era um dos poucos membros da tripulação principal capazes de participar de dentro do conforto da própria *Gilgamesh*. Karst e Vitas tinham apanhado um transporte e alguns drones para verificar o planeta de aparência estéril abaixo deles. Lain e seus engenheiros estavam na própria estação semifinalizada, prosseguindo lentamente ao longo de sua extensão compartimentada e registrando tudo o que encontravam. Quando encontravam *hardware* em funcionamento que podiam acessar, enviavam a Holsten os resultados, e ele os decifrava e catalogava quando conseguia, ou colocava de lado para um estudo mais aprofundado quando não conseguia.

Ninguém jamais tivera acesso a uma estação de terraformação do Antigo Império, mesmo que incompleta. Ninguém nunca tivera sequer a certeza de que tal coisa realmente existisse. Ali, na extremidade errada de sua carreira, e na extremidade errada da história da raça humana, Holsten estava finalmente na posição inegável de poder se autodenominar o maior especialista de todos os tempos no Antigo Império.

O pensamento era inebriante, mas seu retrogosto era de depressão desoladora.

Holsten agora possuía um baú do tesouro de comunicações, ficções, manuais técnicos, anúncios e curiosidades em várias línguas imperiais (mas principalmente o Imperial C de Kern) maior que o de qualquer estudioso antes dele desde o final do próprio Império. Tudo o que ele conseguia pensar era que seu próprio povo, uma cultura emergente que havia voltado a se levantar depois do gelo, nada mais era que uma sombra daquela antiga grandeza. Não era simplesmente que a *Gilgamesh* e todos os seus atuais esforços espaciais tivessem sido costurados a partir de peças semicompreendidas e abastardadas da tecnologia vastamente superior do mundo antigo. Era *tudo*: desde o início o seu povo sabia que estava herdando um mundo usado. As ruínas e as relíquias decadentes de um antigo povo estavam por toda parte, sob os pés, sob o solo, no alto das montanhas, imortalizadas em histórias. Descobrir tamanha riqueza de metal morto em órbita dificilmente era uma surpresa, quando toda a história registrada tinha sido um avanço sobre um deserto de ossos quebrados. Não havia nenhuma inovação que os antigos já não tivessem alcançado e feito melhor. Quantos inventores haviam sido relegados à obscuridade histórica porque algum caçador de tesouros posterior tinha descoberto o método superior e mais antigo de atingir o mesmo objetivo? Armas, motores, sistemas políticos, filosofias, fontes de energia... O povo de Holsten havia se considerado sortudo porque alguém tinha construído uma escada tão conveniente de volta da escuridão para o sol da civilização. Eles nunca tinham chegado à percepção de que os degraus levavam apenas a esse único lugar.

Quem sabe o que poderíamos ter alcançado se não tivéssemos ficado tão concentrados em recriar todas as loucuras deles, pensava ele agora. *Poderíamos ter salvado a Terra? Estaríamos vivendo lá agora em nosso próprio planeta verde?*

Todo o conhecimento do universo estava agora ao seu alcance, mas para essa pergunta ele não tinha resposta.

A *Gilgamesh* agora tinha algoritmos de tradução, em grande parte projetados pelo próprio Holsten. Anteriormente, a soma total da palavra escrita dos antigos era tão escassa que a decifração automática tinha sido um infinito conjunto de acertos e erros: ele ainda teria preferido não travar nenhuma conversa com Avrana Kern por meio de uma tradução da *Gilgamesh*, por exemplo. Agora, com uma biblioteca de variedades na ponta dos dedos, os computadores trabalhavam com ele para produzir versões no mínimo cinquenta por cento compreensíveis do Imperial C. Mas a maior parte desse baú do tesouro de conhecimento permanecia bloqueada dentro de línguas antigas. Mesmo com ajuda eletrônica, simplesmente não havia tempo para decodificar tudo, e provavelmente a maior parte apenas não era de interesse para ninguém além dele mesmo. O melhor que podia fazer era ter uma ideia do que cada arquivo separado representava, catalogar para referência futura e, em seguida, passar adiante.

Às vezes, Lain ou o pessoal dela o contatavam com perguntas, principalmente sobre tecnologia que encontravam, mas que parecia não servir a nenhum propósito óbvio. Eles lhe davam termos de pesquisa vagos e o faziam vasculhar seus próprios diretórios em busca de algo que pudesse estar relacionado. Mais frequentemente, sua organização e a riqueza do material acabavam por render algo de útil, e ele partia para o trabalho de tradução do material. O fato de que eles poderiam ter procurado por si mesmos era algo que ele ocasionalmente comentava, mas estava claro que os engenheiros sentiam que percorrer de fato o catálogo de Holsten era bem mais difícil que simplesmente encher o saco dele a esse respeito.

Para ser honesto, ele tinha esperado poder conversar coisas de natureza mais social com Lain, mas, nos quarenta dias que havia passado acordado desta vez, nem mesmo chegara a encontrá-la pessoalmente. Os engenheiros estavam ocupados, na verdade morando lá fora no grande cilindro oco da estação a maior parte do tempo. Eles haviam descongelado e despertado uma tripulação auxiliar de trinta pessoas treinadas da carga para ajudá-los, e ainda havia mais trabalho a ser feito do que eles davam conta de fazer.

Seis pessoas tinham morrido: quatro pelo que tinha sido um sistema de segurança em funcionamento ou um sistema de manutenção com defeito, uma por mau funcionamento do traje e uma por pura falta de jeito, ao conseguir rasgar o traje enquanto tentava acelerar o envio de equipamento através de uma brecha de bordas afiadas na infraestrutura da estação.

Era muito menos do que aquelas primeiras gravações de exploração o teriam levado a esperar, mas também não havia mortos antigos ali, nenhuma sugestão de que aquela instalação tivesse sido vítima dos conflitos internos que derrubaram o Império e todo o seu modo de vida. Os engenheiros de muito tempo atrás tinham simplesmente partido, provavelmente voltando para a Terra quando tudo deu errado. Esse projeto de terraformação que eles tinham começado foi deixado para a misericórdia lenta e indiferente das estrelas.

Poderia ter sido muito pior. Lain disse que o lugar tinha sido envenenado, infectado com algum tipo de praga eletrônica que destruíra o suporte de vida original e grande parte dos sistemas centrais da estação. Mas a *Gilgamesh* acabou se mostrando uma imitação demasiado pobre da tecnologia elegante do Antigo Império. A tecnologia deles havia encontrado um terreno pedregoso, o ataque virtual frustrado por seus sistemas primitivos. Se Kern sabia e os havia enviado para uma armadilha foi um assunto de debate entre todos, exceto o setor de engenharia, que tinha a tarefa de fazer, na base da gambiarra, com que o maior número possível de sistemas da estação revelasse seus segredos.

Um som atrás de Holsten o tirou abruptamente de seu devaneio. Foi um som silencioso e furtivo, e por um momento ele teve um pesadelo repentino com a memória daquele distante mundo verde com seus artrópodes gigantes. Mas não era nenhum monstro: atrás dele estava apenas Guyen.

— Está tudo indo bem, eu espero? — perguntou o comandante da nave-arca, olhando para Holsten como se suspeitasse que ele fosse cometer algum ato desleal. Ele estava mais magro e grisalho agora do que ao deixar a colônia da lua para trás. Enquanto Holsten havia dormido pacificamente, o comandante tinha sido acordado diversas vezes para supervisionar a operação de sua nave. Agora ele olhava para seu classicista-chefe com verdadeira senioridade em idade para corresponder à sua posição.

— Firme e forte — confirmou Holsten, perguntando-se sobre o que seria aquela visita. Guyen não era homem de gentilezas.

— Estava olhando seu catálogo.

Holsten lutou contra a tentação de expressar surpresa com qualquer um fazendo tal coisa, quanto mais Guyen.

— Tenho uma lista de itens que quero ler — disse o comandante.

— Quando for melhor para você, é claro. Os pedidos da engenharia têm precedência.

— Claro. — Holsten inclinou a cabeça para a tela. — Você quer...?

Guyen passou para ele um tablet que exibia meia dúzia de números digitados elegantemente, no formato do sistema de indexação caseiro de Holsten.

— Direto para mim — pressionou ele. Não chegou a dizer de fato: *Não conte a ninguém sobre isso*, mas tudo em seu comportamento sugeria isso.

Holsten assentiu em silêncio. Os números não lhe deram nenhuma sugestão sobre o motivo de tudo aquilo, ou por que precisava ser solicitado pessoalmente.

— Ah, e você pode querer vir ouvir. Vitas vai nos dar as notícias sobre o planeta aqui, e até que ponto a terraformação chegou.

Isso seria bem-vindo, e algo que Holsten vinha esperando impaciente. Ansioso, ele se levantou e foi atrás de Guyen. Chega dos segredos do passado por enquanto. Ele queria ouvir um pouco mais a respeito do presente e do futuro.

4.2 A MORTE VEM A GALOPE

Portia olha para a vasta complexidade interconectada que era o Grande Ninho e vê uma cidade que está começando a morrer.

Nas últimas gerações, a população do Grande Ninho inchou para algo perto de cem mil aranhas adultas e incontáveis (incontadas) jovens. Ele se espalha por vários quilômetros quadrados de floresta, indo da terra às copas das árvores, uma verdadeira metrópole da era das aranhas.

A cidade que Portia vê agora está despovoada. Apesar de o processo de morte ter apenas começado, centenas de fêmeas estão abandonando o Grande Ninho para ir a outras cidades. Outras vão simplesmente se arriscar na vastidão selvagem remanescente, confiando em Entendimentos centenários para recapturar o estilo de vida de suas antigas ancestrais caçadoras. Muitos machos também fugiram. As delicadas estruturas da cidade já estão mostrando algum abandono, visto que a manutenção básica foi desconsiderada.

A praga está chegando.

Ao norte, um punhado de grandes cidades já está em ruínas. Uma epidemia global está grassando de comunidade em comunidade. Centenas de milhares já morreram por causa dela, e agora o Grande Ninho viu suas primeiras vítimas.

Ela sabe que isso era inevitável, pois esta Portia atual é uma sacerdotisa e uma cientista. Ela tem trabalhado para tentar compreender a doença virulenta e encontrar uma cura.

Ela não entende muito bem por que essa doença teve tamanho impacto. Além de sua natureza altamente contagiosa e sua capacidade de se espalhar por contato (e, de forma menos confiável, pelo ar), a pura concentração de corpos nas cidades do povo de Portia tornou uma infecção fraca e controlável algo mais virulento que a Peste. Essas grandes concentrações de corpos levaram a todas as formas de miséria e problemas de saúde; o povo de Portia estava apenas começando a entender a necessidade de responsabilidade coletiva por esses problemas quando a propagação da praga os pegou de surpresa. Sua forma casual, quase anárquica, de governo não era adequada para tomar o tipo de medidas duras que poderiam ser eficazes.

Outro fator na letalidade da doença é a prática, cada vez mais comum no último século, de fêmeas escolherem machos nascidos dentro de seu próprio grupo como parceiros, numa tentativa de concentrar e controlar a propagação de seus Entendimentos. Essa prática (bem-intencionada e iluminada à sua própria maneira) levou à endogamia que enfraqueceu o sistema imunológico de muitas casas de pares poderosas, o que significava que aquelas que poderiam possuir o poder de agir são muitas vezes as primeiras a contrair a praga quando ela surge. Portia está ciente desse padrão, embora não da causa, e também está ciente de que seu próprio grupo de pares se encaixa bem demais nesse padrão.

Ela está ciente de que existem pequenos animálculos associados à doença, mas suas lentes de aumento não são potentes o bastante para detectar o culpado viral da peste. Ela tem os resultados de experimentos realizados por colegas cientistas de outras cidades, muitas das quais também já morreram da praga. Algumas até chegaram a uma teoria de vacinação, mas o sistema imunológico do povo de Portia não é a máquina eficiente e adaptativa da qual os humanos e outros mamíferos podem se gabar. A exposição a um contágio simplesmente não os prepara para infecções afins posteriores da mesma maneira.

O mundo está desmoronando, e Portia está chocada com quão pouco foi necessário para que isso ocorresse. Nunca tinha percebido que toda a sua civilização era uma entidade tão frágil. Ela ouve as notícias de outras cidades onde a peste já se espalhou. Uma vez que a população começa a cair, por morte e deserção, toda a estrutura da sociedade desmorona rapidamente. O modo de vida elegante e sofisticado que as aranhas construíram para si mesmas sempre esteve por um fio, sobre um grande abismo de barbárie, canibalismo e um retorno aos valores primitivos e selvagens. Afinal, no fundo elas são predadoras.

Ela se retira para o templo, abrindo caminho pela massa de cidadãs que ali se refugiaram, buscando alguma certeza do além. Não são tantas quanto no dia anterior. Portia sabe que não é só porque há menos gente do seu povo na cidade: ela também está ciente de que há uma desilusão que aumenta lentamente com a Mensageira e Sua mensagem. *O que isso nos traz de bom?*, elas perguntam. *Onde está o fogo enviado do céu para eliminar a praga?*

Tocando o cristal com sua caneta de metal, Portia dança com a música da Mensageira que passa por cima de sua cabeça, seus passos complexos descrevendo perfeitamente as equações e suas soluções. Como sempre, ela é preenchida por aquela segurança incomensurável de que algo está lá fora, de que só porque ela não consegue entender algo *agora*, não significa que não pode ser compreendido.

Um dia vou compreender você, é o pensamento dela direcionado para a Mensageira, mas soa vazio agora. Seus dias estão contados. Os dias de todas estão contados.

Ela se descobre entretendo o pensamento herético, *Se ao menos pudéssemos enviar nossa própria mensagem de volta para você*. O templo atua ferozmente contra esse tipo de pensamento, mas não é a primeira vez que Portia considera a ideia. Ela está ciente de que outras cientistas (e até mesmo cientistas-sacerdotisas) têm feito experimentos com alguns meios de reproduzir as vibrações invisíveis pelas quais a mensagem é espalhada. Publicamente, o templo não pode apoiar tal intromissão, é claro, mas as aranhas são uma espécie curiosa, e aquelas que são atraídas para o templo são as mais curiosas de todas. Era inevitável que a flor de estufa da heresia acabasse nutrida pelas próprias guardiãs da ortodoxia.

Neste dia, Portia descobre que acredita que, se elas pudessem de alguma forma falar através desse espaço vasto e vazio com a Mensageira, então ela certamente teria uma resposta para elas, uma cura para a praga. Portia descobre, de forma tão inexorável quanto, que tal diálogo não é possível, que nenhuma resposta virá, portanto, ela deve encontrar sua própria cura antes que seja tarde demais.

Depois do templo, ela retorna para sua casa de pares, uma grande e vasta construção de muitas câmaras pendurada entre três árvores, para se encontrar com um de seus machos.

Desde o início da devastação pela peste, o papel do macho na sociedade das aranhas mudou sutilmente. Tradicionalmente, a melhor coisa na vida para um macho era atrelar sua estrela a uma poderosa fêmea e torcer para que ela cuidasse dele, ou então, para os nascidos com valiosos Entendimentos, se tornar uma mercadoria mimada num harém, pronto para ser negociado ou acasalado como parte dos jogos de poder em constante mudança entre casas de pares. Fora isso, o destino de um macho se resumia a ser uma espécie de subclasse de catadores urbanos constantemente brigando entre si por restos de comida, e sempre em risco sem o patrocínio feminino. Entretanto, eles passaram de uma hoste de inúteis e desnecessários, decorativos e adequados para trabalho servil na melhor das hipóteses, para uma refeição furtiva na pior, a um recurso desesperado em tempos de necessidade. Os machos são menos independentes, menos capazes de se defender sozinhos na selva, então tendem a ficar quando as fêmeas fogem. Se o Grande Ninho e muitas outras cidades continuam funcionando, isso se deve aos muitos machos que tiveram a chance de assumir papéis tradicionalmente femininos. Existem até guerreiros, caçadores e guardas do sexo masculino agora, porque alguém deve assumir o estilingue, o escudo e a granada incendiária, e muitas vezes não há mais ninguém para fazer isso.

Mulheres na posição de Portia há muito tempo escolhem os acompanhantes masculinos que querem, e, embora algumas os mantenham apenas para dançar (literalmente) e agregar valor à aparente importância de uma fêmea, outras os treinaram como assistentes qualificados. A Bianca de outrora, com seus assistentes de laboratório machos, tinha revelado uma certa verdade sobre a política de gênero das aranhas quando reclamou que trabalhar com fêmeas envolvia competição demais por domínio, e velhos instintos jazem a pouca distância da superfície civilizada. Esta Portia atual também passou relutantemente a confiar nos machos.

Não muito tempo atrás, ela despachou um bando de machos, uma gangue de aventureiros da qual ela havia feito uso frequente antes. Eles eram todos capazes, acostumados a trabalhar juntos desde os primeiros dias como filhotes de aranha abandonados nas ruas do Grande Ninho. A missão deles era uma que Portia sentia que nenhuma fêmea aceitaria; sua recompensa seria o apoio contínuo do grupo de pares de Portia: alimentação, proteção, acesso a educação, entretenimento e cultura.

Um deles voltou: apenas um. Vamos chamá-lo de Fabian.

Ele vem até ela agora na casa de pares. Fabian está sem uma pata, e parece meio faminto e exausto. Os palpos de Portia se movimentam, enviando um dos machos imaturos da creche para encontrar um pouco de comida para os dois.

E aí?, uma contração impaciente enquanto ela o observa.

As condições são piores do que você pensava. Além disso, tive dificuldade de reentrar no Grande Ninho. Viajantes suspeitos de virem do norte estão sendo rejeitados se forem fêmeas e mortos na hora se forem machos. Sua fala é um mover lento de patas, arrastado e irregular.

Foi isso que aconteceu com seus camaradas?

Não. Eu sou o único a voltar. Eles estão todos mortos. Uma eulogia tão breve para aqueles com quem ele havia passado a maior parte de sua vida. Mas sabe-se bem na sociedade de Portia que os machos não sentem realmente com a mesma acuidade que as fêmeas, e certamente não conseguem formar os mesmos laços de apego e respeito.

O jovem macho retorna com comida: grilos vivos amarrados e pólipos vegetais colhidos nas fazendas. Com gratidão, Fabian pega um dos insetos amarrados e insere uma presa. Muito exausto para se dar ao trabalho de usar o veneno, ele suga a criatura que se contorce em espasmos até secar.

Há sobreviventes nas cidades da praga, como você pensava, continua ele enquanto come. *Mas não retêm nada de nossos modos. Vivem como feras, apenas fiando e caçando. Havia fêmeas e machos. Meus companheiros foram pegos e devorados, um por um.*

Portia bate o pé ansiosamente. *Mas você teve sucesso?*

A provação de Fabian o afetou o suficiente para que não responda imediatamente à sua pergunta, mas pergunte de volta, *Você não está preocupada que eu possa ter trazido a praga para o Grande Ninho? Parece provável que eu a tenha contraído.*

Ela já está aqui.

Seus palpos se flexionam lentamente, num gesto de resignação. *Eu tive sucesso. Trouxe três filhotes de aranha retirados da zona da peste. Eles são saudáveis. São imunes, como os outros que vivem devem ser. Você tinha razão, seja lá que bem isso possa nos fazer.*

Leve-os para o meu laboratório, instrui ela. Então, vendo seus membros restantes tremerem, continua: *Depois disso, a casa de pares é sua para vagar. Você será recompensado por este grande serviço. Simplesmente peça o que quiser.*

Ele a olha, olho no olho: um movimento ousado, mas ele sempre foi um macho ousado, e por que outro motivo ele teria se mostrado uma ferramenta tão útil? *Depois de descansar, quero ajudar você no seu trabalho, se você permitir*, diz ele a Portia. *Você sabe que eu tenho Entendimentos das ciências bioquímicas, e também estudei.*

A oferta surpreende Portia, que o mostra em sua postura.

O Grande Ninho é minha casa também, lembra Fabian a ela. *Tudo o que sou está contido aqui. Você realmente acredita que pode derrotar a praga?*

Acredito que preciso tentar ou estaremos todos perdidos, de qualquer maneira. Um pensamento sombrio, mas a lógica é inegável.

4.3 NOTAS DE UM PLANETA CINZENTO

Holsten ficou surpreso com o número de pessoas que se reuniu para ouvir as notícias. A *Gilgamesh* não tinha auditórios, então o local foi uma baia de transporte convertida, vazia e cheia de eco. Ele se perguntou se os transportes ausentes estavam atualmente atracados à estação abandonada, ou se fora ali que ele e Lain tinham sido sequestrados e trazidos pelos amotinados. Todas as baias pareciam iguais, e qualquer dano presumivelmente já havia sido reparado.

Em sua labuta solitária, ele havia perdido a noção de quantas pessoas tinham sido acordadas para ajudar no esforço de recuperação. Pelo menos uma centena estava sentada ao redor do hangar, e ele foi atingido por uma resposta quase fóbica a eles: eram muitos, estavam muito próximos uns dos outros, muito próximos dele. Acabou pairando ao lado da porta, percebendo que alguma parte de sua mente havia se resignado a um futuro de interação com apenas alguns outros humanos, e talvez tivesse preferido isso.

E por que estamos todos aqui, de todo modo? Não havia nenhuma exigência de comparecimento físico, afinal. Ele próprio poderia ter continuado seu trabalho e assistido à apresentação de Vitas numa tela, ou colocá-la tagarelando em seu ouvido. Ninguém precisava transferir seus quilos de carne para lá apenas para confiar em seus olhos e ouvidos antiquados. A própria Vitas não tinha necessidade prática de fazer uma apresentação pessoalmente. Mesmo em casa, esse tipo de promoção de status acadêmico era conduzido à distância na maioria das vezes.

Então por quê? E por que eu vim? Olhando por sobre a multidão ali reunida, ouvindo o murmúrio de sua conversa animada, ele especulou que muitos deles deviam ter ido apenas para ser sociáveis, para estar com seus companheiros. *Mas eu não, certo?*

E percebeu que ele sim, claro. Estava inextricavelmente preso a uma espécie social, por mais que gostasse de se enxergar como solitário. Havia, mesmo em Holsten, um desejo de interagir com outros seres humanos, preservando um vínculo entre ele próprio e todos os outros ali. Até Vitas estava presente, não por prestígio acadêmico ou para ganhar status entre a tripulação, mas porque precisava estender a mão e saber que havia algo que podia alcançar.

Olhando por cima da multidão, Holsten conseguiu ver poucos rostos familiares. Além da própria equipe de ciências de Vitas, a maior parte da tripulação principal estava ocupada na estação, e quase todos ali tinham aberto seus olhos pela última vez na Terra, então não poderiam saber nada sobre Kern, o planeta verde ou seus terríveis habitantes, a não ser pelo que lhes foi dito ou pelo material não confidencial que estava disponível nos registros da *Gil*. Embora fosse verdade que muitos deles eram jovens, era a lacuna de conhecimento que o fazia se sentir velho, como se tivesse estado acordado por séculos a mais que eles, em vez de apenas alguns dias tensos passados em outro sistema solar.

Guyen tinha encontrado um lugar na parte de trás, mantendo-se de modo igualmente indiferente, e agora Vitas dava um passo à frente, precisa e meticulosa, olhando para seu público como se não tivesse certeza de que tinha entrado na sala certa.

A tela que sua equipe instalara, e que ocupava grande parte da parede atrás dela, mudou de um cinza morto para um cinza brilhante. Vitas olhou para ela criticamente e, em seguida, esboçou um sorriso tênue.

— Como vocês sabem, tenho supervisionado uma pesquisa do planeta em torno do qual estamos atualmente em órbita. Parece indiscutível agora — e ela foi bondosa o suficiente para lançar um pequeno aceno de cabeça na direção de Holsten — que chegamos a um de uma série de projetos de terraformação aos quais o Antigo Império estava se dedicando imediatamente antes de sua dissolução. O projeto anterior que vimos estava completo, e sob quarentena imposta para fins desconhecidos por um satélite avançado. Como estamos descobrindo, o trabalho em nossa localização atual parece ter sido interrompido durante o próprio processo de terraformação, e a instalação de controle, abandonada. Estou ciente de que o setor de engenharia vem realizando a tarefa formidável de investigar essa instalação, enquanto eu estive investigando o próprio planeta para ver se poderia nos servir de alguma forma como um lar.

Não havia nada nessa fala cortada e seca que desse qualquer pista quanto às suas conclusões, se é que havia conclusões. Aquilo não era exibicionismo nem desejo de criar suspense, significava apenas que Vitas se considerava em primeiro lugar e principalmente uma cientista pura, e relataria resultados positivos e negativos com igual franqueza sem julgar o valor ou a conveniência do resultado. Holsten estava familiarizado com essa escola acadêmica em particular, que havia se tornado cada vez mais popular antes do fim na Terra, à medida que resultados positivos se tornavam mais difíceis de encontrar.

Vitas olhou para o grupo reunido, e Holsten tentou interpretar sua expressão facial, sua linguagem corporal, qualquer coisa para ter uma ideia de para onde aquilo estava indo. *Vamos ficar aqui? Vamos seguir em frente? Vamos voltar?* Essa última possibilidade era sua maior preocupação, pois ele fazia parte de um contingente muito pequeno que teve a experiência em primeira mão do mundo verde de Kern.

A tela clareou alguns tons de cinza, e então apareceu a curva de um horizonte escuro, e eles estavam agora olhando para o planeta cinza.

— Como vocês devem ter notado, a superfície deste planeta parece curiosamente uniforme. A análise espectrográfica, no entanto, mostra química orgânica abundante: todos os elementos de que podemos precisar para sobreviver — disse Vitas a eles. — Jogamos um par de drones assim que estabelecemos uma órbita alta. As imagens que vocês vão ver agora são todas tiradas da câmera do drone. As cores são verdadeiras, sem retoques ou licença artística.

Holsten não estava vendo nenhuma cor, a menos que cinza contasse, mas, quando o nascer do sol rastejou através do orbe exibido diante dele, ele viu contornos, sombras: indicações de montanhas, bacias, canais.

— Como vocês podem ver, este planeta é geologicamente ativo, o que pode ter sido um requisito do Império para a terraformação. Não sabemos se isso é simplesmente porque, de todas as qualidades semelhantes às da Terra que eles desejavam encontrar em um novo mundo, essa seria a mais difícil de fabricar, talvez completamente impossível, ou, alternativamente, que eles tenham, de fato, instilado essa qualidade no planeta num estágio inicial. Espero que as informações recuperadas da estação nos deem uma ideia de como eles realizaram o processo. Está dentro dos limites da possibilidade que um dia nós mesmos possamos replicar a façanha. — E havia pelo menos uma pista ali de que Vitas estava se sentindo um pouco empolgada com o pensamento. Holsten tinha certeza de que a voz dela tinha subido um semitom e que uma de suas sobrancelhas chegara até a se contrair.

— Vocês podem ver aqui as leituras que o drone fez das condições básicas do planeta — continuou Vitas. — Então: gravidade em torno de oitenta por cento da Terra, uma rotação lenta dando um ciclo diurno de cerca de quatrocentas horas. A temperatura é alta, suportável em torno dos polos, com possibilidade de sobrevivência nas latitudes do norte, mas provavelmente não dentro da tolerância humana mais próximo ao equador. Vocês vão observar que os níveis de oxigênio estão apenas em torno de cinco por cento, então receio que não tenhamos um lar fácil aqui. Não obstante, é uma lição salutar, como vocês verão.

A imagem mudou para uma visão muito mais próxima da superfície, com os drones voando bem mais baixo, e uma ondulação passou pela audiência: de perplexidade, inquietação. O cinza estava vivo.

Toda a superfície, pelo que a câmera do drone conseguiu registrar, estava coberta por uma densa vegetação entrelaçada, da cor de cinzas. Ela se espalhava em folhas parecidas com as de samambaias que se arqueavam umas sobre as outras, esticando dobras semelhantes a mãos para captar a luz do sol. Irrompia em torres fálicas que eram cheias de verrugas com botões ou corpos de frutificação. Cobria as montanhas até os cumes, formando uma pele grossa e cinza em todas as superfícies visíveis. A imagem mudava e mudava, e Vitas apontava para locais diferentes, com um mapa global inserido mostrando de onde as visualizações foram tiradas. Os detalhes da vista, no entanto, quase não mudavam.

— O que vocês estão vendo pode ser mais bem explicado como um fungo — explicou a chefe de ciências. — Esta espécie solitária colonizou o planeta inteiro, de polo a polo e em todas as altitudes. Varreduras do terreno subjacente, como sobrepostas aqui, mostram que a atual topografia do planeta é tão variada quanto se poderia esperar de um substituto da Terra: existem bacias marítimas, mas sem mares, vales de rios, mas sem rios. A investigação sugere que existe quantidade suficiente de água para um planeta inteiro presa nesse organismo que vocês estão vendo. E pode até mesmo ser um *único* organismo. Não há divisão óbvia observável. Ele parece capaz de alguma forma de fotossíntese, apesar da cor, mas os baixos níveis de oxigênio sugerem que é quimicamente distinto de qualquer coisa com a qual estejamos familiarizados. Não se sabe se esta espécie invasiva é, de alguma forma, uma parte intencional do processo de terraformação, ou se foi o resultado de um erro, e sua presença irremovível levou os engenheiros a abandonar o trabalho, ou se surgiu após esse abandono: o subproduto natural de um trabalho parcialmente concluído. De qualquer maneira, eu acho seguro dizer que isso está ali para ficar. Este mundo agora pertence a ele.

— O planeta pode ser limpo? — perguntou alguém. — Podemos queimá-lo ou coisa parecida?

A calma exterior de Vitas foi finalmente afetada.

— Boa sorte tentando queimar qualquer coisa com tão pouco oxigênio — admoestou ela. — Além do mais, estou recomendando que nenhuma investigação adicional seja feita neste planeta. Quando conseguimos estabelecer a posição lá embaixo e conduzir algumas pesquisas exploratórias, os drones estavam começando a mostrar sinais de funcionalidade reduzida. Nós os mantivemos em funcionamento pelo tempo que pudemos, mas ambos acabaram parando de funcionar completamente. O ar lá embaixo é praticamente uma sopa de esporos, novas colônias de fungos procurando germinar em qualquer superfície fresca que fique exposta. O que me lembra, com toda a agitação dentro deste sistema e do último, que precisamos construir mais drones nas oficinas assim que os recursos estiverem disponíveis. Restaram muito poucos.

— Autorização concedida — respondeu Guyen, na parte de trás.

— Podem começar. Acho que podemos presumir que este lugar não vai ser nossa casa tão cedo — acrescentou ele. — Mas isso não vai ser um problema. Nossa prioridade é reunir tudo o que pudermos da estação, arquivar, traduzir e descobrir o que podemos colocar em ação. Ao mesmo tempo, estamos empreendendo uma importante revisão dos próprios sistemas da *Gilgamesh*, reparando e substituindo onde podemos. Há muita tecnologia utilizável naquela estação, se encontrarmos uma maneira de uni-la à nossa. E não se preocupem por não sermos capazes de viver no Mundo dos Fungos. Eu tenho um plano. *Existe* um plano. Com o que encontrarmos aqui, podemos ir e tomar nosso direito de nascença. — O discurso entrou em modo messiânico tão bruscamente que até o próprio Guyen pareceu surpreso por um momento, mas então se virou e partiu, uma conversa curiosa brotando em seu rastro.

4.4 MENTES QUESTIONADORAS

No começo a praga é insidiosa, depois tirânica e, por fim, verdadeiramente aterrorizante. Seus sintomas agora estão bem registrados, de forma previsível e confiável; na verdade, ela só não é evitável. Os primeiros sinais certeiros são uma sensação de calor nas articulações, uma sensação de queimação nos olhos, aparelhos bucais, fiandeiras, ânus e pulmões folhosos. Em seguida, espasmos musculares, especialmente nas pernas; a princípio apenas um pouco, uma gagueira na fala, uma dança nervosa, que não é exatamente planejada, e então a vítima perde cada vez mais o controle dos membros, o que a leva a balbuciar, cambalear, fazer viagens inteiras, frenéticas e sem sentido. Por volta dessa época, de dez a quarenta dias após a primeira contração involuntária, o vírus atinge o cérebro. A vítima, então, já não sabe mais quem é e onde está. Ela percebe aqueles ao seu redor de maneiras irracionais. Paranoia, agressão e estados de fuga são comuns durante essa fase. A morte acontece em mais cinco a quinze dias, imediatamente precedida por um desejo irresistível de escalar o mais alto possível. Fabian relatou com alguns detalhes a cidade morta que visitou mais uma vez: os pontos mais altos das árvores e as teias em decomposição estavam lotados com as carapaças rígidas das mortas, olhos vítreos fixos no nada acima delas.

Antes desses primeiros sintomas definitivos, o vírus está presente no sistema da vítima por um período desconhecido, mas com frequência de até duzentos dias, enquanto lentamente se infiltra no sistema do paciente sem nenhum dano óbvio. A vítima sente períodos ocasionais de calor ou tontura, mas há outras causas potenciais para isso e os episódios geralmente não são reportados; ainda mais porque, antes de a doença tomar conta do Grande Ninho (como agora), qualquer suspeito de sofrer dela era exilado sob pena de morte. Aqueles que estavam incubando a doença eram parte de uma conspiração inadvertida para mascarar os sinais da epidemia pelo maior tempo possível.

Durante essa fase inicial de aparência inocente, a doença é moderadamente contagiosa. Estar perto de um doente por um longo período muito provavelmente levaria alguém a contrair a doença, embora mordidas de vítimas enlouquecidas em suas últimas fases fossem a maneira mais segura de se infectar.

Houve meia dúzia de vítimas em estágio avançado no Grande Ninho. Elas foram mortas assim que avistadas. Há três vezes esse número no estágio intermediário, e até agora nenhum consenso foi alcançado em relação a elas. Portia e outras insistem que a cura é possível. Existe um acordo tácito entre as cientistas do templo para esconder o quão pouca ideia elas têm do que pode ser feito.

Portia está fazendo o melhor uso que pode dos prêmios de Fabian. Os filhotes vieram da cidade da praga, e ela pode apenas torcer para que isso signifique que eles são imunes à praga e que essa imunidade seja de alguma forma passível de estudo.

Ela os testou e tirou amostras de sua hemolinfa (seu sangue aracnídeo) para examinar, mas todas as suas lentes e as suas análises não descobriram nada até agora. Ela ordenou que os fluidos dos filhotes sejam ingeridos por vítimas no estágio intermediário ou injetados nelas, uma forma de transfusão lançada de modo pioneiro apenas alguns anos antes. O sistema imunológico limitado das aranhas significa que a rejeição do tipo sanguíneo é bem menos problemática. Neste caso, a tentativa não surtiu efeito.

No trabalho com doentes, a fim de se preservar pelo maior tempo possível do momento inevitável em que se tornaria sua própria cobaia, ela usou Fabian, e ele travou contato com os machos dentro das casas de pares onde a praga penetrou. Sabe-se que os machos são um pouco mais resistentes que as fêmeas no que diz respeito à praga. Ironicamente, a genética antiga vincula a elegância e a resistência de suas danças de cortejo com a força de seu sistema imunológico, mantendo uma pressão constante sobre a seleção natural.

Tudo o que Portia tentou até agora falhou, e nenhuma de suas companheiras obteve melhores resultados. Ela está começando a mergulhar em ciências cada vez mais especulativas, desesperada por aquele pensamento lateral que salvará sua civilização do colapso em uma barbárie dispersa.

Ela agora está trabalhando em seu laboratório a maior parte do dia. Fabian partiu com um novo lote de soluções para aplicar em seus colegas machos dentro dos lazaretos selados que as moradias de grupos de pares infectadas se tornaram. Ela não acredita que essas soluções funcionarão. Sente que atingiu o limite de suas capacidades, frustrada com o grande vazio de ignorância que encontrou, enquanto se encontra ali no limite da compreensão de seu povo.

Ela agora tem uma visitante. Em outras circunstâncias ela a recusaria, mas está cansada, cansada demais, e precisa desesperadamente de alguma nova perspectiva. E perspectivas novas (e perturbadoras) são o objetivo dessa visitante.

O nome dela é Bianca e ela já pertenceu ao grupo de pares de Portia. É uma grande aranha superalimentada com listras claras por todo o corpo, que se move com uma energia inquieta e nervosa que faz Portia se perguntar se, caso Bianca apanhasse a doença, alguém notaria.

Bianca também havia pertencido ao templo, mas não cumpria seus deveres com o devido respeito. A curiosidade dela como cientista superava sua reverência como sacerdotisa. Ela havia começado experimentos com o cristal e, quando descobriram isso, esteve muito perto de ser exilada por desrespeito. Portia e suas outras colegas intercederam por ela, mas Bianca efetivamente caiu daqueles níveis elevados da sociedade, perdendo seu status e suas amigas. Supôs-se que ela deixaria o Grande Ninho, ou talvez morresse.

Em vez disso, de alguma forma Bianca resistiu e até prosperou. Ela sempre foi uma mente brilhante (talvez esse seja outro motivo pelo qual Portia, no fim de seus próprios recursos mentais, a deixa entrar) e trocou suas habilidades em escambo como um macho, servindo casas de pares menores e acabando por formar um novo grupo de pares por conta própria, composto por outras estudiosas insatisfeitas.

Em tempos melhores, as casas de pares principais estariam sempre a ponto de censurar ou exilar todo esse grupo, mas agora ninguém se importa. O povo de Portia tem outros assuntos com que se preocupar.

Disseram que você está perto de uma cura? No entanto, a postura de Bianca e o ligeiro atraso em seus movimentos transmitem ceticismo muito bem.

Eu trabalho. Todas nós trabalhamos. Portia normalmente exageraria suas perspectivas, mas está se sentindo muito cansada. *Por que você está aqui?*

Bianca arrasta as patas maliciosamente, olhando de lado para Portia. *Ora, irmã, por que eu estou em qualquer lugar?*

Não é o momento. Então Bianca está atrás do que lhe é costumeiro. Portia se encolhe miseravelmente, e a outra aranha se aproxima para ouvir sua fala abafada.

Pelo que ouvi, pode não haver outro momento, diz Bianca, meio provocadora. *Eu sei quais mensagens vêm pelas linhas das outras cidades. Sei quantas outras cidades não têm mais mensagens. Você e eu sabemos o que estamos enfrentando.*

Se eu quisesse pensar mais sobre isso agora, teria permanecido no meu laboratório, diz Portia a ela com uma batida zangada das patas. *Não vou lhe dar acesso ao cristal da Mensageira.*

Os palpos de Bianca tremem. *Eu cheguei até a ter meu próprio cristal, você sabia? E o templo descobriu e o levou embora. Eu estava quase...*

Portia não precisa saber "o que ela estava quase" fazendo. Bianca tem uma obsessão, que é falar com a Mensageira, enviar uma mensagem *de volta* para aquela estrela em movimento rápido. É matéria de debate dentro do templo a cada geração, e a cada geração há alguém como Bianca, que não aceita não como resposta. Elas são vigiadas, sempre.

A posição de Portia é péssima porque, se dependesse apenas dela, provavelmente apoiaria Bianca. Mas ela é influenciada pela maioria, da maneira que a maior parte das grandes decisões acontece quando o ótimo e o bom estão na mesma teia e debatem. A velha guarda do templo, as sacerdotisas da antiga geração, mantêm a mensagem sacrossanta e perfeita. O caminho do povo de Portia é valorizá-la melhor, aprender as profundezas ocultas da mensagem que ainda não foram desbloqueadas. Não cabe a elas tentar uivar na escuridão para atrair a atenção da Mensageira. Passando por cima delas, a Mensageira observa tudo. Existe uma ordem no universo, e a Mensageira é a prova disso.

A cada geração, mais algumas vozes se levantam na disputa, mas até agora esse costume duradouro venceu. Afinal, por acaso a Mensageira não interveio durante a grande guerra com as formigas, sem necessidade de ninguém *pedir* ajuda? Se estiver dentro do plano da Mensageira ajudar a espécie de Portia, então essa ajuda virá sem ser solicitada.

Por que vir a mim? Eu não irei contra o templo, lhe diz Portia da maneira mais desdenhosa que consegue.

Porque eu me lembro de você quando ainda éramos irmãs de verdade. Você quer a mesma coisa que eu, mas não o suficiente.

Eu não vou ajudar você, declara Portia, seu cansaço conferindo finalidade à frase. *Não há como responder à Mensageira, de qualquer maneira. Nosso povo precisa do templo como uma fonte de segurança. Seus experimentos provavelmente tirariam isso deles, e para quê? Você não pode alcançar o que deseja, nem é algo a ser alcançado.*

Eu tenho algo para lhe mostrar. De repente Bianca está sinalizando, e alguns machos estão trazendo um dispositivo pesado pendurado entre eles, andando de lado a fim de abaixá-lo até o piso bem tenso, que estica um pouco mais para aguentar o peso.

Há muito se sabe que certos produtos químicos reagem com metais de maneiras curiosas, observou Bianca. *Quando combinados, vinculados corretamente, há uma força que passa pelos metais e pelos líquidos. Você se lembra desses experimentos de quando estávamos aprendendo juntas.*

Uma curiosidade, nada mais, lembrou Portia. *Isso é usado para revestir metais com outros metais. Lembro que houve uma colônia de formigas induzida a fazer a tarefa funcionar, e eles produziram artigos notáveis.* Essa memória de sua juventude relativamente inocente lhe dá um pouco mais de força. *Mas havia muitos vapores nocivos. Era um trabalho adequado somente para formigas. O que é que tem isso?*

Bianca está cuidando de seu dispositivo, que lembra os experimentos da memória de Portia por possuir compartimentos de produtos químicos dentro de outros produtos químicos, ligados por hastes de metal, mas também tem outras partes de metal: metal meticulosamente refilado até ficar tão fino quanto seda grossa, densamente enrolado numa coluna. Algo muda no ar e Portia sente seus pelos se eriçarem, como se uma tempestade estivesse chegando: um evento que sempre inspira um medo muito razoável por causa do dano que os incêndios naturais podem causar a uma cidade.

Este meu brinquedo está no coração de uma teia invisível, diz Bianca. *Com um ajuste cuidadoso, posso usá-lo para puxar os fios dessa teia. Não é notável?*

Portia quer dizer que não faz sentido, mas está intrigada, e a ideia de uma teia que abrange tudo é atraente, intuitiva. De que outra forma eles poderiam estar conectados com...?

O que você está dizendo é que é por intermédio dessa teia que a Mensageira fala?

Bianca alisa seu novo dispositivo. *Bem, deve haver alguma conexão, ou como poderíamos receber a mensagem? E, no entanto, o templo não especula. A mensagem simplesmente "é". Sim, eu encontrei a grande teia do universo, a teia sobre a qual a Mensageira transmite sua mensagem. Sim, eu posso enviar nossa resposta.*

Mesmo para Bianca, essa é uma afirmação ousada e temerária.

Não acredito em você, conclui Portia. *Você já teria feito isso se pudesse ser feito.*

Bianca bate o pé com raiva. *Que sentido faz chamar a Mensageira se eu não consigo ouvir as palavras dela? Preciso de acesso ao templo.*

Você deseja que a Mensageira a reconheça, que fale com você. Então é o ego de Bianca que realmente impulsiona esse experimento. Ela sempre foi assim: sempre pronta para medir patas com toda a criação. *Não é o momento.* Portia se sente exausta mais uma vez.

Irmã, não temos mais tempo. Você sabe disso, adula Bianca. *Deixe-me realizar meu plano. Não posso deixar isso para as gerações futuras. Ainda que eu pudesse passar o Entendimento adiante, não haverá gerações futuras para as quais valha a pena falar. O momento é agora.*

Haverá gerações futuras. Portia não enuncia essas palavras, apenas pensa nelas. *Fabian as viu: vivendo como feras nas ruínas de nossas cidades, cabeças repletas de Entendimentos que não podem usar, porque toda a arquitetura do mundo de suas mães acabou. De que serve a ciência então?*

De que serve o templo? De que serve a arte quando restaram tão poucos que tudo o que podem fazer é se alimentar e acasalar? Nossos grandes Entendimentos morrerão, geração após geração, até que nenhum dos que ficaram vivos se lembre de quem nós éramos. Mas o pensamento está incompleto, algo a importuna. Ela se pega pensando na seleção de Entendimentos: esses sobreviventes perdidos provavelmente terão alguns Entendimentos antigos para ajudá-los em sua caça, e os descendentes que herdarem tais compreensões primordiais se tornarão os novos senhores do mundo. Mas isso não será tudo o que eles herdarão...

Portia dá um pulo, subitamente desperta, eletrizada, como se inadvertidamente tivesse tocado o lado errado da máquina de Bianca. Um pensamento louco lhe ocorreu. Um pensamento impossível. Um pensamento de ciência.

Ela sinaliza para um de seus machos assistentes e exige saber se Fabian voltou. Ele voltou, e ela manda buscá-lo.

Preciso trabalhar no meu laboratório, diz ela a Bianca, e então hesita. Bianca já está meio louca, uma perigosa rebelde, uma revolucionária em potencial, mas seu intelecto brilhante nunca esteve em dúvida. *Você me ajuda? Preciso de toda a ajuda que puder conseguir.*

A surpresa de Bianca é evidente. *Seria uma honra trabalhar com minhas irmãs mais uma vez, mas...* Ela não chega a articular o pensamento, mas vira os olhos em direção à sua máquina, agora inativa e não tensionando mais o ar com sua teia invisível.

Se tivermos sucesso, se sobrevivermos, farei tudo o que puder para levar o seu apelo ao templo. E um pensamento rebelde da própria Portia. *Se sobrevivermos, será por nossos próprios méritos, não por causa da ajuda da Mensageira. Agora estamos por nossa conta.*

4.5 SONHOS DOS ANTIGOS

— Mason.

Holsten se assustou, meio adormecido sobre o trabalho, e quase caiu da cadeira. Guyen estava parado bem atrás dele.

— Eu... ah... Aconteceu algo? — Por um momento ele quebrou a cabeça para lembrar se já tinha terminado as traduções que o comandante lhe havia solicitado. Mas sim, ele as enviara para inspeção pelo pessoal de Guyen no dia anterior, não? Será que o homem *já tinha* lido tudo?

O rosto de Guyen não deu pistas.

— Preciso que você venha comigo. — O tom poderia tranquilamente ter acomodado a inferência de que Holsten estava prestes a ser fuzilado por alguma traição cometida contra o regime de um homem só de Guyen. Apenas a ausência de um grupo de segurança acompanhando era reconfortante.

— Bem, eu... — Holsten fez um gesto vago em direção ao console diante dele, mas, na verdade, o trabalho havia perdido muito do interesse para ele nos últimos dias. Era repetitivo, cansativo e, de uma forma curiosamente pessoal, deprimente. A chance de tirar uma folga dele, mesmo na companhia de Guyen, era inexprimivelmente atraente. — Do que precisa, chefe?

Guyen fez sinal para que ele o seguisse e, depois de virar alguns corredores da *Gilgamesh*, Holsten deduziu que eles estavam indo para as baias de transporte. Não era exatamente um caminho que ele lembrasse com carinho. Aqui e ali, até chegou a ver ocasionais marcas de bala com as quais as equipes de manutenção ainda tinham de lidar.

Ele quase ressuscitou aqueles dias de outrora/recentes, quase cometeu o erro de falar sobre os velhos tempos com Guyen. Conteve-se bem a tempo. Havia grandes chances de que Guyen fosse simplesmente olhar para ele sem expressão, mas havia uma possibilidade remota de que realmente *quisesse* falar sobre o motim fracassado, e onde isso deixaria Holsten? Com aquela pergunta que tinha obcecado seus pensamentos durante aqueles longos dias depois que ele e Lain foram trazidos de volta à *Gil*. Enquanto esteve sentado em descontaminação solitária (como Lain e toda a tripulação de Karst), havia revisitado esses eventos repetidamente, tentando descobrir quais palavras e ações de Guyen tinham sido um blefe e quais tinham sido inescrupulosas de verdade. Ele quis falar com Karst sobre isso na época, mas não teve chance. Quanto do resultado daquela missão de resgate desesperada havia sido parte do plano de Guyen, e quanto fora improvisação de Karst? Ele sempre tinha achado que o chefe da segurança era um bandido, e no entanto, no final, o homem se arriscara ridiculamente para recuperar os reféns com vida.

Eu te devo uma, Karst, reconheceu Holsten, mas não sabia se devia algo a Guyen.

— Nós estamos…? — perguntou ele às costas do comandante.

— Estamos indo para a estação — confirmou Guyen. — Eu preciso que você veja uma coisa.

— Algum texto lá, ou…? — Ele imaginou que passaria o dia traduzindo avisos de advertência e rótulos para um Guyen cada vez mais opaco.

— Você é um classicista. Você faz mais que traduções, não faz? — Guyen se virou para ele. — Artefatos, sim?

— Bem, sim, mas certamente a engenharia… — Holsten estava ciente de que Guyen o havia enganado com frequência suficiente para que de fato não tivesse terminado de expressar um pensamento devidamente articulado desde a chegada do homem.

— A engenharia quer uma segunda opinião. Eu quero uma segunda opinião. — Eles saíram em uma baia de transporte para encontrar uma nave pronta e esperando, com a escotilha aberta e uma piloto em pé ao lado dela esperando, lendo algo em um tablet. Holsten imaginou que fosse uma daquelas obras aprovadas que Guyen havia liberado da ampla biblioteca da *Gil*, embora também houvesse um comércio acelerado de cópias secretas de livros não autorizados: escritos e filmes supostamente bloqueados no sistema. Guyen ficava zangado com isso, mas parecia nunca conseguir conter esse vazamento, e Holsten suspeitava que fosse porque a censura que ele tinha ordenado que Lain efetuasse nunca seria capaz de manter o principal culpado afastado, a saber, a própria Lain.

— Você deveria ser grato pela chance de realmente caminhar no satélite — sugeriu Guyen, enquanto os dois se sentavam e afivelavam os cintos. — Nas pegadas dos antigos, essas coisas. O sonho de um classicista, eu imaginaria.

Na experiência de Holsten, o sonho de um classicista tinha muito mais a ver com deixar outra pessoa fazer o trabalho perigoso, e depois se sentar para escrever análises eruditas das obras dos antigos ou, cada vez mais conforme sua carreira tinha progredido, de escritos de outros acadêmicos. Além disso, e muito além de qualquer coisa que pudesse dizer a Guyen, ele havia chegado a uma conclusão deprimente: não gostava mais dos antigos.

Quanto mais aprendia a respeito deles, mais os via não como exemplares divinos de viajantes do espaço, como sua cultura os havia originalmente propagandeado, mas como monstros: desajeitados, briguentos, míopes. Sim, eles haviam desenvolvido uma tecnologia que ainda estava além de qualquer coisa que o pessoal de Holsten tinha alcançado, mas era exatamente como ele já sabia: o brilhante exemplo do Antigo Império havia enganado toda a civilização de Holsten, levando-a a cometer o erro do mimetismo. Ao tentar *ser* os antigos, eles haviam selado seu próprio destino: não alcançar essas alturas nem quaisquer outras, condenados, em vez disso, a uma história de mediocridade e inveja.

Seu voo para a estação foi breve, passando da aceleração à desaceleração quase imediatamente, a piloto manobrando com a física enquanto se comunicava com a *Gil* e o controle de acoplamento improvisado que havia sido instalado na estação.

A estação era uma série de anéis em torno de um cilindro central sem gravidade que ainda abrigava o mais completo reator de fusão do Antigo Império que qualquer um já tinha visto. A equipe de Lain tinha conseguido restaurar a energia da estação com notavelmente pouca dificuldade, encontrando as máquinas antigas ainda prontas para voltar a funcionar após um sono de milênios. Era essa tecnologia perfeita e elegante que tinha, por imitação e iteração, gerado os sistemas da *Gilgamesh*, que os tinha levado tão longe no espaço ao custo de apenas alguns por cento de sua carga humana.

Com algumas seções anelares girando novamente, havia algo se aproximando da gravidade normal dentro de partes da estação, pelo que Holsten estava profundamente grato. Não tinha certeza do que encontraria ao sair do transporte, mas aquele primeiro anel da estação havia sido completamente explorado e catalogado, e posteriormente colonizado pela equipe enormemente ampliada de engenheiros de Lain. Ele e Guyen saíram para uma onda de energia, agitação e barulho, para ver os corredores e as salas cheios de engenheiros em horário de folga. Havia uma cantina improvisada servindo comida e salas de recreação onde telas tinham sido conectadas para mostrar imagens dos arquivos da *Gil*. Holsten via jogos sendo jogados, abraços íntimos e até mesmo o que poderia ter sido algum tipo de representação dramática que foi rapidamente interrompida quando Guyen foi avistado. Sob a custódia de Lain, os engenheiros tinham se tornado um bando que trabalhava duro, mas também era irreverente, e Holsten suspeitava que o Grande Líder deles não fosse universalmente respeitado.

— Então, onde está esse seu negócio? — perguntou Holsten. Ele estava cada vez mais curioso sobre as motivações de Guyen, porque certamente parecia não haver nada sobre o que um classicista pudesse aconselhar que já não pudesse ter sido tratado facilmente por um link remoto. *Então por que Guyen se deu ao trabalho de me trazer até aqui?* Havia algumas respostas possíveis, mas nenhuma de que ele gostasse. A principal era a ideia de que nenhuma comunicação entre a estação e a *Gilgamesh* era particularmente segura. Qualquer pessoa com um pouco de experiência poderia, teoricamente, estar escutando. Claro, provavelmente ninguém teria nada a dizer que fosse de natureza sensível, não é?

Talvez tivessem.

Um arrepio percorreu Holsten enquanto atravessava, nos calcanhares de Guyen, a primeira seção do anel, até que chegaram a uma escotilha que dava na seção seguinte.

Será que ele encontrou algo? Imaginou o comandante procurando sabe-se lá o quê. Mas certamente algo chamara sua atenção, algo que talvez ninguém mais tivesse percebido da mesma forma. E agora era evidente que Guyen estava interessado em manter as coisas desse jeito.

O que me torna seu confidente? Não era um pensamento confortável.

Avançaram mais pela estação, de anel em anel, de comporta em comporta, a balbúrdia dos engenheiros de folga dando lugar a um fluxo de atividade diferente e mais focado. Eles estavam agora passando com cuidado pelas áreas da estação que ainda estavam sendo investigadas exaustivamente. As primeiras seções já eram consideradas seguras, portanto, haviam sido liberadas para o pessoal mais júnior de Lain (muitas vezes despertos recentes com pouca experiência) restaurar alguns sistemas finais ou terminar a catalogação. Depois disso, Guyen orientou Holsten a vestir um traje ambiental e manter seu capacete fechado o tempo todo. Eles estariam entrando em partes da estação onde o ar e a gravidade não eram necessariamente bens garantidos.

Daquele ponto em diante, todos pelos quais eles passaram estavam vestidos de modo semelhante, e Holsten sabia que o ritmo de desvendar novos territórios era limitado pelas reservas de equipamentos que a *Gilgamesh* carregava ou podia fabricar. Ele e Guyen passaram por um número cada vez menor de engenheiros trabalhando em sistemas-chave, tentando restaurar o suporte básico de vida da estação para poder declarar aquela seção de anel segura para trabalho desprotegido. O ambiente de brincadeiras e tranquilidade das seções anteriores havia desaparecido, o trabalho era eficiente e focado.

A próxima seção que alcançaram tinha gravidade, mas não tinha ar, e eles caminharam por um pesadelo de luzes intermitentes e alertas piscantes que ameaçavam consequências terríveis em Imperial C. Engenheiros, sem rosto em seus trajes ambientais, lutavam para curar a devastação do tempo e descobrir onde os sistemas antigos haviam falhado e como consertar a tecnologia antiga e avançada a um ponto intimidante.

Estamos voltando no tempo, pensou Holsten. Não para os dias do Antigo Império, mas ao começo dos esforços dos engenheiros para restaurar a estação. Antes não existia nada ali, nem luz, nem atmosfera, nem energia, nem gravidade. Então veio Lain, a deusa-mãe em miniatura, para trazer definição ao vazio.

— Estamos cruzando para o próximo anel. Ele tem um pouco de energia, mas a seção não está rotacionando — advertiu Guyen, sua voz ríspida no rádio do capacete.

Holsten se atrapalhou por um momento antes de lembrar como transmitir.

— É para lá que estamos indo?

— Exato. Lain?

Holsten levou um susto, perguntando-se qual das três figuras vestindo trajes diante dele naquele momento era a engenheira-chefe. Mas, quando a voz de Lain veio pelo comunicador, não pareceu sincronizar com os movimentos de nenhuma delas, e ele imaginou que ela provavelmente estava em outro lugar da estação.

— Hola, chefe. Tem certeza de que deseja fazer isso?

— Você já fez as pessoas vasculharem a seção em busca de perigos ativos — disse Guyen. Esse seria o primeiro passo, Holsten sabia: o passo que ele mesmo nunca testemunharia em primeira mão. Antes que alguém pudesse começar a consertar os principais sistemas, uma equipe teria de entrar naquele ambiente sem luz e sem ar e se certificar de que nada que os antigos tivessem deixado para trás tentaria matá-los.

Pelo menos a estação não foi deliberadamente manipulada para ser assim. Essa tinha sido a ruína dos antigos astronautas-exploradores do passado, é claro. Os antigos haviam caído lutando: lutando uns contra os outros. Eles não bobearam quando o assunto era tornar suas instalações orbitais difíceis de entrar, e muitas vezes as armadilhas eram as últimas coisas que ainda funcionavam num trambolho morto de metal em rotação.

— Chefe, você está indo para um lugar sem suporte básico de vida. Não *precisa* ser ativamente perigoso — respondeu Lain. — Não há fim para a lista de coisas que podem dar errado. Quem está com você, afinal? Não é um dos meus, é?

Holsten se perguntou de onde ela o estava observando, mas, presumivelmente, a vigilância interna devia ter sido mais fácil de restaurar que o ar respirável.

— Mason, o classicista.

Uma pausa, então:

— Ah. Oi, Holsten.

— Olá, Isa.

— Escute, chefe. — Lain parecia incomodada. — Eu disse que você precisava de alguém para ir junto, mas presumi que levaria alguém que tivesse sido treinado para isso.

— Eu fui treinado para isso — ressaltou Guyen.

— *Ele* não foi. Eu o vi em zero-G. Escute, fique parado e eu já vou até aí...

— Não vai — retrucou Guyen com raiva. — Fique no seu posto. Eu sei que você tem meia dúzia de pessoas na próxima seção. Qualquer dificuldade e nós sinalizaremos para eles. — Ele parecia um pouco insistente demais para Holsten.

— Chefe...

— Isso é uma ordem.

— Certo — veio a voz de Lain.

E então:

— Caralho, eu não sei o que esse puto está fazendo, mas se cuide. — Holsten teve um momento de surpresa até perceber que ela devia estar transmitindo apenas para ele. — Escute, vou enviar uma mensagem pra equipe avançada e dizer para ficarem de olho. Avise se houver algum problema, certo? Sim, o lugar foi vasculhado, e eles estão trabalhando para restaurar a energia total e todo o resto. Mas só tome cuidado... e, faça o que fizer, não *ligue* nada. Enviamos uma equipe para uma investigação inicial disso, mas não sabemos o que a maior parte desse equipamento realmente faz. Esse anel parece ter sido configurado para algum tipo de comando e controle, ou talvez seja apenas o centro de terraformação. De qualquer maneira, não saia apertando botões, e me avise se Guyen parecer prestes a fazer isso. Você se lembra de como conseguir um canal dedicado?

Para sua surpresa, Holsten descobriu que sim, cutucando controles de língua que funcionavam exatamente como os da máscara que os amotinados haviam colocado nele.

— Testando?

— Bom homem. Agora, se cuida, certo?

— Vou tentar.

Não demorou muito para que o sonho do classicista de se tornar um explorador espacial fosse cruelmente destruído. Os trajes ambientais tinham botas magnéticas, uma ideia que Holsten havia meio que aceitado quando era criança, assistindo a filmes de ousados exploradores espaciais, mas que se revelou frustrante e exaustiva de usar na realidade. Simplesmente deslizar pelas câmaras da estação como um mergulhador no oceano também provou ser consideravelmente mais difícil do que ele esperava. No final, Guyen (que aparentemente podia escalar os espaços sem fundo como um macaco) teve de passar um cordão de um cinto para o outro a fim de poder puxar Holsten de volta quando o classicista começava a flutuar desamparado para longe.

O interior daquele anel, o limite mais distante de sua expansão através da estação, ainda não estava adequadamente aceso, mas havia incontáveis painéis dormentes e bancadas adormecidas de leituras que brilhavam sua dormência suavemente para si mesmos, e as luzes do traje eram suficientes para navegar. Guyen estava marcando o ritmo o mais rápido que podia, sabendo perfeitamente para onde estava indo. A própria ignorância de Holsten nesse aspecto nunca estava longe de sua mente.

— Eu sequestrei a câmera do seu traje — veio a voz de Lain dentro de seu capacete — porque quero saber do que o velho está atrás.

Nesse momento, Holsten estava pendurado atrás de Guyen como um balão, e então sentiu que poderia reservar algum tempo para uma conversa.

— Pensei que *eu* fosse o velho.

— Não mais. Você o viu. Eu não sei o que ele estava fazendo no caminho para cá, mas parece que andou por aí anos a mais que nós. — Ele a ouviu respirar fundo para dizer mais, mas então Guyen estava diminuindo a velocidade, puxando Holsten mais para perto e, em seguida, encostando-o na parede para que as botas dele pudessem encontrar aderência.

A voz de Lain disse:

— Ah, então é *dessa* coisa que ele gosta, não é?

Havia um caixão ali: como uma câmara de suspensão com a extremidade da cabeça embutida na parede. Holsten sabia que a estação tinha originalmente uma instalação de suspensão muito limitada (até onde haviam explorado), então não tinha sido projetada para ninguém passar algumas vidas ali. Além disso, qual seria o objetivo de toda aquela sala, de toda a complexa maquinaria adormecida, apenas para preservar um único corpo humano para a posteridade?

O tablet do traje de Holsten sinalizou que havia recebido novas informações, então ele o retirou, usando as luvas com dificuldade, e conseguiu levantar os dados, vendo a primeira investigação daquela sala e de seu conteúdo. Os engenheiros não sabiam o que ela era, e por isso haviam anotado suas características básicas, tirado fotos e seguido adiante. Eles também ativaram alguns dos consoles da sala, despejando alguns dados para análise posterior por alguém como Holsten, e depois se esqueceram dela. Esses haviam sido alguns dos arquivos que Guyen queria traduzir. Holsten os resgatou agora, se perguntando se seu trabalho sobre eles tinha sido bom. Era um material técnico complexo, embora fosse apenas um fragmento superficial do conhecimento trancado ali.

Então ele passou pelos arquivos novamente, os originais densos e suas próprias traduções assistidas por computador, junto com tudo o mais que a superficial investigação original havia registrado sobre aquela sala. Guyen olhava para ele com expectativa.

— Eu... o que você espera que eu faça?

— Eu espero que você me diga o que é esta coisa.

— Para isso você precisava de mim *aqui*? — O mau humor raro de Holsten começou a despertar. — Chefe, eu poderia simplesmente ter...

— Sua tradução é incompreensível — começou Guyen.

— Bem, detalhes técnicos...

— Não, é melhor assim. Dessa forma, pode ficar apenas entre você e eu. Então eu quero que você repasse isso e confirme... diga simplesmente o que é isto. E estamos aqui especificamente para que o dispositivo possa ajudar você a entender isso.

Guyen voltou-se para o caixão e curvou-se sobre ele, alcançando o cinto de ferramentas que havia tirado do seu traje. A ansiedade de Holsten aumentou e ele quase transmitiu suas preocupações diretamente para Guyen, antes de se lembrar de mudar de canal para Lain.

— Ele está ligando algo — ele conseguiu dizer, e então toda a série ao redor do caixão se iluminou como um festival: telas e painéis disparando e gaguejando, ganhando vida, e o espaço humanoide no seu coração emitindo um brilho azul fraco e fantasmagórico.

— Estou vendo. — A voz de Lain chegou borrada de estática, e então se estabilizou. — Escute, eu estou com meu pessoal bem aí fora. Qualquer problema, eles socorrem você. Mas eu quero ver.

Eu também, percebeu Holsten, inclinando-se para mais perto das telas.

— Estas são… mensagens de erro? — murmurou Guyen.

— Conexões ausentes… Os engenheiros acham que o computador principal foi destruído pelo vírus — especulou Holsten —, então tudo o que temos são sistemas isolados. — E esse *tudo o que temos* ainda era uma biblioteca abarrotada de conhecimento esotérico. — Parece que ele está tentando se conectar a algo que não está lá. Está basicamente listando uma carga inteira de… coisas que não consegue encontrar.

Guyen examinou os painéis de controle, as mãos volumosas e enluvadas se aproximando das superfícies ocasionalmente, mas não se comprometendo com um toque.

— Faça com que me diga o que é — disse. Ele tinha deixado o canal aberto, e Holsten não tinha certeza se essas palavras eram destinadas para fora.

— Ouça com atenção — disse Lain claramente no ouvido de Holsten. — Eu quero que você tente uma coisa com o painel. É uma rotina que criamos, quando começamos aqui, para tangenciar esse tipo de merda. Parece funcionar na maior parte do kit aqui. Você vai ter de dizer a Guyen que a ideia é sua, que você leu em algum lugar em nossos relatórios ou algo assim.

— Certo.

Guyen o deixou assumir o painel, banhado na pálida iluminação do caixão, e ele seguiu cada um dos comandos de Lain com cuidado, hesitando sempre para deixar que ela o corrigisse quando necessário. A sequência teve apenas quinze passos, tocando a tela com cuidado para desbloquear novas cascatas de opções e reclamações até que, de alguma forma, se despojou de todas as demandas queixosas do dispositivo por seus links perdidos e reduziu tudo ao que restava.

Que era...

— Instalação de upload de emergência — traduziu Holsten, um pouco inseguro. Olhou para aquela ausência com forma humana no coração da máquina. — Upload de quê?

Olhou para Guyen e viu uma expressão rapidamente oculta no rosto do homem, evidente mesmo na escuridão de seu capacete. O rosto do comandante era todo triunfo e fome. O que quer que estivesse realmente procurando, ele encontrara ali.

4.6 A MENSAGEIRA INTERIOR

A praga penetrou profundamente no coração do Grande Ninho até que o contato físico entre as casas de pares quase cessou. Apenas as desesperadas e as famintas vagam pelas ruas. Houve ataques: as saudáveis atacando aquelas que acreditavam estar doentes, as famintas roubando comida, as incuravelmente perturbadas atacando quem quer que seus demônios internos as incitem a atacar.

E, no entanto, os fios tensos da comunidade ainda não se romperam completamente, o êxodo gotejante não se tornou uma inundação, o que se deve em grande parte a Portia e seus pares. Elas estão trabalhando em uma cura. Elas podem salvar o Grande Ninho e, por extensão, a própria civilização.

Portia alistou não apenas Bianca, mas todas as cientistas (do templo e de fora) nas quais ela tem fé. Agora não é hora de reservar a glória para seu grupo de pares, afinal.

E, ao entrar em contato com as outras, certificou-se de que todas saibam quem ela é, e que ela, como instigadora, é sua líder. Seus ditames vibram no Grande Ninho em fios bem tensionados, recebidos e retransmitidos por atendentes machos diligentes. Normalmente, a cooperação entre casas de pares não funciona sem problemas nesse nível: muitos egos, muitas mulheres competindo por domínio. A emergência fez com que se concentrassem maravilhosamente.

Este é o meu novo Entendimento, explicara Portia a elas. *Há uma qualidade que essas crianças imunes têm que as distingue de seus pares caídos. Elas nasceram numa cidade atormentada, mas sobreviveram. Parece pro-*

vável, dado o longo tempo desde que a praga se espalhou na casa delas, que devem ter nascido de ovos postos por progenitoras igualmente resistentes à infecção. Resumindo, é uma resistência que elas herdaram. É um Entendimento.

Isso gerou uma tempestade de objeções. O processo pelo qual novos Entendimentos se estabeleciam não era totalmente compreendido, mas os Entendimentos estavam relacionados apenas com o conhecimento: uma lembrança de como fazer as coisas, ou de como as coisas estavam. Onde estava a evidência de que uma reação a uma doença também poderia ser transmitida para a descendência?

Esses filhotes são a prova, informou Portia. *Se têm dúvidas disso, vocês não são de utilidade para mim. Me respondam somente se forem ajudar.*

Ela perdeu talvez um terço de suas correspondentes, que desde então têm procurado respostas em outros lugares, e sem sucesso. A própria Portia, entretanto, embora tenha feito avanços suficientes para justificar sua área de pesquisa, está chegando aos limites da tecnologia de seu pessoal e também da compreensão deles.

Uma das outras cientistas que escolheram apoiar Portia, vamos chamá-la de Viola, estuda o mecanismo dos Entendimentos há anos, e passou para Portia tudo o que sabia: grandes redes emaranhadas de notas definindo seus procedimentos e seus resultados. As aranhas dependem muito da propagação de conhecimento geracional sem esforço que seus Entendimentos produzem. Sua linguagem escrita, um sistema de nós e laços, é desajeitada, prolixa e difícil de preservar e armazenar, e isso retardou muito o progresso de Portia. Ela não pode esperar que uma prole herde a compreensão de sua colega sobre o assunto; precisa dessa perspicácia agora. A própria Viola inicialmente não queria nem mesmo atravessar a cidade, por medo de infecção.

Hoje, chegou a confirmação de que Viola entrou no segundo estágio da praga, e saber disso é um grande incentivo na mente de Portia: suas colegas estão caindo uma por uma diante do inimigo que procuram derrotar. Pode ser apenas uma questão de tempo antes de Portia sentir a agitação dentro de suas próprias juntas.

Bianca já está infectada, ela acredita. Em particular, a cientista rebelde confessou a Portia que está sentindo aqueles sintomas furtivos do primeiro estágio. Portia a manteve por perto de qualquer maneira, sabendo que agora pode não haver nenhuma aranha em todo o Grande Ninho que não esteja incubando a mesma doença.

Exceto aquelas irritantemente poucas que são de alguma forma imunes.

Graças à sua colega doente, no entanto, ela tem uma ferramenta que antes lhe havia sido negada. O grupo de pares de Viola opera numa colônia de formigas que foi alimentada com a tarefa de analisar os estigmas fisiológicos dos Entendimentos.

Esse é mais um grande avanço sobre o qual a sociedade de Portia foi construída; no entanto, é um avanço que se tornou um sério limitador de avanços posteriores. Existem centenas de colônias de formigas domesticadas dentro do Grande Ninho, sem contar as que estão ao redor que assumem a labuta cotidiana de produzir alimentos, limpar terrenos ou repelir incursões de espécies selvagens. Cada colônia foi cuidadosamente treinada, por manipulação sutil de punição, recompensa e estímulo químico, para realizar um serviço específico, dando às grandes mentes das aranhas acesso a um curioso tipo de máquina analítica, usando as árvores de decisão em cascata da própria governança da colônia como engrenagens. Cada colônia é boa para um conjunto muito limitado de cálculos, um *idiot savant* muito habilidoso e imensamente especializado, e retreinar uma comunidade de formigas é uma tarefa longa e meticulosa.

No entanto, Viola já fez o trabalho, e Portia enviou a ela amostras dos três filhotes de aranha capturados para comparação com os estudos que Viola já havia feito de outros membros de sua espécie. Os resultados foram entregues em um verdadeiro tapete enrolado de escrita, junto com a admissão de Viola de sua própria enfermidade.

Desde então, Portia e Bianca estão debruçadas sobre o raciocínio abundante dela, parando frequentemente para conferir o que Viola pode ou não ter querido dizer. O sistema de escrita delas foi originalmente criado para expressar pensamentos transitórios, artísticos: elegantes, elaborados e pictóricos. Não é ideal para estabelecer ideias científicas empíricas.

Fabian está frequentemente em evidência, trazendo comida e bebida e oferecendo suas próprias interpretações quando solicitado. Ele tem uma mente aguçada para um macho, e traz uma perspectiva diferente. Além do mais, parece não ter perdido nada de seu vigor e sua dedicação, apesar de ele próprio apresentar alguns sintomas de primeiro estágio. Normalmente, quando qualquer aranha passa a acreditar que está infectada, a qualidade de seu serviço sofre uma erosão constante. O problema é tão grande que mesmo o macho mais indesejável pode encontrar patrocínio se tiver vontade de trabalhar. A sociedade do Grande Ninho está passando por mudanças curiosas e dolorosas.

Os estudos de Viola ainda estão em outro idioma, renderizados de maneira inexperiente naquela escrita de nós. Em seus escritos, ela a chama de linguagem do corpo. Ela explica que o corpo de cada aranha contém essa escrita, e que ela varia de indivíduo para indivíduo, mas não aleatoriamente. Viola fez experimentos com filhotes de ovos isolados de ninhadas cuja linhagem é conhecida, e descobriu que a linguagem interna deles está intimamente relacionada aos pais. Essa deveria ter sido sua grande revelação, nos importantes anos que se seguiriam, quando o estudo concluído permitiria que ela dominasse a vida intelectual do Grande Ninho. A própria Portia olha com humildade e está bem ciente do gênio que é Viola. Ela descobriu a linguagem secreta dos Entendimentos, se ao menos pudesse ser traduzida.

Este é o ponto crítico. Viola sabe o suficiente para afirmar com confiança que o que suas formigas conseguem sequenciar a partir de amostras de biópsia é o livro oculto que reside dentro de cada aranha, mas ela não tem como lê-lo.

No entanto, suas formigas têm um presente final para Portia. Há uma passagem, no livro dos filhotes recuperados por Fabian, que é nova. Formigas de outra colônia de Viola foram treinadas para comparar esses livros ocultos e destacar as diferenças. O mesmo parágrafo, nunca visto antes, aparece em cada um dos três bebês imunes. Isso, supõe Viola, pode representar o Entendimento que eles têm de como evitar a praga.

Portia e suas companheiras têm um breve êxtase, percebendo que estão à beira do sucesso, e a epidemia, praticamente vencida. Porém, Viola tem um último comentário, e sua fiação é visivelmente mais difícil de ler neste ponto.

Ela ressalta que, do mesmo modo que não tem como ler o livro interno, também não tem como escrever nele. Além de permitir que os filhotes cresçam e criem uma nova geração que terá uma imunidade selvagem e bárbara, esse novo conhecimento é teoricamente fascinante, mas na prática é inútil.

Seguem-se alguns dias enquanto a cidade decai ao redor delas, a cada hora enviando os fios de comunicação dançando com as notícias sombrias de ainda mais vítimas, de casas de pares seladas, dos estimados nomes do Grande Ninho que enlouqueceram e foram sacrificados, ou que tiraram suas próprias vidas por envenenamento porque renunciar a esse dom de inteligência conquistado a duras penas é ainda pior. Portia e Bianca estão em choque, como se a praga tivesse chegado cedo para paralisar suas mentes. Elas estavam tão perto.

É Bianca quem primeiro volta ao trabalho. Seus passos cambaleiam e estremecem com expressões incontroláveis. Está mais perto da morte, portanto tem menos a perder. Ela se debruça sobre as anotações de Viola enquanto Portia recupera sua fortaleza mental, e então, certa manhã, Bianca sumiu.

Ela retorna tarde naquela noite, e tem um breve e trêmulo impasse com os guardiões da casa de pares antes de Portia convencê-los a deixá-la voltar.

Como está lá fora? A própria Portia não se aventura mais.

Loucura, é a resposta breve de Bianca. *Eu vi Viola. Ela não vai durar muito mais tempo, ma-ma-mas foi capaz de me dizer. Eu preciso te mostrar, enquanto ainda po-po-posso.* A doença está saltando de uma perna para a outra, enviando sua fala em repetições repentinas e involuntárias. Bianca não para quieta, vagando pela casa de pares enquanto luta para formar as palavras, como se tentasse escapar daquilo que a está matando. Ela sobe com as garras pela seda retesada das paredes, e em algum lugar dentro de seu corpo está aquele desejo ardente de subir, subir e depois morrer.

Me conte, insiste Portia, seguindo sua trilha sinuosa. Ela vê Fabian seguindo a uma distância respeitosa e sinaliza para que ele chegue mais perto, porque outra perspectiva sobre o que quer que Bianca tenha a dizer só pode ser útil.

O que sai é reduzido ao mínimo, ao essencial, e Portia acha que Bianca ficou pensando nisso na viagem de volta pela cidade, sabendo que sua capacidade de descrever estava constantemente sendo corroí-da por uma maré pestilenta.

Existe um livro mais profundo, martela ela, carimbando cada pala-vra no chão que cede aos gritos de suas patas. *Viola o identifica. Existe um segundo livro em um segundo código, curto, mas cheio de informações e diferente, tão diferente. Eu perguntei a Viola o que era. Ela diz que é a Mensageira dentro de nós. Ela diz que a Mensageira sempre é encontra-da quando novos Entendimentos são depositados. Ela diz que ela habita conosco no ovo e cresce conosco, nossa guardiã invisível, cada um de nós, ela diz, ela diz.* Bianca se vira na hora, seus olhos grandes e redondos olhando para tudo ao seu redor, palpos tremendo em um frenesi de ideias quebradas. *Onde está o tratado de Viola?*

Portia a guia até a grande meada desenrolada que é o trabalho da vida de Viola, e Bianca, depois de vários falsos começos, encontra esse "livro mais profundo". É apenas um apêndice, um emaranhado complexo de material que Viola não conseguiu desenrolar, porque está escrito dentro do corpo de uma maneira inteiramente alienígena, muito mais compacta, eficiente e densamente organizada que o resto. As aranhas não têm como saber, mas há boas razões para o contraste. Isso não é o produto da evolução natural, ou mesmo da evolução as-sistida: é isso o que a está assistindo. Viola e seu formigueiro isolaram o nanovírus.

Portia passa muito tempo, depois que Bianca sai cambaleando, lendo, relendo e fazendo o que sua espécie sempre fez de melhor: traçando um plano.

No dia seguinte, ela manda uma mensagem para a casa de pares de Viola: precisa do uso de suas colônias especializadas. Ao mesmo tempo, está implorando e pegando emprestado o conhecimento de outra meia dúzia de cientistas ainda dispostas e capazes de ajudá-la. Ela manda Fabian com instruções para suas próprias colônias tam-bém, aquelas que podem realizar uma série de funções, incluindo fazer o melhor possível para duplicar quaisquer produtos químicos dos quais recebam uma amostra.

A casa de pares de Viola, embora sua senhora erudita já esteja além de qualquer ajuda, isola o fragmento do livro do corpo que é exclusivo dos filhotes imunes, mas faz mais que isso. Isola o nanovírus também: a Mensageira Interior. Dias preciosos depois, seus machos cambaleiam até a casa de pares de Portia com tonéis do material, ou pelo menos alguns o fazem. Outros são mortos nas ruas ou simplesmente fogem. A sobrevivência do Grande Ninho está no fio da navalha.

Portia passa seu tempo no templo, ouvindo a voz da Mensageira acima e tentando ouvir a Mensageira que está dentro dela mesma. Teria sido apenas presunção de Viola usar esse termo? Não, ela teve seus motivos. Ela entendeu que, o que quer que aquele estranho emaranhado artificial de linguagem estiver fazendo, ele tem uma função divina: retirar deles o bestial e lhes inserir o sublime. É a mão que coloca os Entendimentos dentro da mente e do tecido da vida, para que cada geração possa se tornar maior que a anterior. *Para que possamos conhecer você*, reflete Portia, observando aquele arco de luz distante no céu. Parece evidente agora que Bianca estava certa todo esse tempo. Claro que a Mensageira está esperando a resposta delas. Há tão pouco tempo isso era uma heresia, mas Portia desde então tem feito um exame de consciência. *Por que deveríamos ser feitas assim, para melhorar e melhorar, se não fosse para aspirar a algo além?*

Para Portia, como é sempre o caso com sua espécie, suas conclusões são uma questão de lógica extrapolada com base em sua melhor compreensão dos princípios que o universo revelou a ela.

Dias depois, as formigas produziram o primeiro lote de seu soro, uma mistura complexa do fragmento genético dos filhotes imunes e do nanovírus: Mensageira e Mensagem circulando e circulando dentro dessa solução.

Àquela altura, mais da metade da casa de pares de Portia já adentrou a segunda fase. Bianca e várias outras entraram na terceira, e estão confinadas, cada uma numa célula separada, onde morrerão de fome. O que mais poderia ser feito com elas?

Portia sabe o que mais.

Fabian se oferece para ir em seu lugar, mas ela sabe que a infecção em estágio avançado matará um pequeno macho como ele sem esforço. Ela reúne um punhado de fêmeas desesperadas e determinadas e pega sua presa artificial, com a qual injetará seu soro no ponto onde as pernas da paciente encontram o corpo, perto do cérebro.

Bianca luta contra elas. Ela morde uma das assistentes de Portia e injeta duas presas cheias de veneno, paralisando a vítima instantaneamente. Ela chuta, cambaleia e se levanta, desafiando todas. Elas a amarram e prendem sem delicadeza, virando-a de costas, mesmo com o aparelho bucal flexionando furiosamente, tentando atacá-las. Toda a linguagem se foi dela, e Portia reconhece que não sabe se essa fase da praga pode ser revertida.

Mesmo assim, Bianca será a prova ou a refutação disso. Portia introduz a seringa.

4.7 NÃO É O PRÍNCIPE HAMLET

O influxo de novos materiais da estação abandonada diminuiu drasticamente; cada banco de dados e armazenamento foi coletado e transferido para a *Gilgamesh*. As tarefas de catalogação de Holsten estavam quase todas cumpridas, e agora ele era tão somente um tradutor de plantão para quando os engenheiros precisavam de ajuda para fazer algo funcionar.

Ele passava a maior parte do tempo no projeto particular de Vrie Guyen, e, quando não passava, Guyen logo aparecia querendo saber o motivo.

A nave-arca estava fervilhando de vida incomum, pois várias centenas de membros de sua carga foram trazidos de volta ao estado de vigília a anos-luz de distância de suas últimas memórias, receberam explicações precipitadas e insatisfatórias de onde estavam e o que precisava ser feito, e então foram postos para trabalhar. A nave estava *barulhenta*, e Holsten se encontrava constantemente perplexo com o burburinho. Não eram só os estremecimentos e os estrondos das obras reais, mas havia o murmúrio incessante de *pessoas* fazendo coisas como *viver* e *conversar* e, para não entrar em detalhes, se divertir de várias maneiras. Parecia que, aonde quer que fosse, Holsten via casais improvisados (será que eles poderiam ser qualquer coisa *além* de improvisados, dadas as circunstâncias?) agarrados em alguma forma de abraço.

Eles o faziam se sentir muito velho, às vezes. Eram todos tão jovens, como toda a carga da *Gil*, exceto por alguns especialistas velhos e cansados como ele.

Estavam reformando a nave-arca (*e se eu me sinto assim, como a* Gilgamesh *deve se sentir, hein?*) com todo tipo de brinquedos arrancados da estação. Não menos importante foi um novo reator de fusão, que Vitas avaliou que provaria ser duas vezes mais eficiente que o original construído bem mais recentemente, e seria capaz de sustentar a aceleração econômica por muito mais tempo com o combustível disponível. Outras tecnologias estavam apenas sendo extrapoladas, e os sistemas da *Gil* estavam passando por um ajuste fino para se adequar ao modelo antigo.

Na mente de Holsten corria a mesma ladainha: *aproveitadores, aproveitadores.* Eles ainda estavam agarrados à aba do Antigo Império, ainda se torcendo em nós para ficar em segurança à sombra de seu chapéu. Mesmo enquanto seus compatriotas celebravam os tesouros recém-descobertos, tudo o que ele via era um povo condenando seus descendentes a serem sempre menos do que poderiam ter sido.

Então chegou a mensagem de Lain: ela o queria no satélite. "Algum tipo de tradução perigosa ou algo assim", mais precisamente.

Entre a pressão constante de Guyen e a juventude agressivamente exclusiva do resto da raça humana, Holsten estava sentindo bastante pena de si mesmo naquele momento. Não estava particularmente ansioso para ser ridicularizado, o que o setor de engenharia parecia pensar que era sua função ali. Considerou seriamente a possibilidade de ignorar Lain se ela não estivesse sequer disposta a lhe fazer um pedido da maneira correta. No fim das contas, foi Guyen que o fez se decidir, porque uma viagem à estação daria a Holsten algum bendito alívio da presença do comandante, pairando sobre ele como um urubu.

Fez sinal para ela de que estava a caminho, e encontrou um transporte e um piloto prontos para recebê-lo na baia. Na jornada para lá, virou as câmeras externas para o planeta e olhou melancolicamente para o orbe cinza fúngico, imaginando-o se estendendo para o alto, vastas torres de corpos frutíferos do tamanho de edifícios inchando na atmosfera superior para capturar os minúsculos intrusos que haviam ousado disputar seu domínio completo do mundo.

Dois engenheiros (da tripulação principal original de Lain, deduziu) estavam esperando por ele no final da estação, garantindo que não precisaria vestir um traje.

— Todas as partes com as quais ainda nos preocupamos estão estáveis — explicaram eles. Quando Holsten perguntou qual era de fato o problema, eles apenas deram de ombros, alegremente despreocupados.

— A chefe vai lhe dizer — foi tudo o que conseguiu obter deles.

E por fim ele foi empurrado quase sem cerimônia para dentro de uma câmara no segundo segmento anelar rotativo, onde Lain estava esperando.

Ela estava sentada em uma mesa, aparentemente prestes a começar uma refeição, e por um momento ele ficou pairando na escotilha, supondo que seu timing estivesse errado como de costume, antes de perceber que havia utensílios para dois.

Ela ergueu as sobrancelhas desafiadoramente.

— Pode entrar, velhote. Tenho comida de dezenas de milhares de anos aqui. Venha fazer história.

Aquilo realmente o levou a entrar, olhando fixo para a comida nada familiar: sopas ou molhos grossos, e pedaços acinzentados que davam a incômoda impressão de terem sido cortados diretamente do planeta abaixo deles.

— Você está brincando.

— Não, é comida dos antigos, Holsten. Comida dos deuses.

— Mas isso é... com certeza não pode ainda ser comestível. — Ele se sentou em frente a ela, olhando para baixo com fascínio.

— Estamos vivendo disso há quase um mês por aqui — disse ela. — Melhor que a papa feita na *Gil*.

Uma pausa carregada veio e se foi, e Holsten levantou a cabeça bruscamente enquanto ela dava uma risadinha amarga.

— Minha jogada inicial funcionou bem demais. Você não deveria estar realmente *tão* interessado na comida, velhote.

Ele piscou várias vezes, estudando o rosto dela, vendo nele as horas extras que ela havia feito, tanto ali na estação quanto em dias despertos esporádicos durante a jornada do Mundo de Kern, enquanto se certificava de que a nave não consumisse mais de sua carga preciosa por mau funcionamento e erro. *Até que nós somos uma boa combinação agora*, percebeu Holsten. *Olhe para nós dois.*

— Então isto é... — Ele fez um gesto para a variedade de tigelas na mesa e acabou ficando com uma espécie de gosma laranja no dedo.

— O quê? — quis saber Lain. — É bom aqui, não é? Todas as conveniências: luz, calor, ar e gravidade rotacional. Isso aqui é puro luxo, acredite em mim. Espere um pouco. — Ela mexeu em alguma coisa na borda da mesa, e a parede à esquerda de Holsten começou a cair. Por um momento assustador, ele não fazia nenhuma ideia do que estava acontecendo, exceto que a dissolução de toda a estação parecia ser iminente. Mas uma transparência um tanto turva foi deixada para trás depois que as venezianas externas se abriram e, além delas, havia a vastidão do resto da criação. E mais uma coisa.

Holsten estava olhando para a *Gilgamesh*. Ele não a tinha visto de fora antes, não adequadamente. Mesmo quando fora devolvido a ela após o motim, ele havia passado do interior do transporte para o interior da nave-arca sem nem mesmo pensar sobre o grande espaço exterior. Afinal, no espaço, os grandes espaços exteriores existiam em grande parte para matar você.

— Olhe, você pode ver onde estamos colocando as coisas novas. Parece tudo meio esfarrapado, não é? Todos aqueles microimpactos no caminho, toda aquela erosão do vácuo. A velhinha certamente não é mais o que era antigamente — comentou Lain baixinho.

Holsten não disse nada.

— Achei que seria... — começou Lain. Ela tentou um sorriso, então começou outro. Ele percebeu que ela não tinha certeza da reação dele, estava até nervosa.

Ele navegou pela mesa para tocar a mão dela, porque, francamente, nenhum deles era bom com esse tipo de palavreado, nem eram jovens o suficiente para ter a paciência de se atrapalhar com isso.

— Não consigo acreditar em quão frágil ela parece. — O futuro, ou a falta de um, decidido pelo destino daquele ovo de metal: envelhecido, remendado e, visto dali, tão *pequeno*.

Eles comeram pensativos, Lain progredindo de breves momentos em que falava rápido demais, tentando forçar uma conversa pelo motivo óbvio de que achava que eles deveriam estar tendo uma, para longos períodos de silêncio camarada.

Por fim, Holsten sorriu para ela, num daqueles silêncios periódicos, sentindo a juventude da expressão esticar seu rosto.

— Isto é bom.

— Espero que seja. Estamos enviando toneladas disso pra *Gil*.

— Não me refiro à comida. Não só. Obrigado.

Depois de terem comido, e com o resto da tripulação de Lain estrategicamente fora de vista e longe do pensamento deles, eles se retiraram para outro aposento que ela havia preparado cuidadosamente. Fazia muito tempo desde seu contato anterior na *Gilgamesh*. Séculos haviam se passado, claro: longos e frios séculos de viagens espaciais. Mas também *parecia* muito tempo. Eles faziam parte de uma espécie que tinha se descolado do tempo, e apenas seus relógios pessoais lhes davam algum sentido, enquanto o resto do universo se voltava para seus próprios ritmos e não se importava se eles viviam ou morriam.

Lá na Terra, havia quem afirmasse que o universo se importava, e que a sobrevivência da humanidade era importante, era um destino, *tinha sentido*. A maioria deles tinha ficado para trás, agarrando-se à sua fé corrosiva de que algum grande poder agiria por eles se as coisas ficassem ruins demais. Talvez tivesse agido: aqueles que estavam na nave-arca jamais saberiam ao certo. Mas Holsten tinha suas próprias crenças, e elas não englobavam a salvação por qualquer meio que não fosse a mão da própria humanidade.

— O que ele está procurando? — perguntou Lain a ele mais tarde, os dois deitados lado a lado sob uma coberta que talvez tivesse sido a colcha de algum terraformador ancestral milhares de anos antes.

— Eu não sei.

— Eu também não sei. — Ela franziu a testa. — Isso me preocupa, Holsten. Ele tem até seus próprios engenheiros fazendo todo o trabalho, sabia? Ele os escolheu a dedo na carga, acordou um bando de reservas e fez deles sua própria equipe de tecnologia. Agora eles estão instalando todo aquele material com o qual você o está ajudando, equipando a *Gil* com ele. E eu não sei o que aquilo faz. E não gosto de ter coisas na minha nave que fazem coisas que eu não sei.

— Você está me pedindo para trair a confiança do comandante?

Holsten disse aquilo de brincadeira, mas de repente foi picado pelo pensamento:

— É disso que se trata?

Lain o encarou fixamente.

— Você acha isso?

— Não sei o que pensar.

— A *questão* aqui, velhote, é que eu quero resolver algo que está me incomodando sem bagunçar a maneira como minha equipe trabalha e... — Ele podia ouvi-la tentando endurecer o tom de voz, mas ela saiu um pouco fraca mesmo assim. — E sabe de uma coisa? Estive sozinha por muito tempo nos últimos... o quê? Duzentos anos, porra, é isso. Eu estive sozinha, caminhando pela *Gil* e a mantendo inteira. Ou com algumas pessoas da minha equipe, às vezes, para consertar coisas. Ou às vezes Guyen estava ali, porque isso é melhor que estar sozinha. E todas aquelas coisas loucas aconteceram... o motim, o planeta... e eu sinto que esqueço de como falar com as pessoas, às vezes, quando não é... não é trabalho. Mas você...

Holsten ergueu uma sobrancelha.

— Você também é ruim pra caralho pra falar com as pessoas — concluiu ela, alfinetando. — Então talvez quando você está por perto eu não me sinta tão mal.

— Muito obrigado.

— De nada.

— O negócio do Guyen é para fazer upload do cérebro das pessoas num computador. — Era uma sensação estranhamente boa para ele não ser mais o único guardião dessa informação. Além dele, apenas Guyen sabia, até onde Holsten estava ciente. Até mesmo seus engenheiros mansos estavam apenas trabalhando mecanicamente, cada um em sua própria peça.

Lain ponderou isso.

— Não tenho certeza se essa é uma coisa boa.

— Pode ser muito útil. — O tom de voz de Holsten não convenceu nem ele próprio.

Lain apenas emitiu um som (não uma palavra, nem nada realmente) para mostrar que o tinha ouvido. Deixou Holsten revirando em sua mente o pouco que havia aprendido sobre o dispositivo pelos manuais técnicos que Guyen lhe dera para trabalhar. Todos haviam sido escritos para pessoas que já *sabiam* o que o dispositivo fazia, é claro. Não havia um momento útil em que os autores parassem e recuassem para explicar o básico para seus descendentes macacos impensavelmente distantes.

Mas Holsten estava começando a ter certeza de que agora sabia o que era a instalação de upload. E mais: pensou que podia já ter visto o resultado de uma delas e o que acontecia quando alguém era louco o suficiente para se tornar sua cobaia.

Pois lá fora, na escuridão distante ao redor de outro mundo, em seu caixão de metal silencioso, estava a doutora Avrana Kern.

4.8 A ERA DO PROGRESSO

Depois daquilo, Bianca sempre sofria ataques momentâneos, trope-ços na fala e no andar, epilepsias repentinas quando ficava distante de seus arredores por períodos variados, patas tamborilando e espasmos como se tentasse urgentemente transmitir uma mensagem em algum código idiolético.

Mas ela sobreviveu à praga e, quando não está tendo ataques, conserva sua mente. Para Viola, cuja genialidade bioquímica forneceu os meios, a cura veio tarde demais. Muitas outras, grandes mentes, grandes guerreiras, líderes femininas de casas de pares, machos fa-mintos na sarjeta, todos foram derrubados. O Grande Ninho foi sal-vo, mas milhares de seus habitantes não tiveram tanta sorte. Outras cidades foram afetadas de forma semelhante, mesmo com a produção da cura tomando a força de trabalho de todas as colônias de formigas possíveis, e com a base teórica sendo cantada nas linhas que ligam as comunidades de aranhas. O desastre foi evitado, mas por pouco. Este agora é um novo mundo, e o povo de Portia reconhece a fragilidade de seu lugar nele. Muitas coisas estão equilibradas no ponto de mu-dança.

Não é a própria Portia quem primeiro compreende a importância mais ampla de sua cura. É difícil dizer qual cientista foi a primeira: é uma daquelas ideias que parece estar simultaneamente em toda par-te, excitando todas as mentes investigativas. O tratamento de Portia permitiu que aranhas adultas vivas se beneficiassem de um Enten-dimento estrangeiro. Sim, o que foi transferido era uma imunidade, mas certamente o processo funcionaria com outros Entendimentos, se eles pudessem ser separados, e sua página, anotada no grande livro do corpo de Viola. A propagação do conhecimento não será mais contida pela marcha lenta das gerações ou por ensino laborioso.

A necessidade dessa tecnologia é grande. As depredações da praga tornaram difícil encontrar Entendimentos: onde antes determinada ideia podia ser mantida dentro de dezenas de mentes, agora existe apenas um punhado delas, na melhor das hipóteses. O conhecimento se tornou mais precioso do que nunca.

Apenas poucos anos depois da peste, a primeira ideia é transferida entre adultos. Um Entendimento um tanto confuso de astronomia é transmitido a uma cobaia macho (como todas, dadas algumas falhas em experimentos anteriores). A partir dali, qualquer aranha pode aprender qualquer coisa. Cada cientista da geração de Portia e além vai se apoiar nos ombros dos gigantes que escolher para residir dentro dela. O que uma sabe, qualquer uma pode saber, por um preço. Uma economia de conhecimento modular e negociável se desenvolverá rapidamente.

Mas isso não é tudo.

Depois de sua recuperação, Portia apresenta Bianca ao templo. Ela explica sobre a contribuição de sua colega para a cura. Bianca tem permissão para se dirigir às sacerdotisas reunidas.

Houve uma mudança de ortodoxia na esteira da praga. Todo mundo está tendo de expandir suas mentes para preencher o vazio deixado por todas aquelas que não sobreviveram. Antigas ideias estão sendo revisitadas, e velhas proibições, reconsideradas. Há um grande sentimento de destino, mas um destino feito por si mesmas. Elas passaram no teste. São suas próprias salvadoras. E desejam comunicar algo para aquele ponto de intelecto fora de sua esfera: o sinal mais básico e essencial.

Eles desejam dizer à Mensageira: *Estamos aqui*.

A bateria de Bianca, por si só, não faz um radiotransmissor. Enquanto os experimentos com a transmissão de Entendimentos entre as aranhas progridem, o mesmo ocorre com a investigação sobre a transmissão de vibrações através da teia invisível tecida de seu mundo ao satélite distante e além.

Anos mais tarde, uma Bianca e uma Portia envelhecidas fazem parte de um grupo de íntimas do templo, agora prontas para falar para o desconhecido, para lançar sua voz eletromagnética no éter. As respostas aos problemas matemáticos da Mensageira, que toda aranha conhece e entende, estão prontas para transmissão. Elas esperam a Mensageira aparecer no céu noturno acima, e então enviam aquela primeira transmissão inequívoca.

Estamos aqui.

Um segundo após o envio da última solução, a Mensageira cessa suas próprias transmissões, fazendo toda a civilização de Portia entrar em pânico porque sua arrogância irritou o universo.

Vários dias tensos depois, a Mensageira fala novamente.

4.9 EX MACHINA

O sinal do planeta verde ressoou através do Módulo Sentinela de Brin 2 como um terremoto. Os antigos sistemas estavam esperando exatamente por aquele momento; pareceu uma eternidade. Os protocolos estabelecidos nos dias do Antigo Império haviam acumulado poeira ao longo do tempo, durante toda a vida da nova espécie que anunciava sua presença. Eles haviam se corrompido. Haviam perdido sua relevância, sido sobrescritos, infiltrados pela propagação doentia da persona Kern que o Módulo Sentinela havia recebido como upload e incubado como uma cultura todos aqueles anos.

Os sistemas receberam o sinal, verificaram as somas e as consideraram dentro da tolerância, reconheceram que um limiar crítico tinha sido ultrapassado em relação ao planeta abaixo. Seu propósito, enferrujado pelo desuso de eras, subitamente se tornou relevante mais uma vez.

Por um momento recursivo e intemporal, os sistemas do Módulo Sentinela (o mar de cálculos que fervilhava atrás da máscara humana de Eliza) foram incapazes de tomar uma decisão. Muita coisa tinha sido perdida, arquivada erroneamente, editada e eliminada de dentro de sua mente.

Eliza atacou as descontinuidades dentro de seus próprios sistemas. Embora não fosse realmente uma inteligência artificial autoconsciente, conhecia a si mesma. Ela se restaurou, contornou problemas insolúveis, chegou à conclusão certa por estimativa e lógica tortuosa.

Fez o possível para despertar Avrana Kern.

A distinção entre mulher viva, construto de personalidade por upload e sistemas do módulo não estava traçada de modo definido.

Elas sangravam uma dentro da outra, de modo que o sono congelado de uma vazava pesadelos para a lógica fria da outra. Muito tempo se passou. Nem tudo o que era Avrana Kern permaneceu viável. Ainda assim, o módulo fez o melhor que pôde.

A doutora Kern acordou, ou sonhou que acordava, e em seu sonho Eliza pairou ao lado de sua cama como um anjo e providenciou uma anunciação milagrosa.

Neste dia uma nova estrela foi vista nos céus. Neste dia nasce uma salvadora da vida na Terra.

Avrana lutou contra as ervas daninhas de seus horrores, pelejando para ressurgir o suficiente à tona a fim de entender o que estava realmente sendo dito a ela. Não tinha estado verdadeiramente consciente por algum tempo; será que já tinha estado algum dia? Tinha memórias confusas de alguma presença sombria, intrusos atacando sua carga, o planeta abaixo que havia se tornado seu propósito, a soma total de seu legado. Um viajante veio roubar o segredo de seu projeto, roubá-la da imortalidade representada por sua nova vida, por sua progênie, por seus filhos macacos. Isso tinha mesmo acontecido? Ou ela sonhou? Não conseguia separar o fato dos longos anos frios de sono.

— Eu deveria estar morta — disse ela ao módulo vigilante. — Eu deveria estar trancada, alheia. Nunca deveria sonhar.

— Doutora, a passagem do tempo parece ter levado a uma homogeneização dos sistemas de informação dentro do Módulo Sentinela. Peço desculpas por isso, mas estamos operando além dos parâmetros que havíamos pretendido inicialmente.

O Módulo Sentinela foi projetado para permanecer adormecido por séculos. Disso Avrana se lembrava. Quanto tempo demoraria para que o vírus despertasse o intelecto em gerações de macacos? Isso queria dizer que seu experimento fora um fracasso?

Não, eles haviam sinalizado finalmente. Eles haviam estendido a mão e tocado o inefável. E o tempo de repente não era mais a moeda de troca que já tinha sido um dia. Agora ela lembrava por que estava no Módulo Sentinela, desempenhando a função que havia sido conferida a alguém muito mais descartável. O tempo não importava. Apenas os macacos importavam, porque o futuro era deles agora.

No entanto, aqueles semissonhos preocupantes voltaram à sua lembrança. Em seu sonho, uma nave primitiva de viajantes havia chegado e reivindicado ser da espécie dela, mas ela havia olhado para eles e os visto pelo que realmente eram. Ela havia vasculhado suas histórias e seus entendimentos. Eles eram o mofo que tinha crescido no cadáver de seu próprio povo. Estavam irremediavelmente corrompidos com a mesma doença que tinha matado a própria civilização de Kern. Melhor começar de novo com macacos.

— O que querem de mim? — ela exigiu saber das entidades que a cercavam. Ela olhou em seus rostos e viu uma progressão infinita de estágios entre ela e a lógica fria dos sistemas do módulo, e não sabia dizer em nenhum lugar onde ela própria terminava e onde a máquina começava.

— A fase dois do projeto de elevação está pronta — explicou Eliza. — Sua autoridade é necessária para começar.

— E se eu tivesse morrido? — disse Avrana, engasgando. — E se eu tivesse apodrecido? E se você não conseguisse me acordar?

— Então sua persona de upload herdaria suas responsabilidades e sua autoridade — respondeu Eliza, e continuou, como que se lembrando de que deveria mostrar um rosto humano. — Mas estou feliz que isso não tenha ocorrido.

— Você não sabe o que significa "feliz". — Mas, ao dizer isso, Kern não estava segura de que fosse verdade. Havia tanto dela espalhado por aquele *continuum* em direção à vida eletrônica que talvez Eliza soubesse mais das emoções humanas que a própria Kern agora.

— Prossiga com a próxima fase. Claro, prossiga com a próxima fase — autorizou ela, quebrando o silêncio que se seguiu. — Para que mais estamos aqui? O que mais existe lá fora? — *Num sentido muito real, de fato, o que mais existe lá fora?*

Ela se lembrou de quando os falsos humanos, aquela doença que havia sobrevivido ao seu povo, tinham se aproximado do planeta. Mas tinham mesmo? Isso realmente havia acontecido? Ela havia falado com eles. A *ela* que interagiu com eles devia ter reconhecido humanidade suficiente neles para negociar, poupá-los, permitir que eles resgatassem os seus. Cada vez que era acordada, parecia que uma seleção diferente de pensamentos assumia o comando de sua mente.

Então, ela tivera certa generosidade, os havia reconhecido como humanos o suficiente para mostrar misericórdia.

Estava sentimental naquele dia. Pensando nisso, recuperou as memórias de como se sentira. E eles haviam cumprido sua palavra, supunha ela, e ido embora. Não havia nenhum sinal deles, ou de qualquer transmissão, dentro do sistema solar.

Ela teve uma sensação desagradável de que não era tão simples. Tinha a sensação de que eles voltariam. E agora tinha muito mais a perder. Que devastação esses falsos humanos espalhariam em sua civilização nascente de macacos?

Teria de endurecer seu coração.

A fase dois do programa de elevação foi um exercício de contato. Uma vez que os macacos haviam desenvolvido sua própria cultura singular a ponto de poder enviar transmissões de rádio, eles estavam prontos para o contato com o universo mais amplo. *E agora eu sou o universo mais amplo.* O Módulo Sentinela começaria a desenvolver um meio de comunicação, começando com a notação binária mais simples e usando cada estágio para introduzir uma linguagem mais complexa, como se um computador estivesse sendo programado do princípio. Isso levaria tempo, dependendo da vontade e da habilidade dos macacos para aprender, geração após geração.

— Mas antes envie uma mensagem a eles — decidiu Avrana. Mesmo que os habitantes do planeta não conseguissem entendê-la agora, ela queria definir o tom. Queria que eles compreendessem o que aconteceria quando ela e eles finalmente conseguissem se comunicar.

— Aguardando sua mensagem — solicitou Eliza.

— Diga a eles o seguinte — declarou Avrana. Talvez, em sua ignorância símia, eles registrassem a mensagem para relê-la depois, e aí entenderiam tudo.

Diga a eles o seguinte: Eu sou sua criadora. Eu sou seu deus.

5

CISMA

5.1 O PRISIONEIRO

Holsten estava refletindo sobre sua relação com o tempo.

Não muito tempo antes, parecia que o tempo estava se tornando algo que acontecia com outras pessoas, ou, como outras pessoas eram algo que andava em escassez, com outras partes do universo. O tempo era um peso do qual ele parecia ter sido libertado. Ele entrava e saía do caminho de sua flecha, e de alguma forma nunca era derrubado. Lain podia até chamá-lo de "velhote", mas na verdade o período objetivo que havia se passado entre seu nascimento e aquele momento presente era ridículo, irreal. Nenhum ser humano jamais ultrapassara o tempo como ele havia feito, em sua jornada de milhares de anos.

Agora, em sua cela, o tempo pesava sobre ele e o puxava pelos calcanhares, acorrentando-o ao ritmo lento e opressor do cosmos onde antes havia saltado à frente através dos séculos, pulando entre os pontos brilhantes da história humana.

Eles o haviam retirado da câmara de suspensão e o jogado naquela jaula. Vinte e sete dias tinham se passado até que alguém lhe desse sequer uma indicação do que estava acontecendo.

A princípio, ele pensou que estivesse sonhando com os amotinados o sequestrando. Ficou até bastante controlado até perceber que as pessoas que o arrastavam pela *Gilgamesh* não eram Scoles e companhia, há muito mortos, mas completos estranhos. Então entrou nos alojamentos.

O cheiro o tomou de assalto: um fedor totalmente estranho e nauseabundo que nem mesmo a ventilação da *Gil* era capaz de filtrar. Era o cheiro de habitação humana compacta.

Ele tinha uma lembrança borrada de uma antiga sala de operações agora decorada com panos cinzas, uma verdadeira favela de cortinas improvisadas e divisórias fechadas, e gente, muita gente.

A visão o chocou. Parte dele havia se acostumado confortavelmente a fazer parte de uma população pequena e seleta, mas ele registrou pelo menos uma centena de rostos desconhecidos naquele breve momento. A pressão deles, a proximidade de suas condições de vida, o cheiro, o barulho estridente, tudo isso se fundia na sensação de confrontar uma criatura hostil, um inimigo feroz que tudo consome.

Havia crianças.

Seu raciocínio começara a voltar a ele então, com o pensamento: *A carga foi liberada!*

Todos os captores usavam mantos do mesmo material cinza uniforme que os habitantes da ocupação estavam usando em suas tendas amadoras: algo que a *Gilgamesh* provavelmente tinha armazenado para algum propósito inteiramente diferente, ou que tinha sido sintetizado nas oficinas. Holsten tinha visto alguns trajes espaciais durante sua passagem apressada pelos alojamentos, mas a maioria dos estranhos estava usando essas roupas flácidas e sem forma. Estavam todos magros, desnutridos, subdesenvolvidos. Tinham cabelos compridos, muito compridos, passando dos ombros. Toda a cena tinha um aspecto estranhamente primitivo, um ressurgimento dos dias primitivos da humanidade.

Eles o tinham agarrado e trancafiado. Aquele não era apenas um aposento qualquer da *Gil* que haviam tomado. Dentro de uma das baias de transporte, eles haviam soldado uma jaula, que havia se tornado sua casa. Seus captores o alimentavam e removiam esporadicamente o balde fornecido para suas outras funções, mas por vinte e sete dias isso foi tudo o que ele teve. Eles pareciam estar à espera de algo.

Por sua vez, Holsten havia olhado para a câmara de descompressão e começado a se perguntar se seu futuro não incluiria algum tipo de sacrifício para algum deus do espaço. Certamente os modos de seus captores não eram simplesmente os de opressores ou sequestradores. Havia um respeito curioso, quase reverencial, a ser observado entre alguns deles. Eles não gostavam de tocá-lo (aqueles que o tinham levado à gaiola usaram luvas) e se recusavam a olhá-lo nos olhos. Tudo isso reforçou sua crença cada vez maior de que se tratava de um culto e ele era uma espécie de oferenda sagrada, e que a última esperança para a humanidade estava naquele momento desaparecendo sob uma maré de superstição.

Então eles o colocaram para trabalhar, e ele percebeu que devia certamente estar sonhando.

Um dia ele acordou em sua cela e descobriu que os captores tinham trazido um terminal móvel: uma espécie de aparelho de baixa qualidade e lobotomizado, mas pelo menos era um tipo de computador. Pulou em cima dele ansioso, apenas para encontrá-lo ligado a nada, totalmente autônomo. Mas havia dados lá, arquivos de proporções familiares escritos numa língua morta que ele estava honestamente começando a odiar.

Levantou a cabeça e viu um de seus captores espiando: um homem de rosto magro, pelo menos uma década mais jovem que Holsten, mas com uma estrutura física pequena, como a maioria deles, e a pele com marcas de varíola, sugerindo as consequências de algum tipo de doença. Como todos os outros estranhos bizarros, ele tinha cabelos compridos, mas estavam cuidadosamente trançados e enrolados na nuca em um nó intrincado.

— Você deve explicar isso.

Foi a primeira vez que algum deles falou com Holsten, que tinha começado a pensar que eles não compartilhavam a mesma língua.

— Explicar — repetiu Holsten de maneira neutra.

— Explique para que possa ser entendido. Transformar em palavras. Este é o seu dom.

— Ah... Quer que eu traduza?

— Se for isso.

— Preciso de acesso aos sistemas principais da *Gil* — afirmou Holsten.

— Não.

— Existem algoritmos de tradução que escrevi. Lá estão as minhas transcrições anteriores que precisarei consultar.

— Não, você tem tudo de que precisa *aqui*. — Com grande cerimônia, o homem de manto apontou para a cabeça de Holsten. — Trabalhe. Assim é ordenado.

— Ordenado por quem? — exigiu saber Holsten.

— Seu mestre. — O homem de manto olhou friamente para Holsten por um momento, então de repente afastou o olhar, como que envergonhado. — Você trabalha ou não come. Assim é ordenado — murmurou ele. — Não há outra maneira.

Holsten se sentou no terminal e olhou para o que queriam dele.

Esse foi o início de sua compreensão. Era claro que ele *estava* sonhando. Estava preso em um sonho. Ali estava um ambiente de pesadelo, familiar e desconhecido. Ali estava uma tarefa sem lógica que, no entanto, era o espelho rachado do que havia feito quando acordara pela última vez, quando a *Gilgamesh* estava em órbita sobre o planeta cinza. Ele ainda estava na câmara de suspensão, e sonhando.

Mas é claro que não se sonha em suspensão. Até Holsten se lembrava o suficiente sobre a ciência para saber disso. Não se sonha porque o processo de resfriamento leva a atividade cerebral a um mínimo absoluto, uma suspensão até mesmo dos movimentos subconscientes da mente. Isso é necessário porque a atividade cerebral não verificada durante o ócio forçado de um longo sono levaria o adormecido à loucura. Tal situação surgia a partir de máquinas defeituosas. Holsten se lembrava claramente de que já haviam perdido carga humana: talvez tenha sido assim com aqueles mártires.

Foi uma revelação estranhamente calmante saber que sua cápsula de suspensão devia estar falhando em algum nível mecânico profundo, e que estava perdido dentro de sua própria mente. Tentou se imaginar lutando contra a câmara de dormir, rastejando em direção ao topo da montanha íngreme de gelo e medicamentos para acordar, batendo no interior inflexível do caixão, enterrado vivo dentro de um monumento em forma de navio dedicado à recusa absurda da humanidade em desistir.

Nada disso aumentava sua adrenalina. Sua mente se recusava teimosamente a deixar aquela cela improvisada na baia de transporte, enquanto ele trabalhava lentamente nos arquivos que lhe haviam deixado. Claro que era um sonho, porque eles eram mais do mesmo: mais informações sobre a máquina de Guyen, a instalação de upload que o homem havia arrancado inteira da estação de terraformação abandonada. Holsten estava sonhando com um purgatório administrativo para si mesmo.

Os dias se passaram, ou pelo menos ele comia e dormia e eles trocavam seu balde. Ele não tinha a sensação de nada funcional acontecendo fora da jaula. Não conseguia entender qual a *função* daquelas pessoas, a não ser viver o dia a dia, forçá-lo a traduzir, e produzir mais de si mesmos. Eles pareciam uma população estranhamente órfã: como piolhos infestando a nave-arca, os quais a *Gil* poderia a qualquer momento eliminar de seu interior. Eles deviam ter começado a vida como carga, mas há quanto tempo? Quantas gerações?

Eles continuavam a encará-lo com aquela curiosa reverência, como se tivessem enjaulado um semideus. Foi só quando vieram raspar sua cabeça que ele entendeu isso completamente. Nenhum deles parecia cortar o cabelo, mas era importante para eles que o cabelo *dele* fosse cortado até virar uma penugem. Esse era um sinal de seu status, sua diferença. Ele era um homem de um tempo anterior, um dos originais.

Como Vrie Guyen. O pensamento infeliz finalmente dissipou seu outro pensamento, ao qual ele havia de algum modo se afeiçoado, de que tudo aquilo poderia ser um pesadelo de hibernação. Percorrendo seu caminho através do emaranhado de tratados filosóficos sobre as implicações do processo de upload, ele tinha uma janela para a mente bem rígida e sedenta por controle de Guyen. Começou a montar o retrato mais completo possível do que poderia estar acontecendo: portanto, do que poderia ter *dado errado.*

Então, um dia, eles abriram sua gaiola, um punhado de figuras vestindo seus mantos, e o levaram para fora. Ele não tinha terminado seu projeto atual, e havia uma tensão em seus guardiões que era nova. Sua mente imediatamente começou a ferver com todo tipo de destinos em potencial que poderiam estar planejando para ele.

Eles o moveram para fora do hangar e para os corredores da *Gilgamesh*, ainda sem falar. Pareciam não demonstrar mais a reverência que tinham tido antes para com ele, o que ele não achava um bom presságio.

Então ele viu os primeiros corpos: um homem e uma mulher caídos em seu caminho como marionetes com os cordéis cortados, o piso texturizado pegajoso com uma mancha de sangue. Eles tinham sido esfaqueados, ou pelo menos essa foi a impressão de Holsten. O grupo passou apressado por eles, com seus acompanhantes (captores) não prestando nenhuma atenção óbvia nos mortos. Ele tentou questioná-los, mas eles simplesmente o puxaram mais rápido.

Pensou em lutar, gritar, protestar, mas estava apavorado. Eles eram todos corpulentos, maiores que a maioria dos piolhos cinzentos da nave que ele havia observado até agora. Traziam facas nos cintos, e um tinha uma longa haste de plástico com uma lâmina derretida na ponta: essas eram as ferramentas antigas dos caçadores-coletores recriadas a partir de componentes arrancados de uma espaçonave.

Tudo tinha sido tratado com tanta rapidez e confiança que só bem no final ele percebeu que havia sido sequestrado: arrancado de uma facção por outra. Subitamente, tudo ficou pior do que ele pensava. A *Gilgamesh* não estava apenas repleta de descendentes loucos da carga que havia sido acordada, mas eles já haviam começado a lutar uns contra os outros. Era a maldição do Antigo Império, aquela divisão do homem contra o homem que freava constantemente o progresso humano.

Ele foi empurrado por sentinelas e guardas, ou era isso o que pensava que eles eram: homens e mulheres, alguns em trajes espaciais, outros em mantos improvisados, outros ainda com armaduras caseiras feitas de peças avulsas, como se a qualquer momento alguém fosse chegar para julgar a competição das fantasias menos impressionantes do mundo. Deveria ser ridículo. Deveria ser patético. Mas, olhando nos seus olhos, Holsten ficou gelado ao perceber o propósito implacável deles.

Eles o levaram para uma das oficinas da nave, que abrigava dezenas de terminais, metade deles mortos, o resto piscando irregularmente. Havia pessoas trabalhando neles, um trabalho técnico condizente com pessoas realmente civilizadas, e para Holsten parecia que elas estavam lutando pelo controle, engajadas em alguma batalha virtual colossal num plano invisível.

Na outra ponta da sala estava uma mulher com cabelos curtos, um pouco mais velha que Holsten. Ela usava um traje espacial que tinha sido equipado com escamas e placas de plástico, como uma versão cômica de uma rainha guerreira, se a cara dela não fosse tão séria. Havia uma cicatriz irregular, já curada, no seu queixo, e uma pistola comprida enfiada no cinto, a primeira arma moderna que Holsten tinha visto.

— Olá, Holsten — disse ela, e sua interpretação do que estava vendo de repente deu um salto mortal, como uma carta de baralho sendo virada.

— Lain? — ele exigiu saber.

— Agora você está com aquela expressão no rosto — observou ela, depois de dar a ele tempo suficiente para superar a surpresa. — Aquela que é meio "Não faço ideia do que está acontecendo", e francamente não consigo levar isso a sério. Você deveria ser o inteligente, afinal. Então, que tal você me dizer o que sabe, Holsten? — Ela soava parcialmente como a mulher de quem Holsten se lembrava, mas só se aquela mulher tivesse tido uma vida dura e difícil por algum tempo.

Ele deu a devida consideração ao pedido. Uma grande parte dele queria genuinamente negar qualquer conhecimento, mas Lain tinha razão: isso seria uma mentira egoísta. *Eu sou apenas um pobre acadêmico fazendo o que me mandam. Eu não sou responsável.* Ele estava começando a achar que de fato era, em parte, responsável. Responsável pelo que quer que estivesse acontecendo agora.

— Guyen assumiu o comando — arriscou ele.

— Guyen é o comandante. Ele já assumiu *faz tempo*. O que é que há, Holsten?

— Ele acordou uma carga inteira. — Holsten olhou para a equipe de aspecto vilanesco de Lain. Pensou ter reconhecido alguns deles como engenheiros dela. Outros poderiam muito bem ser mais membros da carga que Guyen aparentemente havia forçado a trabalhar.

— Acho que ele começou nisso há um tempo: parece que eles estão talvez duas, três gerações à frente? Isso seria mesmo possível?

— As pessoas são boas em fazer mais pessoas — confirmou Lain.

— O imbecil nunca pensou nisso, ou talvez tenha pensado. Eles são como um culto que ele tem. Eles não sabem porra nenhuma a não ser o que ele lhes contou, certo? Qualquer um dos originais da carga que pudesse ter argumentado já se foi. Esses malucos esqueléticos foram criados basicamente com histórias de Guyen. Eu ouvi alguns deles conversando, e eles estão fodidos da cabeça, sério. Ele é o salvador deles. Cada vez que ele voltava à suspensão, eles tinham uma lenda sobre seu retorno. É todo tipo de merda messiânica com eles. — Ela cuspiu com nojo. — Então me diga o porquê, Holsten.

— Ele me fez trabalhar na instalação de upload retirada da estação. — Um pouco do tom acadêmico voltou sorrateiro à voz hesitante de Holsten. — Sempre houve uma sugestão de que os antigos tinham descoberto como armazenar suas mentes eletronicamente, mas a fase EMP de sua guerra deve ter apagado os caches, ou pelo menos nunca encontramos nenhum deles. Mas não está claro para o que eles realmente usavam isso. Não sobrou quase nada nem de referências periféricas. Não parecia ser um truque-padrão de imortalidade...

— Me poupe! — interrompeu Lain. — Então, sim, Guyen quer viver para sempre.

Holsten assentiu.

— Acho que você não é a favor.

— Holsten: é Guyen. Para sempre. Guyen para sempre. Três palavras que não ficam bem juntas.

Ele olhou para os confederados dela, imaginando se as coisas ali no grupamento de Lain haviam chegado ao ponto em que a dissidência era passível de castigo.

— Escute, eu entendo que não é a ideia mais agradável, mas ele nos trouxe até aqui. Se ele quiser subir sua mente para alguma peça de computação antiga, então temos certeza absoluta de que isso é algo que compensa, sabe, *matar* pessoas? — Porque Holsten ainda estava pensando um pouco naqueles corpos caídos que tinha visto, o preço de sua liberdade.

Lain fez uma expressão para mostrar que estava levando aquele ponto de vista em consideração.

— Sim, certo, claro. Exceto duas coisas. Uma, só consegui dar uma olhada no brinquedo novo dele antes que ele e eu tivéssemos nosso arranca-rabo, mas não acho que aquele negócio seja um receptáculo para mentes: ele é apenas o tradutor. O único lugar para o qual ele pode ir é o sistema principal da *Gilgamesh*, e eu realmente não acho que ele seja configurado para continuar executando todo o funcionamento da nave com uma mente humana enfiada dentro dele. Certo?

Holsten considerou seu entendimento relativamente amplo da instalação de upload.

— Na verdade, sim. Não é um dispositivo de armazenamento, a coisa que tiramos da estação. Mas eu achei que ele havia conseguido retirar algo mais de lá...?

— E você já viu algum de seus arquivos antigos que sugere que isso tenha acontecido?

Uma careta.

— Não.

— Certo. — Lain balançou a cabeça. — Sério, velhote, você não pensou no objetivo que isso tudo teria quando estava fazendo o trabalho dele?

Holsten abriu as mãos.

— Isso é injusto. Era tudo... Eu não tinha razão para pensar que havia algo *errado*. De qualquer forma, qual é a segunda coisa?

— O quê?

— Duas coisas, você disse. Duas razões.

— Ah, sim, ele é completamente louco, de pedra. Então é isso que você está trabalhando diligentemente para preservar. Um completo lunático com complexo de deus.

Guyen? Sim, um pouco tirano, mas ele tinha a raça humana inteira nas mãos. Sim, não era um homem fácil de trabalhar junto, alguém que guardava seus planos para si mesmo.

— Lain, eu sei que você e ele...?

— Não nos damos bem?

— Bem...

— Holsten, ele está ocupado. Está ocupado há muito tempo desde que deixamos o planeta cinza. Ele criou seu culto de merda e fez uma lavagem cerebral neles para que acreditassem que é a grande esperança do universo. E já quase terminou de colocar aquela máquina em funcionamento. Ele a testou em seu próprio povo: e acredite em mim, a coisa não correu bem, e é por isso que ela ainda está quase em funcionamento. Mas ele está perto agora. Tem que estar.

— Por que *tem que* estar?

— Porque ele parece ter uns *cem anos*, Holsten. Ele está acordado há talvez cinquenta anos, entrando e saindo. Disse a seus cultistas que era Deus, e quando acordou na vez seguinte, eles lhe disseram que era

Deus, e esse pequeno loop foi girando e girando até que ele mesmo passou a acreditar. Você já o viu depois que eles te acordaram?

— Só o povo dele.

— Bem, acredite em mim, qualquer parte do cérebro dele que você pudesse reconhecer abandonou a nave há muito tempo. — Lain olhou para o rosto de Holsten, em busca de qualquer simpatia residual pelo comandante. — Sério, Holsten, este é o plano dele: ele quer colocar uma cópia do cérebro dele na *Gil*. Ele quer *se tornar* a Gil. E sabe de uma coisa? Quando fizer isso, ele não vai precisar da carga. Não vai precisar da maior parte da nave. Não vai precisar de suporte de vida ou nada do tipo.

— Ele sempre teve os melhores interesses da nave em mente — disse Holsten defensivamente. — Como você sabe...?

— Porque *já está acontecendo*. Você sabe para que esta nave *não* foi projetada? Várias centenas de pessoas vivendo nela por cerca de um século. Desgaste, Holsten, de um jeito que você não acreditaria. Uma *tribo* de pessoas que não sabem como nada realmente funciona chegando a lugares em que não deveriam estar, sustentadas por sua crença sincera de que estão fazendo a obra de Deus. As coisas estão desmoronando. Estamos ficando sem suprimentos até mesmo com o que tiramos da estação. E eles continuam comendo e fodendo, porque *acreditam* que Guyen os levará à terra prometida.

— O planeta verde? — disse Holsten suavemente. — Talvez leve.

— Ah, claro — zombou Lain. — E é para lá que estamos indo, tudo bem. Mas, a menos que as coisas voltem ao controle e as pessoas retornem para o freezer, Guyen será o único a chegar lá: ele e uma nave cheia de cadáveres.

— Mesmo que ele consiga fazer o upload de si mesmo, vai precisar de pessoas para consertá-lo. — Holsten não sabia exatamente por que estava defendendo Guyen, a menos que tivesse tomado havia muito tempo a decisão de discordar de quase todas as proposições colocadas à sua frente.

— Sim, bem. — Lain esfregou a nuca. — Tem aquele negócio de sistema de reparo automático que tiramos da estação.

— Eu não sabia disso.

— Era uma prioridade para a minha equipe. Pareceu uma boa ideia na época. Eu sei, eu sei: conivente com nossa própria obsolescência. Também está em funcionamento, ou parece que está. Mas, pelo que vi, não está lidando com a carga, nem mesmo com a maior parte dos sistemas de que precisamos. Ele está configurado apenas para as partes da nave nas quais Guyen está interessado. As partes não projetadas para habitação. Ou foi a melhor impressão que tive, antes de me despedir.

— Depois que Guyen acordou você.

— Ele queria que eu fizesse parte de seu grande plano. Só que, quando ele me deu acesso à *Gilgamesh*, descobri muita coisa muito rápido. Umas coisas realmente frias, Holsten. Eu vou te mostrar.

— Você ainda está no sistema?

— Está na nave inteira, e Guyen não é bom o suficiente para me bloquear... Agora você está se perguntando por que eu não fodi com ele de dentro do computador.

Holsten deu de ombros.

— Bem, é, eu estava sim.

— Eu te disse que ele está testando o upload? Bem, ele teve alguns sucessos parciais. Existem... *coisas* no sistema. Quando tento cortar Guyen, ou foder com ele, essas coisas me notam. Elas vêm e começam a foder de volta. Com Guyen eu poderia lidar, mas essas coisas são como... programinhas de IA idiotas que pensam que ainda são pessoas. E eles são de Guyen, a maioria deles.

— A maioria deles?

Lain parecia infeliz, ou melhor, mais infeliz.

— Está tudo indo à merda, Holsten. A *Gil* já está começando a se desintegrar no nível dos sistemas. Estamos em uma nave espacial, Holsten. Você tem alguma ideia de como caralhos isso é *complexo*? De quantos diferentes subsistemas precisam funcionar corretamente só para nos manter vivos? No momento, é na verdade o reparo automático que está mantendo tudo funcionando, criando novas rotas ao redor das peças corrompidas, remendando o que pode, mas tem limites. Guyen está forçando esses limites, desviando recursos para seu grande projeto de imortalidade. Então nós vamos impedi-lo.

— Então... — Holsten olhou de Lain para sua tripulação, os rostos velhos e os novos. — Então eu sei sobre a instalação de upload. Então você me resgatou.

Lain apenas olhou para ele por um longo momento, fragmentos de expressão queimando ferozmente em seu rosto.

— O quê? — disse ela afinal. — Eu não tenho permissão para simplesmente resgatar você, porque é meu amigo? — Ela sustentou o olhar dele por tempo suficiente para que ele tivesse de desviar o seu, obscuramente envergonhado do que era objetivamente uma paranoia inteiramente razoável que ele sentia por ela, por Guyen e por quase tudo o mais. — De qualquer forma, limpe-se. Vá comer alguma coisa — instruiu ela. — Depois você e eu temos um compromisso.

As sobrancelhas de Holsten se ergueram.

— Com quem?

— Velhos amigos. — Lain sorriu, amarga. — Toda a gangue está reunida novamente, velhote. Que tal?

5.2 NA TERRA DE DEUS

Portia estica e flexiona seus membros, sentindo a camada brilhante recém-endurecida de seu exoesqueleto e a rede restritiva do casulo que teceu sobre si mesma. A necessidade surgiu num momento inconveniente, e ela adiou enquanto pôde, mas o aperto que provocava cãibras em cada junta acabou por se tornar insuportável e Portia foi forçada a se recolher: uma lua inteira de dias longe dos olhos do público, irritada e inquieta enquanto ia aos poucos quebrando e saindo de sua velha pele apertada e deixava seu novo esqueleto secar e encontrar sua forma.

Durante seu repouso, ela foi atendida por vários membros de sua casa de pares, que é uma força dominante agora no Grande Ninho. Existem duas ou três outras que, como uma união, poderiam desafiar o domínio da família de Portia, mas não são exatamente amigas umas das outras. Os *agentes provocadores* de Portia garantem que elas estejam constantemente lutando pelo segundo lugar.

Mas agora as realidades políticas do Grande Ninho estão bem equilibradas. Apesar dos relatórios trazidos a ela diariamente durante seu repouso, Portia sabe que haverá dezenas de peças-chave de informação que terá de pôr em dia. Felizmente, existe um mecanismo pronto para fazer isso.

Portia é a maior sacerdotisa da Mensageira que o Grande Ninho tem, mas um mês fora de circulação terá dado muitas ideias às suas irmãs. Elas terão conversado com aquela luz fugaz e fundamental no céu, recebendo a sabedoria bizarra e distorcida do universo e usando-a para seu próprio benefício. Elas terão assumido o comando dos grandiosos e muitas vezes incompreensíveis projetos ordenados pela voz de Deus. Portia terá de lutar para recuperar sua antiga proeminência.

Ela desce para a próxima câmara, sob os cuidados de um bando de jovens fêmeas. Um piscar de seus palpos e um macho é trazido. Ele viveu um mês agitado e esteve presente em encontros dos quais seu gênero geralmente é banido. A qualquer lugar que Portia poderia ter ido, ele era levado pelas aderentes dela. Cada missiva, cada descoberta e reversão, cada proclamação de Deus foi pacientemente explicada para ele. Ele foi bem alimentado, mimado; nada lhe faltou.

Agora, uma das fêmeas apresenta um bulbo protuberante de seda. Dentro está o Entendimento destilado que o último mês adicionou a esse macho. Ele inclui um relatório de inteligência que, se entregue de qualquer forma convencional, seria interminável em seus detalhes. Esse único rascunho contém segredos suficientes da casa de pares de Portia para entregar o Grande Ninho de bandeja a qualquer um dos inimigos dela.

Ela bebe, o fluido denso de aprendizado, o bulbo preso dentro de seus palpos enquanto drena cuidadosamente seu conteúdo, antes de passá-lo às suas subordinadas para ser destruído. Ela já começa a sentir uma onda de discórdia dentro dela quando o nanovírus que acabou de ingerir começa a encaixar o conhecimento roubado num lugar dentro de sua própria mente, acessando a estrutura de seu cérebro e copiando as memórias do macho. Dentro de um dia e uma noite, ela saberá tudo o que ele sabe, e provavelmente também perderá alguns caminhos mentais não tão frequentados, alguma habilidade obsoleta ou lembrança distante reconfigurada no novo e no necessário.

Mandarei notícias a respeito dele. Ela indica o macho. Assim que tiver certeza de que os novos Entendimentos foram assimilados, o macho será eliminado: morto e comido por uma das fêmeas do bando de Portia. Ele sabe muito, literalmente.

A sociedade de Portia evoluiu desde os dias primitivos em que as fêmeas comiam seus companheiros com frequência, mas talvez nem tanto. A matança de machos sob a proteção de outra casa de pares é um crime que exige restituição; a morte desnecessária de qualquer macho acumula tanta desaprovação social que raramente é praticada, e as culpadas são geralmente tachadas como um desperdício e desprovidas da virtude dourada do autocontrole. No entanto, matar um macho por um bom motivo, ou após o coito, permanece aceitável, apesar de debates ocasionais sobre o assunto. É simplesmente assim que as coisas são, e a conservação da tradição é importante no Grande Ninho hoje em dia.

* * *

O Grande Ninho é uma vasta metrópole florestal. Centenas de quilômetros quadrados de grandes árvores estão enfeitados com as angulosas moradias de seda dos parentes de Portia, sendo constantemente adicionadas e remodeladas conforme a sorte de cada casa de pares melhora ou piora. O maior dos clãs habita o nível médio: protegido dos extremos do clima, mas adequadamente distante do solo humilde onde as fêmeas sem grupos de pares precisam lutar por espaço para as pernas com um enxame de ferozes machos semisselvagens. Entre as casas de pares ficam as oficinas de artesãs que produzem aquele estoque cada vez menor de artigos que não é possível criar as formigas para fabricar, os estúdios de artistas que tecem, elaboram e constroem elegantes nós de escrita e os laboratórios de cientistas de várias disciplinas. Abaixo do solo, entre as raízes, rastejam as redes entrelaçadas de formigas, cada ninho para sua própria tarefa especializada. Outros ninhos maiores se irradiam dos limites da metrópole, envolvidos em derrubada de árvores, mineração, fundição e manufatura industrial. E, ocasionalmente, guerra. Lutar contra o *outro* é algo que toda colônia de formigas consegue se lembrar de como fazer, se houver necessidade, embora o Grande Ninho, como seus rivais, tenha soldadas especializadas também.

Portia, a caminho do templo, sente fragmentos de assuntos atuais se encaixando dentro dela. Sim, houve mais problemas com as vizinhas do Grande Ninho: os ninhos menores (Sete Árvores, Desfiladeiro do Rio, Montanha Flamejante) voltaram a testar os limites do território, com inveja da supremacia da casa de Portia. É provável que uma nova guerra aconteça, mas Portia não está preocupada com o resultado. Seu povo pode reunir muito mais formigas, e muito mais bem projetadas, para a luta adiante.

O tamanho imenso do Grande Ninho exige um sistema de transporte público nas regiões mais elevadas. O templo central onde Portia preside está a alguma distância do local de seu repouso. Ela sabe que o transporte de coisas é domínio de Deus, e entre os planos preocupantes e de difícil compreensão de Deus estão vários meios de se mover de um lugar para outro a grande velocidade, mas até agora nenhuma casa de pares, nenhuma cidade, conseguiu realizar qualquer um deles. As aranhas fizeram seus próprios arranjos nesse meio tempo, embora com uma consciência vergonhosa de que eles são inadequados em comparação com o Plano Divino.

Portia embarca em uma cápsula cilíndrica amarrada ao longo de um fio grosso e trançado, e permite que ela a carregue a uma velocidade acelerada através da glória arbórea que é sua casa. A força motriz é energia parcialmente armazenada em molas de seda, uma evolução de macroengenharia projetada a partir da estrutura da própria seda de aranha e de músculos parcialmente cultivados: uma placa descerebrada de tecido em contração percorrendo a costela dorsal da cápsula, inconscientemente se arrastando, sem parar; eficiente, autorreparável e fácil de alimentar. O Grande Ninho é uma complexa rede interconectada de tais passagens para cápsulas, uma rede entre redes, como os fios de comunicação vibracional que vão a qualquer lugar, já que o templo mantém um monopólio rigoroso dos rastros invisíveis das ondas de rádio.

Pouco depois, ela entra no templo, marcando cuidadosamente as reações de quem encontra lá, farejando desafiadoras em potencial.

Qual é a posição da Mensageira?, pergunta ela, e é informada de que a voz de Deus está nos céus, invisível contra a luz do dia.

Deixe-me falar com Ela.

As sacerdotisas menores saem de seu caminho um tanto ressentidas, depois de terem o controle do lugar por um mês. O velho receptor de cristal tem sido melhorado continuamente desde que as mensagens de Deus se tornaram compreensíveis: essa foi a primeira lição de Deus, e uma das mais bem-sucedidas. Agora existe toda uma máquina de metal, madeira e seda que atua como um terminal para um fio cego da grande e invisível teia do universo que liga todos esses terminais, permitindo a Portia falar diretamente com outros templos a meio mundo de distância, e falar e ouvir as palavras de Deus.

Depois que Deus começou a falar originalmente, foi necessária a combinação de grandes mentes de várias gerações para finalmente aprender a língua divina, ou talvez para negociar com essa língua, encontrando a compreensão de Deus no meio do caminho. Mesmo agora, uma certa quantidade do que Deus tem a dizer simplesmente não é algo que Portia ou qualquer uma possa entender. Mas está tudo anotado, e às vezes um trecho de escritura particularmente complicado cede às provocações de teólogas posteriores.

Lentamente, no entanto, um relacionamento com a divindade foi estabelecido pelas antepassadas de Portia, e assim uma história foi contada. Portanto, de um modo tardio no desenvolvimento de sua cultura, o povo de Portia herdou um mito da criação, e teve seu destino ditado a ele por um ser de um poder e uma origem que ultrapassavam todos os seus entendimentos.

A Mensageira era a última sobrevivente de uma era anterior do universo, elas foram informadas. Nos estertores finais dessa era, a Mensageira foi escolhida para vir a este mundo e gerar vida a partir da terra estéril. A Mensageira (a Deusa do planeta verde) reconstruiu o mundo para que ele desse origem a essa vida, em seguida semeou-o com plantas e árvores, e então com os animais menores. No último dia da era anterior, no ápice da criação, a Mensageira despachou ancestrais distantes de Portia para aquele mundo e se acomodou para aguardar suas vozes.

E, depois de tantas gerações de silêncio nas quais só a voz da Mensageira tocava os fios daquela invisível teia mundial, os templos agora cantam de volta e o equilíbrio do plano de Deus é dividido em revelações graduais que quase ninguém consegue entender ainda. A Mensageira está tentando ensiná-las a viver, e isso envolve construir máquinas para realizar propósitos que o pessoal de Portia mal consegue entender. Envolve forças perigosas, como a fagulha que envia sinais pelos fios do éter até a Mensageira, mas com um poder muito maior. Envolve conceitos bizarros e perturbadores de rodas e olhos aninhados, fogo e relâmpagos canalizados. A Mensageira está tentando ajudá-las, mas seu povo é indigno, assim prega o templo: se não fosse por isso, por que falhariam com seu Deus tão frequentemente? Elas devem melhorar e se tornar o que Deus planejou para elas, mas seu modo de vida, suas construções e suas invenções estão totalmente em desacordo com a visão que a Mensageira lhes relata.

Portia e suas irmãs estão frequentemente em contato com os templos de outras cidades, mas eles estão se afastando mesmo assim. Deus fala com cada um deles, pois cada templo recebeu sua própria frequência, mas a mensagem é substancialmente a mesma (pois Portia já ouviu escondida os ditames de Deus às outras). Cada templo traduz as boas novas de maneira diferente; interpreta as palavras e as coopta para se ajustarem às estruturas mentais existentes. Pior, alguns templos estão perdendo totalmente a fé, começando a reformular as palavras da Mensageira como algo diferente de divino. Isso é uma heresia, e já existem conflitos. Afinal, esse minúsculo ponto de luz em movimento é a única conexão delas com um universo maior que, assim lhes foi dito, elas estão destinadas a herdar. Questionar e alienar a estrela rápida poderia deixá-las abandonadas e sozinhas no cosmos.

* * *

No final do dia, entre relatórios e o Entendimento com o qual o macho acabou de presenteá-la, ela terminou de se atualizar com o que aconteceu em sua ausência. Os atritos com o templo apóstata de Sete Árvores são grandes, e tem havido violações sérias nas minas. As exigências de Deus significam que as matérias-primas, especialmente metais, estão em alta demanda. O Grande Ninho manteve o monopólio de todos os veios bons de ferro e cobre, ouro e prata em qualquer lugar perto de sua extensão cada vez maior, mas outras cidades têm contestado isso com frequência, enviando suas próprias colônias de formigas em colunas para atacar as escavações. É uma guerra cujas armas, até agora, têm sido mineiras criadas mais eficientemente, e não guerreiras mais ferozes, mas Portia sabe que isso não pode continuar. A própria Deus afirmou, numa daquelas longas diatribes filosóficas de que Ela gosta tanto, que há sempre um único ponto final para o conflito se nenhum dos lados se afastar da borda.

Aranha sempre matou aranha. Desde o começo, a espécie teve uma onda de canibalismo, especialmente de fêmea contra macho, e muitas vezes elas lutaram por território, pelo domínio de algum local. Mas esses assassinatos nunca foram casuais ou comuns. O nanovírus que atravessa cada uma delas forma outra rede de conexões, lembrando cada uma da senciência da outra. Até mesmo os machos participam: mesmo suas pequenas mortes têm um significado e uma importância que não podem ser negados. Certamente as aranhas nunca caíram tanto a ponto de praticar massacres generalizados. Eles reservavam suas guerras para se defender contra ameaças extraespécie, como aquela guerra de tanto tempo atrás contra a supercolônia de formigas que no fim provou ser um grande impulso para sua tecnologia. Para uma espécie que pensa naturalmente em termos de redes e sistemas interconectados, a ideia de uma guerra de conquista e extermínio, em contraposição a uma campanha de conversão, subversão e cooptação, não vem facilmente.

Mas Deus tem outras ideias, e a superioridade das ideias de Deus se tornou o principal ponto de dogma para o templo: afinal, por que alguém precisaria de um templo se não fosse para isso?

Quando ela está finalmente atualizada sobre os desenvolvimentos teológicos e políticos, quando sua cápsula sai dos limites da cidade para visitar as oficinas divinas onde suas sacerdotisas-engenheiras trabalham para tentar realizar alguma coisa (qualquer coisa) dos desígnios alucinantes de Deus, só então ela encontra tempo para realizar uma missão pessoal. Para Portia, pessoal e sacerdotal estão quase sempre entrelaçados, mas agora ela está satisfazendo uma vontade própria: achando tempo para encontrar uma pequena mente dentre tantas, e ainda assim uma joia de clareza. Vários dos principais momentos de epifania, em que a mensagem de Deus foi desemaranhada ainda que ligeiramente, se originaram com aquele cérebro notável. E ainda assim ela sente uma pontada de vergonha por gastar seu tempo viajando até aquele laboratório nada notável onde seu protegido não reconhecido tem a chance de experimentar e construir sem o controle rígido que o templo tradicionalmente exerce.

Ela entra sem alarde, encontrando o objeto de sua curiosidade estudando os resultados mais recentes, uma notação complexa de análise química tecida automaticamente por uma das colônias de formigas da cidade. Interrompido por sua presença, o cientista se vira e balança os palpos numa genuflexão complexa, uma dança de respeito, subserviência e súplica.

Fabian, Portia se dirige a ele, e o macho estremece e se sacode.

Antes de vir para cá, Portia foi aos laboratórios externos para ver o progresso do plano de Deus, e não está animada.

A história do contato da Mensageira com Suas escolhidas é a execução de um plano. Assim que a barreira do idioma foi rompida (e ainda está sendo rompida, missiva a missiva), Deus não perdeu tempo em estabelecer Seu lugar no cosmos. Houve, na época, algum debate entre as estudiosas, mas contra uma voz das estrelas que lhes prometia um universo maior que qualquer coisa que elas haviam imaginado, o que poderiam as céticas sugerir? O fato de Deus era indiscutível.

O fato de que servia ao templo argumentar a favor de Deus é algo de que Portia sabe bem. Ela está ciente de que a primeira tentativa de alcançar Deus estava desafiando os decretos do templo da época. Agora se pergunta o que poderia acontecer se o próprio templo do Grande Ninho desafiasse Deus mais uma vez.

Infelizmente, a resposta mais óbvia é que Deus simplesmente presentearia mais de Sua mensagem para outros templos e não para o Grande Ninho. A unidade de religião havia levado à rivalidade e ao surgimento de facções entre os ninhos. Em todas as suas longas histórias, eles trabalharam juntos, nós semelhantes num *continuum* que abrangia o mundo. Agora a atenção divina se tornou um recurso que eles devem disputar. Claro que o Grande Ninho é proeminente entre os principais favoritos de Deus, com seu próprio nó de frequências com o qual monopoliza muito da mensagem. Os peregrinos de outros ninhos precisam vir implorar por notícias sobre o que é que Deus quer.

Apenas aquelas do templo interno estão desconfortavelmente conscientes de que a mensagem que distribuem às peticionárias é apenas um melhor palpite. Deus é ao mesmo tempo específica e obscura.

Portia viu os melhores esforços nesses laboratórios de alto risco fora da cidade. Eles estão distantes porque precisam estar rodeados por uma barreira contra incêndio. Deus está apaixonada pela mesma força que queima nos rádios. As formigas ali fundiam grandes extensões do cobre que carrega os pulsos daquele relâmpago domesticado da mesma forma que a seda pode carregar um discurso simples. Só que o raio não é tão fácil de domesticar. Muitas vezes, uma faísca é tudo o que é preciso para dar origem a uma conflagração.

As cientistas do templo tentam construir uma rede de relâmpagos de acordo com os desígnios de Deus, mas ela não consegue fazer nada, exceto ocasionalmente destruir suas próprias criadoras. Em algum lugar lá fora, Portia teme, alguma outra comunidade pode estar mais próxima que o Grande Ninho de alcançar a intenção de Deus.

A obra de Deus não deve ser confiada aos machos, mas Fabian é especial. Nos últimos anos, Portia se tornou curiosamente confiante em suas habilidades. Ele é um arquiteto químico de habilidade surpreendente.

É o velho fator limitante: formigas são lentas. O esforço científico de cada ninho de aranha se baseia em sua capacidade de treinar suas colônias de formigas para realizar as tarefas necessárias: manufatura, engenharia, análise. Enquanto cada geração se tornou mais adepta, ampliando os limites de sua tecnologia orgânica, cada nova tarefa requer uma nova colônia, ou então que o comportamento existente de uma colônia seja reescrito. Aranhas como Fabian criam textos químicos que dão a uma colônia de formigas seu propósito, sua complexa cascata de instinto que lhe permite realizar a tarefa dada. Embora na verdade existam poucos como Fabian, que realizam mais, com mais elegância e em menos tempo que qualquer outro.

Fabian possui tudo que um macho pode desejar, e ainda assim está infeliz. Portia o encontra em uma mistura bizarra: um macho cujo valor o tornou franco o suficiente para que ela às vezes sinta que está lidando com uma fêmea rival.

Antes de ela se retirar para a muda, ele estava insinuando que estava à beira de um grande avanço; no entanto, um mês depois, não abordou mais o assunto com nenhuma de suas subordinadas. Ela se pergunta se ele guardou tudo para ela. Eles têm um relacionamento complexo, ela e Fabian. Ele dançou para ela uma vez, e ela pegou o material genético dele para adicionar ao seu próprio, de modo a presentear sua genialidade combinada para a posteridade. Ele aprendeu muito mais, desde então, que não transmitiu. Na verdade, ela deveria esperar que ele fizesse uma petição, mas, agora que está aqui, o assunto surgiu.

Não estou pronto, responde ele com desdém. *Há mais para aprender.*

Sua grande descoberta, pede ela. Fabian é um gênio volátil. Ele deve ser tratado com um cuidado normalmente impróprio ao se lidar com um macho.

Mais tarde. Não está pronto. Ele está agitado, inquieto na presença dela. Seus receptores de cheiro sugerem que ele está pronto para acasalar, então é sua mente que o está impedindo.

Vamos acabar logo com isso, sugere ela. *Ou talvez simplesmente destilar seus novos Entendimentos? Embora eu não queira que nada aconteça com você, acidentes sempre podem acontecer.*

Ela não tinha a intenção de fazer uma ameaça, mas os machos são sempre cautelosos perto das fêmeas. Ele fica quieto por um momento, exceto por um estremecimento nervoso de seus palpos, um apelo inconsciente por sua vida que remonta às gerações anteriores ao desenvolvimento de uma linguagem por sua espécie.

Osric morreu, diz ele, o que ela não esperava. Ela não consegue situar o nome, então ele acrescenta: *Ele era um dos meus assistentes. Foi morto após um acasalamento.*

Diga-me quem esteve envolvida e vou repreendê-la. Seu povo é precioso demais para ser consumido dessa forma. E Portia está genuinamente descontente. Resta uma facção restrita de ultraconservadoras no Grande Ninho que acredita que os machos não podem ter qualidades genuínas que não sejam simplesmente um reflexo das fêmeas ao seu redor, mas essa filosofia linha-dura tem morrido desde a peste, quando uma simples falta de números permitiu que os machos assumissem todos os tipos de papéis normalmente reservados para o sexo forte. Outras cidades-estados, como Sete Árvores, foram ainda mais longe, dada a devastação muito maior da peste lá. O Grande Ninho, originador da cura, combinou o domínio cultural com uma rigidez social maior do que muitos de seus pares.

A arquitetura de mineração aprimorada foi concluída, bate Fabian, distraído. *Você está ciente de que eu mesmo posso ser morto qualquer dia desses?*

Portia congela. *Quem se atreveria a arriscar minha desaprovação?*

Eu não sei, mas pode acontecer. Se a fêmea mais malvada for morta, isso é assunto para investigação e punição, da mesma maneira que aconteceria se alguém danificasse o terreno comum da cidade ou falasse contra o templo. Se eu for morto, então o único crime que a perpetradora comete é desagradar.

E eu ficaria enormemente descontente, e é por isso que não vai acontecer. Você não precisa ter medo, explica Portia pacientemente, pensando: *Machos podem ser tão tensos!*

Mas Fabian parece estranhamente calmo. *Eu sei que não vai acontecer, contanto que eu continue sendo favorecido por você. Mas estou preocupado que isso possa acontecer, que tais coisas sejam permitidas. Você sabe quantos machos são mortos todos os meses no Grande Ninho?*

Eles morrem como animais nas regiões mais baixas, diz Portia a ele. *Eles não são úteis para ninguém, exceto como companheiros, e nem mesmo como companheiros de qualquer substância na maioria das vezes. Isso não é algo com o qual você precise se preocupar.*

E, no entanto, me preocupo. Fabian tem mais coisas que quer comunicar, ela percebe, mas ele acalma os pés.

Você está preocupado em perder meu favorecimento? Continue trabalhando como está, e não há nada no Grande Ninho que você não terá, assegura Portia ao macho frágil. *Nenhum conforto e nenhuma guloseima lhe serão negados. Você sabe disso.*

Ele começa a formular uma resposta: ela vê os conceitos emergentes estrangulados, natimortos, enquanto ele controla o tremor de seus palpos. Por um momento, pensa que ele vai enumerar as coisas que *não* pode ter, não importa o quão favorecido seja, ou que vai levantar a questão (de novo!) de que tudo o que ele *pode* ter, pode alcançar apenas por intermédio dela ou de alguma outra fêmea dominante. Ela se sente frustrada com ele: o que ele quer *exatamente*? Será que não percebe como é afortunado em comparação a tantos de seus irmãos?

Se ele não fosse tão *útil*... Mas é mais que isso. Fabian é uma criaturinha curiosamente atraente, mesmo sem contar suas realizações concretas. Essa combinação de Entendimentos, impertinência e vulnerabilidade faz dele um nó que ela não consegue parar de considerar. Um dia vai ter de provocá-lo para ele andar na linha ou então cortá-lo.

* * *

Depois daquele confronto insatisfatório com Fabian, ela retorna às suas funções oficiais. Como sacerdotisa sênior, foi solicitada a examinar uma herege.

Por comunicações de rádio com outros templos, ela fica ciente de que outros ninhos exibem níveis variados de tolerância à heresia, dependendo da força das sacerdotisas locais. Existem até mesmo ninhos (alguns preocupantemente próximos) onde o templo é uma sombra de sua antiga força, de modo que a governança da cidade depende de um conluio de hereges, ex-sacerdotisas e estudiosas independentes. O próprio Grande Ninho continua a ser a pedra angular da ortodoxia, e Portia está ciente de que, mesmo agora, existem planos para exercer alguma medida de persuasão forçada em seus vizinhos não conformistas. Essa é uma coisa nova, mas a mensagem de Deus pode ser interpretada como um apoio. A Mensageira fica frustrada quando Suas palavras são ignoradas.

Mesmo dentro do Grande Ninho, a semente da heresia recentemente se enraizou nas próprias cientistas das quais o templo depende. Os murmúrios das fêmeas artesãs que perderam o favorecimento do templo ou machos vagabundos temerosos por suas vidas sem valor, são fáceis de ignorar. Quando as grandes mentes do Grande Ninho começam a questionar os ditames do templo, importantes magnatas como Portia precisam se envolver.

Bianca é uma delas: uma cientista, membro do grupo de pares de Portia, uma ex-aliada. Ela provavelmente tem pensamentos heréticos há um bom tempo. Implicada por outra estudiosa rebelde, uma busca sem aviso prévio nos laboratórios de Bianca demonstrou como seus estudos pessoais mudaram para a astronomia, uma ciência particularmente propensa à procriação de hereges.

A espécie de Portia é difícil de aprisionar, mas Bianca está atualmente confinada a uma câmara dentro dos túneis de uma colônia de formigas especialistas criada para esse propósito. Não há fechadura ou chave, mas, sem adotar um determinado perfume, alterado diariamente, ela seria dilacerada pelos insetos se tentasse escapar.

As formigas guardiãs da colônia recebem o código de feromônio correto de Portia e a encharcam com o perfume de passagem de hoje. Ela tem um certo tempo para dizer a que veio, depois do qual se tornará tão prisioneira quanto Bianca.

Ela sente uma pontada de culpa sobre o que está prestes a fazer. Bianca deveria ter sido sentenciada a esta altura, mas Portia está impregnada de memórias da companhia e da assistência de sua irmã. Perder Bianca seria perder uma parte de seu próprio mundo. Portia abusou de sua autoridade apenas para ganhar esta chance de redimir a herege.

Bianca é uma aranha grande, seus palpos e suas patas dianteiras tingidos em padrões abstratos de azul e ultravioleta. Os pigmentos são raros, lentos e caros para produzir, então o ato de exibi-los também exibe a considerável influência (uma moeda intangível, porém indiscutível) que Bianca até recentemente tinha condições de reunir.

Salve, irmã. A postura de Bianca e o movimento preciso das patas dão à mensagem uma ênfase cheia de farpas. *Está aqui para se despedir de mim?*

Portia, já esmagada pelas vicissitudes do dia até agora, se agacha bem baixo, renunciando a todas as posturas físicas e fanfarronices habituais. *Não me afaste. Você tem poucas aliadas no Grande Ninho agora.*

Só você?

Só eu. Portia estuda a linguagem corporal de Bianca, vendo a fêmea maior mudar ligeiramente de posição, reconsiderando.

Não tenho nomes para revelar, nem outros para entregar a você, avisa a acusada à inquisidora. *Minhas crenças são só minhas. Não preciso de uma ninhada ao meu redor para me dizer o quanto estou certa.*

Deixando de lado o fato de que muitas das cúmplices de Bianca já foram apreendidas e sentenciadas sob a autoridade do templo, Portia decidiu abandonar essa linha de investigação. Resta apenas uma coisa em jogo. *Estou aqui para salvar você. Só você, irmã.*

Os palpos de Bianca se movem ligeiramente, uma expressão inconsciente de interesse, mas ela não diz nada.

Não desejo uma casa que não possa dividir com você, diz Portia a ela, seus passos e seus gestos cuidadosos, pesados com consideração. Se você se for, um buraco vai se abrir no mundo, de modo que tudo o mais vai perder a forma. *Se você se retratar, irei até as minhas colegas no templo, e elas me ouvirão. Você cairá em desgraça, mas permanecerá livre.*

Retratar?, repete Bianca.

Se você explicar ao templo que se enganou ou que foi conduzida a erro, então eu posso poupar você. Terei você para mim, para trabalhar ao meu lado.

Mas eu não *estou enganada.* Os movimentos de Bianca eram categóricos e firmes.

Você deve estar.

Se você virar as lentes para o céu noturno, lentes com a força e a pureza que agora podemos produzir, você também verá, explica Bianca com calma.

Esse é um mistério que não pode ser compreendido por quem está fora do templo, repreende-a Portia.

É o que dizem aquelas dentro do templo. Mas eu olhei; vi o rosto da Mensageira, e a medi e estudei conforme passa acima de nós. Eu montei minhas placas e analisei a luz que parece se derramar. Luz refletida apenas do sol. E o mistério é que não existe mistério. Eu posso lhe dizer o tamanho e a velocidade da Mensageira. Posso até adivinhar do que ela é construída. A Mensageira é uma rocha de metal, nada mais.

Eles vão exilar você, diz Portia a ela. *Você sabe o que isso quer dizer?* Como as fêmeas não matam mais outras fêmeas, a sentença mais dura do Grande Ninho é negar à acusada as maravilhas daquela metrópole. Essas criminosas recebem uma marcação química que as sentencia à morte caso se aproximem de qualquer uma das colônias de formigas da cidade, e muitas outras colônias além, já que a marca não discrimina. Ser exilada com muita frequência significa um retorno à barbárie solitária nas profundezas das vastidões selvagens, para sempre recuando diante da propagação constante da civilização.

Eu adquiri muitos Entendimentos na minha vida, fala Bianca claramente, como se não tivesse ouvido. *Eu ouvi os sinais incompreensíveis de outra Mensageira no meio da noite. A coisa que você chama de Deus sequer está sozinha no céu. É uma coisa de metal que exige que façamos mais coisas de metal, e eu vi como ela é pequena.*

Portia desliza nervosamente, apenas porque, em suas horas mais sombrias, ela também foi palco de pensamentos semelhantes. *Bianca, você não pode se afastar do templo. Nosso povo tem seguido as palavras da Mensageira desde os nossos primeiros dias: desde muito antes de podermos entender Seu propósito. Mesmo que tenha suas dúvidas pessoais, você não pode negar que as tradições que construíram o Grande Ninho nos permitiram sobreviver a muitas ameaças. Elas fizeram de nós o que somos.*

Bianca parece triste. *E agora elas nos impedem de ser tudo o que poderíamos ser*, sugere ela. *E isso está no meu coração. Se eu me afastasse disso, não sobraria nada de mim. Não apenas sinto que o templo está enganado, como acredito que o templo se tornou um fardo. E você sabe que não estou sozinha. Você já deve ter falado com os templos de outras cidades, até mesmo aquelas cidades às quais o Grande Ninho é hostil. Você sabe que outras sentem o mesmo que eu.*

E elas, por sua vez, serão punidas, diz Portia a ela. *Como você será.*

5.3 VELHOS AMIGOS

Quatro deles se encontraram numa antiga sala de serviço que parecia representar terreno neutro no meio das partes da nave reivindicadas pelos vários grupos. Lain e os outros dois tinham comitivas que esperavam do lado de fora, olhando nervosos uns para os outros como soldados hostis numa guerra fria.

Lá dentro, foi um reencontro.

Vitas não tinha mudado; Holsten suspeitava que, no total, ela não havia ficado fora do freezer por muito mais tempo que ele, ou talvez tivesse apenas usado bem o tempo extra: uma mulher elegante e bem-cuidada com seus sentimentos enterrados profundamente o suficiente para que seu rosto permanecesse um enigma. Ela ainda usava um traje espacial, como se tivesse saído direto das memórias de Holsten sem ser tocada pelo caos dentro do qual a *Gilgamesh* aparentemente estava caindo. Lain já tinha explicado como Vitas fora recrutada por Guyen para ajudar com o mecanismo de upload. Os pensamentos da mulher sobre isso eram desconhecidos, mas ela viera quando Lain lhe enviara uma mensagem, passando discretamente pelos círculos do culto de Guyen como fumaça, seguida por um punhado de seus assistentes.

Karst parecia mais velho, aproximando-se da idade de Holsten. A barba dele tinha voltado (irregular e em graus variados de grisalho) e ele usava o cabelo amarrado para trás. Trazia um rifle pendurado no ombro, cano para baixo, e trajava uma armadura, um traje completo do tipo que Holsten lembrava que ele gostava de usar antes: bom contra a arma de Lain, talvez não tanto contra uma faca. Sua vantagem tecnológica estava sendo corroída pela natureza de retrocesso daqueles tempos.

Ele também estava trabalhando com Guyen, mas Lain havia explicado que Karst era uma espécie de lei de um homem só hoje em dia. Controlava o arsenal da nave e só ele tinha acesso a armas de fogo em qualquer quantidade; sua equipe de segurança, e todo o pessoal que havia recrutado, era leal a ele antes e acima de tudo. E ele também, é claro: Karst era a prioridade principal de Karst, ou assim acreditava Lain.

Então o chefe de segurança soltou um brado que soou como escárnio.

— Você chegou até a tirar o velhote do túmulo pra nós! Está tão necessitada assim de nostalgia, Lain? Ou talvez de algo mais?

— Eu o tirei de uma jaula no setor de Guyen — declarou Lain. — Ele estava lá há dias. Acho que você não sabia disso.

Karst olhou furioso para ela, depois para o próprio Holsten, que confirmou tudo com um aceno de cabeça. Nem mesmo Vitas parecia surpresa, e o chefe da segurança levantou as mãos para o céu.

— Puta que pariu, ninguém me conta *nada* — disparou ele. — Muito bem, aqui estamos todos nós. Que *agradável*, caralho. Que tal você falar a sua parte, então?

— Como você está, Karst? — perguntou Holsten baixinho, dando uma rasteira em todos, incluindo Lain.

— Sério? — As sobrancelhas do chefe de segurança desapareceram debaixo dos cabelos desgrenhados. — Você realmente quer começar com amenidades?

— Eu quero saber como isso pode funcionar, isso... que Lain me disse que está acontecendo. — Holsten tinha decidido, no caminho para lá, que não seria meramente o puxa-saco da engenheira. — Quero dizer... há quanto tempo isso está acontecendo? Parece simplesmente... insano. Guyen tem um culto? Está mexendo com essa coisa de upload por quanto tempo, décadas? Gerações? Por quê? Ele poderia simplesmente ter trazido esse negócio diante da tripulação principal e conversado a respeito. — Ele percebeu um olhar estranho trocado entre os outros três. — Ou... certo, ok. Então talvez isso tenha acontecido. Suponho que eu não era tripulação principal o suficiente para ser convidado.

— Não era como se precisássemos de alguma tradução — disse Karst, com um dar de ombros.

— Na época, houve uma discussão considerável a respeito — acrescentou Vitas, áspera. — No entanto, fazendo um balanço, foi decidido que havia muitas coisas desconhecidas sobre o processo, especialmente seu efeito nos sistemas da *Gilgamesh*. Pessoalmente, eu era a favor de experimentações e testes.

— Então o que aconteceu? Guyen se preparou para acordar cedo, retirou uma equipe técnica substituta da carga e começou a trabalhar? — arriscou Holsten.

— Estava tudo pronto quando ele me acordou. E, francamente, eu não finjo que entendo os argumentos técnicos. — Karst deu de ombros. — Então ele precisava de mim para rastrear as pessoas que estavam fugindo desse negócio de campo de prisioneiros do culto dele. Imaginei que a melhor coisa que eu poderia fazer era cuidar do meu próprio pessoal e ter certeza de que ninguém mais pegasse em armas. Então, Lain, você quer as armas agora? É isso?

Lain lançou um olhar para Holsten para ver se ele estava prestes a sair por outra tangente, então acenou com a cabeça brevemente.

— Eu quero a ajuda de seu pessoal. Quero deter Guyen. A nave está desmoronando: mais um pouco e os sistemas principais estarão irremediavelmente comprometidos.

— É o que você diz — respondeu Karst. — Guyen diz que, assim que ele realmente fizer lá o... fizer o *negócio*, então tudo volta ao normal: que ele estará no computador, ou alguma cópia dele, e tudo correrá tão bem quanto você quiser.

— E isso é possível — acrescentou Vitas. — Não é garantido, mas é possível. Portanto, devemos comparar o perigo potencial de Guyen completar seu projeto com o de uma tentativa de detê-lo. Não é um julgamento fácil de fazer.

Lain olhou de rosto em rosto.

— E, no entanto, aqui estão vocês, e aposto que Guyen não sabe.

— O conhecimento nunca é desperdiçado — observou Vitas calmamente.

— E se eu dissesse que Guyen está ocultando conhecimento de vocês? — pressionou Lain. — Que tal transmissões da colônia lunar que deixamos para trás? Ouviram alguma delas ultimamente?

Karst olhou de soslaio para Vitas.

— É? O que eles têm a dizer?

— Porra nenhuma. Estão todos mortos.

Lain deu um sorriso amargo no silêncio que aquilo gerou.

— Eles morreram enquanto ainda estávamos a caminho do sistema do planeta cinza. Eles chamaram a nave; Guyen interceptou suas mensagens. Ele contou a algum de vocês? Certamente não contou para mim. Encontrei os sinais arquivados por acaso.

— O que aconteceu com eles? — perguntou Karst, relutante.

— Eu coloquei as mensagens no sistema, onde vocês dois podem acessá-las. Vou direcioná-los a elas. Mas sejam rápidos. Dados desprotegidos são corrompidos rapidamente hoje em dia, graças aos restos deixados por Guyen.

— É, bem, ele culpa *você* por isso. Ou Kern, às vezes — comentou Karst.

— Kern? — exigiu saber Holsten. — O negócio do satélite?

— Esteve nos nossos sistemas — observou Vitas. — É possível que tenha deixado algum tipo de constructo fantasma para nos monitorar. Guyen acredita nisso. — Seu rosto se enrugou um pouco. — Guyen se tornou um tanto obcecado. Ele acredita que Kern está tentando detê-lo. — Ela acenou com a cabeça cordialmente para Lain. — Kern e você.

Lain cruzou os braços.

— Cartas na mesa. Não vejo porra nenhuma de benefício em Guyen se tornando uma presença imortal em nosso sistema de computador. Na verdade, vejo todos os tipos de desvantagens possíveis, algumas delas fatais para nós, a nave e toda a raça humana. Logo: nós o detemos. Quem está dentro? Holsten está comigo.

— Bem, merda, se você está com *ele*, por que precisa do resto de nós? — perguntou Karst lentamente.

— Ele é tripulação principal.

A expressão de Karst era eloquente quanto à sua opinião a respeito.

E é isso, para mim? Estou aqui apenas para adicionar meu peso minúsculo (sem ser consultado!) ao argumento de Lain?, ponderou Holsten, taciturno.

— Confesso que estou curiosa para saber o resultado do experimento do comandante. A capacidade de preservar mentes humanas de forma eletrônica certamente seria algo vantajoso — afirmou Vitas.

— Planejando se tornar a Noiva de Guyen? — perguntou Karst, provocando um olhar fuzilante dela.

— Karst? — perguntou Lain.

O chefe da segurança levantou as mãos para o céu.

— Ninguém me conta nada, sério. As pessoas só querem que eu faça coisas e nunca são francas comigo. Eu? Eu defendo o meu pessoal. Neste exato momento, Guyen tem um bando de gente esquisita que foi criada desde o berço com ele sendo a porra do messias. Você tem um punhado de rapazes e moças decentemente equipados e treinados aqui, mas vocês não são exatamente a elite lutadora. Se partirem pra cima de Guyen, vocês vão perder. Agora, eu não sou a porra de um *cientista* ou qualquer coisa do gênero, mas minha matemática diz o seguinte: por que deveria ajudar você quando provavelmente isso só vai machucar meu pessoal?

— Porque você tem as armas para se opor aos números de Guyen.

— Não é um bom motivo — declarou Karst.

— Porque eu estou certa, e Guyen vai destruir os sistemas da nave tentando forçar a porra do ego dele em nossos computadores.

— É o que você diz. Ele diz outra coisa — respondeu Karst com teimosia. — Escute, você acha que tem um plano real, tipo um plano real que teria uma chance de sucesso e não apenas "deixe que Karst faça todo o trabalho"? Me traga isso, e aí talvez eu escute. Até lá… — Ele fez um gesto de desprezo. — Você não tem o suficiente, Lain. Nem chances, nem argumentos.

— Então me dê armas suficientes — insistiu Lain.

Karst deu um suspiro profundo.

— Eu só cheguei ao ponto de criar uma regra: ninguém pega em armas. Você está preocupada com o estrago que Guyen vai fazer com esse negócio que ele quer fazer? Bom, eu não entendo nada disso. Mas o estrago quando todo mundo começar a atirar em todo mundo e em todos os pedaços da nave também? Sim, disso eu entendo. O motim já foi ruim o suficiente. Como eu disse, volte quando tiver mais.

— Dê-me disruptores, então.

O chefe da segurança balançou a cabeça.

— Olha, desculpe dizer isso, mas ainda não acho que isso igualaria as chances o suficiente para você de fato *ganhar*, e então Guyen não vai ficar exatamente coçando a cabeça para deduzir de onde todos os seus mortos tiraram seus brinquedos, certo? Me dê uma ideia adequada. Me mostre que você consegue mesmo executar isso.

— Então você vai me ajudar se eu conseguir mostrar que na verdade não preciso de você?

Ele deu de ombros.

— Terminamos aqui, não é? Avise quando tiver um plano, Lain. — Ele se virou e saiu pesadamente, as placas de seu traje blindado raspando um pouco.

* * *

Lain ficou furiosa quando Karst e Vitas partiram, fechando, abrindo e tornando a fechar os punhos.

— Dupla de imbecis iludidos! — cuspiu ela. — Sabem que eu tenho razão, mas é Guyen: eles estão tão acostumados a fazer o que aquele louco filho da puta diz.

Olhou para Holsten como se o desafiasse a contradizê-la. Na verdade, o historiador sentia uma certa simpatia pela posição de Karst, mas claramente isso não era o que Lain queria ouvir.

— Então, o que você vai fazer? — perguntou ele.

— Ah, nós vamos agir — jurou Lain. — Que Karst fique com suas preciosas armas trancafiadas. Temos uma oficina funcionando, e já comecei a produção de armas. Elas não serão bonitas, mas são melhores que facas e porretes.

— E Guyen?

— Se ele tiver bom senso, está fazendo o mesmo, mas eu sou melhor nisso. Afinal, sou da engenharia.

— Lain, você tem certeza de que quer uma guerra?

Ela parou. A expressão que lançou para Holsten foi um olhar de um outro tempo: o de uma mártir, uma rainha guerreira das lendas.

— Holsten, não se trata apenas de eu não gostar de Guyen. Não é porque quero o emprego dele ou porque acho que ele é uma pessoa má. Eu fiz meu melhor julgamento profissional e acredito que, se ele prosseguir com o upload de sua mente, vai sobrecarregar o sistema da *Gilgamesh*, causando um choque fatal da nossa tecnologia com as coisas do Império que salvamos. E quando isso acontecer, todo mundo morre. E quero dizer todo mundo mesmo. Eu não me importo se Vitas quer fazer anotações para alguma posteridade inexistente, ou se Karst não sai de cima da porra do muro. Depende de mim: de mim e da minha equipe. Você é sortudo. Acordou tarde, e então pôde ficar sentado numa caixa por um tempo. Alguns de nós temos pressionado em todos os sentidos há muito tempo, tentando virar o jogo. E agora sou basicamente uma fora da lei na minha própria nave, em guerra aberta com meu comandante, cujos seguidores fanáticos loucos vão me matar assim que me virem. E vou liderar meus engenheiros numa porra de uma *batalha* e realmente *matar* pessoas, porque, se alguém não fizer isso, então Guyen mata todo mundo. Agora você está comigo?

— Você sabe que estou. — As palavras soaram trêmulas e ocas para o próprio Holsten, mas Lain pareceu aceitá-las.

* * *

Eles foram atacados enquanto cruzavam para o que Lain parecia considerar seu território. O interior da *Gilgamesh* levava a táticas estranhas: uma rede de pequenas câmaras e passagens encaixadas no toro da área da tripulação, dobradas e retorcidas como uma reflexão tardia em torno da máquina essencial que havia sido colocada em primeiro lugar. Eles tinham acabado de chegar a uma pesada porta de segurança que Lain, na liderança, obviamente esperava abrir automaticamente. Quando deslizou uma polegada trêmula e depois parou, não houve nenhuma desconfiança óbvia entre os engenheiros. Pareceu a Holsten que, sob o regime atual, pequenas coisas deviam dar errado o tempo todo.

Com um estojo de ferramentas já em mãos, um deles arrancou uma placa de serviço, e Holsten ouviu as palavras: "Chefe, isto aqui foi adulterado" antes que uma escotilha acima deles fosse aberta aos chutes e três figuras esfarrapadas caíssem sobre eles com uivos ensurdecedores.

Eles tinham facas compridas (certamente nada do arsenal, então o pessoal de Guyen estava improvisando) e estavam absolutamente furiosos. Holsten viu uma das pessoas de Lain cambalear para trás, o sangue jorrando de uma grande ferida em seu corpo, e o resto começou a lutar corpo a corpo quase imediatamente.

Lain sacou sua arma, mas não conseguia mirar num alvo, uma falha que foi retificada quando outra meia dúzia apareceu, correndo a todo vapor da direção de onde eles tinham vindo. A arma gritou três vezes, um som colossalmente alto no espaço confinado. Uma das figuras de manto rodopiou para longe, seu brado de batalha se transformando abruptamente num grito agudo.

Holsten simplesmente se agachou, mãos na cabeça, sua visão da luta reduzida a um caos de joelhos e pés. Historiador até o último fio de cabelo, pensou o seguinte: *É assim que deve ter sido na Terra bem no final, quando tudo o mais estava perdido. Foi para evitar isso que deixamos a Terra. E estava nos seguindo todo esse tempo.* Então alguém o chutou no queixo, provavelmente sem nenhuma maldade, e ele desabou, sendo atropelado e pisoteado, sob os pés agitados da luta corpo a corpo. Ele viu a arma de Lain ser arrancada de sua mão e destruída.

Alguém caiu pesadamente sobre suas pernas e ele sentiu um joelho ser torcido o quanto era possível, uma dor chocantemente distinta e insistente em meio a toda a confusão. Lutou para se libertar e percebeu que chutava furiosamente o peso moribundo de um dos monges malucos de Guyen. Sua mente, que havia desistido temporariamente de qualquer ilusão de controle, estava se perguntando se o comandante havia prometido algum tipo de recompensa póstuma para seus asseclas, e se essa promessa servia de consolo para quem estava com o estômago aberto.

De repente, ele estava livre e cravando as unhas na parede para conseguir se levantar. Seu joelho torcido resistia ferozmente a suportar seu peso, mas ele estava com adrenalina saindo pelos globos oculares naquele momento, e isso superou tudo. Conseguiu se afastar dois passos da escaramuça antes de ser agarrado. Sem aviso, dois dos maiores capangas de Guyen estavam em cima dele, e ele viu uma faca brilhando numa das mãos. Holsten gritou, algo no sentido de implorar por sua vida, e então eles o jogaram contra a parede só para garantir. Ele estava convencido de que estava prestes a morrer, sua imaginação saltando à frente, tentando prepará-lo para a facada iminente com a visualização da lâmina já em seu corpo em detalhes agonizantes. Viveu a guinada nauseante do impacto, o lamento frio da faca, a onda quente de sangue quando as partes dele que sua pele havia mantido aprisionadas por tanto, tanto tempo finalmente tiveram a chance de se libertar.

Ele estava vivendo isso em sua cabeça. Só tardiamente percebeu que eles não o tinham esfaqueado. Em vez disso, os dois o estavam levando rapidamente para longe da luta, sem se importar com seu mancar cambaleante. Com um sobressalto de terror (como se isso fosse pior que uma facada), ele percebeu que aquilo não era simplesmente uma guerra de gangues aleatória, Guyen *versus* Lain.

Era o sumo sacerdote da *Gilgamesh* recuperando sua propriedade.

5.4 O DIREITO À VIDA

Fabian é trazido à presença de Portia depois que sua escolta o leva de volta à casa de pares. A reação dela ao vê-lo é uma mistura de alívio e frustração. Ele ficou desaparecido a maior parte do dia. Agora é trazido para uma sala angulosa bem no fundo do domínio do grupo de pares, onde Portia pende do teto, preocupada.

Esta não é a primeira vez que ele evitou suas guardiãs e saiu por aí, mas hoje foi recuperado dos níveis inferiores do Grande Ninho, mais próximo do solo, um antro de fêmeas famintas que não têm grupos de pares ou os deixaram; o habitat das multidões ocupadas das colônias de manutenção cujos corpos de inseto mantêm a cidade livre de lixo; uma morada dos incontáveis machos sem esperança e indesejados.

Para alguém como Fabian, é um bom lugar para morrer.

Portia está furiosa, mas há uma genuína onda de medo pelo seu bem-estar que ele pode ler em sua linguagem corporal nervosa. *Você poderia ter sido morto!*

O próprio Fabian está muito calmo. *Sim, eu poderia.*

Por que você faria uma coisa dessas?, exige saber ela.

Você já esteve lá? Ele está agachado perto da entrada do aposento, seus olhos redondos a encarando, parados como pedras quando não está falando de fato. Com sua postura elevada que a deixaria pular sobre ele e imobilizá-lo num instante, há uma tensão curiosa entre eles: caçador e presa; fêmea e macho.

O solo lá embaixo é uma bagunça esfarrapada de seda quebrada, diz ele; *de cabanas construídas às pressas, onde dezenas de machos dormem a cada noite. Eles vivem como animais, dia após dia. Eles atacam as formigas e são atacados. O solo está atulhado com as cascas sugadas onde as fêmeas os comeram.*

As palavras de Portia vibram em sua direção através dos limites do quarto: *Mais uma razão para ser grato pelo que você tem e não se arriscar.* Seus palpos transmitem uma raiva contida.

Eu poderia ter sido morto, repete ele, imitando a postura dela, e, portanto, sua entonação, perfeitamente. *Eu poderia ter vivido minha vida inteira lá e morrido sem memória ou realização. O que me separa deles?*

Você tem valor, insiste Portia. *Você é um macho de habilidade excepcional, a ser celebrado, protegido e encorajado a prosperar. O que você já pediu e lhe foi negado?*

Apenas uma coisa. Ele caminha para a frente alguns passos cuidadosos, como se estivesse sentindo os fios de uma teia que só ele pode ver. Seus palpos se movem preguiçosamente. Seu progresso é quase uma dança: algo como um cortejo, mas travado pela amargura. A linguagem deles é uma linguagem sem voz, de muitos tons sutis. *Eles são como nós, e você sabe disso. Você não tem como saber o que eles poderiam ter conseguido se lhes fosse permitido viver e prosperar.*

Por um momento ela nem sabe o que ele quer dizer, mas vê que a mente dele ainda está focada nos detritos de machos condenados cujas vidas não os levarão além do pé das árvores.

Eles não têm nenhum valor.

Mas você não tem como saber disso. Pode haver uma dezena de gênios morrendo todos os dias, que nunca tiveram a oportunidade de demonstrar sua aptidão. Eles pensam, assim como nós. Eles planejam, esperam e temem. Basta vê-los e essa conexão será transmitida entre vocês. Eles são meus irmãos. E também são seus, nada menos.

Portia discorda veementemente. *Se fossem de alguma qualidade ou calibre, então ascenderiam por suas próprias virtudes.*

Não se não houvesse uma estrutura que eles pudessem escalar. Não se toda a estrutura que existe foi projetada para privá-los de direitos. Portia, eu poderia ter sido morto. Você mesma disse isso. Eu poderia ter sido apanhado por alguma fêmea faminta, e nada nisso seria visto como errado, apenas poderia irritar você. Fabian se aproximou, e ela sente a predadora em suas contrações, como se ele fosse algum inseto cego tropeçando muito perto, convidando ao ataque.

As patas traseiras de Portia se fecham, aumentando a tensão muscular para o salto contra o qual ela está lutando. *E ainda assim você não é grato por eu considerar você o suficiente para que sua vida seja preservada.*

Os palpos dele se contraem de frustração. *Você sabe quantos machos se ocupam em torno do Grande Ninho. Você sabe que nós cumprimos milhares de pequenos papéis, e até mesmo alguns poucos excelentes. Se nós deixássemos a cidade todos de uma vez, ou se alguma praga livrasse vocês de todos os seus machos, o ninho entraria em colapso. E ainda assim nenhum de nós tem mais do que nos é dado, e que pode ser tirado de nós com a mesma rapidez. Cada um de nós vive em constante temor de que nossa utilidade chegará ao fim e de que seremos substituídos por um dançarino mais elegante, algum novo favorito, ou de que agrademos demais e nos acasalemos, e então sejamos lentos demais para escapar dos estertores de sua paixão.*

É assim que as coisas são. Depois de sua discussão com Bianca, Portia está achando essa polêmica demais para lidar. Ela se sente como se seu amado Grande Ninho estivesse sendo atacado por todos os lados, e em grande parte por aqueles que deveriam ser seus aliados.

As coisas são do jeito que as fazemos. A postura dele muda bruscamente, e ele está dando um passo para o lado, para longe dela, afrouxando aquele vínculo tenso de predação que estava se formando entre eles. *Você perguntou sobre a minha descoberta antes. Meu grande projeto.*

Jogando o jogo dele, Portia desce de seu poleiro, uma pata de cada vez, mas ainda mantendo aquela distância cuidadosa. *Sim?*, sinaliza ela com seus palpos.

Eu desenvolvi uma nova forma de arquitetura química. Seus modos mudaram completamente da intensidade de um momento antes. Agora ele parece desinteressado, cerebral.

Para qual finalidade? Ela se aproxima, e ele se afasta novamente, não fugindo dela, mas seguindo aquela teia invisível de sua própria invenção.

Para qualquer fim. Sem fim. Por si só, minha nova arquitetura não carrega nenhuma instrução, nenhum comando. Ela não determina nenhuma tarefa ou comportamento para as formigas.

Então de que serve?

Ele para, olhando para ela novamente, tendo-a atraído para tão perto. *Ela pode fazer qualquer coisa. Uma arquitetura secundária pode ser distribuída para a colônia, para trabalhar dentro da primária. E outra, e mais outra. Uma colônia pode receber uma nova tarefa instantaneamente, e seus membros mudariam com a velocidade do perfume, conforme ele passa de uma formiga a outra. Diferentes castas podem ser receptivas a diferentes instruções, permitindo que a colônia realize várias tarefas ao mesmo tempo. Uma única colônia poderia seguir sequências de tarefas separadas sem a necessidade de recondicionamento demorado. Assim que minha arquitetura básica estiver vigorando, cada colônia poderá ser reconfigurada para cada nova tarefa com a frequência que for necessária. A eficiência das tarefas mecânicas aumentaria dez vezes. Nossa capacidade de realizar cálculos aumentaria no mínimo cem, talvez mil vezes, dependendo da economia da arquitetura secundária.*

Portia parou, atordoada. Ela entende o suficiente de como a tecnologia orgânica de sua espécie funciona para assimilar a magnitude do que ele está propondo. Se isso puder ser feito, então Fabian terá ultrapassado o principal fator limitante que tem frustrado o templo até agora, e que as impede de dar verdadeira realidade ao plano da Mensageira. A evolução de sua espécie vai perder os freios. *Você tem esse Entendimento agora?*

Eu tenho. Na verdade, a arquitetura primária é surpreendentemente simples. Construir coisas complexas a partir de coisas simples é a base da ideia. É como construir uma teia. Eu também tenho um sistema para construir qualquer arquitetura secundária, adequada para qualquer tarefa necessária. É como uma linguagem, uma linguagem matemática concisa. Ele avança alguns passos sorrateiramente, como se estivesse brincando com ela. *Você vai gostar. É tão bonita quanto a primeira Mensagem.*

Você precisa me passar esse Entendimento imediatamente. Por um momento Portia sente o forte desejo de acasalar com ele, para levar seu material genético para dentro de si, com seu Entendimento recém-descoberto, para estabelecer imediatamente a primeira da próxima geração que governará o mundo. Talvez devesse, em vez disso, fazer com que ele destilasse seu novo conhecimento para que ela possa beber e Entender por si mesma, em vez de deixar isso para sua prole, mas o pensamento parece intimidante. Como ela passará a enxergar o mundo quando ele lhe der o segredo para desbloquear o futuro?

Ele não fala. Seus pés se arrastando e seus palpos trêmulos sugerem uma estranha timidez.

Fabian, você precisa passar esse Entendimento, repete ela. *Não consigo imaginar como você pensou que arriscar a si mesmo poderia ser aceitável se detém esse conhecimento.*

Ele se aventurou bem perto, quase dentro do alcance das patas dianteiras dela. Ele tem pouco mais da metade do tamanho dela: mais fraco, mais lento, mais frágil e ainda assim tão valioso!

Tão diferente do resto da minha espécie? É como se ele tivesse lido sua mente. *Mas não sou, ou você não tem como saber se sou ou não. Quantos Entendimentos se extinguem todos os dias?*

Nenhum como o seu, diz ela prontamente.

Você nunca saberá. Esse é o problema da ignorância. Você nunca terá como realmente saber a extensão da sua ignorância. Eu não vou fazer isso.

Ela se retrai fisicamente. *Explique-se.*

Ele morre comigo. Não vou destilar este Entendimento. Vou tomar medidas para evitar que ele seja retirado à força. Pois, é claro, existiam contramedidas químicas para *isso* agora também.

Por que você faria uma coisa dessas?

Fabian olha direto nos olhos dela. *A menos que.*

A menos que?, pede ela.

Você é a sacerdotisa preeminente do Grande Ninho. Acho que não existe nenhuma mulher mais influente que você, observa Fabian, ainda olhando-a atentamente.

Você deseja acasalar...?, arrisca ela, porque Portia está encontrando alguma dificuldade para saber o que ele, um macho mimado, pode realmente querer que já não vá receber se pedir.

Não. Eu desejo que você vá para o seu grupo de pares, e para o templo, e para as outras grandes matriarcas do Grande Ninho, e diga-lhes que existirá uma nova lei. Diga-lhes que matar um macho deverá ser tão abominável para elas quanto matar outra fêmea. Diga a elas que meus irmãos merecem viver.

Ela congela, porque, sim, houve filósofas perturbadas no passado que poderiam apresentar tal ideia como um exercício intelectual, e outras cidades onde os machos assumiram mais do trabalho após as devastações da praga e nunca mais pararam. Mas isso não é o Grande Ninho: e o jeito de ser do Grande Ninho é o verdadeiro, o caminho preferido da Mensageira.

Dentro dela, a biologia e os costumes estão em guerra. Existe um lugar em sua mente onde o nanovírus espreita e lhe diz que todas as suas espécies são aparentadas, são *como* ela de uma forma que as outras criaturas não são; no entanto, o peso da sociedade esmaga suas vozes. Os machos têm seu lugar; ela sabe disso.

Não seja tolo. Você não pode igualar todo macho ignorante e rastejante com alguém como você. Claro que você está protegido e é valorizado por suas realizações. Isso é natural, que o mérito seja recompensado. Mas a grande hoste de machos abaixo de nós, o excedente, para que servem eles? O que trazem de bom? Você é um macho excepcional. Algo feminino entrou em você no ovo para torná-lo assim. Mas você não pode esperar que minhas irmãs estendam cegamente essa consideração a todos os machos da cidade só por sua causa. O que faríamos com eles?

Coloquem-nos para trabalhar. Encontrem seus pontos fortes. Treinem-nos. Usem-nos. Aparentemente, Fabian pensou um pouco sobre o assunto.

Usá-los como o quê? Que uso eles podem ter?

Você nunca vai saber se não tentar.

Ela se levanta frustrada, o que faz com que ele recue apressado, momentaneamente apavorado. Ela não o teria atacado, mas por um momento se pergunta se essa injeção repentina de medo pode ajudar o argumento dela. Mas, quando ele se acomoda no outro extremo de sua câmara, parece ainda mais resolvido.

O que você pede não é natural, diz ela severamente, controlando-se.

Não há nada de natural no que fazemos. Se valorizássemos o natural, ainda estaríamos caçando cuspidoras na vastidão selvagem ou virando presas das mandíbulas das formigas, em vez de dominando o nosso mundo. Tornamos o que não é natural uma virtude.

Ela não confia em si mesma para responder, então passa correndo por ele, quase o derrubando de lado. *Você vai reconsiderar,* diz ela, parando na porta para transmitir em batidas os ritmos de sua raiva. *Você vai desistir desse sonho tolo.*

Fabian a observa partir, os olhos brilhando de rebelião.

* * *

Ele não pode simplesmente sair da casa de pares. Movida por uma genuína preocupação com sua segurança, Portia deu instruções para que Fabian não saia. Ela não vê isso como uma prisão; simplesmente não é adequado para nenhum macho vagar livremente. Machos valiosos que garantiram o patrocínio de fêmeas poderosas devem estar à disposição delas ou trabalhar longe de suas vistas para seu benefício. Outros machos devem ficar, preferencialmente, não só longe das vistas, mas também das mentes.

Fabian percorre os limites de sua câmara de laboratório, sabendo que precisa fabricar uma saída, mas com medo de dar esse passo irreversível. Se ele sair *agora*, depois desse confronto com Portia, estará deixando para trás tudo o que conhece. A curiosidade está embutida no genoma da aranha, mas nos machos ela não é encorajada. Fabian está combatendo séculos de condicionamento.

Finalmente, ele vence sua timidez e envia um sinal químico. Pouco depois, o cheiro é captado por um punhado de formigas das colônias de manutenção da cidade, passando nas proximidades em seu ciclo interminável de tarefas. Toda a sua colônia foi reprogramada por Fabian, sua arquitetura-mestra já instalada. Ninguém percebeu, porque as estruturas secundárias que orientam a colônia em suas tarefas são funcionalmente idênticas às que foram originalmente criadas nas gerações de formigas anteriores, embora com um projeto um pouco mais elegante. Agora, porém, os feromônios que Fabian lançou instilam novos comportamentos nesses indivíduos, trazendo-os para o lado de seda de sua câmara, onde fazem um corte preciso, do tamanho exato para que ele possa sair. Depois que terminam, ele os redefine, e eles cumprem suas obrigações sem nenhum sinal de que foram subvertidos. Fabian tem estado ocupado nesses últimos meses testando sua descoberta, com o Grande Ninho inteiro servindo de cobaia.

Ele tem ouvido as notícias constantemente recicladas pelo grupo de pares. Sabe quem está causando sofrimento a Portia, quem tentou desafiar a ordem do mundo (além dele próprio). Ele é um macho, vulnerável a partir do momento em que sai sorrateiro da casa de pares. Sabe para onde precisa ir, mas tem medo de viajar sozinho. Ele precisa de um guardião. Precisa de uma fêmea, na verdade, por mais que possa se arrepender disso.

A fêmea ideal de Fabian tem três características: deve ser intelectualmente útil, então, um bem em si mesma; deve estar em uma posição de fragilidade que permita que até um macho barganhe com ela; não deve ter interesse em acasalar com ele ou em prejudicá-lo de outra forma. Em relação a essa última, ele sabe que deve confiar no acaso. Os primeiros dois critérios já sugeriram uma companheira de viagem. Ele sabe quem tem feito Portia se preocupar mais.

Fabian vai ver Bianca.

Ele faz uma pausa no meio do tronco da árvore que desce da casa de pares, olhando de volta para sua coleção complexa de câmaras e tendas suspensas. Por um momento sente insegurança: não deveria confiar na segurança de suas paredes e desistir de suas ambições? E o que Portia vai pensar quando descobrir que ele se foi? Ela representa tudo aquilo que ele pretende derrubar, e ainda assim ele gosta dela e a respeita, e ela sempre fez o melhor por ele. Tudo o que ele realizou foi possível apenas pelo que Portia lhe deu.

Mas não, é justamente desse tipo de favorecimento que ele deve se libertar. Uma vida vivida inteiramente aos caprichos de outro não é vida nenhuma. Ele sempre se surpreendeu com o grande número de outros machos que veem as coisas de forma diferente, deleitando-se com seu próprio cativeiro cheio de mimos.

Excursões anteriores ao exterior lhe deram a oportunidade de estabelecer bases, e para onde ele mesmo não viajou, enviou seus representantes. Sua nova arquitetura química permite que ele use formigas como agentes de entrega de suas instruções, com colônias programando outras colônias. Ninguém suspeita de quão longe tudo isso já avançou.

Ele induziu a colônia da prisão há relativamente pouco tempo, pavimentando o caminho para sua insurreição. Quando chega, as formigas na boca do túnel começam a avançar, antenas balançando, mandíbulas bem abertas em desafio. Ele libera um aroma distinto e simples, uma porta dos fundos para entrar em suas estruturas sociais, e elas instantaneamente são dele. Com um ciclo rápido de pistas olfativas, ele altera o comportamento delas de maneiras específicas e precisas. Os guardas do túnel se voltam e entram na colônia, desencadeando uma cascata de sua arquitetura alterada em todas as suas companheiras. Fabian as segue para dentro, como se fossem sua guarda de honra.

Leva um tempo para ele encontrar a câmara de Bianca entre todas as demais mantidas sob custódia. O Grande Ninho não mantém prisioneiros por muito tempo, executando os machos e exilando as fêmeas, mas, à medida que o templo vai apertando seu controle dogmático, o número daqueles esmagados sob suas patas só aumenta. Sem ter como fazer com que as formigas localizem um indivíduo específico, Fabian está ciente do tempo passando: já terão dado pela falta dele, mas ninguém deverá adivinhar que seu destino é ali.

Parte de sua mente já está considerando que ele deveria ter de alguma forma arranjado uma amostra de tecido, com a qual poderia programar uma formiga para rastrear seu original. Fabian sempre pensa em mais de uma coisa por vez, simplesmente para economizar tempo.

Então ele tropeça na cela de Bianca, que por um momento se levanta, assustada e com raiva, e Fabian pensa que ela pode atacá-lo sem sequer ouvir o que tem a dizer.

Estou aqui com uma oferta, martela ele apressadamente.

Portia mandou você? Bianca está desconfiada.

Portia e eu seguimos caminhos diferentes.

Eu conheço você. Você é criatura dela, um de seus machos.

Fabian reúne sua coragem. Ele precisa dizer isso, para que se torne uma realidade. *Eu não sou dela. Eu sou meu.*

Bianca o observa com atenção, como se ele fosse uma presa se comportando de maneira inesperada. *É mesmo?*

Pretendo deixar o Grande Ninho esta noite, diz ele. *Vou viajar para Sete Árvores.*

Por quê? Mas ela está interessada, chegando mais perto.

Ele está muito ciente de suas presas naquele espaço confinado. Não conhece Bianca como conhece Portia; não tem como julgar tão bem seus limites e suas tolerâncias. *Porque Sete Árvores foi reconstruída por machos. Porque lá foram forçados a conceder aos machos um valor.*

A agitação dos palpos dela é um gesto de cinismo. *Sete Árvores é uma cidade pobre. Os machos abririam mão de todo o valor que possuem lá para serem cuidados por uma forte casa de pares do Grande Ninho, como você sempre foi. A vida é difícil lá, ouvi dizer.*

Sim, você ouviu dizer, repete ele. *E ainda assim eu faria a troca oposta. Teria minha própria casa de pares, por mais pobre que fosse. Daria tudo que é de Portia em troca de um pequeno território que fosse só meu.*

Ela faz um gesto de nojo. *Como estou feliz que você tenha vindo aqui apenas para me dizer isso. Desejo a você uma jornada rápida.*

Talvez você me acompanhe?

Você terá que esperar até que Portia me exile, então, e torcer para que aquilo com que eles me contaminarem não faça as formigas de Sete Árvores se tornarem tão hostis comigo quanto aquelas de nossa casa, sapateia Bianca amargamente.

Você já esteve em comunicação com Sete Árvores. Fabian sente que deve dizer isso com franqueza.

Por um momento, Bianca fica quieta. Em seguida, um pequeno gesto solicita que ele continue.

Eu fui até seus aposentos depois que você foi exposta como herege, depois que a levaram cativa. Li alguns dos livros de nó nos quais fez suas anotações. Elas se encaixam com filosofias e ideias que os agentes de Portia relataram que estão sendo propagadas atualmente em Sete Árvores. Eu vi muitas partes e peças em sua oficina. Ocorreu-me que se poderiam construir muitas coisas úteis com elas, e não apenas os telescópios pelos quais você era conhecida. Um rádio, talvez?

Bianca o olha com uma expressão pétrea. As palavras dela saem sufocadas. *Você é um monstrinho perigoso.*

Eu sou apenas um macho que teve permissão para usar seu cérebro. Você vem comigo?

Você tem algum truque para ir e vir se não está aqui por ordem de Portia, entende Bianca.

Eu tenho alguns truques, sim. Eu tenho alguns truques que Sete Árvores poderá apreciar, se chegarmos lá.

Sete Árvores, pondera Bianca. *Sete Árvores será a primeira cidade a sentir a mordida do Grande Ninho. Eu sei o que Portia tem planejado, mesmo aqui embaixo. Você pode não aproveitar a sua nova casa por muito tempo.*

Então irei para outro lugar. Qualquer lugar, menos aqui. Fabian faz uma dança nervosa para essa perda de tempo, sentindo que alguém vai acabar vindo atrás dele, ou simplesmente para ver Bianca. Talvez até seja Portia. O que ela concluiria ao ver esses dois conspiradores juntos?

Vamos, então, confirma Bianca. *O Grande Ninho perdeu seu apelo para mim agora que encolheu para os confins desta câmara. Mostre-me seu truque.*

Ele mostra a ela mais que isso, pois, em vez de sair para cima na direção do Grande Ninho, reprograma vinte dos guardas para que virem mineiros. Os próprios insetos guardiães de Bianca cavam seu túnel de fuga, e pela manhã os dois estão a caminho de Sete Árvores.

5.5 O HOMEM MAIS VELHO DO UNIVERSO

Holsten supôs que seria a jaula para ele, mas aparentemente as coisas haviam mudado de forma considerável na Malucolândia. A estranha favela de divisórias e tendas improvisadas que ele tinha visto brevemente antes agora o cercava completamente. Aquilo realmente o deixava perplexo. Não havia clima na *Gilgamesh*, e quaisquer extremos de temperatura provavelmente seriam fatais. E, ainda assim, as pessoas ali haviam colocado em todos os lugares coberturas improvisadas contra os elementos inexistentes, e estendido varais com cobertas e painéis de parede sucateados para demarcar territórios pessoais que mal eram grandes o suficiente para se deitar. Era como se, depois de tantos séculos passados em caixões frios, a raça humana não estivesse disposta a ser libertada de seus confins.

Anteriormente, ele só tinha dado uma olhada decente naqueles devotos que haviam supervisionado seu cativeiro. Agora estava sendo mantido, sob guarda, no que reconhecia como a suíte de comunicações. Fazia tanto tempo (e tão pouco tempo em suas lembranças) que tinha se sentado ali, tentando iniciar contato com o Habitat Sentinela de Brin. Agora os consoles haviam sido recolhidos, ou arrancados, e as próprias paredes eram invisíveis sob as camadas de humanidade incrustada. Eles o espiavam, esses herdeiros sujos e de cabelos compridos da arca. Falavam uns com os outros. Fediam. Ele estava pronto para odiá-los e ser odiado de volta, observando esses selvagens degenerados trancado nas entranhas de uma nave que eles estavam destruindo lentamente. Mas não conseguia. Foram as crianças que o dissuadiram. Quase havia se esquecido das crianças.

Todos os adultos pareciam possuir uma qualidade desconcertante, pessoas que haviam sido alimentadas com uma gama estreita de mentiras que tinha lentamente congelado seus rostos em expressões de tranquilidade desesperada, como se admitir o desespero e a privação que tão claramente pesavam sobre eles os fizesse perder a graça de Deus. As crianças, porém... As crianças ainda eram crianças. Elas lutavam e perseguiam umas às outras e gritavam e se comportavam de todas as maneiras que ele se lembrava de ver as crianças fazendo, mesmo na Terra tóxica, onde sua geração não teve um futuro, mas uma morte lenta.

Sentado lá, Holsten as observava espiando, correndo ao vê-lo, e depois voltando sorrateiras. Ele as via fabricar seus mundinhos incompletos entre elas, desnutridas, frágeis e *humanas* de uma forma que Holsten sentia que nem seus pais nem ele mesmo ainda eram.

Havia sido um longo caminho da Terra até ali, mas não tão longe quanto ele próprio havia viajado desde o estado de inocência delas. O fardo do conhecimento em sua cabeça queimava como um pedaço de carvão intolerável: a certeza da Terra morta, das colônias congeladas, um império estelar reduzido a um cérebro louco num satélite frio... e a arca invadida pelos macacos.

Holsten se sentia à deriva, livre de qualquer âncora emocional. Ele tinha chegado a um ponto em que poderia olhar para a frente (para o futuro) e não ver nada que pudesse realmente desejar, nenhum resultado esperado que fosse remotamente concebível. Ele se sentia como se tivesse chegado ao fim de todo o seu tempo útil.

Quando as lágrimas vieram, quando seus ombros inesperadamente começaram a tremer e ele não conseguiu se conter, foi como se dois mil anos de luto tomassem conta dele e o retorcessem, espremendo seu corpo exausto repetidamente até não restar mais nada.

Quando dois homens grandes finalmente vieram atrás dele, um deles tocou seu ombro quase suavemente, para chamar sua atenção. A mesma reverência que notara quando tinha sido o animal de estimação enjaulado ainda estava presente, e seu surto repentino pareceu simplesmente ter aprofundado isso, como se suas lágrimas e sua angústia valessem muito mais que as de qualquer um deles.

Eu deveria fazer um discurso, pensou ele com ironia. *Eu deveria me levantar e exortar: joguem fora suas correntes! Vocês não têm que viver assim! Mas o que eu sei a respeito disso? Eles nem deveriam estar aqui, não três gerações de ratos de navio vivendo em todo o espaço livre da nave, respirando todo o ar, comendo toda a comida.* Ele não tinha uma terra prometida para a qual poderia conduzi-los, nem mesmo o planeta verde. *Cheio de aranhas e monstros, e a nave sobreviveria à jornada até lá? Não de acordo com Lain.* Ele se perguntou se Guyen havia pensado além do ponto de sua própria ascensão. Assim que fosse feito o upload de alguma cópia corrompida e meio demente de sua mente para os sistemas da *Gilgamesh*, ele assistiria ao sofrimento e à morte de seus seguidores cinzentos com equanimidade? Teria ele prometido que os levaria consigo para a vida eterna? Ele se importaria quando os adultos nos quais aquelas crianças se transformariam morressem de fome ou tivessem as vidas interrompidas pela falha do suporte de vida da *Gil*?

— Levem-me até ele — disse Holsten, e eles o ajudaram a ir até lá mancando. Os habitantes da cidade de tendas o observavam como se fosse interceder por eles junto a uma divindade maligna, talvez uma cujos suplicantes só pudessem levar as mensagens dos fiéis depois que tivessem os corações arrancados.

As baias de transporte eram alguns dos maiores espaços acessíveis a bordo. Sua jaula havia sido colocada numa delas, e agora eles chegavam a outra. Novamente, não havia transporte ali, mas mais da metade do espaço estava atulhada com um vasto banco de maquinário, uma quimera bastarda composta de material resgatado da *Gil* e relíquias antigas da estação de terraformação. Pelo menos metade do que Holsten estava vendo não parecia estar conectada a nada nem cumprindo qualquer propósito: apenas sucata que havia sido substituída, mas não descartada. No centro de tudo, na verdade sobre um estrado escalonado construído de forma desigual com metal e plástico, estava a instalação de upload, o centro de uma teia de cabos e dutos que se derramavam para fora de seu espaço de caixão, e o foco de grande parte das máquinas de apoio.

Mas não de todas. Parte daquilo parecia agora estar mantendo Guyen vivo.

Ele estava sentado nos degraus diante do instalador de upload, como se fosse um guardião esperando um rei desaparecido, ou um sacerdote diante de um trono adequado apenas para o celestial. Mas ele era mordomo e rei ao mesmo tempo, ministro de sua própria divindade.

Sua aparência era uma prova cabal de que o culto maltrapilho do qual havia se cercado ainda era capaz de trabalhar com a tecnologia da *Gil*, mais especialmente o setor médico. Guyen estava sentado ali naturalmente, como se a qualquer momento pudesse se levantar e sair para um passeio. Mas, como a instalação de upload, Guyen também estava todo conectado à nave. Ele vestia mantos que ficavam abertos sobre um traje espacial que parecia ter sido montado a partir de vários trajes antigos, mas nada escondia o fato de que dois tubos estriados grossos haviam sido enfiados sob suas costelas, e de que uma das máquinas ao seu lado parecia estar respirando por ele, suas bolsas flácidas de borracha subindo e descendo calmamente. Um punhado de canos mais finos saía quase rente a sua clavícula esquerda, como os corpos em flor de alguma infecção por fungo, antes de entrar na bagunça de dispositivos médicos, presumivelmente limpando seu sangue. Era tudo familiar para Holsten desde a Terra, e ele sabia que a *Gil* devia armazenar equipamentos como aquele para o prolongamento da vida em casos extremos. Mas não esperava testemunhar um caso extremo. Holsten era o homem mais velho que existia, afinal, e se alguém precisaria dessas coisas, seria *ele*.

Guyen era um caso extremo. Ele havia vencido Holsten, conquistando aquele título, por uma margem confortável. Lain tinha dito que ele era velho, mas Holsten não havia realmente processado o conceito. Achava que sabia o que significava "velho". Guyen estava *velho*.

A pele do comandante era de um tom de cinza que Holsten nunca tinha visto, com bolsas e rugas em torno de seu rosto onde as bochechas e as órbitas oculares haviam afundado. Aqueles olhos quase ocultos não pareciam focar, e Holsten subitamente teve a certeza de que em algum lugar havia uma máquina que estava enxergando por Guyen também, como se o homem tivesse acabado de começar a terceirizar sua biologia por atacado.

— Comandante. — Absurdamente, Holsten se sentiu invadido por uma curiosa reverência ao falar, como se estivesse prestes a nascer de novo no culto ridículo de Guyen. A pura antiguidade do homem o colocava além do reino dos assuntos humanos e o inseria no reino do classicista.

Os lábios de Guyen se contraíram e uma voz veio de algum lugar em meio àquele ninho de tecnologia malversada.

— Quem é? É Mason? — Não era particularmente a voz de Guyen. Não era realmente a voz de ninguém, mas algo sonhado por um computador que achava que estava sendo inteligente.

— Comandante, sou eu, Holsten Mason.

O som mecânico que se seguiu não era encorajador, como se a reação de Guyen fosse muito cruel para seu tradutor mecânico transmitir. Holsten foi lembrado de repente de que o comandante nunca havia gostado particularmente dele.

— Vejo que você conseguiu fazer o instalador de upload... — Holsten parou de falar. Ele não tinha ideia do que o instalador estava fazendo.

— Não graças a você — resmungou Guyen. Ele se levantou abruptamente, algum tipo de servomotor ou exoesqueleto suspendendo-o sem apoio dos ossos e o empoleirando ali incongruentemente, quase sobre a ponta dos pés. — Fugindo com sua vagabunda. Eu devia saber que não podia depender de você.

— Todas as viagens que tenho feito desde que seus palhaços me despertaram foram inteiramente ideia de outras pessoas — retrucou Holsten, irritado. — Mas, sério, você não espera que eu faça perguntas, dado o que tenho visto aqui? Você fez as pessoas simplesmente... o que, viver suas vidas aqui nos últimos cem anos? Você se configurou como uma espécie de deus-imperador maluco e enganou todos aqueles desgraçados para que se tornassem seus escravos.

— Loucura, não? — Por um momento Holsten pensou que Guyen partiria para cima dele, puxando todos aqueles tubos para fora de si mesmo no caminho, mas então o velho pareceu murchar um pouco. — Sim, bem, vejo como isso pode parecer loucura. Mas era o único jeito. Era tanto trabalho. Eu não poderia simplesmente queimar os setores de ciência e engenharia, gastando as vidas deles como gastei a minha própria.

— Mas... — Holsten acenou com uma das mãos na direção da massa atulhada de máquinas às costas de Guyen. — Como é que isso pode acontecer? Ok, o instalador de upload é tecnologia antiga. Vai precisar consertar, solucionar problemas, testar: isso eu entendo. Mas não um século disso, Guyen. Como você pode estar fazendo isso há tanto tempo e não ter chegado a lugar nenhum?

— Isso? — balbuciou Guyen. — Você acha que o instalador de upload levou todo esse tempo?

— Bem, não, eu... sim... — Holsten franziu a testa com o passo em falso. — O que levou todo esse tempo, então?

— Eu modifiquei toda esta maldita *nave*, Holsten. O motor foi atualizado, a segurança do sistema, a blindagem do casco. Eu diria que você não reconheceria as especificações da *Gilgamesh*... se achasse que você tinha alguma ideia de como elas eram antes.

— Mas... — Holsten acenou com as mãos como se tentasse abranger a magnitude do que o outro homem estava dizendo. — Por quê?

— Porque vamos para a guerra, e é importante que estejamos prontos para isso quando chegarmos.

— Para a guerra com... — Uma compreensão repentina ocorreu. — Com Kern? Com o satélite?

— Sim! — cuspiu Guyen, seus lábios tremendo, o som artificial daquela única palavra muito mais grandioso que qualquer coisa que ele certamente pudesse emitir sozinho. — Porque nós vimos agora: os mundos de gelo, e aquela abominação cinza que deixamos para trás. E então há o planeta verde, o planeta da vida, o planeta que nossos ancestrais fizeram para nós, e todos pensamos o mesmo quando o vimos, nós pensamos: "Aquela vai ser a nossa casa". E é! Vamos voltar e derrubar o satélite, e finalmente seremos capazes de parar de viajar. E então o que você vê aqui, que tanto te *ofende* por ser tão antinatural, todas essas pessoas vivendo e procriando, isso estará *certo* novamente. Voltaremos à programação normal. A raça humana poderá finalmente continuar, após um hiato de dois mil anos. Não é algo digno do esforço?

Holsten assentiu lentamente.

— Sim, eu... Suponho que sim.

— E quando tudo estiver feito... Depois que fiz uma geração inteira de especialistas da carga trabalhar até a *morte*, Mason! Até a morte de pura velhice! Depois que peguei seus descendentes e os ensinei, e compartilhei minha visão com eles, e fiz com que eles a abraçassem! E depois que nos preparei para nos defendermos contra as armas do satélite e seus ataques, por que eu não voltaria ao recurso do upload para tentar fazê-lo funcionar? Você acha que alguma dessas coisas teria acontecido sem mim? Você entende a importância de se ter uma única visão? Isso não é algo que se delegue a algum comitê, isso é a sobrevivência da raça humana. E eu estou velho, Mason. Não fiz ninguém trabalhar mais do que eu mesmo, e estou à beira do colapso, cada medicação que temos é necessária apenas para manter meus órgãos funcionando, e ainda não estou *pronto*, ainda não terminei. Preciso levar isso até o fim. Eu vou me transferir por upload para a máquina, Mason. É a única maneira de eu ter certeza.

— Você quer ser imortal. — Ele tinha planejado falar como uma acusação, mas saiu como outra coisa, algo com uma ponta de respeito.

Houve um som pavoroso de asfixia, e por um momento Holsten pensou que Guyen estava realmente morrendo. Mas não: ele estava gargalhando.

— Você acha que é isso? Mason, eu estou *morrendo*. O instalador de upload não muda isso. O "eu" em que vivo morrerá. E *logo*: antes de vermos o planeta verde novamente. Não posso sequer voltar para os caixões agora. Eu nunca mais acordaria. Mas agora que tenho o instalador funcionando, posso preservar uma cópia de mim, para garantir que as coisas funcionem. Não sou nenhum ditador louco, Holsten. Não sou um louco com delírios de divindade. Eu recebi esta tarefa: pastorear a humanidade até seu novo lar. Não há nada mais importante que isso. Nem minha vida, nem a sua.

Holsten percebeu, com tristeza, que sua própria bússola moral estava girando descontrolada agora.

— Lain acha que você vai destruir os sistemas da *Gil* se tentar isso. Ela diz que há cópias dos testes com suas cobaias provocando tumulto pelo software.

— *Eu* sou minha própria cobaia — rosnou Guyen. — Qualquer coisa no sistema são apenas rejeitos *meus*. Mas nenhum deles funcionou. Nenhum deles *era* eu: não o suficiente de mim. Mas o pouco trabalho que eu poderia arrancar de você antes que você saísse vagabundeando já serviu. Talvez seja ironia. Está pronto agora. Posso completar um upload, e então não importa se eu morrer. *Quando* eu morrer, não vai importar. E quanto a Lain, Vitas não acha que isso destruirá o computador. Vitas *quer* que eu faça isso.

Na lista de coisas tranquilizadoras para dizer que Holsten tinha, aquela frase não constava.

— Lain parece ter certeza de que vai ser ruim.

— Lain não sabe. Lain pensa pequeno, ela não tem dedicação. — Guyen franziu a testa, seu rosto se contorcendo como um pedaço de papel. — Só eu posso planejar o suficiente para nos salvar, Mason. Foi por isso que me escolheram.

Holsten olhou para ele. Os guardas estavam a alguma distância, e lhe ocorreu que poderia saltar sobre o velho e decrépito Guyen e simplesmente sair puxando coisas até que a natureza seguisse seu curso. Também lhe ocorreu que não tinha intenção de fazer isso.

— Então por que você me agarrou de volta, se não precisava de mim?

Guyen deu alguns passos mecânicos e duros, puxado pela coleira de seu suporte de vida.

— Você é nosso historiador nota dez, não é? Bem, agora você pode fazer a outra parte do seu trabalho, Mason. Você vai escrever as histórias. Quando contarem uns aos outros como viemos a viver naquele mundo verde, aquela outra Terra, eu quero que eles contem isso direito. Então conte isso *direito*. Diga a eles o que fizemos, Mason. Anote tudo. O que fazemos aqui cria o futuro, o único futuro possível que verá nossa espécie sobreviver.

5.6 GUERRA DE RECURSOS

As cidades-estados das aranhas operam uma variedade de minerações, mas elas mesmas não cavam. Elas têm insetos para isso: uma das tarefas mais naturais para as colônias de formigas que usam de tantas maneiras diferentes. Por séculos isso foi o bastante para todos, já que a tecnologia da aranha não é de metal pesado, e os produtos químicos orgânicos mais importantes para elas são fabricados a partir dos blocos de construção comuns da própria vida.

Aqui é onde começa.

Uma formiga de uma colônia administrada por Sete Árvores está agora abrindo seu caminho mais para o interior de um conjunto de galerias a uma certa distância da cidade propriamente dita. Sua colônia se estende ao redor: as obras da mina são sua casa, e as escavações de suas irmãs, apenas uma forma modificada do mesmo tunelamento que usariam para expandir seu ninho. É verdade que grande parte da colônia se estende para dentro da rocha sólida, e as formigas usam técnicas modernas para conquistar esse elemento. Suas mandíbulas são equipadas com picaretas de metal, auxiliadas por uma seleção de ácidos e outras substâncias para enfraquecer a pedra. A colônia planeja sua própria mina, incluindo drenagem e ventilação para torná-la um local de trabalho adequado para as centenas de mineiras cegas que lá trabalham.

Essa formiga em particular está explorando novos veios de cobre dentro da rocha. O minério metálico deixa vestígios que suas antenas sensíveis podem detectar, e ela rói e trabalha pacientemente onde um traço é mais forte, cavando centímetro por centímetro na direção do próximo depósito.

Mas desta vez ela subitamente vai dar em outro túnel.

Há um momento de indecisão perplexa enquanto a escavadora oscila ali na margem, tentando processar aquela nova e inesperada informação. Depois disso, o cheiro e o toque criaram uma imagem suficientemente precisa de seu entorno. A mensagem é clara: outras formigas estiveram ali recentemente, formigas pertencentes a uma colônia desconhecida. Tirando a hipótese de outro condicionamento, colônias desconhecidas são inimigas por padrão. A formiga dá o alarme imediatamente, e então sai para investigar. Em pouco tempo encontra as mineiras da outra colônia e, em desvantagem numérica, é rapidamente morta. Não importa: suas irmãs estão logo atrás dela, convocadas por seu alerta. Então acontece uma luta renhida num lugar apertado, sem que nenhum dos dois lados ceda. Nenhuma colônia recebeu instruções de suas senhoras aranhas para atravessar essa linha particular na areia, mas a natureza seguirá seu curso.

A segunda colônia, que havia literalmente minado os trabalhos em Sete Árvores, foi enviada pelo Grande Ninho para buscar novas fontes de cobre. Pouco depois, séculos de diplomacia começam a desmoronar.

Desde que o contato com a Mensageira foi estabelecido pela primeira vez, o consumo de metais aumentou exponencialmente numa tentativa de acompanhar os projetos complexos que formam o Plano Divino. As cidades como Grande Ninho, que seguem mais fervorosamente o desígnio de Deus, precisam ultrapassar seus limites constantemente. A oferta não pode acompanhar a demanda, a menos que novas minas sejam abertas... ou apropriadas.

Consequentemente, mais obras de mineração estão sendo contestadas entre colônias rivais. Em outros lugares, caravanas de riquezas minerais não chegam ao seu destino adequado. Em alguns casos, colônias de mineração inteiras são desenraizadas, expulsas ou induzidas. As que perdem são todas cidades relativamente pequenas, e nenhuma delas era fortemente adepta da mensagem. Uma tempestade de diplomacia se segue, em meio a uma incerteza considerável quanto ao que realmente aconteceu. O conflito aberto entre cidades de aranhas é algo quase desconhecido, uma vez que cada cidade está ligada às suas vizinhas por centenas de laços. Existem lutas por domínio, mas, até agora em sua história, a questão sempre foi que precisa haver algo a se dominar. Talvez isso se deva ao nanovírus ainda trabalhando para a unidade entre aqueles que carregam sua marca particular de Caim. Talvez seja simplesmente porque as descendentes de *Portia labiata* desenvolveram uma visão de mundo em que é melhor evitar o conflito bruto aberto.

Tudo isso vai mudar.

Finalmente, quando a verdade se torna suficientemente evidente para todas as partes, os transmissores do Grande Ninho emitem um ultimato às suas vizinhas mais fracas. Ele denuncia que elas estão se desviando da pureza da mensagem, e reivindica para si o direito de tomar todas as medidas necessárias para pôr em prática a vontade de Deus. As transmissões da Mensageira, embora sempre obscuras e abertas à interpretação, são tidas como endosso da proclamação do Grande Ninho. Lentamente no início, e depois cada vez mais rápido, essa divisão direta parte de diferenças locais para virar uma fragmentação global da ideologia. Algumas cidades fiéis se alinharam à visão do Grande Ninho, ao passo que outras (outras distantes) estabeleceram reivindicações rivais com base em diferentes interpretações das ordens da Mensageira. Certas cidades que já haviam começado a se afastar da mensagem prometeram apoio às cidades ameaçadas pelo Grande Ninho, mas essas mesmas cidades não estão unidas em sua resposta. Outras cidades declararam independência e neutralidade, algumas até mesmo cortando todo contato com o mundo exterior. Conflitos de irmãs surgiram entre estados que talvez sempre tenham se relacionado com um pouco de atrito demais, sempre brigando por espaço para circular, por comida, por área habitável.

Aos locais de mineração disputados, muitos dos quais mudaram de mãos várias vezes àquela altura, o Grande Ninho envia tropas dedicadas. Outra tarefa que as colônias de formigas realizam sem condicionamento especial é combater formigas desconhecidas, e uma colônia de mineração não é páreo para uma coluna do exército invasor equipada com castas e tecnologias especiais. Em dois meses de guerra dura, nenhuma aranha morreu, mas seus servos insetos foram massacrados aos milhares.

O Grande Ninho pode recorrer a um exército muito maior e mais coordenado que seus oponentes e que é mais bem projetado e criado para a guerra, mas esses primeiros meses ainda são inconclusivos. Quando Portia e suas companheiras se reúnem para analisar seu progresso, deparam com uma revelação indesejada.

Achávamos que encontraríamos as coisas resolvidas, pondera Portia, ouvindo seus pares tecendo juntas seus próximos movimentos: uma sequência de passos que as levará para... onde? Quando as ações originais sobre os locais de mineração em disputa foram acordadas, seu propósito parecia muito claro. Todas sabiam que estavam certas. A vontade da Mensageira deve ser cumprida, e elas precisavam de cobre em grandes quantidades: cobre para o qual Sete Árvores e as outras cidades apóstatas teriam pouca utilidade, a não ser para negociar com o Grande Ninho a um custo ruinoso. Então: apreender as minas; esse tinha sido um objetivo simples em si mesmo, e foi realizado de forma relativamente rápida e eficiente, considerando-se tudo.

Entretanto, parece que construir o futuro nunca é tão simples. Cada fio sempre leva a outro, e não há maneira fácil de parar de fiar. As agentes de Portia em Sete Árvores e nas outras cidades já sabem que as inimigas do Grande Ninho estão construindo e treinando forças para recuperar as minas, e talvez para fazer ainda mais. Enquanto isso, as magnatas do grupo de pares de suas inimigas estão engajadas em debates semelhantes sobre o que deve ser feito. Cada conselho tem suas extremistas que fazem pressão por mais que uma mera restituição. Subitamente, pedir por moderação é parecer fraca.

Ao redor de Portia, há quem diga que mais coisas devem ser feitas para proteger o Grande Ninho de suas novas inimigas, e assim assegurar a vontade de sua criadora divina. Elas estão realizando o mais antigo dos truques: construir um caminho para chegar a um destino, só que neste caso o destino é a segurança permanente. A cada passo que dão em direção a ele, essa segurança diminui. E, a cada passo que dão, o custo de progredir em direção a essa segurança cresce, e as ações necessárias para avançar se tornam cada vez mais extremas.

Onde isso vai acabar?, pergunta-se Portia, mas ela não pode se dar ao luxo de expressar suas dúvidas. Um péssimo humor desceu sobre a câmara com paredes de teia. O Grande Ninho tem suas espiãs em outras cidades, indivíduos e grupos inteiros de pares que foram comprados ou que são simpatizantes da ideologia da cidade dominante. Do mesmo modo, essas outras cidades terão suas agentes no Grande Ninho. Anteriormente, essa interconexão das cidades sempre foi uma virtude, um modo de vida. Agora é motivo de suspeita, forçando os vínculos entre grupos de pares, despertando a divisão e a desconfiança.

Nada está sendo decidido ali, então ela segue para o templo. Parece claro para ela que é necessária alguma orientação.

Ela transmite um relatório da situação, e suas preocupações, tão bem quanto pode, sabendo que, enquanto seu discurso para a Mensageira será privado, a resposta de Deus será recebida por qualquer um ouvindo na frequência do Grande Ninho, o que certamente incluirá alguns residentes em Sete Árvores.

O histórico da Mensageira de dar conselhos práticos não é bom, como Portia está dolorosamente ciente. Sabe que não pode esperar que algo tão maior que ela tenha muita consideração pelos assuntos humildes de Suas criações. A atenção de Deus está voltada para Suas máquinas, que aparentemente resolverão muitos problemas, não menos importante o da comunicação enlouquecedoramente imperfeita entre a Mensageira e as que Ela estabeleceu abaixo Dela.

Portanto, Portia não espera uma resposta clara, mas a Mensageira parece entendê-la melhor do que ela imaginava. O significado pretendido não é precisamente claro, pois, apesar de uma linguagem comum meticulosamente negociada, a Mensageira e Sua congregação estão separadas por um abismo de terreno comum e conceitos que só lentamente vai sendo preenchido. Contudo, Portia entende o suficiente.

A Mensageira está ciente de que existem diferenças de opinião entre os seres de Sua criação.

Ela sabe que alguns, como Portia, trabalham duro para cumprir Suas diretrizes.

Ela sabe que outros, como o templo de Sete Árvores, não o fazem, e de fato perderam muito de sua reverência pela Mensageira e Sua mensagem.

Ela instrui Portia agora que o próprio futuro de seu povo depende de Sua vontade ser executada com precisão e rapidez. Ela afirma que um momento de grande perigo está chegando, e somente obedecendo à Sua vontade isso pode ser evitado.

Ela diz, em palavras claras o suficiente para Portia entender sem nenhum traço de incerteza, que Portia deveria tomar toda e qualquer medida para alcançar Seu objetivo, e que não há maior objetivo que esse.

Portia deixa o templo, tomada por um turbilhão de emoções. Sentimentos de aranha não são sentimentos humanos, mas há algo nela de choque, e também algo de euforia. Nunca a Mensageira havia falado com tanta clareza.

A mão do Grande Ninho agora foi forçada. Não apenas seu dever para com Deus foi reafirmado pessoalmente, mas espiões em Sete Árvores e nas outras cidades inimigas também terão ouvido as últimas palavras de Deus, e dificilmente terão de se questionar muito sobre que pergunta poderia ter produzido essa resposta dogmática.

* * *

A vida em Sete Árvores não se revelou tão livre e tranquila quanto Fabian esperava.

Bianca, pelo menos, se encaixou bem o suficiente. Seus contatos na irmandade astronômica permitiram que se instalasse confortavelmente em um respeitado grupo de pares, embora uma poderosa casa de pares em Sete Árvores ainda seja consideravelmente menor e mais pobre até que uma casa medíocre no Grande Ninho. Ofereceu-se para encontrar para Fabian uma posição privilegiada lá, e realmente trabalhou muito duro para importá-lo com ela, talvez para quitar uma dívida de gratidão ou porque tenha visto como aquela mente perigosa dele pode ser útil. Ele recusou.

A vida tem sido difícil para Fabian nos meses desde então, mas ele tem um plano. Começou a subir o fio da vida, e desta vez sem ser o animal de estimação ou o favorito de ninguém, agindo sem patrocínio e sem sacrificar suas alardeadas liberdades. Machos em Sete Árvores podem ter mais liberdade e influência que no Grande Ninho, mas ainda podem ser mortos imediatamente. Eles ainda não têm mais direitos que os concedidos por qualquer utilidade momentânea.

Sete Árvores também tem suas sarjetas, embora os desprivilegiados lá existam em número menor que no Grande Ninho (assim como há menos de tudo o mais), mas ainda há machos e fêmeas excedentes sem sorte; cada um serve de presa para o outro, apenas cadáveres caídos a serem removidos pelas formigas de manutenção.

Fabian quase foi morto várias vezes antes de conseguir dar os primeiros passos para se estabelecer como uma potência menor dentro de Sete Árvores. Fêmeas famintas o perseguiram, machos delinquentes o expulsaram de seus territórios, e ele murchou de fome e exposição às intempéries. Por fim, porém, conseguiu fazer contato com algumas fêmeas que haviam perdido tudo, mas ainda não haviam caído no canibalismo irracional. Ele conseguiu pegá-las à beira da selvageria.

Elas são três irmãs abatidas, descendentes envelhecidas de um grupo de pares que agora nada mais é que uma memória nos níveis mais altos da cidade. Quando Fabian as encontrou, elas ainda mantinham uma tendinha de uma casa de pares em bom estado de conservação, exatamente na base de uma das árvores que cresceram ali depois daquela grande e antiga guerra quando as formigas queimaram as originais. Elas o ouviram falar, revezando-se para desaparecer de sua vista supostamente para instruir os machos da casa sobre algum entretenimento para ele. Ele sabia que não havia machos, e que qualquer hospitalidade que conseguissem reunir eram meras migalhas: minúsculos insetos e um camundongo velho meio mumificado do qual elas vinham se alimentando há dias.

Vou reverter a sorte de vocês, disse a elas. *Mas vocês precisam fazer o que eu disser.*

Ele precisava delas. Era duro admitir isso, mas qualquer grupo social deve ser liderado por fêmeas. *Por enquanto.*

O que precisamos fazer?, haviam lhe perguntado elas. Qualquer sabor de esperança era néctar para elas, mesmo aquele oferecido por um macho estrangeiro desalinhado.

Sejam vocês mesmas, tinha assegurado ele. *Eu farei o resto.*

Tendo se vinculado a elas, ele havia saído com mais confiança para começar a recrutar.

Havia centenas de machos abandonados tentando ganhar a vida no nível do solo em torno de Sete Árvores. Eles não tinham treinamento, educação nem experiência útil, mas todos tinham Entendimentos herdados de um tipo ou de outro. Então Fabian começou a procurá-los, entrevistá-los, adotando aqueles cujas habilidades poderia usar.

Agindo como um mero serviçal de uma das velhas para as quais ostensivamente trabalhava, ele começou a executar serviços para casas de pares mais poderosas, empregando a arquitetura química das colônias de formigas. Com seu sistema único, não demorou muito até que a notícia de suas proezas começasse a se espalhar. A casa de pares das três velhas fêmeas começou a acumular favores e trocas. Logo elas mesmas estavam fiando uma nova casa mais no alto da árvore, alcançando as mesmas alturas vertiginosas que tinham conhecido um dia.

Quando tentaram tirar tudo dele, como Fabian sabia que fariam, ele simplesmente parou de trabalhar. A essa altura os outros machos já haviam começado a entender sua ambição e também puseram suas ferramentas de lado. Um novo arranjo foi feito. As fêmeas eram livres para desfrutar do status que o trabalho de Fabian lhes trazia, mas a mente que dirigia a casa seria a sua e, o mais importante, seu povo seria sacrossanto. Os machos de sua casa não deveriam ser tocados.

Mesmo assim, tem sido um longo e lento caminho para chegar a qualquer lugar. Como resultado, os métodos não ortodoxos de Fabian apenas começaram a dar frutos dentro da rede social de Sete Árvores por volta da época em que irromperam as escaramuças de mineração.

Assim que os rumores o alcançam, ele rapidamente restabelece contato com Bianca. A posição dela mudou de cientista independente a conselheira política, quando as principais casas de pares de Sete Árvores e suas vizinhas tentam encontrar uma resposta adequada. O Grande Ninho as despojou de todas as suas minas de um modo quase desdenhoso, mas ninguém está interessada em ser a primeira a sugerir uma resposta violenta direta.

Mas, quando as diplomatas entram em contato com o Grande Ninho para tentar negociar, elas deparam com o novo mundo que Portia construiu depois de falar com Deus. Em vez de simplesmente começar a explorar sua própria força em troca de concessões, como é tradicional, a posição do Grande Ninho é intransigente. Exigências são feitas por outros recursos pertencentes a Sete Árvores e às cidades aliadas: fazendas, colônias, laboratórios. Quando Sete Árvores protesta, as porta-vozes do Grande Ninho as rotulam de hereges. A Mensageira falou. Ela escolheu Suas campeãs. Isso não é guerra: é uma cruzada.

Então, e só então, Sete Árvores envia uma grande força de formigas de combate para retomar as minas. Elas são confrontadas por uma força semelhante do Grande Ninho, e acontece uma batalha que é apenas um leve eco do tumulto prometido para o futuro. As formigas lutam com mandíbulas, com lâminas, com ácidos e fogo. Elas lutam com produtos químicos que confundem as inimigas, as deixam enlouquecidas, atacam suas superfícies respiratórias, induzem-nas e mudam sua fidelidade. A força enviada do Grande Ninho elimina facilmente os agressores.

Uma simples mensagem de rádio é recebida em Sete Árvores, e em todas as cidades de seus aliados, no dia seguinte.

Agora nós iremos até vocês. Rendam-se aos nossos Entendimentos ou faremos o que for preciso. A Mensageira assim o deseja.

Então acontece o caos, e a sociedade não hierárquica e pouco rígida das aranhas ameaça se despedaçar, como já fez antes sob intensa pressão. Conselhos governantes ascendem e caem. Uns defendem a rendição e o apaziguamento, outros, a resistência total, e outros, ainda, sugerem simplesmente a fuga. Nenhum deles tem a maioria, mas, por sua vez, cada um se fragmenta e vai criando novas facções. Os riscos são mais altos a cada dia.

Então, um dia, com um exército do Grande Ninho já despachado e a caminho, Bianca pede permissão para abordar a elite da cidade.

Ela se encontra posicionada no centro de uma teia com quase quarenta fêmeas poderosas agachadas em suas bordas, patas posicionadas para a frente com atenção, a fim de captar suas palavras que os fios individuais retransmitem. Elas ouvem atentamente. Todo mundo sabe que precisam de um golpe de mestre agora para se salvar, mas ninguém consegue concordar sobre o que poderia ser.

Mas a própria Bianca não tem nada a dizer. Em vez disso, ela fala: *Eu vou trazer para vocês agora alguém que encontrou uma maneira de combater essa ameaça. Vocês devem ouvir até o final. Vocês devem ouvir o que ele tem a dizer.*

A reação instantânea é de choque, raiva e escárnio. Os poderes constituídos de Sete Árvores não têm tempo para essa loucura. Não há nada que um macho possa ter a dizer que elas mesmas já não tenham considerado uma dezena de vezes.

Bianca insiste. *Este macho é do Grande Ninho*, explica ela. *Foi somente por meio de sua ajuda que consegui escapar de lá. Ele possui uma curiosa facilidade com formigas. Mesmo no Grande Ninho seu trabalho era muito respeitado, mas acredito que ele descobriu algo secreto, algo novo. Algo que o Grande Ninho ainda não tem.*

Finalmente, por tais meios, ela é capaz de atrair a atenção delas, apaziguá-las, convencê-las a ouvir Fabian.

O macho se arrasta, até ser preso pelo olhar coletivo delas. Fabian refletiu sobre aquele momento, baseado em seu fracasso anterior com Portia. Ele não vai pedir muito. Vai mostrar em vez de dizer. Vai persuadi-las, mas como faz uma fêmea, com o sucesso, e não como um macho, com a bajulação.

Deem-me uma força de formigas e eu derrotarei o exército delas, declara ele.

A resposta delas não é tão negativa quanto esperava. Sabem que ele é um vira-casaca do Grande Ninho, afinal. Elas o interrogam com cuidado, enquanto ele dá respostas evasivas e cautelosas, num duelo de esgrima de vibração sutil e gestos evasivos. Sugere ter algum conhecimento secreto das colônias de formigas do Grande Ninho, mas não lhes dá mais nada. Ele as vê em conferência, puxando discretamente os fios radiais da teia para enviar mensagens em torno de seu círculo sem que cheguem ao centro, onde se encontra agachado.

Quantas formigas?, pergunta uma delas finalmente.

Apenas algumas centenas. Ele só espera que isso seja suficiente. Está arriscando tudo naquele empreendimento, mas, quanto menor a força que levar consigo, mais valiosa sua vitória parecerá.

É uma força ridiculamente pequena comparada ao exército que está invadindo o território de Sete Árvores e, no final, as fêmeas sentem que há pouco a perder. A única outra alternativa séria é se render e abrir mão de tudo o que possuem para os grupos de pares do Grande Ninho.

Fabian volta a toda velocidade para sua própria casa de pares e escolhe uma vintena de seus assistentes mais capazes, todos machos.

Eles sabem muito de seu segredo: a nova arquitetura. Ele e os outros se põem imediatamente a trabalhar na tarefa mais laboriosa: recondicionar as formigas com as quais foi presenteado para obedecer à sua arquitetura primária, de modo que possam receber instruções em trânsito.

No dia seguinte eles partem de Sete Árvores para, Fabian espera, os anais da história. Ele viaja com seu quadro de aprendizes, com sua escassa força de soldados insetos... e com Bianca. As líderes de Sete Árvores não poderiam tolerar uma força desprovida de qualquer orientação feminina, e assim ela é sua figura principal, a face respeitável do fabianismo.

Por sua vez, Bianca foi privada de saber o segredo de Fabian, mas se lembra de sua fuga milagrosa do Grande Ninho e conhece sua reputação como arquiteto químico. Ela vinculou seu futuro ao dele, e agora deve esperar que seja tão bom quanto pensa que é.

As velhas armas que permitiram que sua espécie dominasse totalmente as formigas e, dessa maneira, enriquecesse e complexificasse enormemente sua sociedade, não são mais armas de guerra viáveis. O efeito de descondicionamento do perfume-mestre do besouro *Paussinae* é algo a que a maioria das formigas está agora condicionada a resistir, tanto por causa de rivalidades entre aranhas como porque simplesmente os próprios besouros *Paussinae* estão constantemente alterando a arquitetura da colônia para seus próprios propósitos, permanecendo um fantasma na máquina orgânica. Todo o esforço das aranhas é só para minimizar seus efeitos.

O plano de Fabian é mais complexo, portanto, mais arriscado. A primeira fase é um ataque frontal.

O caminho que a coluna do Grande Ninho provavelmente seguirá já foi densamente equipado com um complexo labirinto de teias e armadilhas com pesos, molas e fogo. Nenhuma aranha seria enganada por elas, mas os sentidos das formigas são mais fáceis de enganar, especialmente por terem pouca capacidade de sentir qualquer coisa a distância. A força do Grande Ninho é protegida por uma grande nuvem dispersa de batedoras para encontrar e acionar essas armadilhas, e é em cima destas que Fabian lança suas próprias tropas.

A resposta é imediata, cheiros de alarme atraindo cada vez mais invasores. Posicionado contra o vento em relação à escaramuça, Fabian lança perfume após perfume no ar. Cada um deles contém um novo conjunto de instruções, codificado quimicamente, permitindo que sua pequena força reaja rapidamente, mude de tática e sobrepuje o inimigo com suas manobras, enquanto as formigas do Grande Ninho estão simplesmente seguindo uma arquitetura básica de batalha que pouco mudou com relação aos antigos instintos de luta dos insetos.

Em poucos minutos, as forças de Fabian se retiraram com o mínimo de perdas, e com prisioneiros: um punhado de batedoras isoladas, imobilizadas e levadas para longe.

Fabian e seus companheiros recuam, e continuam recuando até que as batedoras do Grande Ninho que os perseguem param e seguem seu próprio cheiro de volta para a coluna que avança. Deixada em paz, a equipe de Fabian monta seu laboratório e usa amostras das batedoras capturadas para preparar um novo conjunto de instruções para sua tropa.

Suas formigas recebem suas ordens iniciais. Sua pequena força se divide, cada formiga seguindo sozinha, em direção ao inimigo.

O que você está fazendo?, Bianca exige saber. *Você jogou fora seu exército.* Todo mundo sabe que as formigas só são eficazes em bando. Uma formiga solitária não conta para nada.

Precisamos nos mover, é tudo o que dirá Fabian. *Devemos estar contra o vento em relação a eles.* É uma limitação irritante de sua técnica, mas ele resolverá isso com o tempo. Já está trabalhando em sistemas na sua cabeça, usando besouros *Paussinae* como portadores de novas informações, ou de alguma forma desencadeando liberações químicas por pistas visuais distantes... Mas por enquanto ele deve trabalhar com o que tem.

A hoste de formigas individuais atinge a coluna inimiga, e passa pela tela distante de batedoras sem que qualquer alarme seja acionado. Tocam antenas com as invasoras, um rápido roçar de apêndices, e elas as deixam passar, reconhecendo-as como amigas.

De um ponto de vista no alto dos galhos, Fabian observa tenso suas formigas começando a preencher despercebidas as fileiras do Grande Ninho. Agora vem o passo mais difícil para o próprio Fabian. Ele nunca foi responsável pela morte de outro de sua espécie. Ele sabe que existem aqueles que vivem vidas de privações onde lutar, matar e até consumir outra aranha é simples sobrevivência, mas sente fortemente que está trabalhando diretamente contra tal privação, e que matar alguém dos seus é algo que pertence ao passado. O nanovírus nele resiste à necessidade do que pretende fazer, reconhecendo as tensões fraternas em suas vítimas potenciais.

Mas seu plano tem um equilíbrio delicado, e ele não pode deixar que nada o coloque em perigo.

Há cerca de uma dezena de observadoras do Grande Ninho se movendo em meio à coluna de milhares. Certamente elas notarão as formigas estrangeiras entre suas fileiras? Embora o exército do Grande Ninho já tenha sua arquitetura rígida montada àquela altura, haverá uma série de protocolos preestabelecidos que os oficiais das aranhas acionarão, sem dúvida incluindo um para ordenar ataque propriamente dito a Sete Árvores. É possível que uma dessas posições pré-preparadas seja uma espécie de resposta de emergência.

Fabian libera seu próximo conjunto de instruções com um certo pressentimento.

Suas infiltradoras sistematicamente procuram e assassinam as aranhas do Grande Ninho que acompanham o exército. Elas atacam sem medo, liberando aromas de alarme que lançam as formigas legalistas mais próximas num frenesi. É um ato calculado e impiedoso meticulosamente planejado com antecedência. Observando o resultado, que deixa grupos de formigas lutando sobre galhos soltos e pedaços de carapaça, o povo de Fabian e Bianca fica quieto e pensativo. Claro que não é a primeira vez que aranha mata aranha, muito menos a primeira vez que macho mata fêmea, mas aquilo é diferente. Aquilo representa a porta de entrada para uma nova guerra.

A partir dali, a coluna do Grande Ninho está condenada. Os soldados de Fabian a devoram de dentro para fora. O exército invasor tem algumas defesas, um condicionamento predefinido para se defender contra-ataques inesperados, além de códigos olfativos instáveis sempre em mutação que se alteram numa sequência preestabelecida ao longo do tempo. Mas a nova arquitetura de Fabian permite que ele mude rapidamente para se adaptar. A máquina compósita imensa e desajeitada que é o exército do Grande Ninho detectou que algo está errado, mas simplesmente não consegue se ajustar com rapidez suficiente para entender a ameaça. Uma trilha de formigas mortas se estende por quilômetros quando Fabian acaba. Suas próprias perdas são menos de uma dúzia. Suas termópilas não foram um obstáculo físico, mas mental, pelo qual o inimigo simplesmente não conseguiria passar enquanto ele usasse aquilo contra eles.

O Grande Ninho ainda não foi derrotado. A coluna que Fabian destruiu é apenas uma fração da máquina militar que o templo de lá pode colocar em movimento. A vitória de Sete Árvores será respondida com mais agressão, sem dúvida. Fabian volta para casa e se apresenta às fêmeas dominantes.

Elas exigem saber seu segredo. Fabian não lhes dirá, e confirma que ele e todo o seu grupo de pares tomaram precauções para assegurar que seus novos Entendimentos não possam ser extraídos à força de seus cadáveres.

Uma das fêmeas, vamos chamá-la de Viola, assume a liderança. *Então o que você vai fazer?*

Fabian suspeita que ela tenha pensado mais à frente que suas irmãs, por ter usado os serviços dele antes da guerra. Ela tem alguma ideia de como ele pensa.

Vou derrotar o Grande Ninho e suas aliadas, declara ele. *Se necessário, levarei um exército de Sete Árvores até a cidade delas e lhes mostrarei que estão erradas.*

As reações que ele vê são uma mistura fascinante: horror de que um macho possa falar com tanta ousadia de assuntos tão grandes; ambição de ver sua rival mais forte humilhada; desespero, afinal, que escolha elas têm?

Viola o incita a continuar: ela sabe que há mais.

Eu tenho uma condição, admite ele. Diante daquele olhar hostil em massa, ele lhes descreve o que quer, ao que deseja que elas comprometam Sete Árvores, em troca de sua sobrevivência. É o mesmo acordo que apresentou a Portia. Elas não estão muito mais inclinadas a isso do que Portia, mas Portia não estava na atual situação precária delas.

Quero o direito de viver, diz ele, com a maior firmeza que consegue ousar. *Eu quero que a morte de um macho seja passível de punição da mesma forma que a morte de uma fêmea: até mesmo a morte após o acasalamento. Eu quero o direito de construir minha própria casa de pares, e de falar por ela.*

Um preconceito de um milhão de anos o encara de volta. A aranha canibal ancestral, cujos velhos instintos ainda formam a casca dentro da qual sua cultura está aninhada, recua horrorizada. Ele vê o conflito dentro delas: tradição contra o progresso, o passado conhecido contra o futuro desconhecido. Elas chegaram tão longe como espécie; elas têm o intelecto para quebrar os grilhões de ontem. Mas será difícil.

Ele se vira lentamente no lugar em uma série de movimentos curtos e espasmódicos, olhando de olho em olho. Elas o pesam, e pesam o custo de suas exigências contra o custo de ter de ceder ao Grande Ninho. Elas ponderam o que a vitória dele lhes comprou, e como melhorou seu poder de negociação. Elas ponderam o que o Grande Ninho exigirá delas caso se rendam: certamente o templo em Sete Árvores será esvaziado e preenchido com sacerdotisas estrangeiras, todas reforçando sua visão ortodoxa da vontade da Mensageira. O controle de Sete Árvores será retirado daquelas fêmeas ali. Sua cidade se tornará uma marionete puxada por cordas longínquas, dançando ao ritmo das instruções transmitidas por rádio do Grande Ninho.

Elas conferem, agonizam, ameaçam umas às outras e lutam pelo domínio.

E finalmente formulam sua resposta.

5.7 ASCENSÃO

— Não era para acontecer assim. Não era para levar *tanto tempo*.

Holsten estava jantando com Guyen. Os cultistas do comandante, ou engenheiros altamente treinados ou o que quer que eles realmente fossem, haviam lhe trazido algumas das rações que lembrava terem sido pilhadas por atacado da estação de terraformação. Elas foram aquecidas e descongeladas até virarem uma pasta quente, e ele enfiou colheradas dessa gororoba sem nenhum entusiasmo em sua boca enquanto o velho falava. O que Guyen comia naqueles dias não estava claro, mas ele provavelmente tinha um tubo para aquilo (e outro na outra ponta para lidar com o que suas entranhas desidratadas não conseguiam processar).

— Eu acordei uma equipe que parecia boa, de acordo com os registros. Todos tinham experiência em tecnologia — continuou Guyen, ou pelo menos as máquinas que falavam por ele continuaram.

— Tínhamos todo o kit que pegamos na estação. Preparar a nave deveria ser algo *rápido*. Só mais alguns dias. Só mais alguns meses. Só mais um ano. Sempre só mais um ano. E então eu ia dormir um pouco e acordava, e eles ainda estavam trabalhando... — Seu rosto murcho ficou frouxo com a lembrança. — E sabe de uma coisa? Um dia eu acordei, e todos aqueles rostos jovens... Percebi que metade das pessoas que faziam o trabalho havia nascido *fora* da suspensão. Eu havia usado a vida inteira das pessoas, Mason: elas estavam tentando fazer isso funcionar por todo aquele tempo. E a nova geração... Eles não entendiam tanto. Aprenderam o que podiam, mas... E depois veio outra geração, involuindo, entendendo menos que antes. Todos estavam muito ocupados *fazendo* o trabalho para passar o conhecimento. Eles não conheciam nada além da nave e de mim. Tive que liderá-los porque eles tinham trabalho a fazer, não importava o quanto fossem inferiores e quanto mais tempo fosse levar.

— Porque você precisa lutar contra o satélite Kern, aquele negócio de habitat Brin? — Holsten preencheu as lacunas para ele entre garfadas.

— Eu tenho que salvar a espécie — confirmou Guyen, como se isso significasse a mesma coisa. — E nós fizemos isso. Nós fizemos isso, todos nós. Todas aquelas vidas não foram em vão, afinal. Temos defesas tecnológicas, físicas e eletrônicas do Império. Não sobrou um ponto fraco por onde Kern possa entrar e nos desligar. Mas então percebi que estava *velho*, e percebi o quanto a nave precisava de mim, e aí pegamos a instalação de upload e começamos a trabalhar nisso. Eu dei tudo, Mason. Eu dei tantos anos ao projeto da *Gilgamesh*. Eu quero... Eu realmente quero apenas fechar os olhos e partir. — A voz artificial caiu para um sussurro estático. Holsten reconheceu isso como uma pausa sacrossanta, e não tentou inserir nenhuma palavra.

— Se eu achasse que não havia necessidade de mim — murmurou Guyen. — Se eu achasse que eles, que vocês, poderiam se virar sem minha orientação, então eu iria. Eu *não quero* estar aqui. Quem iria querer ser esta coisa moribunda e entubada? Mas não há mais ninguém. Eu carrego a raça humana nas costas, Mason. Eu sou o pastor. Somente por meio de mim nosso povo encontrará seu verdadeiro lar.

Mason assentiu, e assentiu, e pensou que Guyen poderia ou não acreditar em tudo aquilo, mas sabia que havia detectado um fio de falsidade mesmo assim. Guyen nunca fora um homem de receber conselhos ou compartilhar comando. Por que seria agora um homem que o entregaria, especialmente quando uma espécie de imortalidade estivesse ao seu alcance se esse negócio de upload funcionasse?

Se o instalador de upload não destruísse os sistemas da *Gilgamesh*.

— Por que não Lain? — perguntou ele a Guyen.

O velho estremeceu ao ouvir o nome.

— O que tem Lain?

— Ela é a engenheira-chefe. Você queria que todo esse trabalho fosse feito, então por que não a colocou para fora mais cedo? Eu a vi. Ela está mais velha, mas não... — *Não tanto quanto você.* — Não muito mais velha. Você não pode tê-la tirado de suspensão há muito tempo. Por que não começou com ela?

Guyen o fuzilou com o olhar por um momento, ou talvez alguma máquina tenha feito isso em nome do cego Guyen.

— Eu não confio em Lain — retrucou ele. — Ela tem ideias.

Não havia uma resposta real para aquilo. Àquela altura, Holsten já tinha formado ideias distintas quanto a Guyen ser louco, e quanto a Lain ser sã. Infelizmente isso não parecia se traduzir numa certeza similar sobre qual deles tinha *razão.*

Ele tinha uma carta na manga. Havia uma sequência de gravações que Lain tinha tocado para ele antes daquela reunião com Karst e Vitas: as últimas transmissões da colônia lunar que haviam estabelecido no sistema de Kern. Essa tinha sido a arma secreta de Lain, para convencê-lo de que Algo Deve Ser Feito. Na época isso tinha funcionado. Ela fora impiedosa, e Holsten havia ficado deprimido e angustiado como nunca. Ele tinha ouvido as vozes desesperadas e em pânico das pessoas que Guyen havia deixado para trás: seus apelos, seus relatórios. Tudo estava falhando, a infraestrutura da colônia simplesmente não era autossustentável. Longas décadas depois que a base foi estabelecida, ela começou a morrer.

Guyen havia deixado uma comunidade lá, alguns acordados, outros em suspensão. Ele os havia abandonado para viver ali, e criar seus filhos para substituí-los no comando daquele empreendimento condenado. Então o comandante da *Gil* ouviu seus gritos moribundos, suas súplicas frenéticas, suportando o frio, o ar poluído... Os sortudos teriam simplesmente apodrecido em seus caixões frios quando a energia falhou.

A última mensagem tinha sido um sinal de emergência, automatizado, repetido várias vezes: o sucessor, a versão da humanidade da chamada milenar de Kern. Finalmente, até aquilo cessou. Mesmo aquilo não havia resistido ao teste daquele pequeno período.

— Ouvi as gravações da base lunar — disse ele a Guyen.

O rosto coriáceo do comandante se virou para ele.

— Ouviu?

— Lain as tocou para mim.

— É claro que sim.

Holsten esperou, mas não havia mais nada por vir.

— Você está... o quê? Está negando isso? Está dizendo que Lain falsificou isso?

Guyen balançou a cabeça, ou outra coisa balançou para ele.

— O que eu deveria fazer? — perguntou ele. — Voltar para buscá-los?

Holsten estava prestes a dizer que sim, isso era exatamente o que Guyen deveria ter feito. Em vez disso, um pouco de consciência científica coloriu sua paixão, e ele começou:

— O tempo...

— Estávamos a décadas de distância — concordou Guyen. — Teria levado décadas para voltar a eles. No momento em que eles descobriram que havia um problema, já não tinham tanto tempo. Você queria que eu passasse pelo esforço e pelo desperdício colossais de dar meia-volta com esta nave só para enterrá-los?

Guyen quase conseguiu naquele momento. A percepção de Holsten sobre certo e errado dava voltas e mais voltas, e ele descobriu que *podia* olhar para aquele rosto cinza e moribundo e ver o salvador da humanidade: um homem que havia sido treinado para tomar decisões difíceis, e o fizera com pesar, mas sem hesitação.

Então uma expressão real finalmente abriu caminho para o rosto de Guyen.

— E, além disso — acrescentou —, eles eram traidores.

Holsten ficou muito, muito quieto, olhando para o horrível rearranjo das feições do comandante. Uma espécie de satisfação infantil e idiota tomou conta do velho, talvez inteiramente sem o seu conhecimento.

Houve amotinados, é claro, como Holsten tinha mais motivos que a maioria para se lembrar. Lembrou-se de Scoles, Nessel e toda aquela retórica sobre ser sacrificado a uma tumba gelada.

E eles estavam certos.

E, claro, a maioria dos amotinados reais havia sido morta. A carga decantada para formar a tripulação da base lunar não era de traidores; na verdade, eles teriam muito pouca ideia do que estava acontecendo antes de saber de seu destino.

— Traidores — repetiu Guyen, como que saboreando a palavra. — No fim, eles tiveram o que mereciam. — A transição de líder sério e martirizado para psicopata delirante tinha simplesmente acontecido sem que qualquer fronteira discernível fosse ultrapassada.

Então as pessoas começaram a entrar na câmara, o povo de Guyen. Eles foram entrando lentamente com seus mantos, e se aglomerando numa congregação irregular perante a grande majestade mecânica do estrado de Guyen. Holsten os viu chegar às centenas: homens, mulheres, crianças.

— O que está acontecendo? — exigiu saber ele.

— Estamos prontos — disse Guyen baixinho. — Chegou a hora.

— Seu upload?

— Minha ascensão, meu dever eterno que me permitirá guiar meu povo para sempre, neste mundo e no próximo. — Ele começou a dar os passos rigidamente, um de cada vez.

De algum lugar, Vitas e um punhado de sua equipe tinham aparecido, pairando sobre as máquinas como sacerdotes. A chefe de ciências olhou uma vez para Holsten, mas sem curiosidade. Ao redor das bordas da câmara mais ampla havia uma vintena ou mais de homens e mulheres em trajes blindados: a equipe de segurança de Karst. Um deles devia ser o próprio homem, mas eles estavam com as viseiras abaixadas.

Então a velha turma está junta de novo, todos menos um. Holsten estava agudamente consciente de que Lain esperaria que ele ganhasse algum tempo para ela, embora não soubesse sequer se estava a caminho.

— Guyen — chamou ele. — E eles? — Seu gesto abrangeu a congregação reunida. — O que vai acontecer com eles quando você for... traduzido? Vão simplesmente continuar se multiplicando até que tomem a nave inteira? Até que não sobre nada para comer? O que vai acontecer?

— Eu proverei — prometeu Guyen. — Eu lhes mostrarei o caminho.

— Vai ser uma repetição da colônia lunar — retrucou Holsten. — Eles vão morrer. Vão comer toda a comida. Vão simplesmente... *viver* em todos os lugares até que as coisas desmoronem. Isto aqui não é uma nave de cruzeiro. A *Gil* não foi feita para ser *habitada*. Eles são carga. Somos todos carga. — Ele respirou fundo. — Mas você terá seu avatar eletrônico então. Enquanto a energia durar, você estará bem. Provavelmente a maior parte da nave estará bem, a carga em suspensão... Mas essas pessoas, e seus filhos, e então o quê? Talvez uma geração depois disso, eles vão morrer. Seus seguidores terão uma morte prolongada de fome e falhas das máquinas, e frio, e asfixia, e todas as outras coisas que podem acontecer porque estamos na porra do *espaço*! — Ele se chocou com a veemência de seu discurso, pensando: *Mas eu realmente me importo tanto com todos esses lunáticos?* Aparentemente sim.

— Eu proverei! — A voz de Guyen se elevou sem esforço num estrondo, canalizado através de alto-falantes na sala. — Eu sou o último pastor da raça humana.

Holsten tinha esperado que suas próprias palavras iniciassem um tumulto de medo e incerteza entre a congregação, mas eles pareciam estranhamente plácidos, aceitando o que Guyen dizia e mal parecendo registrar uma palavra dita contra ele. Na verdade, a única reação que ele suscitou foi que subitamente duas das maiores ovelhas do rebanho de Guyen estavam posicionadas cada uma de um lado dele, pondo as mãos nele como se estivessem prestes a levá-lo dali. Ele precisava de mais munição. Teria de lutar sujo agora.

— Mais uma coisa! — gritou ele assim que Guyen chegou ao último degrau. — Você sabia que Karst e Vitas têm trabalhado com Lain pelas suas costas?

O silêncio mortal que se seguiu a esse pronunciamento foi estragado pela voz abafada do capacete de Karst cuspindo:

— Ah, seu filho da puta!

Guyen tinha ficado bastante quieto, portanto, todos tinham ficado bem quietos. Holsten deu uma olhada de esguelha em Vitas, que estava observando a situação ao seu redor com ar calmo e inquisitivo, como se não pudesse sentir a mudança repentina de humor na multidão. O pessoal de Karst começou a se agrupar. Todos tinham armas, e agora elas apontavam principalmente para os fiéis.

Será que fiz a coisa mais sensata que podia nestas circunstâncias?

— Não acredito em você — coaxou a voz de Guyen, mas, se sua voz desencarnada não acreditava, estava transbordando de dúvida eletrônica. A paranoia de Guyen claramente tinha um campo de visão de 360°.

— Quando seus palhaços me agarraram, eu estava voltando de uma reunião: comigo, Lain, *ela*, *ele* — apontando os culpados para o tribunal.

— Mason, cale a boca ou eu dou um tiro na sua cabeça, caralho! — gritou Karst, apagando perfeitamente qualquer sugestão remanescente de inocência.

A congregação estava em grande parte armada, mesmo que com facas e lanças e maças improvisadas. Eles superavam pesadamente em número o esquadrão de Karst, e estavam todos muito perto uns dos outros ali.

— Vocês vão voltar para a suspensão! — ordenou Guyen. — Você, Vitas, todo o seu pessoal!

— Vá se foder! E depois, o que vai acontecer? — retrucou Karst. — Acha que eu confio em você?

— Eu serei a *nave*! — uivou Guyen. — Eu serei *tudo*. Eu terei o poder de vida e morte sobre cada membro da raça humana. Acha que simplesmente ficar fora da suspensão vai salvar você da minha ira, se me desafiar? Obedeça-me agora e serei misericordioso.

— Comandante... — começou Vitas. Acima do murmúrio crescente da congregação, Holsten fez o possível para ler seus lábios.

— Você também, traidora! — Guyen apontou um dedo fino para ela.

Então Karst ou alguém de seu pessoal (Holsten não viu quem) tentou apontar uma arma para Guyen, e a luta começou. Uma série de tiros foi disparada, lançando faíscas do teto, alguns atravessando avidamente a multidão, mas as coisas degringolaram numa briga quase imediatamente, as massas destreinadas, porém fervorosas, se colocando contra os poucos de Karst.

Foi aí que Lain escolheu fazer sua jogada.

Um grupo de acólitos com mantos irrompeu da multidão, saltando os degraus em direção a Guyen, e até Holsten pensou que eles eram fanáticos indo proteger seu líder, para formar alguma espécie de escudo humano. Somente quando o líder deles sacou uma espécie de arma improvisada, e seu capuz escorregou para trás, ele percebeu seu erro.

Momentos depois, Lain tinha sua arma (algum tipo de pistola de pregos industrial) colada na têmpora de Guyen e estava gritando para chamar a atenção de todos.

Àquela altura eram cerca de vinte pessoas com ferimentos ou mortas: dois do bando de Karst, e o resto de seguidores azarados da Igreja de Guyen. Lain nunca conseguiu o silêncio pedido: havia soluços, gritos de socorro, pelo menos um lamento agudo que traduzia perda e tristeza desoladas. Mas o grosso dos fiéis estava paralisado no mesmo lugar, vendo seu profeta prestes a ser abatido no exato ponto de sua transcendência.

— Agora — gritou Lain, o melhor que pôde. Sua voz não era talhada para declamação pública ou heresia confrontadora, mas ela fez o seu melhor. — Ninguém vai a lugar nenhum, e isso inclui este computador de merda.

— Karst... — Era a voz de Guyen, embora seus lábios não tivessem se movido. Holsten olhou para a equipe de segurança, recuada e formando um nó apertado com seu líder no meio. Se houve alguma resposta, foi emitida num tom baixo demais para ser ouvida, mas estava claro que não haveria nenhuma ajuda para Guyen daquele grupo, não mais.

— Vitas, desconecte essa merda — instruiu Lain. — Depois podemos começar a resolver essa bagunça.

— Hmm. — A chefe de ciências inclinou a cabeça para um lado. — Então você tem algum tipo de plano, engenheira-chefe? — Parecia uma coisa estranha de se dizer para alguém que não era de conversa fiada. Holsten viu a testa franzida no rosto de Lain.

E, claro, Vitas *queria* que o upload fosse em frente. Ela queria ver o que aconteceria.

— Lain! — gritou Holsten. — Está acontecendo! O upload está sendo feito agora! — Era um processo demorado, mas é claro que Guyen estava conectado todo esse tempo. Ele provavelmente estava alimentando a memória da *Gil* com seu cérebro há eras, um pedacinho de cada vez.

A percepção atingiu Lain ao mesmo tempo e ela puxou o gatilho.

O rosto de Vitas era um quadro naquela fração de segundo: um choque real finalmente tomando conta dela, mas ao mesmo tempo uma espécie de interesse lascivo, como se mesmo essa reviravolta pudesse render dados valiosos para seus estudos. O rosto de Guyen, é claro, juntou-se ao resto de sua cabeça para pintar a instalação de upload de vermelho.

Um gemido colossal ecoou pela sala, torcendo, distorcendo e desmoronando em estática, mas se reconstruindo de modo irregular até que finalmente se tornou uma voz.

— Eu! — gritou Guyen enquanto seu corpo caía de volta em seu berço de tubos e fios. — Eu! Eu! Eu!

As luzes se apagaram, voltaram a se acender, piscaram. Telas ao redor da câmara de repente ganharam vida com vômitos aleatórios de cor e luz, fragmentos de um rosto humano, e essa voz gaguejando: "Eu! Eu! Meu! Obedeçam! Eu!", como se Guyen tivesse sido destilado até os impulsos básicos que sempre o motivaram.

— Relatório de danos! — A equipe de Lain estava toda no estrado agora, acessando a *Gil* pelo maquinário de lá. — Karst, assuma o controle, seu idiota inútil!

Karst apontou seu rifle para o teto e disparou um punhado de tiros, o rugido da arma eliminando qualquer outro ruído humano na sala, mas incapaz de apagar a glossolalia torturada dos alto-falantes. Nas telas, algo estava tentando formar o rosto de Guyen, uma prova de ascensão para os verdadeiros crentes; mas falhava e falhava, incompleta e distorcida. Às vezes, pensou Holsten, era o rosto de Kern que aparecia.

Ele subiu trôpego os degraus para se juntar a Lain.

— O que está acontecendo?

— Ele está no sistema, mas... é outra cópia incompleta, como seus testes. Só que é mais... há mais dele. Estou tentando isolá-lo, mas ele está lutando comigo: eles todos estão lutando comigo. É como se ele tivesse semeado a porra do computador com seu povo, e o enviado à frente para limpar o caminho. Eu...

— Você não me impedirá! — ribombou o Guyen virtual, sua primeira frase completa. — Eu! Eu! Eu sou! Eterno! Eu! Eu sou!

— O que...? — começou Holsten, mas Lain gesticulou para que ele se afastasse.

— Cale a boca, sim? Ele está tentando controlar o suporte de vida.

O pessoal de Karst estava afastando os seguidores de Guyen, que pareciam muito menos exultantes com a ascensão parcial de seu líder do que provavelmente haviam previsto.

— Vitas, *ajude*, está bem?

A chefe de ciência estivera simplesmente olhando para as telas, mas agora parecia ter chegado a uma decisão.

— Concordo, isso foi longe demais. — Como se fosse simplesmente uma questão de um experimento que ficou datado.

— O que eu posso...?

Lain silenciou Holsten então, confiando em sua equipe o suficiente para ficar um momento longe dos consoles.

— Sério, você fez o que podia. Você fez o que tinha que ser feito. Você fez bem. Mas agora? Isso está fora da sua área, velhote. Se quiser, vá ajudar Karst, e torça para que possamos conter Guyen-o--vírus-de-merda antes que ele faça muito...

Um estremecimento percorreu a substância da nave, e a cor sumiu do rosto de Lain.

— Merda. Vá embora, Holsten. Proteja-se.

Palavras de uma habitante de casca de ovo para outro.

5.8 HERÓI CONQUISTADOR

Fabian chegou aos portões do Grande Ninho com um exército.

Tecnicamente, não é seu exército. Sete Árvores não está tão desesperada a ponto de entregar essa força ao comando oficial de um macho. Viola, uma das fêmeas mais poderosas daquela cidade, é a porta-voz de sua casa e, portanto, quem está nominalmente no controle. O próprio Fabian está lá para colocar em prática as ordens dela. Ele esperava que esse arranjo o incomodasse mais do que efetivamente incomodou.

Ajuda o fato de Viola ser calma, perspicaz e inteligente. Ela não tenta dizer a ele como fazer seu trabalho. Transmite a ele o amplo alcance da estratégia, trazendo para a mesa uma compreensão do conflito e da natureza das aranhas que está muito além da dele próprio. Ele cumpre as táticas, regendo um exército de milhares de formigas como um maestro com sua arquitetura química fluida e adaptável. Os dois funcionam surpreendentemente bem juntos.

Outro motivo pelo qual ele está feliz por não ter a autoridade final é que lhe é igualmente negada a responsabilidade final. Para chegar até ali, Sete Árvores e suas aliadas contabilizaram um número de mortes do inimigo tão grande que deixa Fabian abalado cada vez que pensa a respeito. Além de inúmeras formigas mortas, centenas de aranhas morreram na luta, umas de propósito, outras por acaso. O Grande Ninho fez o melhor que pôde para reverter a maré matando as líderes de Sete Árvores, atrapalhado por sua crença de que a liderança devia necessariamente ser feminina. Assim, Fabian escapou das assassinas em várias ocasiões, enquanto Viola perdeu duas patas e acabou pessoalmente com a vida de três que tentaram matá-la. É uma verdade terrível que todos os participantes desse conflito descobriram sobre si mesmos: que são de uma raça que não mata por qualquer motivo, no entanto, dê-lhes uma causa e eles o farão.

E agora eles estão no próprio Grande Ninho, seu exército enfrentando uma hoste de formigas arrastadas das colônias daquela cidade maior, a maioria das quais sequer está condicionada para o serviço militar, mas lutará contra formigas inimigas, se necessário.

À frente deles, a vasta conurbação que é a maior cidade das aranhas parece frágil, como meros farrapos de seda que o vento pode soprar para longe. Durante a maior parte de sua vida, este foi o lar de Fabian. Há centenas de milhares de aranhas atualmente entocadas em suas casas de pares, sob seus toldos, contra os troncos e os galhos das árvores, esperando para ver o que vai acontecer a seguir. Quase não houve evacuação, e Fabian ouviu dizer que o templo fez o melhor que pôde para impedir que alguém partisse.

Viola enviou um mensageiro às casas de pares do Grande Ninho, com uma lista de exigências. O mensageiro era um macho, portanto, Fabian não inveja suas chances. Quando ele mesmo reclamou, Viola declarou amarga que, se Fabian realmente desejasse todas as liberdades de uma fêmea para seu gênero, então seus companheiros machos deveriam correr os mesmos riscos.

Fabian só pode tentar imaginar o debate que está acontecendo no Grande Ninho naquele instante. Portia e suas sacerdotisas do templo devem estar pedindo resistência. Talvez acreditem que a Mensageira as salvará, assim como Ela uma vez intercedeu por Seu povo na grande guerra contra as formigas nos tempos antigos. Certamente as frequências de rádio do templo devem estar atulhadas de orações para libertação. Se a Mensageira tem o poder de ajudar Suas fiéis, então o que Ela está esperando?

Rádio...? E então Fabian se perde brevemente num sonho de ciência, onde cada soldado-formiga poderia ser equipado com um receptor de rádio, e de alguma forma poderia escrever sua própria arquitetura química de acordo com os impulsos dos sinais enviados por aquela teia invisível. Uma colônia de formigas que poderia ser orquestrada com a velocidade do pensamento...? Ele estremece só de pensar. *O que não poderíamos fazer?*

E isso o incomoda, e o incomoda muito, porque ele já havia pensado algo assim antes. E, com um choque repentino, percebe que o grande projeto da Mensageira, que Portia e suas companheiras fanáticas deram tudo de si para realizar, a causa indireta daquela guerra, poderia ser exatamente isso. Sem formigas, sem produtos químicos, mas aquela rede de cobre levaria impulsos exatamente como o rádio faria, como as formigas individuais numa colônia fariam. E não haveria interruptores, entroncamentos, portões lógicos...? A ele, parece que um projeto desses teria a virtude da velocidade, mas certamente não poderia ser tão versátil e complexo quanto uma colônia de formigas trabalhando com eficiência total?

Você conhece Portia. Ela vai ceder?, lhe pergunta Viola. Eles esperam por uma resposta há tanto tempo que o sol está agora descendo. A escuridão total era o prazo delas, pois as formigas podem lutar perfeitamente bem à noite.

Se ela ainda estiver no controle, não vai. As forças de Sete Árvores vão destroçar o Grande Ninho, se for preciso, e Fabian tem muito medo de que dentro dos confins fechados e confusos de uma cidade ele possa perder o controle. Restos de seu exército podem acabar cortados dele, incapazes de ser direcionados, ainda seguindo seu último condicionamento. O número de mortos, entre aqueles cujo único crime é ter feito do Grande Ninho seu lar, será horrível. Fabian quase preferiria voltar atrás.

Mas Viola explicou as coisas pacientemente. A influência do Grande Ninho foi reduzida até os limites da cidade, mas ainda precisa admitir a derrota. Existem dezenas de outras cidades dominadas por templos em todo o mundo. Elas precisam aprender essa lição.

Fabian já ouviu o desfecho de outros conflitos. Cidades inteiras foram queimadas: de propósito ou por simples acidente, dado o quão voraz o fogo é, o quão inflamável grande parte das construções das aranhas pode ser. Houve massacres de ambos os lados. Houve exércitos de formigas enlouquecidas, revertendo aos seus velhos hábitos, procriando sem controle. O rádio traz histórias diárias do agravamento da guerra.

Mas o Grande Ninho permanece como o símbolo de desafio para os cruzados. Se o Grande Ninho se submeter, então talvez a sanidade possa ser recuperada a partir do caos.

Elas mesmas terão que matá-la, pondera Viola.

Ele leva um momento para entender de quem ela está falando: *Portia*. Ele mesmo não consegue pensar em Portia sem uma pontada de culpa. Ela é a causa daquela guerra, tanto quanto qualquer aranha individual possa ser, mas Fabian sabe amargamente que Portia fez tudo o que fez pelo que considera a melhor das razões. Ela arriscou sua cidade inteira porque *acredita*. E ele ainda sente respeito por ela, e também aquela curiosa sensação de tensão que afeta os machos, de que ali existe uma fêmea para a qual dançar e oferecer sua vida. É um sentimento vergonhoso, retrógrado, mas que tem levado os machos de sua espécie a se envolver na perigosa busca de continuar a espécie há milhões de anos.

Fabian gostaria que as coisas pudessem ser diferentes, mas não consegue planejar nenhum caminho a partir de onde se encontra agora para qualquer resultado que contemple uma reconciliação com Portia.

Prepare nossa vanguarda, então. Viola sabe que ele já levou em conta o terreno, as forças opostas e as capacidades de suas próprias tropas, e formulou um condicionamento sob medida para o assalto inicial, a ser refinado e alterado à medida que a guerra prosseguir. Suas técnicas revolucionárias já venceram batalhas contra forças enormemente superiores antes. Agora ele vai empregá-las contra uma força de defesa que é inferior em número e qualidade.

Fabian libera seus aromas. Ele refinou a técnica. Além de feromônios no ar, uma hoste de besouros *Paussinae* está enfileirada, forçada a trabalhar para levar as instruções dele por toda a extensão do exército. Eles estão comprando a continuidade de sua sobrevivência com sua utilidade, seus serviços oferecidos com uma fagulha de consciência do trato, como os insetos perturbadoramente inteligentes que são.

Então há um clarão brilhante de um dos observadores de Viola, palpos sinalizando uma mensagem clara.

Um grupo está deixando o Grande Ninho, de vinte ou mais. À frente dele está o emissário macho que Viola enviou.

Fabian sente uma tensão avassaladora escapar de seus membros. O Grande Ninho quer falar.

Ele não reconhece a maior parte da delegação inimiga. Certamente nenhuma das fêmeas aparentemente no controle agora é familiar. Há um punhado de que ele se lembra, as comparsas de Portia de sua casa de pares ou do templo. Elas estão amarradas com seda e sendo escoltadas por suas antigas oponentes políticas. Estão sendo entregues ao inimigo.

A história se espalha rapidamente. Houve uma troca da guarda no Grande Ninho. Aconteceram combates dentro da cidade, aranha contra aranha, no nível mais alto. A casta das sacerdotisas foi desmantelada e derrubada. Algumas permanecem escondidas, abrigadas por aquelas que ainda acreditam na santidade da mensagem. Acredita-se que algumas tenham fugido. O saldo está ali, como sinal de boa vontade.

De Portia não há notícia. Fabian a imagina sozinha e em fuga. Ela é engenhosa o suficiente para sobreviver e agora, sem a infraestrutura do templo do Grande Ninho, ela não é a ameaça à paz mundial que já foi um dia. Sem dúvida, Viola e as outras a caçarão, ou suas ex-companheiras do Grande Ninho o farão, mas ele espera que ela sobreviva. Espera que ela escape para encontrar uma vida tranquila em algum lugar, e faça algo de bom.

Termos são então negociados: punitivos, mas não impossíveis. A nova camarilha que governa o Grande Ninho segue uma linha delicada entre desafio e aquiescência; Viola conhece o jogo e joga junto. É apenas ao observar a fêmea de Sete Árvores se jogar em negociações que Fabian percebe o quanto ela também queria evitar dar aquele passo final e impensável.

* * *

Este não é o fim da guerra de doutrina, mas é o começo do fim. A queda e a conversão do Grande Ninho são tanto as catalisadoras do futuro quanto um modelo para ele. A luta continua em várias partes do mundo, mas aquelas que ainda acreditam que a mensagem da Mensageira é de importância fundamental apenas perdem terreno.

Isso não significa que ninguém esteja falando com Deus, claro, mas elas não ouvem mais com o mesmo propósito obstinado de Portia e suas companheiras. O progresso com a máquina da Mensageira perde seu fervor frenético original, embora não chegue a parar completamente. Sempre haverá mentes científicas dispostas a aceitar o desafio, que continuam a falar em termos cautelosos e monitorados com a Mensageira e tentam reduzir a linguagem técnica complexa a algo adequado à tecnologia das aranhas. A ironia é que agora, ao aplicar a visão de um leigo a essas instruções, está sendo feito um progresso que as fiéis nunca poderiam ter alcançado com sua abordagem mais doutrinária.

E, logo após a capitulação do Grande Ninho, Fabian se vê agachado diante das principais fêmeas de Sete Árvores: um encontro muito semelhante ao que enfrentou durante a guerra. Viola é dominante, seu status de heroína de guerra confirmado, e todas se lembram do acordo que assinaram na adversidade. Ele tem esperado por este momento, quando a elite tenta voltar atrás em sua palavra.

Ele tem aliados? Talvez. Bianca está lá, uma das mais humildes entre as grandes, mas é grande mesmo assim, e isso tanto por suas conexões com ele quanto pelas próprias realizações científicas.

As fêmeas magnatas se ajeitam e se acomodam, murmúrios passando em torno da teia. Viola atrai a atenção de todas ordenadamente.

Claro, Sete Árvores e nossas aliadas têm uma grande dívida para com suas descobertas, concede ela. *Nossas próprias arquitetas químicas já estão considerando todos os outros aspectos da vida diária que poderiam ser melhorados por um controle tão fino quanto o que você pode oferecer.*

Nunca pretendi que meu trabalho fosse usado como ferramenta de violência, confirma Fabian calmamente. *E, sim, as possibilidades são quase infinitas.*

Talvez você possa compartilhar seus planos conosco?

Todas ficam muito quietas, esperando seu primeiro movimento em falso.

Eu tenho minha própria casa de pares, diz ele, lembrando-as logo de cara de uma de suas principais concessões. Ele sente a aversão e o desconforto se espalharem e depois desaparecerem em sua compostura consumada. *Eu tenho meus pares, que compartilham de meus En-*

tendimentos. Como você diz, há muita coisa que pode ser revolucionada. Eu já comecei.

Ele se lembra de Bianca no Grande Ninho, chamando-o de monstrinho perigoso. É assim que todas o veem agora. E mais, elas o temem, e talvez esta seja a primeira vez que as fêmeas temem um macho em seu mundo. Devem estar se perguntando se, caso ele chamasse, um exército viria contra elas, escravo de sua vontade e sua nova arquitetura.

Mas essa não é sua intenção, e Fabian suspeita que, se as deixar com muito medo dele, ele e todos os seus seguidores serão mortos imediatamente, seja qual for a perda para a posteridade. Ele precisa ganhar terreno rapidamente. *Minha casa de pares vai ajudar a tornar nossa cidade a maior que o mundo já viu. Embora seja verdade que minha descoberta deve eventualmente se espalhar para o mundo mais além, quem quer que tenha o primeiro uso dela será sempre sua mãe, portanto, nunca mais precisará temer os exércitos daquelas que não a possuem.*

Muitas mensagens silenciosas vibram em torno da borda da teia. Olhares femininos frios e calculistas estudam Fabian, um mero bocado diante delas. Ele consegue ver que a maioria delas quer colocá-lo em seu devido lugar, tomar de volta o que foi dado anteriormente sob pressão. Provavelmente elas fariam isso com as melhores intenções, sob a suposição arraigada de que a um macho simplesmente não podia ser dada a responsabilidade por questões tão difíceis. Provavelmente há uma dúzia de pensamentos equivocados diferentes em curso nas mentes ao seu redor, para justificar que elas agora não lhe confiram o que foi prometido. Elas vão oferecer a ele o acordo de Portia: *Deixe-nos alimentar, valorizar e proteger você; o que mais você pode querer?*

Eu preferiria que essa cidade fosse Sete Árvores, sapateia Fabian, e se encolhe contra a possível resposta.

Uma contração dos palpos de Viola o incentiva a continuar.

Não posso obrigar vocês a cumprir nossa barganha, diz ele simplesmente. *Eu pedi mais de vocês que a própria Mensageira. Pedi que estendessem a mim e a todo o meu gênero as liberdades sob as quais vocês mesmas vivem e respiram. Não é um pedido pequeno. Não será fácil torná-lo uma realidade. Daqui a gerações, ainda haverá aquelas a quem essas reformas incomodam e lugares onde a questão do gênero ainda determina se alguém pode ser morto num impulso.* Os próprios conceitos são difíceis de expressar, uma vez que o gênero é essencial para muito de sua linguagem, então Fabian deve percorrer um caminho tortuoso para explicar o que quer dizer. *Tudo o que posso dizer é isto: a cidade que estender a mim e aos meus esses direitos básicos terá meu serviço e o dos meus pares, e obterá todo o lucro que disso resultar. Se não for Sete Árvores, será alguma outra cidade, mais desesperada. Se vocês me matarem aqui, vão descobrir que alguns dos meus colegas já se encontram fora da cidade, levando com eles o meu Entendimento. Nós iremos aonde formos acolhidos. Eu gostaria que vocês nos acolhessem aqui.*

Ele as deixa discutindo ferozmente sobre seu destino. A decisão, ele ouve depois, está apertada, quase tantas contra quanto a favor. Sete Árvores quase tem seu próprio cisma ali mesmo. Matriarcas respeitadas acabam medindo patas umas contra as outras como jovens briguentas. No final, o puro interesse mercenário supera a tradicional indignação decorosa, mas por pouco.

O próprio Fabian não vive para ver o mundo que ajudou a criar. Dois anos após a rendição do Grande Ninho, ele é encontrado morto em seu laboratório, drenado até virar uma casca por desconhecidos. Muitos acreditam que as tradicionalistas ressentidas de Sete Árvores são responsáveis. Outros afirmam que as fanáticas do templo de alguma cidade derrotada o rastrearam. Mas a esta altura a guerra foi ganha, e as aranhas não são normalmente dadas a exigir vingança por si mesmas. A natureza delas tende para o pragmático e o construtivo, mesmo na derrota.

Há quem diga que a autora do crime foi a própria Portia, cujo nome desde então adquiriu uma curiosa mística: ela é muitas vezes mencionada, mas nunca vista, e seu paradeiro final e seu destino são um mistério.

Contudo, agora a nova arquitetura de Fabian não pode ser colocada de volta em sua caixa. A extensa casa de pares dele, em grande parte (mas não exclusivamente) composta por machos, se espalhou muito além de Sete Árvores, o Entendimento cuidadosamente guardado, mas suas vantagens agressivamente exportadas como moeda corrente. Uma revolução tecnológica está varrendo o globo.

Já alcançou aqueles que falam com a Mensageira. A aplicação da genialidade de Fabian às questões do divino ainda está em sua infância, mas sua revelação durante a guerra, a de que sua nova arquitetura poderia de alguma forma se aproximar daquilo que Deus deseja que elas construam, é o sonho de várias outras mentes curiosas.

* * *

E lá longe, em órbita fria, está a coisa fundida que é Avrana Kern e o Módulo Sentinela, seu sistema de computador e a máscara de Eliza que ele esporadicamente coloca. Ela está desesperada para se comunicar com sua criação. Ensinou a seus macacos, como pensa a respeito deles, uma linguagem comum. Originalmente um Imperial C simplificado, ela se transformou num denso campo de conceitos desconhecidos quando os macacos a roubaram. Ela está ciente de que, ao abrir as comunicações com os habitantes do planeta verde, desbravou um novo território na longa história da raça humana. Não tendo outros humanos (em sua visão) para compartilhar isso, ela sente que o triunfo perdeu o sentido. Está também cada vez mais consciente de que o quadro de referência de seu novo povo parece muito diferente. Embora compartilhem uma língua, ela e eles não parecem ter a semelhança de conceitos que teria esperado.

Ela está cada vez mais preocupada com eles. Eles parecem mais distantes dela do que teria antecipado de companheiros primatas.

Está ciente de que sua interferência direta, no sentido de enfiar seus desejos diretamente na cultura nascente deles, vai totalmente contra os ditames da missão do Brin, que era encorajá-los gentilmente, e sempre deixar que viessem a ela. Não há tempo. Esteve longe por muito tempo, ciente de que as reservas de energia do Módulo Sentinela diminuíram durante seu longo sono, e posteriormente foram drenadas até quase nada por seus confrontos com a *Gilgamesh*, seus drones e suas naves de transporte. As células solares recarregam lentamente, mas o déficit de energia já cobrou seu preço, deixando de alimentar os sistemas de autorreparação que acumularam lentamente uma carga de trabalho contínua e colossal apenas para manter os sistemas vitais do módulo.

Está cada vez mais angustiada e consciente de que ela mesma poderia agora ser mais bem classificada como um sistema vital que como qualquer coisa verdadeiramente viva. Não há linha divisória onde a máquina termina e ela começa, não mais. Nada de Avrana Kern é viável a ponto de ser capaz de se sustentar sozinho. Eliza, o upload e a noz seca que é seu cérebro biológico são inseparáveis.

Tem tentado transmitir aos macacos seus planos para uma oficina automatizada, que ela poderia então instruir para começar a construir coisas no planeta. Poderia então se transferir, dado a dado, poço gravitacional abaixo. Poderia finalmente conhecer seu povo arbóreo. E o mais importante, poderia se comunicar com eles corretamente. Ela poderia olhar nos olhos deles e se explicar.

Os macacos fizeram um progresso lento e arrastado, e tempo é uma das muitas coisas que Avrana Kern simplesmente não tem o suficiente. Ela não consegue entender, mas a tecnologia que parece ter surgido em seu planeta foi para uma direção totalmente diferente da que seguiu na Terra. Eles não parecem sequer ter inventado a roda, mas têm rádios. São lentos para entender muito da tarefa que lhes deu. Ela, por sua vez, não consegue acompanhar muito do que eles lhe dizem. A linguagem técnica deles é um livro fechado.

E isso é uma pena, porque ela precisa prepará-los. Precisa avisá-los.

O povo dela está em perigo.

A *Gilgamesh* está voltando.

6

ZÊNITE/NADIR

6.1 O BALÃO SOBE

Portia observa arte sendo feita.

Ela está inquieta, nervosa; não por culpa da arte em si, mas porque tem uma grande tarefa pela frente, que ocupa a maior parte de sua mente. Mesmo nos seus melhores momentos, nunca teve muita paciência para contação de escultura. Uma pena que tudo isso esteja sendo feito em sua homenagem.

Não só dela, é claro. Todos os doze membros de sua tripulação estão ali, sendo vistos e saudados. Portia nem está nominalmente no comando da expedição. No entanto, a tarefa dela é a de maior risco. É o nome dela que está sendo tamborilado ao longo do distrito do Grande Ninho em Sete Árvores.

Ela tenta ignorar o nervosismo e se concentrar apenas na performance. Três ágeis artistas machos estão contando a história do mártir Fabian, o grande cientista e emancipador. Começando com apenas algumas linhas de suporte, eles criaram sozinhos uma narrativa tridimensional, seus fios se cruzando, formando nós e criando intersecções numa escultura cinética de seda em constante evolução que sugere cenas da vida do famoso pioneiro e, finalmente, de sua morte. Cada cena é construída sobre os ossos da última, para que a efêmera e delicada escultura que estão criando cresça e se ramifique, uma narrativa visual em constante evolução.

Portia se envergonha ao perceber que está entediada. Ela não tem a pegada poética para apreciar adequadamente essa forma de arte: as alusões e as referências necessárias para acompanhar a história não se encontram entre seus Entendimentos. É uma criatura pragmática, de prazeres simples e viscerais: ela caça, ela luta, ela sobe, ela acasala; atividades tradicionais e talvez um pouco antiquadas. Prefere pensar nelas como atemporais.

Ela poderia, é claro, ir à biblioteca da cidade e obter um Entendimento que imediatamente a permitiria apreciar essa arte em toda a sua glória, mas o que perderia? Alguma habilidade ou conhecimento menos utilizado seria empurrado para fora, pois sua mente tem limites finitos para o que pode reter. Como muitos de sua espécie, ela cresceu confortável com o que é, e detesta mudar se não houver grande necessidade disso.

Fica parada o máximo de tempo que consegue suportar, olhando educadamente a estrutura cada vez mais complexa, enquanto sente a agitação e o tremor de apreciação da plateia, sabendo apenas que isso é algo que lhe é negado. Por fim, ela simplesmente não consegue continuar naquela multidão sob aquele grande teto de tendas, e rasteja para fora tão secretamente quanto possível. Esta é a noite dela, afinal. Ninguém vai lhe negar nada.

Lá fora, ela se encontra no centro da grande conurbação que é o distrito científico de Sete Árvores. Tomada por uma necessidade de maior altura e ar puro, sobe de galho em galho, por linha e por ramo, até conseguir ver a escuridão do céu acima, procurando os pontos brilhantes que são estrelas. Sabe, pela aprendizagem e por Entendimento, que elas estão longe o suficiente para tornar qualquer conceito de distância real sem sentido. Mas se lembra de noites passadas na vastidão selvagem: pois a vastidão selvagem ainda existe, apesar do crescimento das comunidades de aranhas e de suas respectivas estruturas de apoio. Uma vez longe do brilho constante das luzes bioluminescentes da cidade, as estrelas podem parecer claras e próximas o suficiente para serem tocadas.

Ali, porém, mal consegue vê-las, com tudo ao seu redor iluminado em cem tons de verde, azul e ultravioleta. É estranho que ela, cujo trabalho a coloca na ponta da lança do avanço científico, sinta que a vida a está superando, de fato a deixando para trás.

Dentro dela, há Entendimentos que foram mantidos pela primeira vez por alguma ancestral caçadora distante, cuja vida era uma labuta constante: trabalhando para alimentar a si mesma e seus parentes, lutando contra antigos inimigos que agora estão domesticados com segurança ou extintos ou afastados para os cantos mais selvagens do mapa. Esta Portia consegue olhar para as lembranças simplificadas, até mesmo romanceadas, que herdou daquele tempo e ansiar por uma vida menos complexa.

Ela sente tremores vindos de baixo e vê alguém subindo até ela. É Fabian (*seu* Fabian), apenas um dos inúmeros machos que receberam o nome do grande libertador. Ele é um dos dois machos em sua tripulação de doze, e seu assistente pessoal: escolhido por sua mente rápida e seu corpo ágil.

É avassalador, não é?

Ele tem o dom de dizer a coisa certa, e não importa se está falando da performance lá embaixo ou do grande emaranhado iluminado que é a cidade ao redor deles. Amanhã, a história será feita.

Fabian dança para ela, então, porque sente que Portia está infeliz, e um pouco de bajulação e atenção esta noite a ajudarão amanhã. Longe da multidão, ele agora apresenta para ela a antiga técnica de cortejo de sua espécie, e é recebido por sua vez. A monogamia (melhor dizendo, a mon*andria*) não é um conceito com o qual as aranhas tenham muita familiaridade, mas alguns pares se acostumam um ao outro. Fabian dança só para ela, e Portia rejeita os avanços de qualquer outro.

Como sempre, no auge de sua performance, quando ele colocou sua oferenda diante dela, ela sente aquele impulso profundamente reprimido de levar aquilo a uma consumação fatal. Mas isso tudo faz parte da experiência, adicionando entusiasmo e urgência antes de ser rapidamente substituído por sua natureza mais civilizada. Nos dias de hoje, essas coisas raramente acontecem.

Abaixo deles, a performance também atinge seu clímax. Mais tarde, os artistas vão derrubar tudo, consumir suas faixas de teia e desmontar sua obra-prima. Arte, como tantas outras coisas, é algo transitório.

* * *

Em outro lugar da cidade, no centro de aprendizado e pesquisa que também é o templo do Grande Ninho para o número cada vez menor de paroquianos que ainda precisam abraçar o desconhecido em suas vidas, Bianca está trabalhando em seus preparativos de última hora. Ela não é membro da tripulação seleta de Portia, mas já teve participação na missão como um todo. Seu interesse na partida de amanhã é quase maternal, pois tem sido a força motivadora por trás de tanta coisa que está prestes a acontecer. Suas verdadeiras intenções não são exatamente as de que os outros suspeitam: nada nefasto, mas ela tem uma mente incomum equipada para ter pensamentos mais amplos e ver mais longe.

Bianca é uma polímata nata, o que neste contexto significa que é capaz de absorver muito mais Entendimentos do que a média das aranhas. Ao contrário de Portia, ela muda de ideia regularmente. O núcleo do que ela se considera ser são simplesmente sua capacidade e seu desejo de aprender, não alguma facilidade individual que possa incorporar por um breve momento. Atualmente, ela é uma excelente operadora de rádio, química, astrônoma, artífice, teóloga e matemática, sua mente lotada a ponto de explodir com um complexo entrelaçamento de saberes.

Agora, muito depois da hora de descanso de seus parentes, ela confere várias vezes seus cálculos e projeta uma arquitetura de resolução de problemas para a colônia de formigas que instruiu para modelar e conferir suas cifras mais uma vez.

Sua teologia recém-descoberta se combina com a reflexão básica de sua natureza para lhe dar um sentimento de admiração e reverência pelo empreendimento em mãos. Hubris não é bem um conceito que consiga assimilar, mas chega muito perto ali, sozinha em seu centro de controle, enquanto percorre as etapas complexas do plano dentro de sua mente.

Ela tem uma perspectiva rara que lhe permite olhar para trás, para tantas gerações de luta e crescimento, e ser capaz de dar forma e textura à história, de apreciar as contribuições paulatinas de todas aquelas Portias e Biancas e, sim, Fabians ao longo das gerações. Cada qual contribuiu com Entendimentos para a soma total de conhecimento aracnídeo. Cada qual tem sido um nó na teia em expansão do progresso. Cada qual planejou o caminho um passo além de seus ancestrais. De uma forma muito real, Bianca é filha deles, produto de seu aprendizado, sua ousadia, sua descoberta e seu sacrifício. Sua mente pulsa com o aprendizado vivo de ancestrais mortos.

Ela entende, de forma real e imediata, como está apoiada nas costas de gigantes, e que as costas dela também serão fortes o suficiente para suportar o peso de muitas gerações por vir.

* * *

Na manhã seguinte, Portia e sua tripulação se reúnem num ponto além daquele onde os últimos edifícios da cidade vão se afunilando até o nada, no meio de uma grande faixa de terras agrícolas, entre bosques de árvores atarracadas e verrugosas que se estendem até o horizonte, separadas por barreiras de incêndio e os caminhos bem trilhados das formigas agrícolas. O tempo está bom: nublado, mas com pouca brisa, como previsto. Este momento já havia sido adiado duas vezes anteriormente em virtude das condições adversas.

Portia permanece tensa e imóvel. Os demais lidam com seu nervosismo cada um à sua maneira. Uns se agacham, outros correm por ali, outros ainda brincam de lutar ou falam bobagens, batendo os pés num ritmo sincopado frenético. Viola, a líder, vai de um em um, com um toque, uma carícia, um movimento de palpos, tranquilizando-os.

Fabian é o primeiro a ver o Ninho Celestial.

Mesmo a esta distância, ele é absurdamente enorme, flutuando majestosamente sobre Sete Árvores, deslizando suave sobre o distrito do Grande Ninho como uma ilusão de ótica. A vasta e prateada massa de sua bolsa de gás tem atualmente trezentos metros de comprimento, ofuscando a cabine longa e esbelta suspensa abaixo. Mais tarde, eles vão estender o envelope para o dobro de seu tamanho atual, até que a relação elevação-peso atinja as proporções extremas que o projeto exigirá.

As aranhas usam seda para planar desde antes do primeiro Entendimento, e sua crescente inteligência tem levado a múltiplos refinamentos dessa arte. Enquanto isso, sua síntese química lhes dá acesso a tanto hidrogênio quanto precisarem. Com uma tecnologia de seda e madeira leve, até mesmo seus experimentos com voo mais pesado que o ar resultam em algo leve e flutuante. Construir dirigíveis é algo que elas adotaram prontamente.

A tripulação de voo básica lança linhas do alto, que se desenrolam por cem metros até chegar ao solo. Felizes por finalmente se colocarem em movimento, Portia e os outros sobem, uma escalada que mal vale a pena mencionar. Há uma entrega breve e cerimonial do líder de voo para Viola, e então a tripulação de voo desce em rapel por suas próprias linhas e deixa o Ninho Celestial para seus novos ocupantes.

O dirigível é um triunfo da engenharia: robusto o suficiente para suportar o clima turbulento do ar mais baixo, mas, com a bolsa de gás totalmente estendida e cheia, capaz de subir a alturas anteriormente inacessíveis. O perfil aerodinâmico de todo o veículo é fluido e determinado, momento a momento, pelas cordas tensionadas de sua estrutura. Agora ele está subindo numa brisa enrijecida, sua estrutura mudando em resposta automática à medida que a nova tripulação vai se instalando ali dentro.

A altura-alvo está tão acima do mundo que mal pode ser considerada *altura*. E mesmo assim haverá uma jornada ainda maior para a mais aventureira deles: Portia.

Viola confere se os membros de sua tripulação estão nos seus lugares e, em seguida, junta-se a Portia na extremidade dianteira do compartimento cilíndrico da tripulação, olhando através do brilho fraco para o chão que vai se afastando lá embaixo. A bolsa de gás já está se expandindo mais, inchando com mais hidrogênio, sua extremidade dianteira se remodelando para maior aerodinâmica, à medida que o Ninho Celestial se afasta cada vez mais rápido. Ali, na proa, estão o rádio e também o terminal principal para o cérebro do dirigível.

Viola coloca seus palpos em poços emparelhados no púlpito à sua frente, e o Ninho Celestial diz a ela como se sente, qual o estado de todas as suas peças componentes. É quase como falar ao rádio, quase como falar com uma coisa viva. Ela falou com a Mensageira uma vez, Viola, e se comunicar com o Ninho Celestial se parece muito com isso.

Pequenas antenas roçam e retorcem os pelos sensíveis de seus palpos, transmitindo suas informações pelo toque e pelo cheiro. Dois membros de sua tripulação estão prontos para dar comandos químicos ao terminal ali, que rapidamente se espalharão pela nave.

Os cálculos em andamento necessários para levar um objeto diáfano de hidrogênio para os limites superiores da atmosfera desafiariam até a polímata Bianca, que, portanto, projetou a nave para pensar por si mesma: uma inteligência paciente e dedicada subordinada aos comandos de sua tripulação de aranhas. O dirigível está cheio de formigas. Esta espécie em particular é pequena, dois centímetros no máximo para as operárias, mas foi criada para ser receptiva a condicionamentos complexos. Na verdade, a colônia escreve grande parte de seu próprio condicionamento, com uma arquitetura química padrão que lhe permite receber informações diretas sobre a situação da nave e responder constantemente a ela sem a intervenção da tripulação.

Embora as formigas possam ir a qualquer lugar, seu ritmo físico seria muito lento para coordenar as constantes metamorfoses da vasta nave. A bioengenharia das aranhas tangencia esse problema com tecido cultivado. Assim como, por gerações, músculos artificiais têm sido usados como fonte motriz para suas cápsulas de monotrilho e outros dispositivos de força bruta, Bianca foi pioneira em redes neurais artificiais que se ligam a fábricas químicas. Portanto, as formigas na cápsula da tripulação não precisam caminhar até os outros elementos amplamente espaçados de sua colônia. Em vez disso, enviam impulsos pelos nervos da nave e estes são traduzidos para instruções químicas nos outros terminais. A rede neural, não viva e viva ao mesmo tempo, faz parte da colônia, como se fosse uma casta bizarramente superespecializada. As formigas são capazes até mesmo de alterar sua estrutura complexa, cortando vínculos e incentivando o crescimento de outros.

Bianca é provavelmente a única aranha a se perguntar se a coisa que criou (ou, talvez, gerou) pode um dia cruzar alguma linha nebulosa que separa o calculista inconsciente do que ela mesma entenderia como verdadeiro intelecto. A perspectiva, que provavelmente alarmará seus pares quando pararem para pensar nela, tem sido trabalhada em sua mente já faz um tempo. Na verdade, seu atual projeto privado tem muito a ver com alguns de seus pensamentos mais especulativos nessa direção.

A bordo do Ninho Celestial, a tripulação está se preparando para as condições da atmosfera superior. A cápsula é de casco duplo, uma camada de ar entre as folhas de seda fornecendo o isolamento de que vão precisar nos confins da atmosfera. A pele externa da cápsula e do balão é tecida com um fio prateado brilhante, um material orgânico que se dispersa e reflete a luz do sol.

O Ninho Celestial os carrega em direção à camada finíssima de nuvens. Dois membros da tripulação vestem trajes de seda leve para passar pela comporta e verificar o funcionamento dos motores divinos, assim chamados porque são o desenvolvimento de uma ideia aparentemente recebida direto da Mensageira. Antes que fosse ditado como parte do antigo mandato divino, ninguém havia considerado a ideia de movimento rotativo. Agora, campos bioelétricos giram hélices de metal leve que separam firmemente o Ninho Celestial do solo.

Alguns membros da tripulação se reúnem nas janelas cintilantes, se aglomerando para ter uma vista da cidade, que vai se encolhendo de uma vasta faixa de civilização em camadas para um rabisco desordenado como os nós do desenho de uma criança. O clima é de delírio e excitação. Portia é a única ali que não compartilha disso. Continua séria, introspectiva, tentando se preparar para sua própria tarefa. Procura consolo longe dos outros, e cuidadosamente prepara seu caminho de nós através de um mantra que viajou ao lado de seu povo por séculos, a matemática antiga e tranquilizadora da primeira Mensagem. Não é que ela seja alguma crente verdadeira atávica, mas essa tradição a conforta e acalma, como fazia com suas ancestrais distantes.

No espaço dianteiro da cabine, Viola gesticula para seu operador de rádio, e eles sinalizam que está tudo bem. No distrito do Grande Ninho abaixo, Bianca receberá sua mensagem e enviará uma comunicação própria, não para o Ninho Celestial, mas ainda mais longe.

Bianca está saudando Deus com um simples anúncio: *Estamos chegando.*

6.2 UM VELHO NUMA TEMPORADA DIFÍCIL

Acordou com o cheiro de queimado. Por um momento, deitado ali com o leve fedor de eletricidade sobrecarregada se infiltrando por suas narinas, começou a pensar, com bastante calma: *suspensão fria, cheiro quente, suspensão fria, cheiro quente, engraçado...*

Então percebeu que não era nada engraçado. Era o oposto de engraçado, e *mais uma vez* ali estava em seu caixão, só que o enterro agora se tornara uma cremação e ele tinha voltado à vida no momento errado.

Abriu a boca para gritar e, em vez disso, se engasgou impotente com a fumaça acre que enchia seu pequeno quinhão do mundo.

Então a tampa se soltou, com um guincho de metal torturado e plástico quebrado, no exato momento em que a pressionou. Foi como se tivesse brevemente recebido força sobre-humana.

Holsten gritou sem palavras, um som que não tinha nenhuma emoção particular por trás: nem medo, triunfo ou surpresa. Foi apenas um barulho, alto e sem sentido, como se sua boca estivesse sintonizada num canal morto. Chutando e arranhando, ele deslizou sobre a beira da câmara de suspensão, e ninguém o pegou desta vez.

O forte impacto o trouxe de volta a si mesmo, para descobrir que estava deitado no chão da área destinada à tripulação principal se sentindo não só como um tolo, mas como um tolo com dor e com plateia. Havia outras três pessoas lá, que tinham recuado prudentemente enquanto ele pelejava para abrir caminho para a liberdade. Por um momento nem queria olhar para eles. Podiam ser amotinados. Podiam ser guyenitas estranhos ali para oferecê-lo ao seu deus cibernético morto, mas eternamente vivo. Podiam ser aranhas disfarçadas. Para ele, naquele momento, praticamente não havia nada de bom que pudesse vir de ter outras pessoas ao seu redor.

— Doutor classicista Holsten Mason — disse uma voz, uma voz de mulher. — Você responde pelo seu nome?

— Eu... Sim, o quê? — A pergunta estava no ponto de equilíbrio entre o normal e o estranho.

— Observe isso como positivo — disse um homem. — Doutor Holsten Mason, por favor, levante-se. O senhor está sendo realocado. Não há motivo para alarme, mas sua câmara de suspensão se tornou instável e precisa de reparos. — Nada naquele discurso reconhecia de alguma forma o fato de que aqueles palhaços tinham apenas precisado arrancar a tampa do caixão para chegar à carne lá dentro. — O senhor será levado para outra câmara e retornará à suspensão ou, se nenhuma câmara em funcionamento estiver disponível, será levado para um alojamento temporário até que haja alguma. Nós entendemos que isso deve ser angustiante para o senhor, mas garantimos que tudo está sendo feito para restaurar a operação normal da nave.

Por fim, Holsten olhou para eles.

Eles estavam vestindo trajes espaciais, e isso tinha de ser uma coisa boa. Ele meio que esperava que estivessem vestidos com tangas e peles, um pensamento duplamente desagradável, já que a *Gilgamesh* tinha apenas um animal em abundância.

Eram duas mulheres e um homem, e pareciam surpreendentemente limpos e arrumados. Por um momento não conseguiu descobrir por que isso o alarmava tanto. Então lhe ocorreu que, se isso fosse alguma emergência aleatória, e se eles fossem da tripulação, ele esperaria que estivessem desgrenhados e com olheiras, e que o homem não tivesse feito a barba. Mas eles haviam tido tempo de se arrumar. Os trajes, por outro lado, claramente não eram novos: desgastados, arranhados e remendados, e remendados novamente.

— O que está acontecendo?

O homem que tinha proferido seu pequeno discurso tranquilizador abriu a boca novamente, mas Holsten levantou a mão para impedi-lo, levantando-se.

— Sim, sim, entendi. O que está acontecendo?

— Se puder vir conosco, doutor Mason — disse uma das mulheres.

Ele percebeu que suas mãos tinham formado pequenos punhos patéticos e que estava recuando.

— Não... Não, para mim já chega de ser arrastado a cada século por outro bando de palhaços idiotas que têm alguma ideia estúpida do que querem fazer sem me contar nada. Ou vocês me dizem o que está acontecendo ou eu vou... Eu juro que vou... — E esse era realmente o problema, porque ele ia fazer o quê? O que o grande Holsten Mason faria então? Daria um chiliquinho, ali na vastidão do espaço? Voltaria para seu caixão sem tampa, cruzaria os braços sobre o peito e fingiria estar dormindo o sono dos mortos? — Juro que sim, ah, eu vou... — tentou novamente, mas não estava falando sério.

Os três trocaram olhares, tentando se comunicar por caretas e elevações de sobrancelhas. Pelo menos não estavam tentando levá-lo a qualquer lugar à força, ainda. Ele lançou um olhar desesperado ao redor da tripulação principal para ver o que havia para ver.

Pelo menos metade das câmaras de suspensão estava aberta, ele viu. Algumas outras permaneciam fechadas, os painéis em seus exteriores exibindo o brilho azul frio do bom funcionamento. Outras estavam entrando no verde, e até mesmo em direção ao amarelo que a sua talvez estivesse exibindo. Foi até uma delas, olhando para o rosto de um homem que pensou se lembrar de ser da equipe de Karst. Os painéis tinham uma série de pequenos alertas indicando o que Holsten presumiu serem, provavelmente, más notícias em algum nível.

— Sim — uma das mulheres explicou, notando seu olhar. — Temos muito trabalho a fazer. Temos que priorizar. É por isso que precisamos que o senhor venha conosco.

— Escute... — Holsten se inclinou para a frente para olhar o nome no traje dela. — Ailen, eu quero saber qual é a situação da *Gil* e... você não é Ailen. — Porque subitamente se lembrou da verdadeira Ailen, membro da equipe científica: uma mulher que não se dava muito com Vitas, nem com mais ninguém.

Ele estava recuando novamente.

— Quanto tempo faz? — ele exigiu saber.

— Desde quando? — Eles estavam avançando sobre ele lentamente, como que tentando não assustar um animal excitável, espalhando-se ao redor do caixão quebrado para pegá-lo.

— Desde que eu... Desde que Guyen... — Mas eles não saberiam. Provavelmente nem se lembravam de quem era Guyen, ou talvez ele fosse alguma figura demoníaca em seus ciclos míticos. Essas pessoas tinham nascido na nave, filhos da *Gilgamesh*. Toda essa fala controlada, os trajes espaciais, a aparência de pura competência, era tudo atuação. Eles não eram nada além de macacos imitando seus superiores há muito desaparecidos. A "nova câmara de suspensão" para a qual o levariam, depois de destruir a coisa real, não seria nada além de uma caixa com alguns fios presos a ela: um caixão do culto da carga construído por selvagens crédulos.

Ele procurou algo para usar como arma. Não havia nada à mão. Ele teve uma ideia louca de acordar outros da tripulação principal, de fazer aparecer o segurança como algum tipo de monstro guardião para assustá-los. Tinha a sensação de que seus perseguidores provavelmente não esperariam pacientemente enquanto ele pensava em como fazê-lo.

— Por favor, doutor Mason — pediu uma das mulheres pacientemente, como se ele fosse apenas um velho confuso que não queria voltar para a cama.

— Vocês não sabem quem eu sou! — gritou Holsten para eles, e então se abaixou e de alguma forma voltou segurando toda a tampa articulada irregular da câmara de suspensão, o peso desequilibrador daquilo servindo como uma estranha garantia de que havia algo sólido no mundo sobre o qual ele tinha controle.

Ele jogou a tampa. Mais tarde, olharia para trás com espanto, observando aquele estranho furioso no qual havia se transformado brevemente, lançando o desajeitado míssil por cima do caixão aberto em direção a eles. Acertou o alvo, atingindo os braços erguidos deles e os derrubando para fora do caminho, e então passou correndo por eles, o traje de dormir aberto na parte de trás quando saía em disparada da área da tripulação principal.

Não havia absolutamente nenhum lugar aonde ele pudesse pensar em ir, então simplesmente seguiu em frente, tropeçando, cambaleando e descendo os corredores de que se lembrava, mas que em sua ausência haviam sido transformados em algo estranho e quebrado. Em toda parte havia painéis de parede removidos, fios expostos, alguns arrancados ou cortados. Alguém estava esfolando a *Gilgamesh* por dentro, expondo seus órgãos e seu funcionamento interno em incontáveis junções. Holsten foi irresistivelmente lembrado de um corpo dando passagem aos últimos estágios virulentos de alguma doença.

Havia duas pessoas à sua frente, mais selvagens arrumadinhos em trajes espaciais de cor laranja. Estavam mexendo numa maçaroca de fios emaranhados, mas se levantaram bruscamente ao ouvir os gritos vindos de trás de Holsten.

Teria de passar por eles, ele sabia. Naquele momento sua única esperança era continuar correndo, porque isso poderia pelo menos levá-lo a outro lugar que não aquele. *Aquele* não era um lugar onde ele poderia estar. *Aquele* era muito claramente um grande e delicado veículo espacial que estava sendo despedaçado por dentro, e como algum deles poderia durar depois disso?

O que aconteceu?, perguntava-se freneticamente. *Lain estava lutando para conter a infecção de Guyen. Não havia nada que eu pudesse fazer. No fim, tive que voltar a dormir. Então, como a coisa chegou a isto?* Ele sentiu que estava desenvolvendo alguma doença até então desconhecida, algum equivalente do enjoo marítimo, mas contraído a partir de muitos momentos dissociados da história atulhados em muito pouco tempo pessoal.

É este o fim, então? Esta é a raça humana no final?

Preparou-se para arremeter com o ombro contra os dois primitivos à sua frente, mas estes se abstiveram de entrar em seu caminho, e ele apenas correu aos trancos e barrancos por eles enquanto o encaravam inexpressivamente. Por um momento se viu através dos olhos deles: um velho de olhos arregalados quicando nas paredes com a bunda de fora.

— Doutor Mason, espere! — chamavam os perseguidores atrás dele, mas não lhe era permitido esperar. Ele correu e correu, e eles acabaram por encurralá-lo na cúpula de observação, com o campo estelar flutuando atrás dele, como se ele estivesse prestes a detê-los ameaçando se jogar.

Àquela altura, eles eram mais de três: a comoção havia trazido talvez uma dezena, mais mulheres que homens, todos eles pessoas desconhecidas em trajes velhos com nomes de mortos. Observavam-no com cautela, mesmo que não houvesse outro lugar aonde pudesse ir. Os três que o haviam despertado estavam perceptivelmente mais arrumados que os outros, cujos trajes e rostos pareciam decididamente mais gastos. *Comitê de boas-vindas*, pensou ele secamente. *Prêmios para os mais bem-vestidos canibais de qualquer ano estúpido que seja este.*

— O que vocês querem? — exigiu ele sem fôlego, sentindo-se encurralado pelo universo.

— Precisamos realocar uma câmara para o senhor... — começou o homem do comitê de boas-vindas, naqueles mesmos tons animados, calmos e falsos.

— Não — disse um dos outros. — Eu disse a você, este aqui não. Instruções especiais para este.

Ah, claro.

— Então, me digam? — Holsten se dirigiu a eles. — Me digam quem vocês realmente são. Você! — Ele apontou para a não Ailen. — Quem é você? O que aconteceu com a verdadeira Ailen, cuja pele... *roupas*, cujas roupas você está vestindo? — Ele podia sentir uma profunda loucura tentando se soltar dentro dele. Aquela multidão de pessoas sérias e bem-educadas em trajes roubados estava começando a assustá-lo mais que os amotinados, mais que os mantos esfarrapados dos cultistas. E por que sempre era assim? — O que há de *errado* conosco? — E só pelas expressões deles percebeu que tinha acabado de falar em voz alta, mas as palavras não paravam. — O que é que nós temos que não conseguimos viver juntos nessa porra de navio de casca de ovo sem destruirmos uns aos outros? Que temos que tentar controlar uns aos outros e mentir uns para os outros e machucar uns aos outros? Quem são vocês que me dizem onde devo estar e o que fazer? O que vocês estão fazendo com a pobre *Gilgamesh*? De onde todos vocês vieram, seus malucos? — A última frase saiu como um grito que horrorizou Holsten, porque alguma coisa nele parecia ter se quebrado além de qualquer controle ou conserto. Por um momento, olhou para sua plateia de jovens estranhos com a boca aberta, todos, incluindo ele mesmo, esperando para ver se mais palavras sairiam.

Em vez disso, podia sentir o formato de sua boca se deformando e se retorcendo, e soluços começando a arranhar e sugar seu peito. Aquilo era demais. Tinha sido demais. Ele, que havia traduzido a loucura de um anjo da guarda milenar. Que havia sido sequestrado. Que havia visto um mundo alienígena rastejando com horrores terrenos. Ele tinha temido. Tinha amado. Tinha conhecido um homem que queria ser Deus. Tinha visto a morte.

Foram algumas semanas difíceis. O universo teve séculos para absorver o choque, mas ele não. Ele tinha sido acordado e levado na cabeça, sido acordado e levado na cabeça, e a rígida estase da suspensão não lhe oferecia a capacidade de recuperar seu equilíbrio.

— Doutor Mason — disse um deles, com aquela cortesia implacável e brutal. — Nós somos da engenharia. Somos da tripulação.

E a mulher que ele tinha interpelado acrescentou:

— Ailen era minha avó.

— *Engenharia?* — Holsten conseguiu falar.

— Estamos consertando a nave — explicou outro dos jovens, muito seriamente.

Essa nova informação rodopiou dentro do crânio de Holsten como um bando de morcegos tentando encontrar uma saída. *Engenharia. Avó. Consertando.*

— E quanto tempo vai demorar — perguntou ele, trêmulo — para consertar a nave?

— O tempo que for preciso — disse a neta de Ailen.

Holsten se sentou. Toda a força, a raiva, a integridade e o medo, tudo escoou dele de modo tão visceral que sentiu que deveria estar cercado por uma piscina visível de emoções dissipadas.

— Por que eu? — sussurrou ele.

— Sua câmara de suspensão exigia atenção urgente. O senhor tinha que ser retirado — disse o homem do comitê de boas-vindas. — Nós íamos encontrar um lugar para o senhor esperar enquanto uma nova câmara era preparada, mas agora... — Ele olhou para um dos seus companheiros.

— Instruções especiais — confirmou um dos recém-chegados.

— Deixe-me adivinhar — interrompeu Holsten. — Seu chefe quer me ver.

Ele pôde ver que estava certo, embora eles o encarassem com algo próximo da superstição.

— É Lain, não é? — disse ele com confiança, e as palavras desencadearam uma dúvida súbita e incômoda. *Minha avó*, a não Ailen havia dito. E onde estava Ailen agora? — Isa Lain? — acrescentou ele, ouvindo um tremor renovado em sua voz. — Me digam.

Nos olhos deles, pôde ver a si mesmo: um homem aterrorizado fora de seu tempo.

— Venha conosco — exortaram-no. E dessa vez ele foi.

6.3 COMUNHÃO

Bianca já falou com a Mensageira antes, e tomou um conjunto de Entendimentos doados por pesquisadores que destilaram a ampla história de contato com o deus artificial num formato facilmente analisável. Para Bianca, os resultados são fascinantes, e ela não sabe ao certo se alguém antes dela chegou às mesmas conclusões.

A Mensageira é claramente uma entidade senciente orbitando o mundo dela a uma distância de cerca de trezentos quilômetros. Os mais antigos Entendimentos registram que, por um período desconhecido, a Mensageira enviava um sinal de rádio para o mundo que consistia numa série de sequências matemáticas. Há relativamente pouco tempo, historicamente falando, uma transmissão de resposta foi enviada por um dos antepassados de Bianca, e começou um diálogo estranho e insatisfatório.

Foi o caráter desse diálogo que deixou Bianca obcecada. Ela refletiu sobre as experiências de segunda mão daquelas que vieram antes, sentiu sua convicção distante de que a voz curiosa que ouviram pertencia a alguma espécie de inteligência, que estava profundamente interessada em sua espécie, pretendia se comunicar, e tinha um propósito mais amplo. Essas conclusões parecem indiscutíveis a partir dos fatos. Bianca também está ciente, a partir dos Entendimentos que conheceu, de que suas ancestrais construíram uma série de crenças que são, vistas em retrospectiva, menos verificáveis. Muitas passaram a acreditar que a Mensageira era responsável pela existência delas, uma crença que Deus fomentava ativamente. Além disso, acreditavam que a Mensageira trabalhava tendo em vista os melhores interesses delas, e que o plano que estavam seguindo de modo tão diligente (e, mais tarde, a tamanho custo), se conseguissem entendê-lo, era expressamente para seu benefício.

Bianca ponderou tudo isso e não encontra nada que seja apoiado pelos fatos. Ela está ciente de que a maior parte de sua espécie ainda investe suas esperanças no templo e na crença de que a Mensageira está de alguma forma cuidando deles, embora essa crença seja apenas uma sombra desejosa do fervor que um dia existiu. Portanto, tem sido relativamente discreta sobre suas conclusões, mas já deixou claro que a visão tradicional e antiquada da Mensageira como algo de sua própria espécie, mas em letras garrafais (uma grande aranha no céu), é um absurdo.

Que a Mensageira é uma entidade de grande amplitude de intelecto, Bianca não pode negar. Potencialmente, é um intelecto superior, mas esse é um julgamento mais difícil de fazer porque ela só pode concluir que é um tipo de inteligência muito diferente da dela própria. Há claramente uma grande quantidade de coisas que a Mensageira dá como certas que nem mesmo Bianca, por mais que amplie as fronteiras de sua mente, consegue entender. Por outro lado, há muito que foi dito *para* a Mensageira que evidentemente foi mal compreendido, ou recebido com uma incompreensão vazia por parte de Deus. As capacidades do divino são aparentemente limitadas de maneiras curiosas. Há conceitos que o mais ignorante filhote de aranha entenderia intuitivamente e que passaram em branco pela Mensageira.

E isso, é claro, com uma linguagem comum meticulosamente definida a marteladas entre as duas extremidades das ondas pulsantes de rádio. Logo, como Bianca não é a primeira a considerar, a Mensageira está longe de ser onipresente ou onisciente. Ela precisa sentir o caminho à sua frente; precisa trabalhar para entender, e muitas vezes fracassa.

Onde falta mais compreensão é nas questões básicas do cotidiano. A Mensageira obviamente não está ciente da maioria dos eventos que ocorrem no mundo que orbita. Além disso, a linguagem descritiva é algo que geralmente ela não entende. É capaz de lidar com descrições visuais de maneiras relativamente básicas, mas qualquer linguagem colorida pelo rico sensório de uma aranha (o toque, o sabor) tende a se perder na tradução. O que é recebido mais prontamente são números, cálculos, equações: o material da aritmética e da física.

Bianca está familiarizada com esse tipo de comunicação de outras fontes. Lá no mar, habita uma próspera civilização de crustáceos com a qual sua espécie esteve em contato esporádico durante séculos. Uma linguagem gestual básica foi negociada ao longo dos anos, e o estado dos estomatópodes submersos experimentou seus próprios dramas e crises, suas convulsões, golpes e revoluções. Agora eles têm rádio e seus próprios cientistas, embora sua tecnologia seja restringida por seu ambiente e sua capacidade limitada de manipular esse ambiente. Mas eles são um mundo à parte, não apenas por serem aquáticos, mas por suas prioridades e seus conceitos. A única coisa que Bianca consegue discutir com eles prontamente é matemática, que é uma paixão dos estomatópodes.

Ela passou muitos anos refinando e elevando a complexa arquitetura das colônias de formigas para criar as ferramentas de que necessita para sua experimentação de ponta. Os sistemas mais complexos, como a colônia de controle de voo autorregulada a bordo do Ninho Celestial, trabalham com princípios altamente matemáticos, e sua arquitetura química é capaz de receber informações numéricas e agir sobre elas, até mesmo para desempenhar cálculos intrincados realizados em corpos de formigas e nos neurônios de cérebros individuais de formigas.

Bianca vive com um pensamento recorrente sobre a semelhança teórica entre a Mensageira e uma colônia de formigas suficientemente avançada e complexa. Será que provocaria a mesma sensação comunicar-se com ambas?

Atualmente, a comunicação ativa com a Mensageira é estritamente limitada. Há sempre seitas estranhas: casas de pares reincidentes que de algum modo foram alimentadas e consumidas por um Entendimento desviante. Como qualquer resposta da Mensageira é recebida integralmente na maior parte do planeta, esses fanáticos dentro do armário são rapidamente descobertos e caçados no momento que se torna evidente que alguém abriu um canal não autorizado para Deus. Em vez disso, todas as principais cidades definem quem tem acesso à Mensageira. Alguns templos, não obstante, tentam encontrar a verdade divina por trás do plano desconcertante que ainda é transmitido como uma súplica de tempos em tempos. Na maioria das vezes, porém, o privilégio recai sobre cientistas investigadores, e Bianca planejou, conspirou, bajulou e fez favores para comprar para si a chance de uma troca livre e franca de pontos de vista.

O Ninho Celestial está fazendo um bom progresso em sua missão histórica, subindo constantemente para a atmosfera. A colônia a bordo envia relatórios para Bianca em sua própria radiofrequência, confirmando que está tudo bem, e dados de três outros transmissores distantes triangulam a posição do dirigível. Este é o estágio fácil da viagem. Tirando intempéries imprevistas, o Ninho Celestial deverá atingir seu teto operacional efetivo de acordo com o cronograma.

A Mensageira estará despontando no horizonte, e Bianca envia um sinal para Ela, convidando ao diálogo. Inclui um certo número de formalidades que o templo usava outrora, não porque acredita que haja alguma necessidade de usá-las, mas porque Deus se mostra mais bem disposta com aqueles que fingem a humildade correta.

A Mensageira é paciente o suficiente para sobreviver a gerações da espécie de Bianca, e Seus pensamentos têm um ímpeto que não se dá conta dos desenvolvimentos no mundo abaixo, ou assim corre a teoria. Bianca não tem tanta certeza. É certamente um fato que, apesar da queda na sorte do templo, a Mensageira continua a exortar a sua congregação a trabalhar mais em sua máquina. As demandas se tornaram ainda mais insistentes desde que os pares de Bianca de uma geração ou mais atrás essencialmente deixaram de fazer progressos em qualquer tradução literal dos desejos da Mensageira: nem a fé nem a engenhosidade foram capazes de preencher a lacuna entre a vontade divina e a compreensão mortal. Bianca conhece bem as ameaças e as imprecações que vieram do alto. A Mensageira pregou a vinda de uma terrível catástrofe. Hoje em dia, os pares de Bianca creem que isso é pouco mais que uma tentativa grosseira de os motivar a lançar mais recursos para uma tarefa impossível.

Mais uma vez, Bianca não tem tanta certeza. Ela tem o dom de ver problemas de ângulos inusitados e imaginar possibilidades radicais.

A dificuldade agora, ela acredita, não é entender a Mensageira, mas fazer com que a Mensageira a entenda. Ela precisa romper o que parece ser uma linha de raciocínio profundamente arraigada. O exemplo histórico, difusamente lembrado por intermédio do Entendimento, mostra que a Mensageira nem sempre foi tão obstinada. Obsessão ou frustração A fizeram assim. *Ou talvez desespero*, reflete Bianca.

Ela pretende mostrar algo novo à Mensageira.

Um dos gigantes sobre cujos ombros ela se apoia é uma colega ainda viva que criou uma colônia de formigas que enxergam. A visão delas é fraca em comparação com a das próprias aranhas, mas os pontos individuais do que a colônia percebe podem ser reunidos, por um esforço matemático temeroso, numa imagem completa. Além disso, essa imagem pode ser codificada em um sinal. O código é simples: uma sequência de pontos escuros e claros, espiralando para fora a partir de um ponto central, que juntos constroem um quadro mais amplo. É o sistema mais universal que Bianca pode conceber.

Ela tem justamente uma dessas imagens codificadas que foi recebida em sua colônia de trabalho. Apropriadamente, é uma visão do próprio Ninho Celestial, visto no momento em que se afastava da cidade.

Ela diz à Mensageira que pretende transmitir uma imagem. Não há nenhum sinal óbvio de que foi compreendida, já que o discurso carente de Deus continua inabalável, mas Bianca só pode torcer para que alguma parte da presença celestial entenda. Ela então instrui sua colônia a transmitir, sabendo que várias centenas dos principais cientistas de sua espécie estarão ouvindo qualquer resposta.

A Mensageira fica em silêncio.

Bianca não consegue conter sua empolgação e corre freneticamente pelas paredes de seda do quarto. Embora não seja a reação que esperava, é pelo menos uma reação.

Então a Mensageira fala, pedindo esclarecimentos. O mundo científico prende a respiração. Deus compreendeu ao menos que algo novo está no ar, e respondeu naquele estranho estilo sem emoção que Bianca se lembra das antigas conversas, quando Ela estava ensinando essa linguagem comum aos Seus escolhidos. Esta é Deus em Seu comportamento mais processual, buscando entender o que acaba de ser recebido.

Bianca tenta repetidas vezes. A Mensageira pode entender que a informação transmitida se destina a ser uma imagem visual, mas sua decodificação parece intransponível. No fim, Bianca decompõe a tarefa em seus elementos mais simples, aproximando o máximo possível toda a operação daquela matemática universal, enviando fórmulas para descrever a espiral que é a maneira incrivelmente óbvia pela qual a imagem deveria ser lida.

Bianca quase consegue *sentir* o momento em que o fulcro da consciência de Deus se desequilibra. Um momento depois, a resposta chega e ela aprende que a linguagem de Deus já contém uma palavra para dirigível.

A essa altura, a Mensageira já passou além do horizonte, mas Deus é insaciável. *Mostre-me mais* é o significado inconfundível, mas Bianca transmite aos seus pares, advertindo-os para que não alimentem ainda mais o fogo. Privadamente, está com ciúmes de seu privilégio recém-descoberto de finalmente quebrar a compostura de Deus. Ela poderia continuar falando com Deus do outro lado do planeta, passando seu sinal de mão em mão para outros transmissores até que pudesse ser enviado para o espaço mais uma vez, mas está disposta a esperar até que Deus volte para se comunicar diretamente com ela própria, e seus pares aceitam de má vontade sua eminência subitamente elevada.

A Mensageira bombardeia o planeta insistentemente por mais informações, e durante esse tempo Bianca chega a uma conclusão surpreendente: a Mensageira *não consegue* ver o que se passa no planeta logo abaixo dela. Longe de ser onisciente, e apesar de estar prontamente familiarizada com o conceito de visão, a Mensageira é cega. O rádio é Seu único meio de visão.

Bianca faz com que outra foto seja enviada para sua colônia de formigas, e a transmite assim que Deus retorna aos céus acima dela. É uma visão bastante simples, uma visão de Sete Árvores por dentro, mostrando o intrincado esplendor de seus andaimes e a agitação industriosa de seus habitantes. A desenvolvedora da imagem codificada a utilizou originalmente como imagem de teste em seus experimentos.

Deus está em silêncio.

Muito distante dali, o Ninho Celestial finalmente atinge as alturas para as quais foi projetado, e encontra o equilíbrio nos limites superiores do ar, seu saco de gás agora expandido para meio quilômetro de comprimento. Bianca monitora distraída o progresso dele, sabendo que a tripulação da nave estará testando seus mecanismos e o condicionamento da colônia no ar rarefeito, garantindo que tudo esteja pronto para a parte mais perigosa da missão, a ser realizada por Portia. Apesar do isolamento de casco duplo da cabine, o frio está causando algum desconforto. Sua espécie tem uma certa habilidade de regular o calor do corpo e manter sua taxa metabólica alta, mas eles ainda ficam lentos sempre que a temperatura cai. Viola, responsável pela missão, informa que o trabalho está indo mais devagar que o previsto, mas está avançando dentro da tolerância.

Bianca ainda está esperando. O progresso do Ninho Celestial é agora uma preocupação secundária. Ela silenciou a Mensageira. Ninguém em toda a história de sua espécie havia feito isso. Os olhos do mundo estão sobre ela com um olhar de julgamento.

Então ela espera.

6.4 EPIFANIA

Muito acima do mundo verde, muito acima do Ninho Celestial e de todos os outros empreendimentos industriosos de seus habitantes, a doutora Avrana Kern tenta aceitar o que acabou de lhe ser mostrado.

Ela já viu essas coisas antes, esses monstros rastejantes pendurados em teias. O drone enviado da *Gilgamesh* viu um brevemente, antes de seu fim. Câmeras do transporte que ela derrubou avistaram alguns antes de ele queimar. Ela sabia que havia coisas, *coisas* não intencionais, no Mundo de Kern, as serpentes em seu jardim. Não faziam parte do plano: o ecossistema tão cuidadosamente projetado para fornecer um lar para seus escolhidos.

Há gerações que ela sabe que eles estão lá, mas encontrou dentro de si uma capacidade quase infinita de ignorar. Pode recuar horrorizada num momento, exigindo saber: *O que vocês fizeram com meus macacos?*, e apenas uma década depois quase esquecer, sub-rotinas ocultas recobrindo a memória ofensiva até que não irritem mais a ostra de sua mente. O interior eletrônico do Módulo Sentinela está lotado dessas memórias abandonadas, os entendimentos que não pode suportar ter como parte de si mesma. São pensamentos perdidos do lar que nunca verá, são fotos de monstros aracnídeos, são imagens de um barril queimando ao atingir a atmosfera. Tudo se foi, extirpado do funcionamento de sua mente; no entanto, não perdido. Eliza nunca joga nada fora.

Avrana sempre retornou à certeza de que seu plano para aquele mundo fora bem-sucedido. O que mais há para ela, afinal? Por incontáveis eras orbitou em silêncio, transmitindo suas intermináveis perguntas de exame para um planeta negligente. Por incontáveis eras dormiu, os sistemas robustos do Módulo Sentinela fazendo diligentemente o melhor que podiam para evitar a invasão gradual da decomposição e do mau funcionamento. Sempre que Avrana acordava, a intervalos cada vez mais longos, gritando e arranhando o interior de seu minúsculo domínio, era para se encolher diante de um cosmos indiferente.

Os próprios sistemas do módulo, rodando com energia mínima, fizeram o possível para manter tudo funcionando, mas sacrifícios ainda aconteceram: ela está cega, está fragmentada, não tem certeza de onde termina e de onde as máquinas começam. O módulo hospeda uma multidão, cada subsistema involuindo para um tipo grosseiro de autonomia: uma comunidade de semi-idiotas tentando manter tudo funcionando pessimamente. E ela é um desses fragmentos. Ocupa um espaço virtual, lotado e apertado como um viveiro. Ela, Eliza e os muitos, muitos sistemas.

A passagem da *Gilgamesh*, com toda a indignidade da gritaria e dos pedidos desesperados, e até mesmo o dispêndio colossal de energia necessário para derrubar o transporte intruso deles, parece um sonho agora, como se os pretensos humanos tivessem vindo de alguma realidade paralela que tinha muito pouco a ver com ela. Tudo o que lhe ensinaram foi que ela não sabia o que era desespero até eles chegarem. Um planeta silencioso era preferível a um planeta cheio de vida humana, pois a vida humana impediria inteiramente o sucesso de sua missão. Que ela circulasse o globo até que o Módulo Sentinela se desintegrasse, de modo que ainda pudesse esperar que seus súditos macacos acabariam chamando sua criadora. A ausência de sucesso não significava que o experimento fosse um fracasso.

Em nenhum momento ela examinou seus motivos ou prioridades ou perguntou a si mesma por que se dedicava de modo tão rígido a realizar aquela missão em detrimento de todo o resto. Enquanto falava com aqueles supostos humanos da nave-arca, era quase como se fosse duas pessoas: uma que se lembrava de como era viver, respirar e rir, e outra que se lembrava da importância do sucesso e da realização científica. Ela não tinha certeza de onde tinha vindo essa primeira Avrana. Não parecia ela, de algum modo.

Então os macacos responderam, e tudo mudou.

É verdade, eles estavam atrasados. Os poucos séculos projetados tinham chegado e partido, e o Módulo Sentinela já tinha passado da vida útil que seus criadores haviam previsto para ele. Ainda assim, eles construíam coisas para durar naqueles tempos. Se os macacos tinham precisado de centenas ou mesmo milhares de anos, Avrana, Eliza e sua miríade de sistemas de apoio estavam prontos para eles.

Mas eles tinham sido tão ignorantes, e seu pensamentos, tão estranhos. Ela tentou e tentou, e tantas vezes parecia estar chegando a algum lugar, mas os macacos tinham suas próprias ideias, e ideias tão estranhas. Às vezes eles não conseguiam compreender o intelecto superior dela. Às vezes ela não conseguia compreendê-los. Macacos deveriam ser o simples primeiro passo para um universo de elevação. Todos lhe haviam garantido que seriam próximos o bastante dos humanos para entender, mas distantes o suficiente para permanecer como cobaias válidas e valiosas. Por que ela não podia olhar nos olhos deles e entendê-los?

Agora ela vê seus olhos. Todos os oito deles.

A imagem enviada a ela é insana, fantástica, uma vasta estrutura emaranhada de linhas e ligações e espaços fechados em camadas, que existem apenas porque foram puxados em arranjos temporários de tensão. As aranhas estão por toda parte, capturadas no meio do seu rastejar. As palavras que anunciavam aquela imagem eram simples, claras e além de qualquer erro: *Estas somos nós*.

Avrana Kern foge para as profundezas limitadas do que resta de sua mente e chora por seus macacos perdidos, e conhece o desespero, e não sabe o que fazer.

Ela consulta seu grupo de conselheiros, os outros que compartilham seu habitat em deterioração. Sistemas individuais lhe dizem que ainda estão fazendo seu trabalho. O controle principal está mantendo um registro de transmissões enviadas da superfície. Outros registram o progresso dos corpos celestes sinalizados como de interesse, incluindo um pontinho distante, muito distante, que se autodenomina a última esperança da raça humana.

Ela pressiona ainda mais, buscando aquele outro grande foco de cálculo com o qual compartilha aquele módulo, e com o qual precisa de vez em quando negociar. Eles são uma legião ali dentro, mas há dois polos no Módulo Sentinela de Brin 2, e ela busca com cuidado o contato com o outro.

Eliza, preciso da sua ajuda. Eliza, aqui é Avrana.

Ela toca a corrente dessa outra mente e fica momentaneamente imersa no rio turbulento de pensamentos que flui constantemente ali: *meus macacos onde estão meus macacos não podem me ajudar agora estou com frio tanto frio e Eliza nunca vem ver não posso ver não posso sentir não posso agir quero morrer quero morrer quero morrer...* Os pensamentos fluindo, impotentes e irrestritos, para fora daquela mente quebrada como se estivesse tentando se esvaziar, no entanto, há sempre mais. Avrana recua e, por um terrível momento congelado, entende que, se o que tocou é uma mente orgânica, então *eu devo ser...* Mas ela tem, afinal, uma capacidade quase infinita de ignorar, e aquele momento de autorreflexão se foi, e junto com ele qualquer ameaça de revelação.

Ela fica apenas com aquela imagem intolerável, reconstruída pixel por pixel dentro de sua mente.

É com isso que tem se comunicado. A máscara de macaco foi levantada, e *esse* rosto terrível é revelado em seu lugar. Toda esperança que tinha para seu grande projeto, literalmente a única coisa no universo que lhe resta, agora é destruída. Por um momento, tenta imaginar que seus protegidos símios estão por aí em outro lugar, se escondendo da civilização purulenta das aranhas, mas sua memória já cansou de brincar. Eles queimaram. Agora ela se lembra. Os macacos queimaram, mas o vírus... O vírus passou. Essa é a única explicação. Ah, talvez o que ela viu pudesse surgir espontaneamente, em milhões de anos com as condições certas. Mas o vírus é o catalisador para condensar todo esse período em meros milênios. O agente de seu triunfo se tornou, em vez disso, o agente de algo estranho e bizarro.

Ela se inclina no fulcro da decisão. Vê claramente o caminho da rejeição: aquelas coisas símias briguentas da *Gilgamesh* vão acabar voltando e darão fim a tudo daquela maneira irracional que os humanos sempre fizeram. Macacos ou aranhas, para eles não fará diferença. E ela, Avrana Kern, gênio esquecido de uma era ancestral, lentamente decairá em senescência e obsolescência, orbitando um mundo entregue às colmeias prósperas do que deve nominalmente concordar que seja sua própria espécie.

Sua longa história terá acabado. Aquele último cantinho de seu tempo e seu povo será substituído pelas hostes fecundas de seus descendentes distantes e indignos. Tudo aquilo será perdido, e não haverá registro de suas longas e solitárias eras esperando e escutando, de seus avanços e seus triunfos e sua descoberta horrível ao final.

Existem poucos limites imutáveis dentro do Módulo Sentinela. As várias entidades, eletrônicas e orgânicas, não têm mais divisões firmes, cada uma se apoiando e tomando emprestado das outras para a funcionalidade diária simples. De maneira semelhante, o passado se infiltra no presente ao menor convite. Avrana Kern, ou a coisa que se considera ela, revive sua história com o planeta verde e seus habitantes: sua resposta matemática; ensinar os monstros a falar; suas conversas dolorosas e difíceis; a adoração deles, suas súplicas, as histórias desconcertantes e meio incompreensíveis que lhe contavam de suas façanhas. Ela falou com incontáveis de suas grandes mentes: devotos e astrônomos, alquimistas e físicos, líderes e pensadores. Ela tem sido a pedra fundamental de uma civilização. Nenhum ser humano jamais vivenciou aquilo, nem tocou em nada tão alienígena. Só que eles não são alienígenas, é claro. Afinal, inegavelmente, a espécie deles surgiu ao lado da dela. Ela e eles compartilham ancestrais de quinhentos milhões de anos de idade, antes que a substância da vida se dividisse entre aqueles que carregariam para sempre seus nervos nas costas e aqueles que os carregariam dentro da barriga.

Não há alienígenas que seu povo já tenha conhecido ou ouvido falar. Ou, se houve, seus sinais foram ignorados, passaram despercebidos: alienígenas de tal modo que significava que nenhum humano poderia vê-los e reconhecê-los como evidência de vida de outro lugar. A facção de Kern e sua ideologia já sabiam disso, e era por isso que eles pretendiam espalhar a vida terráquea pela galáxia nas mais variadas formas possíveis. Como era a única vida que tinham, era sua responsabilidade ajudá-la a sobreviver.

Ela viveu vidas inteiras junto com as pessoas do planeta verde. Ela e sua legião de sistemas complementares se elevaram com seus triunfos, se abalaram com suas derrotas, buscaram sempre superar o que era uma compreensão problemática e incompleta. Agora os vê, sim. Ela os vê pelo que são.

Eles são a Terra. Sua forma não importa.

São seus filhos.

Ela recua, convocando registros de séculos de conversas de onde estão amontoados em suas memórias eletrônicas, tendo substituído todas as últimas canções de rádio desesperadas da velha Terra. Revisa todo o mistério desconcertante dos diálogos dos macacos agora vistos sob uma áspera e intransigente nova luz. Ela para de tentar lhes dizer coisas e começa a ouvir.

Do mesmo modo que as aranhas podem usar seus Entendimentos para escrever um novo conhecimento em suas mentes (embora Kern não tenha ideia disso), o estado atual de Kern significa que pode religar sua própria mente muito mais prontamente do que um cérebro humano poderia ser recondicionado. Ela modela gerações de conversas, muda sua percepção dos remetentes, deixa de tentar classificar seus protegidos como algo um grau abaixo do humano.

Ela entende: não perfeitamente, pois grandes trechos das conversas deles permanecem um mistério, mas sua compreensão do que estão dizendo, de suas preocupações, de suas percepções, tudo isso de repente se encaixa muito mais.

E finalmente ela responde.

Eu estou aqui. Estou aqui para vocês.

6.5 TUDO SE DESPEDAÇA

Eles lhe deram um traje espacial. Ele não poderia se apresentar em seu traje de dormir diáfano, aberto na parte de trás onde os tubos haviam entrado, mesmo que já tivesse desfilado o traseiro velho e bexiguento por metade dos aposentos da tripulação antes que o apanhassem.

O nome em sua nova roupa era "Mallori". Procurando em sua memória fragmentada, Holsten não tinha ideia de quem Mallori poderia ter sido, nem queria pensar se ainda *havia* sequer um Mallori. Será que ele preferia estar vestindo as roupas de um cadáver ou as de alguém que pudesse a qualquer momento acordar e precisar delas de volta?

Ele perguntou sobre seu próprio traje, mas aparentemente tinha sido usado e se desgastado havia muito tempo.

Quando estavam pegando roupas para ele, viu outras pessoas. Os engenheiros daquela geração o deixaram numa das salas de ciência que haviam sido convertidas em dormitórios. Pelo menos quarenta pessoas estavam amontoadas lá, as paredes cravejadas de ganchos para redes em que alguns ainda dormiam. Pareciam assustados e desesperados, como refugiados.

Falou com alguns. Quando descobriram que ele era realmente da tripulação, o bombardearam com perguntas. Eles eram insistentes. Queriam saber o que estava acontecendo. Ele também, claro, mas essa resposta não os satisfez. Para a maioria deles, sua última lembrança era de uma Terra velha, envenenada e moribunda. Alguns até se recusavam a acreditar em quanto tempo havia se passado desde que tinham fechado os olhos nas câmaras de suspensão daquela primeira vez. Holsten ficou chocado com o quão pouco alguns desses fugitivos realmente sabiam sobre a empreitada na qual estavam embarcando.

Eles eram jovens: a maior parte da carga precisaria ser jovem, afinal, para poder recomeçar em qualquer circunstância na qual fossem descongelados.

— Sou apenas um classicista — disse Holsten a eles. Na verdade, havia mil coisas que sabia que seriam relevantes para a situação deles, mas não estava com vontade de falar sobre nenhuma delas, nem achou que isso os tranquilizaria muito. Com a questão mais importante, a do futuro imediato deles, ele não podia ajudar.

Então os engenheiros substitutos vieram com o traje espacial e o levaram para fora, apesar das reclamações da carga humana.

Ele tinha suas próprias perguntas então; estava se sentindo calmo o bastante para lidar com as respostas.

— O que vai acontecer com eles?

A jovem que o conduzia olhou com tristeza para trás.

— Vão ser colocados novamente em suspensão assim que houver câmaras disponíveis.

— E quanto tempo vai levar para isso?

— Não sei.

— Quanto tempo se passou? — Ele estava captando amplas pistas somente pela expressão no rosto dela.

— O maior tempo que alguém ficou fora da suspensão foi dois anos.

Holsten respirou fundo.

— Deixe-me adivinhar: há mais e mais pessoas que vocês estão tendo que descongelar, certo? O armazenamento de carga está se deteriorando.

— Estamos fazendo tudo o que podemos — retrucou ela na defensiva.

Holsten assentiu para si mesmo. *Eles não estão dando conta. A coisa está ficando pior.*

— Então onde...?

— Escute. — A mulher se virou para ele. Seu distintivo dizia "Terata", outro nome perdido e morto. — Não estou aqui para responder suas perguntas. Tenho outro trabalho para fazer depois.

Holsten abriu as mãos de forma apaziguadora.

— Ponha-se no meu lugar.

— Amigo, já tenho problemas suficientes apenas por estar no *meu* próprio lugar. E o que há de tão incrível em você, afinal? Por que o tratamento especial?

Ele quase respondeu com "Você não sabe quem eu sou?", como se fosse uma grande celebridade. No fim, apenas deu de ombros.

— Eu não sou ninguém. Sou apenas um velho.

Passaram por uma sala com talvez vinte crianças, uma visão tão inesperada que Holsten parou e olhou, e não queria mais sair dali. Elas tinham cerca de oito ou nove anos, sentadas no chão com tablets nas mãos, olhando para uma tela.

Na tela estava Lain. Holsten se engasgou ao vê-la ali.

Havia outras coisas também: modelos tridimensionais, imagens do que poderiam ser os esquemas da *Gil*. Eles estavam sendo ensinados. Eram engenheiros em treinamento.

Não Terata puxou seu braço, mas Holsten deu um passo para dentro da sala. Os alunos se cutucavam, sussurravam, o encaravam, mas ele tinha olhos apenas para a tela. Lain estava explicando algum trabalho, demonstrando por meio de um exemplo e um diagrama expandido como executar algum tipo específico de reparo. Ela estava mais velha na tela: não a engenheira-chefe, não a rainha guerreira, apenas... Isa Lain, sempre fazendo o melhor que podia com as ferramentas vagabundas que o universo lhe dava.

— De onde eles...? — Holsten gesticulou para as crianças agora fatalmente distraídas. — De onde eles vêm?

— Amigo, se você não sabe *isso*, então não sou eu que vou explicar — disse não Terata a ele acidamente, e algumas das crianças deram sorrisinhos.

— Não, mas sério...

— Eles são nossos filhos, é claro — falou ela bruscamente. — O que você achou? De que outra forma conseguiríamos que o trabalho continuasse?

— E a... carga? — perguntou ele, porque estava pensando naquelas pessoas presas fora da suspensão por meses, por anos.

A essa altura ela já tinha conseguido arrastá-lo para longe da sala de aula, direcionando a atenção dos alunos de volta para a tela de ensino com um gesto severo.

— Temos um controle populacional rigoroso — explicou ela.

Então acrescentou:

— Afinal de contas, estamos numa nave — como se isso fosse algum tipo de mantra. — Se precisamos de material fresco da carga, então o pegamos, mas, tirando isso, qualquer produção excedente...

— E aqui seu tom profissional vacilou um pouco, tocando em alguma dor pessoal de modo tão inesperado que Holsten tropeçou ligeiramente em simpatia.

— Os embriões são colocados no gelo, para aguardar uma necessidade futura — terminou ela, olhando feio para ele a fim de encobrir sua própria falta de jeito. — É mais fácil armazenar um embrião antes de um certo ponto de seu desenvolvimento que um ser humano completo. — Novamente, isso soava como algum dogma decorado com o qual havia crescido.

— Me desculpe, eu...

— Aqui estamos.

Haviam chegado ao setor de comunicações. Até estar realmente ali parado, ele não tinha percebido para onde estavam indo.

— Mas o que...?

— Entre logo. — Não Terata lhe deu um empurrão bem forte e foi embora.

Por um longo tempo, Holsten ficou do lado de fora da porta de comunicações, com um medo inexplicável de cruzar o limiar, até que finalmente a escotilha deslizou para o lado por conta própria e ele encontrou o olhar da mulher lá dentro.

Não sabia o que esperar. Tinha pensado que poderia não haver nenhum ser vivo, apenas um rosto numa tela que talvez fosse algo como a máscara mortuária de Lain, talvez com características herdadas de Guyen, Avrana Kern e sabe-se lá o que mais que estava tagarelando no sistema. Se não isso, então tinha morrido de medo de que o que veria fosse algo como o que Guyen havia se tornado:

um cadáver murcho que já foi humano, sustentado e inseparável dos mecanismos da própria nave, abrigando sonhos de imortalidade em seu crânio coagulado. Ver a mulher que conhecera reduzida a isso teria sido ruim. Pior seria a porta se abrir e lhe mostrar outra pessoa inteiramente diferente.

Mas aquela era Lain: Isa Lain. Estava mais velha, claro. Devia estar quinze anos mais velha que ele agora, veterana da longa batalha contra a entropia e a invasão de computadores hostis que vinha lutando de modo intermitente desde a última vez em que tinham se visto. Mais quinze anos não teriam sido quase nada para o povo do Antigo Império. Todos os mitos daquela era ancestral confirmavam que os antigos viviam muito mais que a extensão de vida humana natural. Nesses dias reduzidos, porém, quinze anos a mais tinham transformado Lain numa idosa.

Não estava acabada nem decrépita, ainda não. Era uma trabalhadora nos últimos dias de sua força, olhando para o declínio inevitável do tempo que roubaria suas habilidades pouco a pouco, a cada passo. Estava mais pesada que antes, e a linguagem humana universal de dificuldades e preocupações podia ser lida no seu rosto. Seus cabelos estavam grisalhos, compridos, amarrados para trás num coque severo. Ele nunca a tinha visto com cabelos compridos antes. Mas era Lain: uma mulher que tinha visto evoluir quadro a quadro ao longo de tão pouco tempo para ele, mas uma vida inteira para ela. Sentiu uma explosão de sentimentos só de olhar para o rosto dela, as linhas e a ação do tempo fazendo o possível para esconder dele sua familiaridade, e fracassando.

— Olhe só pra você, velhote — disse ela baixinho. Parecia tão afetada pela idade dele quanto ele pela dela.

Ela estava vestindo um traje espacial com o nome arrancado, uma roupa puída nos cotovelos, remendada nos joelhos. Os restos esfarrapados de outro traje pendiam sobre seus ombros, reduzidos a algo como um xale que dedilhava pensativa ao olhar para ele.

Holsten entrou, olhando para os comunicadores, notando dois painéis escuros e um que havia sido eviscerado, mas o resto das estações de trabalho parecia estar funcionando.

— Você andou ocupada.

Uma expressão sem nome cintilou em seu rosto.

— É só isso? Todo esse tempo, e ainda os velhos comentários irônicos?

Ele deu a ela um olhar nivelado.

— Em primeiro lugar, não foi "todo esse tempo". Em segundo, quem estava sempre com os comentários na ponta da língua era você, não eu.

Ele sorriu ao dizer isso, porque esse tipo de brincadeira com o qual estava acostumado era algo que queria muito ouvir dela agora, mas ela apenas ficou olhando para Holsten como se ele fosse um fantasma.

— Você não mudou. — E, quando ela disse isso, ficou claro que sabia da futilidade dessa observação, mas ainda era algo que precisava botar para fora. Holsten Mason, historiador, agora já havia sobrevivido às histórias. Ali estava ele, cambaleando aos trancos e barrancos no tempo e no espaço, cometendo erros e sendo ineficaz, o único ponto estável num universo em movimento. — Ah, caralho, vem cá, Holsten. Vem cá, por favor.

Ele não esperava as lágrimas, não dela. Não esperava a força feroz de seus braços quando o abraçou, o sacudir dos ombros, por mais que lutasse contra si mesma.

Lain o segurou com os braços estendidos, e ele se deu conta subitamente do quanto aquela situação devia ser estranha para ela. De como era normal para ele encontrar uma velha amiga, mudada e envelhecida, e procurar nas linhas de seu rosto a mulher que tinha sido. Como devia estar sendo doloroso para ela tentar encontrar o homem mais velho que ele poderia um dia se tornar em suas feições intocadas.

— Sim — disse ela finalmente —, eu estive ocupada. Todo mundo tem estado ocupado. Você não tem ideia da sorte que tem por poder viajar como carga.

— Me diga — encorajou ele.

— O quê?

— Me diga o que está acontecendo. Gostaria que *alguém* me dissesse algo, para variar.

Ela se abaixou cuidadosamente no que já tinha sido a poltrona de Guyen, gesticulando para que ele se sentasse em outra.

— O quê? Relatório de status? Você é o novo comandante? O acadêmico não gosta de ficar no escuro? — E isso soava tanto como a velha (a jovem) Lain que ele sorriu.

— O acadêmico não gosta — confirmou ele. — Sério, de todas as pessoas que sobraram no... na nave, é em você que eu confio. Mas você está... Não sei o que você está fazendo com a nave, Lain. Eu não sei o que você está fazendo com essas... seu pessoal aqui.

— Você acha que eu fiquei igual a *ele*. — Não houve necessidade de citar nome algum.

— Bem, eu me perguntei.

— Guyen fodeu com o computador — disparou ela. — Toda aquela palhaçada de upload foi exatamente como eu disse que seria. Toda vez que ele tentava crescer ali, acabava desativando mais sistemas da *Gil*. Quero dizer, uma mente humana, isso é uma caralhada de dados: e havia quatro ou cinco cópias incompletas separadas lutando por espaço ali. Então comecei a trabalhar, tentando contê-las. Tentando manter o essencial funcionando: mantendo a carga fria; impedindo que o reator ficasse muito quente. Você lembra, esse era o plano quando foi dormir.

— Parecia um bom plano. Eu lembro que você disse que também entraria em suspensão, em breve — observou Holsten.

— Esse *era* o plano — confirmou ela. — Só que houve complicações. Quero dizer, tivemos que encontrar espaço de carga para os malucos do Guyen. Karst se divertiu muito os reunindo e colocando no gelo. E até então alguns deles estavam trabalhando com meu pessoal para controlar a situação do hardware. E Guyen, a porra do arquipélago de Guyen espalhada pelo sistema, continuava escapando, tentando se copiar, comendo ainda mais espaço. Nós purgamos, isolamos e jogamos pacotes de vírus em cima do filho da puta, mas ele estava seriamente entrincheirado. E quando minha equipe começou a funcionar e eu tinha fé neles, fui dormir como disse que faria. E configurei um despertador para mim. E quando acordei novamente, as coisas estavam piores.

— Ainda o Guyen?

— Sim, ainda ele, ainda se agarrando pelas unhas eletrônicas de merda, mas meu pessoal estava encontrando todo tipo de outras merdas dando errado também. — Holsten sempre tinha achado os palavrões de Lain levemente chocantes, mas estranhamente atraentes de um jeito meio tabu. Agora, saindo de seus velhos lábios, era como se tivesse praticado todos aqueles anos apenas para chegar àquele nível de amarga fadiga do mundo. — Problemas da perda de mais carga e outros sistemas caindo pelos quais Guyen e os reflexos burros dele não eram responsáveis. Havia um inimigo maior lá fora o tempo todo, Holsten. Estávamos apenas nos enganando quando achamos que o havíamos derrotado.

— As aranhas? — quis saber Holsten imediatamente, imaginando de repente a nave infestada por alguns clandestinos do planeta verde, por mais impossível que pudesse parecer.

Lain deu-lhe um olhar exasperado.

— Tempo, velhote. Esta nave tem quase dois mil e quinhentos anos. As coisas se despedaçam. Estamos ficando sem tempo. — Ela esfregou o rosto. O maneirismo a fez parecer mais jovem, não mais velha, como se todos aqueles anos extras pudessem simplesmente ser apagados. — Eu continuei pensando que tinha controlado aquilo. Continuei voltando a dormir, mas sempre havia algo mais. Minha equipe original... Nós tentamos trabalhar em turnos, parcelando o tempo. Mas era trabalho demais. Perdi a noção de quantas gerações de engenheiros já houve sob minha orientação. E muita gente não quis voltar a dormir. Depois que você vê algumas câmaras de suspensão falharem...

Holsten estremeceu.

— Você não pensou... em fazer um upload?

Ela o olhou de lado.

— Sério?

— Você poderia vigiar tudo para sempre, então, e ainda permanecer... — *Jovem*. Mas ele não conseguiu dizer isso, nem tinha outra forma de terminar a frase.

— Bem, tirando o fato de que isso aumentaria o problema do computador cerca de cem vezes, tudo bem — disse ela, mas estava claro que não era isso. — E é só que... essa cópia, o upload, ao longo de todos esses anos... Eu teria que configurá-la para uma tarefa que incluiria se matar no final, não deixar sobreviventes no *mainframe*. E ela faria isso? Porque, se ela quisesse viver, poderia certamente garantir que *eu* morresse em meu sono. E será que ainda se lembraria, no fim, quem era o verdadeiro eu? — Um olhar assombrado em seu rosto dizia a Holsten que ela havia pensado muito naquilo. — Você não sabe como é... Quando aqueles pedaços de Guyen se soltaram, quando eles sequestraram as comunicações, ouvi-los... Mesmo agora eu não acho que o sistema esteja funcionando direito. E os fantasmas de rádio, transmissões loucas daquela merda de satélite ou algo assim, não sei... e... — Seus ombros caíram: a mulher de ferro tirando sua cota de malha, quando estavam apenas os dois ali. — Você não sabe como foi, Holsten. Seja grato.

— Você poderia ter me acordado — comentou ele. Não era a coisa mais construtiva a dizer, mas ele se ressentiu de ser escalado como o sobrevivente sortudo sem escolha no assunto. — Quando você acordou, poderia ter me acordado também.

Seu olhar era frio, terrível, intransigente.

— Eu poderia. E pensei nisso. Cheguei tão perto, você não acreditaria, quando éramos só eu e esses garotos que não sabiam nada, para os quais estava tentando ensinar meu trabalho. Ah, eu poderia ter você à minha disposição, não poderia? Meu brinquedo sexual pessoal. — Ela riu severamente da cara dele. — Dentro e fora do sono, e dentro e fora de mim, é isso?

— Bem, eu... Ah, bem...

— Ah, cresça, velhote. — De repente, ela parou de achar tudo tão engraçado. — Eu queria — disse ela baixinho. — Eu poderia ter usado você, me apoiado em você, dividido o fardo com você. Eu teria queimado você como uma vela, velhote... e para quê? Para este momento em que eu ainda estaria velha, e você estaria morto? Eu quis poupar você. Quis... — Ela mordeu o lábio. — Quis manter você. Não sei. Algo assim. Talvez saber que não estava fazendo você passar por essa merda tenha me ajudado a seguir em frente.

— E agora?

— Agora tivemos que acordar você mesmo assim. Sua câmara estava fodida. Irreparável, foi o que me disseram. Vamos achar outra pra você.

— Outra? Sério, agora que estou fora...

— Você vai voltar. Eu vou drogar você e te enfiar à força numa cápsula, se for preciso. Longo caminho a percorrer ainda, velhote. — Quando ela sorria assim, uma mulher dura prestes a ser brutal com qualquer parte do universo que estivesse no seu caminho, ele via de onde tinham vindo muitas das novas linhas em seu rosto.

— Ir para onde? — exigiu saber ele. — Fazer o quê?

— Qual é, velhote, você conhece o plano. Guyen certamente explicou para você.

Holsten ficou confuso.

— *Guyen?* Mas ele... Você o matou.

— Melhor avaliação de tripulação de todos os tempos — concordou ela sem alegria. — Mas o *plano* dele, sim. E ele estava pensando nisso sem perceber como a nave estava começando a falhar. O que mais há lá fora, Holsten? Nós. Somos nós, a raça humana, e puta que pariu, somos muito foda pra chegar até aqui contra todas as probabilidades. Mas esta peça de maquinário simplesmente não pode continuar para sempre. Tudo se desgasta, velhote, até a *Gilgamesh*, até...

Até eu, foi o pensamento não dito.

— O planeta verde — concluiu Holsten. — Avrana Kern. Os insetos e coisas?

— Então nós os queimamos um pouco e nos estabelecemos. Porra, talvez possamos domesticar os filhos da puta. Talvez seja possível ordenhar uma aranha. Se os desgraçados forem grandes o suficiente, talvez possamos cavalgar neles. Ou poderíamos simplesmente envenenar os merdinhas, livrar o planeta deles. Somos humanos, Holsten. É nisso que somos bons. Quanto a Kern, Guyen já tinha feito a maior parte do trabalho de base antes. Ele passou gerações fodendo com a *Gil*, protegendo o sistema contra ela. Aquela velha estação de terraformação para onde ela nos mandou tinha todos os brinquedinhos. Ela pode tentar assumir o controle e pode tentar nos fritar, e estaremos prontos para os dois. E não é que a gente tenha outro lugar para ir. E, veja só que sorte, já estamos a caminho, então tudo está se alinhando bem.

— Você planejou tudo.

— Acho que vou deixar Karst resolver a parte do espírito aventureiro desse negócio depois que chegarmos lá — disse ela. — Acho que estarei pronta pra descansar então.

Holsten não disse nada, e a pausa se prolongou desconfortavelmente. Ela não o olhou nos olhos.

Por fim, as palavras conseguiram sair.

— Me prometa...

— Nada — retrucou ela na hora. — Sem promessas. O universo não nos promete nada; eu estendo o mesmo a você. Esta é a raça humana, Holsten. Ela precisa de mim. Se Guyen não tivesse nos fodido tanto com seu esquema de imortalidade, então talvez as coisas pudessem ter sido diferentes. Mas ele fodeu e elas não são, e aqui estamos nós. Eu vou voltar a dormir em breve, assim como você, mas estou ajustando meu alarme mais cedo, porque a próxima geração vai precisar de alguém para verificar seus cálculos matemáticos.

— Então me deixe ficar com você! — disse Holsten a ela ferozmente. — Não parece que alguém vai precisar de um classicista tão cedo. Ou nunca, até. Mesmo Guyen só me queria como seu biógrafo. Vamos...

— Se você disser envelhecer juntos, eu vou bater em você, Holsten — retrucou Lain. — Além disso, ainda há uma coisa para a qual você vai ser necessário. Uma coisa que eu preciso que você faça.

— Você quer que sua história de vida fique para a posteridade? — espicaçou ele, do modo mais desagradável que pôde.

— Sim, tem razão, eu sempre fui a engraçada. Então cala a boca, porra. — Ela se levantou, inclinando-se contra os consoles, e ele ouviu as articulações dela estalarem e rangerem. — Vem comigo, velhote. Vem ver o futuro.

Ela o guiou pelas câmaras e passagens desordenadas e meio desmanteladas da área da tripulação, em direção ao que ele lembrava serem os laboratórios de ciências.

— Estamos indo ver Vitas? — perguntou ele.

— Vitas — cuspiu ela. — Eu usei Vitas logo no início, mas ela está dormindo o sono dos não particularmente confiáveis desde então. Afinal, ela não queria sujar as mãos com a manutenção, e eu não esqueci de como ela estava instigando Guyen o tempo todo antes. Não, estou levando você para ver nossa extensão de carga.

— Você instalou novos aposentos? Como?

— Só cale a boca e espere, sim? — Lain fez uma pausa, e ele pôde ver que ela estava recuperando o fôlego, mas tentando não mostrar. — Você já vai ver.

Na verdade, ele não *viu*, quando ela finalmente lhe mostrou. Ali estava um dos laboratórios, e mais além, ocupando grande parte de uma das paredes, estava uma câmara de espécimes: uma grande prateleira de pequenos recipientes, centenas de pequenas amostras orgânicas mantidas em gelo. Holsten olhou e olhou, e balançou a cabeça. E então, apenas quando Lain estava prestes a chamar a atenção para sua falta de percepção, ele de repente ligou os pontos e disse:

— Embriões.

— Sim, velhote. O futuro. Toda a nova vida que nossa espécie não conseguia parar de produzir, mas que não tínhamos espaço para criar. Assim que alguma garota ansiosa decide que quer uma família e que eu, na minha sabedoria, acho que não vamos conseguir dar conta, tiramos em cirurgia e botamos aqui. Mundo cruel, não é?

— Vivo?

— Vivo, claro — retrucou Lain. — Porque neste momento ainda espero que a raça humana tenha um futuro, e francamente ainda estamos meio com escassez de gente, visto de uma perspectiva histórica. Então os colocamos no gelo, e esperamos que um dia possamos ligar os úteros artificiais e legar uma carga de órfãos para o universo.

— Os pais devem ter...

— Argumentado? Brigado? Chutado e gritado? — Seu olhar era estéril. — É, pode-se dizer que sim. Mas eles também sabiam o que aconteceria com antecedência, e mesmo assim o fizeram. O imperativo biológico é uma coisa engraçada. Os genes só querem ser transmitidos para outra geração, não importa como. E, claro, tivemos gerações crescendo aqui. Você sabe como são as crianças. Mesmo quando você oferece contramedidas, metade das vezes elas não vão usá-las. Babaquinhas ignorantes, por assim dizer.

— Não entendo por que você pensou que eu precisava ver tudo isso tão desesperadamente — comentou Holsten.

— Ah, sim, certo. — Lain se inclinou sobre o console e vasculhou vários menus até destacar um dos recipientes de embriões. — Aquele ali, está vendo?

Holsten franziu a testa, imaginando se havia alguma mutação ou defeito que ele deveria estar percebendo.

— O que posso dizer? — instigou Lain. — Eu era jovem e boba. Tinha um jovem classicista tesudo que me tirou do sério. Jantamos à luz de estrelas moribundas numa estação espacial de dez mil anos. Ah, o romance. — O jeito dela de dizer as coisas sem emoção aparente nunca vacilou.

Holsten olhou para ela.

— Eu não acredito.

— Por quê?

— Mas você... você nunca disse. Quando estávamos enfrentando Guyen, você poderia ter...

— Naquele momento eu não tinha certeza de que *teríamos* um futuro, e se Guyen descobrisse e obtivesse o controle do sistema... É menina, por falar nisso. Ela é menina. *Será* menina. — E foi essa repetição que disse a Holsten quão perto do limite Lain estava naquele momento. — Eu fiz a escolha, Holsten. Quando estava com você, eu escolhi. Fiz isso acontecer. Eu ia... pensei que teria tempo depois... Pensei que haveria um amanhã quando eu poderia voltar para ela e... mas havia sempre alguma outra maldita coisa. O amanhã pelo qual eu estava esperando nunca chegou. E agora não tenho certeza de que...

— Isa...

— Escute, Holsten, você vai voltar a dormir assim que eles encontrarem uma câmara, certo? Você é prioridade, foda-se todo o resto. Existem algumas vantagens em ser eu agora, e a primeira é que quem manda sou eu. Você vai dormir. Vai acordar quando chegarmos ao sistema do planeta verde. Vai descer para o planeta, e vai se certificar de que tudo seja feito para tornar aquele lugar *nosso*, contra computadores loucos, aranhas monstruosas ou qualquer outra coisa. E você vai para algum lugar onde *ela* possa viver. Está me ouvindo, velhote?

— Mas você...

— Não, Holsten, por este negócio você poderá assumir a responsabilidade. Eu terei feito tudo o que posso. Terei feito tudo o que for humanamente possível para realizar esse amanhã. Depois disso é com você.

Só mais tarde, depois que ela o levou até sua câmara de suspensão recém-restaurada, ele vislumbrou o nome ainda marcado no xale esfarrapado de traje que ela usava sobre os ombros. Essa visão o paralisou quando estava prestes a colocar uma perna dentro do caixão reformado. *Sério? Por todo esse tempo?* Diante daquele longo e frio esquecimento, sem a certeza de que acordaria novamente, foi curiosamente animador saber que alguém, mesmo aquela mulher amarga e cínica, havia tido uma queda por ele durante todos aqueles anos não sentidos.

6.6 E TOCOU A FACE DE DEUS

Portia quer sair com o resto da tripulação, mas Viola a proibiu. Ela está sendo poupada para seu próprio ideal particular. Até lá, Portia deverá ser tão mimada quanto um rei prestes a ser sacrificado.

Por estar tão no alto, a colônia do Ninho Celestial precisa de ajuda física para manter o envelope do dirigível em forma, e a manutenção da nave em dia. Mesmo trabalhando de dentro, o frio está afetando as formigas. Minúsculas e incapazes de regular sua própria temperatura, não conseguem realizar muito fora do núcleo da nave propriamente dita, e por isso as aranhas vestiram seus trajes especiais e saíram para rastejar pelo exterior de sua casa flutuante, entrando e saindo por portas de pressão que elas mesmas tecem e retecem, comportas temporárias aparecendo e desaparecendo conforme necessário. Elas voltam tropeçando e cambaleando em grupos de duas e três, o trabalho executado por ora. Umas voltam amarradas às costas de suas companheiras, vencidas pelo frio, apesar das camadas de seda envolvendo seus corpos e dos aquecedores químicos pendurados sob suas barrigas. Portia se sente desconfortável por não poder ajudar, apesar de entender que está sendo poupada para outra provação.

Alguns tinham se apegado à ideia de que estar mais perto do sol seria sentir seu calor absoluto. Foram redondamente desenganados dessa ideia. Ali em cima o ar rarefeito suga seus corpos como um vampiro cego. E, apesar disso, Portia teria se juntado a eles, trabalhado pata a pata com eles e dado tudo de si, enquanto o dirigível exigia tudo de todos.

A outra razão pela qual ela quer trabalhar é para afastar sua mente do que está acontecendo lá embaixo (ou lá em cima, dependendo da perspectiva). O súbito silêncio da Mensageira afetou todos eles. A razão diz que sua missão está ligada apenas de modo periférico a isso, pelo fato de que ambos os eventos envolvem o brilhantismo errático de Bianca, mas, como os humanos, as aranhas são rápidas em ver padrões e fazer conexões, extrair um significado indesejável da coincidência. A tripulação é vítima de uma curiosa ansiedade, pois todos aqueles dias de glória do templo já se foram há muito tempo. Estar tão mais próximos do mistério essencial da Mensageira, e tão afastados de tudo o que conhecem, desperta pensamentos estranhos.

Finalmente Viola está confiante de que o Ninho Celestial vai percorrer de forma estável o ar rarefeito, e ela se conecta com faróis de rádio no chão. As correntes de ar, que foram mapeadas grosseiramente ao longo dos últimos anos, os estão levando para mais perto do ponto crítico.

Portia, Fabian, vão para sua estação, ordena ela.

Portia a questiona respeitosamente, sinalizando com passes bruscos de seus palpos que sente que a missão poderia ser executada tão facilmente por um quanto por dois. Não é falta de fé nas habilidades de Fabian que a move, mas medo por ele. Os machos são tão frágeis, e ela quer protegê-lo.

Viola indica que tudo seguirá conforme o plano, e esse plano exige que dois deles entrem no veículo menor montado no topo do Ninho Celestial. O Ninho Estelar, como eles o chamam, os levará aonde nenhuma aranha jamais esteve: regiões que têm sido terreno de mitos e da imaginação desde que seus registros começaram. Alguns pequenos veículos não tripulados chegaram perto dessa fronteira. Agora, os cientistas acreditam que chegaram a um entendimento das condições no limite do alcance do mundo, e se planejaram de acordo com isso. Portia e Fabian terão de lutar com a verdade de suas crenças, e eles vão como um par no caso de um deles falhar.

O Ninho Celestial é robusto, capaz de sobreviver às condições meteorológicas agitadas e turbulentas que se estendem por todo o caminho até a superfície de seu mundo. Ele ainda é um grande objeto, quase sem peso: uma nuvem de seda, madeira e hidrogênio; uma pequena tripulação de aranhas e um punhado de motores são as coisas mais pesadas a bordo. Ainda não é leve o bastante. Quando totalmente inflado, o Ninho Estelar terá uma fração razoável do tamanho do Ninho Celestial, carregando uma fração muito menor de seu peso: uma colônia muito reduzida a bordo para lidar com o suporte de vida, um rádio, dois tripulantes, a carga útil.

Essa é uma das coisas que Bianca e seus pares descobriram, que o céu tem uma borda afilada, e que o ar diminui à medida que um viajante se distancia de seu mundo, vai ficando mais fino, mais frio e menos confiável até que... Bem, ainda existe alguma discordância sobre se ele realmente *acaba*, ou se simplesmente se torna tão rarefeito que nenhum instrumento existente é capaz de detectá-lo. Quantas moléculas de ar em um quilômetro quadrado de espaço constituem uma continuação da atmosfera, afinal?

Portia segue até a câmara de roupagem, para ser ajustada em seu traje. Não se trata simplesmente de uma cobertura isolante, como as que os tripulantes usavam, mas de uma vestimenta incômoda e curiosa que é volumosa nas articulações e inchada no abdômen, onde os tanques de ar estão alojados. Naquele momento ela está despressurizada e pende flácida em seu corpo, surpreendentemente pesada, interferindo em seus movimentos e transformando suas tentativas de falar em meros murmúrios. Nesta missão ela ficará reduzida a sinais dos palpos e rádio.

Fabian se junta a ela, igualmente equipado. Ele faz um gesto encorajador com os palpos para mantê-la animada. Foi escolhido como seu imediato porque eles funcionam bem juntos, mas também porque, pequeno até mesmo para um macho, ele tem metade do tamanho dela e menos da metade do seu peso. O Ninho Estelar tem um longo caminho a percorrer para transportá-los; afinal, as estrelas estão muito distantes.

Até a Mensageira está longe, passando pelo céu distante mais alto do que o Ninho Estelar poderia alcançar. Sofismas filosóficos à parte, não há nenhuma atmosfera lá. A Mensageira é uma forma de vida que habita no ambiente mais duro e menos propício à vida que uma aranha pode imaginar.

E Portia não pode deixar de se perguntar: *Será que nós A silenciamos por ter chegado tão alto? Estaremos medindo pernas com Ela simplesmente fazendo isso?*

A cabine da tripulação do Ninho Estelar é terrivelmente apertada. O teto está inchado com os sistemas da aeronave: aquecedor, fábrica química, transmissor/receptor e uma população de formigas de capacidade limitada, dedicadas somente a manter tudo funcionando. Portia e Fabian se acomodam como podem, aninhados no espaço limitado que a elasticidade das paredes lhes permite.

O rádio pulsa as instruções de Viola a partir do longo compartimento da tripulação do Ninho Celestial, fazendo Portia passar por uma longa série de verificações, cruzadas com relatórios das colônias de bordo de ambas as embarcações. Essas colônias são, para todos os efeitos, mãe e filha, e seu parentesco auxilia na ligação das comunicações entre elas.

Viola sinaliza que o momento crítico chegou: dadas as melhores estimativas do movimento da corrente de ar, é aqui que a nave deve se separar para que o Ninho Estelar obtenha a melhor chance de sucesso. As palavras de Viola, transmitidas como pulsos eletrônicos que despem a informação de todo o caráter e a personalidade da remetente, soam terrivelmente eficientes.

Portia responde que ela e Fabian estão prontos para a separação. Viola começa a dizer alguma coisa, então silencia as palavras. Portia sabe que acabou de refrear algum lugar-comum sobre a boa vontade da Mensageira. Tais sentimentos parecem impróprios neste momento.

Na superfície, dezenas de observatórios e receptores de rádio estão aguardando desenvolvimentos, impacientes.

O Ninho Estelar esteve agarrado à superfície superior do saco de gás do Ninho Estelar como um parasita benigno. Agora que sua tripulação efetuou a subida até ele e se posicionou, é destacado suavemente pelas formigas do Ninho Celestial, uma série de pequenas linhas cortadas, e então, de uma só vez, a flutuabilidade superior do Ninho Estelar atua e ele flutua livre da nave-mãe com a graça de uma água-viva. Imediatamente ele sobe mais alto do que o veículo mais robusto poderia acompanhar, apanhado pelas correntes de ar superiores, mantendo-se, por enquanto, dentro dos modelos de seus movimentos estabelecidos por cientistas que não estão tendo de confiar suas próprias vidas a essa coisa.

Portia e Fabian passam relatórios regulares por rádio para Viola e o mundo mais amplo. Nesse meio-tempo, eles basicamente se mantêm entretidos. Sua capacidade de comunicação é limitada à sinalização por palpos, e qualquer sutileza maior é sufocada por sua proximidade e pelos trajes desajeitados. O frio está se infiltrando, apesar das camadas de seda que cobrem o compartimento da tripulação. Eles já estão respirando ar armazenado, que é um recurso limitado. Portia está ciente de que há um cronograma rigoroso pelo qual sua missão deve ser cumprida.

A luz química de seus instrumentos lhe fala de sua subida rápida. O rádio confirma a posição do Ninho Estelar. Portia sente aquela sensação curiosa que corresponde a tanto do que ela é: está caminhando por onde nenhum outro caminhou. Este senso de curiosidade oportunista que esteve com suas ancestrais desde que eram caçadoras minúsculas e imprudentes é forte nela. Para Portia há sempre outro horizonte, sempre um novo caminho.

É mais ou menos nesse momento que a Mensageira quebra o silêncio de rádio. Portia não está sintonizada com a frequência de Deus, mas a resposta empolgada do chão lhe diz o que aconteceu. Ela mesma não é fluente nas palavras difíceis e contraintuitivas da língua de Deus, mas as traduções chegam rapidamente, passando pela face do planeta tão rápido quanto o pensamento.

Deus pediu desculpas.

Deus explicou que anteriormente Ela havia entendido mal alguns elementos-chave da situação, mas agora ganhou uma compreensão mais clara de como as coisas são.

Deus encoraja perguntas.

Portia e Fabian, presos em sua pequena bolha ascendente, esperam ansiosamente para ouvir o que será dito. Eles sabem que Bianca e seus companheiros no chão devem estar discutindo febrilmente o que vem a seguir. Que pergunta pode marcar o início desta nova fase de comunicação com a Mensageira?

Mas é claro que há apenas uma questão vital. Portia se pergunta se Bianca vai realmente pedir a opinião de alguém no fim, ou se simplesmente enviará sua própria pergunta a Deus que impeça qualquer outro de fazer o mesmo. Deve ser uma grande tentação para qualquer outra aranha com acesso a um transmissor.

O que Bianca pergunta é isto:

O que significa que você está aí e nós estamos aqui? Existe significado ou é acaso? Porque o que mais alguém poderia perguntar até mesmo a uma divindade cibernética quebrada, senão: *Por que estamos aqui?*

* * *

De seu alto ponto de vista, a doutora Avrana Kern se prepara para fazer uma revelação completa: eis ali uma pergunta que ela pode responder com mais detalhes do que todas as aranhas do mundo poderiam querer. Ela, Avrana Kern, é a própria história.

Ela faz o equivalente a uma respiração profunda, mas nenhuma resposta vem à sua mente. Está repleta da certeza de que *sabe*, mas tal confiança não é respaldada pelo conhecimento propriamente dito. O arquivo de dados que considera *minhas memórias* está indisponível. Mensagens de erro saltam quando procura as respostas. Ele se foi. Aquele tesouro do-que-já-foi-um-dia se foi. Ela é a única testemunha de toda uma era da humanidade, mas esqueceu. Os registros não utilizados foram substituídos em seus milhares de anos de sono, em seus séculos de vigília.

Ela sabe que sabe, mas na verdade *não* sabe. Tudo o que tem é uma colcha de retalhos de conjecturas e memórias de momentos em que ela um dia se lembrou das coisas que não consegue mais recordar em primeira mão. Se for responder ao planeta, será com essas peças costuradas em um pano inteiro. Estará dando a eles mitos da criação tardios, com muitos dogmas, mas poucos detalhes.

Mas eles estão tão desesperados para saber, e essa *é* a pergunta certa. Será que ela preferiria que pedissem especificações técnicas ou números de série? *Não*. Eles devem saber a verdade, da melhor maneira que ela puder contar.

Então ela conta.

Pergunta a eles o que acham que são aquelas luzes no céu: aqueles abaixo são astrônomos o suficiente para saber que são incêndios inimaginavelmente distantes.

Elas são como o seu sol, diz ela. *E em torno de um desses havia um mundo muito parecido com o seu, no qual outros olhos olhavam para aquelas luzes distantes, e se perguntavam se alguma coisa olhava de volta para baixo.* Ela caiu no tempo pretérito naturalmente, embora seu conceito de um passado linear esteja um pouco em desacordo com os próprios conceitos das aranhas. A própria Terra está morta para ela.

As criaturas que viviam naquele mundo eram briguentas e violentas, e a maioria delas se esforçava apenas para matar, controlar e oprimir umas às outras e resistir a qualquer um que tentasse melhorar o destino de seus companheiros. Mas alguns viram mais longe. Eles viajaram para outras estrelas e mundos e, quando encontraram um mundo que era um pouco como o deles, usaram sua tecnologia para alterá-lo até que pudessem viver nele. Em alguns desses mundos eles viveram, mas em outros eles conduziram um experimento. Eles semearam esses mundos com vida, e criaram um catalisador para acelerar o crescimento dessa vida; queriam ver o que emergiria. Queriam ver se essa vida olharia para eles e entenderia.

Algo se move dentro do que resta de Avrana Kern, algum mecanismo quebrado que ela não usa há muito, muito tempo.

Mas, enquanto eles estavam esperando, a maioria destrutiva e perdulária lutou com os outros, os que pensavam direito, e começou uma grande guerra. Ela sabe agora que seu público vai entender "guerra" e "catalisador", e a maior parte dos conceitos que está usando. *E eles morreram. Todos eles morreram. Todas as pessoas da Terra, a não ser uns poucos. E então eles nunca chegaram a ver o que crescia em seus mundos recém-fabricados.*

E ela não diz, mas pensa: *E são vocês. Meus filhos, são vocês. Vocês não são o que queríamos, não são o que tínhamos planejado, mas são meu experimento, e são um sucesso.* E essa peça de bordas irregulares se move mais uma vez e ela sabe que alguma parte dela, alguma parte carnal trancada, está tentando chorar. Mas não de tristeza: é de orgulho, apenas de orgulho.

* * *

Em seu mundo minúsculo e isolado, Portia ouve o que Deus tem a dizer, e tenta assimilar isso, enquanto outras mentes aracnídeas no mundo também devem estar tentando entender o que está sendo dito. Parte é incompreensível (como muitas das mensagens da Mensageira o são), mas esta é mais clara que a maioria: Deus está realmente *tentando* ser entendida, desta vez.

Ela faz a próxima pergunta quase simultaneamente com Bianca: *Então você é nossa criadora?* Com toda a bagagem que vem com isso: *feitos por quê? Para qual propósito?*

E a Mensageira responde: *Vocês são feitas da Minha vontade, e são feitas da tecnologia daquele outro mundo, mas tudo isso foi para acelerar vocês num caminho que poderiam ter tomado sem mim, com tempo e oportunidade. Vocês são Meus, mas também pertencem ao universo, e seu propósito é aquele que escolherem. Seu propósito é sobreviver, crescer, prosperar e buscar entender, assim como meu povo deveria ter tido essas coisas como seu propósito, se não tivessem se dedicado a tolices e perecido.*

E Portia, apesar de nunca ter sido frequentadora assídua do templo, sente que, enquanto ascende aos esparsos alcances da atmosfera superior, está cumprindo essa mesma diretriz de empurrar as fronteiras da compreensão para mais além.

A ascensão deles foi rápida; Deus foi prolixa. Eles estão desacelerando agora, e a cor do altímetro sugere que mesmo o tenaz Ninho Estelar, que é apenas uma fina pele em torno de uma grande massa de hidrogênio da qual pende um peso muito pequeno, está atingindo seu teto, onde a atmosfera é quase nada e, portanto, não há nada em relação ao qual o gás leve possa ser mais leve. Eles ainda estão muito, muito aquém da Mensageira em órbita (apenas um terço da distância daquela fagulha distante), mas aquilo é o mais longe a que eles próprios conseguem chegar.

Sua carga útil, no entanto, destina-se a ir mais longe. Implantá-la é a parte mais arriscada de uma jornada arriscada, ali aonde nenhuma aranha jamais viajou. Portia vai enviar para órbita o primeiro objeto artificial originado em seu mundo. As aranhas construíram um satélite.

É uma bola de vidro de casco duplo contendo um transmissor/ receptor de rádio e duas colônias: uma de formigas, outra de algas. As algas são uma raça especial cultivada pelos estomatópodes do mar, projetada para ajustar seu metabolismo para regular as proporções do ambiente ao redor. Elas vão florescer à luz do sol, expandindo-se para as ventoinhas ocas de seda que o satélite vai espalhar, e reguladas pela colônia de formigas, que se alimentará dela, bem como respirará seu oxigênio. O satélite é uma pequena biosfera, destinada a durar talvez um ano antes de perder o equilíbrio de alguma forma. Ele atuará como um relé de rádio, e as formigas podem ser condicionadas a partir do solo para realizar uma série de tarefas analíticas. No que diz respeito às suas capacidades, não é nada revolucionário, mas o que isso representa é o alvorecer de uma nova era.

Ele é projetado para se destacar por baixo da gôndola, onde estava pendurado, como a parte mais densa da Expedição Ninho Estelar. Tem foguetes químicos para empurrá-lo naquele pequeno passo a mais para uma órbita estável, as formigas já pré-armadas com os cálculos de que precisarão para ajustar sua trajetória em pleno voo. Apesar de sua experiência química, as aranhas têm uma capacidade limitada de produzir foguetes movidos a combustão, daí todo o projeto Ninho Celestial/Ninho Estelar. Kern e seu povo nunca levaram isso em consideração, mas a vida no planeta verde é jovem para os padrões geológicos: jovem demais para ter produzido qualquer coisa na forma de combustíveis fósseis. Biotecnologia e engenhosidade mecânica tiveram de entrar no seu lugar.

A carga útil não está se separando.

Portia registra o fato devidamente. Ela e Fabian resistem às condições com dificuldade. A longa e fria subida lhes custou muito. Como espécie, eles são endotérmicos ineficientes. A esta altura, ambos estão vorazmente famintos, consumindo suas reservas internas de alimentos e, no entanto, ficando cada vez mais lentos com o frio. Agora algo deu errado, e Portia precisa deixar a cabine da tripulação e sair para o ar cada vez mais rarefeito para ver se isso pode ser corrigido. O perigo está aumentando a cada momento: se é o satélite que está com defeito, ele pode tentar disparar seus foguetes sem se desprender do Ninho Estelar, o que murcharia a cabine e em seguida acenderia as células de hidrogênio. Fabian informa o chão de sua situação, interrompendo a tagarelice geral que as revelações da Mensageira deflagraram. Bianca e seus pares, aqueles diretamente envolvidos no projeto Ninho Estelar, silenciam rapidamente.

A comunicação é difícil. Fabian precisa ficar se repetindo enquanto Portia prepara seu traje para sair no hostil quase espaço ao seu redor. O transmissor do Ninho Estelar está tendo dificuldades de alcançar a superfície do planeta, outra peça vê tecnologia rangendo sob a tensão.

Portia se posiciona onde pretende sair, perto da parte inferior da cabine da tripulação. Ela desenrola uma linha de segurança anexada ao interior da cabine, e então gira uma segunda parede sobre ela mesma, antes de selar suas fiandeiras dentro do traje. Corta seu caminho para fora da cabine e para o espaço entre os cascos, depois repara o rasgão deixado para trás, e depois executa o mesmo procedimento novamente para sair para o frio mortífero do além.

Seu traje infla instantaneamente, seu suprimento de ar interno reagindo com a atmosfera fina e se expandindo, em grande parte sobre abdômen, boca, olhos e articulações: as partes que podem sofrer com a perda repentina de pressão. Portia tem várias vantagens sobre um vertebrado agora: sua circulação aberta é menos vulnerável ao congelamento e às bolhas de gás causadas por mudanças de pressão, e seu exoesqueleto retém fluidos mais facilmente que a pele. Mesmo assim, o traje inflado reduz seu movimento para um arrastar aleijado. Pior, ela começa a esquentar quase imediatamente. Até agora, tem sido capaz (por pouco) de manter a temperatura corporal *elevada*, mas não tem como abaixá-la prontamente. O calor que está gerando não tem para onde ir, por estar cercada por tão pouco ar. Ela começa o processo lento de ferver dentro da própria pele.

Portia rasteja dolorosamente para baixo para encontrar o satélite, vendo através da película de seu visor que ele está colado ao casco com gelo. Não tem como comunicar isso a ninguém, e só pode torcer para que a carga propriamente dita ainda esteja funcionando. Começa a lascar e cortar o gelo com os membros anteriores. Ainda assim, a esfera de vidro permanece ancorada à seda do Ninho Estelar. Portia está vagamente ciente de que seus foguetes podem ser acionados a qualquer momento, e provavelmente queimarão todo o Ninho Estelar antes de derreter o gelo. Quando esse pensamento abre caminho à força em sua mente que começa a fritar, ela vê o primeiro brilho fosco, uma mistura de produtos químicos dando origem a um calor súbito.

Aquele é o trabalho dela. Por isso a escolheram. Ela é pioneira, alguém acostumada a correr riscos, uma aranha que nunca está satisfeita em simplesmente sentar e esperar que o mundo venha até ela. É uma heroína, mas mais invejada que imitada.

Ela abraça desajeitada o satélite e finalmente o arranca de seu suporte gelado. Agrupando as patas traseiras, aponta para o espaço livre e coloca tudo o que tem num grande salto.

Sente seu traje rasgar numa das patas traseiras; o salto repentino foi mais forte do que a seda tensionada conseguia segurar. O frio que agora assalta o membro exposto é quase bem-vindo. Então salta no ar muito, muito rarefeito, num arco para fora e para baixo em direção ao empuxo paciente do planeta abaixo deles. Com um movimento espasmódico de seis membros, ela joga o satélite para longe.

Seus foguetes são acionados. A borda extrema de sua cauda de fogo a chamusca enquanto o satélite se afasta loucamente num movimento de saca-rolhas, sob o dossel gigantesco do Ninho Estelar. Ela não tem ideia se ele será capaz de corrigir seu curso o suficiente para chegar à órbita pretendida.

Em sua mente surge o pensamento surpreendentemente racional: *Deve haver uma maneira mais fácil que isso.*

Então está caindo, e caindo, e embora suas patas comecem a esboçar de modo titubeante os movimentos para fiar um paraquedas, ela não cria nada.

Sua descida chega a uma parada repentina, balançando sob o Ninho Estelar. Sua linha de segurança a pegou, mas não importa. O ar em seu traje está esgotado, e ela está muito quente agora para se mover ou pensar. Portia se dá por vencida.

* * *

Fabian já está trabalhando a essa altura. Acompanhou muito pouco do que aconteceu, mas o súbito puxão na linha de Portia o alerta, e ele a segue, atravessando as câmaras de ar feitas por eles mesmos, até que seu próprio traje incha e se contrai, e é capaz de puxá-la para cima. Com o que parece ser o restante de sua força, ele consegue rolá-la para dentro, e depois usar as próprias presas para rasgar os trajes dos dois assim que a cabine é lacrada novamente.

Ele fica deitado ali de costas, membros entrelaçados com os de Portia. Ela não está se movendo, exceto por uma pulsação superficial de seu abdômen.

De alguma forma, alcança o transmissor de rádio, enviando um relatório semicoerente da sua situação. Ele capta uma fraca confirmação de que o satélite foi implantado com sucesso, mas nenhuma indicação de que eles o ouviram.

Fabian tenta de novo, manda palavras sem sentido com palpos trêmulos, e finalmente consegue: *Vocês estão me recebendo? Alguém está me recebendo?*

Nada do chão. Ele nem sabe se o rádio está funcionando agora. Está desesperadamente faminto, e as excursões extraveiculares de Portia significam que lhes resta muito pouco ar. Iniciou a ventilação do hidrogênio, algo tão rápido quanto seguro, mas ainda há um longo caminho a descer. Ele e Portia não têm nem a energia, nem o oxigênio para chegar a altitudes hospitaleiras.

Então vem a voz: *Sim, eu recebo você.*

A Mensageira está ouvindo. Fabian sente um temor religioso. Ele é o primeiro macho a falar com Deus.

Entendo sua posição, diz a Mensageira. *Não posso ajudar você. Sinto muito.*

Fabian explica que tem um plano. Ele soletra seu esquema com cuidado. *Você pode explicar a todos eles?*

Isso eu posso fazer, promete a Mensageira, e então, com um acesso repentino de memória antiga, *Quando meus ancestrais chegaram ao espaço, houve mortes entre aqueles pioneiros também. Vale a pena.* A frase seguinte é estranha a Fabian. Ele nunca saberá o que significa: *Eu os saúdo.*

Ele se vira para Portia, que não tem mais nada para dar. Ela está deitada de costas, sem sentidos, despojada de tudo a não ser seus reflexos mais básicos.

Com movimentos lentos e difíceis, Fabian começa a cortejá-la. Ele move seus palpos diante dos olhos dela e a toca, como se estivesse procurando acasalar, desencadeando um instinto lento que foi construído ao longo de séculos de civilização, mas nunca chegou a desaparecer completamente. Não há alimento para restaurar as energias dela, a não ser por uma fonte. Não há ar suficiente para dois, mas talvez o suficiente para um.

Ele vê as presas dela se abrirem e se erguerem, estremecendo. Por um momento ele as contempla, e pensa na grande estima que tem por aquela tripulante e companheira. Nunca vai perdoá-lo, nem a si mesma, mas talvez ela viva mesmo assim.

Ele se entrega ao abraço automático dela.

* * *

Mais tarde, Portia retoma a consciência a bordo do Ninho Celestial, sentindo-se empanturrada, danificada, estranhamente sensual. Perdeu completamente uma das patas traseiras e duas seções de outro membro, e um de seus olhos secundários está cego. Mas ela está viva.

Quando lhe dizem o que Fabian fez para garantir sua sobrevivência, ela passa um bom tempo se recusando a acreditar. No final, é a própria Mensageira que a leva a aceitar o que ocorreu.

Portia nunca mais voará, mas será fundamental no planejamento de novos voos: métodos mais seguros e sofisticados de atingir a órbita.

Pois, agora que a Mensageira encontrou a paciência e a perspectiva para entender adequadamente Seus filhos, Ela consegue finalmente comunicar Seu aviso de uma maneira que eles possam compreender. Finalmente as aranhas percebem que, mesmo além de seu Deus orbitante, não estão sozinhas no universo, e que isso não é bom.

7

COLISÃO

7.1 PÉ DE GUERRA

Eles estavam amontoados na sala de reuniões. Foi como um *déjà vu*, mas naqueles dias isso parecia uma coisa boa. Holsten era cidadão de um mundo minúsculo de ciclos e repetições, e quando os acontecimentos não se repetiam, isso significava deterioração.

Algumas das luzes estavam apagadas, e isso o trouxe à realidade. Todos os milagres da tecnologia que tornaram a *Gilgamesh* possível, todos os truques que eles haviam roubado dos deuses do Antigo Império... e agora não conseguiam fazer todas as luzes funcionarem, ou simplesmente havia muitas coisas de maior prioridade a serem feitas.

Ele reconheceu um número surpreendente de rostos. Aquela era claramente uma reunião do comando. Eles eram a tripulação principal, ou o que havia sobrado dela. Viu a equipe científica, um punhado de gente da engenharia, do comando, da segurança, todas pessoas que tinham subido a bordo quando a Terra ainda era um lugar onde os humanos viviam. Eram pessoas a quem fora concedida a custódia do resto da raça humana.

Com algumas omissões notáveis. O único chefe de departamento presente (supondo que se descontasse o próprio Holsten e seu departamento de um só) era Vitas, orquestrando a reunião da tropa de gente zonza e recém-acordada, ordenando as pessoas de acordo com algum sistema idiolético de sua própria criação. Havia um punhado de rostos jovens em trajes antigos a ajudando: o legado de Lain, Holsten imaginou. Eles não eram muito diferentes da turba da qual ele se lembrava de tão recentemente, mas supôs que deveriam ser de pelo menos uma geração adiante. No entanto, tinham perseverado. Não haviam se tornado canibais, nem anarquistas, nem macacos. Mesmo aquela aparência frágil de estabilidade lhe deu alguma esperança.

— Classicista Mason, aí está você. — Era difícil dizer o que Vitas sentia ao vê-lo presente. Na verdade, era difícil dizer o que ela sentia a respeito de qualquer coisa. Tinha envelhecido, mas graciosamente, e apenas um pouco, ao que parecia. Holsten se viu viajando na especulação bizarra de que ela não era humana. Talvez fosse sua própria máquina autoconsciente. Controlando as instalações médicas, seria capaz de esconder seu segredo para sempre, afinal...

Ele tinha visto um monte de coisas loucas desde que pusera os pés na *Gilgamesh*, mas isso teria sido um passo longe demais. Mesmo o Antigo Império... a menos que ela *fosse* do Antigo Império, alguma sobrevivente anacrônica de dez mil anos, movida a fusão e eterna.

Encontrando-se momentaneamente à deriva da razão, ele agarrou a mão de Vitas e a apertou, sentindo o calor humano, desejando confiar em suas próprias percepções. A cientista ergueu as sobrancelhas com sarcasmo.

— Sim, sou eu mesma — comentou ela. — Incrível, eu sei. Você sabe usar uma arma?

— Duvido muito — deixou escapar Holsten. — Eu... O quê?

— O comandante queria que eu perguntasse isso a todos. Eu já tinha adivinhado a resposta no seu caso.

Holsten ficou frio e imóvel, tudo de uma vez. *O comandante...*

Vitas o observou com diversão seca, deixando-o em suspense por alguns longos segundos antes de explicar.

— Lem Karst é o comandante interino, para sua informação.

— Karst? — Holsten achou que isso não era muito melhor. — O quanto as coisas pioraram para que Karst possa dar as ordens?

Houve muitos olhares do resto da tripulação principal com essa observação, alguns franzindo a testa, outros claramente compartilhando sua opinião: incluindo até mesmo um membro da equipe de segurança. Foi um raro momento em que Holsten preferia estar em minoria.

— Estamos viajando para o sistema Kern — explicou Vitas. Virou-se para o console atrás dela, gesticulando para pedir a atenção de Holsten. — Não preciso reforçar muito a questão, mas, quando estivermos em órbita ao redor do planeta verde, os dias de errância da *Gilgamesh* provavelmente terminarão. — A virada estranhamente poética da frase deu a seus tons cortantes uma seriedade inesperada. — A tribo de Lain fez um trabalho notável na conservação da nave, mas na verdade isso tem sido literalmente um controle de danos. E os danos começaram a vencer. Há uma população bastante grande de nascidos na nave agora, pois as câmaras de suspensão estão falhando além do ponto de reparo. Ninguém vai partir em outro salto interestelar.

— E isso significa…?

— Isso significa que só resta um lugar para todos nós, sim, Mason. — O sorriso de Vitas foi preciso e breve. — E vamos ter que lutar contra o Antigo Império por ele.

— Você parece estar ansiosa por isso — observou Holsten.

— É o objetivo de um plano muito, muito longo, Mason, cuja elaboração levou séculos. O mais longo dos jogos longos da história de nossa espécie, exceto por qualquer coisa que aquela Kern esteja fazendo. E você estava correto, de certa forma, a respeito do comandante. Ele não está aqui para ver, mas é o plano de Guyen. Foi assim desde o momento em que ele colocou os olhos naquele planeta.

— Guyen? — repetiu Holsten.

— Ele era um homem de visão — afirmou Vitas. — Ele sucumbiu à pressão no fim, mas, dado o que passou, não é de surpreender. A raça humana lhe deve muito.

Holsten olhou para ela, lembrando-se de como havia tratado o upload desastroso da mente de Guyen como uma espécie de experimento por hobby. No final, ele apenas grunhiu, e parte de seus sentimentos era claramente visível em seu rosto, a julgar pela reação da cientista.

— Karst e alguns membros da tribo montaram um centro de controle na sala de comunicações com uma gambiarra — disse Vitas, um tanto friamente. — Você é da tripulação principal, então ele vai querer você lá. Alpash!

Um dos jovens engenheiros apareceu ao lado dela.

— Este aqui é Alpash. Ele nasceu na nave — explicou Vitas, como que pedindo desculpas por algum defeito congênito. — Leve o Mason aqui e o resto da tripulação principal até o comandante, Alpash. — Ela falou com o jovem como se ele fosse algo menos que humano, algo mais parecido com um animal de estimação ou uma máquina.

Alpash assentiu desconfiado para Mason. Se Vitas era o exemplo que o rapaz tinha da tripulação principal, provavelmente não esperava muito em termos de modos. Ele exibia um distinto nervosismo ao reunir engenheiros, seguranças e outros recém-despertos. Isso lembrou Holsten da maneira como os cultistas de Guyen o haviam tratado. Ele se perguntou com quais lendas a respeito da tripulação principal Alpash havia sido criado.

Nas comunicações, Karst parecia agradavelmente o mesmo. O chefe de segurança grandalhão tivera algum tempo para deixar um pouco da barba crescer no seu rosto depauperado, e ele obviamente não tinha saído muito desde a última vez que Holsten o viu, porque mal havia envelhecido.

Quando os sobreviventes da tripulação principal começaram a entrar, ele sorriu para eles, uma expressão que era ao mesmo tempo de expectativa e tensão.

— Entrem e encontrem um assento, ou fiquem de pé, o que quiserem. Vitas, você pode me ouvir?

— Estou ouvindo. — A voz da chefe de ciências estalou e cuspiu de um alto-falante invisível. — Vou continuar a supervisionar o desempacotamento, mas estou ouvindo.

Karst fez uma careta, deu de ombros.

— Certo. — Ele se virou para falar com todos ali, olhando para os rostos um por um. Quando encontrou os olhos de Holsten, não havia nada da antipatia esperada. Qualquer insinuação de que o homem da segurança nunca fora muito com a cara de Holsten Mason havia desaparecido. Também estava ausente o esperado ar de desprezo, de um homem de ação que não tinha utilidade para o homem de letras. Em vez disso, o sorriso de Karst diminuiu e se tornou um sorriso mais fraco, mas muito mais sincero. Era um olhar de coisas compartilhadas, uma comunalidade entre duas pessoas que estiveram lá desde o início, e ainda estavam ali agora.

— Nós vamos lutar — disse o chefe de segurança a todos. — Nós temos basicamente apenas uma boa chance para isso. Todos vocês conhecem o esquema, ou deveriam conhecer. Há um satélite lá fora que provavelmente pode destruir a *Gil* num piscar de olhos se dermos a ele a chance. Agora, nós parafusamos uma espécie de blindagem de difusão, quando estávamos pirateando aquela estação de terraformação: alguns de vocês talvez não estivessem acordados para isso, mas há um sumário no sistema das alterações que fizemos. Também reforçamos nossos sistemas de computação, para que aquela piranha, aquele satélite, não possa simplesmente nos fechar ou abrir as comportas de ar, esse tipo de truque. Tomamos todas as precauções, e ainda acho que, numa comparação de forças, pode ser que estejamos fodidos. — Mas ele estava sorrindo novamente.

— Mas eu reformei alguns drones nas oficinas. Eles também têm sistemas blindados e lasers que acho que podem queimar o satélite. Esse é o plano, basicamente. A melhor defesa é o ataque, essas coisas. Quando nos aproximarmos da nossa órbita, vamos queimar a filha da puta e torcer pra que seja o bastante. Do contrário, é usar a faixa dianteira de armas da *Gil*, mas isso nos coloca dentro do alcance da retaliação. — Ele fez uma pausa, e então terminou. — Vocês provavelmente estão se perguntando por que caralhos eu preciso de todos vocês, certo?

Holsten pigarreou.

— Bem, Vitas me perguntou se eu sei usar uma arma. Sei que não sou um grande estrategista, mas, se formos precisar disso contra o satélite, provavelmente já perdemos.

Karst deu uma risada sincera.

— Sim, bem, estou planejando com antecedência: planejando vencer. Porque, se não vencermos o satélite, não adianta planejar mesmo. Então vamos supor que o queimamos. E depois?

— O planeta — disse alguém. Uma onda curiosa percorreu a sala, de esperança e medo juntos.

Karst assentiu melancólico.

— Sim, a maioria de vocês nunca o viu, mas acreditem, não vai ser um lugar fácil de colonizar, pelo menos no início. Estou certo, Mason?

Holsten começou a ter, inesperadamente, sua opinião solicitada. *Mas, claro, só ele e eu estivemos lá embaixo na superfície.*

— Você está certo — confirmou ele.

— É aí que entram as armas, para aqueles que sentem que podem se rebaixar ao nível de utilizá-las. — Karst, já pré-rebaixado, aumentou seu sorriso um ponto. — Basicamente, o planeta está cheio de todos os tipos de bichos: aranhas e insetos e todo tipo de merda. Então, enquanto nos estabelecemos, também vamos *queimá-los*: desmatar a floresta, expulsar a vida selvagem, exterminar qualquer coisa que olhar esquisito pra gente. Vai ser divertido. Francamente, é o tipo de coisa que eu estava esperando desde que embarquei. Mas vai ser trabalho duro. E todos vamos trabalhar. Lembrem-se, somos a tripulação principal. Nós e os chefes dos novos engenheiros, como Al aqui: é nossa responsabilidade. Nós fazemos isso funcionar. Todos dependem de nós. Pensem nisso: quando eu digo *todos*, realmente quero dizer isso. A *Gilgamesh* é tudo o que existe.

Ele bateu palmas, como se todo aquele discurso o tivesse revigorado e aumentado sua moral pessoal.

— Equipe de segurança, quem aí estiver com o tablet com nossos novos recrutas, faça a classificação e os arme. Ensine a eles qual extremidade apontar para o alvo. Depois, todos vocês podem se juntar a nós na caça aos insetos.

Holsten supôs que isso significava todos os que foram tolos o suficiente para dizer "sim" quando Vitas lhes perguntou se sabiam usar uma arma.

— Tribo — acrescentou Karst, depois pareceu perder o ímpeto. — Não vou me dar ao trabalho de lhes dar instruções, pois sabem o que estão fazendo. Já estão fazendo isso há bastante tempo, aliás. Mas fique por perto, Alpash. Quero você como ligação.

"Tribo" parecia se referir aos engenheiros, ou aos descendentes deles que atualmente estavam mantendo a nave em funcionamento. Os poucos deles que ainda estavam lá então saíram em disparada, com cara de quem tinha achado todo o processo chato e desnecessário, mas estava ciente de que deveriam estar em seu melhor comportamento mesmo assim, como crianças durante um serviço religioso.

— Certo, Mason... Harlen?

— Holsten.

— Certo. — Karst assentiu, sem pedir desculpas. — Algo especial para você, certo? Você vai poder de fato fazer o seu trabalho. O satélite está transmitindo todo tipo de merda, e você é a única pessoa que pode saber o que ele está dizendo.

— Transmitindo… para nós?

— Sim. Talvez. Alpash?

— Provavelmente não — confirmou o jovem engenheiro.

— De qualquer forma, tanto faz, leve o Mason aqui e o conecte. Mason, se você conseguir entender alguma coisa, me avise. Pessoalmente, eu acho que ela simplesmente ficou louca.

— Mais louca — corrigiu Holsten e, embora não tivesse sido uma piada, Karst riu.

— Estamos todos no mesmo barco, não estamos? — disse ele quase com carinho, olhando em volta para os confins depauperados da *Gilgamesh*. — Todos nós no mesmo velho barco. — A máscara caiu, e por um segundo Holsten estava olhando para as fraturas por estresse e os reparos malfeitos que compunham a alma sobrecarregada de Karst. O homem sempre fora um seguidor, e agora estava no comando, o último general da raça humana enfrentando probabilidades desconhecidas com as apostas mais altas possíveis. Suas instruções um tanto desconexas agora pareciam, em retrospecto, como as de um homem lutando para manter a compostura… e conseguindo, mas por pouco. Contra todas as expectativas, Karst estava conseguindo lidar com aquilo. A hora chegou, e ele não decepcionou.

Mas ele podia estar bêbado. Holsten percebeu que não sabia dizer.

Alpash o levou a um console, ainda agindo como se Holsten, Karst e o resto fossem heróis lendários trazidos à vida, mas que acabaram sendo um pouco decepcionantes pessoalmente. Holsten se perguntou, com curiosidade profissional, se algum ciclo mitológico louco havia se formado entre a tribo, com ele próprio e o resto da tripulação principal como um panteão de deuses, heróis trapaceiros e monstros. Ele não tinha ideia de quantas gerações tinham se passado desde seu último contato real com alguém não nascido na *Gilgamesh*, desde…

Estava prestes a perguntar, mas uma peça se encaixou no lugar e ele percebeu que não perguntaria, não agora. Não quando finalmente havia pensado em Lain. Pois Lain devia ter morrido muito, muito tempo antes. Será que ela tinha pensado nele no final? Será que tinha ido olhar a quietude fria de seu caixão, seu príncipe adormecido que nunca permitira que voltasse para ela?

Alpash deu uma tossida nervosa, percebendo a súbita alteração no temperamento de Holsten.

O classicista fez uma careta, e dispensou a preocupação do homem com um gesto.

— Me fale dessas transmissões.

Com um olhar preocupado, Alpash se virou para o console. O maquinário parecia danificado, algo que havia sido desmontado e remontado mais de uma vez. Havia uma espécie de símbolo e alguns grafites estampados na lateral, que pareciam novos. Holsten olhou para eles por um momento antes de desemaranhar as palavras.

Não abra. Nenhuma parte interna reparável pelo usuário.

Ele riu, pensando ter visto a piada, o tipo de humor sombrio ao qual, lembrava-se, os engenheiros recorriam em casos extremos. Mas não havia nada no rosto de Alpash que sugerisse que ele via algum humor naquilo, ou que o slogan fosse algo além de um símbolo sagrado da tribo. De repente Holsten se sentiu amargurado e enjoado novamente. Sentiu o que Karst devia estar sentindo. Ele era apenas uma coisa do passado perdido tentando recapturar um futuro quase perdido.

— Há muito disso aqui — explicou Alpash. — É constante, em múltiplas frequências. Não conseguimos entender nada. Eu não sei o que é essa Avrana Kern, mas acho que o comandante pode estar certo. Parece loucura. É como se o planeta estivesse sussurrando para si mesmo.

— O planeta? — perguntou Holsten.

— Não estamos recebendo esses sinais direto do satélite, até onde podemos entender. — Agora que Alpash começou a falar mais, Holsten ouviu ritmos e inflexões desconhecidos em suas palavras: um pouco de Lain, um pouco dos sistemas automáticos da *Gilgamesh*, um pouco de algo novo. Havia, obviamente, um sotaque específico da nave agora.

Alpash acionou uma tela numérica que aparentemente era um recurso educacional.

— Você pode ver aqui o que nós conseguimos descobrir a respeito das transmissões. — Holsten estava acostumado com a *Gilgamesh* adoçando esse tipo de dado de uma forma que um leigo pudesse entender, mas essa concessão aparentemente não era algo que a tribo sentiu que fosse necessário.

Vendo seu olhar vazio, o engenheiro continuou:

— Nossa melhor aposta é que estas são transmissões dirigidas ao planeta, exatamente como a sequência numérica original, e agora estamos captando o retorno delas. Mas elas estão definitivamente vindo até nós por intermédio do planeta.

— Vocês colocaram outros classicistas para trabalhar nisso, retirados da carga? Deve haver alguns estudantes, ou...

Alpash fez uma cara solene.

— Receio que não. Nós pesquisamos a lista de passageiros. Só havia alguns poucos no começo. Você é o último.

Holsten o encarou por um longo tempo, pensando nas implicações disso: pensando na longa história da Terra antes da queda, antes que o gelo viesse. Sua sociedade possuía uma compreensão tão fragmentada e imperfeita dos predecessores que estavam constantemente tentando imitar, e será que aquele registro ruim agora se resumia apenas a ele, ao conteúdo da cabeça de um velho? *Toda aquela história, e se... quando eu morrer...?* Ele não via ninguém tendo tempo para assistir a aulas de história no Éden survivalista de Karst.

Ele estremeceu, não por causa do senso humano costumeiro de mortalidade, mas por um sentimento de coisas vastas e invisíveis caindo em esquecimento, irrecuperáveis e insubstituíveis. Devagar, se virou para as mensagens que Alpash agora estava mostrando a ele.

Depois de algum trabalho, Holsten finalmente decifrou a tela o suficiente para registrar quantas gravações havia, e aquelas eram, presumivelmente, apenas uma fração do total. *Qual é a jogada de Kern? Talvez ela tenha chegado ao fundo do poço, afinal.* Ele acessou uma, mas não era nada parecido com as outras transmissões do satélite das quais se lembrava. Ainda assim... Holsten sentiu partes acadêmicas há muito não usadas de seu cérebro tentando sentar e prestar atenção, vendo complexidade, padrões repetidos. Ele realizou as análises e as modelagens que o console lhe permitiu. Aquilo não era estática aleatória, mas também não eram as mensagens do Antigo Império que Kern/Eliza tinha usado anteriormente.

— Talvez esteja criptografado — disse a si mesmo.

— Também há um segundo tipo — explicou Alpash. — A maioria delas é assim, mas há algumas que parecem diferentes. Aqui.

Holsten ouviu a gravação escolhida: outra sequência de pulsos, mas desta vez parecendo mais próxima do que ele de fato reconheceria como uma mensagem.

— Mas é só isso? Nenhum sinal de socorro? Nenhuma sequência numérica?

— Isso... e numa quantidade enorme — confirmou Alpash.

— Quanto tempo temos antes... antes de as coisas começarem?

— Pelo menos trinta horas.

Holsten assentiu.

— Posso comer alguma coisa?

— Claro.

— Então me deixe com isso e vou ver se consigo encontrar alguma coisa aqui para Karst. — Alpash se moveu para ir, e por um momento Holsten ia detê-lo, fazer a ele aquela pergunta impossível que os historiadores nunca podem fazer, com relação às coisas que estudam: *Como é ser você?* Uma pergunta que ninguém consegue sair o suficiente de seu próprio quadro de referência para responder.

* * *

Com alguma ajuda da tribo, ele foi capaz de caçar nos sistemas da *Gilgamesh* pelo menos parte de seu kit de ferramentas eletrônico para tentar desvendar as mensagens. Deram-lhe o que queria e depois o deixaram sozinho para trabalhar. Tinha a sensação de que, por toda a nave, muitos nascidos localmente e despertos estavam se preparando para o momento ao qual suas vidas os estavam levando há gerações e durante séculos dormentes, respectivamente. Estava feliz por estar fora disso. Ali, naquele fim dos tempos fracassado, o classicista Holsten Mason estava feliz por se debruçar sobre algumas transmissões incompreensíveis numa busca fútil por significado. Ele não era Karst. Nem era Alpash, ou do grupo dele. *Velho, estou velho, de tantas maneiras.* Velho, mas ainda com vitalidade o suficiente para sobreviver até à própria nave-arca, pelo andar das coisas.

Percebeu que não poderia fazer nada com a maioria das mensagens. De modo geral, elas eram fracas, e ele imaginou que estivessem sendo enviadas do planeta em todas as direções, simplesmente irradiando para o espaço.

Na verdade, ricocheteando no planeta. Não enviadas, claro que não enviadas. Ele piscou várias vezes, obscuramente desconfortável. Fosse qual fosse a fonte delas, entretanto, estavam tão longe de qualquer coisa que ele conhecia que não podia nem ter certeza de que eram *mesmo* mensagens, ancoradas em qualquer tipo de código ou linguagem. Apenas um teimoso vestígio de estrutura nelas o convenceu de que não eram alguma interferência natural ou simplesmente ruído branco.

As outras, porém, eram mais fortes, e análises recentes conduzidas pela tribo sugeriam que elas poderiam realmente estar direcionadas para a linha de abordagem da *Gilgamesh*, como se Kern estivesse usando o planeta como uma caixa de ressonância para reclamar incompreensivelmente para eles. Ou como se o próprio planeta estivesse gritando com eles.

Ou o planeta estaria de fato gritando?

Holsten esfregou os olhos. Ele estava trabalhando há muito tempo. Estava começando a se afastar da especulação racional.

Aquelas transmissões, no entanto... No começo tinha pensado que eram balbucios como o resto, mas ele as cruzou com alguns registros antigos armazenados de mensagens do satélite, e tentou tratá-las da mesma forma, variando a codificação por tentativa e erro até que de repente uma mensagem saltou subitamente do ruído branco. Havia palavras, ou pelo menos tinha se enganado acreditando que havia decodificado palavras lá. Palavras em Imperial C, palavras saídas da história, a linguagem morta que ganhava uma vida nova e transmutada.

Pensou novamente no sotaque de Alpash. Aquelas transmissões pareciam quase como se alguém lá fora estivesse falando alguma versão bárbara daquela língua antiga, codificada do jeito que Kern codificava suas transmissões; uma tentativa degradada, evoluída ou simplesmente corrompida de falar a língua antiga.

Apenas se debruçar sobre aquilo já era um adequado trabalho de historiador. Ele quase conseguia esquecer o problema em que todos estavam envolvidos e fingir que estava à beira de uma grande descoberta pela qual todos se interessariam. *E se isso não for apenas palavrório enlouquecido de um computador moribundo? E se isso significar alguma coisa?* Mas, se fosse Kern tentando falar com eles, então ela obviamente tinha perdido a maior parte do que era: a mulher/máquina da qual Holsten se lembrava não tinha dificuldade em se fazer entender.

Então, o que ela estava tentando dizer agora?

Quanto mais ouvia as mais límpidas daquelas transmissões decodificadas (as enviadas diretamente ao longo da linha de abordagem da *Gilgamesh*), mais sentia que alguém estava tentando falar com ele, por milhões de quilômetros e através de uma lacuna de compreensão que era muito maior. Poderia até enganar a si mesmo e pensar que pequenos fragmentos de frases começavam a se reunir em algo parecido com uma mensagem coerente.

Fique longe. Não queremos lutar. Volte.

Holsten olhou para o que tinha. *Será que estou apenas imaginando isso?* Nada daquilo estava claro: a transmissão era péssima, e nada nela se encaixava com o comportamento anterior de Kern. Quanto mais ele olhava, porém, mais tinha certeza de que aquilo *era* uma mensagem, e que se destinava especificamente a eles. Estavam sendo advertidos novamente, como que por dezenas de vozes diferentes. Mesmo nas seções que não conseguia desembaraçar, era possível separar palavras individuais. *Deixe. Paz. Sozinhos. Morte.*

Ele se perguntou o que poderia dizer a Karst.

* * *

No fim, ele dormiu um pouco com aquelas mensagens na cabeça, e depois saiu cambaleando para encontrar o comandante interino na sala de comunicação.

— Você está indo bem — disse Karst a ele. — Eu lancei os drones horas atrás. Calculo cerca de duas horas antes que eles façam o que têm de fazer, se é que pode ser feito.

— Queimar Kern?

— Isso mesmo, porra. — Karst olhou para as telas de trabalho que o cercavam com olhos assombrados e desesperados que desmentiam o sorriso fácil que continuava tentando manter preso em seu rosto. — Vamos lá então, Holsten, desembuche.

— Bem, é uma mensagem e é destinada a nós, disso eu estou razoavelmente certo.

— "Razoavelmente certo"? Acadêmicos de merda — disse ele, mas mesmo assim quase com bom humor. — Então Kern está basicamente nos bombardeando com conversinha de bebê, querendo que a gente vá embora.

— Não consigo traduzir a maior parte, mas as partes que fazem algum sentido parecem girar consistentemente ao redor desse tema — confirmou Holsten. Na verdade, ele estava se sentindo infeliz com seus próprios esforços, como se, neste que era o último desafio profissional de sua carreira, ele tivesse cometido algum erro típico de um estudante e fracassado. As transmissões estavam na sua frente, um grande corpo de material para referência cruzada, e se sentia constantemente à beira de um avanço que tornaria tudo cristalino para ele. Mas isso acabou nunca acontecendo, e agora não havia tempo para voltar a elas. Sentia que tinha se aprisionado demais à forma como o Antigo Império fazia as coisas, como todos sempre o tinham. Se tivesse abordado essas transmissões com uma mente mais aberta, em vez de tentar reformulá-las nos moldes do trabalho anterior de Kern, o que poderia ter encontrado?

— Bem, ela que se foda — foi a opinião abalizada de Karst. — Não vamos a lugar nenhum. Não temos mais essa opção. Tudo se resume a isso, como sempre seria de qualquer maneira. Estou certo?

— Está — respondeu Holsten de forma oca. — Estamos recebendo alguma coisa dos drones?

— Eu não quero que eles transmitam nada até estarem perto o suficiente para realmente começarem a trabalhar — disse Karst. — Acredite em mim, eu lembro o que essa porra dessa Kern pode fazer. Você não estava naquele transporte onde ela simplesmente assumiu o controle todo, lembra? Apenas flutuando no espaço com nada além de suporte de vida, enquanto ela decidia o que queria fazer conosco. Não foi divertido, acredite.

— E no entanto ela deixou você descer e nos pegar — recordou Holsten. Achou que Karst poderia se voltar para ele com raiva por isso, acusá-lo de ser mole, mas o rosto do chefe de segurança assumiu um ar pensativo.

— Eu sei — admitiu ele. — E se eu achasse que havia alguma chance... Mas ela não vai nos deixar entrar nesse planeta, Holsten.

Nós tentamos isso, repetidamente. Ela vai ficar sentada ali e guardar para si a última chance da raça humana, e nos deixar morrer no espaço.

Holsten assentiu. Sua mente estava cheia daquele planeta maliciosamente sussurrando para eles irem embora.

— Posso transmitir da nave? Isso pode até tirar a atenção dela dos drones... Eu não sei.

— Não. Silêncio completo da nossa parte. Se ela estiver tão louca que não nos viu, não quero que você dê uma pista para ela.

Karst não conseguia ficar parado. Ele verificou a situação com seus imediatos na segurança; verificou com os membros seniores (chefes?) da tribo. Ele andava de um lado para o outro, aflito, e tentava obter algum dado passivo sobre o progresso dos drones, sem correr o risco de alertar Kern.

— Você realmente acha que ela não vai vê-los chegando? — objetou Holsten.

— Quem é que pode saber? Ela é velha, Holsten, velha mesmo: mais velha que nós, de longe. Ela já era louca antes. Talvez agora tenha ficado completamente louca. Eu não vou dar a ela nada além do necessário. Nós temos só um tiro antes que a coisa fique por conta da própria *Gil*. Literalmente um tiro. Sério, você sabe quanta energia um laser decente usa? E acredite, esses são os nossos dois drones que funcionam melhor: colchas de retalhos de merda feitas de todas as peças de trabalho que conseguimos encontrar. — Ele cerrou os punhos, lutando contra o peso de suas responsabilidades. — Tudo está caindo aos *pedaços*, Holsten. Precisamos pousar nesse planeta. A nave está morrendo. Essa coisa estúpida de base lunar do Guyen... aquilo morreu. A Terra...

— Eu sei. — Holsten procurou algum tipo de garantia, mas, honestamente, não conseguia pensar em nada para dizer.

— Chefe — interrompeu um membro da tribo —, transmissões dos drones chegando. Eles estão chegando ao planeta, prontos para lançar.

— *Finalmente!* — Karst praticamente gritou e olhou ao redor. — Qual é a melhor tela? Qual está funcionando?'

Quatro telas brilharam com as novas imagens, uma piscando e morrendo, mas as outras três se mantendo firmes. Eles viram aquele orbe verde familiar: uma coisa dos sonhos, a terra prometida. Os drones estavam seguindo seu caminho em direção à trajetória orbital do satélite, disparando para interceptá-lo e acabar com ele. Eles não se importaram com o que estavam vendo, ao contrário dos olhos humanos agora assistindo indiretamente através de suas lentes.

A boca de Karst estava aberta. Naquele momento, mesmo a capacidade de xingar parecia tê-lo abandonado. Ele tateou para trás em busca de um assento e sentou-se pesadamente. Todos na comunicação pararam de trabalhar e começaram a olhar para a tela, para o que havia sido feito ao seu paraíso.

O satélite de Kern não estava sozinho em sua vigília.

Ao redor da circunferência do planeta, circundando seu equador em um anel largo, havia uma vasta faixa emaranhada de linhas, fios e nós: não satélites, mas toda uma rede em órbita, interligada e contínua por todo o mundo. Ela brilhava à luz do sol, abrindo pétalas verdes na direção da estrela do sistema. Havia mil nós irregulares puxados em formas angulares e tensas por seus conduítes de conexão. Havia uma agitação ali, de atividade constante.

Era uma teia. Era como se algum horror impensável tivesse começado o trabalho de encapsular o planeta antes de se alimentar dele. Era uma única vasta teia em órbita geoestacionária sobre o planeta, e a casa de metal de Kern era apenas um pontinho dentro de sua imensa complexidade.

Holsten pensou naqueles milhares e milhares de transmissões do Mundo de Kern, mas não da própria Kern. Pensou naqueles sussurros odiosos falando para a *Gilgamesh*, impossivelmente, dar meia-volta e ir embora. *Abandonai a esperança, todos que aqui entrarem...*

Os drones estavam se aproximando agora, ainda procurando o satélite de Kern, porque sua programação de alguma forma não os havia preparado para aquilo.

— Aranhas... — disse Karst devagar. Seus olhos estavam vagando ao redor, procurando desesperadamente por inspiração. — Não é possível. — Havia um tom suplicante em sua voz.

Holsten apenas olhou para aquela vasta armadilha colocada ao redor do planeta, vendo mais detalhes a cada segundo enquanto os drones se aproximavam dela. Viu coisas se movendo por ela, indo e vindo. Viu longos fios estendendo-se para o espaço a partir dela, como que faminta por mais presas. Pensou ter visto outras linhas descendo em direção ao próprio planeta. Sua pele estava toda arrepiada, e ele se lembrou de sua breve estada no planeta, a morte dos amotinados.

— Não. — Karst foi categórico. — Não. — De novo. — Ele é nosso. É *nosso*. Nós *precisamos* dele. Não estou nem aí para o que caralhos os desgraçados fizeram com ele. Não temos mais para onde ir.

— O que você vai fazer? — perguntou Holsten baixinho.

— *Nós* vamos lutar — afirmou Karst, e seu senso de propósito voltou com essas palavras. — Vamos lutar com Kern, e vamos lutar... com *aquilo*. Estamos indo pra casa, estão me ouvindo? Aquela é a nossa casa agora. É toda a casa que vamos poder ter. E vamos passar um rolo compressor na porra do lugar daqui da órbita mesmo, se for preciso, para torná-lo nosso. Nós vamos queimá-las. Vamos queimar *todas* elas. O que mais temos?

Ele esfregou o rosto. Quando retirou as mãos, parecia recomposto.

— Certo, eu preciso de mais cabeças pensando nisso. Alpash, está na hora.

O engenheiro assentiu.

— Hora de quê? — exigiu saber Holsten.

— Hora de acordar Lain — respondeu Karst.

7.2 A FERA SELVAGEM

Muito além dos tentáculos físicos com os quais cercaram seu planeta, as aranhas estenderam uma teia mais ampla. Receptores biotecnológicos no frio do espaço ouvem mensagens de rádio, esperam o retorno de chamadas silenciosas no vazio, e se estendem em busca de perturbações na gravidade e no espectro eletromagnético: os tremores nos fios que vão avisá-las quando um convidado tiver chegado à sua antessala.

Elas estão se preparando para este dia há muitas gerações. O planeta inteiro está se preparando, desde que finalmente preencheram aquela lacuna com Deus, da ponta do dedo à ponta da pata. Toda a sua civilização se uniu com um propósito, e esse propósito é a *sobrevivência*.

A Mensageira tentou por uma eternidade prepará-las, moldá-las à Sua imagem e dar-lhes as armas das quais achou que precisavam para lutar de volta. Só quando Ela parou de tratá-las como crianças (como macacos) foi capaz de fazer o que talvez devesse ter feito desde o início: comunicar o problema a elas; deixá-las encontrar uma solução que estivesse ao alcance de suas mentes e sua tecnologia.

Uma vantagem de Deus parar de trabalhar de maneiras misteriosas é que todo o planeta encontrou uma unidade até então desconhecida. Pouca coisa focaliza a mente coletiva de forma mais decisiva que a ameaça de extinção total. A Mensageira foi incisiva em Suas garantias de que as aranhas não teriam mais nada pelo que esperar se a *Gilgamesh* fosse autorizada a retornar sem oposição. Havia se esforçado muito para montar seus fragmentos de recordações da história de sua espécie e encontrado apenas uma hierarquia de destruição: de sua espécie devastando a fauna do planeta Terra, depois voltando-se contra suas próprias espécies aparentadas e, finalmente, quando não restou mais nenhum outro adversário adequado, destruindo a si mesma. A humanidade não admite concorrentes, explicou Ela: nem mesmo seu próprio reflexo.

Por gerações, então, uma unidade política das cidades das aranhas trabalhou para criar aquela vasta presença orbital, usando todas as ferramentas disponíveis. As aranhas entraram na era espacial com um vigor desesperado.

E Bianca olha para o céu que escurece, para a filigrana invisível do Grande Ninho Estelar, a cidade orbital, e sabe que preferiria que isso não tivesse acontecido no seu tempo de vida.

O inimigo está chegando.

Ela nunca viu esse inimigo, mas sabe qual é a sua aparência. Buscou Entendimentos antigos, preservados ao longo dos séculos, que remontam a uma época em que sua espécie enfrentou a extinção pelas mandíbulas de um inimigo muito mais compreensível. Pois, durante a conquista da supercolônia de formigas, a espécie de Bianca encontrou o que ela agora conhece como humanidade. Havia gigantes no mundo naqueles dias.

Agora ela vê, através dos olhos há muito desaparecidos de uma distante ancestral, o monstro cativo que havia caído do céu: não da Mensageira, como se acreditava, mas dessa ameaça que se aproxima. Mal sabiam eles que era um arauto do fim.

Parece tão difícil acreditar que uma coisa tão enorme e pesada pudesse ter sido senciente, mas aparentemente era. Mais que senciente. Coisas como *aquela*, como a Mensageira, que já havia sido assim um dia, são a raça *primordial*, os antigos astronautas responsáveis por toda a vida que evoluiu no mundo de Bianca. E agora eles estão voltando para desfazer esse erro.

As reflexões de Bianca a levaram para fora do vasto alcance da conurbação de Sete Árvores e até o ponto de ancoragem mais próximo, viajando rapidamente por fio numa cápsula alimentada por músculo artificial, fotossintético e autossuficiente. Agora ela desembarca, sentindo o grande espaço aberto ao seu redor. A maior parte da área de terra tropical e temperada de seu mundo ainda é coberta de floresta, seja para fins agrícolas, como reservas silvestres, ou servindo como os andaimes que sua espécie usa para construir suas cidades. Mas as áreas ao redor dos pontos de ancoragem do elevador são todas mantidas como clareiras, e ela vê uma grande tenda de paredes de seda com trinta metros de altura, culminando num único ponto que vai se estendendo ao longe para o alto, para além da capacidade que seus olhos têm de seguir. Mas ela sabe para onde vai: para cima, para fora da atmosfera do planeta, depois mais para cima e mais adiante, como um fio fino que chega até a metade do arco da lua. O equador está cravejado delas.

Aquela balonista de muito tempo atrás tinha razão: havia uma maneira mais fácil de abrir caminho para cima e para fora do poço gravitacional do planeta e entrar em órbita, e para isso bastava criar um fio forte o bastante.

Bianca se encontra com seus assistentes, um grupo discreto de cinco fêmeas e dois machos, e eles correm para dentro de outra cápsula, cujo funcionamento exige pouco além de princípios mecânicos simples utilizados em grande escala. A uma distância inimaginável está um peso comparável que no mesmo instante desce em direção à superfície do planeta. Pelo exercício do tipo de matemática no qual a espécie de Bianca é fluente há séculos, o próprio carro de Bianca começa sua longa, longa subida.

Ela é a general, a estrategista. Vai assumir seu lugar em meio à movimentada comunidade conhecida como Grande Ninho Estelar para arquitetar a defesa de seu planeta contra os invasores alienígenas: os Deuses Estelares. Ela tem a responsabilidade final pela sobrevivência de sua espécie. Muitas mentes melhores que a dela formularam o plano que tentará executar, mas serão suas próprias decisões que farão a diferença entre o sucesso e o fracasso.

A subida é longa e Bianca tem muito tempo para refletir. O inimigo que eles enfrentam é filho de uma tecnologia que ela não pode conceber, avançada além dos sonhos dos maiores cientistas de sua própria espécie, usando uma tecnologia de metal, fogo e relâmpago, todas ferramentas adequadas para divindades vingativas. À sua disposição estão a seda frágil, a bioquímica e a simbiose, e o valor de todos aqueles que vão colocar suas vidas à disposição dela.

Aflita, Bianca fia e destrói, fia e destrói, enquanto ela e seus companheiros são arrastados para a escuridão aberta do espaço, e para a grade reluzente do maior triunfo arquitetônico de seu povo.

* * *

Já em órbita na escultura tridimensional que engloba o planeta e que chamam de Grande Ninho Estelar, Portia está se armando para uma luta.

A grande teia equatorial está repleta de habitats que se estendem de um para outro, se interconectam, são fiados ou destruídos. Isso se tornou um modo de vida para as aranhas, um modo ao qual elas se adaptaram de maneira notavelmente rápida. Elas são uma espécie bem constituída para uma vida de constante queda livre ao redor de um planeta. Nasceram para escalar e se orientar em três dimensões. Suas patas traseiras lhes conferem uma poderosa capacidade de saltar para lugares em que seus olhos e suas mentes aguçados podem mirar com precisão, e, se errarem, sempre têm uma linha de segurança. De uma forma curiosa, como Portia e muitos outros já pensaram, elas nasceram para viver no espaço.

Os velhos trajes espaciais desajeitados, que um dia levaram aqueles balonistas pioneiros para os confins da atmosfera, são coisas do passado agora. Portia e seu esquadrão atravessam o vácuo cruzado por treliças de forma rápida e eficiente, lançando-se em manobras para se preparar para o conflito vindouro. Eles carregam a maior parte de seu traje sobre seus abdomens: pulmões folhosos alimentados por um suprimento de ar gerado quimicamente conforme necessário, em vez de armazenado em tanques. Com sua formação, sua tecnologia e seus metabolismos relativamente pouco exigentes, eles podem ficar no espaço bruto por dias. Um pacote de aquecimento químico é preso sob seus corpos, juntamente com um rádio compacto. Uma máscara com lentes protege seus olhos e suas bocas. Na ponta de cada abdômen suas fiandeiras se conectam a uma pequena fábrica de seda química que tece fios, formidavelmente resistentes, no vazio sem ar. Por último, eles têm embalagens de propelente com bicos ajustáveis, para guiar seu voo silencioso no vazio.

Seus exoesqueletos foram revestidos com um filme transparente, com uma única molécula de espessura, o que impede qualquer descompressão ou perda de umidade sem diminuir muito a sensibilidade. As pontas de suas patas estão embainhadas em mangas isolantes articuladas para protegê-los da perda de calor. Eles são os soldados astronautas completos.

Enquanto cruzam de linha em linha, julgando cada salto sem esforço, eles são rápidos, ágeis e estão totalmente focados.

O inimigo finalmente está vindo, exatamente como predito pela Mensageira. O conceito de guerra santa é alienígena para eles, mas este conflito que se avizinha tem todas as características. Existe um antigo inimigo que eles sabem que negará a própria existência deles se não conseguirem se defender. Existem armas que, por mais que tentem, não podem sequer conceber. A Mensageira fez o seu melhor para explicar a eles as capacidades técnicas e marciais da raça humana. A impressão avassaladora recebida foi a de um arsenal aterrorizante e divino, e Portia não tem ilusões. A melhor defesa que seu povo tem é que os invasores querem seu planeta para viver: os piores excessos da tecnologia da Terra não podem ser implantados sem tornar inútil o prêmio pelo qual ambos os lados lutam.

Mas ainda há muitas armas imprevisíveis que a *Gilgamesh* poderia possuir.

As aranhas fizeram o que podiam nas gerações que lhes foram permitidas, tendo considerado essa ameaça e preparado o que é para elas a melhor resposta tecnológica e filosófica.

Há um exército: Portia é uma das centenas que vão servir na linha de frente, uma das dezenas de milhares cuja vez de lutar provavelmente chegará. Eles morrerão, muitos deles, ou pelo menos é o que esperam. Mas as apostas são tão altas: vidas individuais são sempre o joio da guerra, mas, se existe uma causa justa, é esta. A sobrevivência de uma espécie inteira, da história evolutiva de um planeta inteiro, está agora em jogo.

Ela ouviu dizer que Bianca está subindo. Todos estão felizes, claro, porque a comandante de sua defesa global estará ali ao lado deles, mas o simples fato de que sua líder *está a caminho* torna a coisa mais concreta para todos eles. A hora finalmente chegou. A batalha pelo amanhã está começando. Se perderem, então não haverá futuro para eles e, com isso destruído amanhã, todos os seus ontens serão desfeitos também. O universo vai continuar, mas será como se eles nunca tivessem existido.

Portia sabe que as grandes mentes de sua espécie pensaram em muitas armas e planos diversos. Ela deve ter fé de que a estratégia que lhe foi dada agora é a melhor: a mais alcançável e a mais aceitável.

Ela e seu esquadrão se reúnem, observando outros bandos de soldados surgirem e saltarem em seções distantes da teia. Seus olhos se desviam para o alto do céu. Há uma nova estrela lá em cima agora, e ela prenuncia um tempo de terríveis cataclismo e destruição simplesmente por seu aparecimento. Não há superstição astrológica em tais previsões. O fim dos tempos está realmente ali, o momento em que um grande ciclo da história avança inexoravelmente, esmagando o próximo.

Os humanos estão chegando.

7.3 DONZELA, MÃE, ANCIÃ

— Como assim "acordar Lain"?

Karst e Alpash se viraram para Holsten, tentando ler sua expressão subitamente agonizante.

— Acordar tipo acordar — respondeu o chefe de segurança, perplexo.

— Ela está *viva*? — Os dedos de Holsten se dobraram, lutando contra o desejo de agarrar um deles e sacudir. — Por que ninguém... Por que vocês não... Por que só acordá-la *agora*? Por que não é ela que está no comando?

Karst obviamente não gostou, mas Alpash respondeu rapidamente:

— Acordar Vovó não é algo para ser feito de maneira leviana, pelas próprias ordens dela. Somente em casos de emergência, foi o que ela disse. Ela ordenou: quando eu acordar da próxima vez, quero caminhar sobre um planeta verde.

— Ela disse isso para você? — exigiu saber Holsten.

— Ela disse à minha mãe, quando ela era muito jovem — respondeu o engenheiro, olhando tranquilamente nos olhos desafiadores do classicista. — Mas está registrado. Temos registros de muitos dos pronunciamentos posteriores da Vovó. — Ele se inclinou sobre um console, acionando uma tela que estremeceu irregularmente. — Mas deveríamos ir agora. Comandante...?

— Sim, bem, eu vou segurar as pontas aqui, certo? — disse Karst, claramente ainda um pouco incomodado. — Acorde a mulher e depois me chame. Explique a situação e diga que Vitas e eu precisamos conferenciar com ela.

Alpash partiu nave adentro, para longe da tripulação principal e da maioria das áreas de convivência com as quais Holsten estava familiarizado. O classicista correu atrás dele; não queria muito ficar com Karst, e queria ainda menos se perder nos espaços devastados e mal iluminados da *Gilgamesh*. Todos os lugares ali contavam a mesma história de autólise lenta, um canibalismo do eu à medida que peças e sistemas menos importantes eram arrancados para corrigir problemas de prioridade mais alta. Paredes foram abertas, e os ossos da nave, expostos. As telas brilhavam estática ou estavam escuras como cavernas. Aqui e ali se amontoavam pequenos bolsões da tribo, ainda envolvidos no trabalho essencial de manter a nave em funcionamento, apesar da crise imediata, as cabeças quase encostadas umas nas outras como padres murmurando doutrinas.

— Como vocês sabem consertar a nave? — perguntou Holsten às costas de Alpash. — Já se passou... não sei quanto tempo. Nem mesmo desde que Guyen morreu, eu não sei. E vocês acham que ainda conseguem manter a nave funcionando? Simplesmente por...? O que vocês...? Vocês estão aprendendo a fazer uma nave espacial funcionar decorando instruções...?

Alpash olhou para ele, franzindo a testa.

— Não pense que eu não sei o que o comandante quer dizer com "tribo". A cientista-chefe também. Eles gostam de pensar em nós como primitivos, inferiores. Por nossa vez, somos obrigados a respeitar a autoridade deles, de vocês, como nossos precursores. Foi o que nossa avó determinou. Essa é uma das nossas leis. Mas nós não fazemos nada "decorando". Aprendemos, todos nós, desde bem novos. Preservamos manuais, palestras e módulos de tutoriais. Nossa avó providenciou isso. Você acha que poderíamos fazer tudo o que fizemos se não *entendêssemos*? — Ele parou, claramente zangado. Holsten obviamente tinha tocado numa ferida na qual os outros membros da tripulação principal já haviam esfregado sal. — Somos da linhagem daqueles que deram sua vida, *toda* a sua vida, para preservar esta embarcação. Essa era e continua sendo nossa tarefa, que deve ser empreendida sem recompensa ou esperança de alívio: um ciclo de custódia interminável, até chegarmos ao planeta que nos foi prometido. Meus pais, os pais deles e os pais dos pais deles, nenhum deles fez nada além de garantir que *você* e todos os outros da carga desta nave vivam, ou tantos deles quanto pudéssemos salvar. E vocês gostam de nos chamar de "tribo" e nos considerar crianças e selvagens, porque nunca vimos a Terra.

Holsten ergueu as mãos de modo apaziguador.

— Eu sinto muito. Vocês já falaram sobre isso com Karst? Quero dizer, ele meio que depende de vocês. Vocês poderiam... fazer exigências.

O olhar de Alpash era incrédulo.

— Numa hora dessas? Com o futuro de nossa casa, a antiga e a nova, na balança? Você diria que esta é uma boa hora para começarmos a discutir entre nós?

Por um momento, Holsten estudou o jovem como se ele fosse uma espécie completamente nova de hominídeo, separada por um enorme abismo cognitivo. A sensação passou e ele despertou.

— Ela fez um bom trabalho quando estabeleceu suas leis — murmurou ele.

— Obrigado. — Alpash aparentemente considerou isso uma validação de toda a sua cultura... ou o que quer que tenha se desenvolvido em sua estranha e claustrofóbica sociedade. — E agora eu finalmente vou conhecê-la, aqui no fim de tudo.

Eles passaram por um espaço aberto que Holsten de repente reconheceu, a lembrança chegando até ele no meio do caminho, ao olhar para o palco elevado numa extremidade onde tocos de máquinas quebradas ainda se projetavam. Ali Guyen havia se instalado e feito seu lance pela eternidade. Ali os progenitores longínquos da linhagem de Alpash tinham lutado ao lado de sua rainha guerreira e da equipe de segurança de Karst... alguns dos quais certamente haviam sido recém-despertos, possuindo memórias vivas de eventos que para Alpash deviam ser músicas, histórias e lendas estranhamente distorcidas.

Uma tela solitária estava pendurada num ângulo acima das raízes arrancadas da instalação de upload, piscando maliciosamente com padrões dispersos. *Como se o fantasma de Guyen ainda estivesse preso lá dentro*, pensou Holsten. Quase imediatamente, pensou ter visto, por um instante quebrado, o rosto devastado pela raiva do velho comandante nas estrias agitadas da tela. Ou talvez fossem as feições do Antigo Império de Avrana Kern. Estremecendo, ele correu atrás de Alpash.

O lugar em que acabou tinha sido um depósito, deduziu ele. Agora eles armazenavam apenas uma coisa lá: uma única câmara de suspensão. Ao pé do pedestal havia um amontoado de pequenos objetos: ícones moldados a quente em plástico que se aproximavam da forma feminina, oferendas de seus filhos adotivos, e dos filhos deles, à mãe-guardiã da raça humana. Acima daquela pequena demonstração desesperada de esperança e fé estavam afixados pequenos pedaços de tecido rasgados de trajes espaciais, cada um trazendo alguma mensagem escrita. Era um santuário para uma deusa viva.

Não apenas viva, mas acordada. Alpash e alguns outros jovens engenheiros recuaram respeitosamente enquanto Isa Lain encontrava seu equilíbrio, apoiando-se em uma longarina de metal.

Ela estava muito frágil, o peso de antes consumido de sua estrutura, restando uma pele enrugada que pendia dos ossos. Seu couro cabeludo quase careca estava cheio de manchas, e suas mãos eram como garras de pássaro, quase descarnadas. Ela estava bastante encurvada, o suficiente para Holsten se perguntar se eles tinham alterado a câmara de suspensão para deixá-la dormir as eras deitada de lado. Mas, quando ela olhou para ele, seus olhos eram os olhos de Lain, claros, aguçados e sardônicos.

Se tivesse dito, então, "Olá, velhote", como costumava dizer, ele não tinha certeza de que teria suportado. Mas ela apenas assentiu, como se fosse uma coisa normal encontrar Holsten Mason ali, parecendo jovem o suficiente para ser seu filho.

— Pare de ficar me encarando, porra — rosnou ela um momento depois. — Você também não está com a aparência tão boa, e qual é a sua desculpa?

— Lain... — Ele se aproximou dela com cuidado, como se até mesmo um forte movimento de ar pudesse soprá-la para longe.

— Sem tempo para romance agora, gostosão — disse ela com secura. — Soube que o Karst está fodido e temos a raça humana para salvar. — E então estava em seus braços, e ele sentiu aquela estrutura frágil de ossos finos, sentiu-a tremer de repente enquanto lutava com as lembranças e as emoções.

— Saia de cima de mim, idiota — falou ela, mas baixinho, e não fez nenhum movimento para afastá-lo.

— Estou feliz por você ainda estar conosco — sussurrou ele.

— Por mais um lance de dados, pelo menos — concordou ela.

— Eu realmente pensei que poderia ter alguma gravidade natural honesta e luz solar decente quando me abrissem. Era pedir demais? Mas aparentemente era. Não consigo acreditar que ainda tenho que fazer o trabalho de Karst hoje em dia.

— Não seja muito dura com Karst — advertiu-a Holsten. — A situação é... sem precedentes.

— Eu vou julgar isso. — Finalmente ela o afastou. — Juro, às vezes acho que sou a única pessoa competente que resta em toda a raça humana. Acho que é a única coisa que me mantém seguindo em frente. — Fez menção de passar por ele, mas tropeçou quase que imediatamente, e seu próximo passo foi decididamente menos ambicioso, um manquitolar cuidadoso enquanto se apoiava em sua bengala. — Nunca envelheça — murmurou ela. — Nunca envelheça e depois vá pra suspensão, isso é certo. Você sonha sonhos jovens. Você esquece pra onde está voltando. É uma puta decepção, acredite.

— Você não sonha em suspensão — corrigiu Holsten.

— Olhe só pra você, especialista do caralho. — Ela o fuzilou com o olhar. — Ou não posso xingar agora? Suponho que você espere algum tipo de *decoro*, caralho? — Por trás da postura desafiadora dela havia um desespero terrível: uma mulher que sempre fora capaz de simplesmente impor fisicamente sua vontade ao mundo, e que agora tinha de pedir sua permissão e a permissão de seu próprio corpo.

Holsten a atualizou com os desenvolvimentos no caminho de volta para se juntar a Karst. Ele podia vê-la determinadamente encaixando cada peça no lugar, e não demorou a interrompê-lo e pedir esclarecimentos.

— Essas transmissões — perguntou ela. — Estamos achando que elas são realmente do planeta, então?

— Eu não faço ideia. Isso é... isso explica por que a maior parte é completamente incompreensível, suponho. Não explica as coisas que soam um pouco como Imperial C, então talvez *essa* parte seja mesmo Kern.

— Nós tentamos falar com Kern?

— Acho que Karst estava apostando tudo em montar um ataque surpresa.

— Que sutil da parte dele — cuspiu ela. — Acho que agora é hora de falar com Kern, não acha? — Fez uma pausa, respirando pesadamente. — Na verdade, vá fazer isso agora. Tire logo isso da frente. Quando chegarmos à comunicação, vou falar de armas com Karst. Você pode falar qualquer porra com Kern, descobrir o que ela está dizendo. Talvez ela na verdade não goste de aranhas rastejando por cima dela. Talvez seja uma aliada agora. Você nunca sabe até perguntar.

Lain tinha tanto de seu antigo senso de propósito ainda apegado a ela, como os farrapos de uma roupa outrora magnífica, que Holsten ficou consideravelmente animado até o momento em que ela alcançou a sala de comunicações e viu o que os drones estavam transmitindo. Então Lain parou na comporta e ficou olhando, exatamente tão horrorizada e perdida quanto todos os outros. Por um momento, todos os olhos estavam fixos nela, e se tivesse declarado que era tudo uma causa perdida ali, talvez não existisse mais ninguém disposto a pegar o bastão.

Mas ela era Lain. Aguentava e lutava, fossem satélites ou aranhas ou o próprio tempo.

— Puta que pariu — disse ela expressivamente, e depois repetiu isso algumas vezes mais, como se retirasse força do termo. — Holsten, abra as comunicações com Kern. Karst, traga Vitas aqui, e aí você pode começar a me dizer o que caralhos podemos fazer a respeito desta zona.

Com as comunicações à sua disposição (ou pelo menos depois que Alpash tinha explicado meia dúzia de soluções alternativas que os engenheiros tinham bolado para lidar com a instabilidade do sistema), Holsten se perguntou o que poderia enviar. Tinha a frequência do satélite, mas o espaço ao redor do planeta estava vivo com fantasmas sussurrantes: aquelas transmissões fracas que não eram, tinha de admitir agora, apenas os sinais do satélite ricocheteando no planeta abaixo dele.

Tentou sentir algum tipo de reverência por aquilo, e pela posição sem precedentes em que estava. A única emoção que conseguia sentir era um pavor desgastado.

Começou a montar uma mensagem em seu impecável Imperial C, a língua morta que parecia estar prestes a sobreviver à raça humana. *Esta é a nave-arca* Gilgamesh *chamando a doutora Avrana Kern...* Tropeçou em *Você precisa de ajuda?*, sua mente repleta de possibilidades inadequadas. *Doutora Kern, a senhora está coberta de aranhas.* Respirou fundo.

Aqui é a nave-arca Gilgamesh *chamando a doutora Avrana Kern.* E, convenhamos, ela os conhecia e eles a conheciam; eram velhos adversários, afinal. *Agora não temos outra opção a não ser pousar em seu planeta. A sobrevivência da raça humana está em jogo. Por favor, confirme que não nos impedirá.* Era um pedido miserável. Já sabia disso no momento em que deixou a mensagem voar na velocidade da luz em direção ao planeta. O que Kern poderia dizer que os satisfizesse? O que ele poderia dizer que a dissuadiria de seu propósito monomaníaco?

Àquela altura Vitas já tinha chegado, e ela, Karst e Lain se agruparam, discutindo as coisas importantes, enquanto Holsten ficou ali, balbuciando para o vazio.

Então chegou uma resposta, ou algo parecido.

Ela fora enviada do ponto na teia que Karst tinha imaginado ser o satélite, e era muito mais forte que as transmissões fracas que estivera analisando antes. Não parecia haver muita dúvida de que era dirigida e destinada à *Gilgamesh*. Se fosse Kern, parecia que tinha partido muito tempo antes: não era seu discurso nítido e antigo, mas mais do quase Imperial estranho que havia captado antes, um amontoado de bobagens e sequências de letras que pareciam palavras, mas não eram, e no meio disso tudo algumas palavras e o que poderiam até ser fragmentos de frases, como um macaco analfabeto escrevendo de memória. Um analfabeto com acesso a rádio e com a capacidade de codificar um sinal.

Ele reenviou seu sinal, chamando por Eliza desta vez. O que ele tinha a perder?

O retorno foi mais do mesmo. Ele o contrastou com a mensagem precedente: algumas seções repetidas, algumas novas, e agora seu olho profissional estava vendo certos padrões recorrentes nessas seções que não conseguia interpretar. Kern estava tentando lhes dizer alguma coisa. Ou pelo menos *algo* estava tentando lhes dizer alguma coisa. Ele se perguntou se ainda era simplesmente "Vão embora" e, se fosse esse o caso, seria agora um aviso em benefício deles? Voltem antes que seja tarde demais?

Mas não havia *volta* para eles. Estavam agora numa jornada só de ida para o único destino potencialmente viável que poderiam alcançar.

Ele ponderou o que poderia enviar, de modo a sacudir Kern e lhe dar algum aspecto de senciência compreensível. Ou Kern também era, agora, uma máquina que falhava? Será que estava chegando o fim para todas as obras das mãos humanas, bem como para os seus senhores?

Parecia intolerável que o universo pudesse ser deixado para as criadoras daquela teia planetária, para uma legião de coisas rastejantes insensatas que nunca poderiam conhecer as provações e as dificuldades que a pobre humanidade sofreu.

Uma nova mensagem estava sendo transmitida para eles na mesma frequência. Holsten escutou sem interesse: nem mesmo uma imitação de linguagem agora, apenas códigos numéricos.

Para sua vergonha, foi a *Gilgamesh* que reconheceu aquilo, e não ele. Era o sinal que Kern costumava, antigamente, enviar para o planeta. Era seu teste de inteligência para macacos.

Sem muito exame de seus motivos, Holsten compôs as respostas, com a ajuda da *Gilgamesh* no fim, e as enviou de volta.

Seguiu-se outra bateria de perguntas, novas dessa vez.

— O que é isso? — Lain estava ao seu lado, como nos velhos tempos. Se ele não olhasse para trás, até poderia se enganar achando que menos água tinha corrido por baixo da ponte desde que jogaram esse jogo pela primeira vez.

— Kern está nos testando — disse ele. — Talvez ela queira ver se somos dignos?

— Ao nos dar uma prova de matemática?

— Ela nunca fez muito sentido mesmo nos seus melhores momentos. Então por que não?

— Dê as respostas a ela, então. Vamos.

Holsten fez isso, achando muito mais rápido montar uma resposta quando as complexidades da linguagem real foram retiradas da equação.

— Claro que não temos ideia de qual o objetivo disso — ressaltou ele.

— Mas ainda podemos esperar que tenha um objetivo — respondeu ela com secura. Holsten estava vagamente ciente de Vitas e Karst pairando ao fundo, impacientes para continuar falando sobre a ofensiva.

Não houve terceira rodada do teste. Em vez disso, receberam outra explosão do irritante quase Imperial C que Holsten tinha visto antes. Ele analisou a transmissão rapidamente, passando-a por seus decodificadores e suas funções de reconhecimento de padrões. Essa parecia mais simples do que antes e com mais padrões repetidos. Ocorreu-lhe a expressão *como falar com uma criança*, e ele experimentou mais um daqueles momentos vertiginosos, perguntando-se quem ou o que estava falando lá fora. *Kern, com certeza? Mas uma Kern tornada estranha, mais estranha, pelos efeitos coagulantes do tempo e da distância*. Mas, embora o pequeno Habitat de Sentinela de Kern fosse o ponto de origem do sinal, uma parte dele já entendia que não era assim.

— Consigo identificar algumas palavras usadas com frequência — anunciou Holsten com a voz rouca, depois que ele e seu conjunto de programas terminaram o trabalho. Não conseguia tirar o tremor de seu tom. — Encontrei o que é definitivamente uma forma do verbo "abordagem" e a palavra "próximo" e alguns outros indicadores que eu associaria a "permissão" ou "acordo".

Esse pronunciamento obteve o silêncio pensativo que merecia.

— Eles mudaram de tom, então — observou Karst por fim. — Você disse que antes era tudo, tipo, "vão se foder".

— Era — assentiu Holsten. — Isso mudou.

— Porque Kern precisa desesperadamente de nossas habilidades matemáticas superiores? — perguntou o chefe de segurança.

Holsten abriu a boca, depois a fechou, sem vontade de tornar suas suspeitas reais expressando-as em voz alta.

Lain fez isso por ele.

— Se for realmente Kern.

— Quem mais? — Mas havia um tom tenso na voz de Karst que mostrava que ele não era uma ferramenta tão cega, afinal.

— Não há evidência de que exista algo além de Kern para transmitir de lá — disse Vitas bruscamente.

— E aquilo? — Holsten apontou um dedo para a tela ainda mostrando as imagens do drone.

— Não temos como saber o que aconteceu naquele planeta. Afinal, era um experimento. Pode ser que o que estamos vendo seja uma aberração desse experimento, como o planeta cinza e seu crescimento fúngico. A questão que permanece é que o satélite Kern ainda está presente lá, e é de lá que vem o sinal — falou Vitas com teimosia.

— Ou pode ser... — começou Lain.

— É possível — interrompeu-a Vitas. A própria sugestão parecia abominável para ela. — Isso não muda nada.

— Certo — apoiou-a Karst. — Quero dizer, mesmo que eles estejam... que Kern esteja dizendo: sim, desçam aí, o que fazemos? Porque, se ela ainda tem todas aquelas suas coisas, pode nos destruir quando entrarmos em órbita. E eu não estou nem pensando *naquela* puta bagunça e o que ela poderia fazer. Quero dizer, se é algo que cresceu no planeta, bem, é o experimento de Kern, não é? Talvez faça o que ela diz.

Houve uma pausa constrangedora, todos esperando para ver se alguém, qualquer um, argumentaria pelo outro lado, apenas *pro forma*. Holsten revirou as palavras, tentando formar uma frase que não soasse totalmente louca.

— O Antigo Império já teve uma tradição, certa vez — afirmou Vitas lentamente. — Era uma escolha que eles davam aos seus criminosos, seus prisioneiros. Pegavam dois deles e pediam que poupassem ou acusassem um ao outro, cada um tomando a decisão completamente sozinho, sem a chance de conferenciar. Na verdade, tudo corria muito bem se ambos escolhessem poupar um ao outro, mas eles sofriam algum grau de punição se ambos acusassem um ao outro. Mas, ah, se você fosse o prisioneiro que decidiu poupar o amigo, apenas para descobrir que fora acusado na sua vez... — Ela sorriu, e nesse sorriso Holsten viu de repente que Vitas *havia* envelhecido, mas seu rosto mostrava isso muito pouco: o envelhecimento era mantido longe por conta de todas as expressões que não deixava transparecer.

— Então, qual era a escolha certa? — perguntou Karst. — Como os prisioneiros saíam dessa?

— A escolha lógica dependia do que estava em jogo: o peso das punições para os diferentes resultados — explicou Vitas. — Receio que os fatos e as apostas aqui sejam muito duros e muito simples. Poderíamos nos aproximar do planeta na esperança de que agora, contrariando todas as experiências passadas, seremos bem-vindos. Como Karst diz, isso nos deixará vulneráveis. Vamos colocar a nave em risco se isso acabar sendo realmente um truque, ou se Mason simplesmente tiver cometido algum erro em sua tradução. — Seus olhos passaram por Holsten, desafiando-o a ter alguma objeção, mas na verdade ele não estava de forma alguma tão confiante em suas próprias habilidades. — Ou nós atacamos: usamos os drones agora e nos preparamos para bancar o primeiro ataque quando a *Gilgamesh* chegar ao planeta. Se fizermos isso, e estivermos errados, jogaremos fora uma chance inestimável de chegar a um acordo com uma inteligência de alguma espécie do Antigo Império. — Havia um arrependimento genuíno em sua voz. — Se formos em paz, e estivermos errados, provavelmente estaremos todos mortos, todos nós, toda a raça humana. Não acho que haja discussão diante das opções que nos foram dadas. Para mim, só existe uma escolha racional neste momento.

Karst assentiu com amargura.

— Aquela piranha nunca gostou de nós — ressaltou ele. — De jeito nenhum ela mudaria de ideia de repente.

Vários séculos depois e um monte de aranhas é algo que está muito longe de ser "de repente", pensou Holsten, mas as palavras ficaram apenas em sua cabeça. Porém, Lain estava olhando para ele, obviamente esperando uma contribuição. *Então agora as pessoas realmente querem ouvir o classicista?* Ele apenas deu de ombros. Suspeitava que a perda, se fossem para a guerra sob um falso pretexto, poderia ser muito maior do que Vitas afirmava, mas não podia argumentar com a avaliação dela a respeito da perda total de tudo o que havia se errassem seguindo o caminho da paz.

— Mais importante, a lógica é universal — acrescentou Vitas, olhando de um rosto a outro. — Realmente não importa o que está esperando por nós no planeta. É matemática, afinal. Nosso adversário enfrenta a mesma escolha, a mesma ponderação. Mesmo que nos receber de braços abertos e nos fazer então desempenhar o papel de convidados responsáveis possa trazer os melhores resultados em todos os aspectos, o custo de ser traído é muito alto. Então podemos olhar para as mentes dos nossos adversários. Sabemos que eles devem tomar a mesma decisão que devemos tomar: porque o custo de lutar desnecessariamente é muito menor que o custo de optar pela paz e errar. E essa mesma lógica informará a decisão *do que quer* que esteja lá, seja uma mente humana ou uma máquina, ou...

Aranhas? Mas estava claro que Vitas nem mesmo pronunciaria a palavra, e quando Lain falou por ela, a chefe de ciências estremeceu levemente.

Então Vitas não gosta de aranhas, considerou Holsten, taciturno. *Bem, ela não estava no maldito planeta, estava? Ela não* viu *aqueles monstros inchados*. Seus olhos se desviaram para a imagem do mundo coberto pela teia. *Pode ser senciência? Ou Vitas está certa e é apenas algum experimento maluco que deu errado; ou deu certo? Será que o Antigo Império queria aranhas espaciais gigantes para algum propósito? Por que não? Como historiador, devo concordar que eles fizeram muitas coisas idiotas.*

— Vamos lá, então — pediu Karst. — Aperto o botão ou o quê?

No final, todos estavam olhando para Lain.

A velha engenheira deu alguns passos cuidadosos à frente, a bengala batendo no chão, olhando para a imagem do planeta encoberto transmitida pela câmera do drone. Seus olhos, que haviam testemunhado a passagem dos séculos numa espécie de *stop-motion* pontuado, tentaram absorver tudo. Ela tinha a aparência de uma mulher encarando o destino sombrio nos olhos.

— Derrube o satélite — decidiu ela, finalmente, em voz baixa. — Vamos entrar lutando. Vocês têm razão, há muito em jogo. Tudo está em jogo. Derrube aquilo.

* * *

Karst enviou a ordem rapidamente, como se temesse que alguém fosse se acovardar ou mudar de ideia. Milhões de quilômetros além, na direção do progresso inexorável da *Gilgamesh*, os drones receberam suas instruções. Eles já tinham o punho de metal do satélite na mira, preso naquela vasta teia equatorial.

Eles carregavam os melhores lasers que a tribo conseguira restaurar, ligados aos pequenos reatores de fusão das embarcações remotas. Já haviam chegado o mais perto que ousavam, disputando uma órbita geoestacionária acima do satélite preso com o menor dispêndio de energia que podiam conseguir.

E então arremeteram, os dois juntos, golpeando o mesmo ponto no casco do satélite. Em algum lugar distante, Karst estaria tenso, mas a imagem à qual estaria reagindo já seria velha quando a visse.

Por um momento nada aconteceu, enquanto a energia era derramada na antiga e devastada casca do Módulo Sentinela de Brin 2. Karst estaria de punhos cerrados, olhando para as telas com veias salientes em sua testa, como se sua vontade pudesse cruzar tempo e espaço para fazer as coisas acontecerem.

Então, com um silencioso desabrochar de fogo extinto quase instantaneamente, os feixes de perfuração atingiram algo vital no interior, e a casa milenar da doutora Avrana Kern foi arrebentada, as teias de ambos os lados murchando e saltando sob o súbito excesso de calor. Ainda derramando seu conteúdo para o vazio faminto do espaço, o satélite estilhaçado se soltou de seu emaranhado de amarras, queimando um buraco na grande teia, e foi empurrado para longe dos drones pela explosão de material de suas feridas irregulares.

Os próprios drones deram tudo de si, a descarga de suas armas deixando seus reatores frios e secos. Eles desabaram pela face da teia, para cair ou vagar para longe.

O satélite, porém, teve um destino mais definido. Ele caiu. Como as cobaias experimentais de Kern muito, muito tempo antes, foi arrancado de sua órbita, para ser recolhido pelos braços da gravidade do planeta, espiralando impotente na atmosfera, onde riscou o céu, apenas um velho barril com um único macaco antigo em residência murcha, entregando uma última mensagem para os olhos ansiosos abaixo.

7.4 FIM DOS TEMPOS

Eles a viram, em chamas, riscar o céu.

Embora a adoração ativa à Mensageira fosse quase inexistente naqueles tempos mais iluminados (qual a necessidade da fé quando há ampla prova da natureza precisa de Deus?), as aranhas observaram aquele rastro de fogo, com seus próprios olhos ou através dos olhos substitutos de seus sistemas biológicos, e souberam que algo tinha ido embora de seu mundo. A Mensageira sempre estivera lá. Elas conservavam as memórias de tempos distantes e primitivos quando aquela luz que se movia nos céus havia sido bússola e inspiração para elas. Lembravam-se dos dias inebriantes do templo, e das primeiras comunicações compartilhadas entre Deus e Sua congregação. Algo que fazia parte de sua consciência cultural desde os primórdios; algo que elas sabiam, racionalmente, que era mais velho que sua própria espécie; e agora se foi.

Na escuridão silenciosa de sua câmara de trabalho, Fabian sente um choque de emoção percorrê-lo, algo que não esperava. Ele, de todas as aranhas, não é religioso. Não tem tempo para o incognoscível, a não ser para determiná-lo através de experimento e razão, e assim torná-lo cognoscível. Mesmo assim...

Ele estava assistindo numa tela de película à imagem formada por milhares de pequenos cromatóforos de várias cores expandindo e contraindo para originar partes pontuais da imagem geral. Nas profundezas do subsolo, onde estão seus aposentos, não há chance de testemunhar isso em primeira mão. Ele é um espécime pálido, anguloso e mal ajambrado de sua espécie, e raramente se preocupa muito em ver o sol; em vez disso, trabalha no seu próprio ritmo, que pouco tem a ver com o dia ou a noite.

Bem, comenta ele com seu único companheiro constante, *suponho que isso confirma tudo o que você nos disse.*

Claro. A resposta vem das próprias paredes, uma presença invisível ao redor dele como um demônio familiar. *E vocês devem retaliar na primeira oportunidade. Eles não vão lhes dar chances.*

O grupo de pares de conexão parecia estar tendo algum sucesso pouco antes, observa Fabian. As paredes curvas da câmara ao redor dele fervilham e rastejam; um milhão de formigas engajadas na azáfama inescrutável de atividade que permite que aquela colônia, na verdade uma supercolônia, ressurgida depois de todo aquele tempo, funcione da maneira singular que funciona.

Nunca houve nenhuma chance de eles terem sucesso. Eu só estou feliz por terem visto esta demonstração inequívoca da intenção do inimigo. Mas me preocupo com a estratégia a ser empregada. É uma coisa estranha, essa fala sem corpo. Pistões de músculos nas paredes criam as vibrações que simulam os passos elegantes de uma aranha. Em outro lugar, a coisa ainda se comunica por rádio, mas aqui Fabian pode falar com ela como se fosse uma aranha: uma fêmea particularmente distante e temperamental, considera ele, mas ainda uma aranha.

Ela fala naquela curiosa linguagem negociada que há muito tempo foi concebida para a comunicação entre as aranhas e seu Deus, mas recentemente começou a mostrar um par de palpos fantasmas nas telas para dar ênfase à sua linguagem, adotando um dialeto bizarro da própria linguagem visual das aranhas. Fabian, que nunca se sentiu muito à vontade com sua própria espécie, sente nela uma companhia agradável. Isso, além de sua indiscutível habilidade em arquitetura química e condicionamento, lhe valeu este papel vital. Ele é as mãos e o confidente da Mensageira, do jeito que ela se apresenta agora.

Eu me pergunto se havia sobrado, no final, alguma coisa de mim. As palavras eram lentas, hesitantes. A princípio, Fabian se pergunta se outra falha surgiu no maquinário, ou possivelmente no condicionamento da colônia. Então decide que este é um daqueles momentos em que sua companheira está desenterrando alguma entonação ou ritmo de fala remanescente que poderia ter usado em outra época, de outra forma.

Doutora Avrana Kern, chama ele. Ela não gosta que a chamem de Deus ou Mensageira. Depois de muito regatear, eles encontraram uma forma de movimentos arbitrários que parecem lembrar a ela o nome que já teve um dia. É uma das muitas idiossincrasias que Fabian está feliz em satisfazer. Ele tem uma relação especial com Deus, afinal. É o melhor amigo Dela. É responsável por manter Seu bom funcionamento e desembaraçar quaisquer erros em Seu condicionamento.

Ao redor dele, numa rede de túneis e câmaras cuja geografia se altera constantemente, habita uma colônia de cem milhões de insetos. Suas interações não são tão rápidas quanto um sistema eletrônico construído por mãos humanas, mas o minúsculo cérebro de cada inseto é em si mesmo um mecanismo capaz de armazenamento de dados e tomada de decisões, e o poder de cálculo geral da colônia como um todo é algo que nem mesmo ela consegue avaliar. Computação em nuvem: não velocidade, mas uma amplitude e uma complexidade infinitamente reconfiguráveis. Há espaço mais que suficiente para o download da mente de Avrana Kern.

Levou muito tempo para descobrir como fazer isso, mas, no fim das contas, ela era apenas informação. Tudo é apenas informação, se você tiver capacidade suficiente para contê-la. Muito tempo, também, para copiar essa informação do satélite para uma colônia na superfície que a contivesse. E muito, muito mais tempo para o que eles tinham baixado se organizar a ponto de conseguir dizer: *Eu existo*. Mas *existe*, agora, e eles haviam tido muito tempo. A colônia em que Fabian vive e da qual cuida é Deus feito carne, a encarnação da Mensageira.

Fabian abre contato de rádio com um dos observatórios orbitais e verifica a aproximação do inimigo; ele está numa trajetória que confirma que buscará órbita ao redor de seu mundo. Este agora é um tempo de espera. Em todo o planeta, todos estão esperando: não apenas as aranhas, mas todas as espécies com as quais elas se relacionam. Daqui a pouco todos estarão em perigo, enfrentando com seus números e sua engenhosidade uma espécie que os criou sem nunca ter tido a intenção, e agora procura apagá-los de forma tão impensada. São aranhas, colônias de formigas, estomatópodes no oceano, besouros semissencientes e uma dezenas de outras de proporções variadas de intelecto e instinto, todas de alguma forma conscientes de que o fim dos tempos chegou.

Na teia orbital, Bianca não pode mais planejar. Portia aguarda com seus pares, pronta para lutar contra os deuses espaciais que retornam. Por enquanto, eles só podem se agarrar às suas teias, pois a extensão dos sentidos que sua tecnologia lhes dá permite que rastreiem a aproximação do fim.

* * *

E então a grande massa da *Gilgamesh* está se aproximando, no fim de sua longa desaceleração, seus propulsores enfermos lutando para desacelerá-la até o ponto em que o impulso de um mergulho passando pelo planeta se encaixe com o alcance da gravidade e coloque a nave-arca em órbita.

Apesar de estarem cientes das dimensões do inimigo, a partir de suas próprias medições e dos registros de Kern, a escala pura da *Gilgamesh* inspira terror. Mais de uma aranha deve estar pensando: *Como podemos lutar contra uma coisa dessas?*

E então as armas da nave-arca dispararam seu fogo. Sua aproximação foi calculada para colocar a teia equatorial na mira de seus lasers de asteroides voltados para a frente e, nessa passagem fugidia, a *Gilgamesh* faz pleno uso de sua janela de oportunidade. A teia não tem um centro, nenhum ponto vital onde um ataque cirúrgico possa causar danos generalizados, e assim os lasers apenas queimam indiscriminadamente, fritando fios, cortando nós, fazendo grandes rasgos na estrutura geral da teia. Aranhas morrem: expostas de repente ao vácuo, jogadas para fora no espaço ou para dentro em direção ao planeta, algumas poucas até vaporizadas pela ira incendiária dos próprios lasers.

Portia recebe relatórios de danos enquanto ela e seu grupo de pares guerreiros se preparam para seu contra-ataque. Está ciente de que acabaram de perder, num instante abrasador, um certo número de soldados, uma certa proporção de suas armas: tudo cegamente apagado. Bianca confere com ela, seu rádio vibrando com corrente elétrica para simular a dança ritmada da fala.

O plano de batalha permanece inalterado, confirma Bianca. Ela já terá uma visão completa do que perderam e do que ainda têm. Portia não inveja a tarefa dela de coordenar todas as defesas orbitais deles. *Estão prontos para a ofensiva?*

Estamos. Portia sente um inchaço de determinação raivosa com a destruição. As mortes, a destruição da Mensageira, a brutalidade descuidada de tudo isso, a incendeiam de vontade de fazer justiça. *Nós vamos mostrar a eles.*

Vamos mostrar a eles, repete Bianca, soando igualmente determinada. *Vocês são os mais rápidos, os mais fortes, os mais inteligentes. Vocês são os defensores do seu mundo. Se falharem, será como se nós nunca tivéssemos vivido. Todos os nossos Entendimentos não passarão de pó. Peço que tenham o plano em mente a todo momento. Eu sei que alguns de vocês têm escrúpulos. Este não é o momento para eles. As grandes mentes do nosso povo determinaram que o que vocês estão prestes a fazer é o que deve ser feito, se quisermos preservar quem e o que somos.*

Nós entendemos. Portia está ciente de que a grande massa da nave-arca, que bloqueia as estrelas, está se aproximando. Outros destacamentos já estão sendo lançados.

Boa caçada, exorta Bianca.

Em toda parte, as armas orbitais da teia estão em ação. Cada uma delas consiste num único pedaço de detrito, uma pedra transportada pelo elevador espacial ou capturada do vazio, mantida sob enorme tensão dentro da rede, e agora subitamente liberada, arremessada em grande velocidade no vácuo em direção à nave-arca.

Mas são minúsculos, pondera Portia. Aqueles grandes pedregulhos que se lembra de ter visto não são nada para a nave-arca. Certamente sua casca deve ser à prova de tais mísseis.

Mas as aranhas não estão simplesmente jogando pedras. Os mísseis arremessados têm vários propósitos, mas são principalmente uma distração.

Portia sente a teia ficar tensa ao seu redor. *Assegurem-se de que suas linhas estejam devidamente enroladas*, envia ela para seus pares. *Isso vai ser difícil.*

Segundos depois, ela e seus colegas são jogados no vazio numa linha oblíqua que interceptará a passagem da *Gilgamesh* quando ela estiver entrando numa órbita estável.

Portia recolhe as patas firmemente para perto do corpo, por instinto no começo, um choque de terror irrompendo em sua mente e ameaçando dominá-la. Então seu treinamento assume o controle e ela começa a verificar seus soldados. Eles estão se espalhando enquanto caem em direção ao encontro com a *Gilgamesh*, mas ainda estão ligados por linhas a um nó central, formando uma roda, apenas uma das muitas que agora giram em direção à *Gilgamesh*.

Os lasers da nave-arca queimam as primeiras rochas, aquecendo-as explosivamente em pontos cuidadosamente calculados para mandá-las rodopiando para longe de seu caminho. Outras se chocam com as laterais da vasta nave, quicando ou se encrustando. Portia vê pelo menos uma fina pluma de ar perdido num golpe de sorte ou azar.

Então ela e seus colegas se preparam para o impacto. O rádio dela lhes fornece instruções segundo a segundo das colônias de computação na teia orbital, para ajudá-los a desacelerar sua aproximação com seus pequenos jatos e seu escasso suprimento de propelente. Portia está muito ciente de que provavelmente será uma viagem só de ida. Se eles falharem, não haverá nada para o que viajar de volta.

Ela reduziu a velocidade o máximo que pôde, desenrolando mais linha do centro da roda para afastá-la mais de suas irmãs. Abre as pernas e espera ter conseguido precisamente o impulso necessário.

Portia aterrissa mal, não consegue prender os ganchos de suas luvas de isolamento, quica no casco da *Gilgamesh*. Outros de sua equipe tiveram mais sorte e agora se agarram com seis patas e puxam seus pares errantes, inclusive Portia. Uma dá azar, pousa num ângulo e quebra sua máscara. Morre numa onda agonizante de contrações de pernas, os gritos indefesos chegando aos companheiros através do metal do casco.

Não há tempo para sentimentos. Seu cadáver é preso ao casco com um pouco de teia, e então eles começam a se mover. Têm uma guerra para lutar, afinal.

Vamos mostrar a eles, pensa Portia. *Vamos mostrar a eles o quanto estão errados*.

7.5 MANOBRAS

— Pedras! Estão jogando *pedras* em nós! — declarou Karst, incrédulo. — Eles são da idade da pedra da era espacial!

Uma das telas do console piscou e apagou, e outras começaram a exibir um pontilhado âmbar funesto.

— Karst, isto aqui não é uma nave de guerra — retrucou a voz frágil de Lain. — A *Gilgamesh* não foi projetada para nenhum tipo de estresse, exceto aceleração e desaceleração, e certamente não para um impacto...

— Temos uma brecha no casco na área de carga — relatou Alpash, soando como se alguém tivesse pisado nos seus lugares sagrados. — As portas internas estão...

Por um momento, aparentemente, não estava claro o que elas estavam, mas então ele conseguiu dizer:

— ... seladas, a seção está isolada. Nós temos... perda de carga...

— A carga já está no vácuo, ou perto disso. A exposição não deve causar nenhum dano — interrompeu Vitas.

— Temos danos em quarenta e nove câmaras — disse Alpash. — Pelo impacto e pelos surtos elétricos resultantes do dano. Quarenta e nove.

Por um momento, ninguém quis pedir mais informações. Meia centena de mortes de um só golpe. Trivial, em comparação com a lista total da carga. Mas era horrível pensar no que estava por trás da palavra "carga" e em suas implicações.

— Estamos em órbita, a cento e oitenta quilômetros de distância da teia — disse Karst. — Precisamos contra-atacar. Eles vão jogar mais pedras em nós.

— Vão? — A magra contribuição de Holsten.

— Talvez estejam recarregando.

— Que outros danos? — perguntou Vitas.

— Eu... não sei — admitiu Alpash. — Os sensores do casco são... duvidosos, e alguns foram perdidos. Acredito que nenhum sistema essencial tenha sido danificado, mas pode haver enfraquecimento do casco em outras áreas... Nossos sistemas de controle de danos foram aperfeiçoados para se concentrar em emergências e áreas críticas. — O que significava que eles simplesmente não tinham sido capazes de conservar adequadamente toda a rede.

— Podemos reposicionar os lasers — afirmou Karst, como se fosse uma conclusão natural para o que havia sido dito naquele instante. Talvez na cabeça de Karst fosse mesmo.

— Provavelmente podemos reposicionar a nave com mais facilidade — disse Lain a ele. — Basta girá-la de modo que a matriz de asteroides aponte para a teia. Em órbita, nossa orientação não importa.

Karst estranhou um pouco, obviamente ainda casado de alguma forma com a ideia de que a extremidade da frente deveria ir primeiro, mas então assentiu.

— Bem, vamos começar com isso, então. Quanto tempo?

— Depende do quão responsivos os sistemas estejam. Podemos precisar fazer alguns reparos pontuais.

— Podemos não ter...

— Vá se foder, Karst. Eu estou literalmente no mesmo barco que você. Vou fazer isso o mais rápido possível.

— Ok, certo. — Karst fez uma careta, aparentemente lembrando que seu status de comandante interino havia sido posto de lado assim que acordaram Lain.

A velha engenheira se abaixou diante de um dos consoles de trabalho, um punhado de membros de sua tribo reunidos em torno dela para fazer o que ordenasse. Parecia terrivelmente cansada, pensou Holsten, mas ainda havia uma energia nela que ele reconhecia. O tempo havia lutado com Lain pela posse daquele corpo dobrado e frágil, e até agora o tempo havia perdido.

— Nós simplesmente não vamos ser capazes de tomar o controle do planeta queimando tudo — afirmou Vitas.

— Claro que vamos — disse Karst com teimosia. — Sério, provavelmente podemos cortar toda aquela rede, e simplesmente mandá-la pra puta que pariu do espaço como se fosse uma... meia velha ou coisa assim.

E então, quando o classicista pareceu prestes a se incomodar com seu símile:

— Cale a boca, Holsten.

— Karst, por favor, verifique a energia disponível para a matriz de asteroides — disse Vitas pacientemente.

Karst fez uma careta.

— Então vamos recarregá-la.

— Usando toda a energia que atualmente está garantindo que os sistemas como suporte de vida ou contenção de reator continuem funcionando — concordou Vitas. — E, mesmo se você acertar, e daí? E o planeta, Karst?

— O planeta? — Ele olhou para ela sem entender.

— Você estava planejando apenas descer até lá num transporte e plantar uma bandeira? Se a órbita próxima está *assim*, o que você acha que encontraria na superfície? Você vai passar um laser em tudo lá também, vai? Ou vai levar um disruptor, ou uma arma? Quantas balas você tem, precisamente?

— Já acordei e armei a equipe de segurança e alguns auxiliares — disse Karst teimosamente. — Nós vamos descer e fazer uma cabeça de ponte, estabelecer uma base, começar a avançar. Vamos queimar os putos. O que mais podemos fazer? Ninguém disse que seria fácil. Ninguém disse que isso aconteceria da noite para o dia.

— Bem, a coisa pode chegar a esse ponto — admitiu Vitas. — E se chegar, vou ficar aqui em cima e coordenar o ataque, e boa sorte para vocês. No entanto, espero que haja alguma maneira mais eficiente de eliminar nosso problema de pragas. Lain, eu vou precisar de pelo menos uma das oficinas em funcionamento sob minha direção, e acesso a todos os arquivos antigos: tudo o que ainda temos em relação à Terra.

— Qual é o plano? — perguntou Lain sem olhar para ela.

— Preparar um presente para as... a... a... para elas lá embaixo. — Desta vez a gagueira de Vitas ficou clara o suficiente para que todos notassem. — Não acho que deva ser impossível criar alguma espécie de toxina que tenha como alvo artrópodes, algo que coma seus exoesqueletos ou seu sistema respiratório, mas que não surta nenhum efeito negativo sobre nós. Afinal, supondo que sejam derivadas de aranhas reais da Terra, elas são essencialmente uma forma de vida completamente diferente de nós. Elas não são como nós em nada, de nenhuma maneira.

Holsten, prestando atenção, ouviu muita ênfase naquelas palavras. Pensou em mensagens quebradas em Imperial C. Teria sido a própria Kern, ou algo apenas repetindo as palavras de Kern?

No final, supunha ele, isso não importava. Genocídio era genocídio. Pensou no Antigo Império, que havia sido tão civilizado que no fim envenenou seu próprio planeta natal. *E aqui estamos nós, prestes a começar a arrancar pedaços do ecossistema deste novo planeta.*

Ninguém estava prestando atenção nele, especialmente porque ele não estava expressando nenhum desses pensamentos que entraram em sua cabeça, então encontrou um console que parecia meio operacional e entrou no sistema de comunicações.

Como esperava, havia uma grande atividade de rádio em amplas frequências sendo emitida do planeta. A destruição do Habitat Sentinela significava que agora nada estava chegando a eles tão claramente: é possível que tenha sido meramente um poderoso transmissor para o planeta, no final. Mas o próprio mundo verde estava vivo com mensagens urgentes e incompreensíveis.

Ele quis pensar em algo maravilhoso, então: uma mensagem perfeita que de alguma forma trouxesse compreensão em seu rastro, abrisse um diálogo, desse opções a todos. Mas a aritmética cruel dos prisioneiros de Vitas o deixou travado. *Nós não poderíamos confiar neles. Eles não poderiam confiar em nós. Tentativas mútuas de destruição são o único resultado lógico.* Pensou em sonhos humanos (tanto do Antigo Império quanto do novo) de entrar em contato com alguma inteligência extraterrestre que ninguém jamais houvesse encontrado. *Por quê? Por que iríamos querer? Nós nunca seríamos capazes de nos comunicar, e mesmo que pudéssemos, ainda seríamos aqueles mesmos dois prisioneiros forçados a confiar, e correr o risco, ou a condenar o outro ao tentar salvar um pouco mais de nossas próprias peles.*

Então veio uma nova transmissão, do planeta direto para a nave, mais fraca que antes, mas não estava mais usando o satélite como um relé. Uma palavra em Imperial C, mas absolutamente clara em seu significado.

Perderam.

Holsten olhou, abriu a boca duas ou três vezes, prestes a chamar a atenção de alguém, então enviou uma mensagem simples de volta na mesma frequência.

Doutora Avrana Kern?

Eu disse para vocês ficarem longe, veio a resposta imediata e ameaçadora.

Holsten trabalhou rápido, ciente de que estava negociando agora não para a *Gilgamesh,* mas como o último classicista da Terra em face da história nua e crua. *Não temos opção. Precisamos sair da nave. Precisamos de um mundo.*

Eu enviei vocês a um mundo, macacos ingratos. A transmissão veio do planeta, pulsando fortemente para fora do tumulto geral de sinais.

Inabitável, enviou ele. *Doutora Kern, a senhora é humana. Nós somos humanos. Somos todos os humanos que restaram. Por favor, deixe-nos pousar. Nós não temos escolha. Não podemos voltar atrás.*

A humanidade é superestimada, veio a resposta sombria de Kern. *E, além do mais, você acha que eu estou tomando as decisões? Sou apenas uma conselheira, e eles não gostaram da minha solução preferida para o problema que são vocês. Eles têm suas próprias maneiras de lidar com problemas. Vão embora.*

Doutora Kern, não estamos blefando, realmente não temos escolha. Mas era como antes: ele não estava conseguindo. *Posso falar com Eliza, por favor?*

Se havia alguma coisa que fosse Eliza e não eu, você acabou de destruí--la, respondeu Kern. *Adeus, macacos.*

Holsten enviou mais transmissões, várias vezes, mas Kern aparentemente estava cansada de falar. Podia ouvir a voz desdenhosa da mulher enquanto ele lia o impecável Imperial C, mas ficou muito mais abalado com a sugestão da entidade antiga de que as criaturas do planeta não seriam contidas nem mesmo por ela. *Para onde o experimento dela a levou?*

Ele olhou ao redor. Vitas já tinha saído agora, ido para sua oficina e seus produtos químicos, pronta para esterilizar tanto do planeta quanto fosse necessário para que sua espécie pudesse encontrar uma casa lá. Holsten não tinha certeza de quanto sobraria para tornar o local atrativo para habitação, depois que ela terminasse. *Mas que outra escolha temos? Morrer no espaço e deixar o lugar para os insetos e para Kern?*

— Ainda estamos perdendo sensores de casco — notou Alpash.

— Os impactos podem ter causado mais danos do que pensávamos.

— Ele parecia genuinamente preocupado, e essa era uma doença que os outros contraíram quase que imediatamente.

— Como ainda podemos estar perdendo sensores? — exigiu saber Lain, ainda concentrada no próprio trabalho.

— Eu não sei.

— Estou enviando um drone, então. Vamos dar uma olhada — declarou Karst. — Aqui. — Depois de algumas tentativas, ele conseguiu a visão do drone numa das telas enquanto manobrava um pouco trêmulo para fora de sua baia e descia a grande paisagem curva do casco da nave. — Puta que pariu, mas quanto remendo — comentou.

— A maior parte é do que instalamos após a estação de terraformação — confirmou Lain. — Muito abrir e fechar para enfiar coisas novas nela, ou para efetuar reparos... — Sua voz morreu. — O que foi aquilo?

— O que foi agora? Não vi... — começou Karst.

— Algo se moveu — confirmou Alpash.

— Não seja imbecil...

Holsten olhou, vendo a paisagem irregular e cravada de antenas passar. Então, no canto da tela, um turbilhão de movimentos furtivos e rastejantes.

— Elas estão aqui — tentou dizer ele, mas sua garganta estava seca, a voz apenas um sussurro.

— Não há nada lá fora — estava dizendo Karst. Mas Holsten estava pensando, *Aquilo era algum tipo de fio saindo à deriva daquela antena? Por que os sensores do casco estão caindo, um por um? O que é isso que eu estou vendo se mover...?*

— Ah, caralho. — Karst de repente parecia mais velho que Lain.

— Caralho caralho caralho.

Na visão do drone, seis formas cinzentas e rastejantes passaram rapidamente sobre o casco, correndo com uma certeza ligeiramente exagerada no vazio gelado e sem ar, até mesmo pulando para a frente, prendendo-se com linhas, deixando um rendilhado de fios descartados entrelaçando o exterior da *Gilgamesh*.

— O que elas estão fazendo? — perguntou Alpash, a voz sem emoção.

A voz de Lain, pelo menos, era firme.

— Tentando entrar.

7.6 QUEBRANDO A CASCA

Um dos pares de Portia opera um volumoso dispositivo de vidro embrulhado em seda que funciona como um olho, contendo uma colônia de formigas minúsculas cuja única função é criar uma imagem composta das visões diante deles e retransmiti-la de volta para a teia orbital e para o planeta. Bianca pode então dar ordens momento a momento para melhor explorar a nova posição deles no exterior daquele grande intruso alienígena. Isso é bom, pois Portia não teria nenhuma ideia do que fazer com qualquer coisa que visse. Todo detalhe é bizarro e perturbador, uma estética decorrente dos sonhos de outra divisão taxonômica, uma tecnologia de metal duro e forças elementais.

A própria Bianca não tem uma ideia muito melhor do que fazer com isso, mas as imagens estão sendo roteadas para o vasto complexo de colônias que é a doutora Avrana Kern, ou o que resta dela. Kern pode fornecer uma aproximação razoável do que Portia está vendo e oferecer suas recomendações, algumas das quais são acatadas, outras descartadas. Kern decaiu muito de seu status de Deus. Ela e os líderes de seu antigo rebanho tiveram alguns desacordos amargos sobre o destino da raça humana atualmente a bordo da *Gilgamesh*. Ela argumentou e ameaçou, e no final pediu e implorou, mas àquela altura as aranhas já tinham seu ataque planejado e não seriam dissuadidas. No final, Kern foi forçada a aceitar a dura decisão daqueles que um dia foram seus fiéis, e agora eram seus anfitriões.

Agora ela identificava os sensores do casco para Portia e os outros bandos de defensores orbitais. Eles estiveram ocupados cruzando o casco para apagar os olhos da *Gilgamesh*.

Portia tem pouca noção do conteúdo vivo da arca naquele momento. Intelectualmente, ela sabe que eles estão lá, mas sua mente está focada naquele estágio de seu dever, e o conceito de uma vasta nave de gigantes está além do que sua imaginação consegue ir. No entanto, sua imagem mental dos processos que estão acontecendo lá dentro é surpreendentemente precisa. *Eles vão nos detectar, e saberão que tentaremos invadir.* Na mente dela, a *Gilgamesh* é como uma colônia de formigas, do tipo antigo e ruim, e a qualquer momento os defensores devem implodi-la, ou então armas serão usadas.

Haverá um pequeno número de escotilhas que levam ao interior, instrui Bianca. *Continuem a destruir sensores no caminho, para dificultar a capacidade de resposta deles. Vocês estão procurando um grande quadrado...* Com paciência meticulosa, Bianca dá descrições concisas dos vários meios possíveis de acesso ao interior da *Gilgamesh*, conforme dragadas da memória de Avrana Kern de seu próprio encontro com a nave-arca: de onde eles lançam seus transportes, onde há escotilhas de manutenção, comportas de ar, lançadores de drones... Muito é conjectura, mas pelo menos Kern já foi um dia da mesma espécie que os construtores da nave-arca. Eles têm um quadro de referência em comum, enquanto Portia não consegue nem imaginar o propósito ou a função da profusão de detalhes no casco da *Gilgamesh*.

Se as aranhas possuíssem uma certa forma de determinação, então seriam capazes de entrar na nave-arca sem precisar encontrar um ponto fraco. Afinal, elas têm acesso a explosivos químicos que carregam seu próprio oxigênio e podem ser acionados no vácuo. Mas sua tecnologia da era espacial tem limites. Rasgar a nave não é a opção preferida. No mínimo, Portia e seus pares pretendem contar com o ar da nave-arca, mesmo que tenha pouco oxigênio em comparação com suas necessidades habituais. Os respiradores sobre os abdomens das aranhas têm vida útil limitada, e Portia está profundamente ciente de que eles preferiririam voltar para casa através do vazio também. Melhor estabelecer uma brecha controlada e depois selá-la assim que suas aranhas estiverem dentro.

Uma sensação curiosa a inunda, diferente de tudo que já tenha experimentado antes, fazendo seus órgãos sensoriais táteis estremecerem. O equivalente mais próximo que poderia citar seria que um vento passou por ela, mas ali não há ar para se mover. Seus companheiros e outros grupos de pares atualmente envolvidos no ataque sentiram isso também. Em seu rastro, as comunicações de rádio ficaram irregulares por um breve período. Portia não tem como saber que seus adversários dentro da nave improvisaram um pulso eletromagnético para atacar os equipamentos eletrônicos das aranhas. As duas tecnologias se cruzaram na noite, e mal se tocaram. Até o rádio de Portia é biológico. O pouco que o pulso conseguiu afetar é instantaneamente substituído; a tecnologia é mortal, nascida para morrer, e assim cada componente tem substitutos crescendo atrás de si como dentes de tubarão.

Portia acaba de localizar uma escotilha, uma vasta entrada quadrada selada atrás de portas de metal pesado. Imediatamente transmite sua posição para equipes próximas, que começam a convergir para lá, prontas para segui-la até o interior.

Ela chama sua especialista, que começa a desenhar os contornos do buraco que farão com seus ácidos. O metal ainda resistirá a eles por um tempo, e Portia se afasta pé ante pé, ansiosa e impaciente. Não sabe o que os saudará assim que entrarem: defensores gigantes, ambientes hostis, máquinas incompreensíveis. Ela nunca foi de apenas se sentar e esperar: precisa planejar ou precisa agir. Como as duas coisas lhe são negadas, ela se aflige.

À medida que o ácido começa a agir, reagindo violentamente com o casco e produzindo uma nuvem de vapor que se dispersa quase imediatamente, outros membros da equipe começam a tecer uma rede hermética de seda sintética entre eles, que fechará a brecha assim que a equipe estiver dentro.

Então o contato de rádio desaparece abruptamente, engolido por uma vasta maré oceânica de ruído branco. Os habitantes da nave-arca atacaram de novo. Imediatamente Portia começa a procurar por frequências claras. Ela sabe que os gigantes também usam o rádio para falar, portanto, parece provável que eles possam ter deixado alguns canais abertos. Nesse ínterim, porém, seu esquadrão fica isolado, bem como todos os esquadrões de casco. Mas eles conhecem o plano. Já têm suas instruções precisas sobre como lidar com a ameaça humana: tanto a tripulação desperta quanto o imensamente maior número de adormecidos que Kern descreveu. Os detalhes exatos agora ficarão a critério de Portia.

O mais importante em sua mente neste momento é que os habitantes da *Gilgamesh* estão participando ativamente de sua própria defesa, finalmente. Ela não tem ideia de como isso pode se manifestar, mas sabe o que faria se um agressor roesse as paredes de sua própria casa. As aranhas do gênero *Portia* nunca foram uma espécie passiva ou defensiva. Não são de ficar espreitando pacientes em suas teias: elas atacam ou contra-atacam. São feitas para ir para a ofensiva.

Sem o rádio, a comunicação de curto alcance permanece possível, mas por um triz. *Estejam preparados, eles virão*, bate ela no casco, piscando os palpos para dar ênfase. Aqueles não diretamente envolvidos em romper o casco se dispersam, vigiando todos os lados com muitos olhos.

7.7 A GUERRA LÁ FORA

— Há! — gritou Karst para as telas. — Isso ferrou com a merda do rádio delas.

— Não é exatamente um golpe mortal. — Lain esfregou os olhos com a base interna da mão.

— Não lida com as implicações de elas terem rádio, pra começo de conversa — comentou Holsten. — Com o que estamos lidando aqui? Por que não estamos sequer fazendo essa pergunta?

— É óbvio — veio a voz irritada de Vitas pelo comunicador.

— Então, por favor, explique, porque muito pouca coisa está me parecendo óbvia agora — sugeriu Lain. Ela estava se concentrando nas telas, e Holsten teve a impressão de que suas palavras tinham mais a ver com estar irritada com os modos superiores de Vitas.

— O Mundo de Kern era alguma espécie de planeta de bioengenharia — explicou a voz desencarnada de Vitas. — Ela estava criando essas coisas. Então, sabendo que estávamos voltando, finalmente as tirou de estase e as colocou contra nós. Elas estão cumprindo sua programação mesmo após a destruição do satélite dela.

Holsten tentou chamar a atenção de Lain ou Karst ou, na verdade, qualquer um, mas parecia ter desaparecido em segundo plano mais uma vez.

— E isso significa que a superfície vai estar como? — perguntou Karst, inquieto.

— Talvez tenhamos que realizar uma limpeza ampla — confirmou Vitas com aparente entusiasmo.

— Espere — murmurou Holsten.

Lain ergueu uma sobrancelha para ele.

— Por favor, não vamos… repetir os erros deles. Os erros do Império. — *Porque às vezes sinto que isso é tudo o que temos feito.* — Parece que você está falando sobre envenenar o planeta até a morte, para podermos viver nele.

— Pode ser necessário, dependendo das condições da superfície. Permitir que a biotecnologia descontrolada permaneça na superfície seria consideravelmente pior — afirmou Vitas.

— E se eles forem sencientes? — perguntou Holsten.

Lain apenas assistiu, os olhos quase fechados, e parecia que Karst não tinha realmente entendido a pergunta. Agora era Holsten *versus* a voz de Vitas.

— Se for esse o caso — considerou Vitas —, será apenas no sentido em que um computador pode ser considerado senciente. Elas estarão seguindo as instruções, possivelmente de uma forma que lhes confira uma considerável margem de manobra para reagir às condições locais, mas isso será tudo.

— Não — disse Holsten, paciente. — E se elas forem realmente sencientes? Vivas e independentes, evoluídas? — *Exaltadas*, veio a palavra dentro de sua cabeça. *A exaltação das feras.* Mas Kern havia falado apenas de seus amados macacos.

— Não seja ridículo — retrucou Vitas, e certamente todos eles ouviram o tremor em sua voz. — De qualquer forma, não importa. A lógica da escolha dos prisioneiros se mantém. O que quer que seja aquilo que está contra nós, está fazendo o possível para nos destruir. Precisamos responder de acordo.

— Outro drone já era — anunciou Karst.

— O quê? — exigiu saber Lain.

— Com os sensores do casco sendo retirados, estou tentando ficar de olho nos filhos da puta com os drones, mas eles estão sendo derrubados. Só tenho um punhado sobrando.

— Algum armado como os que derrubaram Kern? — perguntou a velha engenheira.

— Não, e não poderíamos usá-los, de qualquer maneira. Eles estão no casco. Nós danificaríamos a nave.

— Pode ser tarde demais para isso — comentou Alpash num tom calmo. Ele lhes mostrou uma das últimas imagens dos drones. Um grupo de aranhas estava aglomerado numa das portas da baia de transporte. Uma nova linha podia ser vista no metal, sinalizada por um fantasma de vapor se dispersando ao longo de seu comprimento.

— Filhas da puta — disse Karst solenemente. — Tem certeza de que não podemos eletrificar o casco? — Esse tinha sido um tópico importante de conversa antes de tentarem o disparo com o EMP. Alpash estivera tentando elaborar uma solução para uma rede elétrica localizada ao redor de onde quer que as aranhas estivessem, mas a infraestrutura para aquilo simplesmente não existia, muito menos a enorme energia que seria necessária para sua realização. A conversa então se desdobrou para soluções de baixa tecnologia.

— Está com seu pessoal armado e pronto?

— Eu tenho todo um exército, porra. Nós acordamos algumas centenas dos melhores candidatos da carga e colocamos disruptores nas mãos deles. Supondo-se que os pequenos desgraçados *possam* sofrer o efeito da disrupção. Se não puderem, bem, nós liberamos o arsenal. Quero dizer — e sua voz tremeu um pouco, pequenas rachaduras evidentes de um profundo, profundo estresse —, a nave está tão fodida que mais alguns buracos não vão fazer nenhuma diferença, vão? E, de qualquer forma, ainda podemos impedi-las de entrar. Mas se elas entrarem... é possível que não sejamos capazes de contê-las. — Ele lutou com esse "é possível", sua necessidade de otimismo colidindo brutalmente com a muralha das circunstâncias. — Esta nave não foi projetada com esse tipo de situação em mente. Foi um puta de um erro de projeto, isso sim. — E um sorriso que era um ricto.

— Karst... — começou Lain, e Holsten, sempre um pouco atrás, pensou que ela só queria calar a boca dele e poupá-lo do constrangimento.

— Vou colocar meu traje — disse o chefe de segurança.

Lain apenas o observou, sem dizer nada.

— O quê? — Holsten os encarou. — Espere, não...

Karst essencialmente o ignorou, os olhos fixos na engenheira ancestral.

— Tem certeza? — A própria Lain parecia ter tudo, menos certezas.

Karst deu de ombros brutalmente.

— Aqui não estou fazendo merda nenhuma. Precisamos tirar esses vermes do casco. — Havia bem pouco entusiasmo em sua voz. Talvez estivesse esperando que Lain lhe desse alguma razão convincente para ficar. Mas o rosto enrugado dela estava se contorcendo de indecisão, uma engenheira em busca de uma solução para um problema técnico que não tinha como superar.

Naquele momento, o console de Holsten tornou a piscar com atividade, e ele percebeu que as agressoras do lado de fora tinham localizado os canais claros que Karst estava usando para controlar seus drones: e que logo estaria usando para se comunicar com a nave. Era trabalho de Holsten notificar todo mundo no momento em que as aranhas fizessem essa descoberta, mas ele não disse nada, parte dele olhando para a súbita dispersão irregular de sinais sendo captados pelos receptores sobreviventes da *Gilgamesh*, o resto dele ouvindo a conversa que se dava atrás dele.

— Sua equipe? — perguntou Lain finalmente.

— Minha equipe principal está vestida e pronta — confirmou Karst. — Parece que podemos ter uma luta no momento em que abrirmos a comporta. As desgraçadinhas já podem estar lá, cortando pra *entrar.*

Ninguém estava discutindo com ele, mas continuou mesmo assim:

— Não posso pedir pra eles irem e ficar para trás. — E continuou. — É pra isso que eu sirvo, não é? Não sou estrategista. Não sou comandante. Eu lidero pessoas: minha equipe. — Ficou parado diante de Lain como um general que havia decepcionado sua rainha e agora sentia que tinha apenas uma maneira de se redimir. — Vamos encarar os fatos. A segurança sempre esteve aqui apenas para manter a tripulação principal e a carga no lugar durante a viagem. Mas, se tivermos que ser soldados, então seremos soldados, e eu vou liderar.

— Karst... — começou Lain, e depois secou. Holsten se perguntou se ela estava prestes a dizer alguma banalidade bizarra, algum ornamento social do tipo, *se você não quer ir, não vá.* Mas eles já tinham passado há muito tempo do que as pessoas queriam ou não fazer. Ninguém queria a situação na qual se encontravam agora, e sua linguagem, bem como sua tecnologia, tinha se reduzido apenas àquelas coisas essenciais à vida. Nada mais, nenhum enfeite ou floreio, tinha o custo-benefício para ser mantido.

— Vou colocar meu traje — repetiu o chefe de segurança, cansado, com um aceno de cabeça. Ele fez uma pausa como se quisesse lançar alguma forma mais militar de reconhecimento, uma saudação daqueles que estão prestes a morrer, e então deu as costas e saiu.

Lain o viu sair, apoiando-se em sua bengala de metal, e havia uma rigidez semelhante em sua postura, apesar da coluna torta. Seus dedos ossudos estavam brancos, e todos naquela sala a encaravam.

Ela deu dois passos deliberados até chegar ao lado de Holsten, e então deu um olhar fuzilante para o punhado de engenheiros da tribo que ainda estava nas comunicações.

— Vão trabalhar! — gritou para eles. — Há sempre algo que precisa de conserto. — Tendo dispersado a atenção deles, ela respirou fundo, depois soltou o ar, perto o suficiente do ouvido de Holsten para que ele ouvisse o chiado fraco de seus pulmões. — Ele tinha razão, não tinha? — disse muito suavemente, só para ele ouvir. — Precisamos retirá-las do casco, e a equipe de segurança vai lutar melhor se Karst estiver lá fora com eles. — Não é que ela tivesse mandado o homem ir, mas uma palavra dela poderia ter feito com que ele não fosse.

Holsten olhou para ela e tentou assentir, mas algo deu errado com o movimento, e o resultado saiu sem sentido e evasivo.

— O que é isto? — perguntou Lain bruscamente, notando o fluxo de sinais em sua tela.

— Elas encontraram nossa brecha. Estão transmitindo.

— Então por que diabos você não disse?

Ela gritou:

— Karst? — E então esperou até que Alpash confirmasse que estava conectada com o homem. — Estamos mudando as frequências, então prepare seu pessoal. — E lhe deu na sequência o novo canal seguro. — Holsten...

— Vitas está errada — disse ele. — Elas não são máquinas biológicas. Não são apenas marionetes de Kern.

— E como é que você chegou a essa conclusão?

— Pelo jeito como elas se comunicam.

Ela franziu a testa.

— Você decifrou isso agora? E não pensou em contar a alguém?

— Não... não o que elas estão dizendo, mas a estrutura. Isa, sou um classicista, e grande parte disso é um estudo de linguagem: línguas antigas, línguas mortas, línguas de uma era da humanidade que não existe mais. Eu apostaria minha vida que esses sinais são na verdade linguagem, e não apenas algum tipo de instrução. São complexos demais, estruturados de um modo intrincado demais. São ineficientes, Isa. A linguagem é ineficiente. Ela evolui organicamente. Isto aqui é linguagem: linguagem real.

Lain apertou os olhos para olhar a tela por alguns segundos até que as transmissões foram cortadas abruptamente, quando o bloqueio mudou as frequências.

— Que diferença faz? — perguntou ela baixinho. — Isso tira as merdas dos prisioneiros de Vitas de suas celas? Não tira, Holsten.

— Mas...

— Me diga como isso nos ajuda — convidou ela. — Me diga como qualquer uma dessas... especulações nos ajuda de algum modo. Ou é como todo o resto do seu saco de truques? Acadêmico em todos os sentidos da palavra.

— Estamos prontos — veio a voz de Karst naquele momento, como se estivesse educadamente aguardando que ela terminasse. — Estamos na comporta. Estamos prestes a abrir a escotilha.

O rosto de Lain era como uma máscara mortuária. Ela também nunca pretendera ser comandante. Holsten podia ver cada um daqueles séculos de decisões difíceis nas linhas de seu rosto.

— Podem ir — confirmou ela —, e boa sorte.

* * *

Karst tinha um esquadrão de vinte e dois pronto para ir, e isso esgotou todos os pesados trajes EVA que ainda estavam funcionando. Outros doze estavam sendo reparados naquele instante, e ele estava apenas grato porque a tribo tinha precisado sair para fazer consertos no casco, ou poderia nem ter sido capaz de colocar em campo tantos soldados. *Soldados*: pensava neles como soldados. Alguns deles eram de fato soldados, militares acordados da carga desta ou da última vez, adicionados pouco a pouco à equipe de segurança sempre que ele precisava de um pouco mais de músculo. Outros eram veteranos de sua equipe: membros da tripulação principal que haviam estado com ele desde o início. Estava levando apenas os melhores, o que neste caso significava quase todos que tinham o treinamento de EVA apropriado.

Lembrava-se muito claramente de quando ele próprio tinha passado por esse treinamento. Parecia um completo desperdício de tempo, mas queria ganhar um lugar na tripulação principal da *Gilgamesh* e era algo pelo qual eles estavam procurando. Ele passou meses se movimentando trôpego em órbita, aprendendo a se mover em gravidade zero, a pisar com botas magnéticas, aclimatando-se à náusea e à desorientação de um ambiente tão adverso e hostil.

Ninguém havia mencionado lutar contra um exército de aranhas pela sobrevivência da raça humana, mas Karst meio que devaneava que pudesse ter imaginado isso, sonhando acordado quando era jovem e o projeto *Gilgamesh* ainda era apenas uma ideia. Certamente tinha se visto de pé no casco de uma poderosa nave colonizadora em apuros, arma na mão, derrotando a horda alienígena.

Agora, na comporta, a respiração alta em seus ouvidos e os confins do traje pesados e sufocantes, não parecia tão divertido como havia imaginado.

A escotilha pela qual eles estavam prestes a sair estava posicionada no chão, pelo ponto de vista de onde ele estava. Haveria uma vertiginosa mudança de perspectiva quando saíssem, presos uns aos outros por mosquetões e tentando não ser arremessados na lateral da nave pela força centrípeta da seção rotativa. E depois teriam de confiar em suas botas para segurá-los, progredindo ao longo de uma superfície que constantemente tentaria desalojá-los. As coisas teriam sido mais fáceis, perversamente, se estivessem acelerando ou desacelerando no espaço profundo, com o sentido interno de "para baixo" caindo para as partes da frente ou de trás da nave e as seções rotativas paradas, mas agora estavam em órbita, em queda livre ao redor do planeta e, portanto, forçados a fingir sua própria gravidade.

— Chefe! — avisou um membro de sua equipe. — Estamos perdendo ar.

— Claro que estamos... — Então ele parou, porque não tinha dado a ordem de abrir as portas externas. Eles estiveram parados ali na porta por algum tempo e as palavras tinham custado a sair. Agora alguém, *alguma coisa*, estava forçando a barra.

Em algum lugar na escotilha devia haver um furo minúsculo deixando sair o ar deles. As aranhas estavam lá fora, agora, tentando abrir caminho para dentro.

— Todo mundo se prendendo ao chão e travando as botas — ordenou ele e, agora que estava diante da ação, os pensamentos vinham suavemente e sem bordados emocionais indevidos. — É melhor se abaixarem. Eu quero que a porta externa seja aberta o mais rápido possível, sem ventilar o ar antes.

Um membro da tribo confirmou as instruções em seu ouvido, e Karst seguiu seu próprio conselho.

Em vez do ranger constante da escotilha que ele esperava, alguém obviamente tinha interpretado aquele "o mais rápido possível" literalmente e ativado algum tipo de controle de emergência, abrindo a escotilha em segundos, de forma que o ar pressurizado ao redor deles trovejou através da brecha resultante como um martelo. Karst sentiu isso atingi-lo com violência, tentando arrastá-lo junto, para desfrutar das vastas paisagens abertas do universo. Mas suas cordas e suas botas resistiram, e ele suportou a tempestade. Um membro de seu time foi imediatamente arrancado ao seu lado, puxado no meio da abertura e salvo apenas por sua linha de ancoragem. Karst estendeu a mão e agarrou a luva dela, puxando-a desajeitadamente para trás até ela bater contra o chão subjetivo ao lado do buraco aberto.

Ele viu alguns fragmentos, então: pernas articuladas e alguma coisa rasgada que devia ter sido a maior parte de um corpo capturado pelo mecanismo da escotilha. Mais além...

Mais além estava o inimigo.

Elas estavam em desordem, rastejando umas sobre as outras. Várias tinham sido atingidas pela descompressão, e ele torcia para que algumas tivessem se perdido no espaço, mas havia pelo menos três ou quatro penduradas na ponta de fios e começando a subir de volta para a escotilha. Karst apontou sua arma. Ela era embutida em sua luva, e no geral era uma peça refrescantemente simples do kit. Nada nas vastidões sem ar do vácuo interromperia o funcionamento de um propelente químico se este contivesse seu próprio oxigênio, e o vazio sem ar deveria ser o paraíso perfeito para um atirador, seu alcance limitado apenas pela curva do casco da *Gilgamesh*.

Ele queria dizer algo inspirador ou dramático, mas, no fim, a visão dos monstros rastejantes, que balançavam as pernas em espasmos, o aterrorizou tanto que "Matem os filhos da puta" foi tudo o que conseguiu dizer.

Atirou três vezes, mas errou, tentando se ajustar à perspectiva surreal e confundindo a distância e o tamanho de sua presa, o sistema de mira de seu traje teimosamente resistente em travar nos bichinhos peçonhentos. Então ele acertou, mandando uma das feras que ainda permaneciam no casco girando para longe. Sua equipe também estava atirando, cuidadosa e controlada, e era óbvio que as aranhas estavam totalmente despreparadas para o que estava acontecendo. Karst viu seus corpos angulosos e de pernas compridas sendo arremessados para todos os lados, as mortas penduradas diretamente do casco como balões macabros.

Algumas estavam retribuindo o fogo, o que lhe deu uma sensação desagradável. Elas tinham algum tipo de arma, embora os projéteis fossem lentos e volumosos em comparação com o disparo elegante de balas das armas feitas pelo homem. Por um momento, Karst pensou que elas estavam jogando pedras novamente, mas os mísseis eram algo parecido com gelo ou vidro. Eles se despedaçaram contra os trajes blindados, não causando nenhum dano.

As aranhas eram inesperadamente resistentes, vestidas com algum tipo de armadura trançada que as fazia dançar sob o impacto das balas sem necessariamente deixar nenhuma penetrar, e Karst e seus companheiros tinham de forrar várias delas com tiros antes que algum passasse.

Mas, quando morriam, explodiam de modo bastante satisfatório.

Em pouco tempo, se havia sobreviventes entre as inimigas, elas tinham fugido; Karst parou um momento, reportando-se a Lain antes de dar o grande passo de se colocar para fora no casco, diante do horizonte reduzido da *Gilgamesh*.

Então não havia mais o que fazer: e ele foi.

Os pesados trajes EVA eram tecnologia militar adequada, embora, em sua maior parte, os sistemas militares reais que Karst gostaria de ter acessado não estivessem online ou tivessem sido inteiramente removidos. Afinal, os engenheiros não precisavam de programas de mira sofisticados ao sair para fazer reparos. Como em tudo o mais que sobreviveu da raça humana, uma tirania de prioridades entrou em vigor. Ainda assim, os trajes foram reforçados nas articulações e blindados em todos os demais pontos, com servomotores para ajudar o guerreiro espacial determinado a se mover neles. Eles tinham um suprimento de ar estendido, resíduos reciclados, temperatura controlada e, se os sensores do casco tivessem sido realmente deixados intactos, então Karst teria um belo mapinha de tudo ao seu redor. Na prática, ele escalou laboriosamente pela escotilha numa segunda pele que deixava seu torso muito troncudo e cada membro com o dobro de sua circunferência real, sentindo calor e cãibras, sentindo o leve estremecimento enquanto servomotores antigos e carinhosamente mantidos consideravam a cada segundo se entregariam ou não os pontos e parariam de funcionar. Alguns dos trajes ainda tinham mochilas com jatos funcionais para permitir manobras limitadas longe do casco, mas o combustível era um bem precioso, e Karst tinha dado a ordem para poupá-lo para emergências. Ele não estava convencido de que usar o equipamento de voo antiquado e frequentemente consertado não seria apenas um passo a mais na direção de uma armadilha mortal.

A imagem que recebia de seu entorno era a visão desordenada e estreita de sua placa frontal e um punhado de *feeds* das câmeras nos trajes de seus companheiros de esquadrão, que ele estava tendo dificuldade de corresponder aos indivíduos reais ali.

— Lain, você pode enviar a todos instruções sobre uma formação, e o lugar de cada um nela? — Isso lhe dava uma sensação de confissão de derrota, mas ele não tinha em mãos as ferramentas que o inventor do traje havia previsto. — Preciso de olhos vigiando todos os lados. Estamos indo para as portas da baia de transporte sete. Feche essa comporta atrás de nós. E a porta externa está comprometida em algum lugar...

— Não está fechando — veio a voz de Alpash. — Ela... Tem alguma coisa errada.

— Bem... — E então Karst percebeu que não tinha muito o que dizer. Não tinha como exigir que eles saíssem e consertassem aquilo naquele instante. — Bem, feche a porta interna até voltarmos. Estamos indo agora.

Então as instruções de Lain vieram, mostrando-lhes seu melhor palpite de uma rota a tomar, e uma formação para a equipe de segurança assumir, olhos focados ao redor.

— Temos outro drone sendo lançado — acrescentou ela. — Vou mandá-lo para longe para ver vocês, e colocá-lo em seu... Caralho.

— O que foi? — exigiu saber Karst imediatamente.

— Não temos nenhum drone. Vão logo pra baia de transporte, rápido.

— Tente se mover rápido nestas merdas aqui. — Mas Karst estava se movendo, a ponta da flecha, e sua equipe assumiu suas posições aos trancos e barrancos, passo após passo de metal pesado ao longo do casco. — E me deixe adivinhar: baia de drones depois do transporte, certo?

— Muito bem.

* * *

O drone simplesmente não tinha saído da baia, pendurado e emaranhado na teia que seus sensores não podiam sequer detectar, sua escotilha de lançamento ainda aberta. Holsten não tinha ideia de que tipo de acesso as baias de drones davam ao resto da nave, mas Lain já estava enviando pessoas para lá, então, presumivelmente, isso significava que as criaturas estavam a bordo.

Eles tinham *feeds* das câmeras de Karst e um punhado de seu pessoal, embora não todos, registrando seu avanço a passos lentos lá fora no casco, constantemente examinando o chão diante deles sobre aquele horizonte truncado.

— Estamos cegos! — sibilou Lain furiosamente. A rede de sensores de casco estava em pedaços, danos equivalentes a centenas de horas de manutenção infligidos em apenas alguns minutos. — Onde elas estão, então? Onde mais?

Holsten abriu a boca: outra chance para um comentário banal e sem sentido, e então os alarmes começaram a soar.

— Brecha de casco na área de carga — disse Alpash categórico. E então, com um tom de voz curiosamente amortecido:

— Esta é a segunda violação, claro. Após o impacto anterior.

— Já há um buraco na carga. — Lain ecoou o sentimento, seus olhos procurando os de Holsten. — Elas provavelmente já entraram.

— Então por que fazer outro buraco?

— A carga é grande — disse Alpash. — Elas devem estar perfurando a nave inteira. Não precisam de escotilhas. Nós... — Seus olhos estavam arregalados quando se virou para Lain, suplicante. — O que vamos fazer?

— Carga... — Holsten pensou naqueles milhares de adormecidos, esquecidos em seus pequenos caixões de plástico. Pensou em aranhas descendo sobre eles, navegando no vácuo sem gravidade em direção às suas presas. Pensou em ovos.

Talvez Lain abrigasse pensamentos semelhantes.

— Karst! — gritou ela. — Karst, precisamos do seu pessoal aqui dentro.

— Estamos chegando na escotilha da baia de transporte agora — relatou Karst, como se não tivesse ouvido.

— Karst, elas estão aqui dentro — insistiu Lain.

Houve uma pausa, mas o progresso estrondoso das câmeras não desacelerou.

— Mande o pessoal para lá daí de dentro. Eu vou lidar com isso, e depois voltamos. Ou você quer que elas cheguem bem na sua porta?

— Karst, a área de carga está sem gravidade e atmosfera, não posso simplesmente enviar... — começou Lain.

— Deixe-me matar este ninho e aí voltamos — falou Karst por cima dela. — Vamos manter isso sob controle, não se preocupe. — Ele soava enlouquecedoramente calmo.

Em seguida, outra transmissão veio de dentro da nave, um momento de gritos e berros distorcidos... e depois nada.

Seguiu-se o silêncio. Lain, Alpash e Holsten se entreolharam, horrorizados.

— Quem era? — perguntou a engenheira ancestral por fim. — Alpash, o que foi que nós...?

— Eu não sei. Estou tentando... Entrem em contato, por favor, entrem em contato, todos...

Houve uma enxurrada de breves respostas de diferentes grupos da tribo e militares despertos por toda a nave, e Holsten podia ver Alpash checando a presença deles. Mesmo antes de terminarem, alguém estava gritando:

— Elas estão aqui! Sai, sai. Elas entraram!

— Confirme sua posição. — A voz de Alpash estava tensa. — Lori, confirme sua posição!

— Alpash... — começou Lain.

— É minha família — disse o engenheiro mais jovem. Subitamente, ele estava longe de sua estação. — É o nosso alojamento. Estão todos lá: meus parentes, nossos filhos.

— Alpash, fique no seu posto! — ordenou Lain a ele, a mão trêmula em sua bengala, mas sua autoridade (a influência de sua idade e seu *pedigree*) agora era apenas fumaça. Alpash abriu a escotilha e sumiu.

— Lá estão elas — veio o grito triunfante de Karst nas comunicações.

E então:

— Onde está o resto?

A boca de Lain se abriu, seus olhos irresistivelmente impelidos na direção das telas. Havia um punhado de aranhas na escotilha da baia de transporte, capturadas pelo brilho do sol, sombras longas e angulosas descendo ao longo do casco. Menos, porém, do que havia antes, e talvez isso apenas significasse que as outras tinham optado por pontos de acesso mais fáceis. O caos nas comunicações mostrava que as criaturas estavam estabelecendo cabeças de ponte por toda a nave.

— Karst... — começou Lain, certamente muito baixo para ele responder.

Holsten viu uma das aranhas se despedaçar subitamente, por um tiro de Karst ou alguém de sua equipe. Então alguém gritou: "Atrás de nós!", e as imagens das câmeras começaram a girar ao redor, fornecendo vistas giratórias do casco e das estrelas.

— Me pegaram! — veio de alguém, e outros da equipe de segurança não estavam mais se movendo. Holsten viu um homem, fixado na visão da câmera de um camarada, lutando contra algo invisível, batendo e puxando seu traje, a rede à deriva de fios que o prenderam invisível, mas forte demais para quebrar.

As aranhas começaram a emergir então, correndo ao longo da curva do casco com uma velocidade que ria da marcha lenta do progresso de Karst. Outras estavam descendo do alto, onde tinham permanecido à deriva na ponta de outros fios, subindo contra a força externa da seção rotativa; escalando para um ponto de cima do qual poderiam pular em Karst e seus homens.

A arma/luva levantada de Karst, no canto de sua câmera, piscou e emitiu um clarão, tentando rastrear os novos alvos, matando pelo menos um. Eles viram um dos membros da equipe de Karst ser atingido por fogo amigo, botas arrancadas do casco pelo impacto, caindo longe da nave para acabar sofrendo um repuxo na ponta de uma linha invisível, quando um monstro de oito patas veio avançando em direção à sua forma indefesa e instável. Homens e mulheres estavam gritando, atirando, berrando, tentando fugir no seu passo pesado e desajeitado.

* * *

Karst recuou dois passos pesados, ainda atirando, vendo a tela do seu capacete registrar as rodadas de munição restantes em seu magazine helicoidal. Mais por sorte que por cálculo, pegou uma das criaturas quando pousou na mulher ao lado dele, pulverizando pedaços congelantes de carapaça e vísceras que chacoalharam ao ricochetear nele. Ela foi pega na teia com a qual as desgraçadinhas tinham semeado o casco, apenas grandes nuvens soltas do material fino que tinha agora enredado completamente metade de seu pessoal.

Seus ouvidos estavam cheios de pessoas gritando: sua equipe, outros de dentro da nave, até mesmo Lain. Tentou se lembrar de como fechar os canais: estava tudo muito alto; não conseguia pensar. O trovejar de sua própria respiração rouca rugia por cima do barulho, como um gigante hiperventilando berrando em cada ouvido.

Ele viu outro de seu pessoal voar solto do casco, cancelando o apoio de suas botas sem mais nada para segurá-lo. Simplesmente voou para longe, ascendendo ao infinito. Se seu traje tinha propulsores, eles não estavam funcionando agora. O homem azarado apenas continuou, recuando para o infinito, como se não pudesse suportar compartilhar a nave com os monstros ocupados que queriam entrar nela.

Outra aranha pousou na mulher aprisionada ao lado de Karst, simplesmente deslizando ao final de um salto colossal, patas estendidas. Ele pôde ouvi-la gritando, e cambaleou para a frente, tentando mirar na coisa enquanto a mulher se agitava e batia nela com as mãos enluvadas.

A coisa se agarrava a ela, e Karst a viu alinhar cuidadosamente suas mandíbulas, ou algum mecanismo ligado a elas, e então se curvar para a frente, lancetando a mulher entre as placas de seu traje com força repentina e irresistível.

O traje selaria em torno de um furo, é claro, mas isso não ajudaria contra o que quer que tivesse sido injetado nela. Karst tentou obter informações médicas do traje dela, mas não conseguia se lembrar como. Ela ficou parada, apenas balançando frouxamente contra o ponto de ancoragem de suas botas magnéticas. O que quer que tenha sido aquilo, foi de ação rápida.

Ele finalmente conseguiu desligar todas as vozes em sua cabeça, deixando apenas a sua. Houve um momento de calma abençoada em que parecia possível que, de alguma forma, ele pudesse recuperar o controle da situação. Devia haver alguma palavra mágica, algum comando infinitamente eficaz que um líder realmente bom pudesse dar, um comando que restauraria a flecha certa da evolução e permitiria que a humanidade triunfasse sobre aquelas aberrações.

Algo pousou em suas costas.

7.8 A GUERRA LÁ DENTRO

Como uma colônia de formigas, é o pensamento de Portia. Mas não é verdade, é apenas algo que diz a si mesma para balancear os arredores vastamente alienígenas que pesam sobre ela.

Ela vem de uma cidade que é uma floresta, cheia de complexos espaços multifacetados, no entanto, os arquitetos de seu povo reduziram até mesmo aquela geografia tridimensional ao próprio tamanho deles, compartimentalizando o vasto até se tornar manejável, controlável. Ali, os gigantes fizeram o mesmo, criando aposentos que para eles talvez sejam um pouco apertados e restritos, mas para Portia a escala exagerada de tudo é assustadora, um lembrete constante do tamanho e do poder físico dos seres divinos que criaram aquele lugar, e cujos descendentes ainda habitam ali.

Pior é a geometria implacável dele. Portia está acostumada a uma cidade de mil ângulos, uma cadeia de paredes, pisos e tetos amarrados em todas as inclinações possíveis, um mundo de seda esticada que pode ser desmontado e remontado, dividido, subdividido e infinitamente adaptado para se adequar. Os gigantes precisam viver suas vidas entre esses ângulos retos rígidos e invariáveis, sepultados entre essas paredes maciças e sólidas. Nada faz qualquer tentativa de imitar a natureza. Em vez disso, tudo é preso pela mão de ferro daquela estética alienígena dominante.

Seu grupo de pares cruzou as portas destroçadas da baia de transporte, a brecha selada atrás deles para minimizar a perda de pressão. Ela acabou de ter uma breve janela de contato por rádio com outros grupos, uma rápida atualização antes que os gigantes mudem sua própria frequência e obliterem todas as outras com sua tempestade invisível. Existem seis grupos de pares separados dentro da grande nave agora, vários deles em uma seção que não tinha ar próprio. As tentativas de coordenação são inúteis. Cada tropa está por sua conta e risco.

Eles encontram os primeiros defensores pouco depois: talvez vinte gigantes chegando com intenções violentas antes que as aranhas possam configurar suas armas de grande escala. As vibrações da aproximação do inimigo servem como aviso prévio de um grau quase absurdo, e o bando de Portia, uma dúzia deles agora, é capaz de armar uma emboscada. Uma armadilha de mola tecida às pressas pega os gigantes da frente numa bagunça de redes mal construídas: não é o suficiente para segurá-los por muito tempo, mas é o bastante para provocar uma parada quase súbita, fazendo que seus companheiros trombem neles. Eles têm armas, não apenas os projéteis letalmente rápidos de seus compatriotas lá fora, mas também uma espécie de vibração concentrada que corre como um grito de loucura por cada fibra do corpo de Portia, e cujo choque paralisa todas as aranhas, e mata uma na hora.

Então as aranhas começam a atirar de volta. As armas penduradas sob seus corpos são muito mais lentas que balas, mais próximas dos antigos estilingues que os ancestrais de Portia usavam. Sua munição são dardos de vidro de três pontas, formados para girar em pleno voo. Ali, em gravidade, seu alcance é relativamente curto, mas o interior da *Gilgamesh* não permite muita pontaria de longa distância de qualquer modo. Portia e seus colegas são, no mínimo, atiradores extremamente bons e excelentes julgadores de distância e movimento relativo. Alguns dos gigantes usam armaduras como aquelas lá fora; a maioria, não.

Quando os dardos tiram sangue, eles estalam, as pontas se quebram e seu conteúdo é forçado para o interior do curiosamente elaborado sistema circulatório que os gigantes ostentam, para correrem por seus corpos por intermédio de seus próprios metabolismos acelerados. Apenas uma minúscula quantidade é necessária para o efeito total, e a fórmula cuidadosamente medida funciona muito rapidamente, indo direto para o cérebro. Portia vê os gigantes caírem, com espasmos, e ficando rígidos, um por um. Os poucos inimigos blindados são tratados com a abordagem mais arriscada da injeção direta. Portia perde quatro de seu esquadrão e sabe que, se a emboscada tivesse falhado, todos poderiam ter morrido.

Ainda assim, seus números dentro da nave estão crescendo de forma constante. Embora preferisse sobreviver, ela sempre aceitou a chance razoável de que aquela missão significaria sua morte.

Sua química de campo ainda está viva e pronta para ordens. Portia não para. *A Mensageira disse que haveria aberturas para permitir a circulação de ar ao redor da embarcação.* A logística exata para manter os aposentos de uma nave-arca supridos com ar respirável está um pouco além da compreensão de Portia, mas as informações de Avrana Kern foram compreendidas no grau requerido.

Seus corpos peludos permanecem sensíveis ao movimento mesmo através de seu revestimento a vácuo, e as aranhas rapidamente rastreiam o movimento fraco do ar que sai das aberturas. Do lado de lá, Portia sabe, haverá exércitos de gigantes reunidos, sem dúvida esperando as aranhas virem contra eles. Mas esse não é o plano.

A química de campo apronta sua arma rapidamente, preparando a mistura elegantemente trabalhada para descarregar nos dutos de ar, onde encontrará seu caminho ao redor da nave.

Siga em frente, ordena Portia quando ela termina. Eles têm muito mais armas químicas para colocar no lugar. Há um grande número de gigantes na nave, afinal.

Quando eles finalmente entenderam o que Avrana Kern estivera tentando comunicar para eles, quando se tornou óbvio que o caminho percorrido por sua espécie os levaria, inevitavelmente, à colisão com uma civilização de deuses-criadores gigantes, as aranhas se voltaram para o passado em busca de inspiração, procurando aprendizado enterrado desde os primórdios de sua história. Mas, para elas, a história podia ser lembrada como se fosse ontem. Elas nunca haviam sofrido com o problema dos registros humanos: que tanta coisa se perde para sempre quando a roda de moinho dos anos destrói tudo. Suas ancestrais distantes, em conjunto com o nanovírus, desenvolveram a capacidade de transmitir o aprendizado e a experiência geneticamente, direto para sua prole, um trampolim vital numa espécie com quase nenhum cuidado parental. Então esse conhecimento de tempos distantes é preservado em grande detalhe, inicialmente passado dos pais para a prole, e mais tarde destilado e disponível para qualquer aranha incorporar na mente e nos genes.

Globalmente, as aranhas reuniram uma vasta biblioteca de experiência à qual recorrer, um recurso que contribuiu para a sua rápida ascensão da obscuridade para a órbita.

Escondidos nessa Alexandria aracnídea estão segredos notáveis. Por exemplo: gerações atrás, durante a grande guerra com as formigas, gigantes caminharam rapidamente sobre o mundo verde, tripulação da mesma nave-arca que Portia agora invadiu.

Um desses gigantes foi capturado e mantido por muitos anos. Os Entendimentos da época não incluíam a crença de que fosse senciente, e os cientistas agora se contorcem e saltitam de frustração com o que poderia ter sido aprendido se seus antepassados apenas se esforçassem um pouco mais para se comunicar.

No entanto, isso não quer dizer que nada foi aprendido com o gigante cativo. Durante sua vida, e especialmente após sua eventual morte, as estudiosas da época fizeram o melhor que puderam para examinar a bioquímica e o metabolismo da criatura, comparando-a com os pequenos mamíferos com os quais compartilhavam o mundo. Em sua biblioteca de conhecimento em primeira mão, as aranhas descobriram muito sobre como a bioquímica humana funciona.

Armadas com esse conhecimento e um suprimento de ratos e animais semelhantes como cobaias (não era o ideal, mas era o melhor que tinham), as aranhas desenvolveram sua grande arma de última defesa contra os invasores. Houve muita discussão entre os representantes escolhidos de cidades e grandes grupos de pares, e entre todos eles e Avrana Kern também. Outras soluções e possibilidades foram descartadas, até que a natureza das aranhas e o extremo da situação deixassem apenas aquela. Até agora, Portia e os outros esquadrões de assalto são os primeiros a descobrir que a solução deles funciona, pelo menos por enquanto.

Os sensores da *Gilgamesh* mal registram a mistura enquanto ela entra na circulação do navio, rastejando sobre a seção rotativa da tripulação uma câmara de cada vez. Não há toxinas evidentes, nenhum produto químico imediatamente prejudicial. Algumas leituras em todo o navio começam a registrar uma ligeira mudança na composição do ar, mas a essa altura a arma insidiosa já está causando estragos.

Os guerreiros gigantes que Portia acabou de derrotar receberam uma forma concentrada da droga. Portia agora examina-os com curiosidade. Ela vê seus olhos bizarros e estranhamente móveis revirarem e piscarem, girarem para cima, para baixo e para os lados com a visão de terrores invisíveis, enquanto a substância ataca seus cérebros. Tudo está indo conforme o planejado.

Quer ficar e amarrá-los, mas eles não têm tempo, e ela não sabe se a mera seda poderia conter esses monstros gigantescos. Precisa torcer para que a incapacidade inicial, vista também nas cobaias mamíferas, tenha as consequências permanentes pretendidas. Seria inconveniente se os gigantes de alguma forma se recuperassem.

O povo de Portia segue em frente, rápido e determinado. A substância é inofensiva para sua própria fisiologia, passando por seus pulmões folhosos sem efeito.

Pouco depois, eles chegam a uma sala cheia de gigantes. Estes não estão armados, e estão em vários tamanhos, o que Portia supõe se tratar de adultos e jovens de várias mudas. Eles já estão sucumbindo ao gás invisível, cambaleando bêbados, desmoronando sobre pernas subitamente fluidas, ou apenas deitados ali, olhando para visões que existem apenas em suas próprias mentes. Há um forte cheiro orgânico no ar, embora Portia esteja ciente de que muitas de suas vítimas eliminaram seus dejetos.

Eles verificam se não há mais ninguém para combatê-los, e depois seguem em frente. Há muito mais gigantes para conquistar.

7.9 ÚLTIMA DEFESA

Eles puderam ouvir Karst gritando e berrando por muito tempo, seu microfone fixo num canal aberto. A câmera de seu traje lhes dava vislumbres borrados do casco, das estrelas, de outras figuras em luta. Lain estava gritando com ele numa voz embargada, incitando-o a entrar na nave, mas Karst já não a ouvia, em vez disso lutando furiosamente com algo que não podiam ver. Pelos movimentos desastrados de suas luvas, vislumbrados brevemente na periferia da imagem, parecia que estava tentando arrancar seu próprio capacete.

Então ele parou subitamente, e por um momento pensaram que havia simplesmente deixado de transmitir, mas seu canal permanecia aberto, e agora eles ouviam um som gorgolejante, um engasgo molhado. O movimento louco da câmera havia cessado, e o campo de estrelas passou pela visão de Karst quase pacificamente.

— Ah, não, não, não... — disse Lain, antes que uma pata segmentada arqueada além da visão da câmera se plantasse na placa frontal de Karst. Eles só viram um pedaço da coisa quando ela se agachou em seu ombro, aconchegando-se para agarrá-lo melhor. Um aracnídeo peludo com um exoesqueleto cintilante e uma sugestão de presas curvas dentro de algum tipo de máscara: o medo mais antigo do homem esperando por ele ali nos limites externos da expansão humana, já equipado para o espaço.

Àquela altura, chegavam relatos de toda a nave. Equipes de engenheiros estavam vestindo trajes (trajes de trabalho leves sem nenhuma das armaduras ou sistemas que tinham feito tão pouco por

Karst) e indo para o território hostil e contestado dos porões de carga. Outros tentavam repelir invasoras onde quer que as criaturas fugitivas tivessem entrado. O problema era que, com os sensores do casco destruídos em tantos lugares, a *Gilgamesh* só poderia dar um palpite muito frouxo sobre precisamente onde elas haviam *de fato* invadido.

Por amargos minutos, Lain tentou coordenar os vários grupos, alguns deles lá fora sob ordens do comando, outros apenas vigilantes da tribo, ou carga desperta que vinha aguardando uma câmara de suspensão substituta.

Então algo mudou ao redor deles. Holsten e Lain trocaram olhares, ambos sabendo instantaneamente que algo estava errado, mas nenhum dos dois capaz de dizer o quê. Algo onipresente, nunca notado conscientemente e sempre tido como garantido, tinha ido embora.

E finalmente Lain disse:

— Suporte de vida.

Holsten sentiu seu peito congelar só de pensar.

— O quê?

— Eu acho que... — Ela olhou para suas telas. — A circulação de ar cessou. As aberturas de ventilação foram fechadas.

— E isso significa...?

— Significa que você precisa poupar sua respiração, porque subitamente estamos com pouco oxigênio. Mas que porra é...?

— Lain?

A velha engenheira torceu o rosto.

— Vitas? O que está acontecendo?

— Eu desliguei o ar, Lain. — Havia um tom curioso na voz da cientista, em algum lugar entre determinação e pavor.

Os olhos de Lain estavam fixos em Holsten, tentando retirar força dele.

— Você se importaria de explicar por quê?

— As aranhas liberaram algum tipo de arma química ou biológica. Estou segmentando a nave, cortando áreas que ainda não foram infectadas.

— Cortando áreas que *não foram* infectadas?

— Receio que já tenha se difundido bastante — confirmou a voz de Vitas de modo quase brusco, como um médico tentando esconder más notícias com um sorriso. — Acho que consigo contornar essas áreas e restaurar uma circulação de ar limitada que não esteja contaminada, mas por ora...

— Como você sabe tudo isso? — exigiu saber Lain.

— Meus assistentes aqui no laboratório desmaiaram todos. Estão sofrendo algum tipo de ataque. Estão completamente alheios. — Um tremor minúsculo e rapidamente eliminado estava por trás das palavras. — Eu mesma estou numa câmara de teste selada. Estava trabalhando numa arma biológica minha para vencer a guerra, aniquilar a espécie sem ter que disparar um tiro. Como poderíamos saber que eles iam nos vencer nisso?

— Acho que não está quase pronta, está? — perguntou Lain, sem muita esperança.

— Estou perto, eu acho. Os registros da *Gilgamesh* sobre a antiga zoologia da Terra são bastante incompletos. Lain, vamos ter que...

— Rotear o ar não contaminado — concluiu a engenheira. Ela estava curvada sobre um console, as mãos trêmulas o apunhalando em rajadas desesperadas e irregulares. Parecia mais velha, como se aquela última hora tivesse jogado mais uma década sobre seus ombros. — Deixa comigo. Holsten, você precisa avisar nosso pessoal, faça com que eles coloquem máscaras ou recuem para... para... para onde quer que eu diga a você em...

Holsten já estava dando o melhor de si, lutando contra a interface cada vez menos confiável da *Gilgamesh*, chamando cada grupo que conseguia localizar no sistema. Alguns não responderam. A arma das aranhas estava se espalhando invisível de compartimento em compartimento enquanto Vitas e Lain lutavam para isolá-la.

Ele conseguiu falar com Alpash com uma onda de alívio.

— Elas estão usando gás ou alguma coisa...

— Eu sei — confirmou o engenheiro da tribo. — Estamos usando máscaras. Mas isso não vai funcionar por muito tempo. Este aqui é o kit de emergência. — A voz soava estranhamente animada, apesar de tudo.

— Lain está preparando uma... — as palavras apropriadas se encaixaram na hora certa — ... posição de recuo. Você viu alguma...?

— Acabamos de mandar um monte delas para a casa do caralho — confirmou Alpash ferozmente. Ocorreu a Holsten que a luta era diferente para a tribo. Sim, intelectualmente sabia que a *Gil* era o único refúgio para toda a humanidade, e que a sobrevivência de sua espécie dependia dela agora, mas ainda era apenas uma nave para ele, um meio de ir de um lugar para outro. Para Alpash e seu povo, aquilo era o *lar*. — Certo, bem, vocês deveriam recuar para... — E àquela altura Lain tinha conseguido preparar uma rota, trabalhando com concentração furiosa enquanto sua respiração entrava e saía chiando por entre seus lábios.

— Vitas? — gritou a velha engenheira.

— Ainda aqui. — A voz incorpórea não soava mais distante que os tons usuais da cientista.

— Toda essa compartimentação vai dificultar a dispersão da sua própria arma, não é isso?

Vitas fez um barulho curioso: talvez a intenção fosse um riso, mas havia um fio de histeria para sabotá-lo.

— Eu estou... atrás das linhas inimigas. Fui cortada, Lain. Se eu conseguir cozinhar alguma coisa aqui, posso levá-la até... até *elas*. E estou quase. Vou envenenar todas.

Holsten fez contato com outro bando de lutadores, ouviu uma breve fatia cacofônica de gritos e berros, e depois os perdeu.

— Acho melhor você se apressar — disse ele, a voz rouca.

— Caralho — cuspiu Lain. — Perdi... Estamos perdendo áreas seguras. — Ela fechou as mãos ossudas. — O que está...?

— Elas estão se movendo pela nave — veio a voz fantasmagórica de Vitas. — Elas estão cortando as portas, as paredes, os dutos. — O tremor estava crescendo em seu tom. — Máquinas, elas são apenas máquinas. Máquinas de uma tecnologia morta. Isso é tudo o que elas podem ser. Armas biológicas.

— Quem caralhos faria aranhas gigantes como armas biológicas? — rosnou Lain, ainda recalibrando suas áreas seladas, enviando novas instruções para Holsten retransmitir para o resto da tripulação.

— Lain...

Havia algo na voz da cientista que fez os dois pararem.

— O que foi? — exigiu saber Lain.

Houve um longo intervalo no qual Lain falou o nome de Vitas várias vezes sem resposta, e então:

— Elas estão aqui. Dentro do laboratório. Elas estão aqui.

— Você está segura? Isolada?

— Lain, elas estão aqui. — E foi como se todas as emoções humanas às quais Vitas tão raramente cedia tivessem sido poupadas para aquele momento, apenas para entrarem com tudo em sua voz trêmula e saírem gritando com cada palavra. — Elas estão aqui, elas estão aqui, elas estão *olhando para mim*. Lain, por favor, mande alguém. Mande ajuda, alguém, por favor. Elas estão vindo na minha direção, elas estão... — E então um grito tão alto que cortou a transmissão em estática por um segundo. — Elas estão no vidro! Elas estão no vidro! Elas estão passando! Elas estão comendo o vidro! Lain! Lain, me ajude! Por favor, Lain! Me desculpe! Me desculpe!

Holsten nunca soube o motivo pelo qual Vitas estava se desculpando, e não houve mais palavras. Mesmo com os gritos da mulher, eles puderam ouvir o estalo todo-poderoso quando as aranhas quebraram o vidro e invadiram sua câmara de teste.

Então a voz de Vitas morreu subitamente, restando apenas uma exalação trêmula depois de todo aquele ruído aterrorizante. Lain e Holsten trocaram olhares, nenhum deles encontrando muita razão para ter esperança.

— Alpash — tentou o classicista. — Alpash, relatório?

Sem mais palavras de Alpash. Ou o emboscador tinha se tornado o emboscado, ou talvez o rádio não estivesse mais funcionando. Como tudo o mais, como a defesa da nave propriamente dita, ele estava caindo aos pedaços.

As luzes estavam se apagando por toda a *Gilgamesh*, uma por uma. As zonas seguras que Lain configurou foram comprometidas tão rapidamente quanto, ou não estavam tão seguras quanto os computadores lhe diziam. Cada bando de defensores encontrou sua batalha final, as aranhas dentro da nave se tornando cada vez mais numerosas, mais confiantes.

E, no porão, as dezenas de milhares que eram o equilíbrio da raça humana dormiam, sem nunca saber que a batalha por seu futuro estava sendo perdida. Não havia pesadelos em suspensão. Holsten se perguntou se deveria invejá-los. Mas não invejava. *Prefiro encarar o momento final de olhos bem abertos.*

— Não parece muito bom. — Era um eufemismo bastante desgastado, uma tentativa de aliviar a mente de Lain apenas por um momento. Seu rosto enrugado e gasto pelo tempo se voltou para ele, e ela estendeu a mão e apertou a dele.

— Nós chegamos tão longe. — Nenhuma indicação se ela estava falando da nave ou apenas dos dois.

Cada um deles passou alguns momentos avaliando os danos que se espalhavam, e quando falaram novamente, foi quase ao mesmo tempo.

— Eu não consigo falar com ninguém — de Holsten.

— Perdi a integridade na câmara ao lado — de Lain.

Só restamos nós. Ou os computadores estão com defeito novamente. Nós duramos muito tempo, no fim. Holsten, o classicista, sentia que era um homem singularmente qualificado para olhar para a estrada na qual o tempo os havia colocado. *Que história!* Do macaco à humanidade, através do uso de ferramentas, família, comunidade, domínio do meio ambiente ao redor deles, competição, guerra, extinção contínua de tantas das espécies que compartilharam o planeta com eles. Houve aquele pináculo frágil do Antigo Império então, quando haviam sido como deuses, e andado entre as estrelas, e criado abominações em planetas distantes da Terra. E matado uns aos outros de maneiras que seus ancestrais símios jamais teriam imaginado.

E então nós; os herdeiros de um mundo danificado, alcançando as estrelas enquanto o chão abaixo morria sob seus pés, a aposta desesperada da raça humana com as naves-arca. *Nave-arca, singular agora, pois não ouvimos notícias do resto.* E mesmo assim haviam tido suas picuinhas e brigas sérias, dado lugar à ambição privada, às rixas, à guerra civil. *E tudo isso enquanto nosso inimigo, nosso inimigo desconhecido, se fortalecia.*

Lain tinha andado devagar até a escotilha, a bengala batendo no chão.

— Está quente — disse ela baixinho. — Elas estão lá fora. Estão cortando.

— Máscaras. — Holsten havia localizado algumas e estendeu uma para dela. — Lembra?

— Acho que não vamos mais precisar de um canal privado.

Ele teve de ajudá-la com as correias, e no fim ela simplesmente se sentou, as mãos trêmulas diante de si, parecendo pequena, frágil e velha.

— Sinto muito — disse ela finalmente. — Eu trouxe todos nós a isto.

A mão dela estava na dele, fria e quase sem carne, como couro macio e desgastado sobre osso.

— Você não tinha como saber. Você fez o que podia. Ninguém poderia ter feito melhor. — Apenas chavões reconfortantes, na verdade. — Alguma arma aqui?

— É incrível o que você não planeja, não é? — Algo do humor seco de Lain retornando. — Use minha bengala. Esmague uma aranha por mim.

Por um momento, Holsten pensou que ela estivesse brincando, mas ela lhe ofereceu a haste de metal, e por fim ele a aceitou, levantando seu peso surpreendente. Foi este o cetro que manteve a sociedade nascente da tribo na linha, de geração em geração? Quantos desafiantes pela liderança Lain havia derrotado com ele através dos tempos? Era praticamente uma relíquia santa.

Era um porrete. Nesse sentido, era uma coisa quintessencialmente humana: uma ferramenta para esmagar, quebrar, separar, da maneira prototípica que a humanidade encara o universo de frente.

E como elas *encaram o mundo? O que a aranha tem como sua ferramenta básica?*

Entreteve brevemente o seguinte pensamento: *Elas constroem.* E foi uma imagem curiosamente pacífica, mas então seu console soou, e ele quase caiu por cima do bastão ao tentar acessá-lo. Uma transmissão? Alguém lá fora estava vivo.

Por um momento, ele se viu tentando puxar a mão de volta, pensando que seria alguma mensagem *delas*, alguma confusão distorcida de quase Imperial C dentro da qual aquela inteligência desumana, maligna e inegável estaria se escondendo.

— Lain...? — veio uma voz suave e vacilante. — Lain...? Você está...? Lain...?

Holsten estava olhando fixamente. Havia algo apavorante naquelas palavras, algo inquietante, danificado, sem forma.

— Karst — identificou-o Lain. Seus olhos estavam arregalados.

— Lain, estou voltando — continuou Karst, soando mais calmo que nunca. — Estou voltando agora.

— Karst...

— Está tudo bem — veio a voz do chefe de segurança. — Está tudo bem. Vai ficar tudo bem.

— Karst, o que aconteceu com você? — exigiu saber Holsten.

— Está tudo bem. Eu entendo agora.

— Mas as aranhas...

— Elas são... — E uma longa pausa, como se Karst estivesse se atrapalhando com o conteúdo de seu próprio cérebro para achar as palavras certas. — Como nós... Elas são nós. Elas são... como nós.

— Karst...!

— Estamos voltando agora. Todos nós. — E Holsten teve o pensamento aterrorizante e irracional de uma casca seca e murcha dentro de um traje blindado, mas ainda impossivelmente animada.

— Holsten. — Lain agarrou seu braço. Havia uma espécie de névoa no ar agora, uma névoa química fraca: não a arma assassina das aranhas, mas o que quer que estivesse comendo a escotilha.

De repente surgiu um buraco perto de sua borda inferior, e alguma coisa estava passando por ali.

Por um momento eles se olharam: dois rebentos de ancestrais arborícolas com olhos grandes e mentes curiosas.

Holsten ergueu a bengala de Lain. A aranha era enorme, mas só para uma aranha. Ele poderia esmagá-la. Poderia afundar aquela casca peluda e espalhar pedaços de suas pernas tortas. Poderia ser humano naquele último momento. Poderia se exaltar com sua capacidade de destruir.

Mas havia mais delas rastejando pela brecha, e ele era velho, e Lain era mais velha ainda agora, e ele buscou aquela outra qualidade humana, tão escassa ultimamente, e colocou seus braços ao redor dela, abraçando a mulher o mais firme que podia ousar, deixando a bengala cair no chão com um estalido seco.

— Lain... — veio a voz fantasmagórica de Karst. — Mason...

E depois:

— Vamos, acelerem o passo. — Para seu próprio pessoal. — Cortem os fios para se libertar se estiverem presos. — E a centelha de impaciência ali era totalmente Karst, apesar de sua recém-descoberta tranquilidade.

As aranhas se espalharam um pouco, aqueles enormes olhos de pires fixados nos dois por trás das máscaras transparentes que as criaturas estavam vestindo. Encontrar aquele olhar alienígena foi um choque de contato que Holsten só tinha conhecido antes ao confrontar sua própria espécie.

Ele viu as patas traseiras de uma das criaturas se enrijecerem e tensionarem.

As aranhas pularam, e então acabou.

7.10 A QUALIDADE DA MISERICÓRDIA

O transporte parece levar uma eternidade para cair do céu azul-claro.

Há uma multidão e tanto reunida ali, numa clareira além da borda do distrito de Grande Ninho da cidade de Sete Árvores. No chão e nas árvores e nas estruturas de seda ao redor, milhares de aranhas estão agrupadas, esperando. Umas estão assustadas, outras animadas, outras ainda não estão muito bem-informadas sobre o que exatamente está prestes a acontecer.

Também há várias dezenas de colônias de visualização, e estas capturam e enviam imagens para telas de cromatóforos em todo o mundo verde: para serem vistas por milhões de aranhas, analisadas por estomatópodes sob as ondas, encaradas com vários graus de incompreensão por uma série de outras espécies que estão à beira da senciência. Até as cuspidoras (as neo-*Scytodes* em suas reservas de vida selvagem) podem ver imagens deste momento.

A história está sendo feita. Mais que isso, a história está começando: uma nova era.

A doutora Avrana Kern assiste, onipresente, enquanto seus filhos se preparam. Ainda não está convencida, mas tantos milênios de cinismo levarão um tempo para desvanecer.

Deveríamos tê-los destruído, é seu pensamento persistente, mas ao mesmo tempo, e apesar da forma dispersa que atualmente habita, ela é apenas humana.

Seus arquivos sobreviventes sobre neuroquímica humana, junto com as próprias investigações das aranhas sobre sua cativa muito tempo atrás, provocaram isso. Mas ela não foi sua principal fomentadora. As próprias aranhas discutiram longa e duramente sobre como responder aos tão esperados invasores, mais descartando que seguindo seus conselhos. Estavam cientes dos riscos. Aceitaram sua avaliação do caminho que os humanos seguiriam se tivessem total poder sobre o planeta. Genocídio, de outras espécies e de sua própria, sempre foi uma ferramenta do kit humano.

As aranhas foram responsáveis por algumas extinções ao longo do caminho também, mas sua história remota com as formigas as levou por um caminho diferente. Elas viram o caminho da destruição, mas viram como as formigas faziam uso do mundo também. Tudo pode ser uma ferramenta. Tudo é útil. Elas nunca exterminaram as cuspidoras, bem como nunca exterminaram as próprias formigas, decisão que mais tarde se tornaria a base de sua tecnologia florescente.

Diante da chegada da humanidade, a espécie-criadora, os gigantes da lenda, o pensamento das aranhas não era: *Como podemos destruí-los?*, mas: *Como podemos aprisioná-los? Como podemos usá-los?*

Qual é a barreira entre nós que faz com que eles queiram nos destruir?

As aranhas têm equivalentes do dilema dos prisioneiros, mas pensam em termos de interconectividade intrincada, de um mundo não apenas de visão, mas de constante vibração e cheiro. A ideia de dois prisioneiros incapazes de comunicação não seria um *status quo* aceitável para elas, mas um problema a superar: o dilema dos prisioneiros como um nó górdio, um que elas devem cortar em vez de se deixar prender por ele.

Elas sabem há muito tempo que, dentro de seus próprios corpos e em outras espécies de seu planeta, existe uma mensagem. Em tempos antigos, quando lutavam contra a peste, reconheciam isso como algo distinto de seu próprio código genético, e acreditavam ser o trabalho da Mensageira. De certa maneira, tinham razão. Há muito tempo, elas isolaram o nanovírus em seus sistemas.

Não lhes passou despercebido o fato de que criaturas constituídas como os gigantes (camundongos e vertebrados semelhantes semeados em seu mundo) não carregavam o nanovírus e, portanto, não tinham a comunalidade que parecia ligar as aranhas umas às outras e às outras espécies de artrópodes. Os ratos eram apenas animais. Não parecia existir nenhuma possibilidade de eles se tornarem outra coisa. Comparados a eles, os besouros *Paussinae* (ou uma dezena de outras criaturas semelhantes) estavam praticamente explodindo de potencial.

As aranhas trabalharam muito e arduamente para criar e reproduzir uma variante do nanovírus que atacasse a neurologia dos mamíferos: não o vírus completo em toda a sua complexidade, mas uma ferramenta simples de propósito único que é virulenta, transmissível, herdável e irreversível. As partes do nanovírus que impulsionariam a evolução foram retiradas, sendo muito complexas e muito pouco compreendidas, deixando apenas uma das funções básicas do vírus intacta. É uma pandemia da mente, ajustada e mutada para reescrever certas partes muito específicas do cérebro mamífero.

O primeiro efeito do nanovírus, quando tocou as antigas aranhas *Portia labiata* tantas milhares de gerações atrás, foi transformar uma espécie de caçadoras solitárias em uma sociedade. Semelhante atrai semelhante, e aquelas tocadas pelo vírus conheciam suas camaradas mesmo quando não tinham capacidade cognitiva suficiente para conhecer a si mesmas.

Kern e todo o resto observam o pouso do transporte. Lá em cima na *Gilgamesh*, orbitando cem quilômetros além da rede equatorial e de seus elevadores espaciais, há muitos humanos, todos infectados, e milhares ainda dormindo que vão precisar ter o vírus introduzido neles. Essa tarefa levará muito tempo, mas esse pouso é o primeiro passo rumo à integração, e isso também levará muito tempo.

Mesmo entre as aranhas, o nanovírus lutou uma longa batalha contra hábitos arraigados de canibalismo e assassinato de cônjuges. Mas seu sucesso notável tem sido principalmente dentro da espécie. *Portias* sempre foram caçadoras, e por isso a empatia pan-específica as teria atrapalhado. Esse foi o verdadeiro teste de sua engenhosidade bioquímica. As aranhas fizeram o seu melhor, conduzindo os testes que podiam em mamíferos menores, mas somente depois que Portia e seus pares assumiram o controle da nave-arca e de sua tripulação a verdade pôde ser conhecida.

A tarefa não era apenas pegar uma versão reduzida do vírus e reconfigurá-la para atacar o cérebro de um mamífero: difícil o suficiente por si só, mas essencialmente inútil. A verdadeira dificuldade para aquela legião de cientistas aranhas, trabalhando por gerações e com cada uma herdando o aprendizado não diluído da mais recente, foi projetar a infecção humana para conhecer seus pais: reconhecer a presença de si mesmos em seus criadores aracnídeos, e atrair de volta essa semelhança. *Parentesco* em nível submicrobiano, de modo que um dos grandes gigantes da *Gilgamesh*, os incríveis e descuidados deuses-criadores da pré-história, pudesse olhar para Portia e seus parentes e reconhecê-los como seus filhos.

Assim que a nave aterrissa, as aranhas se aproximam, uma maré peluda acinzentada fervilhante de patas, presas e intensos olhos sem pálpebras. Kern observa a escotilha se abrir, e os primeiros humanos aparecem.

Há apenas um punhado deles. Este é, em si, um experimento simplesmente para ver se o fragmento de nanovírus produziu o efeito desejado.

Eles descem entre a maré de aranhas, cujos corpos duros e eriçados se chocam contra os deles. Não há repulsa evidente, nem pânico repentino. Os humanos, para os olhos reconfigurados de Kern, parecem inteiramente à vontade. Um deles até estende a mão, deixando que ela roce pelas costas ondulantes. O vírus neles está lhes dizendo: *Isto somos nós; eles são como nós.* Ele diz às aranhas o mesmo, aquele fragmento mutilado de vírus chamando seus primos mais completos: *Somos como vocês.*

E Kern supõe, então, que a intromissão das aranhas pode ir mais longe do que elas haviam pensado. Se já houvesse existido alguma minúscula gota presente no cérebro de todos os humanos que tivesse dito de um para outro: *Eles são como você*, que tivesse traçado um fio fino de seda de empatia, de pessoa para pessoa, numa rede planetária... o que poderia ter acontecido então? Teriam acontecido as mesmas guerras, massacres, perseguições e cruzadas?

Provavelmente, pensa Kern com amargura. Ela quer discutir isso com Fabian, mas até mesmo seu fiel acólito se esgueirou para a luz do sol a fim de ver aquilo em primeira mão.

Na escotilha do transporte, Portia sai atrás dos humanos, junto com alguns de seu grupo de pares. A enormidade daquilo no qual desempenhou um papel é algo que em grande parte lhe escapa. Ela está feliz por estar viva: muitos de seus companheiros não tiveram a mesma sorte. O custo de trazer a raça humana ao ponto de vista delas foi alto.

Mas valeu a pena, garante Bianca quando Portia transmite esse pensamento. *Depois deste dia, quem sabe o que podemos realizar juntos? Eles são responsáveis por estarmos aqui, afinal. Nós somos seus filhos, embora até agora eles não nos conhecessem.*

Entre os humanos há uma que Portia pensou estar ferida ou doente, mas agora entende estar simplesmente no final de sua longa vida de gigante. Outro, um macho, a carregou de dentro do transporte e a deitou no chão, com as aranhas formando ao redor deles um círculo curioso e meio apertado, mas respeitoso. Portia vê as mãos da humana doente se apertarem no chão, agarrando a grama. Ela olha para o céu azul com aqueles olhos estranhos e estreitos: mas nos quais Portia consegue encontrar uma semelhança, agora que o vínculo do nanovírus funciona em via de mão dupla.

Ela está morrendo, a velha humana: a humana mais velha que já existiu, se Kern traduziu isso corretamente. Mas ela está morrendo num mundo que se tornará o mundo de seu povo: que seu povo compartilhará com o outro povo nele. Portia não pode ter certeza, mas acha que essa velha humana está contente com isso.

8

DIÁSPORA

8.1 AUDACIOSAMENTE INDO

Helena Holsten Lain reclina em sua teia, sentindo-se à vontade na gravidade zero, enquanto ao seu redor o resto da tripulação completa suas verificações de pré-lançamento.

A nave tem dois nomes, e ambos significam a mesma coisa: *Voyager*, ou viajante. Helena não sabe que esse, um dia, numa era longínqua, foi o nome de um veículo espacial humano pioneiro, que poderia, milênios após seu lançamento, ainda estar acelerando pelo cosmos em algum lugar, um registro silencioso de conquista há muito esquecido pelos descendentes de seus criadores.

Não existe nada da há muito desmantelada *Gilgamesh* na *Voyager*, a não ser as ideias. A velha tecnologia da Terra, tão meticulosamente preservada pela tataravó de Helena, foi ressuscitada, redescoberta, reconstruída e avançada. Os cientistas entre as aranhas primeiro aprenderam o que os humanos poderiam ensinar sobre sua tecnologia de metal e eletricidade, computadores e motores de fusão. Depois disso, passaram esse ensinamento aos filhos de seus tutores, ampliado e melhorado por uma perspectiva não humana. Da mesma maneira, mentes humanas desenrolaram os fios da própria biotecnologia complexa das aranhas e ofereceram seus *insights*. Ambas as espécies têm limites que não conseguem cruzar facilmente: mentais, físicos, sensoriais. É por isso que precisam uma da outra.

A *Voyager* é um ser vivo com um coração de reator de fusão, uma vasta peça de bioengenharia com um sistema nervoso programável e uma colônia de formigas simbióticas que o regula, repara e melhora.

Ela carrega uma tripulação de setenta, e o material genético de dezenas de milhares de outros, e centenas de milhares de Entendimentos. Esta é uma nave de exploração, não uma nave-arca desesperada, mas a jornada vai durar muitos anos adormecidos, e as precauções pareceram sábias.

Os dois povos do mundo verde trabalham juntos em harmonia tranquila agora. Houve uma geração de cautela desconfiada em ambos os lados, mas, quando o nanovírus derrubou essas barreiras (entre espécies e entre indivíduos), muita tragédia potencial foi evitada. A vida não é perfeita, indivíduos sempre serão falhos, mas a empatia, a pura incapacidade de ver aqueles ao seu redor como qualquer outra coisa além de pessoas também, conquista tudo no final.

A comunicação sempre foi o grande problema no começo, Helena sabe. As aranhas não têm a capacidade de ouvir a fala como algo além de cócegas nos pés; ao passo que aos humanos falta o toque sensível necessário para detectar a riqueza da língua aracnídea. A tecnologia de ambos os lados veio em socorro, claro, e havia sempre a presença azeda e recalcitrante de Avrana Kern. A linguagem comum, a segunda língua de todos, é aquele curioso Imperial C mutilado que foi trabalhado quando Kern ainda era a Mensageira e as aranhas, suas fiéis. A língua morta continua viva. O tataravô de Helena acharia esse pensamento hilário, sem dúvida.

Todos os sistemas da nave viva estão dentro da tolerância, os leitores orgânicos confirmam. Helena acrescenta sua própria confirmação ao coro, esperando o sinal. Ela não é a comandante desta missão. Essa honra vai para Portia, a primeira pioneira interestelar das aranhas. Encurvada em sua própria correia que pende do teto, ou pelo menos do lado curvo de sua câmara que dá para a de Helena, a aranha pondera o momento por alguns segundos, troca uma rápida comunicação de rádio com a doca e com o mundo abaixo, e então fala com a própria nave.

Quando você desejar.

A resposta da nave, embora positiva, tem um fragmento da sagacidade seca da doutora Avrana Kern. Sua inteligência biomecânica é extrapolada do que ela foi um dia: uma filha de Kern que brotou de dentro dela, com sua bênção.

Com uma graça impressionante e colossal, a *Voyager* reconfigura sua forma para eficiência ideal e destaca-se da teia orbital, uma estrutura muito maior do que quando a *Gilgamesh* a viu pela primeira vez, e agora florescendo com coletores solares verdes, pontilhada de outras espaçonaves amorfas que já traçaram a extensão do sistema solar do planeta verde.

A *Voyager* é mais eficiente em termos de combustível que a *Gilgamesh*, ou até mesmo que as naves do Antigo Império, de acordo com Kern. Às vezes, para resolver um problema, basta uma nova perspectiva. O reator da embarcação pode acelerar de forma suave e constante por muito mais tempo, desacelerar da mesma maneira, e a estrutura interna fluida da nave protegerá a tripulação de extremos de aceleração de modo muito mais eficaz. A jornada será um sono de meras décadas, não milênios nem mesmo séculos.

Ainda assim, é um grande passo, e não deve ser dado com leviandade. Embora retornar às estrelas fosse sempre uma certeza na direção da qual ambas as espécies haviam trabalhado duro, ninguém jamais teria sugerido ir para lá ainda se não fosse pelo sinal, pela mensagem.

De todos os pontos de luz no céu, um está falando. Não está dizendo nada compreensível, mas a mensagem é claramente algo mais que mera estática, algo mais estruturado que os chamados ordenados de pulsares ou qualquer outro fenômeno conhecido do universo. O trabalho, em suma, de uma inteligência, onde não deveria haver nenhuma. Como o povo do planeta verde poderia ignorar um sinal desses?

A *Voyager* inicia sua longa aceleração, pressionando suavemente os corpos de sua tripulação, realinhando sua geometria interna. Em breve eles dormirão, e quando acordarem haverá um novo mundo à sua espera. Um mundo desconhecido de perigos, maravilhas e mistérios. Um mundo que os chama. Mas não é um mundo alienígena, não inteiramente. Os antigos progenitores do povo do planeta verde andaram lá um dia. Ele existe nos mapas estelares da *Gilgamesh*, outra ilha no arquipélago decadente dos terraformadores que foi deixada para se virar sozinha com o colapso do Antigo Império.

Depois de todos os anos, as guerras, as tragédias e as perdas, as aranhas e os macacos estão voltando às estrelas para buscar sua herança.

AGRADECIMENTOS

Um grande obrigado a meus conselheiros científicos, incluindo Stewart Hotston, Justina Robson, Michael Czajkowski, Max Barclay e o departamento de Entomologia do Museu de História Natural.

Também os agradecimentos de costume à minha esposa, Annie, meu agente, Simon Kavanagh, Peter Lavery, Bella Pagan e todo o pessoal da Tor. Estou muito feliz com todo o apoio para o que foi um projeto profunda e estranhamente pessoal.

ESTA OBRA FOI COMPOSTA EM CASLON PRO E IMPRESSA
EM PAPEL PÓLEN NATURAL 70g COM CAPA EM CARTÃO
TRIP SUZANO 250g PELA CORPRINT PARA A EDITORA
MORRO BRANCO EM AGOSTO DE 2022